LETICIA WIERZ

Das Haus der sieben Frauen

Buch

Brasilien, 1835: Sieben Frauen und der Krieg.

Eine Zeit des Wartens, großen Schmerzes, verbotener Liebe und heimlicher Sehnsüchte.

Sieben individuelle Schicksale verweben und entfalten sich in dieser außergewöhnlichen Familiensaga. Sieben Frauen und der Krieg. Keine von ihnen ahnt, dass sie ganze zehn Jahre in ländlicher Einsamkeit verbannt sein werden – doch sie halten das Landgut und das Leben zusammen.

Mit großer Erzählkunst, psychologischem Feinsinn und menschlicher Wärme erzählt Leticia Wierz von ihren unerfüllten, glücklichen und verbotenen Lieben und Sehnsüchten.

Autorin

Leticia Wierz wurde 1972 in Porto Alegre als Tochter polnischer Einwanderer geboren. *Das Haus der sieben Frauen* stand monatelang auf Platz eins der brasilianischen Bestsellerliste, und die Verfilmung des Romans wurde zu einer der erfolgreichsten südamerikanischen TV-Produktionen der letzten Jahre.
Leticia Wierz lebt mit ihrem Mann und ihrem Sohn in Porto Alegre.

Leticia Wierz

Das Haus der sieben Frauen

Roman

Deutsch von
Stefanie Karg

blanvalet

Die Originalausgabe erschien 2002 unter dem Titel
»A casa das sete mulheres« bei Editora Record, Rio de Janeiro.

FSC
Mix
Produktgruppe aus vorbildlich
bewirtschafteten Wäldern und
anderen kontrollierten Herkünften

Zert.-Nr. SGS-COC-001940
www.fsc.org

Verlagsgruppe Random House FSC-DEU-0100
Das FSC-zertifizierte Papier *Holmen Book Cream*
für dieses Buch liefert Holmen Paper, Hallstavik, Schweden

1. Auflage
Taschenbuchausgabe August 2010 bei Blanvalet, einem Unternehmen
der Verlagsgruppe Random House GmbH, München.

Umschlaggestaltung: HildenDesign, München, unter Verwendung
von Motiven von esthAlto / Matthieu Spohn / Getty Images;
kolesniks / Shutterstock
NB · Herstellung: sam
Druck und Bindung: GGP Media GmbH, Pößneck
Printed in Germany
ISBN: 978-3-442-37456-4

www.blanvalet.de

Diese Geschichte ist für dich, Marcelo –
alle Liebesgeschichten sind für dich …
Und sie ist für João.
Denn an den langen Nachmittagen
ihrer Niederschrift ist auch er gewachsen.

Sie erlernten die Wege der Sterne, die Gewohnheiten der Luft und des Vogels, die Weissagungen der Wolken des Südens und des Mondes mit einem Hof.

Sie waren Hirten der wilden Viehzucht, fest auf dem Wüstenpferd, das sie heute Morgen gezähmt haben, Lassowerfer, Brandmärker, Treiber, Aufseher, manchmal Banditen; der eine oder andere, der Späher, war der Stegreifsänger.

Der sang ohne Hast, weil es langsam tagt, und hob nicht die Stimme. [...]

Sicherlich waren sie keine Abenteurer, aber ein Überfall führte sie weit und noch weiter die Kriege. [...]

Sie starben nicht für diese abstrakte Sache, das Vaterland, sondern für einen zufälligen Herrn, einen Zornesausbruch oder für die Aufforderung einer Gefahr.

Ihre sterbliche Asche ruht verstreut in entlegenen Gegenden des Kontinents, in Republiken, von deren Geschichte sie nichts wussten, in heute berühmten Schlachtfeldern.

Hilario Ascasubi sah sie singen und kämpfen.

Sie lebten ihr Schicksal wie in einem Traum, ohne zu wissen, wer sie waren oder was sie waren.

Vielleicht geht es uns ebenso.

Jorge Luis Borges
»Die Gauchos«,
aus: *Lob des Schattens*

Am 19. September 1835 bricht in São Pedro do Rio Grande die *Revolução Farroupilha*, die Lumpenrevolution, aus. Die Revolutionäre fordern die sofortige Absetzung des Provinzpräsidenten Fernandes Braga und eine neue Politik für den *Charque* – an der Luft gedörrtes, gesalzenes Rindfleisch –, der von der Regierung besteuert wird, während zugleich die Einfuhrgebühren dafür gesenkt werden.

Das *Farroupilha*-Heer unter der Führung von Bento Gonçalves da Silva vertreibt die regierungstreuen Truppen und marschiert am 21. September in die Stadt Porto Alegre ein.

Es beginnt der lange Krieg in der Pampa.

Bevor er zu seinen Truppen aufbricht, versammelt Bento Gonçalves die Frauen der Familie auf einem Landgut im Ufergebiet des Arrio Grande, auf der Estância da Barra. Die Estância ist ein geschützter Ort an der Lagoa dos Patos, der schwer zu erreichen ist. Hier sollen die sieben Frauen und die vier Kinder der Familie des Bento Gonçalves das Ende der Großen Revolution abwarten.

Manuelas Tagebuch

Das Jahr 1835 verhieß im Nebel der Sylvesterraketen nichts von all den Verrücktheiten, Liebesgeschichten und Unglücken, die es schließlich doch mit sich bringen sollte. Als der zwölfte Schlag der Uhr im Saal des Gutshauses erklang und die kühle sternklare Nacht wie ein Messer durchschnitt, das in das zarte Fleisch eines wehrlosen kleinen Tieres dringt, schien nichts auf der Welt seine Farbe oder sein Wesen zu verändern, und auch die Möbel im Haus verloren ihre harten schweren Umrisse nicht. Selbst mein Vater wusste nichts anderes zu sagen als sonst auch, an seinem Platz am Kopfende des Tischs, von wo aus er uns alle mit seinen tiefgründigen schwarzen Augen ansah, die schon vor einiger Zeit ihre Kraft, ihr Leuchten und den Charakter der Augen eines Mannes aus der Pampa von Rio Grande verloren hatten, Augen, die den Durst der Erde und den Regen, der sich in den Wolken versteckt hält, berechnen konnten. Als die Uhr zu schlagen aufhörte, ließ sich mein Vater vernehmen: »Möge Gott dieses neue Jahr segnen, das uns das Leben bringt, und möge es in diesem Haus nie an Gesundheit, Speisen oder Glauben mangeln.« Wir antworteten alle mit »Amen« und erhoben unsere Gläser. Und es gab nichts, was den Lauf der Dinge hätte ändern können, der dann so traurig unsere Tage bestimmte. Meine Mutter, in ihrem Spitzenkleid, das Haar im Nacken zusammengebunden, so schön und vorbildlich wie immer, begann für die Familie die Speisen für das Abendessen vorzulegen, das die Dienstmädchen aufgetragen hatten. Und wenige Sekunden später, als die Uhr kaum noch ein Seufzen oder Klagen von sich hören ließ, war in unserem Haus die alte unverrückbare Ordnung wiederhergestellt. Gelächter und Punsch. Der von prächtigen Kerzenständern beleuchtete

Tisch bog sich unter exquisiten Gerichten und war umgeben von den Familienangehörigen: meine beiden Schwestern, mein älterer Bruder Antônio, mein Vater, meine Mutter, meine Tante Dona Ana in Begleitung ihres Gatten und ihrer beiden fröhlichen und lauten Knaben, mein Onkel Bento Gonçalves, seine Frau Caetana mit ihren schönen grünen Augen, die Cousine Perpétua und meine drei älteren Cousins: Bentinho, Caetano, und mir gegenüber Joaquim. Er hatte die gleichen kleinen, leidenschaftlichen Augen wie sein Vater, mit denen er mich bisweilen verstohlen anblickte. Ihm hatte man mich bereits als Mädchen versprochen. Seine Nähe verursachte ein leichtes Zittern meiner Hände, eine Angst, die ich mit einer gewissen Eleganz zu verbergen verstand, indem ich mit dem schweren Silberbesteck hantierte, das meine Mutter an Festtagen auflegte. Die kleinen Söhne von Onkel Bento und seiner Frau befanden sich mit den Schwarzen und den Kinderfrauen im Haus. Vermutlich schliefen sie schon, denn auf das neue Jahr zu warten, war keine Angelegenheit für solche, die noch Windeln trugen.

Genauso begrüßten wir das Jahr 1835. Seit einiger Zeit lag eine gewisse Unzufriedenheit in der Luft, Klagen gegen die Regentschaft, mysteriöse Treffen, die zuweilen heimlich im Arbeitszimmer meines Vaters abgehalten wurden, und manchmal wurde er auch für lange Nacht- und Morgenstunden aus unserem Haus abgeholt. Aber, wie gesagt, in dieser lauen, milden Nacht Anfang Januar schien nicht der geringste Schatten den Blick der um den Tisch Versammelten zu trüben. Joaquim war gemeinsam mit seinen Brüdern aus Rio gekommen, um die Familie zu besuchen. Er warf mir lange Blicke zu, als wollte er mir bedeuten, dass ich nicht vergessen solle, dass ich ihm gehörte, und dass er sich in der Zeit, die er in der Hauptstadt verbrachte, mir gegenüber anständig verhalten habe. Seine schwarzen Augen glänzten zufrieden: Die Cousine, die sein war, war eine schöne Frau, das Leben war schön, wir alle waren jung, und Rio Grande besaß einen fruchtbaren Boden, der sich im Besitz unserer Familien befand. Etwas weiter von mir saßen Onkel Bento und mein Vater, gestandene Männer mit dröhnenden Stimmen und großen Seelen, die nach Laune lachten und tranken. Die Frauen des Hauses waren mit anderen Angelegenheiten befasst, mit ihren nicht weniger bedeutenden Sehnsüchten, denn aus dieser empfindsamen weiblichen Natur sind die Familien gemacht, und damit auch das Leben. Sie sprachen über ihre Kinder, über die Sommerhitze, über die letzten Geburten in der Familie. Mit einem Auge hatten sie ihre eigenen Gespräche, das helle Lachen, die freudige Stimmung im Blick, mit dem anderen beobachteten sie ihre Männer: Denn was auch immer ihnen an Speisen oder Getränken, für Leib oder Seele fehlen sollte, sie würden sie damit versorgen.

Und so verging die sternenklare, ruhige Nacht. Cousine Perpétua und meine Schwestern wurden nicht müde, über Bälle, Kutschfahrten und die jungen Männer in Pelotas und Porto Alegre zu sprechen. Auf die Fleischgerichte folgten die Nachspeisen, die Ambrosiaspeise leuchtete golden in der Kristallschüssel: Das Gelage setzte sich im gewohnten Rhythmus und Verlauf fort, und der Punsch wurde schluckweise getrunken, um die Hitze der Gespräche und Sehnsüchte zu vertreiben. Das Jahr 1835 befand sich wie ein Geist unter uns, und der Saum seines weißen Rocks streifte wie ein Windhauch mein Gesicht. Das Jahr 1835 mit seinen Verheißungen und der Angst vor seinen Tagen, die noch in der Werkstatt des Lebens geschmiedet wurden. Keiner der Anwesenden nahm sein Gesicht wahr oder hörte seine Stimme voller Geheimnisse, die von dem unaufhörlichen Klappern des Bestecks und dem Gelächter übertönt wurden. Nur ich, die ich aufrecht an meinem Platz saß und schweigsamer als gewöhnlich war, nur ich, die jüngste der um den Tisch versammelten Frauen, ahnte etwas davon, was uns erwartete. Gegenüber lächelte mir Joaquim zu und erzählte mit seiner fröhlichen Stimme eines jungen Mannes Anekdoten aus Rio de Janeiro. In dem Nebel vor meinen Augen konnte ich ihn kaum erkennen. Dafür sah ich an den Mast eines Schiffes geklammert einen anderen, einen älteren Mann mit sehr hellen Haaren, nicht mit dem schwarzen Haar meines Cousins, und mit sanftem Blick. Ich sah die Wellen, das Salzwasser stieg mir in die Kehle und erstickte mich mit Angst. Und ich sah Blut, ein ganzes Meer voll Blut, und der kalte, schneidende Minuano begann nur für meine Ohren zu wehen. Der Geist des neuen Jahres, bleich und weiblich, streckte dann seine feingliedrige Hand aus. Ich konnte hören, wie er sagte, ich solle auf die Veranda gehen und den Himmel betrachten.

»Du bist so schweigsam, Manuela.« Die Stimme meiner Schwester Rosário übertönte das grausame Pfeifen des Sommerwinds in meinem Gehör.

»Es ist nichts«, sagte ich und lächelte matt.

Ich verließ den Tisch, nicht ohne eine kleine Verbeugung anzudeuten, auf die Joaquim mit einem so großen und aufrichtigen Lächeln reagierte, dass Tränen in meine Augen stiegen. Ich schlich auf die Veranda, von wo aus ich die ruhige Nacht, den klaren, mit Sternen übersäten Himmel betrachten konnte, der sich über das Feld und das Landhaus, der sich über alles erstreckte und der Welt ein fahles Mondlicht schenkte. Von dort aus konnte ich immer noch die Stimmen der im Haus Verbliebenen vernehmen, ihr fröhliches Lachen, ihre sorglosen Äußerungen. Es wurde weder über Viehherden noch über *Charque* gesprochen, schließlich war es eine festliche Nacht. Wie kann es nur angehen, dass sie es nicht bemerken?, dachte ich. Und dennoch schien der Boden vor mir, feucht vom Nachttau und hier und dort in Blüte stehend, derselbe zu sein wie alle Jahre zuvor. In diesem Augenblick sah ich vom Osten einen Stern nahen, der eine rote Feuerspur hinter sich her zog. Es war nicht der Boitatá, das schlangenartige Fabelwesen, gekommen, um meinen erschreckten Blick zu suchen. Es war Blut, lauwarmes, lebendiges Blut, das den Himmel über Rio Grande färbte, dickes, junges Blut aus Mut und Träumen. Ein bitterer Geschmack machte sich in meinem Mund breit, und ich hatte Angst, dort, auf dieser Veranda zu sterben, während der ersten Minuten des neuen Jahres.

Im Haus ging das Fest fröhlich weiter. Fünfzehn Menschen waren um den Tisch versammelt, und keiner von ihnen sah, was ich sah. Deswegen war ich von dieser ersten Nacht an diejenige, die alles wusste. Der blutende Stern enthüllte mir sein schreckliches Geheimnis. Das Jahr 1835 breitete die Flügel aus: Wehe uns! Wehe Rio Grande! Und wehe mir, der mir so viel Liebe und so viel Leid zugedacht war. Aber das Leben hatte seine eigenen Geheimnisse und Überraschungen: Keiner von den in diesem Haus Anwesenden sollte danach derselbe sein, niemals wieder würde so unbekümmertes und so unschuldiges Lachen erklingen, nie wieder alle in diesem Saal vereinten Stimmen, nie wieder.

Wir leben und wir sterben für den gleichen Traum. Dieser Gedanke kam mir schlagartig in jener Nacht, wie ein plötzlicher Schreck, wie ein schwarzer Vogel, der sich am Fenster niederlässt und seine Unschuld und seine Prophezeiungen mit sich bringt. Viele weitere Male in den langen folgenden Jahren hatte ich Gelegenheit, mich an diesen merkwürdigen Satz zu erinnern. Ich sollte ihn noch einmal zu hören bekommen, einige Zeit später, aus dem bewunderten Mund meines Giuseppe, der wiederholte, was ich selbst gesagt hatte, als ich einen Blick in die Zukunft warf… Vielleicht war dies genau die Nacht, in der alles begann.

Manuela

1835

Die Estância da Barra befand sich im Besitz von Dona Ana Joaquina da Silva Santos und ihrem Gatten, Senhor Paulo, der sich in der Nacht des 18. September gemeinsam mit ihren beiden Söhnen Pedro und José den Truppen von Oberst Bento Gonçalves da Silva angeschlossen hatte. Die Estância da Barra lag am Ufer des Arroio Grande, an seiner Mündung in die Lagoa dos Patos, etwa zwei Stunden zu Pferd von der Estância do Brejo entfernt, die sich wiederum im Besitz von Dona Antônia befand, der älteren Schwester von Bento und Dona Ana. Die Estância do Brejo lag im Ufergebiet des Camaquã und besaß einen schier unendlichen Apfelsinenhain, der unter allen Kindern der Familie Silva berühmt war.

Am Morgen des folgenden Tages, des 19. September, herrschte auf der Estância da Barra große Geschäftigkeit unter einem friedlichen blauen Himmel, auf dem hier und da ein paar Spitzenwolken ruhten, die sich wie von geschickten Fingern angefertigte Stickarbeiten über den Bäumen, Flüssen, Wehren, Rindern und Gehöften ausbreiteten. Genau an diesem Nachmittag sollten die sieben Frauen der Familie für einen langen Aufenthalt anreisen, mit umfangreichem Gepäck, ihren vertrauten Sklaven, den Dienstmädchen und Kinderfrauen, denn es gehörten auch die vier kleinen Kinder von Bento Gonçalves und Caetana dazu, die ein fröhliches Durcheinander bildeten. Dazu zählte auch Ana Joaquina, die Kleinste von allen, die dieser Tage ihren ersten Geburtstag begehen würde und immer noch von der schwarzen Xica gestillt wurde.

Dona Antônia hatte durch einen Boten die Nachricht von der bevorstehenden Ankunft ihrer Verwandten auf der Estância da Barra und auch Kenntnis der Pläne ihres geliebten Bruders erhalten, der aufgebrochen war, um die Stadt Porto Alegre einzunehmen. Am Morgen war sie früher als üblich aufgestanden und hatte sich zu dem benachbarten Landgut begeben, um der Haushälterin Dona Rosa entsprechende Anweisungen zu erteilen und die Zubereitung der notwendigen Speisen und Getränke aufzutragen. Vermutlich würden Ana, Maria Manuela und Caetana sowie die vier Mädchen und die Kleinkinder, die aus Pelotas kamen, abgesehen von den Ängsten, die sicherlich ihre Seelen quälten, ausgehungert ankommen, schließlich haben die jungen Leute und die Kinder immer großen Appetit, im Gegensatz zu den Älteren wie sie selbst, denen ein ordentlicher Teller Suppe und ein Stück Braten zum Abendessen reichten.

Dona Antônia stand in diesem Jahr 1835 in ihrem neunundvierzigsten Lebensjahr. Sie war nur drei Jahre älter als ihr Bruder Bento, und wie er hatte sie einen festen Körper, die gleichen schwarzen, aufgeweckten und nachsichtigen Augen, den gleichen beherrschten Tonfall und die gleiche Fähigkeit, sich zu verjüngen. Sie war eine hoch gewachsene, schlanke Frau, die Gesichtshaut noch faltenlos und das Haar noch schwarz, das mit drei Haarnadeln zu dem immer gleichen Haarknoten zusammengesteckt war. Sie trug diskrete Farben, und ihre Kleidung war ländlich. Die Stadt hatte ihr nie gefallen, weshalb sie immer bei ihren Pferden, Obstbäumen und Vögeln auf ihrem Landgut gelebt hatte, seit dem Tod von Joaquim Ferreira, dem Mann, den sie mit Herz und Seele geliebt hatte, einem Rechtsanwalt, der auf der Stelle tot war, als er bei einem Pferderennen aus dem Sattel stürzte. Dona Antônia war damals siebenundzwanzig Jahre alt und hatte keine Kinder, und so ging ihr Leben fortan weiter. Sie kehrte von Pelotas, wo sie nach der Hochzeit hingezogen war, auf die Estância do Brejo zurück, um dort die Jahre zu verbringen. Die Kinder, die sie nie geboren hatte, vermisste sie kaum: Sie hatte mehr als ein Dutzend Nichten und Neffen, und das genügte ihr vollkommen.

Während der Zweispänner die Strecke unter der angenehmen Septembersonne zurücklegte, verspürte Dona Antônia in ihrer Brust ein leises Glücksgefühl: Die Ankunft der beiden Schwestern und der Schwägerin sowie der schon älteren Nichten und der kleinen Kinder stand bevor, und sie würde in guter Gesellschaft sein, eine gewisse Zeit lang oder die ganze Zeit, die der Krieg dauerte. Krieg – das Wort verursachte ihr einen Schauder. Der Bruder begann einen Krieg gegen das Kaiserreich, gegen die Tyrannei des Kaiserreichs, gegen die hohen Preise des *Charque* und gegen die Salzsteuer. Bento begann einen Krieg gegen einen Herrscher, und das erfüllte sie mit Angst und Stolz. Sie hatte seinen Brief am selben Tag im Morgengrauen erhalten und ihn gelesen, als sie ihren Matetee trank. Der Mate wie auch die Worte ihres Bruders hatten einen bitteren Geschmack und leichte Wallungen in ihrem Körper hinterlassen. Und während sie auftrug, dem Boten der Nachricht den Mate zu bringen, einem schweigsamen Riograndenser mit imposantem Schnauzbart, der sie mit dem der Schwester eines Obersts gebührenden Respekt betrachtete, hatte sie zur Feder gegriffen und geschrieben: »Mögen Gott und die Freiheit deine Begleiter sein, werter Bruder. Du kannst Caetana und die anderen meiner und der Obhut von Ana überlassen. Die Estância do Brejo und meine Landarbeiter stehen dir zur Gänze zur Verfügung. Deine Antônia.« Danach war ihr ruhiger zu Mute. Bento war für den Krieg geboren. Und sie konnte, wie die anderen auch, geduldig abwarten. Bento hatte den Großteil seines Lebens in Kriegen verbracht und war immer aus ihnen zurückgekehrt. Er war kein Mann, der zum Sterben geboren war wie ihr verblichener Joaquim.

Dona Rosa war eine Mestizin unbestimmten Alters, sie war spindeldürr und trug ein herzliches Lächeln im Gesicht. Sie arbeitete für die Familie der Gonçalves da Silva, seit sie laufen konnte, wie zuvor ihre Mutter, und dort im Ufergebiet der Lagune hatte sie die letzten dreißig Jahre ihres Lebens zugebracht, Brotteig geknetet, die Kessel mit Quittenmarmelade, die Kessel mit Pfirsichmus oder die Kessel mit dem süßen Kürbismus hin und her geschleppt, sie hatte das Wohnhaus des Landgutes versorgt, die Gärten, die Tiere im Hof, und über das Personal gewacht. Sie war diejenige, die die Küche und die Zimmer unter sich hatte, die die Vorlieben von Dona Ana und den Kindern kannte, die Zubereitung des Matetees für Senhor Paulo, die Gewürze für die Speisen, die Senhor Bento bei seiner Ankunft zu schätzen wusste, wenn er auf dem Weg zu seinen Pferden oder zu einem Besuch bei der Familie seiner Schwester war.

Als Dona Antônia sehr früh am Morgen mit der Nachricht von der Ankunft der Familie erschien, geriet Dona Rosa nicht in Aufruhr: Alles war bereit, alle Zimmer waren gesäubert, die Betten in den fünf für den Besuch hergerichteten Zimmern hatten frische weiße Leintücher bekommen, die nach Lavendel dufteten, die Vorhänge waren zur Seite gezogen, um die Frühlingssonne in die Räume dringen zu lassen, die noch die Feuchtigkeit des Winters ausdünsteten, die Krüge mit frischem sauberem Wasser standen auf den Kommoden bereit. Auch das Zimmer der Herrin war nach deren Geschmack hergerichtet, denn Dona Rosa war immer bereit für den Fall, dass diese persönlich auftauchte, und Dona Ana genoss zu Frühlingsbeginn den Duft nach Jasmin und Geißblatt auf dem Landgut, und den Gesang des Ziegenmelkers, der in den Himmel der sternklaren Nächte stieg.

»Es sind insgesamt dreizehn, die drei Schwarzen mit eingerechnet, Dona Rosa. Richte für sie eine Unterkunft in dem großen Raum am Garten, neben den anderen.« Antônia überlegte, ob sie jemanden vergessen hatte, und wiederholte im Geiste die Liste, die Bento ihr freundlicherweise aufgestellt hatte. Dann sagte sie: »Terêncio begleitet sie, aber ich weiß nicht, ob der Verwalter hierbleibt oder ob er wieder zu Bentos Ländereien zurückkehrt. Ach, da sind ja noch die Kinder. Wir brauchen ein Zimmer für die beiden Jungen von Caetana und eines für die kleinen Mädchen. Ich glaube, Xica, eines der schwarzen Mädchen, schläft nachts bei ihnen, also kümmere dich auch darum.«

Dona Rosa nickte. Auf einen Ruf von ihr erschienen Viriata und Beata, die gerade in der Küche arbeiteten. Dona Rosa erteilte ihnen einige Anweisungen: Sie sollten die Zimmer für die

Kinder vorbereiten und die beiden Wiegen, die in der Abstellkammer lagerten, in einem weiteren Zimmer für Dona Caetanas Mädchen aufstellen. Und sie sollten Zé Pedra auftragen, mehr Feuerholz zu machen. Die Nächte waren immer noch recht frisch, und sie mussten nun das ganze Haus aufheizen.

Dona Antônia hielt alle Angelegenheiten für geregelt und sagte dann: »Ich gehe nach vorn auf die Veranda. Sie werden bald ankommen, und ich möchte sie selbst in Empfang nehmen. Sag Bescheid, dass ich gern einen Mate hätte.«

Sie verschwand schnell und ging zum Küchenflur. Sie kannte das Haus, seit sie ein kleines Mädchen gewesen war. All das hier gehörte auch ein wenig ihr. Dona Rosa ging, um ihre Aufgaben zu vollenden, nicht ohne zuvor Viriata angewiesen zu haben, der Herrin den Mate zu bringen. Und ihr aufzutragen, noch mehr Bohnen, Reis und Maniok vorzubereiten. Außerdem sollten sie einen weiteren Braten in den Ofen legen.

Die Mittagsstunde war schon verstrichen, als die kleine Prozession der Wagen am Gatter der Umzäunung der Estância auftauchte. Es war ein klarer, wolkenloser Tag, und der strahlend blaue Himmel schien die endlose Landschaft noch mehr auszudehnen. Es ging eine frische Brise, die vom Fluss herkam. Von ihrem Sessel auf der Veranda aus erkannte Dona Antônia die Gestalt von Terêncio auf dem Pferd, den Bento bestimmt beauftragt hatte, die Frauen zu beschützen. Nicht dass es in der Pampa Unruhen gegeben hätte, noch war es bei einem Seufzen geblieben, bei einem Zittern, bei einem Gesprächsthema beim Chimarrão, dem bitteren Mate, noch gab es keinen Anlass für aufgerissene Augen bei den Klatschmäulern. An jenem Morgen des 20. September war aus Porto Alegre noch keine einzige Nachricht gekommen, weder eine gute noch eine schlechte. Und dennoch führte der kräftige und unerschrockene Terêncio mit seinem mürrischen Gesicht, das von dem Hut mit Kinnriemen geschützt wurde, und mit den Sporen aus Silber – einem Geschenk von Bento –, die in der Frühlingssonne funkelten, den kleinen Konvoi an, und er selbst saß vom Pferd ab, um das

Gatter zu öffnen, ehe einer der Landarbeiter Zeit hatte, dies zu tun.

Dona Antônia erwartete sie, ohne aufzustehen: Noch lag ein gutes Stück Weg bis zum Wohnhaus vor ihnen. Sie freute sich auf das Wiedersehen mit ihren Schwestern und mit ihrer Schwägerin, mit ihren Nichten und Neffen. Von den jungen Männern war keine Spur zu sehen. Sicherlich hatten sie sich mit den anderen in die Stadt begeben. Das Blut in ihren Adern suchte das Abenteuer, sie konnten unmöglich zu Hause bleiben, während sich vor ihren jungen Augen so viele Dinge ereigneten. Die drei älteren Söhne von Caetana hielten sich in Rio de Janeiro auf, in Hofkreisen. Dona Antônia war sich sicher, dass Bentinho, Joaquim und Caetano nach Rio Grande zurückkehren würden, sobald der Krieg gewiss war.

Sie sah den ersten Zweispänner mit einem schwarzen Fuhrmann, der den schmalen Pfad hochlenkte: In ihm reisten Dona Ana, stolz und aufrecht in ihrem blauen Kleid, und Caetana mit einer der Töchter auf dem Schoß. Das musste Maria Angélica sein, die Ältere von den Kleinen. Caetana war selbst auf die Ferne mit ihren in der Sonne glänzenden schwarzen Haaren eine sehr schöne Frau. In ihrer Begleitung befand sich die schwarze Xica, die Ana Joaquina in ihren Armen hielt, ein rosiges kleines Bündel mit kurzen Armen voller Speckfalten. Sie lächelte und winkte ihr zu. Da stieg auch die behandschuhte Hand von Dona Ana fröhlich und lebhaft in die Höhe. Caetana winkte mit etwas mehr Zurückhaltung. Dona Antônia kannte sie sehr gut, in diesem Moment war sie sicher mit ihren Gedanken bei Bento. Ja, Caetana musste niedergeschlagen sein, zudem trug sie die Last der täglichen Sorgen, die die Kinder bereiteten. Aber ihre Liebe zu Bento bedeutete, mit diesem Schicksal zu leben, und Caetana hatte das immer gewusst.

In dem zweiten Zweispänner reisten Maria Manuela und ihre Tochter Manuela, die seit dem letzten Herbst sehr gewachsen und nun eine junge Frau war, üppig und auffallend schön. Außerdem Milú, Dona Anas schwarzes Dienstmädchen, mit den zwei Söhnen von Caetana, Leão und Marco Antônio, die unaufhörlich mit den Fingern auf ihre neue Umgebung zeigten und diese verrückte kindliche Freude in sich trugen, sofort losrennen und auf alle Bäume klettern zu wollen. Dona Antônia konnte erkennen, dass Maria Manuela ohne sichtlichen Erfolg versuchte, sie zu beruhigen, während Milú so lachte, dass die hellweißen Zähne in ihrem tiefschwarzen Gesicht aufblitzten, das mit dem gelben Tuch kontrastierte, mit dem sie ihr Kraushaar zusammenhielt. Maria Manuela hatte sie nun erkannt und grüßte sie, und Dona Antônia hob den Arm und winkte ihrer jüngeren Schwester lange zu.

Schließlich folgten die übrigen Nichten, die kaum etwas von ihrer neuen Umgebung mitbekamen. Bei ihrem Anblick erinnerte sich Dona Antônia an ihre eigene Jugendzeit, denn sie saßen wie fröhliche Küken unruhig in ihrem Wagen und lachten. Perpétua, Rosário und Mariana, die drei Cousinen, waren seit ihrer Abfahrt aus Pelotas in ihre Gespräche vertieft, während ein junger schwarzer Fuhrmann nun die beiden Pferde Richtung Wohnhaus lenkte. Dona Antônia wusste, dass Manuela, die Jüngere, es vorgezogen hatte, mit ihrer Mutter in dem anderen Wagen zu reisen und ihr Schweigen zu teilen. Dona Antônia hegte eine große Sympathie für die schöne Manuela, denn auch sie war als junges Mädchen viel mit ihren eigenen Gedanken beschäftigt und sehr schweigsam und unzugänglich gewesen. Die Tochter von Bento und Caetana hingegen, Perpétua, die den Namen ihrer Großmutter mütterlicherseits trug, war aus einem anderem Holz geschnitzt, genau wie die übrigen zwei Töchter von Maria Manuela, die so vertieft in ihre eigenen Angelegenheiten waren, dass sie die Tante auf der Veranda nicht einmal begrüßt hatten. Offensichtlich war ihr Gespräch äußerst anregend, bestimmt unterhielten sie sich über Bälle und junge Männer. Nur Zefina, Caetanas Dienstmädchen, saß in eine Ecke des Wagens gekauert schweigsam neben den jungen Damen und verfolgte alles mit neugierigen Augen.

Auf ein Zeichen von Terêncio hielten alle drei Wagen vor dem großen, weiß gestrichenen Wohnhaus mit den blauen Fenstern und den grauen Samtvorhängen. Dona Antônia stieg die fünf Stufen der Veranda hinab und ging den Schwestern und der Schwägerin entgegen. Zwei mit Koffern und Paketen beladene Karren standen bereits hinter dem Wohnhaus an der Grundstücksgrenze. Terêncio ging dorthin und wies an, das Gepäck der Reisenden abzuladen.

»Ich heiße euch willkommen«, sagte Dona Antônia zur Begrüßung und umarmte Dona Ana. »Du siehst sehr gut aus«, fügte sie lächelnd hinzu. »Ich hoffe, dass dein Haus zu deiner Zufriedenheit hergerichtet ist. Ich bin heute früh selbst hierhergekommen, um Dona Rosa die letzten Anweisungen zu erteilen. Die Zimmer sind alle bereit, und wenn es in der Küche keine Verzögerung gegeben hat, dürfte der Tisch schon gedeckt sein.«

Dona Ana lächelte fröhlich über das ganze Gesicht, und ihre kleinen dunklen Augen glänzten zufrieden. Sie umarmte ihre Schwester mit aller Kraft, wobei sie deren Rippen unter dem hellen Kleiderstoff spürte.

»Ich habe dich vermisst, Antônia. Aber selbst der härteste Winter kann dich wohl nicht von hier vertreiben, kluge Schwester, hm?«

»Meine Seele findet nur hier auf dem Land ihren Frieden, Schwester. Das solltest du doch wissen.«

Dona Ana vollführte mit der behandschuhten Hand eine abwehrende Geste.

»Macht nichts, Antônia. Jetzt sind wir da. Und, wer weiß, vielleicht bleiben wir längere Zeit hier …« Sie seufzte, und einen Augenblick verdunkelten sich ihre Augen, aber gleich darauf lächelte sie wieder. »Wir werden sehen, das ist eine Angelegenheit, die Gott und unsere Männer regeln müssen … Wir reden später über den Krieg, falls wir tatsächlich einen Krieg vor uns haben. Aber jetzt gibt es viel zu tun. Wir müssen alle diese Menschen hier unterbringen.« Sie stieg die Verandatreppe hoch und rief: »Dona Rosa! Dona Rosa! Wir sind da! Die Kinder haben Hunger! Dona Rosa, haben Sie an die Vase mit Jasmin für mein Zimmer gedacht?«

Ihre energische Stimme verlor sich im Wohnhaus. Dona

Antônia umarmte Caetana und hieß sie willkommen. Caetana hielt ihre fünfjährige Tochter an der Hand.

»Du bist aber ein hübsches Mädchen, Maria Angélica! Bald wirst du eine junge Dame sein, hm?« Dona Antônia strich über das goldene Haar des Mädchens. »Und, liebe Schwägerin, wie geht es dir?«

Caetana lächelte sanft, aber auch etwas müde. Ihre grünen Augen offenbarten einen Schimmer, der ihrem Gesicht einen unübersehbaren Zauber verlieh.

»Mir geht es sehr gut, Antônia. Und so wird es sein, bis ich einen Brief von Bento erhalte… Du weißt ja, wenn seine Briefe kommen, sterbe ich fast, weil ich den Inhalt vorausahne, aber wenn sie ausbleiben, ist es die Angst… Aber so ist es immer gewesen, seit meiner Heirat. Mittlerweile habe ich mich an dieses Soldatenleben gewöhnt. Wenigstens verbringen wir diese Zeit gemeinsam, Schwägerin.«

»Es werden angenehme Tage«, erwiderte die andere.

»Selbstverständlich, liebe Antônia, selbstverständlich.«

Caetana nahm wieder ihre Tochter an die Hand und vergewisserte sich, dass die Kinder die Reise gut überstanden hatten. Zwischen all den Familienangehörigen bewegte sie sich flink wie ein Wiesel und stolz wie eine Königin. Caetana war zweifelsohne eine der schönsten Frauen von Rio Grande. Bei den Bällen erregte keine der jungen Frauen mehr Aufmerksamkeit als sie, wenn sie beim Walzertanzen von Bento Gonçalves durch den Saal geführt wurde.

Dona Antônia umarmte schließlich Maria Manuela, die ihr von der angenehmen Reise berichtete: »Die Landstraße war fast die ganze Zeit menschenleer. Es scheint, als befände sich Rio Grande in einer Wartestellung… Mein Mann ist vor zwei Tagen mit Bento aufgebrochen…« Sie senkte die Stimme. »Allein der Gedanke daran lässt mich erschauern. Wenn der Krieg kommt, werden Brüder gegen Brüder kämpfen.« Sie bekreuzigte sich.

»Sei unbesorgt, Maria. Du weißt ja, sie wissen sehr wohl, was sie tun. Überlassen wir ihnen diese Angelegenheiten…«

»Du hast Recht, Schwester… Aber jetzt möchte ich etwas essen und einen kühlen Saft trinken. Meine Kehle kratzt teuflisch vom Staub.«

Gemeinsam stiegen sie zur Veranda hoch, wo ein Dienstmädchen den Cousinen und den Kindern bereits Getränke servierte. Dona Antônia kümmerte sich einige Zeit um die beiden Söhne von Bento, die dann aber sofort in das Haus stürmten, um es zu erforschen. Die vier Nichten kamen auf sie zu und umarmten sie. Dona Antônia sagte zu Perpétua, dass sie ein hübsches junges Mädchen sei und sehr ihrem Vater ähnele.

»Jetzt bist du im heiratsfähigen Alter, Perpétua. Mädchen, wir müssen einen guten Ehemann für dich finden.«

Perpétua errötete ein wenig und antwortete, dass es zu Kriegszeiten eine undankbare Aufgabe sei, einen Bräutigam zu finden. Sie hatte die gleiche kupferfarbene Haut wie ihre Mutter, aber die Augen hatte sie von Bento, auch wenn ihr Blick trauriger war, und ihre Haare dunkelbraun.

»Alle schließen sich derzeit meinem Vater oder der anderen Seite an, Tante. Solange es diesen Krieg gibt, werde ich bestimmt unverheiratet bleiben.«

Sie konnte sich an jenem milden Frühlingsbeginn in der Pampa nicht vorstellen, was die Zukunft für die Provinz bereithielt, ebenso wenig wie irgendeine andere der Frauen. Perpétua Garcia Gonçalves da Silva hegte die Hoffnung, dass ihnen bereits der Sommer den Frieden bringen werde. Den Frieden und den Sieg. Und die eleganten Bälle, wo sie ihre Kleider aus Buenos Aires tragen würde und die Samtschuhe, die sie sich aus der Residenzstadt kommen ließ. Dona Antônia nahm sie bei der Hand und sprach: »Geschätzte Nichte, zuweilen vergeht die Zeit in dieser Gegend sehr langsam… Aber hab Geduld, wenn die Zeit einen Mann für dich bringt, wird das der Krieg nicht verhindern können. Es steht alles geschrieben. Vertraue mir, ich kenne mich mit Schicksalsdingen aus. Ich habe es auf das Härteste gelernt, indem ich lebte.«

Perpétua lächelte und umarmte schnell ihre Tante, die sie immer nur als Witwe gekannt hatte. Die Vorstellung, dass diese so sittsame und zurückgezogen lebende Dona Antônia einst einen Mann im Bett an ihrer Seite hatte, lag ihr fern.

Rosário näherte sich, nun war sie an der Reihe, Dona Antônia zu umarmen. Sie entschuldigte sich wegen ihrer staubigen Kleidung. Sie sehnte sich nach einem ausgiebigen Bad mit lauwarmem Wasser. Rosário war von allen Nichten die städtischste: Als ihre Mutter ihr mitteilte, dass sie Pelotas verließen, um eine Zeit auf der Estância da Barra zu verbringen, schloss sie sich den ganzen Nachmittag auf ihrem Zimmer ein und vergoss bittere Tränen. Sie wollte Paris, Buenos Aires und Rio de Janeiro kennen lernen. Sie träumte von den Festlichkeiten bei Hofe, von den Bällen und dem lustigen Leben, das die Damen dort wohl führten. Und nun, während die Männer für Gott weiß was für Träume kämpften, musste sie sich auf das Land zurückziehen, auf das schweigende, unendliche Land, wo beim Schrei der Kiebitze die Zeit stillzustehen schien. Rosário de Paula Ferreira verspürte keine Zuneigung für die Landschaft der Pampa, und jetzt befand sie sich mit den anderen dort, zu einem Exil verdammt, dessen Ende nicht abzusehen war.

»Wenn du willst, kann dir eine der Schwarzen vor dem Mittagessen noch ein Bad einlassen. Aber jetzt umarme mich, mein Mädchen, schließlich habe ich dich seit Monaten nicht gesehen. Und wie du weißt, hat mir der Staub noch nie etwas ausgemacht.« Dona Antônia umfasste mit ihren vom Reiten so kräftigen Armen Rosários schmale Taille. Rosário war von zarter Statur, sie hatte helle Haut, blaue Augen und sehr glattes blondes Haar. Ihre Hände waren so zart, als könnten sie nur Kristallgläser berühren. Sie stellte sich das Mädchen auf einem Sattel vor und lächelte belustigt: Ja, Rosário bot eine distinguierte Erscheinung. »Jetzt nimm schon dein Bad«, sagte sie und schob das junge Mädchen in das Wohnhaus hinein.

Mariana küsste ihrer Tante die Wangen, und ihre Freude über ihre Ankunft ließ ihre dunkelbraunen Augen strahlen.

»Tante, ich habe Sie sehr vermisst! Ich war so glücklich, als ich hörte, dass wir zu Ihnen kommen würden.«

Und in ihrer Freude eilte sie ins Haus, um Perpétua zu suchen. Mariana war nicht sonderlich groß, ihre Haut war gebräunt, in ihrem Gesicht fielen ihre braunen, schmalen Augen unter den langen schwarzen Wimpern auf. »Augen einer Indianerin«, sagte ihre Mutter immer. Und sie war so fröhlich wie ein kleines Mädchen.

Manuela, die Jüngste, umarmte ihre Tante mit aufrichtiger Zuneigung. Sie sah ein wenig zerzaust aus, schließlich hatte sie auf halber Strecke den Hut abgenommen, um den Wind im Haar zu spüren. Ihr Gesicht mit den ausgeprägten Gesichtszügen, ihre sehr hellen grünen Augen, alles strahlte die Kraft von etwas Neuem und Geheimnisvollen aus. Und ihr Mund mit den kräftigen Lippen formte sich zu einem breiten Lächeln. Sie trug ein gelbes Kleid mit einem Spitzenbesatz an der Brust, der ihre Reize noch betonte.

»Tante Antônia«, sagte sie nur, und ihre kühlen Hände drückten Antônias Handflächen.

»Aus dir ist eine Frau geworden, Manuela. Als ich dich das letzte Mal sah, im letzten Sommer, warst du noch ein Mädchen.«

»Die Zeit vergeht, Tante«, antwortete Manuela, um etwas zu sagen. Sie atmete den Duft des Jasmins ein, der die Veranda und den Garten durchdrang. »Wie schön ist es hier.«

Dona Antônia lächelte ihrer Lieblingsnichte zu und trug ihr auf, mit den anderen ins Haus zu gehen, um sich des Reisestaubs zu entledigen und für das Mittagessen zurechtzumachen. Schließlich waren alle hungrig.

»Selbst ich habe Hunger, mein Mädchen, denn ich bin heute mit dem Morgengrauen aufgestanden und habe fast nichts gegessen. Es wird Zeit, dass ich die Schüsseln auf dem Tisch zu sehen bekomme!«

Sie beobachtete, wie Manuela sich ins Haus begab, indem sie sanft den Holzfußboden betrat und weiter auf dem Flur ging, der ihr vertraut war, in Richtung des Zimmers, das ihr eine der Schwarzen anwies. Und sie spürte einen leichten Schauder, als sie ihre Nichte betrachtete, die wie eine Fee durch das Haus schritt, aber sie bezog es auf den Frühlingswind, der in dieser Gegend der Pampa noch sehr kalt war.

Sie war jetzt allein auf der Veranda. Alle Frauen und Dienstmädchen waren damit beschäftigt, die Koffer auszupacken und sich für das Mittagessen zurechtzumachen. Dona Antônia lächelte: Das Haus war voll wie zu Ferienzeiten, und eine neue, laute Freude nahm alles in Beschlag. »Wie lange wird es anhalten?«, konnte sie nicht umhin, sich zu fragen. »Mein Gott, wie lange?«

Dona Ana setzte sich auf das Bett und strich über die Matratze. Auf der linken Seite konnte sie eher im Geiste als mit den Fingern die Umrisse des Körpers ihres Paulos spüren. Sie legte sich einen Augenblick hin, aber sie fand im Bett nur Leere statt der Wärme und des Geruchs ihres Mannes, eines starken Geruchs nach Tabak und Zitrone. Alles strömte einen Geruch nach Sauberkeit aus, der sie in der Brust schmerzte. Paulo war kein junger Mann mehr, selbst wenn er immer noch den festen Körperbau eines Reiters hatte: Er war groß gewachsen, breitschultrig, er trug Vollbart, sprach mit fester Stimme und hatte kräftige, vom vielen Lassoschwingen schwielige Hände. Er stand schon gut in den Fünfzigern, auch wenn sein Haar immer noch so schwarz wie in seiner Jugendzeit war und er Träume hegte, als hätte er das Leben noch vor sich. Er schätzte die Monarchie, die Residenzstadt, die Abwechslung zwischen der ruhigen Routine und den Aufgaben in den Winterquartieren für die Rinderherden, die er selbst beaufsichtigte. Aber nun war er mit Bento dort und forderte die Regentschaft heraus und alles, wofür diese stand, er erhob die Waffe gegen etwas, was er immer gekannt hatte. In letzter Zeit waren die Dinge für die Großgrundbesitzer schwieriger geworden, und Dona Ana bemerkte in den Augen ihres Mannes eine zunehmende Angst, die sich in abrupten Bewegungen und in schlaflosen Nächten äußerte, in denen sie spürte, wie er sich im Bett von einer Seite auf die andere wälzte und versuchte, seine Gedanken zu beruhigen. Als er sie in der vorausgegangenen Woche gebeten hatte, in sein Arbeitszimmer zu kommen, und ihr erzählte, dass sie unter der Führung von Bento aufbrechen würden, um Porto Alegre einzunehmen, wusste Dona Ana dies bereits, denn schon als kleines Mädchen hatte sie gelernt, im Schweigen die Antworten auf ihre Zweifel zu finden. Als sie sah, wie er seine Zigarre rauchte und eine Ruhe vortäuschte, die er absolut nicht in sich trug, die grünen Augen von einem geheimnisvollen Fieber ergriffen, wollte Dona Ana nur wissen: »Was ist mit José und Pedro?«

Ihr Mann behielt seinen festen Blick.

»Ich habe bereits mit ihnen gesprochen. Sie haben gesagt, dass sie uns begleiten.« Und die Angst in Anas Augen vorwegnehmend, ergänzte er mit entschiedener Stimme: »Sie sind Männer, sie sind Riograndenser, sie werden einmal die Besitzer dieser Ländereien sein, und sie haben das Recht, wegzugehen und für das zu kämpfen, woran sie glauben.«

Und nun war Dona Ana hier. Ihre drei Männer befanden sich vielleicht in der Umgebung von Porto Alegre, in Azenha, und waren Teil einer Verschwörung. Sie wetzten die Dolche, putzten die Bajonette, aßen Churrasco an den Lagerfeuern und atmeten den Geruch der Erde, der Pferde und der Beklemmung, der in allen soldatischen Feldlagern zu riechen war.

Dona Ana strich noch einmal über die Matratze unter der weißen Steppdecke. Durch das Fenster, zwischen den zur Seite geschobenen Vorhängen, trat eine goldene Sonne ein, eine matte, freundliche Sonne. Sie musste sich für das Mittagessen zurechtmachen, schließlich gab es keinen Grund zur Trübsal, noch nicht. Beim Warten auf die guten oder schlechten Nachrichten lagen noch viele Tage der Sorge vor ihnen, und dann, erst dann, wenn der Fall eintreten sollte, würde die Traurigkeit bei ihnen Einzug halten. Die gleichmütige Traurigkeit, die die ständige Begleiterin der Frauen in der Pampa war. Ja, denn es gab keine Frau, die nicht das Warten auf einen Krieg miterlebt hätte, die keine Novene für den Ehemann gebetet oder eine Kerze für den Sohn oder den Vater angezündet hätte. Ihre Mutter hatte die Trübsal des Wartens erfahren, und vor ihr ihre Großmutter und ihre Urgroßmutter... Alle Frauen auf der Estância hatten sich in der gleichen Situation befunden, und sie, Ana Joaquina da Silva Santos, war hier die Hausherrin. Sie stand auf, öffnete den dunklen Holzschrank und nahm ein Kleid heraus. Sie begab sich zum Toilettentisch, packte den Krug und goss ein wenig Wasser in die Waschschüssel aus Steingut. Sie wusch sich schnell. Milú erschien wie ein Schatten mit einem weißen Handtuch im Zimmer. Sie trocknete ihre Herrin mit sanften und geschickten Bewegungen ab, sie half ihr beim Wechseln der Wäsche und dem Anlegen der sauberen Kleidung und war ihr beim Flechten des Zopfes behilflich. Milú hatte lange goldene Finger, die wie im Flug über Dona Anas Haare eilten und den Zopf zu einem perfekten Knoten zusammensteckten.

»Das ist sehr gut so, Milú.« Dona Ana schenkte dem Dienstmädchen ein Lächeln. »Gib in der Küche Bescheid, dass ich jetzt komme.«

Milú hatte eine sanfte Stimme, die mit dem schmächtigen Körper der jungen Schwarzen harmonierte. Sie sagte: »Sehr wohl, Senhora« und eilte aus dem Zimmer, ohne auch nur den geringsten Lärm beim Schließen der Tür zu verursachen, den Dona Ana hasste.

Zehn Personen saßen um den Tisch versammelt. Die beiden kleinen Mädchen von Caetana hatten ihre Suppe und ihre Milch bereits eingenommen und schliefen nun erschöpft von der Reise unter dem aufmerksamen Blick der schwarzen Xica. Die Mittagsmahlzeit war ein Festessen: Gebratenes Fleisch, Hühnchen in Soße, Bohnen, Reis, Püree und mit Butter gekochter Maniok standen in verschiedenen Schüsseln auf dem Tisch, der mit einer von Dona Perpétua vor vielen Jahren gestickten Tischdecke gedeckt war.

Es gab nur eine kurze, unruhige Unterbrechung, als vor dem Essen, wie in diesem Haus üblich, Dona Ana die Hände zum Gebet zusammenführte und betete: »... für unsere Männer und Söhne, dass Gott sie mit seiner eigenen Hand führen möge und sie bald siegreich nach Hause zurückkommen«. Die Stimmen der Frauen antworteten im Chor »Amen«, während Leão und Marco Antônio mehr mit Kauen beschäftigt waren.

Caetana Joana Francisca Garcia Gonçalves da Silva bemühte sich, das leichte Zittern, das ihren Körper ergriffen hatte, zu beherrschen, aber vergeblich. Sie senkte den Blick, und auf ihrer Netzhaut tanzte immer noch das Bild ihres verehrten Bento, wie er in seinem Dolman, den Degen im Gürtel, und mit den schwarzen Stiefeln und den Sporen aus Silber seinen Fuchs antrieb. Sie erlebte noch einmal den Abschied in der Morgendämmerung, als er mit Onofre und den anderen das Haus verlassen hatte, um die Hauptstadt einzunehmen. Im Zwielicht schienen sie magische Figuren, die vom ersten Schimmer des Tages vergoldet wurden. Und so hatte sie den letzten Augenblick festgehalten: sein aufrechter Rücken, das Pferd im Trab, ein schwarzer Fleck, der nach und nach kleiner wurde. Sie war auf der Veranda geblieben, in ihren schwarzen Wollschal gehüllt, mit immer schneller schlagendem Herzen, das ihr aus dem Mund entweichen wollte. Im Haus hatte die kleine Tochter geweint.

Dona Ana begann am Kopfende des Tisches von den Speisen zu nehmen, ein wenig von allem, denn es gab nichts Besseres als einen vollen Magen, um die Nöte der Seele zu beruhigen, sowie eine Siesta, jawohl, in ihrem Bett, und dabei zu spüren, wie der Jasminduft und die frische Brise der Pampa zum Fenster hereinströmten. Sie bemerkte, dass Caetana an ihrer Seite als Einzige einen leeren Teller vor sich hatte, der so leer war wie ihre grünen Augen, die verloren von einer Schüssel zur anderen streiften, als betrachteten sie alte Geister.

»Schwägerin, hast du keinen Hunger?«

Die herzliche Stimme riss Caetana aus ihren Grübeleien, und sie lächelte traurig.

»Verzeihung, Ana. Ich muss unaufhörlich an Bento denken, daran, wo er zu dieser Stunde wohl sein mag …«

Dona Ana streckte den Arm aus und berührte die Hand der Schwägerin. Ihre Augen spendeten Ruhe und Trost.

»Sei unbesorgt, Caetana. Wenn ich mich nicht täusche, genießen Bento und die anderen zu dieser Stunde ein ordentliches

Churrasco. Du kennst doch den Appetit der Mutigen… Sie würden sogar einen ganzen Ochsen vertilgen.«

Die Mädchen lachten über den Scherz der Tante. Dona Antônia saß am anderen Tischende, sie fügte hinzu: »Wenn sie Porto Alegre einnehmen, sei es heute Nacht oder morgen, werden sie dies sicher mit vollem Magen tun. Und wenn sie essen, sehe ich nicht, warum wir es nicht auch tun sollten. Schließlich sagte meine Mutter schon immer: ›Leerer Magen bringt nur Versagen.‹«

Caetana ließ ein Lächeln über ihr Gesicht gleiten und nahm sich auch etwas von dem Essen auf den Teller, das sie nur nach und nach verspeiste, obwohl es wohlschmeckend und sehr gut gewürzt war, denn Bento, ihr Bento, der so groß und stark wie ein Stier war, hielt immer noch jeden Winkel ihres Gemüts besetzt. Aber das Mittagessen nahm einen heiteren Verlauf, und die jungen Mädchen versuchten über fröhliche Dinge zu plaudern. Für sie war der Aufenthalt auf der Estância nichts anderes als ein Ferienaufenthalt, und danach würden sie wieder nach Pelotas zurückkehren, zu den Teeeinladungen am Sonntag mit den Freundinnen vom Stickkränzchen und zu den Bällen. Genau, zu den Bällen, die sie so liebten.

»In diesem Frühling trägt man Gelb«, sagte Rosário. »Schade, dass es mir mit meiner hellen Haut und meinem blonden Haar nicht steht. In Gelb sähe ich aus wie ein Eidotter.«

Und Dona Ana lachte freudig, ohne ihre braunen Augen von diesem Mädchen aus der Stadt zu nehmen, mit den zarten Handgelenken und den Augen, die so blau waren wie der Himmel, der draußen strahlte. Sie dachte, dass Rosário anfällig wirkte, sie hatte nicht die Robustheit der Gonçalves da Silva geerbt, und vielleicht würde sie unter dem Leben auf dem Land leiden. In Rio Grande waren höfische Lustbarkeiten ein Zeitvertreib zu Friedenszeiten, aber hier im Grenzgebiet gab es fast nie Frieden, fast nie… Sie erinnerte sich an ihre greise Mutter und an die vielen Morgenstunden, in denen sie sie emsig mit Näharbeiten beschäftigt sah, um die Furcht vor dem leeren Bett zu vertreiben. Sie hatte sie nie weinen sehen, weder im Frieden noch im Krieg. Sie hatte sie nicht einmal weinen sehen, als sie ihre Söhne begrub, einen, der als Kind starb, und den anderen als jungen Mann, der eine Schussverletzung in einer Schlacht erlitten hatte, von der es nicht einmal einen Namen gab, um sich daran zu erinnern. Dona Perpétua da Costa Meirelles verstand nichts von Moden, sie trug immer Grau oder Blau. Weiß hatte sie nur am Tag ihrer Hochzeit getragen. Sie starb schweigsam an ihren Alterserscheinungen, in diesem Haus, in dem sie sich nun aufhielten, und zwar genau zu der Zeit, zu der sie ihre Tochter vor langer Zeit im Sommer besucht hatte.

Dona Ana beobachtete Rosário misstrauisch: Die hohe Stirn, die feinen Lippen hatte sie von der Großmutter. Aber diese feuchten, Tränen gewöhnten Augen – Dona Perpétuas Augen waren immer trocken gewesen, selbst in der Todesstunde.

»Die Mode ist doch nur ein Zeitvertreib, Rosário«, sagte Dona Ana, während sie mit dem Besteck hantierte. »Blau, Weiß, Grün, Gelb und Grau gibt es schon ewig, und diese Farben sind für eine gut gekleidete Frau immer vorteilhaft gewesen.« Als sie den Satz beendet hatte, bemerkte sie ein gewisses Bedauern im munteren Gesicht ihrer Nichte, und ihr schien, als beobachtete ihre eigene Mutter sie aus einer Ecke des Speisezimmers hinter einem Vorhang und lächelte ihr mit dem gleichen Ausdruck von Selbstbeherrschung zu, der sie zeit ihres Lebens begleitet hatte.

Müde von der Anreise, nahmen sie den Nachtisch schweigend ein. Nur Maria Manuela und Dona Antônia unterhielten sich noch eine Weile über den harten Winter, der soeben zu Ende ging, über Blumen, über die Dinge, auf die sie beide sich verstanden. Dona Antônia verabschiedete sich nach dem Mittagessen, sie musste auf ihr Landgut, die Estância do Brejo, zurückkehren, um einige Dinge im Haus zu regeln und den Verkauf einer Rinderherde anzuweisen.

»Aber morgen komme ich wieder zu euch, und wir können uns weiter unterhalten«, sagte sie zum Abschied und suchte nach ihrem Kutscher, der sich vermutlich bei den Landarbeitern aufhielt.

Sogleich zogen sich die Frauen in ihre Gemächer zurück.

Manuela und Mariana sollten das letzte Zimmer im Flur miteinander teilen, mit Blick auf den Feigenbaum im Garten. Perpétua und ihre Cousine Rosário übernahmen das Zimmer neben dem kleinen Arbeitszimmer, in dem auch die Bibliothek untergebracht war. Senhor Paulo hatte hier viele Bücher auf Spanisch und Französisch, Sprachen, die er gut beherrschte.

»Ich werde ein französisches Buch lesen«, sagte Rosário zu ihrer Cousine, bevor sie, schon im Unterrock, auf dem Bett lag und die Augen schloss. »Ich kenne die Sprache ein wenig, denn letztes Jahr hatte ich ein paar Stunden bei Mademoiselle Olive. Den Rest werde ich schon herausfinden. Das ist eine gute Weise, sich die Zeit hier zu vertreiben …«

Perpétua konnte nicht antworten: Bevor Rosário aufgehört hatte zu sprechen, war sie schon eingeschlafen. Vielleicht träumte sie von einem Bräutigam mit blauen Augen.

In ihrem Zimmer wiederum schaute Caetana vergeblich zur Decke hoch, sie konnte nicht einschlafen, trotz der Müdigkeit, die auf ihren Gliedmaßen lastete. Sie hörte ein leises Scharren von Schritten auf dem Gang. Sicherlich stellten die Dienstmädchen gerade im Speisezimmer die Ordnung wieder her. Die Stille im angrenzenden Zimmer bedeutete, dass die Mädchen ruhig schliefen.

Sie stand nach einigen Minuten der Unruhe vom Bett auf. Es war ein einfaches Schlafzimmer: ein großes dunkles Holzbett, an der Wand über dem Kopfende ein Rosenkranz, hohe Fenster mit blauen Samtvorhängen, ein kleiner Spiegeltisch mit Toilettenartikeln, der Krug aus weißem Steingut und die Waschschüssel mit blauem Blümchenmuster, ein Kristallspiegel mit einem edlen, abgegriffenen Silberrahmen. Dem Bett gegenüber stand ein schwerer, zweitüriger Kleiderschrank. Dort hatte Zefina ihre Kleider, ihre Schals und ihre Hüte untergebracht. Auf der anderen Seite des Zimmers, neben dem Fenster, stand ein Tischchen mit einem Stapel Papier, einer Metallfeder und einem Tintenfass.

Caetana zog den Stuhl zurück und nahm Platz. Sie griff zur

Feder, tauchte sie in die schwarze Flüssigkeit in dem Tintenfass, und begann mit einer verrückten Hast zu schreiben, die ihre sonst so makellose Schrift verzerrte.

Geliebter Ehemann,
hier sind wir Frauen nun alle auf der Estância von Ana, deiner Schwester, für diese Wartezeit versammelt, und ich bete darum, dass sie kurz sein möge. Bislang habe ich keine Nachrichten von dir erhalten, und ich weiß sehr wohl, dass es dafür noch zu früh ist. Ich weiß auch, dass du dich um uns und um unsere Kinder sorgst, und dass du alles in deiner Macht Stehende unternimmst, damit unser Aufenthalt erträglich ist. Aber, Bento, ich leide. Und ich leide deinetwegen. In jedem Augenblick denke ich an dich, ob es dir gut geht, ob du Erfolg haben wirst, ob du nach Hause und in meine Arme zurückkommen wirst. Ohne dich ergibt mein Leben keinen Sinn, und selbst ein einfacher Tag fällt mir schwer wie ein harter Wintertag ... Aber ich hoffe und bete.

Verzeihe bitte deiner schwachen Gattin, die diese Beklemmung nun schon so oft erlebt hat, dass sie vergessen hat, wie man sie am besten aushält. Das Warten ist eine harte, langwierige Aufgabe, mein geliebter Bento, die nur die Starken meistern. Und ich werde sie für dich meistern. Niemals kann ich deine Charakterstärke vergessen und auch nicht die Kraft deiner Träume, und ich kämpfe dafür, deiner Gesellschaft und der Großartigkeit deiner Taten ebenbürtig zu sein.

Wenn einer deiner Männer hierherkommen sollte, um Nachrichten von dir und deinen Truppen zu überbringen, fürchte ich, zu schwach zu sein, um angemessen zu antworten. Und deshalb spreche ich mich nun in diesen sehnsüchtigen Zeilen aus ... Du sollst wissen, dass es deinen Kindern hier gut geht. Leão hat schon mehrfach nach deinem Verbleib gefragt, er würde gern an deiner Seite kämpfen. Diesem Jungen wurde die Kampfbereitschaft in die Wiege gelegt, er trägt immer im Gürtel seiner Hose den Degen, den du für ihn geschnitzt hast, also bereite ich meine Seele bereits darauf vor, zum gegebenen Zeitpunkt auch seinetwegen zu leiden. Maria Angélica hat mir nach dem Mittagsschlaf erzählt, dass sie von dir geträumt hat, und ihre kleinen grünen Augen funkelten in Gedanken an ihren Vater vor Glück. Auch die kleine Ana Joaquina, Marco Antônio und Perpétua richten ihre Grüße aus. Von den erwachsenen Jungen habe ich noch keine Nachricht, aber ich gehe davon aus, dass sie in der Residenzstadt in Sicherheit sind. Deine Schwester Antônia hat uns mit der ihr eigenen Warmherzigkeit in Empfang genommen. In ihrer besonnenen Stärke steckt etwas, was mich an dich erinnert, und das gibt mir neue Kraft.

Geliebter Bento, du kannst dein Herz beruhigen, was uns, deine Familie angeht. Ich möchte, dass du weißt, dass ich eifrig für dich zur Heiligen Jungfrau bete, und dass jede meiner Gesten ein nicht ausgesprochenes Gebet birgt. Möge dir der Ruhm zuteilwerden, geliebter Mann, wo auch immer dich deine Schritte hinführen. Dies ist nicht nur mein Wunsch, sondern der der gesamten Familie. Hier auf der Estância da Barra beten wir viel für dich und für die Unsrigen.

Möge Gott an deiner Seite reiten.

Mit all meiner Liebe,
deine Caetana
Estância da Barra, 20. September 1835

Sie faltete sorgfältig den Bogen Papier und versiegelte den Brief mit Wachs. Danach legte sie ihn andächtig in eine kleine Schublade, als handelte es sich um ein wertvolles Juwel.

Sonst hatte sie nichts zu tun, also ging sie wieder ins Bett zurück, legte sich hin, schloss die Augen und betete darum, ein wenig schlafen zu können. Die Rippen schmerzten von der Reise, und sie war den Tränen nahe. Draußen begann ein sanfter Frühlingswind zu wehen. Am Nachmittag würde sie in der Hauskapelle beten. Nur die Heilige Jungfrau würde ihre Seele besänftigen können.

Manuelas Tagebuch

Estância da Barra, 21. September 1835

Unser erster Tag auf dem Landgut verlief ohne besondere Vorkommnisse. Allerdings ist mir die Angst nicht entgangen, die sich in Caetanas Blick geschlichen hatte wie eine scheue Katze. Es ist merkwürdig, Caetana ist meine Tante, schließlich ist sie mit meinem Onkel Bento verheiratet, aber obwohl ich sie an der Seite meines Onkels kenne, seitdem ich auf der Welt bin, kann ich sie nicht ohne weiteres Tante nennen. Sie ist von so einer einzigartigen Würde umfangen, bei jeder Geste, bei jedem Blick. Sie ist nur eine Frau, aber sie ist so.... Ihre Seufzer verströmen einen milden Duft, und ich kann mir vorstellen, wie sich Bento Gonçalves auf den ersten Blick in sie verliebte, als er sie zufällig in einer Gesprächsrunde mit anderen Uruguayern im Haus ihres Vaters oder eines anderen benachbarten Gutsbesitzers kennen lernte. Mein Onkel Bento ist ein Mann, der mit seiner Kraft beeindruckt. Wenn er den Fußboden betritt, scheint das Holz ein wenig mehr als üblich zu beben, aber nicht wegen seines Gewichts oder wegen seines festen Schritts. Seine Augen, sein Körper, seine ganze Gestalt strahlen eine Kraft und eine Ruhe aus, der man sich nicht entziehen kann. Selbst wenn er nicht unter uns weilt, so bestimmt doch mein Onkel mit der Kraft seiner Bewegungen eine jede von uns: Schließlich verbringen wir wegen seiner Ideale diese Wartezeit hier zwischen Bangen und Freude. Sicherlich ist Caetana mit ihrer würdigen Schönheit und ihrem so sensiblen wie starken Gemüt der Aura, die Bento Gonçalves umgibt, erlegen. Der Aura eines Monarchen, auch wenn er in diesem Moment selbst gegen das Kaiserreich kämpft.

Beim Mittagessen hatte Caetana kaum etwas zu sich genommen. Und sie sprach wenig. Sie betrachtete nur alles mit so großer Unruhe, dass mir schien, als sähe sie nichts, sondern wäre ganz mit ihren Erinnerungen befasst. Ich hätte mich gern zu ihr gesetzt und ihr gesagt, dass auch ich weiß, was sie weiß. Ja, denn sie weiß es … Wir werden eine lange Zeit hier verbringen. Weit mehr Zeit, als jede von uns sich vorstellen kann. Wir werden hierbleiben und warten, warten, warten. Ich habe niemandem von dem Feuerstern in der Silvesternacht erzählt, aber seine Botschaft ist wie mit dem Eisen in meine Seele gebrannt. Sicherlich würden meine Schwestern über mich lachen. Sie sagen, ich sei undurchdringlich, undurchdringlich wie der Nebel, der diese Gegend morgens überzieht, eine trübe Decke aus Kondenswasser, vielleicht sogar eine Decke aus Tränen, aus den Tränen, die die Frauen hier vergossen haben oder Caetana, wer weiß.

Heute bin ich sogar vor der Morgendämmerung aufgewacht, und so, wie ich es mir vorgestellt hatte, bedeckte der leichte Nebel alles mit seiner Feuchtigkeit und Eiseskälte, und auch mit einer Schrecken erregenden Stille, einer Stille wie beim schlimmsten Warten. Das war lange bevor der erste Vogel rief und mit seinem Ruf die Mauer der Nacht durchbrach, mit ihren Vorzeichen und ihren beklemmenden Träumen. Caetana hat diese Nacht geweint, dessen bin ich mir sicher. Ich habe nicht geweint: Wir werden noch viel Zeit gemeinsam in diesem Haus verbringen, im Warten vereint, und etwas sagt mir, dass meine Tränen erst später ihren Dienst leisten werden …

Heute ist der bezeichnete Tag.

Es ist noch nicht sieben Uhr, aber ich frage mich, ob in Porto Alegre der Morgen unter der Besetzung der Truppen meines Onkels graut. Noch haben wir keine einzige Nachricht, und alles da draußen erscheint wie in Wartestellung, selbst die Vögel auf den Zweigen zwitschern weniger und sind wegen der Kälte, die uns die Nacht gebracht hat, eng zusammengerückt. Auch der Feigenbaum scheint mir schreckliche Fragen stellen zu wollen, auf die ich keine Antwort habe. Ich weiß, beim Frühstück wird sich eine neue Sorge zu uns gesellen und am Tisch Platz nehmen und, vielleicht, auch ihre eigene Tasse bekommen. Aber keine wird den Mut haben, die Frage zu stellen, die schreckliche Frage zu stellen, und die Sekunden werden mit ihren scharfen Klingen an uns vorüberziehen, ohne dass eine von uns ihre Lektüre oder ihre Stickerei auch nur für einen Moment unterbrechen würde. Die Kunst zu leiden ist unbewusst... Es ist notwendig, dass wir vorgeben zu leben. Und nicht an meinen Vater denken auf seinem goldenen Pferd, das mir so gut gefällt, nicht an seine Stimme denken, an seine Rufe. Ob er noch den Degen im Gürtel trägt? Und António, mein Bruder, der so gern mit der lärmenden Freude eines jungen Mannes meine Lektüre stört, mit welchen Augen wird mein Bruder diesen Morgen erleben? Und wo? Wird er einen Sieg und Heldentaten vollbringen, die er seinen Kindern erzählen kann? Oder nur Wunden erleiden? Niemand weiß es, und die Vögel in ihren Nestern bleiben still.

Es klopft an der Tür. Mariana liegt noch im Bett, sie ist kurz davor aufzuwachen. Mariana hat es immer gefallen, wenn man sie ausschlafen lässt. Doch die schwarze Beata mit ihrer sonderbar schnarrenden Stimme ruft uns vom Flur aus. Sie sagt, das Frühstück stehe auf dem Tisch und dass man uns erwarte. Wir werden alle zugegen sein, mit unseren Spitzengewändern und mit unseren Sorgen. Aber es ist notwendig. Wir müssen den Boden mit der Leichtigkeit betreten, die von uns erwartet wird, wie der Frühling lächeln und glücklich sein, vor allem glücklich sein, wie die harmlosesten aller Geschöpfe. Mariana beschwert sich ein wenig, sie wäscht sich das Gesicht mit kaltem Wasser und greift zu irgendeinem Kleid, morgens denkt sie noch nicht an Moden.

Hiermit lasse ich es bewenden, denn Dona Ana schätzt es, uns alle um den Tisch zu versammeln, und ich sollte nicht auf mich warten lassen. Ein Vogel draußen hat gerufen, ein matter Ruf wie ein Hauch oder eine Tasse Tee.

Manuela

Die ersten Morgenstunden gingen langsam vorüber. Eine zunächst schüchterne Sonne begann die Felder zu vergolden. In der vergangenen Nacht war es sehr kalt gewesen, und in der Pampa erwies sich die Kälte selbst in den Morgenstunden des Frühlings als durchdringend, so dass die Betten mit mehreren Bettdecken versehen wurden. Nachts wurde in den Sälen für die Familien der Kamin angezündet. Mit dem Knistern im Hintergrund gingen die Unterhaltungen ruhig voran, und der Mate wanderte von Hand zu Hand, die Zigarren glühten im Dunklen und verströmten den herben Geruch des Drehtabaks.

Aber nicht in diesem Haus. In diesem weißen Wohnhaus der Estância da Barra waren die Frauen in der Überzahl, und ihre Stimmen diktierten die Formen. Und diese Frauen rauchten nicht und tranken nachts keinen Mate. Draußen um das Feuer, über dem das Fleisch briet und Fett tropfte, saßen durchaus zwei oder drei Landarbeiter, die an ihren Zigarren saugten. Terêncio hatte die Nacht auf der Estância verbracht. Er war nur ein Mann mehr am Feuer, ein hoch gewachsener, schweigsamer Mann mit Augen voll Entschlusskraft und hündischer Ergebenheit zu Bento Gonçalves. Aber im Morgengrauen, als die Welt noch kalt und vernebelt war, ritt er zur Estância do Cristal, wo er die Anweisungen seines Herrn abwarten sollte, während er dessen Rinderherden und dessen Ländereien beaufsichtigte. Nachdem Terêncio aufgebrochen war, blieben noch Manuel, der Verwalter der Estância da Barra, außerdem die Landarbeiter, der schwarze Zé Pedra, den Dona Ana so sehr schätzte, sowie die restlichen Sklaven, die sich dort um das Land und die übrigen Aufgaben kümmerten.

Von diesem Zeitpunkt an war es ein Haus der Frauen. In der vorausgegangenen Nacht, mit dem knisternden Feuer im Kamin, war es, was die Äußerlichkeiten angeht, durchaus ein Haus wie alle anderen gewesen. Aber es wurde kaum gesprochen, und das Leuchten von glühenden Zigarren war nicht zu sehen. Hier wurde nur ein wenig Tee getrunken, als Beata mit der Teekanne und einem Teller mit Maiskuchen hereinkam. Mit gesenkten Köpfen beschäftigten sich die Frauen mit diffizilen Stickereien, und die Farben, die man, abgesehen vom kräftigen Leuchten des Kiefernscheites, das in Flammen aufging, sehen konnte, waren die der bunten Seidenfäden: grüne, rote, blaue Seidenfäden, die auf den Stoffen Blumen, Arabesken und andere Wunder geschickter Handarbeit hervorzauberten. Einige der Mädchen lasen im Licht des Kerzenständers und bewegten langsam und lautlos die Lippen, so wie es sie ihre Hauslehrerinnen in den fernen Nachmittagen ihres Unterrichts gelehrt hatten.

Zu vorgerückter Stunde, als sie die Müdigkeit überkam oder etwas Schlimmeres ihre Gemüter umtrieb, als Caetana kaum noch den Seidenfaden durch das Nadelöhr führen konnte, als Maria Manuela mit ihren Gedanken bei ihrem Mann und ihrem Sohn war, während draußen der Wind in dem Wäldchen pfiff, stand Dona Ana aus ihrem Sessel auf und begab sich zum Klavier. Sie klappte mit einer einzigen Handbewegung den lackierten Deckel hoch, und ihre bleichen flinken Hände eilten über die Tasten und ließen ein, zwei, drei Walzer erklingen. Die Mädchen freuten sich sehr: Sie schlugen die Bücher zu und dachten sehnsüchtig an die Bälle. Maria Manuela zeigte ein mattes Lächeln, ihr Mann mochte genau diesen Walzer, er tanzte immer mit großen Schritten, er liebte es, im Ballsaal Drehungen auszuführen, sie vor aller Augen vorzuführen, allen zu beweisen, was für ein großartiger Tänzer er war. Auch Caetana war in Gedanken bei Bento Gonçalves. Bento, der die Musik liebte, der keine einzige Festlichkeit ausließ, der mit demselben Elan das Tanzbein schwang, mit dem er in den Krieg zog.

»Tante, spiel doch bitte eine Polka!«, bat Perpétua mit leuchtenden Augen.

Dona Ana entfaltete ein strahlendes Lächeln und erweckte ihre Finger auf der Tastatur zu neuem Leben. Die Mädchen erkannten die Musik, sie lachten und klatschten im Takt. Rosário stand plötzlich auf, sie ließ sogar das Buch auf den Teppich gleiten und deklamierte, während sie mit den Armen gestikulierte:

Ich pflanzte eine Immortelle,
aber sie wuchs nicht schnelle.
Hoffentlich lebt dein Herz auch immer
für meines Herzens Schimmer.

Die Frauen applaudierten ausnahmslos. Die grünen Augen von Caetana funkelten, und ihre Füße tippten unter dem blauen Rock den Takt der Melodie. Manuela ließ von der langweiligen Stickerei ab und stand auf, um ihrer Schwester zu antworten. Sie räusperte sich und sang mit Anmut:

Du pflanztest eine Immortelle,
aber sie wuchs nicht schnelle.
Denn mein Herz ist wirklich nicht
Auf dein schimmernd' Herz erpicht.

Und wieder gab es Applaus. Rosário bot der Schwester ihren Arm, und die beiden tanzten durch den Saal, den das Flackern des Kamins beleuchtete, als wären sie ein Tanzpaar auf einem Ball. Mariana und Perpétua schlossen sich ihnen an. Dona Ana strahlte so über das ganze Gesicht, dass sie wie verjüngt aussah. Manuela vollführte im Saal Drehungen, und ihre Gedanken flogen: Es war nicht ihre Schwester, die sie sah, es war ein Mann, der ihr den Arm anbot, und er verbreitete eine milde und angenehme Wärme, während sie wie verrückt durch den Ballsaal voller Gäste wirbelten. Ach, sie fühlte sich sehr schön, wie ein Schmuckstück, und glücklich, sie würde vor Glück genau hier explodieren, inmitten der anderen … Und die Musik, die Musik erfüllte ihr Gehör und ihr Herz.

Dona Ana hörte plötzlich auf zu spielen.

Die Mädchen lachten und ließen sich mit glühenden Wangen lärmend in ihre Sessel fallen. Manuela war sprachlos. Sie sah nun den Saal ohne Gäste, sie schaute zu den anderen Frauen, zu Viriata, die in ihrem roten Kleid still in einem Winkel des Saals stand und angetan von der Musik, die sie gehört hatte, ihre groben schwarzen Finger verdrehte.

»Manuela, ist dir schwindelig?«

Die Stimme der Mutter war zu hören. Manuela verneinte mit dem Kopf, lächelte, nahm wieder ihren Platz ein, hob die Stickerei vom Boden auf und arbeitete lustlos daran weiter. Dona Ana stand vom Klavierschemel auf.

»Es ist spät«, sagte sie. »Es ist an der Zeit, schlafen zu gehen … Morgen wird ein langer Tag werden.«

Allein aufgrund der Erwähnung des kommenden Tages umspielten wieder geheimnisvolle Züge Caetanas Gesicht, und ein Schatten verdunkelte ihre lebhaften grünen Augen. Sie zog sich als Erste zurück und sagte, sie wolle nach ihren kleinen Kindern sehen.

Bald darauf gingen die anderen zu Bett.

Und die kalte Nacht ging im Licht der Morgenröte zu Ende.

An diesem Morgen des 21. September 1835 saßen sie bereits mit Dona Ana am Kopfende am Frühstückstisch, als Zefina in das Speisezimmer stürmte und unter Nichtbeachtung jeglicher Förmlichkeiten und Floskeln für den Umgang mit der Herrschaft nervös schrie: »Da kommt ein Mann! Und er trägt ein rotes Tuch am Hut! Er bringt bestimmt die Nachrichten, auf die die Herrschaften warten! Herr im Himmel!«

Caetana Joana Francisca Garcia Gonçalves da Silva hatte nicht die Kraft, das Benehmen der Sklavin zu tadeln. Sie sprang vom Tisch auf, weiß wie ein Geist. Ihr bleiches Gesicht verschmolz mit dem elfenbeinfarbenen Seidenkleid, das sie trug. Alle anderen Frauen blieben ruhig. Mariana hatte noch ein Stück Kuchen im Mund, das sie mehrere Minuten lang vergaß weiterzukauen. Caetana rannte zur Veranda. Dona Ana folgte ihr, und die anderen kamen hinterher, als Letzte die zitternde Zefina. Sie hatte gerade Ana Joaquina gewiegt, als sie bei einem Blick aus dem Fenster diesen Mann in Richtung Wohnhaus galoppieren sah. Sie hatte das Mädchen in die Wiege gelegt und war zum Speisezimmer geeilt. Ana Joaquina war mit offenen Augen in ihrer Wiege geblieben und stammelte etwas, was die Kinderfrau nicht hören konnte.

Caetana stieg die Verandastufen hinunter und spürte, wie

ihr die anderen Frauen folgten. Sie sah, wie der Mann anhielt und vom Pferd stieg, das er einem der Schwarzen übergab, und dann mit schnellen Schritten weiterging, bis er vor ihr stand und sie mit dem Respekt betrachtete, der ihr als Dame und Gattin eines Obersts zukam.

»Guten Tag, Senhora Caetana.« Die Stimme des Mannes klang kräftig und formell.

»Guten Tag«, gab Caetana zur Antwort.

»Ich habe hier einen Brief, den Oberst Bento Gonçalves an die Senhora schickt.« Daraufhin zog er aus der Westentasche ein kleines Stück gelbes Papier, das Bento Gonçalves' rotes Siegel trug, und reichte es Caetana. »Mit Verlaub, Senhora.«

Caetana riss ihm den Brief aus den Händen. Gleich darauf entschuldigte sie sich für ihre Ungeduld. Der Soldat antwortete ihr mit einem verständnisvollen Lächeln. Zé Pedra tauchte auch auf. Dona Ana lud den Mann ein, in der Küche einen Matetee zu trinken und etwas zu essen, wofür er sich bedankte: Er war seit dem Morgengrauen geritten, um den Brief des Obersts zu überbringen, und nahm nun das Angebot gern an. Außerdem musste er ein wenig ruhen, ehe er wieder nach Porto Alegre aufbrach, wo sich die übrigen Truppen aufhielten. Zé Pedra, ein untersetzter Schwarzer mit mürrischem Gesicht, der allerdings ein großes Herz hatte und auf dessen Rücken die beiden Söhne von Dona Ana einst reiten durften, gab dem Soldaten ein Handzeichen, ihm hinter das Haupthaus zu folgen.

Caetana eilte zum Speisezimmer und setzte sich mit dem Brief im Schoß in einen Stuhl. Sie zitterte, aber sie wartete ab, dass die anderen sich um sie scharten, eine nach der anderen, die Schwägerinnen und die Nichten, die Tochter an ihrer Seite, und dass sich Zefina, deren Mann unter Antônio Netto de Souza für die Republik kämpfte, diskret neben das Fenster stellte. Erst dann erbrach sie das Siegel mit den Initialen ihres Gatten. Im Zimmer war kein Laut zu vernehmen, nicht einmal ein Windhauch bewegte die Bäume im Garten. Caetanas Stimme zitterte leicht, als sie zu lesen begann.

Meine liebe Caetana,
diese kurzen Zeilen schreibe ich Dir im Arbeitszimmer des ehemaligen Präsidenten unserer Provinz, Antônio Rodrigues Fernandes Braga, der als Beweis seiner absoluten Unfähigkeit und Feigheit mit einem Boot aus Porto Alegre flüchtete, noch ehe unsere Truppen die Stadt erreicht hatten. Wir haben diese Stadt heute Morgen eingenommen, und zwar ohne viele Kämpfe und fast ohne Blutvergießen. Deshalb bitte ich dich, meine Schwestern und alle anderen Familienmitglieder: Seid unbesorgt und vertraut weiterhin auf Gott. Denn Gott steht auf der Seite der Gerechten und gibt uns bei diesem Unternehmen sein Geleit.

Liebe Caetana, die Dinge stehen gut, aber es bleibt noch viel zu tun. Rio Pardo leistet noch Widerstand, aber unsere Truppen werden auch diese weitere Probe erfolgreich bestehen. Die Stadt Porto Alegre erscheint zu diesem Zeitpunkt wie ausgestorben und verängstigt, vermutlich haben Braga und seine Leute die übelsten Lügen über unsere Pläne für Rio Grande und seine Bevölkerung verbreitet. Caetana, vertraue mir, bald werde ich dir bessere Nachrichten übermitteln.

Geliebte Gattin, ich vermisse dich sehr. Ich stünde dir gern zur Seite, aber meine Pflichten für mein Land hindern mich daran. Gib den Knaben und den Mädchen einen Kuss von mir. Und bitte Perpétua, mich in ihre Gebete einzuschließen, denn ihre Fürbitten sind voll der Stärke. Umarme jede meiner Schwestern und richte ihnen aus, dass alle Männer der Familie wohlauf sind und sich in diesem Moment von den Strapazen dieser langen Nacht erholen.

Mit all meiner Hingabe,
Bento Gonçalves da Silva
Porto Alegre, den 21. September 1835

Als Caetana den Brief vorgelesen hatte, standen Tränen in ihren Augen. Auch Dona Ana weinte vor Erleichterung und Rührung. Sie war in Gedanken bei ihren Söhnen und bei Paulo und hatte eine lange schlaflose Nacht verbracht, aber jetzt wusste sie, jetzt hatte sie die Gewissheit, dass alle wohlauf waren, dass die Hauptstadt ihnen gehörte und dass alles friedlich enden würde.

»Gott sei es gedankt!«, rief Maria Manuela, die mehr an Antônio dachte, der noch nie in einer Schlacht gekämpft hatte, als an ihren Mann, der mit dem Säbel so geschickt war, dass er in seinem Land schon eine Legende darstellte.

Manuela, Mariana, Rosário und Perpétua umarmten sich freudig. Perpétua strahlte noch mehr als die anderen, weil ihr Vater von ihren Gebeten geschrieben hatte. Ja, sie würde auch weiterhin für ihn und seine Soldaten mit der ganzen Kraft ihrer Seele beten. Rosário umarmte ihre Mutter, sie war wegen der Nachricht über ihren Onkel, ihren Vater und ihren Bruder glücklich, aber sie näherte sich Dona Ana und fragte mit verschwörerischer Stimme: »Tante, bedeutet dieser Brief, dass wir wieder nach Hause fahren können?«

»Werte Nichte, dieser Brief bedeutet, dass unsere Männer lebendig sind oder zumindest bis zu diesem Morgengrauen lebendig gewesen sind. Bento schreibt, dass es noch viel zu tun gibt und dass Rio Pardo noch Widerstand leistet.« Sie seufzte, ehe sie weitersprach. »Wir müssen abwarten. Denn dafür, werte Nichte, sind wir Frauen doch gemacht, für das Warten, oder?«

Rosário nickte langsam mit dem Kopf.

Alle versammelten sich wieder um den Tisch und setzten die Mahlzeit fort. Eine neue Wärme durchströmte Caetanas Brust. Sie entschied, nach dem Frühstück ein wenig mit Leão und Marco Antônio zu spielen und ihnen zu erzählen, dass ihr Vater eine weitere Schlacht gewonnen hatte und ein mutiger Soldat war.

Gegen Mittag kam Dona Antônia, und Caetana verlas für ihre Schwägerin auf der Veranda Bentos Brief noch einmal. Dona Antônia vernahm die Worte ihres Bruders mit unbeweglicher Miene. Es waren zweifelsohne gute Nachrichten. Sie hatten Porto Alegre eingenommen. Ihr Gesicht zeigte ein mattes Lächeln, das Caetana dankbar erwiderte. Dann ließ sie ihren Blick über das Feld schweifen. Ein Landarbeiter versuchte, ein wildes Fohlen zu bändigen: Unter dem unruhigen Hufescharren des Tieres stieg von dem roten Boden eine gewaltige Staubwolke auf. Der Mann widersetzte sich, wohl wissend, dass er mehr Geduld als das junge Pferd aufbringen musste und dass schließlich die Erschöpfung das Tier besiegen würde. Dona Antônia betrachtete das Schauspiel. Etwas brannte in ihrer Brust, vielleicht eine böse Vorahnung. Oder vielleicht, wer weiß, war es auch das Alter. Ja, sie wurde langsam alt, und die Alten, das wussten alle, rechneten immer mit dem Schlimmsten.

Sie beschloss, dieses beklemmende Gefühl zu unterdrücken.

»Caetana«, sagte sie, »sei bitte so gut und sag einem der Dienstmädchen, dass es mir einen Matetee bringen soll. Ich bin von der Estância hierhergeritten, und ich weiß nicht, aber ich glaube, es ist Staub in meine Lungen gekommen. Ich bin innerlich halb vertrocknet.«

Caetana faltete äußerst sorgsam den Brief wieder zusammen und bewahrte ihn im Schutz ihres Mieders. Sie stand auf und ging wieder ins Haus hinein, um Beata zu bitten, den Mate zu bringen.

Der Abend bemächtigte sich der Pampa: Ein rosafarbenes, schimmerndes Licht streckte seine Flügel über den Horizont. Ein magisches Licht, das die Dinge schöner und erhabener erscheinen ließ.

Rosário hatte die kleine Bibliothek betreten, um sich einen französischen Roman zu holen, den sie lesen wollte. Nun betrachtete sie vom Fenster aus die Abenddämmerung. Nicht einmal ihr Gemüt, das sich so sehr an Städte, an imposante, weiß getünchte Gebäude gewöhnt hatte, an Straßen, Ballsäle und Innenhöfe von Kirchen, nicht einmal ihre Seele, die dem Luxus und den von Menschenhand erschaffenen Dingen verfallen war, konnte sich diesem Licht verschließen. Die Bäume, das Geißblatt, das mit seinen violetten Blüten die Seitenwand des Wohnhauses überrankte, alles schien im geheimnisvollen Licht des Sonnenuntergangs eine andere Bedeutung anzunehmen. Rosário stützte ihr Gesicht auf die Hände und beugte sich hinaus, sie bemerkte, wie der Erdboden den Geruch vom Ende des Tages verströmte, er stieg in die Nase und beruhigte die geheimsten Sehnsüchte aller lebendigen Wesen. Eine Sekunde lang, nur einen Bruchteil der Zeit, verspürte sie Wut über sich selbst und den plötzlichen Frieden. Sie mochte das Landleben nicht. Aber in diesem Augenblick gab etwas in ihrem Inneren nach, eine Kette zersprang, und sie gab sich dieser einfachen Freude hin. Seit sie ein kleines Mädchen war, hatte sie niemals eine Abendstimmung derart genossen.

Draußen waren noch die letzten Landarbeiter zu Pferd unterwegs und beendeten ihr Tagwerk. Später erschienen die ersten, die hellsten Sterne am Himmel. Gleich würden die Männer Feuer machen und ein ordentliches Stück Fleisch auflegen, und später würde einer von ihnen seine Gitarre in die Hand nehmen. Vielleicht würde einer der Indianer, etwa Viriato, der die Pferde ihres Vaters versorgte, seine Flöte nehmen und mit seiner traurigen Musik die Nacht mit Vorahnungen erfüllen.

Rosário kehrte der Dämmerung den Rücken und kam wieder zur Besinnung. Draußen ging die Sonne unter, sonst nichts: ein gemächlicher Sonnenuntergang, an irgendeinem Tag. Die Männer auf dem Heimweg zu den Schlafquartieren stanken nach Pferden und Schweiß, und sie war hier, mitten in dieser unendlichen Pampa, unter diesem unerschütterlichen Himmel verloren und wartete auf ein Schicksal, das niemals eintraf. Sie dachte an ihren Vater und an sein Versprechen, sie nach ihrem achtzehnten Geburtstag mit nach Europa zu nehmen. Nun, mittlerweile war sie neunzehn Jahre alt, ihr Geburtstag war vor weniger als einem Monat gewesen, aber ihr Vater hatte gesagt, sie müsse warten, es gebe derzeit dringendere Angelegenheiten, Besorgnis erregende Vorfälle, vielleicht stehe sogar ein Krieg bevor, und seine Pflichten als Riograndenser, als Mann dieser Pampa, als Großgrundbesitzer und Ehrenmann veranlassten ihn, im Land zu bleiben und in den Kampf zu ziehen. Somit hatte ihr Vater ihrem liebsten Traum ein Ende bereitet. Wenn sich die Lage beruhigte, könnte sie wieder an die Reise denken, an Paris, an Rom, an die eleganten Schiffe, an die Teehäuser und an modische Kleider. Aber nun schickte er sie auf das Landgut der Tante, küsste sie auf die Stirn, bat sie, sich gut zu benehmen und auf ihre Mutter und ihre Schwestern zu achten.

Sie schaute zum Fenster hinaus. Draußen brannte eine rote Decke.

»Diese verdammte Sonne soll endlich untergehen!«, schrie Rosário vor Wut.

Sie wusste, dass keine der Tanten oder ihre Mutter sie hören würden. Sie saßen auf der Veranda und genossen die letzten Momente des Tages. Kurz zuvor hatte sich Bentos Soldat wieder auf den Weg nach Porto Alegre gemacht, mit zwei Briefen von Caetana in der Gürteltasche sowie den Nachrichten, die Dona Ana und ihre Mutter ihren Ehemännern zukommen ließen. Die Frauen verbrachten diesen Moment vermutlich schweigend und in sehnsüchtige Gedanken versunken.

Sie dachte an ihre Schwestern und an ihre Cousine Perpétua. Es gab etwas, was sie von den anderen unterschied, und das war, darin war sie sich sicher, ihre besondere Zartheit. Perpétua war hübsch und natürlich, aber sie besaß nicht Caetanas Eleganz und deren königliches Auftreten. Und Manuela? Manuela war anmutig, aber sie war so schweigsam und nachdenklich. Welcher Mann würde sich schon in ein Mädchen verlieben, das so wortkarg und eigenartig war? Und sie war noch sehr jung, mit ihren geheimnisvollen fünfzehn Jahren. Mariana besaß auch ihre Reize, schließlich hatten die Frauen der Familie sich immer einer gewissen Schönheit erfreut, aber sie war langweilig, sie mochte das Landleben und sie fühlte sich auf der Estância in der Gesellschaft der anderen glücklich. Die drei konnten diesen Krieg ruhig abwarten, und noch einen und wieder einen, aber sie? Jetzt war für sie die Zeit der Ballsäle gekommen, sie tanzte mit Eleganz, sie wusste sich in der Gesellschaft zu bewegen. Sie erinnerte sich an einen Offizier des Kaiserreichs, einen jungen Mann von vierundzwanzig Jahren, mit dem sie vor kurzem auf einem Ball in Pelotas mehrere Stücke nacheinander getanzt hatte. Er hieß Eduardo. Ach, was hatte er ihr nicht alles für nette Dinge gesagt ... Dass sie mit ihrem feinen Benehmen und ihren goldenen Haaren würdig sei, in den Ballsälen bei Hofe zu tanzen, wo man ihr sicherlich sämtliche Gefälligkeiten erweisen würde. Eduardo Soares de Souza, so der Name des jungen Mannes, hatte schöne, heitere grüne Augen. Sie stellte sich vor, dass er an der Belagerung von Porto Alegre beteiligt war. Und dort gegen die Aufständischen kämpfte, gegen ihren Onkel Bento, gegen ihren eigenen Vater und ihren Bruder Antônio. Und dann verspürte sie Wut, nicht auf den zartfühlenden und romantischen Offizier, der ihr so viel Aufmerksamkeiten hatte zukommen lassen, sondern auf ihren Vater, auf den dichten schwarzen Bart von Bento Gonçalves, sie war wütend auf den *Charque*, auf die Salzsteuer, auf alle diese Bagatellen, die jetzt ihr Leid verursachten. Und sie betete hastig ein Avemaria für ihren geliebten Eduardo. Wenn Gottes Wille geschähe, wenn die Heilige Jungfrau für sie einträte, würden sie bald in einem Ballsaal tanzen, in einem eleganten und prunkvollen Ballsaal mit Damen und galanten Kavalieren. Wer weiß, ob in der Residenzstadt, wer weiß, ob bei Hofe ...

Die Nacht begann allmählich ihre Schatten auszubreiten. Rosário setzte sich in den schwarzen Ledersessel und beobachtete, wie die Dunkelheit über das Zimmer fiel und aus altmodischen Messingbeschlägen einfache, gewöhnliche Schatten machte. Die Bücher im Regal waren jetzt kleine, traurige namenlose Bündel, die in dieses Möbel gezwängt waren und auf ihre Rettung warteten.

Sie strich mit ihren langgliedrigen Fingern über den Einband, den sie in der Hand hielt. Die Schrift auf den Seiten, die sie jetzt wegen der Dämmerung kaum erkennen konnte, kam ihr sehr schön vor. Auf dem Gang konnte sie die Schritte der schwarzen Mädchen hören. Sie zündeten die Lichter an und verteilten Kerzenleuchter auf die Zimmer. Es klopfte vorsichtig an die Tür.

»Herein.« Ihre Stimme klang ungeduldig.

Aus der Ferne drang Gesang durch das Fenster. Sie dachte an

die Mestizen, die mit freiem Oberkörper um das Feuer saßen. Sie verspürte einen leisen Ekel.

»Möchten Sie Licht haben, Senhorita?« Viriata sah sie aus ihren kleinen Augen an. So schwarz wie sie war, war sie kaum zu erkennen. Sie bestand fast nur aus dem weißen Gebiss, das ihr zulächelte.

»Meinst du etwa, ich möchte im Dunkeln sitzen, Mädchen?«

»Entschuldigung, Senhorita...« Viriata verbeugte sich plump und versuchte, die Petroleumlampen anzuzünden. »Mit Verlaub«, sagte sie und eilte aus Furcht vor den kalten Augen dieses bleichen Mädchens aus dem Arbeitszimmer.

Das matte Licht erwärmte den Raum. Rosário entschied, eine Weile zu lesen. Es war noch ein wenig Zeit bis zum Abendessen, und sie würde noch lange auf den Schlaf warten müssen. Sie schlug das Buch auf, strich sanft über das weiche Papier, Papier aus Europa. Mit einiger Mühe begann sie zu lesen, sie ahnte mehr als sie verstand, sie genoss eher den geheimnisvollen Klang der Worte des Romans als ihren Sinn.

Draußen beginnt der Wind zu blasen, ein Wind, der den Duft der Blumen und der Felder hereinweht. Durch das geöffnete Fenster kommt ein Windstoß, der die Flammen der Lampen erzittern lässt.

Rosário hebt ihre blauen Augen.

Sie hat die weiße Wand, das Mahagoni-Bücherregal an der Wand vor sich. Eine eisige Kälte überkommt Rosário. Ihre bleichen Hände ruhen auf dem Buch, sie sind noch blasser, wie müde Tauben.

Ihre blauen Augen sehen eine unbewegliche Gestalt, die sich auf das Bücherregal stützt, einen jungen Soldaten. Ein blutbefleckter Verband verdeckt seine Stirn, und er ist bleich wie die Hände von Rosário, wie die Wand, an der das Regal lehnt. Er ist blass, aber er lächelt. Durch das offene Fenster strömt der Geruch der Erde, der Geruch der Nacht, des Schlafs. Der Soldat trägt eine blaue Uniform, und seine Brust ist mit Orden dekoriert. Rosário bemerkt es erst jetzt: Er ist kein einfacher Soldat, er ist ein Offizier. Und er lächelt. Er hat fiebernde grüne Augen, einen schmalen, wohl geformten Mund, der ein unbewegliches Lächeln zeigt. Und er seufzt. Der Duft der Blumen wird noch stärker, fast unerträglich. Aus der Ferne klingt immer gedämpfter die Musik der Landarbeiter.

Rosário de Paula Ferreira versucht sich zu bewegen, aber ihre Hände ruhen auf dem Buch, unerreichbar für jegliche Willensanstrengung. Ein Schrei steckt in ihrer Kehle fest und dringt nicht hinaus. Ihre blauen Augen sind vor Schreck weit geöffnet.

»Hast du Angst?«

Die Stimme des Mannes, den sie vor sich hat, scheint von weither zu kommen, und sie klingt warmherzig und gütig, friedlich wie eine dieser Flöten, die die Indianer selbst herstellen. Eine sanfte Flöte.

»Hast du Angst, Rosário?«

Nein, sie will sagen, dass sie keine Angst hat. Sie ist erschrocken, ihr Körper gehorcht ihr nicht, der Geruch der Blumen nimmt ihr den Atem. Ein Mann ist unaufgefordert in das Arbeitszimmer gedrungen, ein Fremder, ein junger Ausländer, ein schmucker Offizier eines unbekannten Heeres, der Spanisch zu ihr spricht. Nein, sie will sagen, dass sie keine Angst hat, aber ihr Mund bleibt still.

Der junge Offizier scheint sich zu bewegen. Aber dennoch verharrt seine Gestalt auf das Bücherregal gestützt. Seine dunkelgrünen Augen glänzen, sie glänzen vom Fieber. Er hat eine schwere Kopfverletzung. Es wäre gut, Dona Ana zu rufen... Dona Ana kennt sich mit Heilkräutern aus, sie könnte ihm helfen. Oder eine der Schwarzen. Ja, die Sklavinnen haben für solche Fälle gute Medizin. Rosário will ihm sagen, dass sie Hilfe holt. Sie haben Geld, sie könnten einen Arzt aus Pelotas kommen lassen. Wenn er im Galopp ritt, könnte er bei Tagesanbruch hier sein, den Verwundeten versorgen, den verschmutzten, blutigen Verband wechseln, das Fieber aus den schräg geschnittenen grünen Augen vertreiben. Beruhigen Sie sich, will sie ihm sagen, aber sie tut es nicht. »Hast du Angst?«

Die Frage ohne Antwort scheint im ganzen Raum widerzuhallen. Antworte, antworte. Aber Rosário kann nicht antworten. Tränen stehen in ihren Augen. Sie will ihre Mutter rufen, sie will Dona Ana rufen, sie will Dona Rosa rufen, von der es heißt, dass sie sich auf Heilkunde versteht.

Sie unternimmt eine übermäßige Anstrengung, alle Fasern ihres Körpers zusammen gehorchen nur dem einen Befehl, sich zu erheben. Nun steht sie. Das Buch ist hinabgeglitten und liegt mit den offenen Seiten auf dem Boden. Aber Rosário denkt nicht mehr an das Buch. Sie fixiert mit den Augen den Offizier, der immer noch lächelt. Sie schreitet, immer noch zitternd, durch das kleine Zimmer. Ich werde Dona Ana rufen, denkt sie. Sie ist fahl geworden. An das Bücherregal gelehnt, beobachtet sie der junge Mann. Der Verband trieft vor Blut. »Du hast Angst …« Seine Stimme spricht die Worte nun als traurige Behauptung und dröhnt in Rosários Ohren, als sie hastig auf den Gang eilt.

Beinahe hätte sie eines der schwarzen Dienstmädchen umgelaufen.

Sie kommt in den Saal. Hier halten sich Dona Ana, Maria Manuela und Perpétua auf, die anderen sind auf ihren Zimmern. Dona Ana hebt den Blick von ihrer Stickerei und sieht, wie ihre Nichte mitten im Raum stehen bleibt. Sie zittert, und ihr Gesicht ist weiß wie Raureif. Ihre blauen Augen haben einen merkwürdigen Glanz.

»Mädchen, was ist geschehen?«, fragt sie und lässt die Nichte nicht aus den Augen. Auch die anderen richten ihre Blicke auf Rosário.

»Mein Kind, bist du krank?« Maria Manuela umarmt ihre Erstgeborene und fühlt ihre Stirn. Sie hat Fieber.

Rosário tritt von ihrer Mutter zurück. Sie sucht Dona Anas Blick und sagt: »Tante, kommen Sie mit mir. Im Arbeitszimmer ist ein junger Mann, es steht schlimm um ihn. Es sieht wie eine Schussverletzung aus.«

Die Frauen geraten in Aufruhr. Beata, die gerade die Vorhänge zuzieht, bekreuzigt sich. Ging es jetzt schon los? Gab es Verletzte, die sogar ins Haus kamen?

»Aber, Mädchen, was sagst du da? Ein Mann mit einer Schussverletzung? Wir sehen sofort nach!« Dona Ana steht auf und nimmt die Nichte bei der Hand. Ihr Blick drückt Besorgnis aus, aber sie ist gefasst und entschlossen. Wurde vielleicht bereits in der Nähe gekämpft?

Sie begeben sich in einer Prozession auf den Flur. Perpétua fragt sich, ob der Soldat wohl jung und hübsch ist. Sie verspürt Mitleid, sie verspürt Angst. Rosário versucht, ihre Schritte zu mäßigen, sie will wegeilen, fliehen, nach Pelotas zurückkehren. Sie hat vergessen, der Tante zu sagen, dass der junge Mann Spanisch spricht, aber das ist unwichtig. Er ist verletzt, schwer verletzt. Er muss vor Fieber brennen, und er ist sehr elegant.

Dona Ana öffnet die Tür zum Arbeitszimmer, und das Herz klopft ihr bis zum Hals. Sie überfliegt mit einem Blick den kleinen Raum. Alles ist ruhig: Die Bücher stehen geordnet im Regal, der Stuhl an seinem Platz ebenso wie Paulos Schreibtisch mit dem Tintenfass und dem Papier. Die Vorhänge bewegen sich mit dem Landwind. Hier ist niemand.

»Hier ist niemand«, sagt sie erstaunt.

»Aber hier war jemand, Tante. Ich schwöre es.«

Rosário reißt die Augen weit auf und streicht über das Bücherregal, an das sich der Mann gelehnt hatte. Er hatte dort geraume Zeit verweilt und sie mit seinen grünen Augen betrachtet. Und er hatte geblutet.

»Meine liebe Tochter, was hat das zu bedeuten?« Maria Manuela ist verwirrt. Ihre Tochter benimmt sich merkwürdig, sie scheint krank zu sein. »War hier wirklich ein verwundeter Mann?«

Rosário sieht sie mit ihren glühenden, weinenden Augen an.

»Aber hier war ein junger Mann! Ich habe ihn gesehen, ich schwöre es! Er war schwer verletzt, er trug einen Kopfverband, der Ärmste ... Er blutete stark ... Ich glaube, er muss sterben«, seufzt sie. »Er hat mit mir geredet, Tante Ana.«

Dona Ana fasst ihre Nichte vorsichtig an den Schultern. Sie sorgt dafür, dass sie ihr direkt in die Augen sieht, in ihre Augen, die so schwarz sind wie die von Bento Gonçalves, in ihre unerschütterlichen und gütigen Augen.

»Und was hat er gesagt, Rosário? Erzähl mir alles ganz genau, mein Mädchen. Wenn hier ein Mann ist, wer es auch immer sein mag, dann müssen wir ihn finden.«

Rosário erwidert den festen Blick der Tante. Der Mann hatte mir ihr gesprochen, er hatte eine sanfte Stimme und traurige Augen. Er sprach Spanisch.

»Spanisch?« Dona Ana versteht gar nichts mehr. »Und was hat er gesagt, Mädchen?«

»Er hat gefragt, ob ich Angst habe ... Nichts sonst. Er hat mich gefragt, ob ich Angst vor ihm habe.« Rosário bricht in Tränen aus. »Und ich hatte keine Angst, Tante ... Ich war nur erschrocken, wirklich, und ich konnte mich nicht rühren.«

Dona Ana tauscht mit ihrer Schwester verwunderte Blicke. Maria Manuela umarmt ihre Tochter, während Perpétua aus dem Fenster sieht. War der Mann etwa hinausgesprungen?

Dona Ana führt alle in den Saal zurück, wo sich Caetana, Manuela und Mariana bereits eingefunden haben. In einem Haus mit Frauen verbreiten sich Neuigkeiten schnell.

Rosário weint unaufhörlich, sie sagt, dass sie nicht lügt, dass dort ein verletzter Offizier gewesen sei und dass er jung sei. Dona Ana hat Mitleid mit der Nichte. Sie ist sicherlich krank, denkt sie. Wer weiß, vielleicht hat die Angst sie in diesen Zustand versetzt? Ja, oft delirierten Menschen vor Angst ... Und Rosário ist keineswegs robust, sie hat nicht die Stärke der Gonçalves da Silva geerbt. Sie ist schwächlich und empfindlich.

Dona Ana begibt sich zu ihrer Nichte und streicht ihr zärtlich über das Haar. Ihre Stimme klingt sehr gütig, als sie sagt: »Beruhige dich, Rosário ... Ich werde Manuel und ein paar Männer damit beauftragen, sich hier umzusehen. Wenn der junge Mann geflohen ist, kann er nicht weit sein. Wir bringen ihn ins Haus und versorgen seine Wunde, einverstanden?« Rosário nickt langsam. Ihr Jammern lässt ein wenig nach. »Und jetzt, mein Mädchen, legst du dich am besten hin ... Deine Mutter bringt dich auf dein Zimmer. Dann werde ich Beata auftragen, dir ein Süppchen zu bringen … Wir werden uns um alles kümmern. Was hältst du davon?«

»Er war schwer verletzt« ist alles, was sie sagen kann.

Maria Manuela reicht ihr die Hand.

»Komm, mein Mädchen. Wir legen uns ein wenig hin.«

Die beiden verlassen den Saal. Die übrigen Frauen umringen Dona Ana, und in ihren Blicken stecken viele Fragen.

»Beata, lass Manuel und Zé Pedra rufen. Und sag ihnen, sie sollen sofort kommen.«

Dona Anas Stimme tönt durch den Saal. Beata schlurft auf ihren Stoffschuhen los.

Das Abendessen verbrachten sie in erwartungsvollem Schweigen. Rosário hatte eine merkwürdige Geschichte erzählt. Wenn sich in dieser Gegend ein Spanier verletzt hatte, musste das bei so etwas wie einer Kneipenschießerei passiert sein. Sie befanden sich schließlich nicht im Krieg gegen die Vereinigten Provinzen des Río de la Plata, sondern sie hatten einen Krieg gegen sich selbst begonnen … Aber was hatte ein ausländischer Offizier hier zu suchen?

»Sie ist sofort eingeschlafen.«

Maria Manuela kam spät zum Abendessen. Sie hatte am Kopfende am Bett ihrer Tochter gesessen und über ihren Schlaf gewacht. Sie hatte dafür gesorgt, dass sie einen Lindenblütentee zu sich nahm, um die Nerven zu beruhigen.

»Wenn sie diesen Mann finden, müssen wir Bento benachrichtigen. Er wird uns sagen, was zu tun ist.« Caetana zweifelte sehr, dass Manuel mit irgendeiner Kunde wiederkäme. Irgendetwas stimmte an dieser Geschichte nicht.

»Ich hoffe, dass dieses Mädchen nicht krank wird«, sagte Dona Ana. »Wenn der Mann auftaucht, werden wir ihn versorgen und dann nach Porto Alegre bringen. Aber wenn Manuel ihn hier nicht findet, überlasst mir die Angelegenheit. Ich werde irgendeine Geschichte erzählen, um Rosário zu beruhigen, und dann wird nicht mehr darüber gesprochen.«

Dona Ana aß ohne Eile. In ihrem Inneren wusste sie sehr

wohl, dass kein Spanier durch diese Gegend streifte. Vielleicht hatte einfach alles, vor allem die Aussicht auf einen Krieg, das Mädchen nur erschreckt.

Manuela schwieg. Sie stellte sich ihre Schwester von Angesicht zu Angesicht mit diesem Offizier vor. Sie hegte keinen Zweifel. Wer weiß, vielleicht ging es bei der Auseinandersetzung um Liebeshändel, um ein Duell. Wer weiß, vielleicht hatte der arme Mann Licht im Haus gesehen und um Hilfe gebeten. Was sie nicht verstand, war seine Flucht. Draußen könnte er sogar sterben, denn die Nächte waren noch sehr kalt.

Sie blieben dort zusammen, ohne Antworten. Um das Haus begann ein unruhiger Wind zu wehen, der die Bäume im Wald zum Tosen brachte. Vielleicht würde es in dieser Nacht regnen.

Nach dem Abendessen, als Caetana sich bereits zurückgezogen hatte, um nach den kleinen Kindern zu sehen, kehrten Manuel und Zé Pedra zurück. Ihre Stiefel waren mit Schlamm verdreckt, ihre Kleidung war feucht. Ein feiner, eiskalter Regen hatte eingesetzt. Dona Ana traf sich mit ihnen in der Küche.

»Wir haben nichts gefunden, Dona Ana.« Manuel bereitete sich schon auf die Mahlzeit vor. »Wir haben alles abgesucht, bis zum Fluss. Wir sind bis zur Estância von Dona Antônia geritten, und nichts. Wenn dieser junge Mann die Gegend passiert hat, ist bei seiner Flucht der Teufel im Spiel.«

»Schon gut, Manuel. Aber sprecht mit niemandem darüber, auch nicht mit den Landarbeitern.«

Zé Pedra kaute gierig das Bohnen-Reis-Gericht. Dona Ana wusste, dass aus seinem Mund kein einziges Wort dringen würde, er hieß nicht zufälligerweise Pedra: Er konnte schweigen wie ein Grabstein. Manuel nahm den Hut mit Kinnriemen ab und setzte sich an den Tisch, nachdem er die Hausherrin um Erlaubnis gebeten hatte.

»Glauben Sie wirklich, dass hier ein verletzter Spanier war?«, fragte Manuel leise.

Dona Ana lächelte. Sie war in einen schwarzen Wollschal gehüllt und wirkte kleiner und zerbrechlicher, als wenn sie mit ihren Röcken und Unterkleidern ausstaffiert war.

»Ich glaube gar nichts, Manuel. Meine Mutter hat immer gesagt, dass man im Kopf eines jungen Mädchens und in einem Wespennest nicht stochern soll.« Der angenehme Geruch nach Brennholz erfüllte den Raum. »Die Jugend ist eine merkwürdige Zeit, am besten lässt man sie vorüberziehen, und damit ist es genug ... Gute Nacht«, sagte sie noch und verließ die Küche.

»Gute Nacht, Herrin«, antworteten der Schwarze und der Verwalter im Chor.

Rosário schlief in ihrem Zimmer, und in ihrem unruhigen Schlaf verfolgten sie die fiebrigen grünen Augen des Offiziers wie Schmetterlinge. Sie wachte mitten in der Nacht auf, und die schreckliche ländliche Morgenstille erfüllte sie mit Furcht. Sie hüllte sich in die Tagesdecke und überwand eine tiefe Angst, dann querte sie fast im Dunkeln den Gang und klopfte an das Zimmer ihrer Mutter.

»Kann ich bei Ihnen schlafen?«

Maria Manuela lächelte in der Dunkelheit. Sie rückte zur Seite, machte Platz für ihre Tochter und sagte mit samtig schläfriger Stimme zu ihr: »Leg dich hier zu mir, mein Engel.«

Und die beiden schliefen Hand in Hand ein.

Manuelas Tagebuch

Estância da Barra, 2. Dezember 1835

Niemand konnte den Vorfall mit diesem Spanier aus Uruguay erklären, der Rosário besucht hatte, und es wurde auch nicht wieder darüber gesprochen. Ich weiß noch, dass Dona Ana sich am nächsten Tag mit ihr im Arbeitszimmer einschloss und dort einige Stunden mit ihr verbrachte. Nach der Zusammenkunft hatte Rosário vom Weinen gerötete Augen, aber die Gewissheit in Dona Anas Stimme beruhigte uns alle.

»Ich bin auch einmal jung gewesen. Da kommt so etwas schon einmal vor ... Wenn die Männer wieder da sind, veranstalten wir einen Ball. Bis dahin wird Rosário die ganze Sache vergessen haben.«

Und so geschah es. Es wurde nicht wieder über die Angelegenheit gesprochen. Dona Antônia machte auch kein weiteres Aufhebens darum. Sie hatte ihre eigenen Gedanken und Gewissheiten. Sie sorgte sich um die Menschen aus Fleisch und Blut. Als ich ihr von der Begegnung meiner Schwester berichtete, sah sie mich an und sagte: »Manuela, du verfügst über gesunden Menschenverstand. Vergiss diese Sache. Eben hier, in Rio Grande, gibt es viele Menschen, die uns brauchen... Und was deine Schwester angeht, lass alles, wie es ist... Diese Dummheiten vergehen mit der Zeit.«

Doch an den folgenden Tagen wurde Rosário nur noch schweigsamer und unzugänglicher, und so ist sie bis jetzt geblieben... Sie verbringt ganze Nachmittage mit ihrer Lektüre im Arbeitszimmer meines Onkels, so als gehörte ihr allein dieser Winkel, den sie wie von Gottes Gnaden besucht. Manchmal verbringt sie viel Zeit am Toilettentisch, kämmt sich das Haar und flicht es. Für diese Momente wäscht sie sich sogar und legt Parfüm auf... Meine Mutter, die Ärmste, ist misstrauisch, aber sie hat andere Sorgen. Anscheinend wurde Antônio bei einem Scharmützel in Azenha verletzt: Ein Kaiserlicher fügte ihm mit dem Dolch eine Schnittwunde zu. Mein Vater und Bento beeilten sich, uns zu schreiben und mitzuteilen, dass es keine große Sache war, dass es Antônio gut ging und dass er wieder geheilt sei. Nur ein Kratzer an der Schulter, schrieben die beiden, was für ihn eine fiebrige Nacht zur Folge hatte, aber mit ein paar Kompressen und Geduld war er schon genesen. Trotz allem glaubt meine Mutter ihnen nicht, sie will ihren Sohn mit eigenen Augen sehen. Sie träumt, Antônio sei schwer verletzt, sogar dass er Gangrän habe, und sie wacht nachts mit rot geränderten Augen und unter Schluchzen auf. Dona Ana muss ihr einen Kräutertee bringen und verbringt viel Zeit damit, sie davon abzuhalten, eine Kutsche zu nehmen und bis nach Porto Alegre zu ihrem Antônio zu fahren.

Gestern überbrachte ein Bote einen ausführlichen Brief von

Bento Gonçalves. Wie immer las ihn Caetana uns allen im Saal laut vor. Der Brief berichtete, der neue, vom Regenten des Kaisers eingesetzte Provinzpräsident sei am Vortag aus Rio de Janeiro kommend in Rio Grande eingetroffen. Besorgt hörten wir, wie Caetana seinen Namen flüsterte: José de Araújo Ribeiro. Der Sprössling einer hiesigen Familie, ein Riograndenser, der nun anderen Männern aus Rio Grande feindlich gegenüberstand. Ich musste darüber nachdenken, ob es nicht dieser Mann sein würde, dieser Kaisertreue aus dem Süden, der all das Unheil, das ich im Voraus geahnt habe, mit sich bringen würde. Dieser Name? Aber was ist schon ein Name? Der Hinweis auf ein Schicksal? Zeigen die Namen, die wir erhalten, vielleicht schon unsere Zukunft auf? Hat Bento Gonçalves da Silva vielleicht schon als Säugling, als er über dem Taufbecken diesen Namen erhielt, das Erbe angetreten, dieses Volk zu befehligen? Wird die Hand von Araújo Ribeiro die Waffe unseres Unheils führen?

Bento Gonçalves würde uns bald besuchen kommen. Caetana musste beim Verlesen dieser Zeilen weinen. Nun brachen wir alle in Tränen aus. Meine Mutter überlegte, ob ihr Bruder auch Antônio mitbringen würde, damit er bei ihr bliebe ... Wir wissen es nicht. Aber Onkel Bento wird kommen, und das allein bereitet uns Freude. Und mit ihm wird es Nachrichten geben, wahrhaftige Nachrichten. Hier auf dem Landgut vergeht die Zeit sehr langsam, auch wenn der Frühling alles in neue Farben gekleidet hat und die Felder in Blüte stehen, wie ein Ballsaal, der für ein Fest geschmückt ist. Nur Rosário, die sich in ihre Unzugänglichkeit zurückgezogen hat, scheint sich nicht auf die Ankunft von Bento Gonçalves zu freuen. Oder vielleicht hat sie auch den Gehalt des Briefes, den Caetana verlesen hatte, nicht ganz erfasst.

Ich ging hinaus, während die anderen Frauen im Saal blieben und den Brief in seinen Einzelheiten kommentierten. Auch Dona Antônia war anwesend, man hatte sie eigens von ihrer Estância abgeholt, damit auch sie die Neuigkeiten erfuhr. Ihre feste, ruhige Stimme übertönte die anderen Stimmen, und sie ergriff alle Maßnahmen, um ihren Bruder, den Oberst, prunkvoll zu empfangen.

Manuel, Zé Pedra und der Bote, der den Brief des Obersts überbracht hatte, saßen im Garten beim Matetee zusammen. Sie sprachen nur wenige Sätze, während sie sich am Trinkrohr abwechselten. In dieser Gegend wird nicht viel geredet, die Riograndenser behalten ihre Gefühle unter Verschluss. Dona Ana sagt immer, dies sei eine Art innerer Freude, wenn ich über die Ernsthaftigkeit spreche, die uns allen gemeinsam ist. Denn selbst ich habe mein Gemüt in der Gewalt, und die abgewogenen Worte kommen zuweilen nur mit Mühe aus meinem Mund.

Dennoch, trotz der langen Schweigepausen bei den Matetrinkern, die Männer schienen mit ihrem Leben zufrieden zu sein, und ihre Augen unter den buschigen Augenbrauen funkelten vor Stolz. Und während ich vorbeiging und so tat, als suchte ich einen der Welpen, die Nega in der vorigen Woche geworfen hatte, hörte ich den Boten sagen: »Porto Alegre ist unser, das garantiere ich dir. Ich habe mit eigenen Augen gesehen, wie die Kaiserlichen zuhauf flüchteten. Bald schon wird ganz Rio Grande uns gehören.«

Eine freudige Wärme durchströmte meinen Körper. Ich wählte einen der Welpen zufällig aus – die Freude vernebelte mir den Blick; alle lagen in einer großen Kiste voller Lumpen bei Nega, die erschöpft schlief – und nahm ihn auf den Arm. Das kleine Wesen hatte ein hübsches Gesicht, und ich war zufrieden.

»Du gehörst mir, mein kleines Hündchen. Und du wirst Regente heißen.«

Jetzt ist Regente mir immer auf den Fersen, aber Dona Ana will ihn nicht im Haus haben, sie hasst es, Tiere im Haus zu sehen, weil sie ihrer Ansicht nach nur Krankheiten und Flöhe einschleppen. Auf meine Bitte hat Mariana erlaubt, dass er in unserem Zimmer bleibt, solange er nicht jault. Regente jault nicht, er weiß sehr wohl, was sich schickt. Während ich diese Zeilen schreibe, ist er hier an meiner Seite und betrachtet mich mit seinen fröhlichen schwarzen Äuglein: Er ist eine kleine, kräftige, glänzende Kugel mit kurzem, dichtem, schwarzem Fell, auf seinem weißen Köpfchen ist ein Fleck, der von den Augen bis zur Schnauze reicht. Er ist in diesen Tagen bei mir gewesen, und es ist eine Freude, ihn an der Seite zu haben, denn er fordert nichts, er folgt mir nur. Gestern Nachmittag haben wir im Bach gebadet, wo Regente schwamm, als wäre er ein Fisch, und danach schlief er viele Stunden auf der alten Tagesdecke, die ihm als Lager dient.

Morgen kommt Bento Gonçalves auf die Estância. Alle Frauen sind sehr beschäftigt. Dona Ana hat das Pfirsichmus, das ihr Bruder so liebt, persönlich zubereitet. Und die Schwarzen arbeiten ohne Unterlass, sie sind unaufhörlich im ganzen Haus unterwegs und putzen das Silber, sie bringen alles zum Glänzen, legen saubere Tischdecken auf, lüften die Samtvorhänge und schrubben die Böden der Wohnräume. Selbst die Pferde wurden gestriegelt und die Landarbeiter erhielten von Dona Ana Mate und Bratenfleisch. Wir befinden uns fast in festlicher Stimmung, als stünde Weihnachten bevor ... Hoffentlich müssen wir diese Nacht nicht lange warten.

Manuela

Der Tag war noch nicht ganz angebrochen, als ein Einheimischer angeritten kam und Beata die Nachricht überbrachte: Oberst Bento Gonçalves reite mit einigen Männern auf die Estância zu. Bei ihnen sei auch Antônio, Maria Manuelas Sohn. Er trage den Arm in einer Schlinge oder etwas Ähnlichem.

»Sie sind noch nicht durch das Gatter gekommen«, sagte der Riograndenser und kratzte sich am Bart. »Aber man kann Dona Ana schon Bescheid geben: Die Männer werden am Morgen zum Matetee da sein.«

Das schwarze Dienstmädchen hüpfte vor Freude. Dann eilte es ins Haus.

Eine scheue goldene Sonne brach durch die Morgenwolken, die Vögel zwitscherten in den Bäumen, und noch war im Dämmerlicht dieses Dezembermorgens der Tau in der Landluft zu spüren. Das Feld zeigte schon Anzeichen des Sommers. In der Ferne weideten die Rinder. Der Landarbeiter betrachtete vom Pferd aus seine Umgebung – alles war in perfekter Ordnung, Senhor Bento würde den Gang der Dinge gutheißen –, dann machte er kehrt und ritt zur Scheune. Dort war Manuel beschäftigt und kümmerte sich um ein paar Pferde. Er musste ihn von der Ankunft des Obersts verständigen.

Im Haus war man sehr früh wach geworden. Die Sklavinnen liefen hin und her, sie schleppten Waschschüsseln mit Wasser, Handtücher und Windeln. Beata verkündete allen, die ihr im Flur über den Weg liefen, die Nachricht. Sie kam in die Küche. Zé Pedra lehnte an der Tür und war mit seinem Matetee beschäftigt.

»Oberst Bento ist da.«

Beatas Stimme war schrill wie die eines Papageis. Der kräftige, breitschultrige Zé Pedra verzog keine Miene. Der Schwarze hatte gerade den letzten Schluck des reichlich bitteren Matetees getrunken und murmelte mit seiner üblichen leisen Stimme: »Also, was machst du dann noch hier, du verdammte Negerin? Gib sofort Dona Ana Bescheid, anstatt hier einen Aufstand zu veranstalten!«

Die Schwarze eilte aus der Küche. Alle fürchteten Zé Pedra. Man sagte, dass er in der Gegend von Cerro Largo Sklavenaufseher gewesen sei und dass er das absolute Vertrauen von Dona Ana genieße. Man erzählte auch, dass er frei war, dass er sich freigekauft hatte, aber Zé Pedra sprach nicht über sein Leben, weder um Gerüchte zu bestätigen noch um sie zu verneinen.

Beata schlurfte eilig mit ihren Stoffschuhen über den Flur. Sie blieb vor der letzten Tür stehen, ordnete ihre Röcke und klopfte leise an. Dona Anas Stimme war zu vernehmen: »Herein, Beata.« Sie hatte den schleppenden Gang und die hastige Art der Schwarzen erkannt.

Dona Ana hatte soeben ihre Morgentoilette beendet. Milú steckte gerade ihr Haar hoch, und Beata betrachtete genüsslich das neue Kleid, das mit Samtschleifen verziert war. Sie räusperte sich und sagte dann mit affektierter Stimme: »Oberst Bento ist angekommen. Er ist vermutlich schon hinter dem Haus und steigt vom Pferd. Er ist in Begleitung von einigen Soldaten. Senhor Antônio ist auch dabei.«

»Gott sei Dank«, sagte Dona Ana und lächelte. »Mach schnell, Milú. Ich möchte meinen Bruder sehen.«

Bento Gonçalves war ein hoch gewachsener Mann mit dichtem schwarzen Bart und herrschaftlichem Auftreten. Er wirkte jünger als seine sechsundvierzig Jahre, denn bei ihm war alles von Energie durchströmt, selbst die kleinsten Bewegungen, dabei war er maßvoll, bodenständig und rechtschaffen. Deshalb war er der Anführer der Revolution, ein richtiger Riograndenser, sonst nichts. Mutig und besonnen. An diesem Morgen trug er die blaue Dolmanjacke, die dunkle Bombacha – eine kniekurze Pluderhose –, den Hut mit Kinnriemen, und an den schwarzen Lederstiefeln seine leuchtend polierten Silbersporen. Das rote Seidentuch war um den Hals gebunden.

Er stieg von seinem Fuchs ab, strich sanft über den Pferderücken und begrüßte freudig den Verwalter: »Wie geht es dir, Manuel? Ist auf den Gütern alles in Ordnung?«

»Es ist alles in Ordnung, Oberst. Der Frühling war gut. Letzte Woche hat eines der ungezähmten Pferde einen der Landarbeiter aus dem Sattel geworfen, aber der Mann steht schon wieder auf den Beinen, und wir haben das Pferd auf den richtigen Weg gebracht.«

»Gut«, antwortete Bento Gonçalves.

João Congo, sein vertrauter Sklave, übernahm den Fuchs. Bento lächelte dem Schwarzen zu. Er war zufrieden, zu Hause zu sein und seine Caetana und seine kleineren Kinder wieder zu sehen. Er atmete die Luft ein, die nach Jasmin duftete, und er verspürte große Lust, im Bach ein Bad zu nehmen, den Nachmittag in einer Hängematte zu verbringen und die Wolken am

Himmel zu betrachten. Er hatte zwei Monate in Porto Alegre in einem düsteren Palast voll Samt und livrierten Dienern zugebracht. Und jetzt war er hier: Drei Tage Ruhe und Landluft würden ihm guttun.

Antônio de Paula Ferreira, der älteste Sohn von Maria Manuela, klopfte dem Onkel mit der linken Hand auf die Schulter. Der rechte Arm baumelte unbeweglich in einer völlig verstaubten Schlinge.

»Die Landluft lässt sich gut atmen, nicht wahr, Onkel? Es ist ein schöner Tag, oder nicht?«

Der junge Mann lächelte zufrieden. Die hellgrünen Augen und seine helle Haut bildeten einen Gegensatz zu seinem zerzausten schwarzen Haar.

»Wie schön ist es, zu Hause zu sein, Antônio. Und noch dazu bei so einem Himmel! Willst du nicht hineingehen und das Herz deiner Mutter beruhigen? Sie hat mir zehn Briefe, oder sogar noch mehr, geschrieben, in denen sie mich gebeten hat, dich mitzubringen.«

Antônio antwortete ihm mit einem Lächeln. Er übergab Zé Pedra sein Pferd, verschwand in Richtung Küche und rief fröhlich nach seiner Mutter. Bento Gonçalves mochte seinen Neffen. Jetzt war die Schulter verheilt, aber es hatte sehr schlecht ausgesehen. Zum Glück gab es in Porto Alegre gute Ärzte, die ihn versorgten. Antônio und eine kleine Brigade waren auf einen Trupp von kampflustigen Kaiserlichen gestoßen. Einer von ihnen hatte in dem großen, eleganten jungen Mann auf dem weißen Pferd den Neffen von General Bento erkannt und versucht, ihn um jeden Preis mit der Lanze zu durchbohren. Es war ein schnelles Scharmützel gewesen, aber die Kaiserlichen waren in der Überzahl und die Aufständischen hatten einige Mühe mit ihnen. Stunden später war Antônio mit der blutüberströmten Schulter im Palast erschienen. Die Lanze des verdammten Soldaten war tief eingedrungen und hatte eine erhebliche Verletzung verursacht. Bento Gonçalves wollte den Jungen nicht in so einem Zustand oder ohne Arm nach Hause bringen.

Zwei weitere Männer stiegen ab. Einer von ihnen war ein

großer Italiener mit feinen Gesichtszügen, heller Haut und distinguiertem Auftreten. Tatsächlich war er ein Graf, ein Graf, der aus Italien geflohen war und jetzt als Sekretär von Bento Gonçalves wertvolle Dienste leistete. Er hieß Tito Livio Zambeccari. Tito übergab sein Pferd einem der Sklaven.

»Mein lieber Tito, heute werden wir es uns schmecken lassen. Es gibt nichts Besseres, als auf diesem Gut zu sein. Fühlen Sie sich wie zu Hause, lieber Freund.« Bento Gonçalves schätzte diesen Italiener mit seinen höflichen Manieren und seiner beeindruckenden Kultur.

Der Italiener lächelte.

»Oberst, wer sollte sich unter diesem Himmel nicht wohl fühlen? Und dieser Duft nach frischem Brot, der aus dem Haus kommt? Das ist wie ein Traum.«

»Dieser Duft ist nicht geträumt, das garantiere ich Ihnen, Tito. Warten Sie ab, und Sie werden die Festessen erleben, die meine Schwester in Auftrag gegeben hat. Sie glaubt, ein Soldat isst für zehn.«

Der Letzte, der absaß, war Pedro, Dona Anas jüngerer Sohn. Er war zwanzig Jahre alt, er hatte dunkle Haut und dunkle Augen. Er war wenig gesprächig und sehr zurückhaltend, aber er hatte sich als mutiger Soldat bewiesen. Er übergab das Pferd an Manuel.

»Willkommen, Senhor Pedro. Vor kurzem haben wir eine Stute gezähmt, mit der der Herr ausreiten kann.«

»Großartig, Manuel.« Pedro umarmte den Verwalter, den er von Kindesbeinen an kannte. »Ich gehe hinein, um meine Mutter zu begrüßen.«

Das war nicht nötig.

Dona Ana und Caetana lehnten sich bereits strahlend zur Tür hinaus.

Caetana war wunderschön in ihrem hellblauen Kleid, und ihr Haar war zu einem aufwändigen Zopf zusammengefasst. Sie sah ihren Gatten zwischen den Männern stehen, wie er gerade João Congo etwas mitteilte. Sie konnte ihren Ruf nicht zurückhalten: »Bento!«

Sie hatte die Nacht kaum geschlafen. Sie war immer wieder schweißgebadet und nervös aufgewacht, um zu sehen, ob es schon getagt hatte oder ob sie schon den Lärm der Ankunft der Männer hörte. Schließlich war sie noch vor Sonnenaufgang aufgestanden. Jetzt fiel sie ihrem Mann in die Arme. Bento Gonçalves' Gesicht überkam eine große Sanftmut. Er umarmte Caetana fest, fast verschwand sie hinter seinem massigen Körper.

»Meine Liebe ... Du siehst sehr schön aus. Noch schöner, als ich dich in Erinnerung habe!«

Caetana lachte zufrieden und streichelte den Bart dieses Obersts, der voller Träume steckte.

»Und, geht es dir gut? Hast du dich so versorgt, wie ich dich gebeten habe? Hast du genug gegessen und getrunken, oder denkst du nur ans Kämpfen?«

Bento lachte belustigt.

»Ich bin weit weg von den Kämpfen gewesen, Caetana. Ich habe hinter einem Tisch gesessen wie ein Richter. Selbst jetzt komme ich hierher, um mich mit diesem Senhor Araújo auf einem Ball in Pelotas zu treffen. In diesem Krieg sind bislang noch keine Schlachten gekämpft worden.«

»Umso besser«, antwortete Caetana. »Lass uns hineingehen, auf dem Tisch stehen die Leckerbissen bereit. Und auch deine Kinder sind ganz verrückt danach, dich zu sehen.«

»Also, gehen wir.« Der Oberst bot Caetana den Arm und machte sich mit festem Schritt auf den Weg.

In der Küche umarmte er Dona Ana und gab ihr einen Kuss. Aus dem Saal klang Lachen herüber und das Geschrei der Jungen, die mit Antônio und Pedro um den Tisch herum Krieg spielten.

Rosário lauschte mit größtem Wohlgefallen den Geschichten, die der Graf erzählte. Sie war von dem Glanz in seinen hellen Augen und von seinen galanten Manieren äußerst angetan. Tito Livio Zambeccari sprach mit einer bedächtigen, warmherzigen Stimme. Rosário stellte ihn sich in seinem Schloss in Italien vor. Ja, wenn er ein Graf war, musste er auch ein Schloss haben.

Alle saßen um den Tisch. Maria Manuela überhäufte Antônio mit Aufmerksamkeiten, sie war zufrieden, ihren Sohn mit einer so guten Gesichtsfarbe zu sehen. Sie hatte ihm bereits ein ausgiebiges Bad in der Wanne zukommen lassen, und der Verband am rechten Arm war wieder weiß. Außerdem hatte sie ihm einen üppigen Teller angerichtet, mit allem, was er am liebsten aß.

Von seiner Position am Kopfende sagte Bento Gonçalves: »Also, dieser Mann ist vor fast zwei Wochen in die Provinz gekommen. Und er hat immer noch nicht die Stadt Rio Grande verlassen. Wenn er nicht bald nach Porto Alegre geht und seinen Platz einnimmt, sieht die Sache übel aus. Wir halten uns zurück und warten ab. Aber wenn Araújo Ribeiro sich nicht herablässt, uns anzuerkennen, wird es Krieg geben.«

Dona Ana tauschte mit ihrem Bruder einen langen Blick aus, in dem Furcht zu erkennen war, aber sein Gesicht war unerschütterlich und stolz. Die Dinge waren nicht so weit gediehen, wie sie sich das vorstellte, noch war nichts sicher. Die Kaiserlichen widersetzten sich dem Aufstand. Und wer war dieser Araújo Ribeiro? Und wo lebte er? Diese beiden Fragen stellte sie laut. Bento Gonçalves lächelte und überlegte einen Augenblick, um die richtigen Worte für seine Antwort zu finden.

»José de Araújo Ribeiro lebt auf der Brigg *Sete de Setembro*, Ana. Er will diesen Boden nicht einmal betreten. Aber morgen werden wir uns begegnen… Es ist kein Zufall, dass ich zu dem Fest von Rodrigues Barcelos gehe. Ich will sehen, was Araújo mir ins Gesicht sagt. Ich will sehen, welches seine Absichten sind. Onofre und die anderen stehen an ihren Posten bereit. Wir sind gut organisiert. Ich will sehen, ob mich dieser Araújo für dumm verkauft!«

Die Frauen rissen die Augen weit auf. Dona Ana lächelte angesichts des übertriebenen Eifers ihres Bruders. Was kommt, kommt, dachte sie. Aber sie sagte nur: »Ich werde Bescheid sagen, dass sie das Pfirsichmus auftragen.«

Und die Mahlzeit wurde in der warmherzigen Atmosphäre

der familiären Wiedersehensfreude fortgesetzt. Manuela und Mariana bemerkten bei Rosário eine unbekannte Freude. Seit dem Vorfall mit dem Spanier war ihre Schwester nicht so ausgeglichen gewesen. Sie ließ das aristokratische Gesicht des Grafen nicht aus den Augen.

Dona Antônia kam nach der Siesta. Sie hatte schon am Vortag die Nachricht von Bento Gonçalves' Ankunft erhalten, aber sie war einen Großteil des Vormittags mit anderen Angelegenheiten befasst gewesen und hatte einen Rinderverkauf abgeschlossen. Deshalb konnte sie die Estância do Brejo erst am Nachmittag verlassen. Sie nahm den Zweispänner und brachte einen Korb mit frischen Apfelsinen für die Kinder mit.

Sie traf Bento Gonçalves auf der Veranda an, wo er seinen Matetee zelebrierte. Bento hatte einige schöne Stunden mit Caetana verbracht, danach hatte er ein Bad genommen. Er trug wieder die Bombacha, die Stiefel und das glatt gebügelte, weiße Hemd – wie wohltuend war doch die weibliche Fürsorge –, und jetzt rauchte er die Zigarre, die ihm João Congo gerade gedreht hatte. Vor kurzem hatte er eine Mestizin vorübergehen sehen, die im Haus arbeitete, ein vielleicht fünfzehn- oder sechzehnjähriges Mädchen, und er dachte, wie begehrenswert doch diese Jungfrau war, die nach Neuem duftete.

Dona Antônia unterbrach seine Hirngespinste.

»Was für ein schöner Anblick, Bento!«

Sie umarmten sich zärtlich. Bento Gonçalves da Silva verspürte einen großen Respekt gegenüber seiner älteren Schwester, der vernünftigen, klugen Gutsbesitzerin, die ihn in ihren wohl überlegten Entscheidungen, mit ihrer ruhigen Stimme, mit ihrer Lebensweisheit an Dona Perpétua erinnerte. Sie sprachen über angenehme Dinge, sie sprachen über die Felder und über die Rinder, und sie sprachen über die Schwierigkeiten, die der Krieg mit sich brachte. Dona Antônia trank von dem Mate. Der Nachmittag verlor allmählich seine Leuchtkraft. Die Kiebitze riefen in den Bäumen. In der Ferne war Manuela zu sehen, die neben ihrem Bruder ausritt.

»Diese beiden haben das gleiche Temperament«, sagte Dona Antônia.

»Sie sind von Kopf bis Fuß vom Stamm der Gonçalves.« Bento beobachtete, wie die beiden Reiter immer kleiner wurden und schließlich nur noch zwei Punkte am Horizont waren. Bento lächelte. »Sie wird Joaquim eine gute Frau sein.«

»Manuela trägt den Kopf am richtigen Fleck.«

»Aber was ist mit ihrem Herzen? Weißt du etwas darüber? Immerhin verbringt ihr hier bereits ein paar Monate. Weißt du, ob sie Joaquim liebt?«

Dona Antônia reichte ihrem Bruder den Matetee. Sie sah, wie seine kräftigen Männerhände geübt das Kürbisgefäß umfassten. Das Trinkrohr verschwand zwischen den geschickten Fingern.

»Schau, Bento, ich weiß nichts mit Bestimmtheit. Manuela ist recht wortkarg, du kennst ja ihr Schweigen. Aber sie trägt den Kopf am richtigen Fleck, wie ich dir gesagt habe. Warum sollte sie Joaquim nicht lieben, einen so eleganten, reichen und schmucken jungen Mann? Wenn Joaquim sein Medizinstudium an der Universität beendet, werden sie heiraten, sei unbesorgt.«

Bento Gonçalves lächelte. Er beauftragte João Congo, noch mehr Wasser zu holen. Dann blickte er seiner Schwester fest in die Augen – es war, als würde er sich selbst betrachten – und antwortete: »Hör nicht weiter auf mich, Antônia … Manchmal habe ich solche Anfälle. Das sind die Manien eines alten Mannes. Joaquim und Manuela werden ein schönes Paar abgeben, zweifelsohne. Wenn sie heiraten, werde ich ein Fest geben, wie es hier noch keines gegeben hat.«

João Congo kam mit dem Kessel mit kochendem Wasser. Er füllte das Kürbisgefäß des Obersts wieder auf. Antônia erforschte den Mann an ihrer Seite. Er war unruhig, es gab etwas, was ihm Sorgen bereitete. Er betrachtete den rosigen Horizont der Abenddämmerung, aber es war, als ob er ihn nicht sähe, als ob Bento sich nicht inmitten der Ruhe und des Friedens seiner Felder befände. Und dann erkannte sie, was sie so beunruhigte:

In Bentos Augen, in Bentos leidenschaftlichen schwarzen Augen loderte die Wut wie eine Flamme.

Der Bruder wandte sich plötzlich an sie.

»Antônia, ich will, dass du etwas weißt. Wenn der Krieg ausbricht, werde ich deine Hilfe benötigen.«

»Du kannst auf mich zählen, Bento.« Sie sprach mit Entschiedenheit. »Ich habe es dir am ersten Tag gesagt, und jetzt sage ich es dir noch einmal.«

»Gut.«

Der Graf erschien vor dem Wohnhaus. Sein Gesicht war erhitzt, er lächelte zufrieden. Er kam die Verandastufen hoch. Bento Gonçalves bot ihm den Mate an. Tito Livio Zambeccari bedankte sich, lehnte das Angebot aber ab. In Wahrheit konnte er sich nicht an dieses bittere Gebräu gewöhnen, mit diesem Trinkrohr, das ihm immer die Lippen verbrannte. Als richtiger Italiener zog er einen guten Wein vor. Seit langer Zeit hatte er sein geliebtes Italien nicht gesehen. Er betrachtete die unendliche, mit grünem Gras überzogene Ebene und dachte an das so andere, schroffe aber malerische Land seines Vaters, das so schön war, wie es nur die Dinge der Vergangenheit sein können.

João Congo brachte einen Stuhl für den Grafen. Tito Livio bedankte sich höflich bei ihm. Dona Antônia gefiel der Italiener mit den hellen Augen, es war etwas an ihm, was sie an Romanzen denken ließ, aber dennoch schien er zerbrechlich und ein wenig blass. Sie fragte mit mütterlicher Stimme: »Graf Tito, möchten Sie keinen Mate? Dann werde ich Bescheid geben, damit man Ihnen einen frischen Apfelsinensaft bringt. Die Apfelsinen sind aus meinem Obstgarten.«

»Ich bin Ihnen zu Dank verpflichtet, Dona Antônia.« Tito lächelte zurückhaltend. »Ein Saft würde mir guttun.«

Bento machte eine einladende Handbewegung.

»Seien Sie ganz ungezwungen, Tito. Meine Schwester ist so, sie kümmert sich um alle.« Dann wechselte er den Tonfall und sprach weiter: »Wir müssen uns absprechen: Morgen früh brechen wir nach Pelotas auf. Wir beide, sowie Caetana und

Congo. Nach dem Ball kehren wir zurück und nehmen Antônio und Pedro mit nach Porto Alegre. Denn jetzt gibt es Zunder, Tito. Ich will wissen, aus welchem Holz dieser Araújo gemacht ist.«

Rosário schlich vorsichtig über den Gang. Sie traf auf niemanden, außer auf eine junge Schwarze, die die rückwärtige Veranda fegte, während sie vor sich hin pfiff. Sie dachte an den Grafen, und eine wohlige Wärme stieg ihr ins Gesicht. Wo war er wohl in diesem Moment? Seit einiger Zeit war die Mittagsruhe bereits verstrichen. War er vielleicht zu Pferd unterwegs, um die Estância zu erkunden? Vielleicht unterhielt er sich aber auch mit Oberst Bento. Ja, sie hatten bestimmt viele Dinge zu besprechen. Später würde sie Antônio rufen, um mit ihm eine Ausfahrt im Wagen zu machen, und dann würde sie ihn diskret über diesen Tito befragen, diesen Grafen mit den blauen Augen, der schon so lange von zu Hause weg war, einen eleganten Mann, der viele Sprachen sprach und den es in diese Gegend verschlagen hatte, wo er nun dem Oberst als Sekretär diente. Ja, es gab bezüglich des Grafen einiges zu entdecken. Aber dennoch durfte sie ihre Verabredung nicht versäumen. Der Nachmittag ging zu Ende, die Hitze stieg vom Erdboden auf, die Sonne verblasste, und es war Zeit für die Abendruhe der Viehhüter und der Tiere. Es musste schon nach sechs Uhr sein.

Rosário ging in die Bibliothek, schloss die Tür hinter sich und drehte den Schlüssel herum. Dona Ana missfiel es, wenn die Räume mit dem Schlüssel abgeschlossen wurden. »Wir haben hier keine Geheimnisse voreinander«, sagte sie dazu. Aber Dona Ana war mit den Gästen beschäftigt, und das Letzte, das sie zu tun hätte, wäre, nach ihr zu suchen. Rosário zog die Vorhänge zu, und Zwielicht bemächtigte sich des kleinen Zimmers.

So ist es gut. Er scheut das Licht. Das Licht stört seine Augen.

Rosário setzte sich in den Sessel, verschränkte die Hände im Schoß und wartete ab. Das Herz klopfte ihr bis zum Hals.

Ich muss mich beruhigen. Er hat mich schon andere Male besucht. Daran ist nichts Schlechtes.

Sie schloss für einen Moment die Augen, und als sie sie wieder öffnete, war er da und stützte sich auf das Bücherregal, so wie beim ersten Mal. Der Stirnverband war blutrot. Seine grünen Augen glänzten vor Fieber und Liebe. Er lächelte sanftmütig. Er war sehr müde, das hatte er ihr schon öfter gesagt… Rosário fühlte Mitleid, sie fühlte Liebe, sie fühlte Angst. Keine Angst vor ihm, denn sie liebte ihn bereits sehr, sondern davor, dass ihm die Kraft fehlte, sie zu besuchen. Sein Gesicht war bleich wie Papier, die Lippen waren fast farblos.

»Geht es dir gut?« Seine Stimme klang in Rosários Ohren wie ein warmer Hauch.

Sie errötete und antwortete ganz leise: »Ja, mir geht es gut.« Sie sagte, sie habe überlegt, ob er wohl diesen Nachmittag zu ihr kommen würde. Denn schließlich hatten sie Besuch. Sie wusste, dass er keine Unbekannten mochte. »Ich kenne ihn, Rosário«, antwortete er. »Wir sind uns in der Provinz Cisplatina begegnet.« Bei diesen Worten machte er eine schmerzensreiche Geste.

Rosário wollte aufstehen und ihn berühren, aber der Offizier gab ihr ein Zeichen: »Schon gut…« Rosário sah, dass Blut den Verband durchfeuchtete. In einer merkwürdigen Vorahnung stellte sie sich vor, wie die Hand von Bento Gonçalves zum Degen griff und das Fleisch dieses Mannes zerfetzte und dessen Gesicht fahl werden ließ, das sie angefangen hatte zu lieben. Ihre Augen füllten sich mit Tränen.

»Steban…«, stammelte sie. »Steban, sei doch nicht so… Sie sind draußen. Wir wollen sie vergessen, sie gehen uns nichts an.«

»Schwörst du das?« Seine grünen Augen leuchteten. Rosário fragte sich, ob sie ihn eines Tages umarmen, ihm einen Kuss geben, mit ihm in einem Ballsaal tanzen werde.

»Ich schwöre es, Steban… Ich habe den ganzen Nachmittag darauf gewartet, mit dir zusammen zu sein. Wir werden nicht zulassen, dass mein Onkel auch das noch zerstört.«

Der Offizier lächelte. Sein Gesicht nahm wieder etwas Farbe an. Er drehte sich um und suchte etwas im Bücherregal. So verbrachte er einige Sekunden, bis er ein Buch herausnahm. Er schlug es auf und begann, Rosário mit seinem warmen, maßvollen Spanisch daraus vorzulesen. Das Buch sprach von der Nacht und vom Sternenhimmel. Rosário seufzte und ließ sich davontragen. Draußen verstreute die Nacht die ersten Sterne über den Sommerhimmel.

Manuelas Tagebuch

Estância da Barra, 5. Dezember 1835

Sie sind im Morgengrauen aufgebrochen. Aber bereits so früh machte sich die Hitze bemerkbar. João Congo hatte es sich neben dem Fuhrmann bequem gemacht und uns mit seiner Pranke gewunken. Caetana sah durch das Fenster, sie trug ein helles Reisekleid, aber in ihrem Koffer hatte sie ein prächtiges Festgewand mitgenommen. Ich habe gehört, wie mein Onkel zu ihr sagte: »Ich will, dass du noch schöner aussiehst als sonst. Damit sie wissen, wer wir sind.«

Perpétua hatte ihre Mutter mehrfach gebeten, sie zum Ball begleiten zu dürfen, dort würde sie mit dem Grafen tanzen. Sie hatte große Lust, auf den Ball zu gehen, Walzer zu tanzen, die Chimarrita zu tanzen, Leute zu treffen und Musik zu hören. Bento Gonçalves war verärgert. Er nannte sie eine Verrückte und erinnerte daran, dass sie nicht zu Zerstreuungen aufgelegt waren, dass er die Verantwortung für die gesamte Provinz trug. Er begab sich nach Pelotas, um eine dringende Angelegenheit zu klären. Perpétua rannte aus dem Saal. Ich glaube, sie weinte. Das geschah gestern, gegen Ende des Tages, und die Cousine speiste nicht mit uns zu Abend und ist heute auch nicht auf die Veranda gekommen, um sich von ihren Eltern zu verabschieden.

Die Grillen zirpen draußen. Es ist schon sehr spät.

Mariana ist noch nicht auf das Zimmer gekommen, sie spricht wohl mit Pedro und Antônio. Es ist schön, dass mein Bruder bei uns ist, selbst wenn es nur für so kurze Zeit ist. Antônio hat uns Dinge über Graf Zambeccari erzählt. Er sagt, er sei aus Italien geflohen, wo er an einer Verschwörung gegen den König teilnahm. Dass er in Spanien gewesen ist, in Uruguay, und dass er jetzt hier Bento Gonçalves treue Dienste leistet. Rosário schien Interesse an dem Grafen zu haben, sie wollte vieles wissen und stellte Fragen über persönliche Dinge. Antônio hat sie geneckt und geantwortet, Graf Tito sei kein Mann für Liebesgeschichten, ihm gehe es um Ideen.

Hinter allem stecken noch weitere Männer, hiesige Männer, Riograndenser, deren Träume denen von Bento Gonçalves ähneln, und andere Männer, die zudem von einer Republik träumen: Major Antônio Netto de Souza aus Bagé, Onofre Pires, ein Cousin meiner Mutter, Major José Gomes de Vasconcelos Jardim, Major João Manoel de Lima e Silva, Hauptmann José Afonso de Almeida Corte Real, Hauptmann Lucas de Oliveira, und es gibt noch mehr. Einige von ihnen wünschen sich nur einen Regenten, der ihnen zuhört, andere sprechen mit Inbrunst von einer Republik und dem Ende der Sklaverei. Antônio sprach von der Republik, und seine Augen leuchteten mit dem Glanz von jungen Augen, die die Zukunft herbeisehnen. Dona Ana hat ihn gebeten, uns keine Flausen in den Kopf zu setzen. Sie hat gesagt, Bento Gonçalves möchte nur einen neuen Provinzpräsidenten, der die Rechte und Forderungen der Gutsbesitzer anerkennt. Und damit sei es genug. Alles andere seien Träume, sagt sie, Fantasien.

Antônio hat ihr nicht widersprochen, er hat respektvoll die Augen gesenkt, aber als er den Kopf wieder hob, war immer noch das Leuchten in seinen Augen. Ich habe es wahrgenommen, wie einen Heiligenschein, einen goldenen Heiligenschein, der das Grün seiner Augen umgab. Vielleicht haben es die anderen nicht bemerkt. Meine Mutter saß in ihrem Sessel und stickte fast ungestüm an ihrem Tischtuch. Sie mag keinen Krieg und keine Politik. Rosário hat sich wieder nach dem Privatleben des Grafen erkundigt. Antônio antwortete ihr im Scherz, er sei kein Klatschmaul, und sagte, sie solle nicht im Leben des Grafen herumschnüffeln. Und dann hat er wieder seine Späße gemacht. Aber ich weiß es, ich ahne es voraus, Antônio ist ein Anhänger der Republik, das ist seine große Liebe, in der Tiefe seiner Seele ist es das, wofür er kämpft. Ich frage mich, ob Bento Gonçalves klar ist, welcher Mechanismus ausgelöst wurde, als er mit seinen Truppen in Porto Alegre einmarschierte, und wie der Oberst die wütende Bestie beherrschen will, die die Pampa in ihren Bann schlägt, und ich muss auch an die Augen meines älteren Bruders denken, an die Augen von Pedro und von so vielen anderen, die es hierhin versprengt hat.

Aus dem Saal dringt Gelächter. Und ich bin hier und schreibe diese Zeilen. Für wen? Damit ich sie Jahre später wieder lesen und mich an diese Zeit auf der Estância da Barra erinnern kann, an die stillen Tage, die wir im Ufergebiet der Lagune mit Warten zugebracht haben? Ich weiß nicht, warum ich schreibe, aber irgendetwas treibt mich dazu an, ein fremder Wille führt meine Finger und bewegt die Feder … Ich stelle mir vor, wie es wohl auf dem Ball ist … Caetana hat ein smaragdgrünes Seidenkleid mit Ausschnitt und Spitzenbesatz am Rock im Koffer. Sie muss schön aussehen, noch schöner, als man es sich vorstellen kann. Bento Gonçalves ist bestimmt elegant und ernst, sorgfältig rasiert, im weißen Seidenhemd, das *Chiripá*-Tuch an den Gürtel geknüpft. Bei diesem Treffen werden viele Dinge geklärt, oder gar keine. Morgen, am späten Nachmittag, werden wir mehr wissen. Dann kommen sie zurück. Caetana kommt zurück, um bei uns zu bleiben, Onkel Bento und der Graf kommen, um Antônio und Pedro abzuholen, sie werden nur auf der Durchreise sein, andere warten schon auf sie.

Ja, die Männer gehen immer, in ihre Kriege, in ihre Kämpfe, um neue Länder zu erobern, um Gräber auszuheben und die Toten zu beerdigen. Wir Frauen hingegen bleiben, wir warten auf sie. Neun Monate, ein ganzes Leben lang. Wir schleppen uns durch die Tage und warten … Wie ein Haus, so wartet die Frau in der Pampa auf ihren Mann. Kein Unwetter bringt es zum Einsturz, kein Wind kann es beugen. Ihr Mann braucht ein Haus, wenn er zurückkommt, wenn er denn zurückkommt … Meine Großmutter Perpétua hat das gesagt, sie hat es oft zu uns gesagt, wenn sie von den Kriegen erzählte, in denen mein Großvater gekämpft hat. Es ist ihre Stimme, die jetzt in meinen Ohren klingt.

Und draußen zirpen die Grillen.

Es muss schon sehr spät sein.

Manuela

1836

Meine liebe Caetana,
ich habe sehr darunter gelitten, dass uns der 31. Dezember getrennt vorfand, ich so weit von dir und unseren Kindern entfernt, die Familie weit weg, die mit wer weiß was für Gedanken in der Seele auf die Ankunft dieses geheimnisvollen Jahres 1836 anstößt. Ich habe an dich gedacht, an meine Schwestern und an die Mädchen, an euch alle auf der Estância, und ich hoffe, ihr habt auch ohne uns ein opulentes Mahl eingenommen und eure Gläser erhoben, damit uns das Glück an diesem Tage hold sei. Ich habe an Joaquim, Bento und Caetano gedacht, die ganz allein in Rio de Janeiro sind, dabei haben wir Geschwister, Schwager und Cousins uns doch immer in der Sylvesternacht um einen reich gedeckten Tisch versammelt. Dennoch, liebe Caetana, dieses Jahr 1836 scheint sich in allem von den anderen Jahren zu unterscheiden, und ich gestehe das nicht ohne eine gewisse Besorgnis.

Hier, in Porto Alegre, überstürzen sich die Ereignisse, und jeden Moment scheint die Möglichkeit für einen Frieden sich weiter zu entfernen. Anstatt das Pferd zu nehmen und zu dir zu reiten, was ich lieber tun würde, schicke ich dir also nur diesen Brief, den ich in aller Eile im Kerzenlicht schreibe, in dieser schläfrigen Morgenstunde im Januar. Vor kurzem übergab mir der Graf, der immer so höflich und vortrefflich in seinem Verhalten und in seinen Gefühlen ist, ein Gedicht, das er eigenhändig abgeschrieben hatte, damit ich es diesem Brief beilege. Auf diese Weise, liebe Caetana, sendet Tito seine Grüße.

Anfang Januar, nach vielen Komplikationen, die sich bei den Treffen der gesetzgebenden Versammlung ergeben hatten, sandte der Interimspräsident dieser Provinz, der Abgeordnete Marciano Ribeiro, ein offizielles Schreiben an Araújo Ribeiro, in dem er ihn aufforderte, vor der Versammlung zu erscheinen, um sein Amt anzutreten. Tage später erhielten wir die Nachricht, dass dieser Araújo Ribeiro sein Amt in der Stadt Rio Grande angetreten hat, eine Beleidigung, die nicht hingenommen werden kann. Zudem, meine Liebe, sind dies nur die ersten Ereignisse, die in diesem Jahr geschehen sind, aber sie sind noch nicht die schlimmsten. Mein Namensvetter, der niederträchtige Bento Manuel, hat schließlich seine Krallen gezeigt: Er hat Truppen in São Gabriel gesammelt, um im Namen des Kaisers zu kämpfen, und er sagt, er werde nur den Befehlen des vom Hof ernannten Präsidenten gehorchen.

Wir warten alle auf die Ereignisse, die bevorstehen. Wir haben bereits die ersten Maßnahmen ergriffen, und für den Fall, dass tatsächlich ein Krieg ausbricht, Stabsbesprechungen abgehalten. Inzwischen haben wir entschieden, bis zum 15. Februar nichts zu unternehmen, dem Tag, an dem wir, falls Araújo Ribeiro seine widerwärtigen Handlungen nicht zurücknimmt, im Namen dieser Provinz und ihrer so ehrenhaften Bevölkerung einen Krieg beginnen werden. Die Leute hier sagen, der Zeitpunkt für den Krieg stehe bereits fest. Onofre ist auf Schlachten erpicht. Ich kann diese Tatsache nicht verhehlen, aber mein maßvoller Charakter heißt mich, ohne Aufregungen oder vergebliche Sehnsüchte abzuwarten. In einem Monat werden wir wissen, welche Richtung all das nehmen wird.

Liebe Caetana, ich weiß, dass die Neuigkeiten, die ich dir mitteile, deine Seele beunruhigen werden. Bitte, übe dich in Geduld und bete für dieses Land. Deine Aufgabe ist es nun, die anderen Frauen im Haus von diesen Ereignissen in Kenntnis zu setzen, aber sie sollen nicht erschrecken und auch keine Angst bekommen. Allen anderen geht es gut, vor kurzem haben wir gemeinsam ein üppiges Churrasco verspeist.

Und noch etwas, besprich mit Antônia den Verkauf einer Rinderherde, und schick einen Teil des Geldes an die Jungen in

Rio de Janeiro. Ich will, dass sie für den Notfall darauf vorbereitet sind, nach Rio Grande zurückzukehren.

Ich sende dir meine Zuneigung und meine Liebe,
Bento Gonçalves da Silva
Porto Alegre, 20. Januar 1836

Das Ende dieses Monats zog sich lange hin, bis es vorüber war, die letzten Januartage vergingen unter einer gewaltigen Hitze. Die ersten Februartage kamen mit einer Last schwarzer, niedrig stehender Wolken, in der Abenddämmerung verlor sich das Land im Nebel, und eine große Unruhe bemächtigte sich der Frauen auf der Estância. Der Brief von Bento Gonçalves hatte eine stumme Angst in ihnen wachsen lassen. Sie sehnten sich nach den sonnigen Tagen zurück, in denen sie ihre Bäder im Bach genießen konnten, nach den Ausflügen mit Dona Antônia im Boot auf dem Camaquâ, nach dem erfrischenden, schäumenden Orangensaft, den sie in großen Schlucken tranken, wenn sie verschwitzt von einem Ausritt zurückkehrten.

Schließlich ergriff eine noch heftigere, klebrige Hitze das Land. Die Kinder weinten wegen jeder Kleinigkeit. Dona Ana spielte stundenlang auf dem Klavier, um die Stille der sonnenlosen Nachmittage, an denen nur noch geflüstert wurde, zu vertreiben. Xica hatte einige Tage lang keine Milch, aber dank der Fürsorge und der Beschwörungen von Dona Ana begann der Quell allmählich wieder zu fließen, und Ana Joaquinas jammernde Stimme beruhigte sich.

An einem stürmischen Vormittag rissen Marco Antônio und Leão aus, weil sie in der vorausgegangenen Nacht beschlossen hatten, den Vater zu suchen und sich vor Ausbruch des so oft besprochenen Krieges seinem Heer anzuschließen. Sie wollten nicht mehr bei den verängstigten Frauen bleiben und der Mutter beim stundenlangen Gebet zur Heiligen Jungfrau zusehen, wenn alles, was General Bento – der große und mächtige Krieger und Vater – brauchte, weitere Männer mit Degen waren, die die Kaiserlichen angriffen.

Es war noch sehr früh, als die beiden Jungen aus dem Bett

sprangen und sich etwas Warmes über ihre Schlafanzüge zogen. Sie schlichen über die düsteren Gänge und querten genau in dem Augenblick die Küche, als Dona Rosa zwar aus ihrem Zimmer kam, aber nicht beizeiten, um die beiden Ausreißer zu überraschen, die bis zum Patio rannten und es schafften, der Aufmerksamkeit von Zé Pedra zu entgehen, der schweigsam wie immer auf einem Baumstumpf saß und das Tageslicht abwartete, um mit der Arbeit anzufangen.

Sie verschwanden im Wald. Sie hatten einen kleinen Rucksack mit Resten vom letzten Abendessen dabei, ein Stück altes Brot und zwei Apfelsinen. Schon bald verspürte Marco Antônio den ersten Hunger, und Leão erklärte aufgrund der Macht, die ihm seine elf Lebensjahre verliehen, missmutig: »Ein guter Soldat bittet nie um etwas! Nimm diese Apfelsine.«

Als er sah, wie sein jüngerer Bruder beglückt die Frucht verzehrte, dachte er, es sei kein Verbrechen, sich auch etwas zu gönnen, und so wurden sie schließlich von dem Unwetter überrascht: Sie hockten in einer Ecke und lutschten Apfelsinen.

Das Wasser bildete sogleich große Pfützen. Die Jungen kamen nur schwer voran, denn es regnete gewaltig, der Himmel goss das Wasser nur so aus und erfüllte damit das Versprechen so vieler Tage mit Gewitterwolken. Marquito – so nannte ihn Bento – wollte wieder nach Hause.

»Dann suchen wir Papas Soldaten eben morgen«, schlug er vor, als er im Morast feststeckte und sein schwarzes Haar vor Regen troff. »Heute ist noch nicht der fünfzehnte, Leão. Wir gehen morgen wieder los, wenn der Regen nachlässt…« Leão erschien die Bitte seines Bruders vernünftig, aber da er sich nicht mehr erinnern konnte, auf welcher Seite das Gutshaus lag, und er nicht zugeben wollte, dass er sich verirrt hatte, antwortete er: »Ich bin der Oberst, Marquito. Du bist nur ein Leutnant. Ich gebe die Befehle, und das heißt, wir gehen weiter. Papa wartet irgendwo da vorne auf uns. Los!«

Und die beiden gingen weiter.

Viriata kam am späten Vormittag, um die beiden Jungen zu wecken. Die Frauen hatten bereits gefrühstückt und hielten sich nun im Saal auf, von wo sie zusahen, wie der Regen fiel. Viriata war nicht erstaunt, die Betten leer vorzufinden: Sicherlich waren sie zum Spielen in ein anderes Zimmer gegangen oder störten die schwarzen Dienstmädchen in der Küche. Eine Viertelstunde lang suchte sie überall nach ihnen, in der Vorratskammer mit dem Eingemachten, in dem Zimmer der Mädchen, im Arbeitszimmer, im Garten und sogar im Stall. Als sie in den Saal kam, stellte sie sich vor Caetana; sie war so bang, als hätte sie ein Gespenst gesehen.

»Die Jungen sind verschwunden«, sagte sie ohne Umschweife.

Dona Ana stand mit einem Satz auf und legte die Hand auf die Schulter der Schwägerin.

»Was heißt verschwunden, Viriata?« Caetanas Stimme bebte.

»Sie werden irgendwo sein und im Regen spielen. Diese Jungen haben viel Energie … Ich weiß das aus Erfahrung, ich habe zwei Jungen großgezogen«, unterbrach Dona Ana sie. »Ganz ruhig, Schwägerin. Ich schicke sofort Zé Pedra los, um sie draußen zu suchen. Sie werden völlig durchnässt heimkommen.« Dann ging sie in die Küche.

Zé Pedra und ein Ortskundiger machten sich auf die Suche nach den Jungen. An Regentagen konnte einem sonst etwas aufgetragen werden: Da mussten sie alles Mögliche erledigen, sogar als Kindermädchen für flüchtige Knaben herhalten. Sie durchsuchten zu Pferde einen Großteil der Estância, sie gingen zum Uferrand, sie drangen ein Stück weit in den Wald vor. Am Bach fand sich keinerlei Spur von den Jungen. Zé Pedra hatte die Idee, mit Senhora Antônia zu sprechen: Vielleicht befanden sich die Jungen ja dort. Aber auf der Estância do Brejo hatte niemand die Söhne von Bento Gonçalves gesehen. Dona Antônia ließ besorgt den Zweispänner vorfahren, um sich umgehend zum Haus ihrer Schwester zu begeben.

Zé Pedra, der Ortskundige, Dona Antônia und der junge schwarze Fuhrmann, der den Wagen lenkte, erreichten die Estância da Barra mittags um zwei Uhr. Die Frauen dort hatten gerade ihr Mittagessen beendet, außer Caetana, die zu diesem Zeitpunkt so gefangen von ihrer Nervosität war, dass sie die Gabel nicht zum Mund führen konnte. Es regnete immer noch in Strömen.

»Wir haben überall nach ihnen gesucht, selbst im Wald, aber die Jungen waren nicht da«, berichtete Zé Pedra, der bis auf die Knochen nass war.

Auch Dona Ana wurde allmählich nervös. Reichten denn die Ängste nicht, die sie ohnehin um die Ehemänner und die Söhne hatten? Sie alle bereiteten sich auf den Krieg vor, einen Krieg gegen das Kaiserreich, und nun verschwanden auch noch die Jungen. Caetana weinte auf dem Sofa und wurde von Maria Manuela und Perpétua getröstet. Die anderen schwiegen, ihre Augen spiegelten ihre Angst. Manuela wollte zu Pferde nach den Cousins suchen.

»Das kommt nicht in Frage«, entschied Dona Antônia. »Wir werden Manuel und die Männer damit beauftragen, sie überall zu suchen. Ich habe meinem Verwalter aufgetragen, das Gleiche zu tun. Er hat bereits zehn Landarbeiter für die Suche von Leão und Marquito versammelt. Wir werden hier abwarten und die Ruhe bewahren.« Sie rief Dona Rosa und sagte ihr: »Bereite für alle einen Kamillentee zu, und nimm auch eine Tasse. Das wird ein langer Nachmittag.«

Die Nachmittagsstunden schleppten sich mühsam dahin, durch den Regen, der auf das Dach trommelte und sich auf der Veranda sammelte, schienen sie sich immer mehr in die Länge zu ziehen. Das Wasser bildete riesige Pfützen im Garten und ertränkte Dona Anas Lieblingsblumen. Die vier Cousinen lasen mit gesenkten Köpfen. Und wenn die beiden nun nicht wiederkämen? Ab und an hob eine von ihnen den Blick und sah nach draußen. Der Regen hatte die Vögel vertrieben, und eine klebrige Stille schwebte über allem.

Schließlich hörte der Regen auf, aber es blieb ein dichter Nebel, der die Umrisse der Dinge verwischte. Die Mädchen begaben sich auf ihre Zimmer, um sich für das Abendessen zurechtzumachen und die Kleidung zu wechseln. Dona Ana versuchte, alles seinen normalen Gang gehen zu lassen.

»Wenn im Haus der Verstand verloren geht, ist nichts mehr auf der Welt unter Kontrolle«, sagte sie immer, und jetzt wiederholte sie das, als sie den Nichten auftrug, sich auf das Abendessen vorzubereiten.

Rosário blieb noch eine Weile im Zimmer sitzen, schließlich waren dies die magischen Momente, die ihren Tagen die Daseinsberechtigung gaben. Doch bei dieser Abenddämmerung hegte sie für ihren jungen Offizier nicht die gleichen Gefühle wie sonst. Sie musste an die kleinen Cousins denken, an die Feuchtigkeit draußen, an die Kobras und andere gefährliche Tiere, an die nächtlichen Schatten. Der Uruguayer schien noch diffuser als sonst, als hätte ihm der Regen alle Farben geraubt, seine grünen Augen schimmerten nur matt, wie ein bedeckter Himmel. Ein feuchtes Lachen entwich seinem fahlen Gesicht.

»Gehst du schon, Steban?«, fragte sie besorgt. Würde auch er verschwinden und sie allein diesen unendlichen Tagen ausliefern? »Willst du mich nicht mehr sehen?«

»Das ist es nicht, meine Geliebte.« Seine Mundbewegungen waren langsam, wie in einem Traum. »Es ist der Regen«, sagte er, wohl wissend, dass die Angst in dem schönen Gesicht des Mädchens einen anderen Grund hatte. »Sei unbesorgt. Die Söhne des Obersts werden heute wieder auftauchen, ich habe sie gesehen.«

Dann schickte er ihr einen Kuss, der durch die Luft glitt und sanft ihre Brust berührte. Da war Rosário auf einmal ganz ruhig, sie spürte den kühlen Kuss zwischen dem Spitzenbesatz ihres Ausschnitts, und Steban verschwand langsam, erlöste sich zwischen den Büchern wie eine Wolke auf, die all ihren Regen ausgeschüttet hat.

Schließlich war Rosário allein. Als sie mit den Händen auf der Brust, wo sie immer noch die zärtliche Berührung fühlen konnte, aus dem Arbeitszimmer kam, traf sie auf Mariana, die bereits umgekleidet und frisiert war.

»Sind die Jungen wieder da?«, fragte sie.

Marianas Gesicht war mürrisch. »Noch nicht«, sagte sie.

»Caetana ist auf ihrem Zimmer und weint. Mama hat mit ihr gesprochen. Ich werde Beata bitten, ihr einen Tee mit reichlich Zucker zu bringen, vielleicht beruhigt das ja die Ärmste …«

»Sei unbesorgt, Mariana. Sie werden heute auftauchen«, sagte Rosário mit einer Sicherheit, die ihre Schwester erschreckte. Danach eilte sie, ein wenig beschämt, auf ihr Zimmer, um sich zurechtzumachen. Mariana zuckte mit den Schultern. Rosário war in letzter Zeit sehr sonderbar.

Zé Pedra, Manuel und die Landarbeiter kehrten um acht Uhr zur Estância zurück, ohne Neuigkeiten von den Jungen. Dona Ana überlegte, ob sie einen der Männer mit einem Brief an Bento losschicken und ihn von dem Verschwinden der Jungen unterrichten sollten.

»Wir warten bis zehn Uhr«, bestimmte Dona Antônia. »Wenn sie bis dahin nicht auftauchen, schicken wir Zé Pedra mit einer Nachricht los. Inzwischen überlassen wir Bento den Sorgen, die er ohnehin schon hat.« Und dann sagte sie noch mit sanfter Stimme: »Meine Männer sind noch nicht zurückgekommen, wer weiß, vielleicht haben sie ja die beiden Kinder gefunden.«

Manuela war auch dort und beobachtete alles mit ihren neugierigen grünen Augen. Die dunkle, feuchte Nacht bedrückte sie. Der kleine Regente kauerte auf ihrem Schoß.

»Lass den Köter los, Mädchen«, befahl Dona Ana. »Es ist Zeit für das Abendessen, und ich mag keine Tiere im Haus. Außerdem stinkt er muffig.«

Manuela widersprach der Tante nicht. Sie hatte die gleichen Augen wie Bento Gonçalves, Augen, denen es nicht gefiel, Widerstand zu erleben. Sie speisten schweigend zu Abend. Caetana blieb auf ihrem Zimmer, in der Obhut von Zefina. Das Licht der Kerzenleuchter schien noch matter als sonst. Dona Ana war ernst und brummig, auf diese Weise versuchte sie ihre Angst zu verbergen. Sie schimpfte mit den Dienstmädchen: Das Fleisch erschien ihr zäh, das Kürbisgemüse versalzen.

»Nimm den Kürbis wieder in die Küche zurück, Beata! Und bring mir irgendetwas, was man essen kann. Sonst setzt es eine Tracht Prügel. Es steht mir wirklich bis hier!«

Beata rannte mit der Schüssel hinaus. Als sie mit dem Abendessen fertig waren, kamen Neco und Miro Souza. Sie waren durchnässt und ihre Stiefel verschlammt, aber sie brachten die Jungen. Miro Souza, Dona Antônias Verwalter, trug den ohnmächtigen Marquito auf den Armen. Leão ging mit gesenktem Kopf an Necos Hand, er seufzte leise und weinte. Sein erster Auftritt als Oberst war ein Fiasko: Der Leutnant war in einen Graben gefallen und dort stecken geblieben, während der Regen sich über sie ergoss. Er hatte versucht, ihn zu retten, aber er wusste nicht, wie: Der Graben war sehr tief. Es war dunkel geworden, das mitgebrachte Brot war vom Regen aufgeweicht, und Marco Antônio hatte schon lange aufgehört zu weinen, als die beiden Männer sie fanden. Da war Leão so zufrieden, als hätte er den Krieg gewonnen. In diesem Augenblick jedoch, bei der Ankunft zu Hause und im Hinblick auf die zu erwartende Strafe, war er traurig. Die Expedition war gescheitert.

Ein Aufschrei war zu hören. Caetana küsste ihre beiden Söhne, wiegte sie und sprach ein Dankgebet. Sie hieß Perpétua, der Heiligen Jungfrau zwei Kerzen anzuzünden, wie sie es ihr versprochen hatte. Dona Ana untersuchte die Jungen. Leão war unverletzt, aber er würde eine ordentliche Erkältung bekommen, er würde Kräutertees trinken und ein paar Tage das Bett hüten müssen.

»Ich kann nur den Puls nicht finden, Junge, denn du bist völlig durchnässt«, schimpfte sie und sah ihn böse an. »Was hast du vorgehabt? Deine Mutter vor Kummer sterben lassen? Reicht denn der Krieg nicht, der uns bevorsteht? Kannst du dir vorstellen, was für Sorgen wir uns gemacht haben?«

»Ich wollte zu meinem Vater«, antwortete Leão mit gesenktem Blick. Zefina bereitete ihm ein heißes Bad. Dona Antônia untersuchte Marco Antônio. Seine Stirn glühte, und er sprach verworrenes Zeug.

»Was ist los mit ihm? Deliriert er?« Tränen glitten über Caetanas schönes Gesicht. »Hat er sich etwas gebrochen? Sollen wir Bento benachrichtigen?«

Dona Antônia tastete den Jungen mit geschlossenen Augen

ab, so wie sie es bei den Rindern tat, um die Knochen richtig fühlen zu können. Mit ihrer ruhigen Stimme antwortete sie: »Er hat gehörig Fieber, und er ist vom Regen völlig durchnässt… Ich glaube, er hat sich ein oder zwei Rippen gebrochen. Morgen rufen wir den Arzt. Heute machen wir ihm ein paar Wickel, um das Fieber zu senken. Und wir verbinden seinen Brustkorb. Caetana, er ist mit einem blauen Auge davongekommen.«

Am nächsten Tag kam ein Arzt aus der Umgebung und stellte eine Lungenentzündung und zwei gebrochene Rippen fest. Marco Antônio verbrachte den Rest des Sommers mit seiner Genesung. Als die Nachricht vom Kriegsausbruch eintraf, lag er immer noch mit Husten und hohem Fieber im Bett. Er träumte nicht mehr davon, sich seinem Vater anzuschließen. Nun fürchtete er sich vor der Dunkelheit und sogar vor dem Regen. Und Leão hatte seinen einzigen Leutnant verloren.

Lieber Bento,
offensichtlich wollten deine Söhne die Monotonie der Tage auf der Estância unterbrechen: Beide verließen an einem regnerischen Morgen in diesem Monat Februar unbemerkt das Haus mit dem Ziel, sich den Truppen in Porto Alegre anzuschließen, und wir haben sie erst in der Nacht wiedergefunden. Wir haben das gesamte Gebiet der Estância und auch die Umgebung absuchen lassen, ein Unterfangen, das die Landarbeiter mit Liebe und Hingabe auf sich genommen haben, aber trotz ihres Einsatzes haben sie sie zunächst nicht gefunden. Ich war verzweifelt. Ich ging auf ihr Zimmer und durchwühlte ihre Kleidung, ich weinte vor Sehnsucht und Angst. Ich dachte sogar, Bento Manuel hätte sie entführt, um dich zu beleidigen, aber als ich merkte, wie absurd dieser Gedanke war, gab ich ihn auf.

Du weißt sehr wohl, wie sehr ich leide, wenn ich an die Schlachten denke, die dich erwarten, wenn ich daran denke, dass du ein gesamtes Kaiserreich herausgefordert hast… Nun stell dir den Zustand meiner Seele nach dem Streich vor, den deine Söhne ausgeheckt haben. Letztendlich muss ich dir noch mitteilen, dass Marco Antônio sich jetzt von einer Lungenentzündung erholt und dass er zwei gebrochene Rippen hat. Leão hatte nur eine Erkältung und erhielt von mir eine drastische Strafe, schließlich war er für dieses tragische Abenteuer verantwortlich. Als ich ihn tadelte, war das seine einzige Antwort: »Pech gehabt, Mutter.« Er war so überzeugt, dass ich in ihm deinen Wagemut erkannte. Bestimmt gehört auch er zu denen, die vom Kämpfen träumen. Und jeden Tag gleicht er dir mehr, er hat sogar den gleichen harten, feurigen Gesichtsausdruck wie du, Bento.

Heute, geliebter Gatte, schreiben wir den 10. Februar. Es fehlen noch fünf Tage bis zum Verstreichen der Frist, die ihr festgesetzt habt, und ich frage mich, ob dieser Krieg tatsächlich unvermeidbar ist. Hier auf dem Landgut teilen wir alle gemeinsam das gleiche Warten und die gleiche Angst. Eine beklemmende Stimmung liegt in der Luft. Ich zünde jeden Tag eine Kerze für die Jungfrau an. Einige Landarbeiter sagen bereits deutlich, dass sie sich, wenn der Krieg ausbricht, deinen Soldaten anschließen werden. Dona Ana hat ein paar Rinder verkauft, um für den Notfall vorbereitet zu sein. Was mich betrifft, so habe ich Joaquim bereits das Geld nach Rio de Janeiro geschickt, wie du mir aufgetragen hast. Er ließ mir einen Brief zukommen, in dem er schreibt, dass in der Hauptstadt viel von dem Krieg gesprochen wird, der kurz davorsteht, in dieser Provinz auszubrechen, und dass Bentinho und Caetano bald nach Hause kommen möchten. Joaquim lässt dir seine Zuneigung und seinen Respekt ausrichten, und er wünscht, dass unser Herrgott an deiner Seite reiten möge. Er schreibt auch, dass er dir einen ausführlichen Brief geschickt hat, aber da du nichts davon erwähnt hast, denke ich, dass er womöglich verloren gegangen ist.

Dieser Brief, lieber Ehemann, den ich jetzt in Eile schreibe, wird dir von Manuel gebracht, der gleich nach Porto Alegre aufbrechen wird, um dort einige Aufgaben zu erledigen und einige Vorräte zu kaufen, die uns ausgegangen sind. Ich hoffe von ganzem Herzen, dass dich meine Zeilen erreichen, dass du gesund und kräftig bist, und dass du mir so bald wie möglich eine Antwort schickst. Möge Gott dich behüten. Mit all meiner Liebe.

Deine Caetana

Estância da Barra, den 10. Februar 1836

Schließlich kam der 15. Februar mit einer sengenden Sonne, die gnadenlos die gesamte Provinz beherrschte. Die von Bento Gonçalves und seinen Offizieren gestellte Frist war verstrichen. Bento blickte vom Palastfenster auf die menschenleeren, glühenden Straßen. In seinen schwarzen Augen lag ein sonderbarer Glanz.

José de Araújo Ribeira war nicht in der Hauptstadt erschienen, um sich von der gesetzgebenden Versammlung in sein Amt einsetzen zu lassen, er erkannte die neue Regierung nicht an. In der Pampa war der Krieg ausgebrochen. In der Stadt Porto Alegre setzten die Revolutionäre den Abgeordneten Américo Cabral als den neuen Provinzpräsidenten von São Pedro do Rio Grande ein.

In der Nacht des 15. Februar wurden vor den Toren der Stadt Porto Alegre die Patrouillen verstärkt, und die Aufständischen begannen mit dem Ausheben von Schützengräben für die Verteidigung der besetzten Stadt. Den ganzen Tag über war niemand auf den Straßen zu sehen, und über allem lagen die scheußliche Hitze und der rote Staub, der am Boden aufgewirbelt wurde. Angst bemächtigte sich der verschlossenen Häuser und ihrer ruhigen Bewohner, die auf die ersten Kanonenschüsse warteten. Es war ein Morgen mit viel Wind und viel Schrecken. Die Ausgangssperre trat in Kraft, und viele Hauptstadtbewohner beschlossen, zu ihren Verwandten ins Landesinnere zu flüchten, wo sie sich in Sicherheit wähnten.

Am 16. Februar entschied Oberst Bento Gonçalves, mit seinen Truppen in den Süden der Provinz zu ziehen. Von dort entsandte er Hauptmann Teixeira Nunes mit einem offiziellen Schreiben an Araújo Ribeiro, in dem er ihn aufforderte, Rio Grande sofort zu verlassen. Teixeira Nunes brach bei schwülem, grauem Wetter auf. Bei ihm befanden sich drei weitere Soldaten seines Vertrauens. Im Lager bereiteten sie derweil ein Churrasco vor, und der Duft des gebratenen Fleisches verbreitete sich in alle Richtungen.

Zwei Tage verstrichen. Am zweiten Tag fiel mehrere Stunden lang ein feiner milder Regen.

Am Morgen des dritten Tages, als Bento gerade seinen Matetee trank, sah er, wie sich Teixeira dem Lager im Galopp näherte. Er war allein. Er stieg vom Pferd und ging direkt zum Oberst. Er war müde und unrasiert. Er berichtete, er habe Araújo Ribeiro in Begleitung des Brigadiers Miranda e Brito angetroffen, des Kommandeurs der vom Regenten entsandten Truppen, und obwohl er nur ein einfacher Bote war, habe man ihn mit den anderen gefangen genommen. Schließlich habe Araújo ihn freigelassen und ihn mit einem Dokument losgeschickt, das er Bento Gonçalves persönlich übergeben sollte.

»Die anderen sind noch in Gefangenschaft«, beendete Teixeira Nunes seinen Bericht, und seine schwarzen Augen funkelten vor Zorn. »Aber ich werde zurückkehren und sie befreien.« Oberst Bento Gonçalves übergab João Congo sein Mategefäß und nahm das Dokument aus den zitternden Händen des Hauptmanns entgegen. Wütend erbrach er das Siegel und überflog das Schreiben. Er befahl seinen Männern, sich zu versammeln. Es waren vierhundert Soldaten mit ihren Pferden, Waffen und mit einer Kanone. Sie waren in Begleitung einiger Frauen und Kindern, die ebenfalls näher kamen, um die Neuigkeiten zu hören. Bento Gonçalves ließ seinen Blick über die braunen Gesichter dieser entschlossenen und ungeduldigen Männer schweifen. Dann holte er tief Luft und verlas mit lauter Stimme das Dokument, das er gerade erhalten hatte. Araújo Ribeiro erklärte den Aufständischen, die die Stadt Porto Alegre eingenommen hatten, offiziell den Krieg.

»Für diesen Krieg werden wir das Blut unserer Brüder vergießen.« Die Stimme von Bento Gonçalves tönte durch das Lager. »Gott möge uns verzeihen, aber wir werden gegen diese Tyrannen kämpfen müssen, als hätte jeder von uns vier Körper, um das Vaterland zu verteidigen, und als hätte jeder von uns vier Seelen, um es zu lieben.«

Die Männer ließen Hurrarufe erklingen und schossen in die Luft. Die Vögel ergriffen die Flucht. Tränen schimmerten in den Augen von Hauptmann Teixeira Nunes.

Bento Gonçalves, Antônio de Souza Netto, João de Lima e Silva, Onofre Pires da Silveira Canto, Joaquim Pedro, Lucas de Oliveira, Corte Real und Vasconcelos Jardim begannen die Truppen für den Krieg zu organisieren, Geld einzutreiben und Soldaten zu rekrutieren. Von Estância zu Estância, von Stadt zu Stadt versuchten die Obersten, Majore und Hauptleute des revolutionären Heeres ihre Kräfte zu verstärken. In einigen Orten konnten sie dreihundert oder gar vierhundert Männer versammeln, in anderen Orten ließ sich nicht ein Einziger anwerben. Bento Manuel und die anderen kaiserlichen Kommandeure taten das Gleiche, sie ließen Gefangene in den Gefängnissen frei und zwangen sie, sich mustern zu lassen, und sie brachten von den Landgütern, deren Besitzer kaisertreu waren, deren kräftigste Landarbeiter mit. Von einem Augenblick zum nächsten war die Provinz São Pedro do Rio Grande in *Caramurus*, Kaisertreue, und *Farroupilhas*, Revolutionäre, gespalten.

Die Nachricht vom Krieg erreichte die Estância da Barra in der Nacht vom 26. Februar. Die Frauen hatten gerade das Abendessen beendet und sich auf der Veranda eingefunden, um die frische, sternenklare Nacht zu genießen, als Zé Pedra erschien und mit gesenktem Blick um Erlaubnis zu sprechen bat.

»Entschuldigung, Dona Ana, aber Manuel ist soeben von der Reise zurück. Er lädt hinten die Einkäufe ab, und er hat mir aufgetragen zu sagen, dass er Neuigkeiten hat.«

»Sag ihm, dass er kommen soll, Zé.« Dona Anas Stimme bebte leicht. »Schnell!«

Der Schwarze ging geräuschlos davon, und seine Gestalt verschwand in der Dunkelheit der Nacht. Auf der Veranda herrschte eine unruhige Stille, man konnte nur das Klappern von Maria Manuelas Stricknadeln hören. Caetana rief nach Xica und übergab dem schwarzen Mädchen ihre Tochter.

»Bring sie auf ihr Zimmer«, sagte sie besorgt.

Manuela beobachtete von ihrem Stuhl aus die Mienen ihrer Tanten und ihrer Mutter. Sie wusste, was sie hören würden, sie hatte es immer gewusst, seit jener Nacht ... Den Feuerstern am Himmel hatte sie nie wieder gesehen, aber sie hatte ihn trotzdem nicht vergessen. Auch nicht sein Antlitz und seinen blutroten Schweif.

Manuel kam keuchend bei ihnen an. Er erzählte, dass die Hinfahrt gut verlaufen war, dass er die notwendigen Vorräte mitgebracht hatte und dazu noch fünfzehn Kilo Zucker, die er in der Nähe von Guaíba zu einem guten Preis erstanden hatte. Auf dem Rückweg hingegen hatte er einigen Truppen ausweichen müssen, die Richtung Porto Alegre marschierten. Kaiserliche Truppen. Sie hatten ihm ein Pferd abgenommen. Sie konfiszierten es einfach so, berichtete er. Außerdem war er auf dem Weg auf einen Trupp Aufständischer gestoßen.

»Das waren etwa fünfzig, sechzig. Sie suchten Männer für den Kampf.« Er sah zu Maria Manuela. »Der junge Senhor Antônio gehörte zu ihnen. Senhora, er richtete mir Grüße für Sie aus, für die Tanten, die Cousinen und die Schwestern.« Die sieben Frauen ließen Manuels untersetzte Gestalt nicht aus den Augen. »Außerdem soll ich ausrichten, dass der Krieg begonnen hat und dass es jetzt ernst wird. Anscheinend sind auch schon Truppen aus Rio eingetroffen, etwa fünfhundert Mann mit Munition.« Und von sich aus fügte er noch hinzu: »Ich sage es Ihnen, jetzt geht die Sache los.«

Dona Ana bekreuzigte sich. Maria erkundigte sich nach ihrem Sohn.

»Es geht ihm gut, Senhora«, antwortete der Mann. »Er war in Uniform und sah sehr elegant aus.«

Maria Manuela lächelte stolz, dann seufzte sie schwer.

Wie dumm bin ich doch!, dachte sie.

»Hast du Bento meinen Brief übergeben?«, fragte Caetana erwartungsvoll.

»Nicht ihm persönlich, Senhora ... Er war nicht im Palast, als ich dort vorbeikam. Ich habe dem italienischen Grafen den Brief ausgehändigt. Und die Briefe für Senhor Paulo Santos und für Senhor Anselmo Ferreira hat auch der Graf. Er hat mir versprochen, sie ihnen später zu übergeben. Es war niemand da, alle waren weg, bei einer Versammlung oder so etwas.«

»Der Graf ist ein Kavalier«, sagte Dona Ana. »Die Briefe sind in guten Händen. Du kannst gehen, Manuel. Du hast bestimmt Sehnsucht nach deiner Frau und nach deinen Kindern ... Geh schon, mach dir keine Sorgen wegen des Pferdes, das sie dir abgenommen haben. Noch haben wir genug davon.«

Caetana wartete, bis der Verwalter gegangen war. Dann liefen ihr Tränen übers Gesicht. Sie griff nach ihrem Seidentuch und wischte sie ab. Dona Ana reichte ihr den Arm und streichelte sie sanft. Auch sie hatte feuchte Augen.

»Wir möchten alle weinen, Caetana. Du brauchst dich nicht zu schämen.«

Caetana lächelte traurig.

»Ich spüre hier so etwas in der Brust ...« Sie berührte ihre linke Seite. »Es tut mir sehr weh ... Vielleicht ist es eine Vorahnung. Aber es geht mir gut, alles wird gut werden. Ich bin nur ein wenig nervös, nichts weiter.«

Manuela stand auf und rannte auf ihr Zimmer, sie hielt mit der ganzen Kraft ihrer Seele ihr Schluchzen zurück. Schon auf dem Flur konnte sie durch den Tränenstrom den Weg kaum mehr erkennen. Sie betrat ihr Zimmer, warf sich auf das Bett, und nun entfesselte sich ein Weinkrampf. Sie wusste, keine der Frauen würde jetzt nach ihr suchen.

Auf der Veranda fragte Mariana ihre Mutter mit matter Stimme: »Wie lange wird dieser Krieg dauern?«

Maria Manuela zuckte mit den Schultern.

»Das weiß nicht einmal Gott, mein Mädchen. Nicht einmal Gott ...«

Und Dona Ana sagte: »Wir müssen Antônia benachrichtigen. Aber noch nicht heute, wir rauben ihr sonst nur unnötig den Schlaf. Morgen früh werde ich Zé Pedra zu Antônias

Estância schicken.« Sie, die sonst so zierlich und beweglich war, stand schwerfällig auf. »Gute Nacht, möge die Jungfrau über euren Schlaf wachen. Ich gehe auf mein Zimmer und schreibe eine Nachricht für Antônia.« Sie blieb an der Tür stehen und schaute zu den anderen. »Morgen, bei Tageslicht, sieht alles besser aus, das garantiere ich euch. Gute Nacht!«

Manuelas Tagebuch

Estância da Barra, 23. April 1836

Die Tage nach der Nachricht vom Krieg waren gefüllt mit Gerüchten und Ängsten. Wir alle waren mutlos und blickten zum Horizont, als ob von dort die Hilfe gegen unsere Befürchtungen kommen sollte. Aber es kam nichts, außer Regenfällen, die das Ende des Sommers ankündigten, und eine Ruhe, die unseren Nächten lastete und die Dona Ana zu durchbrechen suchte, indem sie stundenlang Klavier spielte.

Wir erfuhren von Kampfhandlungen, die sich am Passo de Lajeado die Truppen unter João Manoel de Lima e Silva mit denen unter Bento Manuel geliefert hatten, dem Verräter und Namensvetter meines Onkels. Die Neuigkeiten besagten auch, die Aufständischen seien in der Überzahl und hätten den kaiserlichen Truppen schwere Verluste zugefügt. Wir begingen die Nachricht mit einem Braten, und Dona Ana trug den schwarzen Dienstmädchen auf, eine große Schüssel mit Guavenmus für den Nachtisch zuzubereiten.

Aber wir erhielten auch schlechte Nachrichten aus den Mündern der Männer, die unterwegs waren, um sich der Truppe von Bento Gonçalves anzuschließen, und an der Estância vorbeikamen. Die Nachrichten kamen wie der Wind jener letzten Sommertage herangeweht, Tage mit starken Regenfällen, die stundenlang den Himmel verdunkelten. Wir erfuhren, dass ein Seemann der Aufständischen, ein Mann namens Tobias da

Silva, der sich den Kaiserlichen, die ihn umzingelten, nicht hatte ergeben wollen, sein Schiff mit achtzehn Mann Besatzung an Bord sowie mit fünfzehn Kavalleristen, seiner Frau und seinen beiden kleinen Kindern in die Luft gesprengt hatte. Dies berichtete uns ein Landarbeiter und als er geendet hatte, standen Tränen in seinen Augen. Ich sah, wie Dona Ana zu weinen begann, ein beherrschtes, stilles Weinen, das ihre schwarzen Augen erschütterte, und ich verspürte große Angst…

An diesem Abend erschien meine Mutter nicht zum Essen, sie täuschte heftige Kopfschmerzen vor. Dona Ana befahl den schwarzen Dienstmädchen, ihr etwas auf ihr Zimmer zu bringen, aber der Teller ging unangetastet zurück. Ich weiß, dass meine Mutter an Antônio und an den Vater dachte. Sie wollte sie einfach nur hier bei uns haben. Schließlich und endlich, was hatte sie mit dem Preis für den *Charque* zu tun, mit dem Traum von einer eigenen Provinzregierung oder gar mit dieser verworrenen Geschichte von der Republik? Sie sehnte sich doch bloß nach der Anwesenheit ihres ältesten Sohnes und ihres Mannes! Meine arme Mutter, ihre Nerven sind immer sehr schwach gewesen… Der Krieg, von dem uns bislang nur ferne Schatten streiften, belastete ihre Seele und machte sie ungeduldig. Dennoch hatte sie Hoffnung. Der Altar der Heiligen Jungfrau war immer von Kerzen erleuchtet, die meine Mutter und Caetana dort anzündeten, um ihre Sorgen zu lindern.

Manuels Sohn schloss sich Anfang März einer Truppe Aufständischer an, die Richtung Norden zog. Wir waren alle auf der Veranda und sahen ihn auf seinem Falben wegreiten, aufrecht und feierlich, als hätte er eine heilige Mission zu erfüllen. Seine Mutter weinte beim Abschied und winkte ihm mit einem weißen Taschentuch hinterher, das wie eine plumpe Taube flatterte. Manuel sagte nichts, er beobachtete die Abreise seines Sohnes schweigend. Ich bin sicher, brächte er nicht Dona Ana diese große Wertschätzung entgegen und spürte er nicht die Verpflichtung, über uns zu wachen, er wäre bestimmt zusammen mit seinem Sohn losgezogen, um den Stahl seines Degens an diesen verdammten Kaiserlichen auszuprobieren, wie er später Leão erzählte, der mit seinen zwölf Jahren davon träumte, sich seinem Vater anzuschließen.

An einem regnerischen Nachmittag, bereits Mitte April, als die Luft allmählich abkühlte und die Nächte schon fast kalt waren, kam ein Bote zur Estância. Er trug ein rotes Tuch um die Hutkrempe gebunden. Er wurde festlich bewirtet und beschenkt. Man servierte ihm Mate und Maiskuchen. Der Mann war etwa dreißig Jahre alt, er hatte indianische Augen, und eine tiefe rote Narbe verlief über sein gesamtes Gesicht. Er brachte einen Brief von Bento Gonçalves, den er Caetana übergab. Zwischen all den vornehmen Damen wirkte er eingeschüchtert, aber mit vollem Magen und vom Matetee erhitzt, berichtete er uns später die Neuigkeiten aus Rio Grande. Von ihm erfuhren wir, dass Bento Manuel Oberstleutnant Corte Real in der Gegend von Caverá gefasst und gefangen genommen hatte. Ich hatte schon viel über diesen jungen Mann namens José Afonso de Almeida Corte Real gehört. Es hieß, er sei hübsch, galant und äußerst intelligent. Die Nachricht von seiner Gefangennahme erschütterte uns alle sehr, vor allem Mariana, die ihn einmal bei einem Ball gesehen und seine schmucke Gestalt nie vergessen hatte.

Der Brief meines Onkels war sehr ausführlich. Caetana las ihn uns allen vor, sobald der Soldat wieder losgezogen war, der zurück zu seiner Truppe musste und in seiner Gürteltasche ein ordentliches Stück Maiskuchen mitnahm. Mein Onkel berichtete uns, dass Oberstleutnant Corte Real ein Manöver riskiert hatte, bei dem er sogar höheren Befehl missachtet und Bento Manuels Truppe mit seinen Männern angegriffen hatte, die in der Unterzahl und schlechter ausgebildet waren. Bento Gonçalves hatte versucht, den Verräter zu verfolgen und seinen Offizier zu befreien, aber der Schuft flüchtete in die Serra do Caverá und ging dort in einen Hinterhalt, wo er den Kampf verweigerte. Sie warteten viele Tage, bis die Unruhe in der Truppe ihn dazu brachte, von der Belagerung abzulassen. Die aufständischen Kräfte befanden sich in vollem Kampf, schrieb der Oberst mit seiner sicheren und klaren Handschrift, aber kleinere Scharmützel und Störfälle behinderten die Manöver. Einige Soldaten von Domingos Crescêncio hatten eine Estância angegriffen und Lebensmittel geraubt, und es wurde ein Kriegsgericht abgehalten. Die vier Männer, die gegen das Kriegsrecht verstoßen hatten, wurden ausnahmslos erschossen, um der Truppe ein Beispiel zu geben. »Es war ein äußerst schwerer Moment«, schrieb mein Onkel, »aber es ist notwendig, eine eiserne Disziplin zu üben, sonst geraten die Männer außer Kontrolle.« Aber sie errangen auch wichtige Siege. Oberst Onofre Pires besiegte eine Gruppe Kaiserlicher in einer ruhmreichen Schlacht, er machte mehr als zweihundert Gefangene, und es gab an die dreißig Tote.

Bento Gonçalves beendete sein Schreiben mit den Worten, dass er sie vermisste, und mit dem Versprechen, wenn alles gut ginge, im Winter zu kommen und auf der Estância ein paar schöne Tage zu verbringen, in denen er sich in der Gesellschaft seiner Gattin, seiner Kinder und der übrigen Familienangehörigen von all den Schlachten und Ritten erholen wolle. Als Caetana den Brief verlesen hatte, war ihre Stimme belegt.

An die dreißig Tote. Darüber musste ich den übrigen Nachmittag nachdenken. Tote aus unserer Gegend, die einfach auf der anderen Seite standen, die bei den Kaiserlichen kämpften, weil sie an einen anderen Traum glaubten oder bloß wegen der Bezahlung oder wegen des erhofften Ruhmes. Könnte es sein, dass einer von ihnen ein Bekannter von uns ist, jemand, der bei unseren Gesellschaften zu Gast in unserem Haus war und mit meinem Vater Matetee getrunken hat, ein Freund von Antônio oder ein Verehrer einer meiner Schwestern? Man wird es nie wissen … Ich habe Angst vor dem Tag, an dem wir in unsere Häuser in Pelotas zurückkehren und die Häuser leer vorfinden. Möge Gott uns allen beistehen.

Nun haben wir schon Ende April. Die Tage werden allmählich kürzer und goldener, sie sind von einer warmen, fast traurigen Schönheit. Oder vielleicht sind es nur meine Augen.

Manuela

Perpétua lag auf dem Bett und las in einem Buch, aber die Lektüre drang nicht bis zu ihrem Kopf. Zuweilen hob sie den Blick, um ihre Cousine zu beobachten. In letzter Zeit kam ihr Rosário sehr sonderbar vor … Nicht dass sie eine schlechte Gesellschaft abgegeben hätte oder übel gelaunt gewesen wäre, ganz im Gegenteil, sie schien sogar glücklicher als sonst und mehr zu lächeln, sie hatte zahlreiche Gesprächsthemen und meinte, der Krieg werde bald zu Ende sein. Früher, am Anfang ihres Aufenthaltes, war die Cousine säuerlich wie eine Zitrone gewesen, sie schien die Stunden auf der Estância zu zählen, als wäre sie die Gefangene eines grausamen Henkers, als befänden sich die anderen nicht in der gleichen Zwangslage dieser Wartezeit, die sie wie einen Ferienaufenthalt erleben sollten.

Sie legte das Buch auf den Schoß und sah Rosário direkt in die Augen. Die Cousine kämmte ihr langes goldenes Haar, sie bürstete es zärtlich und liebevoll. Es klopfte an der Tür. Es war Viriata. Das schwarze Dienstmädchen kam fast lautlos herein, es sah zu Rosário und fragte: »Möchten Sie, dass ich Ihre Zöpfe flechte?«

Rosário antwortete sanftmütig: »Bitte, mach mir ganz dünne Zöpfe. Die dicken Zöpfe wirken nicht elegant.«

Viriata ging zum Toilettentisch, wo sich Rosário im Spiegel betrachtete, und machte sich mit flinken Händen ans Werk. Einige Minuten später war Rosário de Paula Ferreira frisiert. Viriata vollführte eine übertriebene Verbeugung und fragte Perpétua beim Hinausgehen: »Haben Sie noch einen Wunsch? Möchten Sie etwas zu trinken oder zu essen?«

»Nein, Viriata, du kannst gehen.« Als das Dienstmädchen die Tür schloss, konnte Perpétua nicht widerstehen zu fragen: »Gehst du aus, Rosário? Du hast eines deiner besten Kleider angezogen, du bist äußerst elegant, du siehst aus, als würdest du auf eine Gesellschaft gehen …«

Rosário schenkte der Cousine einen verächtlichen Blick. Sie lächelte überheblich und antwortete: »Wo soll ich denn hier auf dem Land ausgehen? Weißt du, Perpétua, ich mache mich nur ein wenig zurecht, für mich selbst... Wir dürfen unsere Eitelkeit nicht vernachlässigen, sonst sind wir verloren.«

Perpétua griff wieder nach ihrem Buch, und während sie die Seiten ohne Interesse durchblätterte, erwiderte sie: »Deiner Eitelkeit ist nichts geschehen, Rosário. In den sieben Monaten auf der Estância hat sie nicht im Geringsten gelitten.«

Rosário warf einen letzten Blick in den Spiegel. Sie stand auf, strich die Unterröcke unter ihrem blauen Kleid glatt und sagte, sie gehe ins Arbeitszimmer, um sich einen schönen Roman für die Nacht zu holen. Sie ging langsam aus dem Zimmer und schlich leise durch den Gang.

Als die Cousine das Zimmer verlassen hatte, blieb Perpétua nachdenklich zurück.

Rosário betrat das Arbeitszimmer. Eine der Sklavinnen hatte bereits die Petroleumlampe angezündet. Ein schwaches Licht erhellte den Raum, und durch das Fenster drang noch die hellgoldene Abenddämmerung. Rosário zog die Vorhänge ein wenig vor und setzte sich in den schwarzen Ledersessel, zu dem sie mittlerweile eine besondere Verbindung spürte. Wenn sie an Steban dachte, stieg ihr der Ledergeruch in die Nase. Steban roch nicht wie ein Mensch. Doch welchen Geruch verströmten Geister? Aber dieser Gedanke irritierte sie: Steban war ein Mann, nicht mehr und nicht weniger, ein mutiger und ansehnlicher Soldat. Und sie liebte ihn. Nun, ihre Begegnungen waren geheim, aber was sollte sie denn den Tanten und der Mutter erzählen? Und Steban fürchtete sich vor Bento Gonçalves, er fürchtete ihn mit all seiner Kraft. Noch hatte er ihr die Gründe für diese Panik nicht erzählt, aber eines Tages würde er ihr alles erklären. Sie waren sehr miteinander verbunden. Wenn der Vater zurückkame, um sie abzuholen, ja, dann würde sie Steban rufen, damit er ihn kennen lernte und sie eine offizielle Beziehung eingehen könnten.

Sie schloss die Augen und rief ihn. Sie waren so sehr miteinander verbunden, dass sie meistens gar nicht mit ihm sprechen musste, ein Blick, ein Lächeln reichte durchaus. Steban verstand sie auch so. Mit fest verschlossenen Augen lud sie ihn ein zu erscheinen. Sie wartete einige Sekunden mit zugekniffenen Lidern und bangem Herzen. Von draußen kam der Singsang der Landarbeiter, einzelne Sätze, die der Wind willkürlich hineintrug. Die Stimme bestätigte: »Ich bin da.«

Sie öffnete die Augen und strahlte vor Freude. Vor ihr zeigte Stebans Gesicht ein liebevolles, sinnliches Lächeln. Seine Augen glühten noch immer vom Fieber, aber die Wunde auf der Stirn schien getrocknet zu sein, obwohl der alte Verband an den Rändern noch von Blut befleckt war. Rosário zuckte vor Freude.

»Du bist geheilt!«

»Es gibt gute Tage, und es gibt schlechte Tage ...« Rosário verstand seine Worte nicht. »Heute geht es mir gut. Allein dein Anblick verbessert meinen Zustand.«

»Und ich? Was wäre ohne dich in all diesen Monaten auf der Estância nur aus mir geworden?«

Von draußen hörte sie ein Geräusch, das Knistern von trockenem Laub. Vermutlich war einer der Hunde um das Haus unterwegs. Vielleicht Regente, Manuelas Hündchen. Dieses Tier war immer in der Nähe, so unauffällig wie seine Besitzerin. Sie ging aber nicht zum Fenster, um es zu überprüfen, sie war zu verzückt von ihrem Offizier. Sie hatte das Gefühl, Steban habe seine Uniform extra gebürstet.

»Heute siehst du sehr elegant aus, Steban.«

Ein durchsichtiges Lächeln glitt über das Gesicht des Uruguayers.

»Du bist einfach zu schön.«

Rosário errötete.

»Ich habe gedacht«, sagte sie schnell, ehe sie der Mut verließ, »dass ich möchte, dass du meinen Vater kennen lernst, wenn er uns besucht, und ich glaube, es dauert nicht mehr lange. Ich glaube, es ist nötig.«

Perpétua richtete sich auf. Der Vorhang war fast zur Gänze zugezogen, aber das Licht der Petroleumlampe, die im Arbeitszimmer brannte, ließ die Umrisse der Dinge erahnen. Sie konnte Rosário in dem Ledersessel erkennen. Sie hörte ihre Stimme, eine kokette, zärtliche Stimme, die die Cousine nur selten einsetzte, auch wenn sie sie schon einmal so mit dem Grafen Zambeccari hatte sprechen hören. Aber mit wem redete Rosário? Sie versuchte den Blick noch zu schärfen und in das Arbeitszimmer zu sehen. Dort war niemand. Rosário war allein. Sie bemerkte, dass sie einige Sekunden schwieg, als erwartete sie eine Antwort, und danach sprach sie wieder weiter. Sie vernahm den Namen des Onkels und den Namen Steban. Steban? Wer mochte dieser Steban sein?

Sie lehnte an der Wand, ihr Herz pochte heftig. Ein frischer Wind kam vom Wasser herüber. In dieser Stellung verharrte sie einige Minuten. Entweder wurde Rosário langsam verrückt oder sie hatte irgendein Geheimnis. Sollte sie den anderen erzählen, was sie gerade erlebt hatte? Oder sollte sie abwarten, bis sie mehr herausgefunden hatte? Sie entschied, um das Wohnhaus herum zur Veranda zu gehen. Der Himmel verdunkelte sich schnell.

Als Perpétua schließlich in den Saal kam, war sie bleich. Dona Ana stickte. Sie hob den Blick, um ihre Nichte zu betrachten, die ihr merkwürdig vorkam.

»Mädchen, ist dir etwas zugestoßen?«

Perpétua erschrak. Sie hatte die Tante nicht bemerkt.

»Mir? Nein, Tante Ana, es ist nichts. Mir ist nur kalt, nichts weiter. Ich gehe hinein und nehme ein Bad, ehe ich mich zurechtmache.«

»Nun lauf schon«, sagte Dona Ana und schnitt einen Wollfaden ab. »Und steh hier nicht so herum, als hättest du ein Gespenst gesehen.«

Dona Antônia saß am Feuer, aber ihre verkrampften Finger im Schoß waren immer noch kalt, eiskalt. Ein schwarzes Dienstmädchen näherte sich, um zu fragen, ob sie das Essen servieren könnten.

»Ich habe jetzt keinen Hunger, Tita. Wenn es so weit ist, sage ich dir Bescheid.«

Dem Dienstmädchen kam das merkwürdig vor. Dona Antônia hatte gemeinhin einen guten Appetit.

Der Brief brannte in ihrem Schoß. Dona Antônia überlegte, ihn ins Feuer zu werfen, diese Nachrichten nicht zur Kenntnis zu nehmen, aber das war unmöglich. Bento äußerte sich eindeutig: Sie sollte den anderen alles erzählen, sie sollte so bald wie möglich eine Kutsche nehmen und zur benachbarten Estância aufbrechen. Sie mussten erfahren, dass die kaiserlichen Truppen Porto Alegre zurückerobert hatten, und es war besser, wenn sie es von ihr erfuhren und nicht von jemand anders, von irgendeinem Landarbeiter oder gar von irgendeinem kaiserlichen Soldaten, der durch die Gegend kam und sich damit brüstete. Alle Welt redete darüber, was am Morgen des 15. Juni geschehen war. Es war für die Kaiserlichen ein leichtes Spiel, die fast menschenleere Kaserne zu überfallen. Danach schlugen sie Alarm. Die revolutionären Soldaten kehrten in der kalten Nacht in die Kaserne Nr. 8 zurück, einer nach dem anderen, und einer nach dem anderen wurde gefangen genommen. Vor dem Morgengrauen hatten die Kaiserlichen bereits hundert Soldaten in ihrem Gewahrsam. Danach ließen sie die Männer auf dem Gefangenenschiff *Presiganga* frei. Porto Alegre gehörte vor Einbruch der Nacht den Revolutionären, und nach einigen Schüssen in der Morgendämmerung war die Stadt wieder Teil des Kaiserreichs. Eine Dummheit, eine Nachlässigkeit. In diesen Momenten hatte Marschall João de Deus Menna Barreto die Kontrolle über die kaiserlichen Truppen in Porto Alegre übernommen... Die Handschrift von Oberst Bento zitterte an dieser Stelle seines Berichts. Der Bruder hatte ihr einen kurzen Brief geschrieben, bestimmt musste er viele Dinge bedenken, aber er war kategorisch: Sie bereiteten sich darauf vor, die Stadt an einem dieser Tage zurückzuerobern. Sie würden alles nur Mögliche und Unmögliche tun, um wieder die Kontrolle über die Stadt und ihren Hafen zu übernehmen. Sie hatten eine brutale Belagerung in Gang gesetzt, und bald würde er weitere Nachrichten schicken, sicherlich günstige. »Der Krieg besteht aus lauter kleinen Schlachten, Antônia.... Glaube daran, dass ich Ordnung in die ganze Verwirrung bringen werde. Möge Gott dich behüten. Übermittele meiner geliebten Caetana meine tiefe Zuneigung.« So endete dieser kurze Brief.

Dona Antônia überwand sich, sie faltete den Briefbogen und bewahrte ihn in der Tasche ihres Kleides. Dann läutete sie das Glöckchen. Die schwarze Tita erschien.

»Gib Bescheid, dass man die Kutsche anspannt. Ich werde ausfahren.«

»Ohne zu essen, Herrin?« Tita wirkte überrascht.

»Ohne zu essen, Tita. Und jetzt gib Bescheid, ich habe es sehr eilig.«

Sie trug warme Kleidung. Die Kutsche wartete vor dem Haus auf sie. Sie befahl dem jungen schwarzen Fuhrmann, den Weg zu Dona Anas Estância einzuschlagen. Die Wintersonne kämpfte darum, die Wolkendecke am Himmel zu durchdringen. Die Luft war kalt. Es ging ein leichter Wind. Dona Antônia strich über den Brief, den sie in der Tasche trug.

Auf dem Weg trafen sie auf einen Zweispänner und zwei Karren, die mit Gepäck überladen waren. Ein Mann gab ihnen ein Zeichen. Die Kutsche verlangsamte die Fahrt, bis sie parallel neben dem größeren Wagen anhielt. Der dunkelhäutige Mann trug Schnauzbart, er war hoch gewachsen und elegant. Er begrüßte Dona Antônia mit größter Höflichkeit. An seiner Seite saß eine junge Frau mit einem grauen Hut und feinen Zügen in ihrem ein wenig bleichen Gesicht. Sie lächelte.

»Ich wünsche Ihnen einen schönen Nachmittag, Senhora.« Die Stimme des Mannes klang warmherzig und angenehm. »Mein Name ist Inácio José de Oliveira Guimarães, und das ist meine Gattin Senhora Teresa.« Die beiden Frauen begrüßten sich mit einem Kopfnicken. Der Mann sprach weiter: »Entschuldigen Sie, dass ich Ihre Fahrt unterbreche, aber Sie sollen wissen, dass ich große Hochachtung für Ihren Bruder, unseren Oberst Bento Gonçalves hege. Ich bin hier, um meine Gattin auf den Besitz eines Verwandten zu bringen. Ich möchte, dass sie dort die Zeit verbringt, bis sich die Dinge ein wenig beruhigt haben... Wie Sie ja wissen, entsteht eine Republik nicht ohne Getöse.«

Dona Antônia lächelte.

»Dann wünsche ich Ihnen einen guten Aufenthalt. Ich lebe auf der Estância do Brejo, ich weiß nicht, ob Ihnen das bekannt ist. Aber wenn Sie irgendetwas benötigen, stehe ich Ihnen zur Verfügung. Bentos Freund ist auch mein Freund, Senhor.«

»Haben Sie vielen Dank, Senhora Antônia.« Der Mann lächelte über das ganze Gesicht. Die Frau grüßte mit ihrer zierlichen, behandschuhten Hand.

Der Zweispänner bog in einen kleinen Seitenweg ein. Dona Antônia dachte an die schmächtige, bleiche junge Frau. Bestimmt war es um ihre Gesundheit nicht sonderlich bestellt. Hoffentlich wurde der Winter für sie nicht allzu beschwerlich. Dieser Mann hatte ihr wirklich gefallen. Wie war noch einmal sein Name? Inácio José de Oliveira Guimarães. Wenn sie Bento schrieb, würde sie ihm von ihm erzählen. Beim Gedanken an Bento fielen ihr wieder die Nachrichten ein, die sie überbringen musste.

»Mach schneller, José. Ich habe es sehr eilig.«

Der schwarze Fuhrmann schlug mit der Gerte auf den Pferderücken. Die Kutsche gewann wieder an Fahrt. Dona Antônia wurde kalt. Dunkle Wolken häuften sich am Himmel. Der Minuano zieht auf, dachte sie.

Die Nachrichten lösten auf der Estância da Barra Traurigkeit aus. Dona Ana schloss sich in ihr Zimmer ein und betete viel an jenem Nachmittag. Sie betete für Paulo, José und Pedro. Wenn die Aufständischen die Kontrolle über Porto Alegre verloren hatten, würde es viele Schlachten geben, blutige und grausame Schlachten. Porto Alegre war sowohl für die Kaiserlichen wie für die Revolutionäre eine besonders bedeutende Stellung, denn die Stadt war nicht nur die Hauptstadt, sondern eine Hafenstadt mit dem äußerst notwendigen Zugang zum Meer.

Dona Ana dachte an Porto Alegre, an die gepflasterten Straßen, an die weißen Kirchen, an die Häuser im portugiesischen Stil, an die Kutschen, die die Menschen von einem Ende der Stadt zum anderen beförderten ... Sie dachte mit Wehmut an die Spaziergänge mit ihrem Mann durch diese Straßen, an die Geschäfte, in denen sie Stoffe und Klöppelspitzen kaufte und wo sie das Personal in Livree immer so aufmerksam bediente. Wie sah es wohl jetzt in Porto Alegre aus? Gab es Barrikaden in den Straßen? Bewohner, die nachts heimlich flüchteten, verletzte Soldaten auf den Plätzen? Fast hätte sie zu weinen begonnen… Eine einzige Träne glitt über ihr Gesicht und hinterließ eine feuchte Spur auf ihrer weißen, noch festen Haut. Ihre schwarzen Augen glänzten.

Dona Ana wischte die Träne schnell weg. Sie zog die Samtvorhänge zurück und sah vom Fenster aus den unerschütterbaren Umbubaum, wie einen Riesen, der unter dem bedeckten Himmel schlief. Ich darf den Mut nicht verlieren. Das Leben geht weiter, man darf sich nicht umwerfen lassen. Paulo kommt mich diesen Monat besuchen…

Auf einmal verspürte sie Gewissheit. Sie sah Paulo im Dolman und mit dem bunten Hut auf seinem schwarzen Pferd durch die Estância reiten. Sein Tabakgeruch drang in ihre Nase und mischte sich mit dem Zitronenduft des Kölnischwassers, das ihr Mann bevorzugte. Ein Kribbeln durchströmte ihren ganzen Körper. Plötzlich hatte sie eine Idee. Sie rief mit dem Glöckchen nach einer der Sklavinnen. Eine Minute später erschien Milú, ihr Kraushaar war zu einem dichten Zopf geflochten. Dona Ana lächelte über das gesamte Gesicht.

»Milú, hol mir sechs Liter Milch aus dem Stall, und bring sie in die Küche. Ich werde einen Nachtisch kochen.«

Milú nickte und hastete über den Gang. Dona Ana stand auf und schloss den Fensterladen. Sie würde karamellisierten Milchpudding zubereiten, den Lieblingsnachtisch ihres Mannes. Sie hörte den säuselnden Wind, der draußen noch sanft blies und die Bäume nur wenig bewegte. Sie kannte dieses dumpfe Geräusch nur zu gut. Bald würde der Minuano wehen. Dieser beklemmende Wind… Er würde mindestens drei Tage lang unaufhörlich überall blasen. Und die Aufständischen würden versuchen, Porto Alegre wieder zurückzuerobern…

»Ich werde eine Süßspeise mit einer schönen goldenen Farbe machen, so wie Paulo sie liebt.«

Dona Ana lachte, als sie bemerkte, dass sie Selbstgespräche führte. Sie erinnerte sich an die alte Dona Perpétua, wie sie über die Gänge gegangen war und Selbstgespräche geführt hatte. Wurde sie ihrer Mutter immer ähnlicher?

Am 27. Juni dieses Jahres legten die Aufständischen unter der Führung von Bento Gonçalves den ersten Belagerungsring um Porto Alegre. Die Soldaten von Oberst Bento und Major João Manoel waren vereint und bildeten eine Truppe von eintausendfünfhundert Mann gegen eine Garnison mit nur ein paar hundert Mann. Zudem hatten die Kaiserlichen keine Möglichkeit auf sofortige Hilfe, da die Verbindungswege nach Rio Grande abgeschnitten waren, und Bento Manuel und seine Truppen standen weit weg, in der Nähe der Grenze zu Uruguay.

Die Aufständischen verfügten für den Krieg über vier bewaffnete Schiffe, die Brigg *Bento Gonçalves*, die Patache *Vinte de Setembro*, den Schoner *Farroupilha* und die Jacht *Onofre*. Die Brigg und die Patache lagen in Praia de Belas, um von dort aus das Feuer zu eröffnen, der Schoner *Farroupilha* und die Jacht *Onofre* lagen im Norden der Stadt, am Küstenstreifen Caminho Novo.

In der Hauptstadt selbst überwachte Menna Barreto fast ohne zu essen oder zu schlafen den Bau der Verteidigungsmauern und das Ausheben der Schützengräben und des mehr als ein Dutzend Fuß tiefen Grabens voll schneidender Eisen und spitzer Hölzer, der dem Verlauf der Schützengräben folgte. Gegenüber der Praça de la Alfândega lagen die kaiserlichen Verteidigungsschiffe. In der Stadt wurden aufgrund der absoluten Wachsamkeit der Belagerer die Lebensmittel knapp, und die wenigen noch verfügbaren Nahrungsmittel wurden in den Geschäften immer teurer verkauft.

Am frühen Nachmittag, nachdem er viele Stunden lang mit João Manoel über den Angriff auf die Stadt Porto Alegre gesprochen hatte, zog sich Bento Gonçalves in sein Zelt zurück und schrieb einen ausführlichen Brief an Marschall João de Deus Menna Barreto.

Seine kräftige Hand hielt beklommen die Feder, während die Worte schwarz und glänzend auf dem Papier erschienen. Bento beendete sein Schreiben und las das Dokument noch einmal durch.

Nachdem diese Hauptstadt aufgrund des übelsten Verrates in die Hände der Faktionisten gefallen ist, und nachdem mir bekannt ist, dass Eure Exzellenz die Truppen anführt, die in ihr kaserniert sind, befehle ich Ihnen, nur von dem Wunsch beseelt, Blutvergießen und die möglicherweise folgenden Schandtaten zu vermeiden, dass die genannten Truppen noch heute, vor Sonnenuntergang die Waffen niederlegen. […] Die sofortige Übergabe der Waffen wird die große Katastrophe verhindern, die diese Hauptstadt direkt bedroht und für die ich Eure Exzellenz und die anderen Anführer der Reaktionäre verantwortlich mache, vor dem Himmel und vor der Welt.

Er befahl, den Grafen rufen zu lassen, damit er in sein Zelt käme. Zambeccari erschien in einem schweren, dunklen Mantel, seine strahlend blauen Augen flackerten, seine Hände waren vor Kälte verkrampft. Oberst Bento Gonçalves gab ihm den Brief. Der Graf las ihn sorgfältig durch und bestätigte mit einer Kopfbewegung seinen Inhalt.

»Und jetzt, Tito, befehlen Sie einem der Männer, ihn dem Marschall zu überbringen.«

Graf Zambeccari trat mit seinem tänzerisch eleganten Gang aus dem Zelt, das Schreiben in der Jackentasche seines Dolmans verwahrt. Nieselregen setzte ein.

Bento Gonçalves blickte auf seine schwieligen, kalten Hände. Er fühlte einen Druck auf der Brust: Der Angriff auf Porto Alegre, auf die Stadt, die er so gut kannte und so sehr liebte, war keineswegs das, was er wollte. Er dachte an seine Männer, die auf dem Gefangenenschiff *Presiganga* festgehalten wurden, und er hatte Angst um sie. In diesem Moment kam Dona Anas Mann in das Zelt und schüttelte den Regen von der Uniform.

»Also, Bento?«

Die schwarzen Augen von Bento Gonçalves ruhten auf der Gestalt von Paulo da Silva Santos. Er bemerkte, wie schnell Paulos Haar ergraut war.

»Also, mein Freund, wir warten nur noch den heutigen Tag ab.«

Keiner der beiden Männer sagte ein weiteres Wort. Von draußen war der Lärm des Feldlagers, das Wiehern von Pferden, der Klagegesang eines Soldaten zu hören.

Gegen Abend kam die Antwort der Kaiserlichen. Ein junger Soldat mit hellen Haaren und jungenhaftem Gesicht überbrachte das Schreiben seines Generals. Bento nahm es mit zitternden Händen entgegen. Die Kaiserlichen nahmen den Kampf an. Bento Gonçalves und João Manoel stellten ihre Truppen auf und verkündeten: Sie würden im Morgengrauen angreifen.

Die aufständischen Truppen bedrängten Porto Alegre zu Wasser und zu Lande, aber trotz des großen Zahlenunterschieds konnten die kaiserlichen Kräfte die Stadt verteidigen. Von den gut ausgestatteten Schützengräben aus gelang es den zweihundertachtzig Soldaten des Kaiserreichs, die eintausendfünfhundert Männer von Bento Gonçalves zurückzuschlagen.

So begann die Belagerung von Porto Alegre. Die Aufständischen hatten es nicht geschafft, die Stadt einzunehmen, aber von außen verhinderten sie von nun an jegliche Versorgung mit Lebensmitteln. Bento Gonçalves brachte Stunde um Stunde damit zu, die Stadt mit seinem Feldstecher zu beobachten, doch alles, was er wahrnahm, war Caetanas Gesicht, ihr dunkelhäutiges, wildes Gesicht, ihre tiefe, unruhige und sanfte Stimme, die ihn stets verführt hatte. Die Zeit verstrich quälend langsam, sie schien sich um sich selbst zu drehen wie ein riesiges Mühlrad, während unaufhörlich der Regen vom Himmel fiel.

Manuelas Tagebuch

Estância da Barra, 26. August 1836

In den letzten Julitagen erreichte uns ein Brief meines Vaters. Es war das erste Mal, dass er uns schrieb, zuvor hatte er uns nur Umarmungen, liebevolle Grüße und Botschaften über den einen oder anderen Soldaten ausrichten lassen, der hier auf der Estância vorbeikam, wie ein Vogel, der den Anschluss an seinen Schwarm verpasst.

Sein Brief war, noch bevor er verlesen wurde, Balsam für meine Mutter und meine Schwestern. Selbst Rosário, die von Tag zu Tag schweigsamer wurde und in eine Welt eingetaucht war, von der sie uns fortwährend ausschloss, setzte sich ans Feuer, um die Worte unseres Vaters zu hören, und ich sah, wie aus ihren blauen Augen dicke Tränen hervorbrachen. Ja, Rosário hatte es immer verstanden, ihn besonders zu lieben.

Es ist ihm bestimmt nicht leicht gefallen, dieses kurze Schreiben aufzusetzen, denn dieser Mann hatte nie eine besondere Neigung für Briefwechsel und intime Gespräche gezeigt, aber nach einem Jahr lastete wohl die Sehnsucht auf seiner Seele. Außerdem gab es Neuigkeiten über die Belagerung von Porto Alegre zu erzählen, und er unterrichtete uns über einen äußerst schwerwiegenden Vorfall. Der Brief berichtete von einem gewaltigen Angriff der Aufständischen auf die Stadt am 19. Juli. Die Aufständischen hatten Porto Alegre eine anhaltende Kanonade geliefert, die die Bevölkerung in Angst und Schrecken versetzte. Wir hörten diese Worte eingeschüchtert und mit bangem Herzen. Die Stimme meiner Mutter bebte, als sie diesen Abschnitt vorlas, und sie sprach auch etwas höher, bis sie wieder in ihrer normalen Tonlage sprechen konnte, einer tiefen, warmen, fast liebevollen Stimme. Es ging um den großen Angriff der Aufständischen, den sie seit mehr als einem Monat vorbereitet hatten. »Mit großer Anstrengung und dem Blut einiger unserer Männer haben wir die Bastion São João erobert, wir haben sie zur

Explosion gebracht, da sich dort das Arsenal der Kaiserlichen befand. Mit der Explosion stieg eine leuchtend rote Feuerkugel zum Himmel, und für einige Sekunden wurde es fast hell wie am Tag, einem schrecklichen Tag.« Dann berichtete der Brief meines Vaters von dem wichtigsten Zwischenfall: »Leider, meine Lieben, muss ich euch darüber in Kenntnis setzen, dass bei diesem Angriff mein äußerst geliebter Schwager verletzt wurde, unser Paulo, der in die Hände der Kaiserlichen geriet. Aber dank des heldenhaften Einsatzes seines ältesten Sohnes José wurde er gerettet, bevor er schlimmere Verletzungen davontrug. Paulo wurde von einem unserer Ärzte versorgt. Eine Kugel durchbohrte den Magen und trat auf der anderen Seite wieder aus, und eine Lanze zerfetzte seinen rechten Oberschenkel. Ich bin betrübt, euch ein so schlimmes Unheil mitteilen zu müssen, aber es ist meine Pflicht. Bento hat mich gebeten, es Dona Ana mitzuteilen und ihr zu sagen, dass ihr Mann lebt und sich allmählich erholt. Sagt ihr auch, dass er, so schnell es dieser Krieg und sein Gesundheitszustand zulassen, zur Estância gebracht wird, damit er von den geschickten Händen seiner Gattin gepflegt werden kann.« Damit endete der Brief meines Vaters.

Als meine Mutter mit dem Lesen aufhörte, die Augen von Tränen geschwollen, suchten wir alle den Blick von Dona Ana. Sie saß aufrecht und bleich in einer Ecke des Saals, die Hände im Schoß gefaltet. Dicke Tränen strömten über ihr Gesicht und glitten bis zu dem Spitzenbesatz am Halskragen. Ich eilte zu ihr, kniete zu ihren Füßen und lehnte meinen Kopf gegen ihre zitternden Knie.

Dona Anas langgliedrige Finger tasteten sich durch meine Zöpfe und streichelten mich. Von einer Ecke aus beobachtete der kleine Regente mit seinen schwarzen Hundeaugen alles erschreckt. Dona Anas Stimme war nur ein Flüstern, als sie mühsam hervorbrachte: »Beruhige dich, Manuela. Gott steht uns bei…« Sie seufzte und sammelte Kraft, um ihre Worte zu beenden. »Paulo wird lebendig hier ankommen, vor ein paar Tagen sah ich ihn durch das Gatter der Estância kommen.«

Danach stand sie bedächtig auf und schob mich ein wenig

zur Seite, sie sah uns allen in die Augen, wie in einer stummen Aufforderung, uns zu beruhigen. Sie sagte, sie gehe in die Küche, um das Abendessen richten zu lassen, und sie komme bald wieder, um eine Weile auf dem Klavier zu spielen. Wir blieben alle still und niedergeschlagen zurück. Meine Mutter weinte ein wenig. Schließlich stand Caetana auf und sagte: »Ich schicke Zé Pedra los, damit er Dona Antônia von den Ereignissen berichtet.« Und damit verließ sie den Saal mit dem Gang einer Königin.

In den folgenden Tagen erreichten uns vereinzelte Nachrichten. Ein Deserteur, der durch unsere Ländereien kam, erzählte dem Verwalter Manuel, dass die Revolutionäre ihr Hauptquartier in Viamão aufgeschlagen haben, von wo aus sie Porto Alegre unauffällig kontrollierten. Dieser hungrige und entkräftete Mann berichtete auch, dass es sehr schlecht um die Moral der revolutionären Truppen bestellt sei. Außerdem desertierten wie er viele wegen der Nachricht, Bento Manuel wolle ein Heer von dreitausend Mann für einen Marsch gegen die Truppen von Bento Gonçalves zusammenstellen. Er erbat etwas zu essen und zu trinken, aber der Verwalter gab ihm nur einen Kanten trocken Brot. Er sagte, er sei ein Verräter und Feigling, er wäre besser bei der Truppe geblieben und hätte wie ein Mann gekämpft.

Manuel erzählte all das Dona Ana und Dona Antônia, und beide betrachteten nur niedergeschlagen, wie draußen der Regen in konstanten, traurigen Tropfen fiel. Wir alle waren betrübt, und in den Nächten hörten wir im Haus kaum mehr das Klavier, zum einen, weil Dona Ana aufgehört hatte, so hartnäckig gegen ihre eigenen Befürchtungen anzukämpfen und nur mehr die Ankunft ihres Gatten erwartete, aber auch, weil wir kein geeignetes Publikum abgaben. Mariana begann sich über die Langeweile zu beschweren. Sie vermisste Antônio, der sich vermutlich in Viamão bei unserem Vater und den anderen aufhielt. Caetanas Kinder strotzten vor überschüssiger Energie nach diesem Winter mit seinem schlechten Wetter, in dem sie weder über die Felder streifen noch im Garten spielen konnten, und ihr unschuldiges Stimmengewirr lärmte beständig in unseren Ohren.

Eines frühen Morgens, schon Anfang August, wurde ich von Schreien auf dem Gang geweckt. Mariana sah mich erschreckt an. Wir befürchteten immer den Angriff eines kaiserlichen Soldaten, aber diese Stimmen kamen aus dem Haus. Ich erkannte die Stimmen von Dona Ana und Milú, und auch die einsilbige Stimme von Zé Pedra, und tiefes, beklommenes Stöhnen.

»Onkel Paulo ist da!«

Mariana sprang aus dem Bett und lief zum Flur. Aber ich hielt sie zurück. Es war besser, wenn wir warteten, bis sie den Onkel in ein Bett gelegt hatten und die Tante sich beruhigt hatte. Wir wussten nichts über seinen Zustand, ob es ihm sehr schlecht ging oder ob er schon etwas genesen, ja vielleicht fast geheilt war. Aber das Stöhnen zeigte uns das Gegenteil an, und Gestank nach Fäulnis und Verwesung drang durch die Türspalte. Mariana fürchtete sich und umarmte mich. Auch Regente hüpfte aufs Bett und nutzte unsere Nachlässigkeit aus. So verharrten wir, bis es hell wurde. Dann ging ich aus dem Zimmer in die Küche, denn die schwarzen Dienstmädchen wussten immer über alle Geschehnisse im Haus Bescheid.

In der Küche vermischte sich das Aroma vom Kaffee mit dem von Kräutern, die in einem Kessel köchelten, und mit einem Hauch von Alkohol. Sie bereiteten für Onkel Paulo einen Aufguss vor, und Dona Rosa übernahm persönlich die Zubereitung. Sie war es, die mit ihrer ernsten und maßvollen Stimme sagte: »Dem Herrn geht es sehr schlecht. Sein Bein ist geschwollen, und der Eiter daraus ist fast grün.« Sie erklärte alles mit einer großen Selbstverständlichkeit, sie ist immer eine gute Heilkundige und Kräuterfrau gewesen. »Die Bauchwunde ist vernarbt. Aber das Bein … Ich weiß nicht, es sieht sehr übel aus.«

Dona Ana versorgte ihren Mann auf dem Zimmer, und dort verbrachte sie den gesamten Morgen, während die schwarzen Mädchen mit zahllosen Waschschüsseln und Salben kamen und gingen, das Haus war von einem Geruch wie in einem Krankenhaus durchdrungen. Wir hielten uns alle im Saal auf und warteten auf Nachricht. Nur Dona Antônia, die sehr früh gekommen war, betrat das Zimmer der Schwester mit besorgter Miene.

Als ich meinen Onkel zu Gesicht bekam, war ich bestürzt. Er war abgemagert, der Schlafrock, in den man ihn gesteckt hatte, war überall zu groß, sein Gesicht war bleich, seine rot geränderten Augen schimmerten matt. Das geschwollene rechte Bein verströmte einen üblen Gestank. Es war mit einem weißen Verband umwickelt, der aber die rote und schwärende Wunde, aus der eine eiterige Flüssigkeit tropfte, nicht ganz bedeckte. Dona Ana hatte die Ärmel hochgekrempelt. Sie blickte stumpf vor sich hin und legte ihrem Ehemann die Kompressen mit einem Eifer auf die Stirn, als ob von diesen feuchten Stoffstücken sein Leben abhinge. Dona Antônia beobachtete sie nur voller Trauer, und ihre kleinen schwarzen Augen ließen die schreckliche Wahrheit erahnen.

Am späten Nachmittag traf ein Arzt ein, der sich in der Umgebung aufhielt. Voller Tatendrang betrat er das Krankenzimmer und begrüßte freudig Caetana, die er im Flur sah. Er hielt sich zwei Stunden bei dem Kranken auf. Dann trat er restlos erschöpft wieder auf den Flur. Als er in den Saal kam, sah er uns alle prüfend an, dann verweilte sein Blick bei Dona Antônia, die sich etwas abseits hielt. Er sagte: »Sie sollten seine Söhne kommen lassen, wenn es möglich ist, und die übrige Familie, die ihm in dieser Stunde beistehen will. Senhor Paulo wird diese Woche nicht überleben … Sein Bein ist brandig, die Krankheit hat sich ausgebreitet, es ist von innen schon verfault. Selbst eine Amputation würde ihn nicht retten. Dieses Leid wäre vergebens.« Der Arzt senkte die Augen und sagte noch: »Entschuldigen Sie bitte, meine Damen, aber Sie haben mich zu spät kommen lassen. Jetzt gibt es keine Rettung mehr.«

Dona Antônia erhob sich schwerfällig aus ihrem Stuhl, sie war bleich und wirkte in ihrem einfachen grauen Kleid sehr gebrechlich. Sie hüllte sich ein wenig mehr in ihren blauen Schal und bat den Arzt: »Lassen Sie uns alles Weitere in meinem Zimmer besprechen.« Der Arzt folgte ihr. Mariana brach in Tränen aus.

Manuela

Der Gesundheitszustand von Senhor Paulo de Silva Santos verschlechterte sich von Tag zu Tag. Am Anfang war noch sein schreckliches Stöhnen zu hören, und Dona Ana lief verwirrt über die Gänge, sie schrie die schwarzen Dienstmädchen an und forderte eine weitere Schüssel mit heißem Wasser, einen neuen Kräuteraufguss oder saubere Handtücher. Der Arzt kam noch zweimal.

Beim letzten Krankenbesuch rief er Dona Antônia auf die Veranda, bevor er ging. Es war ein klarer, kalter Tag mit einem tiefblauen Himmel, über den hier und dort fahle Wolken verstreut waren. Dona Antônia sah den Arzt mit glanzlosen Augen an: »Nun, Doktor Soares?«

»Er wird diese Nacht nicht überleben, Dona Antônia. Es tut mir sehr leid …« Sein Blick verlor sich über Pampa, dann sah er wieder direkt in die Augen dieser hoch gewachsenen, hageren Dame, deren Haar auf dem Kopf in einem Knoten zusammengehalten war. Er wusste nicht, was er sagen sollte, und fragte: »Sind seine Söhne schon gekommen?«

»Nein. Sie wissen ja, die Wege sind voll mit Truppen. Wir haben Zé Pedra losgeschickt, seine Söhne zu suchen, aber er hat noch kein Lebenszeichen von sich gegeben.« Ihre Stimme klang untröstlich. Dona Antônia verschränkte ihre fröstelnden Arme um ihren Körper. »Uns bleibt nichts anderes übrig, als abzuwarten … und zu beten.«

»Das Beste wäre, sie kämen heute«, betonte der Arzt. Er verabschiedete sich und fuhr in seiner schwarzen Kutsche davon.

Dona Antônia begab sich in die Küche und trug Rosa auf, ein leichtes Essen vorzubereiten, sie waren alle viel zu besorgt für ein großes Menü. Dann ging sie ins Arbeitszimmer und befahl Beata, ihre Schwägerin zu rufen.

Caetana kam. Sie trug ein dunkelbraunes Kleid, das ihre Schönheit nicht schmälerte, obwohl es schlicht und ohne Zierrat war. Sie trug ihr Haar im Nacken geflochten. Sie küsste Dona Antônia, sie hatten sich an diesem Morgen noch nicht gesehen. Bentos Schwester kam ohne Umschweife zur Sache: »Paulo wird heute sterben, Caetana. Man muss ihn nur ansehen, dann weiß man es«, sagte sie. Caetana bekreuzigte sich. Dona Antônia lächelte müde, wie jemand, der nachsichtig einem Kind zulächelt, und sprach leise weiter. »Gestern Abend hatte ich ein langes Gespräch mit Ana. Sie weiß es schon ... Man kann es nicht mehr ändern. Wir müssen darauf vorbereitet sein.«

»Mein Gott ... Ich habe nie gedacht ... Ich habe nie gedacht, dass uns so schnell eine derartige Tragödie ereilen könnte, Schwägerin. Paulo ist zu spät hierhergekommen, die Wunde war schon sehr schlimm, das habe ich bemerkt.« Sie ging zum Fenster und sah in den Garten. »Ob Bento und die Jungen kommen werden?«

»Etwas in meinem Inneren sagt mir, nein. Nicht einmal Zé Pedra ist aufgetaucht. Außerdem wissen wir nicht, wie es dort um die Dinge steht. Deshalb habe ich dich gerufen, Caetana, um dir zu sagen, dass ich dem Pfarrer Bescheid gegeben habe. Heute Abend kommt er, um Paulo die Letzte Ölung zu geben. Es ist nicht gerecht, wenn ein Mann ohne Gottes Trost stirbt.«

»Ich werde Maria Manuela und den Mädchen Bescheid geben«, sagte Caetana. »Und ich werde darum beten, dass die Männer rechtzeitig kommen. Ihre Söhne in der Nähe zu haben, täte der armen Ana gut.«

Der Pfarrer kam, tat seine Pflicht und fuhr wieder ab.

Es war schon Nacht geworden, und der schöne Tag hatte sich in eine bewölkte, sternenlose Nacht verwandelt. Sie speisten eine Suppe und saßen alle schweigend um den großen Tisch, sie wussten, dass sie in Kürze die Nachricht erhalten würden.

Der Platz von Dona Ana am Kopfende des Tisches war frei geblieben. Jeden Moment würde sie das Speisezimmer betreten und sagen, dass der Ehemann verstorben war. Es war eine Sache von wenigen Stunden, selbst der Pfarrer hatte es gesagt. Dona Antônia rührte mit dem Löffel in dem dampfenden Suppenteller, sie verspürte keinen Hunger. Sie erinnerte sich an den schrecklichen Tag, andem sie ihren Joaquim begruben. Ein stechender Schmerz beklemmte ihre Brust. Dona Antônia schloss die Augen und bemühte sich, die Tränen zurückzuhalten.

Als die schwarzen Dienstmädchen den Tisch abtrugen, kam Zé Pedra. Er war allein, verdreckt und müde von der beschwerlichen Reise in der Kälte. Dona Antônia empfing ihn ohne weitere Umstände im Speisezimmer, bei den anderen Frauen. Alle lauschten aufmerksam, was der Schwarze mit seinen spärlichen Worten erzählte. Ihm war es nicht gelungen, bis zu den Truppen von Bento Gonçalves vorzudringen, er hatte nicht einmal mit den jungen Söhnen gesprochen. Die Revolutionäre befanden sich in einer riskanten Lage, sie wurden in Viamão zu Wasser und zu Lande bedrängt. Zé Pedras Zunge verhedderte sich, als er den Namen des Engländers aussprach, der die Schwadron der kaiserlichen Marine befehligte. Es war John Pascoe Greenfell, der Admiral der Kriegsmarine, der mit seinen Schiffen die Wasserwege Richtung Rio Grande wieder geöffnet hatte und somit die Stadt Porto Alegre von ihrer Belagerung durch Bento Gonçalves und seine Truppen entlastete. Zudem bedrängten die Truppen von Bento Manuel die Aufständischen auf dem Landweg.

»Es war unmöglich, bis zum Oberst zu kommen«, sagte Zé Pedra. »Keine Seele kommt durch die Truppen des Kaiserreichs, Dona Antônia. Bald werden sie einen Kugelhagel erleben. Ich konnte dem Herrn die Nachricht nicht geben, entschuldigen Sie bitte, aber ich übergab den Brief der Senhora einem Soldaten. Der Mann versprach mir, ihn Oberst Bento Gonçalves zu geben.«

Dona Antônia senkte einen Moment den Blick. Die Frauen waren schweigsam, bedrückt, verängstigt. Manuela dachte an diesen Namen, den Zé Pedra nur mit Mühe wiedergeben konnte: Greenfell. Sie stellte sich den englischen Kapitän vor, der die Schiffe gegen ihren Onkel und gegen die anderen befehligte. Sie spürte eine dumpfe Wut in ihrer Brust ansteigen. Wenn sie in jener Silvesternacht mit jemandem über das Unheil gesprochen hätte, das sie erahnte, hätte ihr jemand geglaubt?

Zé Pedra bat um Erlaubnis, in die Küche gehen zu dürfen. Er fiel fast um vor Hunger, denn während des gesamten Rückwegs hatte er nur wenig gegessen. Dona Antônia griff nach ihrem Häkelzeug, das unbeachtet in einem Strohkörbchen lag. Mühsam häkelte sie die erste Masche. Die beiden Schwägerinnen blickten erwartungsvoll zu ihr. Ihre Stimme klang fast sanft, so wie sie es wünschte, als sie sagte: »Machen wir uns keine Sorge um Bento. Er weiß sehr wohl, was er tut. Demnächst ist er wieder hier bei uns. Diese Nacht zumindest gibt es dringenderes Leid, das wir ertragen müssen.«

Rosário brach in Tränen aus und umarmte ihre Mutter. Caetana erhob sich von ihrem Platz, um nach den Kindern im Bett zu sehen. Perpétua sagte, sie werde ihr helfen, denn es sei besser, den Kopf zu beschäftigen, und sei es mit den Streichen der beiden Brüder.

Paulo da Silva Santos starb im Morgengrauen, während Dona Ana seine Hand hielt und an ihre Hochzeitsnacht zurückdachte. Sie hatten auf dem Besitz seines Vaters in Bom Jesus do Triunfo geheiratet und ein unvergessliches Fest gefeiert. Dona Perpétua war so glücklich wie nur selten in ihrem Leben gewesen, als sie ihre Tochter ganz in weiße Spitze gekleidet im Geleit des jungen Großgrundbesitzers sah. Danach waren sie nach Pelotas gezogen, sie hatten das Wohnhaus der Estância instand gesetzt, sie waren in ihrer Ehe glücklich und einander gute Gefährten gewesen. José und Pedro kamen auf die Welt, beide glichen ihrem Vater, beide waren mutig und stark, sie liebten die Pferde und das Leben auf dem Land … Als Dona Perpétua bettlägerig wurde und im Sterben lag, hatte sie ihre Tochter gerufen und gesagt: »Ich mache mir keine Sorgen um dich, Ana. Ich weiß, dass Paulo sich um alles kümmern wird, immer.«

Dicke Tränen glitten über Dona Anas Gesicht. Die Hand, die zwischen ihrer lag, wurde immer kälter, sie lag träge und unschuldig wie ein starres Vögelchen zwischen ihren Fingern. Sie drückte fest die schwielige Handfläche, die sie so oft getröstet hatte... Wo befanden sich wohl ihre Söhne in diesem Moment? Durch das Fenster drang gedämpftes Licht, der Morgen graute. José und Pedro waren bestimmt im Feldlager von Viamão, wer weiß, ob sie gerade aufwachten oder Matetee tranken, wer weiß, ob sie spürten, dass ihrem Vater plötzlich etwas zugestoßen war? Das Letzte. Das Endgültige.

Dona Ana erhob sich und küsste die bleiche Stirn ihres verstorbenen Ehemannes.

Sie musste Antônia Bescheid geben. Sie musste Zé Pedra losschicken, damit er den Pfarrer benachrichtigte. Sie musste den schwarzen Dienstmädchen auftragen, Speisen und Getränke vorzubereiten. Auch in Kriegszeiten könnte jemand kommen, der eine oder der andere Nachbar, in diesem Haus war man immer auf Besuche vorbereitet. Sie musste mit dem Weinen aufhören.

Sie trocknete ihr Gesicht mit dem Spitzentaschentuch und ordnete ihre Frisur. Auf dem Gang war es noch ruhig und dunkel. Bevor sie zur Küche ging, wo sie sicherlich Zé Pedra bei seinem Matetee antreffen würde, ging sie zur Tür vom Saal. Dona Antônia ruhte mit geschlossenen Augen erschöpft auf dem Sofa, in ihrem Schoß lag vergessen das Häkelzeug.

Dona Ana ging zu ihr und setzte sich neben sie. Sie strich ihr behutsam über das Gesicht. Die Schwester öffnete die Augen, ihre schwarzen Iris glühten vor Müdigkeit und Besorgnis.

»Er ist vor einer Viertelstunde gestorben«, sagte Dona Ana und beherrschte ihren Tränenstrom, »gerade als der Morgen graute... Mein geliebter Paulo ist im Schlaf gestorben.«

Dona Antônia ergriff ihre Hand.

»Es ist besser so, Ana. Er wäre niemals wieder wie früher gewesen. Er selbst hätte es so gewollt.«

Dona Ana spürte, wie ihr Tränenstrom explodierte.

Sie begruben ihn in der Abenddämmerung.

Der Krieg hatte das Leben in Rio Grande von Grund auf verändert, und auf dieser von fast allem so abgeschiedenen Estância konnte man wenig ausrichten, es war fast unmöglich, Nachrichten an die Freunde und Nachbarn zu übermitteln. Manuel legte einige Meilen auf dem Pferd zurück und benachrichtigte, wen er erreichte. Zwei Großgrundbesitzer aus der Gegend kamen zum Kondolenzbesuch sowie der Pfarrer, der die Seelenmesse lesen sollte. Bei ihrer Ankunft fanden sie die Estância da Barra in tiefer Trauer vor. Zwei schwarze Dienstmädchen eilten im Speisezimmer hin und her und reichten Pfirsichlikör und hausgemachte Kuchen. Alle Frauen hatten Trauerkleidung angelegt. Dona Ana wich nicht von der Seite ihres Ehemannes, der auf dem Tisch im Saal aufgebahrt war, mit einer Kerze auf jeder Seite. Der Pfarrer betete für die Männer von Rio Grande und für das Kriegsende. Caetana weinte, während sie die Hand von Leão hielt, der alles verängstigt mit weit aufgerissenen Augen beobachtete und jeden Augenblick für seinen eigenen Vater betete. Mariana und Manuela standen ihrer Mutter zur Seite, ruhig und bedrückt. Rosário erschien in diesem Moment mit geröteten Augen im Saal, nachdem sie sich viele Stunden im Arbeitszimmer eingeschlossen hatte. Eine dumpfe Wut gegen all das war in ihrem Gesicht zu erkennen. Warum musste sie diese Trauer erleben, diese schrecklichen Tage voller Klagen und Totengeruch? Warum?

Dona Antônia war auf der Veranda und betrachtete den milden, sonnigen Abend, sie dachte an ihren Bruder. In diesen so harten Momenten brauchten sie Bento, er fand immer ein tröstendes, ein treffendes, ermutigendes Wort. Obwohl sie gläubig war, halfen ihr die Worte des Pfarrers kaum … Dona Antônia wusste, in einer Stunde würde ihr Schwager linker Hand vom Wohnhaus beerdigt werden, in dem abgegrenzten Winkel mit dem Rosenbeet, im Schatten eines Feigenbaumes. Sie dachte an all die Male, in denen sie Paulo über diese Felder galoppieren sah, er war ein mutiger, fröhlicher Mann, zu allem entschlossen.

Eine Kutsche kam den Weg heraufgefahren. Dona Antônia richtete sich auf. Die Kutsche hielt vor dem Wohnhaus. Dona Antônia erkannte in der hoch gewachsenen Gestalt mit dem schwarzen, sorgfältig geschnittenen Haar den Mann, der sie bei der Fahrt auf der Landstraße angesprochen hatte. Er zeigte sich bedrückt und reichte ihr seine kräftige gebräunte Hand.

»Es tut mir äußerst leid, dass die Ehre, Sie wiederzusehen, durch ein so trauriges Ereignis begründet ist, Dona Antônia.« Seine Stimme klang herzlich und melodisch. »Ich bin unterwegs, um mich in Viamão oder wo auch immer ich gebraucht werde, den Truppen anzuschließen. Ich habe Teresa vor kurzem bei einem Verwandten gelassen, und ich konnte nicht hier vorbeifahren, ohne Ihnen mein Beileid auszudrücken. Alle haben Senhor Paulo sehr geschätzt.«

Dona Antônia reichte ihm die Hand. Inácio José de Oliveira Guimarães bot ihr sein Geleit an, er war ein Kavalier. Und so gingen sie in den Saal, wo der Tote bereits für die Beerdigung vorbereitet wurde. Dona Ana nahm die Beileidsbekundungen von Inácio entgegen.

Sie gingen alle in den Garten. Manuel, Zé Pedra, Inácio und einer der beiden benachbarten Großgrundbesitzer trugen den Sarg. Dahinter gingen die Frauen. Perpétua ging leichten Schrittes, in ihre Trauer wegen des verstorbenen Onkels mischte sich eine merkwürdige Euphorie: Wer war dieser Mann? Sie spürte, wie ihr Herz unter dem schwarzen Spitzeneinsatz des Kleides pochte. Sie bekreuzigte sich. Es musste Sünde sein, in so einem Moment an derartige Dinge zu denken. Einige Schritte vor ihr ging Inácio José de Oliveira Guimarães mit festem Tritt. Perpétua bewunderte die helle Haut in seinem Nacken, das sorgfältig gekämmte schwarze Haar. Er war ein eleganter Mann.

Der kleine Leichenzug gelangte zum ausgehobenen Grab. Der Pfarrer öffnete die Bibel mit dem alten Ledereinband und begann einen Abschnitt daraus zu lesen. Die Sonne ging hinter einem Hügel unter. Die Luft kühlte schnell ab. Minuten später fiel die erste Handvoll Erde auf den Sarg von Dona Anas Ehemann. Die Erde, die auf das Holz fiel, verursachte ein hohles und dumpfes Geräusch.

Liebe Ana,
erst einen Monat nachdem ich die Nachricht erhalten habe, habe ich genügend Ruhe, um dir zu schreiben und dir zu sagen, wie sehr mich der Verlust dieses unschätzbar wertvollen Mannes getroffen hat, der unser Paulo war. Es bedrückt mich sehr, dass dieser Krieg eine so schwere Last auf deiner Seele hinterlassen hat, und ich muss dir sagen: Auch deine Söhne haben sehr gelitten. Es gibt keinen Tag, an dem sie nicht in ihrer Trauer zu mir kommen, und wir sitzen ein wenig zusammen und trinken Mate und erinnern uns an die erfreulichen Geschehnisse der Vergangenheit.

Liebe Schwester, ich sage dir das nicht, damit du noch mehr leidest, sondern damit du weißt, dass Paulo in unseren Herzen ist. Jetzt kämpfen wir auch für ihn. Wenn ich in einer dieser Schlachten dem Schurken begegne, der ihn so schwer verletzte, Ana, ich schwöre es dir, mein Degen wird ihn nicht ungestraft davonkommen lassen. Ich schwöre dir auch, dass ich dir deine Söhne schicken werde, sobald in diese Gegend ein wenig Ruhe eingekehrt ist, denn ich weiß, dass die Anwesenheit von José und Pedro an deiner Seite dein einziger Trost sein kann.

Ana, ich nutze diese Zeilen, die ich an einem regnerischen Morgengrauen in Eile schreibe, um dir und den anderen zu berichten, was uns ansonsten geschieht. Wir befinden uns mitten im Krieg. Als wir in Viamão kaserniert waren, Anfang August, zur gleichen Zeit, als ich Paulo deiner Obhut übergab – vielleicht war es ein Fehler von mir, denn die beschwerliche Reise hat seinen Zustand verschlechtert –, erhielten wir die Nachricht: Unsere Truppen werden zu Wasser und zu Lande belagert. Kapitän Greenfell, ein einarmiger Engländer, der in Diensten des Kaiserreichs steht, hatte seine Schiffe auf den Guaíba verlegt und uns somit den Weg abgeschnitten.

Inzwischen rückte Bento Manuel mit seinen Truppen vor, fast dreitausend Mann, ein Kontingent, das viel größer als unseres ist. Die Moral unserer Truppen war nach der Rückeroberung von Porto Alegre auf einem Tiefpunkt angelangt. Uns blieb keine Wahl, als in Richtung der Schluchten zu flüchten, von wo aus wir versuchten, das Gebiet südlich des Ufers des Jacuí zu erreichen. Wir mussten uns einem brutalen Kampf stellen: Unsere einzige Möglichkeit bestand darin, durch Bento Manuels Truppen zu stoßen, aber wir errangen einen Sieg, der uns sehr freute. Unser Cousin Onofre, der dreihundert Männer anführte, schaffte es, die Kaiserlichen einzuschüchtern, so dass sie den Rückzug antraten. So konnten wir den Belagerungsring durchbrechen und uns zwischen Karren und Kanonen einen Weg bahnen. Und deine Söhne und Neffen sind sehr mutig gewesen: Pedro führte mit großem Erfolg einhundert Kavalleristen an.

Du sollst wissen, dass ich mich im Moment fast schon auf dem Weg in die Campanha befinde. Ich bin in meinem Zelt, und nur dank des Matetees, den mir Congo gerade zubereitet hat, und dank der Erinnerungen wird mir warm. Dieser Monat September ist kalt und regnerisch gewesen, was unsere Manöver beeinträchtigt. Aber, Ana, in diesem Brief möchte ich dir noch mehr Neuigkeiten berichten. Gestern wurde ich mit der Nachricht geweckt, dass Netto in Campo do Seival die Republik ausgerufen hat. Er hat jetzt den Rang eines Generals, einen Rang, der auch mir zugestanden wurde. Ich möchte dir sagen, liebe Schwester, dass mich diese Tatsache äußerst besorgt macht. Netto meint, wir befinden uns auf einem Weg ohne Rückkehr, der uns noch mehr vom Kaiserreich trennt. Dort, wo ich bin, in nächster Nähe der Truppen meines Namensvetters Bento Manuel, hilft der Gedanke an die Republik nur wenig oder gar nicht. Wir befinden uns wie auf einer Insel, rundum von den Kaiserlichen umzingelt. Sie bedrängen uns, und wir müssen unsere Truppen mit den anderen zusammen-

führen. Aber, Ana, behalte die Zuversicht und auch die Familie möge an der Zuversicht festhalten, denn wir werden hier herauskommen, und bald werde ich euch besuchen.

Diese Nachricht von der Ausrufung der Republik Rio Grande ist ein Geheimnis, das ihr nicht weitergeben dürft. Es bleibt noch Zeit genug dafür. Der, der nur wenig Zeit hat, bin ich, denn in diesem Augenblick vernehme ich die Stimme von Tito, der mich ruft. Onofre möchte mit mir sprechen. Ana, ich beende diesen Brief mit all meiner Zuneigung und meinen Gefühlen für euch. Ich lege eine kurze Nachricht für Caetana hinzu, es ist alles, was die Umstände zugelassen haben. Gott behüte euch.

Bento Gonçalves da Silva
21. September 1836

[...] Wir, die wir die 1. Brigade des Exército Liberal *bilden, sind die Ersten, die dies verkünden: Wir erklären für diese Provinz die Unabhängigkeit vom restlichen Kaiserreich, und sie wird unter dem Namen Republik Rio Grande einen freien und unabhängigen Staat bilden. Die Bekanntgabe an die zivilisierten Nationen wird ordnungsgemäß stattfinden.*

Campo do Seival
11. September 1836
Unterzeichnet von: Antônio de Souza Netto
Befehlshaber der 1. Brigade der Kavallerie

Als die Stimme das Manifest verlas, folgte Ruhe. Die Ruhe hielt einige Sekunden an. Im Nu durchfuhr ein Aufschrei die Truppe. An jenem Morgen zeigte sich eine matte Sonne. General Netto zog den Degen aus der Scheide und stieß ihn in die Luft, dabei rief er: »Ein Hoch auf die Republik Rio Grande! Ein Hoch auf die Unabhängigkeit! Ein Hoch auf das Heer der Republik!«

Aus allen Mündern kam ein einziger, entfesselter Schrei. Die dreifarbige Fahne flatterte auf ihrem Mast. Ein Schwarm Schwefeltyrannen zog zwitschernd über den Himmel und ließ sich in den Baumwipfeln eines nahe gelegenen Waldes nieder.

Während General Netto die Republik Rio Grande ausrief, versuchte Bento Gonçalves, der von Bento Manuels Truppen bedrängt wurde, einen Fluchtplan auszuhecken. Sie waren in Viamão praktisch eingekesselt. Die Soldaten waren müde und hungrig, die Pferde verbraucht. Sie erlebten den feuchten Frühling der Pampa, es regnete in Strömen, die Flüsse stiegen wegen der starken Regenfälle an. Es war schwierig geworden, vorwärtszukommen, und fast unmöglich, die vierzehn Kanonen zu ziehen.

Bei einem kleinen Scharmützel wurde Bento Gonçalves an der Schulter verletzt. Er musste sich in die Campanha begeben, wo er ausruhen und die Wunden versorgen lassen konnte, denn unter diesen widrigen Bedingungen konnten sie sich infizieren.

»Erinnern Sie sich an Ihren Schwager, General«, warnte ihn der Truppenarzt.

Bento Gonçalves ließ den Blick über den grauen Horizont schweifen. Ja, er erinnerte sich sehr gut an Paulo. Zu gut. Aber sie mussten mit den Truppen den Gravataí überqueren, da er auf den Wegen in die Campanha der einzige Fluss mit einer Brücke war. Sie mussten den Gravataí überqueren und sich von Bento Manuel befreien. Das war die einzige Möglichkeit.

Also schmiedeten sie einen Plan.

Sie ließen die Nachricht verbreiten, dass sie nach Porto Alegre marschierten, und genau das taten sie auch. Bento Gonçalves, Onofre Pires, Tito Livio Zambeccari und Sebastião do Amaral zogen ihre Truppen zusammen und nahmen Kurs auf die Hauptstadt. Bento Manuel Ribeiro erhielt Kunde von ihrem Marsch und setzte sich mit seinen Männern ebenso in Richtung der Stadt in Bewegung. Er wollte die Aufständischen nicht entkommen lassen.

Auf der Hälfte der Strecke nahm die Mehrheit der Truppe den Weg nach Norden, in Richtung des Gravataí. Bento Gonçalves, Onofre Pires und ein Pikett marschierten weiter in Richtung Porto Alegre, um den Feind zu verwirren. Die Truppen auf dem Weg zum Gravataí marschierten schweigend unter dem matten Licht eines trüben Mondes, der hinter den Wolken verdeckt war. Sie wussten, dass sich auf dem mehr als eine Meile langen Weg viele feindliche Pikette befanden, und sie mussten beim Marschieren auf der Hut sein.

Als sie die Hälfte des Weges hinter sich gebracht hatten, durchschauten die Kaiserlichen die Strategie. In vollem Galopp stob die Truppe der Revolutionäre in Richtung der Brücke über den Gravataí. Bento Manuel war ihnen auf den Fersen, es wurden Schüsse abgefeuert und Lanzen geschwungen. Einige Soldaten wälzten sich auf dem Boden und wurden von den Pferden niedergetrampelt. Eine gewaltige Staubwolke stieg in den nächtlichen Himmel auf, aber die Aufständischen konnten die Brücke erreichen. Die Truppe überquerte den Fluss, ebenso die vierzehn Kanonen. Sie legten Pulver auf die Brücke. Ein Knall erschütterte die Nacht, und die Brücke flog in die Luft.

Bento Gonçalves konnte sich auf seinem Fuchs, der sich auf die Hinterbeine stellte, im Sattel halten. In diesem Augenblick flackerte das Feuer hellrot am Nachthimmel auf. Er hatte seinen Namensvetter getäuscht. Unter dem Stoff des Dolmans brannte seine Schulter ein wenig. Bento begab sich zu Onofre.

»Dieses Mal hatten wir Glück!«, rief er.

Die beiden Männer trabten nebeneinanderher. Pedro schloss mit verstaubtem Gesicht lächelnd zu seinem Onkel auf.

Nun mussten sie São Leopoldo erreichen. Dort würden sie ausruhen. Bento würde seine Schulter versorgen lassen, und die Truppe würde eine Pause einlegen.

Dona Ana saß auf der Veranda und genoss die Sonne. Der Frühling kündigte sich allmählich in der Pampa an, er brachte die Flammenbäume zum Blühen, und ein süßliches, fruchtiges Aroma durchströmte die Luft.

Seit ihr ältester Sohn José eingetroffen war, hatte Dona Ana ein wenig von ihrem alten Seelenfrieden wiedergefunden. Als der Sohn im Dolman und mit dem Degen im Gürtel, unrasiert und übermüdet, die Verandastufen hinaufgestiegen war, öffneten sich bei Dona Ana, die im Saal gesessen und versucht hatte, ein Buch zu lesen, sämtliche Schleusen, und sie ließ ihren Tränen freien Lauf. Als sie ihr Weinen überwunden hatte, ließ sie sich in seine Arme fallen. Sie entdeckte in José noch mehr Ähnlichkeit mit Paulo. Der Krieg hatte seine Gesichtszüge reifen lassen, und ein schütterer Bart verschattete sein Gesicht.

»Mutter«, war alles, was José hervorbrachte.

Und die beiden weinten unter den mitleidigen Blicken der anderen Frauen.

Dona Ana verwöhnte ihren Sohn mit den Aufmerksamkeiten, die sie ihrem Mann nicht mehr angedeihen lassen konnte. Sie ging in die Küche und bereitete persönlich Quittenmarmelade zu, sie kochte Pfirsichkompott und knetete mit ihren eigenen Händen den Teig für das Brot, das sie ihm am Abend reichte. Alle diese Arbeiten gaben ihrem sonst so mutlosen Gesicht ein wenig von der alten Kraft zurück. Caetana dankte der Heiligen Jungfrau für das verbesserte Wohlbefinden ihrer Schwägerin.

Und die Tage gingen vorbei. José hielt sich nun eine Woche auf der Estância la Barra auf. Er hatte Neuigkeiten aus dem Krieg mitgebracht, er berichtete, wie es den Truppen gelungen war, Viamão hinter sich zu lassen. Danach hatte er entschieden, nach Hause zu seiner Mutter zurückzukehren. Sein Bruder Pedro blieb an der Seite von Bento Gonçalves. Sie wussten nun, dass die Revolutionäre zu diesem Zeitpunkt ihr Quartier in São Leopoldo aufgeschlagen hatten.

Dona Ana ließ zu, dass sich ihr Blick über den Feldern verlor, die sich so weit ausdehnten. In der Ferne neben einem Hügel sah sie eine Gruppe Männer. Sie kehrten vom Verkauf einer Ladung *Charque* zurück. Das war ein gutes Zeichen, sie brauchten das Geld für so viele Dinge.

José kam aus dem Wohnhaus, er war verschwitzt und hatte die Ärmel hochgekrempelt. Er küsste seine Mutter und setzte sich in einen der Korbstühle.

»Ich war ein wenig ausreiten mit Manuela. Ich habe auch im Bach gebadet.« Seine Stimme wurde traurig. »Ich habe mich an die alten Zeiten erinnert, Mutter. Als wir klein waren und den Sommer hier verbracht haben.«

Dona Ana lächelte, als sie ihre feuchten Augen spürte.

»Wissen Sie, welcher Tag heute ist, Mutter?«

»Welcher Tag ist denn heute, mein Sohn?«

»Der zwanzigste September. Vor einem Jahr ist die Revolution ausgebrochen.«

Dona Ana blickte auf ihre bleichen Hände, die im Schoß ruhten. Vor einem Jahr. Ein Jahr voll Beklemmung und Warten.

»Ich habe gelernt, die Zeit nicht mehr wahrzunehmen, mein Sohn. Sonst würde ich noch verrückt werden.«

Leão und Marco Antônio rannten vorbei und stürmten die Verandatreppe hinunter. Dona Ana betrachtete ihre Neffen und lächelte.

»Diese zwei Jungen sind um das Doppelte gewachsen, seitdem wir hier sind.«

José brach in schallendes Gelächter aus. Er hatte das gleiche kräftige, fröhliche und herzliche Lachen wie sein Vater.

Inácio José de Oliveira Guimarães ließ sich in jenen Tagen auf der Estância sehen. Um Matetee zu trinken, um zu plaudern. Er kam gerade vorbei, denn er hatte seine Frau Dona Teresa besucht, die sich von einem Lungenleiden erholte.

»Der Winter ist tatsächlich sehr hart gewesen«, sagte Dona Ana zu dem Besucher, während sie ihm vom Apfelsinenkuchen anbot. »Maria Angélica, Caetanas Tochter, ist wegen der Feuchtigkeit sehr anfällig für Asthma gewesen. Gott sei Dank geht es ihr besser.«

Inácios Gesicht wirkte bedrückt.

»Meine Gattin ist sehr empfindlich mit den Lungen, ich bin äußerst besorgt.«

Dona Antônia ließ ihn nicht weitersprechen.

»Ich biete Ihnen meine Hilfe an. Wenn Dona Teresa irgendetwas braucht, sind wir für sie da.«

Perpétua war auf ihrem Zimmer, sie lag im Bett und starrte

an die Decke. Es gab Nachmittage, die langsam vergingen. Rosário eilte hinein: »Weißt du, wer da ist? Dieser Mann, der Mann von der Beerdigung von Onkel Paulo. Der, den du so lange beobachtet hast. Ich habe es genau gesehen.«

Perpétua sprang aus dem Bett auf.

»Senhor Inácio?«

»Genau der, Cousine. Er ist zu Besuch und hat Nachrichten mitgebracht.«

»Ich gehe hinaus.« Dann putzte sie sich heraus, ordnete ihre Frisur und wechselte ihre Schuhe gegen ein besseres Paar aus.

Perpétua kam auf die Veranda, als Inácio gerade angefangen hatte, seine Neuigkeiten von den Aufständischen zu erzählen. Er war bei Netto gewesen, und er wusste einige Dinge über Bento Gonçalves. Sie sprachen über die Republik. Inácios dunkle Augen funkelten.

Dona Ana unterdrückte ein Lächeln, als sie ihre Nichte sah. Sie hatte Perpétua und Mariana bei einigen Gesprächen überrascht, bei denen der Name des Besuchers gefallen war. Was hatte dieser neue Glanz in den Augen der ruhigen Perpétua zu bedeuten?

»Setz dich zu uns, Mädchen.« Dona Ana wies ihr einen Stuhl zu. Es war nichts dabei, schließlich und endlich war der Mann verheiratet. Es war nichts Schlechtes daran, wenn das Mädchen seine Freude hatte, denn in diesem Haus ging es traurig zu.

Inácio José de Oliveira Guimarães sog mit seinem Blick die Gesichtszüge der ältesten Tochter von Bento Gonçalves auf. Eine leichte Unruhe überkam sein Herz. Perpétua räusperte sich. Die beiden Frauen hatten ihre Blicke auf ihn gerichtet. José fragte: »Wie steht es um meinen Onkel? Ich breche diese Woche auf, um mich ihm wieder anzuschließen.«

»Sie wissen ja, dass die Nachrichten nur langsam durchsickern. Aber anscheinend hat dieser verdammte Bento Manuel sein gesamtes Arsenal gegen den Oberst ausgerichtet. Sie werden sich noch mehr Schlachten liefern.«

»Dieser Verräter hat unser Manöver in Viamão nicht verkraftet«, sagte José.

»Wir werden sehen, was geschieht. Ich breche morgen auch auf, ganz in der Früh.«

Dona Ana schlug den beiden Männern vor, gemeinsam loszureiten. Es wäre sicherer. Die beiden Männer besprachen alles. Sie würden sich mit einem der Männer von der Estância do Brejo auf den Weg machen. Perpétua verspürte ein leichtes Beben, als sie sich Inácio im Krieg, mitten in einer Schlacht vorstellte. Dona Antônia rief eines der schwarzen Dienstmädchen und trug auf, noch mehr Wasser für den Matetee zu bringen. Allmählich setzte die Dämmerung ein und brachte den Himmel herrlich rosafarben zum Leuchten.

Der Brief von General Bento Gonçalves da Silva kam am bewölkten Nachmittag des 15. Oktober in der Dolmantasche eines Leutnants. Der Mann war übel zugerichtet, er hatte eine Wunde und fiel vor Hunger bald um. Er hatte eine Mission, eine Mission, die ihm Bento, der Oberbefehlshaber, übertragen hatte.

Er hinkte mit dem rechten Bein, als er bei der Estância ankam: Ein Streifschuss der Kaiserlichen hatte ihn erwischt. Er bat für einige Tage um Unterschlupf und um ein Pferd. Er hatte den Befehl, sich Netto anzuschließen und in der Campanha weiterzukämpfen.

Dona Ana empfing ihn wie einen eigenen Sohn, vielleicht stellte sie sich vor, dass auf einer anderen Estância weit weg von hier Pedro oder José genauso auf die Gastfreundschaft von Fremden angewiesen sein könnten. Sie wollte sofort Dona Rosa rufen, damit die Haushälterin die Wunde des Leutnants versorgte, aber André weigerte sich. Das Bein sei in Ordnung, später werde er die Wundversorgung zulassen, auch einen Teller mit Essen, einen Schluck Schnaps und ein Bad annehmen, aber zuerst musste er seine Mission erfüllen. Der Brief musste vorgelesen werden, und er musste über die Kämpfe berichten. Er hatte all die Meilen nur deswegen zurückgelegt.

»Ich warte unter dem Umbubaum auf Sie«, sagte er. »Wenn Sie mit dem Brief fertig sind, werde ich Ihnen erzählen, weshalb ich noch gekommen bin.«

Caetana lächelte.

»Sie können bei uns bleiben«, forderte sie ihn auf. »Was uns mein Mann zu erzählen hat, ist bestimmt kein Geheimnis.«

Der Leutnant bedankte sich mit blassem Gesicht für das Angebot und nahm den Brief aus der Innentasche seines Dolmans. Caetana überflog ihn hastig, wobei sie einige Ausrufe unterdrückte, bis sich ihr Herz beruhigt hatte. Danach las sie ihn für ihre Familie gleich noch einmal mit lauter Stimme auf der Veranda vor, wo sich alle an diesem mittlerweile bewölkten Spätnachmittag eingefunden hatten. Der Leutnant blieb ruhig in einer Ecke, obgleich er so erschöpft war, und wartete höflich ab, bis das Vorlesen des Briefs beendet war, um dann die fürchterliche Nachricht zu übermitteln, die ihm einen Kloß im Hals verursachte. Leutnant André war dreiundzwanzig Jahre alt und der jüngste Sohn eines Großgrundbesitzers der Gegend, ein wohlerzogener junger Mann aus guter Familie, dessen stattliches Aussehen selbst noch in der zerlumpten und dreckigen Uniform zu erkennen war.

Caetanas heisere Stimme zitterte, als sie die ersten Sätze verlas. Der Leutnant hörte der Gattin des Generals gebannt zu.

Meine verehrte Caetana,
während ich dir diesen Brief schreibe, friert es draußen. Eine schreckliche Kälte bemächtigt sich der Zeltplanen und quält mich, sie dringt in meine Haut wie ein blutiger Dolch … Es betrübt mich, dir den Stand der Dinge mitteilen zu müssen, aber, geliebte Gattin, die Wirklichkeit ist, dass wir nach so vielen Kämpfen und so viel Zeit, in der uns Bento Manuel auf den Fersen ist, fast keine Lebensmittel, keine warme Kleidung und keinen Glauben mehr haben. Ich bin hartnäckig und ermutige die Soldaten, aber derzeit sind Worte unsere einzige Nahrung. Es ist nun schon ein ganzes Jahr her, seit dieser Krieg begonnen hat. Auf dem Schlachtfeld verrinnt die Zeit sehr schnell … Und damit ich mich glücklicher fühle, träume ich von dir und von unserem Haus, von einem knisternden Feuer im Kamin und von unseren Kindern.

Dennoch, trotz des Pechs der vergangenen Tage, haben die Männer Mut. Selbst Graf Tito, der an einer Lungenkrankheit leidet und eine empfindliche Gesundheit hat, hat keinen einzigen Tag geruht, er hat das Fieber vergessen, er hat alles vergessen, um mir zur Seite zu stehen und die Truppe für unseren Abmarsch nach São Leopoldo vorzubereiten. Wir haben uns das Material beschafft, um Pontons zu bauen, die uns beim Überqueren des Jacuí helfen werden, von wo aus wir weiter in Richtung der Campanha ziehen wollen. Wir sind umzingelt, Caetana, aber sei unbesorgt, denn ich glaube, wie in Viamão wird unseren Plänen erneut der Erfolg vergönnt sein.

Auf der anderen Seite des Jacuí befindet sich Oberst Crescêncio, und das Beste wäre, wir könnten uns mit ihm vereinigen, um somit die Streitkräfte zu verstärken und uns in die Lage zu versetzen, Bento Manuel zu schlagen. Aber die Flussüberquerung erscheint mir nun beschwerlich und langwierig. Vielleicht sollten wir besser doch auf dem Landweg vorrücken und von Angesicht zu Angesicht mit diesen verdammten Kaiserlichen kämpfen. Wir müssen die Möglichkeiten prüfen.

Onofre ist äußerst verärgert: Er ist ein eingesperrter Riese, der trotz seiner schlechten Laune in jedem Moment seine Haltung bewahren muss. Im Morgengrauen werden wir uns alle versammeln, um die angemessene Entscheidung zu treffen.

Ansonsten, geliebte Gattin, sind wir Soldaten, die ein hartes Kriegsleben führen, aber wir sind gesund und lebendig. Auch den anderen, den Neffen und meinem Schwager geht es gut. So wie ich schicken sie Grüße für die gesamte Familie. Ich denke auch an unsere Söhne in Rio de Janeiro, und ich glaube, es ist an der Zeit, dass sie nach Rio Grande zurückkehren. Schreibe ihnen, Caetana, und sage ihnen, dass dies mein Gefühl ist.

Hiermit beschließe ich diesen Brief. Ich muss ihn heute noch auf den Weg schicken, damit er dich so bald wie möglich erreicht.

Mit all meiner Zuneigung und meiner Sehnsucht,
Bento Gonçalves da Silva
São Leopoldo, 29. September 1836

Nachdem Caetana den Brief vorgelesen hatte, faltete sie sorgfältig den Briefbogen und verwahrte ihn in der Kleidertasche. Sie seufzte. Die Dinge standen nicht gut, und obwohl Bento versuchte sie zu beruhigen, spürte sie, dass etwas in ihrer Brust brannte, eine Unruhe, eine schlechte Vorahnung. Die letzte Nacht hatte sie kaum geschlafen, sie hatte die Zeit damit zugebracht, die Decke anzustarren. Sie hatte sich erst beruhigt, nachdem sie zwei Stunden vor dem Altar der Heiligen Jungfrau gebetet hatte, für die Männer, für den Erfolg und dafür, dass die Muttergottes diesem Krieg ein ehrenvolles Ende gewährte.

Dona Anas Blick schweifte umher. Es war ihr unmöglich, nicht an Paulo zu denken, der jetzt, unter dem Feigenbaum, so nah war, eine wolhtuende, tröstliche Erinnerung. Manuela, Mariana, Perpétua und Rosário sahen erwartungsvoll zum Leutnant, um zu erfahren, was danach noch geschehen war. Dona Ana fragte: »Und, junger Mann, welche Nachricht halten Sie noch für uns bereit?«

Die letzten Sonnenstrahlen versuchten die graue Wolkendecke zu durchdringen. Der Tag ging allmählich zu Ende, die Kiebitze riefen. Der Leutnant stand stramm, so als gehorchte er dem Befehl eines Vorgesetzten, dann zeichnete sich auf seinen feinen Gesichtszügen plötzlich eine traurige Miene ab.

Seine Stimme zitterte. Nach so vielen Schlachten, nach so viel Tod und Schrecken zitterte seine Stimme immer noch. Er dachte an das, was er auf der Insel Fanfa gesehen hatte, und spürte, wie ihm der Schrecken das Blut gefrieren ließ. Er stand vor der Familie von Bento Gonçalves und musste die Nachricht überbringen.

»Senhoras«, begann er und starrte zu Boden. »Ich bedaure es sehr, hier zu sein und Ihnen diese Sorge zu überbringen …« Er blickte auf und sah zu der so jungen und kräftigen Manuela. Dann schaute er Caetana an und sprach weiter: »Dennoch, Oberst Domingo Crescêncio befahl mir, hierherzukommen und Ihnen mitzuteilen …«

»Also sagen Sie es schon, junger Mann.« Dona Anas Stimme

klang ungeduldig und von Angst erfüllt. »Wir sind hier, um Ihnen zuzuhören.«

Der Leutnant holte tief Luft, dann überschlug sich seine Stimme: »General Bento Gonçalves da Silva wurde am vierten Oktober auf der Insel Fanfa gefangen genommen. Er hatte versucht, mit seinen Truppen den Jacuí zu überqueren, um sie mit denen von Oberst Crescêncio zu vereinigen. Zusammen mit Bento Gonçalves verhafteten sie Oberst Onofre und Tito Livio Zambeccari und brachten sie als Gefangene auf die *Presiganga*. Von dort aus wurden sie nach Rio de Janeiro überführt, in die Festung Santa Cruz, wo sich bereits Hauptmann Lucas de Oliveira befand.«

Nur die Vögel unterbrachen die Stille. Der Leutnant führte die Hände zusammen und wieder auseinander. In Wahrheit hätte er am liebsten geweint. Mit der Gefangennahme von Bento Gonçalves war der Traum von der Republik ernsthaft gefährdet.

Die sieben Frauen vor ihm dachten weder an Republiken noch an Träume, sie dachten nur an den Mann, den man erniedrigt und weit weggeschafft hatte und dessen Schicksal jetzt so ungewiss war. Dona Ana stand aus dem Stuhl auf und eilte zu Caetana, um sie zu umarmen. Caetana brach in Tränen aus. Der Leutnant fühlte sich noch bedrückter. Manuela legte einen Arm um Perpétuas Schultern. Ihre Cousine war bleich, und bei der Berührung mit Manuela schmiegte sie sich an sie.

»Senhoras …« Der Leutnant wusste nicht, was er sagen sollte, und bemerkte nur noch: »Es war ein ungleicher Kampf. Bento Manuel umzingelte uns auf der Insel, und trotz starken Beschusses haben wir uns mit größter Tapferkeit mehrere Stunden lang verteidigt. Eine ganze Nacht lang. Das darf niemals vergessen werden. Aber die Schiffe des Engländers Greenfell waren entscheidend. Sie waren auf dem Jacuí in Wartestellung versteckt. Es gab keinen anderen Ausweg, General Bento Gonçalves musste sich ergeben. Mit seinem Verhalten hat er die Leben von vielen Männern gerettet.«

»O mein Gott!«, rief Dona Ana. »Und wer rettet sein Leben?«

Mariana und Rosário umarmten die Mutter. Die Nacht umgab die Veranda und das Land mit ihren Schatten, die Grillen zirpten. Zwei der schwarzen Dienstmädchen kamen und zündeten die Lampen an.

»Senhoras, es tut mir leid…« Der junge Mann wusste nicht, was er tun sollte.

»Beruhigen Sie sich, junger Mann.« Dona Ana versuchte sich zu beherrschen. »Sie haben eine lange Reise hinter sich, Sie sind müde, und Sie müssen versorgt werden. Wir danken Ihnen sehr dafür, dass Sie bis hierher gekommen sind, um uns die Geschehnisse zu berichten.« Sie klingelte mit dem Glöckchen, und Beata erschien. »Beata, nimm den jungen Mann mit in die Küche. Sag Rosa, dass sie ihn gut versorgen soll, und mach ihm irgendwo ein Zimmer zurecht, denn er wird ein oder zwei Nächte hier verbringen.«

Leutnant André bedankte sich. Hinter dem schwarzen Dienstmädchen konnte er im dämmrigen Korridor noch immer die traurigen Klagen der Gattin Bento Gonçalves' vernehmen. Er hätte ihr sagen müssen, dass der General wiederkäme, dass dieser Mann nicht dazu geboren war, ein Gefangener zu sein, alle Leute in Rio Grande wussten das. Aber er besaß nicht den Mut dazu. Die grünen Augen der Uruguayerin hatten jetzt den Ton des Urwalds angenommen. Der junge Mann besaß nicht den Mut: Die Stimme blieb ihm im Hals stecken.

Manuelas Tagebuch

Estância da Barra, 7. November 1836

In derselben Nacht noch kam Dona Antônia zu uns, nachdem sie eine Nachricht meiner Mutter erhalten hatte. Selbst unter ihrer Maske der Stärke und Gelassenheit war in ihren schwarzen Augen eine tiefe, durchdringende Traurigkeit zu erkennen. Zuerst der Tod von Onkel Paulo und jetzt die Gefängnishaft von Bento Gonçalves… Die Dinge gestalten sich für uns sehr schwierig, und Dona Antônia leidet im Stillen, wie meine Großmutter, von der ich während meines ganzen Lebens nicht eine einzige Klage gehört habe. Hier in Rio Grande gehört Leiden zum Schicksal, und niemals wird mehr gelitten als im Krieg. Dona Antônia weiß das. Je mehr Tage verstreichen, umso verhärteter wirkt sie. Die Traurigkeit wird nicht gezeigt, denn man will sich keine Blöße geben.

Dona Antônia weinte kein einziges Mal in dieser Nacht, die nicht enden zu wollen schien, sie beruhigte Caetana und bat sie, ihren Kindern und Bento zuliebe Haltung zu bewahren. Denn Bento würde zurückkommen. Da war sie sich vollkommen sicher.

»Bento ist sehr widerstandsfähig, Caetana«, versicherte ihr Dona Antônia mit ihrer milden, warmherzigen Stimme. »Als Kind fiel er einmal vom Pferd und verstauchte sich einen Knöchel. Mutter war sehr besorgt, es war ein schlimmer Sturz. Nachdem sie ihn verbunden hatte, verschwand Bento… Als wir ihn suchten, saß er schon wieder auf seinem Rappen im Sattel, glücklich mit sich und dem Leben, als wäre nichts geschehen. Er ist schon als Kind zäh gewesen…«, sagte Dona Antônia, die lächelte und versuchte, sich selbst zu überzeugen. »Er wird dort ausbrechen. Niemand kann Bento Gonçalves da Silva zurückhalten.«

Wir alle haben diesen Worten wie einer Prophezeiung geglaubt.

Als Caetana sich einige Tage später ein wenig beruhigt hatte, schrieb sie ihren Söhnen einen langen Brief. Ich dachte an Joaquim, der sich in Rio de Janeiro aufhielt. Wie würde er die Nachricht aufnehmen? Würde er den Vater besuchen können? Joaquim, dieser junge Mann mit den schwarzen Augen und dem fröhlichen Lächeln, mit dem ich an so vielen Nachmittagen in der Kindheit zusammen gespielt hatte und dem ich jetzt für die Ehe versprochen bin. Ich hege eine große Zuneigung für ihn. Zuneigung. Dona Ana sagt, Zuneigung zu spüren sei eine Art der Liebe… Aber ich habe immer noch nicht diese Vision vergessen, von dem Mann an Deck eines Schiffes, von diesem blonden Mann, der mir zulächelte. Sie sagen, ich würde meinen Cousin heiraten, wenn der Krieg zu Ende ist… Wenn er denn eines Tages zu Ende ist. Es war nicht das Gesicht von Joaquim, das mir in jener Neujahrsnacht erschien. Es war das Gesicht eines Ausländers, ein Gesicht, das sich von der dunklen Haut, dem dunklen Haar und dem spanischen Aussehen eines Riograndensers unterschied. Dieser Mann war wie reines Gold, die untergehende Sonne funkelte in seinen Augen und vergoldete sein weizenblondes Haar. Manchmal versuche ich, den Horizont jenseits der Hügel auszuspähen und denke: Wird eines Tages dieser Mann aus meinen Träumen kommen, werde ich das Gesicht sehen, das mich jetzt in meinen Gedanken besucht? Oder ist es mein Schicksal, mich tatsächlich mit meinem Cousin Joaquim zu verheiraten, seine Kinder zu bekommen und den schwarzen Dienstmädchen Anweisungen zu erteilen, deren Mütter bereits den älteren Frauen dieses Hauses gehorcht haben? Ist es mein Schicksal, General Bento Gonçalves Enkel zu schenken, Enkel, die uns ähnlich und von dem gleichen Blut sind, das durch unsere Adern fließt, und die den gleichen Blick über das Land und die Morgendämmerung in der Seele tragen? Ich habe keine Antwort, die mein Gemüt beruhigt. Die Tage gehen vorbei, einer gleicht dem anderen. Der Sommer richtet sich in der Pampa ein, und wir hoffen darauf, dass sie uns die gute, so sehnsüchtig erwartete Nachricht überbringen, die Nachricht von Bento Gonçalves' Flucht.

João Congo, der treue schwarze Diener meines Onkels, tauchte Mitte Oktober auf der Estância auf. Caetana gab ihm Geld und Anweisungen, damit er ein Schiff nach Rio de Janeiro nähme und Joaquim, Bentinho und Caetano besuchte. Von dort aus könnte er sich um Bento Gonçalves kümmern, ihm jeden Tag etwas zu essen bringen. Sicherlich war das Gefängnisessen miserabel. João Congo brach am nächsten Tag mit einem Bündel Briefe und einem Lächeln auf seinem schwarzen freundlichen Gesicht auf.

Alle gehen weg, nur wir Frauen bleiben hier. Der November

schickte einen blauen, wolkenlosen Himmel und eine warme Sonne, die die Felder zum Blühen brachte. Es ist unvorstellbar, wenn man diese ruhige Schönheit der Natur betrachtet, dass sich jenseits dieser Ländereien ein so grausamer Krieg entfesselt hat. Aber die Nachrichten kommen mit dem Wind, und es ist wahr, dort draußen ist Krieg.

Caetanas Kinder wachsen, Ana Joaquina hat schon angefangen zu sprechen und läuft auf den Gängen hinter Regente her, sie wird ein sehr hübsches Mädchen. Seit Leão weiß, dass sein Vater im Gefängnis ist, spielt er mit seinem Holzdegen nur noch Krieg. Er sagt, dass er Bento Gonçalves befreien wird. Caetana und Dona Ana beobachten alles mit Besorgnis. Noch ein Mann, der sich auf den Krieg vorbereitet, noch einer, auf den man warten wird, für den gebetet und um den geweint wird.

Und so vergeht die Zeit. Ich habe meinen sechzehnten Geburtstag an einem sonnigen Nachmittag begangen. Dona Ana hatte Kuchen und Süßspeisen zubereiten lassen, und meine Mutter schenkte mir eine Goldkette, die sie als junges Mädchen getragen hat. Ich habe viel an meinen Vater gedacht, und an Antônio, an die vergangenen Geburtstage, an denen mich mein Vater in die Arme schloss und sagte, ich sei sein kleines Mädchen und solle niemals erwachsen werden. Mein Vater ist weit weg, ich habe ihn seit einem Jahr nicht gesehen. Werde ich überrascht sein, wenn ich ihn sehe – wer weiß, welchen Schaden der Krieg bei ihm angerichtet hat? Oder wird er erstaunt sein, wenn er mich als Erwachsene sieht mit dieser messerscharfen Ruhe, die sich in den Tagen der Beklemmung und Erwartung geformt hat, in denen die Stille immer noch der beste Trost und Zufluchtsort ist?

Auch Mariana hat sich verändert. Sie schwärmt für Leutnant André und scherzt mit ihm herum, sie ist glücklicher, sie lächelt sogar und zeigt eine Freude, die der Trauer der anderen entgegensteht. Seit sie ihn auf der Veranda gesehen hat, als er noch dreckig und müde von der Reise war, erhellt ein neuer Glanz die Augen meiner Schwester Mariana. Tagelang hat sie ihn aus der Ferne mit Blicken verfolgt, ohne den Mut, ihn anzusprechen, bis ich die beiden eines Tages bei einem Gespräch im Obstgarten überraschte. Mariana versprühte eine Lebhaftigkeit, eine Frische, die sich von uns anderen stark unterschied.

Seit der Nachricht von Bento Gonçalves' Gefangennahme ist es ruhiger im Haus. Dona Ana hat zwischenzeitlich aufgehört, Klavier zu spielen. Zum Leidwesen meiner Schwester ritt der Leutnant nach einer Woche Aufenthalt auf der Estância weiter, um sich nun den Truppen von Oberst Netto anzuschließen. Mariana war untröstlich und ging zum Bach, wo sie den ganzen Nachmittag mit Weinen verbrachte. Sie kehrte mit gereizten Augen ins Haus zurück, wie ein herrenloser kleiner Hund. Einen Soldaten kann man nicht vom Krieg fernhalten, zumindest nicht hier, in Rio Grande ... Der besagte Leutnant stieg, sobald sein Bein wiederhergestellt war, auf ein Pferd und brach auf, um seinen neuen General zu suchen. Seit der Haft Bento Gonçalves' ist Antônio Netto nun der Anführer der Revolution. Man sagt, er habe Schlachten in der Campanha gewonnen. Möge Gott ihm beistehen! Seither betet meine Schwester für seine Truppen. Der kleine Altar zu Ehren der Heiligen Jungfrau ist niemals so mit Kerzen überfüllt gewesen. Überallhin strömt Wachsduft und vermischt sich mit dem süßen Aroma des Pfirsichmuses, das in den Töpfen köchelt, noch einer der Gerüche in diesem Haus der Frauen.

Manuela

Dona Antônia empfing die Depesche und hielt sie fest in ihren Händen wie ein Kleinod. Der Mann, der die Botschaft überbracht hatte, begleitete einen der Schwarzen in die Küche, wo man ihm zu essen und zu trinken gab.

Dona Antônia saß im Schaukelstuhl und genoss die kühle Luft auf der Veranda. Der Morgen des 22. Dezember ging zu

Ende, eine helle goldene Sonne ergoss ihr Licht über das Feld, und draußen ging ein frischer Wind. Vom Fluss drang in Satzfetzen der Singsang der schwarzen Dienstmädchen, die dort die Wäsche wuschen. Dona Antônia riss den Umschlag auf und begann zu lesen. Bento Gonçalves da Silva war in Piratini zum Präsidenten der Republik Rio Grande gewählt worden.

Dona Antônia hob den Kopf und betrachtete die Landschaft. Ihre leuchtenden Augen waren dunkelbraun wie die Eiche, fast schwarz, sie ließen jede Gemütsregung erkennen. In ihrem Haarknoten waren die ersten grauen Strähnen zu sehen. Vor Ausbruch des Krieges hatte sie noch keine grauen Haare gehabt. Aber wenn sie sich jetzt im Spiegel betrachtete, war es ein Leichtes, mit den Fingern diesen farblosen Fäden zu folgen. Sie senkte den Blick wieder auf die Depesche und las die kurze Nachricht noch einmal. Bento Gonçalves war Präsident einer Republik, die er nicht ausgerufen hatte. Und er war ein Gefangener. Er war weit weg in Rio de Janeiro. Was war das für ein Schicksal, das einen Mann zum Führer einer ganzen Herde machte, zu einem Anführer, der bedeutender als alle anderen war, und der dennoch in ihrer Schuld stand, in der Schuld jedes einzelnen dieser Schafe, die er behüten, ehren und beschützen sollte? Sie dachte an ihren Bruder, der in einer Zelle eingesperrt war, der die Pampa liebte, den Waldgeruch und die Kühle auf den Feldern, der es liebte, wenn ihm der Wind ins Gesicht peitschte. Ein Präsident in Ketten. Bento Gonçalves war kein Verfechter der Republik, das wusste sie sehr gut, sie hatten viel über dieses Thema gesprochen. Wie ging es ihm wohl im Moment mit dieser Verantwortung, mit dieser Auszeichnung, mit diesem Messer in seinem Fleisch? Mit welchen Waffen würde er kämpfen und gegen wen?

»Die Dinge sind wie ein durchgegangener Gaul.«

Ihre Stimme verklang nur allmählich, und Dona Antônia bemerkte, dass sie Selbstgespräche führte. Sie war reizbar geworden. Sie hatte niemals Selbstgespräche geführt. Es war das erste Anzeichen einer Altersschwäche. Sie warf einen letzten Blick auf den grünen, mit Blumen übersäten Garten, atmete die frische Luft ein und ging ins Haus. Nach dem Essen, ja dann würde sie zu Dona Anas Estância aufbrechen und ihr und den anderen die Nachricht überbringen. Aber jetzt noch nicht. Sie musste all das noch einmal genau überdenken, ihre Gedanken ordnen.

Die Geschehnisse überstürzten sich. Dona Antônia hatte Gerüchte gehört, dass Netto sich mit Bento Manuel getroffen hatte und dass beide versucht hatten, eine Friedensvereinbarung zu treffen, aber die Verhandlungen waren gescheitert. Außerdem hieß es, die Position des Provinzpräsidenten Araújo Ribeiro gegenüber dem Kaiserreich sei geschwächt. Die Dinge gestalteten sich immer verwirrender. Die Auseinandersetzungen zwischen den Aufständischen und den Anhängern der Regentschaft wurden offenkundig immer heftiger. Dona Antônia dachte an das Weihnachtsfest, das in drei Tagen sein würde. Sie hoffte gemeinsam mit den anderen, dass Antônio, Pedro, José und Anselmo, Maria Manuelas Mann, zu den Weihnachtsfeierlichkeiten kommen würden. Sie dachte an Ana: Beim Abendessen würde ein Stuhl leer bleiben, eine Lücke, die nie wieder gefüllt würde. Sie verspürte ein schreckliches Mitleid mit ihrer Schwester. Sie wusste zu gut, dass so ein Schmerz Jahre brauchte, um zu verschwinden. Und wenn er dann verschwand, würden die schmerzhaften roten Narben sichtbar zurückbleiben.

Am 24. Dezember 1836 erreichten Bentinho und Caetano die Estância da Barra, nachdem sie in Rio de Janeiro ein Schiff genommen hatten, das sie zum Hafen von Rio Grande brachte. Von dort aus ritten sie unter der erdrückenden Dezembersonne zum Wiedersehen mit ihrer Mutter und ihren Geschwistern. Der junge Bento hatte das Studium der Rechtswissenschaften abgeschlossen, und Caetano hatte seine Pläne, auf die Universität zu gehen, vorübergehend verschoben. Es war eine Zeit, in der man an dringlichere Dinge dachte. Das Land Rio Grande brannte vor Revolten: Es war notwendig, dass all seine Söhne herbeieilten und ihm halfen. Es war notwendig, denn sie trugen und verehrten den Namen Gonçalves da Silva. Sie waren Söhne von General Bento, und der Krieg rief sie. Joaquim, der älteste Sohn, würde noch in Rio de Janeiro bleiben, um den Vater im Gefängnis zu besuchen und ihm so gut es ging zu helfen. Auch João Congo war bei ihm in der Residenzstadt geblieben.

Bentinho war ein hoch gewachsener, kräftiger junger Mann von siebzehn Jahren, mit einer tiefen Stimme und weichen Gesichtszügen. Er hatte die gleichen waldgrünen Augen wie Caetana, braunes, lockiges Haar und eine ansteckende Fröhlichkeit. Caetano war mit seinen fünfzehn Jahren etwas zurückhaltender, er glich eher seinem Vater, aber er war von nicht so kräftiger Statur. Als er die Mutter ruhig auf der Veranda des Gutshauses sitzen sah, bedrückte die in zwei langen Jahren angewachsene Sehnsucht sein Herz, und er konnte die Tränen nicht zurückhalten. Er eilte in Caetanas Arme, wie ein verängstigtes Kind, und drückte sie fest, bis Bentinho sagte: »Hör mal, lass unsere Mutter los, ich habe auch ein Anrecht auf einen Kuss von ihr.«

Caetano ging auf Perpétua zu und umarmte sie, Bentinho fasste seine Mutter um die Taille, gab ihr einen schmatzenden Kuss auf die Wange und sagte zu ihr: »Wissen Sie, Mutter, ich schwöre Ihnen, dass ich in ganz Rio de Janeiro keine schönere Frau als Sie gesehen habe. Das versichere ich Ihnen.«

Dona Ana und Dona Antônia lächelten. Die Cousinen kamen freudig herbeigeeilt. Wie schön war es doch, andere Leute im Haus zu haben, ein wenig Frohsinn zu erleben, den Krieg und die alltäglichen Ängste nicht zu beachten! Leão und Marco Antônio wollten mit ihren älteren Brüdern Krieg spielen. Caetano rannte mit ihnen in den Gemüsegarten.

Bentinho wühlte in einem der Koffer und holte zwei Briefe hervor. Den ersten übergab er seiner Mutter mit den Worten, er sei von Joaquim. Der andere Briefumschlag war ein wenig schmutzig, aber er war versiegelt, in ihm steckten viele Papierbogen.

»Mutter, dieser Brief ist von unserem Vater. Er schrieb ihn in der Zelle, in der Festung Santa Cruz. Er gab ihn João Congo mit der Bitte, ihn Ihnen zu übergeben, sobald wir zu Hause ankämen.« Er streckte den Arm aus und legte den Brief in Caetanas zittrige Hand. »Jetzt sind wir zu Hause angekommen, Mutter. Gehen Sie ruhig hinein, um den Brief zu lesen.«

Caetana lächelte ihrem Sohn dankbar zu und eilte auf ihr Zimmer. Dabei klang der Froufrou ihres blauen Kleides einen Moment lang wie ein Seufzer in der Luft. Dona Ana sagte: »Lass uns auch hineingehen, Bentinho. Eure Reise ist lang gewesen, ich weiß das. Heute werden wir ein Festessen haben.«

»Ein Weihnachtsessen? Mit Kürbismus, Ambrosiaspeise und Honigbrot?«

Dona Ana lachte und nahm ihren Neffen beim Arm: »Mit allem, mein Lieber, mit allem.«

Caetana Joana Francisca Gonçalves da Silva ließ sich auf das Bett fallen. Sie spürte, dass sie am ganzen Leib zitterte, sie fühlte sich, als würde sie sich gleich heimlich mit Bento treffen, sie fühlte sich, als wären sie nie allein gewesen, als wäre sie immer noch ein unschuldiges Mädchen. Sie zitterte genauso wie in ihrer Hochzeitsnacht in Cerro Largo, an jenem frühen Morgen vor zweiundzwanzig Jahren.

Zefina war in ihrem Zimmer und ordnete die Kleider. Caetana bat sie zu gehen. Sie wollte beim Lesen dieses Briefs allein sein. Zuvor küsste sie behutsam den Briefumschlag, den ihr Joaquim geschickt hatte. Den Brief ihres Sohns würde sie später lesen.

Sie löste das Wachssiegel. Vor ihren feuchten Augen erschien die Handschrift von Bento Gonçalves.

Liebe Caetana,
ich muss dir so viele Dinge berichten, geliebte Gattin, dass ich nicht weiß, womit ich diese Zeilen beginnen soll. Seit Fanfa denke ich an dich, wenn ich meinen Frieden brauche. Ich denke an dich, an deine Augen, an deine Hände, an die Kraft deiner Gebete. Ich weiß, dass du für mich betest, vielleicht kann ich es gerade deshalb aushalten, denn ich warte immer noch zwischen

diesen Steinmauern, in diesem Ort so weit von Rio Grande, so weit weg von meinen Pflichten und meinen Träumen.

Ich lebe noch, Caetana, und das ist die gute Nachricht für dich. Ich lebe noch, und ich überstehe diese Tage, weil ich weiß, dass ich bald in deine Arme und in mein Land zurückkehren werde. Seit der Schlacht von Fanfa, seit ich mich meinem Namensvetter, diesem Verräter Bento Manuel, ergeben musste, wurde mein verletzter Stolz auf die Probe gestellt, bis an die Grenzen der Erschöpfung meiner Seele wurden die Taue festgezurrt. Und, liebe Caetana, du weißt, was für ein stolzer Mann ich bin. Ich kam als Gefangener in Fesseln nach Porto Alegre, gemeinsam mit Graf Zambeccari und Onofre, ich war viele Tage auf der Presiganga *gefangen, bis sie mir die Nachricht gaben, dass ich hierher, in die Residenzstadt überführt werden würde, so weit weg von dir, von meinem Land, und so nah beim Regenten.*

An Bord des Gefangenenschiffs berichtete man mir, dass ich zum Präsidenten dieser Republik Rio Grande gewählt worden und nun General bin. Aber was für Taten kann ein gefangener Mann schon unternehmen, liebe Caetana? Was für ein General bin ich denn, der so eine Niederlage in Fanfa zuließ? Und jetzt befinde ich mich in diesem Durcheinander, bin mit Einzelhaft bestraft und Strapazen ausgesetzt, von denen ich nichts berichten werde, denn ich will nicht, dass du noch mehr leidest, als du es ohnehin schon tust.

Als ich in Rio de Janeiro ankam, brachte man mich mit den anderen zur Festung Santa Cruz, wo wir gut behandelt wurden, und wo ich mit Freude sehen konnte, wie sich unser hoch geschätzter Graf ein wenig erholen konnte, denn seit geraumer Zeit war er an einem Lungenleiden schwer erkrankt. Dennoch, als sie in mir eine noch größere Gefahr sahen, als ich in Wahrheit darstelle, wurde ich nach einigen Tagen, abgeschieden von allem und von allen, in eine Zelle in der Casa Forte verlegt: Und aus dieser dreckigen Zelle schreibe ich dir jetzt, Caetana.

Hier weiß man kaum, wann Tag und wann Nacht ist. Es gibt nur ein einziges schmales Fenster oben in der Zelle, fast in

Höhe der Decke, und wenn ich auf den Strohsack steige, der mir als Bett dient, kann ich erkennen, was dort draußen in der Welt zu sehen ist. Aber ich kann früh am Morgen das Meer hören. Das Meer, das mich von dir trennt, Caetana, und das mir Geheimnisse zuflüstert, die ich in meinen einsamen Nächten zu enträtseln versuche.

Ich hatte Besuch von unseren Söhnen und von Congo, die mir Kleidung, Tabak und Essen mitbrachten. Congo übergab mir auch deinen Brief… Es war ein angenehmer Moment, als ich deine Worte las. Dabei vergaß ich fast, wo ich mich befinde.

Ich weiß, wenn du diesen Brief liest, werden Bentinho und Caetano schon bei euch auf der Estância sein. Pass gut auf sie auf, liebe Gattin, auch Joaquim wird bald nach Rio Grande zurückkehren, das versichere ich dir. Im Moment ist er mir hier dabei behilflich, Beziehungen zu knüpfen. Er sieht gut aus, er ist ein richtiger Mann, und er ähnelt dir.

Richte meinen Schwestern und meinen Nichten meine Zuneigung aus. Und, bitte, gib unseren Kindern einen Kuss von mir.

Verlier nicht den Mut, Caetana. Wenn Gott will und uns das Glück hold ist, werden wir bald wieder zusammen sein.

Für immer der deine,
Bento Gonçalves da Silva
Festung Santa Cruz, Rio de Janeiro
2. Dezember 1836

Caetana wischte sich die Tränen aus dem Gesicht. Sie läutete mit dem Glöckchen auf dem Nachttisch neben dem Bett. Zefina erschien auf der Stelle, und Caetana trug ihr auf, Dona Ana zu holen.

Die Schwägerin kam sofort. Sie legte im Speisezimmer gerade den Neffen das Essen vor und plauderte mit ihnen, um auf dem Laufenden zu sein. Sie wusste schon, was Bentos Gattin von ihr wollte. Sie klopfte sacht an die Tür und hörte die heisere Stimme: »Herein.«

Dona Ana sagte nichts, aber sie sah Caetanas verweintes Gesicht. Sie setzte sich auf eines der Betten und wartete, bis ihre Schwägerin das Wort ergriff: »Bitte, Ana, lies selbst.«

Dona Ana begann den Brief zu lesen. Vom Gang tönte der Lärm der Jungen, die spielten, sie seien Kavalleristen. Dona Ana las die ersten Worte. Sie konnte Bentos Stimme in ihrem Kopf hören.

Trotz allem verbrachten sie schöne Weihnachten.

Nur Antônio konnte zu ihnen kommen, die anderen waren in der Gegend von Piratini mit Kriegsdingen beschäftigt, sie hatten zu viel zu tun, um eine Weihnachtsreise zu unternehmen. Antônio kam in der Nacht an, sein Bart war gewachsen, und seine Augen glänzten anders als zuvor. Er sprach viel über die Republik. Aus ihm war nun ein richtiger Mann geworden. Er hatte wie ein Mann gekämpft, er hatte grausame Dinge gesehen, die ihn in seinen Träumen verfolgten. Er hasste nun die Kaiserlichen mit all der Vehemenz eines jungen Mannes, aber zu Hause bei seiner Mutter, seinen Schwestern und seinen Tanten, kehrte wieder die alte fröhliche Sanftmut in ihn zurück, er ermunterte sie, er sang, und mit seiner Cousine Perpétua tanzte er sogar eine Chimarrita.

Zum gegebenen Zeitpunkt brachte er einen Toast aus: »Auf den Präsidenten dieser Republik, General Bento Gonçalves da Silva!« Er erhob sein Glas, und das Kristall funkelte im Schein der Kerzenleuchter. »Möge er bald und noch stärker als zuvor wieder bei uns sein!«

Die Gläser tönten. Dona Antônia umarmte ihren Neffen.

»Möge der Herrgott dich erhören, Antônio«, sagte sie mit ernster Miene.

»Aber natürlich, Tante. Ich versichere es Ihnen. Bento Gonçalves wird bald aus dem Gefängnis freikommen. Wir bemühen uns sehr darum. Mit oder ohne Gottes Hilfe, Onkel Bento wird bald frei sein.«

Die übrige Nacht verlief festlich. Caetana versuchte sich aufzuheitern, aber trotz der Gegenwart ihrer beiden großen Söhne konnte sie Bentos Worte nicht aus dem Gedächtnis löschen. Jeden Augenblick kam ihr das Bild von ihrem gefangenen, kranken und zerlumpten Mann in einer Einzelzelle in den Sinn. Sie hatte ihm viele Kerzen am Altar der Heiligen Jungfrau angezündet, aber die Beklemmung ließ sie die ganze Nacht nicht los und auch nicht an den folgenden Tagen.

1837

Dona Ana hatte darauf bestanden, den Beginn des neuen Jahres feierlich zu begehen, es sollte ein Festessen vorbereitet und für das Personal ein Jungstier geschlachtet werden. Sie sagte, Traurigkeit sei wie Staub: Habe sie sich erst einmal im Haus festgesetzt, lasse sie sich nie mehr vertreiben. Es war notwendig, dafür zu sorgen, dass die Seele trotz allem Luft bekam. Sie selbst hatte wegen des fehlenden Paulo geweint, als sie sich für die Feier ankleidete. Dennoch hatte sie kurz darauf die Tränen getrocknet und war aus ihrem Zimmer gegangen, um mit den Schwägerinnen und den Nichten und Neffen zusammen zu sein. Trotz allem, das Leben nahm seinen Lauf, wie ein Fluss. Und es war notwendig weiterzurudern.

Senhor Inácio de Oliveira Guimarães war gekommen, um der Familie seine besten Wünsche für das neue Jahr zu übermitteln. Er kam nach neun Uhr, wie immer sehr gut gekleidet. Im Saal sah Rosário ihre Cousine Perpétua erröten, als der Besucher in der Tür stand. Er hatte seine Frau bei sich, seine schmächtige, reizlose Frau mit Namen Teresa. Nicht einmal die Gegenwart der Frau konnte Perpétuas Aufregung schmälern.

Alle hielten sich im Saal auf, wo sie Punsch tranken und sich unterhielten. Dona Ana spielte auf dem Klavier einige Modinhas. Die schwarzen Dienstmädchen deckten den Tisch für das Abendessen. Rosário nutzte das Stimmengewirr, das durch die Ankunft der Besucher entstanden war, und ging über den fast dunklen Gang. Das Arbeitszimmer roch nach Träumen und Erinnerungsstücken. Sie öffnete das Fenster, und Jasminduft drang ins Zimmer, als wäre es der Atem der Nacht. Im dämmrigen Licht des Kerzenleuchters, den sie hielt, verschwammen die Formen der Bücher im Regal. Rosário setzte sich, ordnete die Röcke ihres neuen Kleides und wartete ab. Der Jasminduft wurde immer eindringlicher.

»Steban…«

Er schien inmitten der Bücher zu entstehen. Rosário erschrak nicht. Ganz im Gegenteil: Sie verspürte eine wohlige Wärme durch ihre Brust strömen, als sie den Glanz in seinen schräg stehenden, traurigen Augen sah. Steban trug seine Galauniform.

»Ich habe befürchtet, du würdest nicht kommen.« Seine Stimme klang wie reines Kristall. Beim Lächeln zeigte er seine weißen Zähne, die sein schönes Gesicht nochmehr erhellten, das fast immer so bleich war.

Rosário bemerkte den neuen, sauberen Verband um Stebans Stirn. Sie spürte das Bedürfnis, aufzustehen und ihn zu berühren. Seit vielen Monaten sehnte sie sich danach und träumte davon. Sie wachte mitten in der Nacht auf und hatte noch seinen Namen auf den Lippen. Aber sie wusste, dass es nicht möglich war, noch nicht. Und Steban hatte große Angst vor den Männern des Hauses. Der General. Er konnte den Namen von Bento Gonçalves nicht hören. Bei einer Gelegenheit hatte Rosário zufällig gesehen, wie sein Verband sich mit rotem, lauwarmem Blut tränkte, als sie den Namen des Onkels ausgesprochen hatte, worauf Steban wie eine Rauchwolke zwischen den Spalten des Bücherregals verschwand.

Rosário beherrschte ihre Sehnsucht, ihn zu umarmen.

»Und die anderen? Sind sie nicht zur Feier gekommen?«

»Mein Onkel ist gefangen genommen, Steban. Und mein Vater ist im Krieg. Aber Antônio ist da. Wenn du möchtest, rufe ich meinen Bruder. So könnt ihr euch kennen lernen.«

Steban streckte seinen Arm aus, wie um sie zu berühren, aber die Hand fiel langsam nach unten, wie bei einem verletzten Tier.

»Ruf deinen Bruder nicht, Rosário… Es ist nicht der richtige Zeitpunkt.«

Rosário spürte, wie sich ihre Augen mit Tränen füllten. Sie strich ihr Kleid glatt und versuchte ihre Aufregung zu verbergen. Nie war der richtige Zeitpunkt. Sie wollte, dass die anderen es erfuhren. Dieses Verschweigen lastete wie Blei auf ihrer Brust. Sie atmete tief ein und hob wieder den Kopf. Der junge Offizier aus Uruguay lächelte ihr zu. Wie vornehm war er doch …

»Du siehst heute sehr schmuck aus«, wagte sie zu sagen und merkte, wie sie ein wenig errötete. Wenn Dona Ana oder gar ihre Mutter sie hörten …

Aus dem Saal klangen Klaviermusik und die Geräusche von Stimmen und Gelächter. Der Jasminduft versengte ihre Kehle. Bald war Mitternacht. Und Stebans Augen waren so klar wie der Sommerhimmel.

Antônio brach am nächsten Tag auf, im Morgengrauen. Bentinho wollte seinen Cousin begleiten, er packte seine Sachen zusammen, er war entschlossen, in den Krieg zu ziehen und auf der Seite von General Netto zu kämpfen.

Caetana erfuhr die Neuigkeit, als sie gerade bei Ana Joaquina war. Sie legte das Mädchen in Xicas schwarze Arme und eilte über den Gang. Sie traf ihren Sohn an, wie er unter der ersten Januarmorgensonne ein Pferd sattelte. Von der Küchentür aus beobachtete Dona Ana ihn gefasst, mit einem matten Blick aus ihren dunklen Augen.

»Was meinst du, wohin du gehst?«, schrie Caetana, völlig gegen ihre Gewohnheit. Ihre Stimme war sonst sanft und melodisch.

Zé Pedra, der gerade Holzscheite stapelte, hob den Blick und verstand sofort. Er zog sich diskret zurück. Bentinho ließ von dem Pferd ab und wandte sich seiner Mutter zu.

»Ich wollte es Ihnen gerade sagen …« Seine Stimme zitterte ein wenig. »Ich mache mich mit Antônio auf den Weg. Ich bin fest entschlossen.«

Caetana packte ihren Sohn am Arm. Bei der Berührung mit diesem Fleisch, das so sehr das ihre war, lockerte sich ihr Griff, und ihre Stimme beruhigte sich ein wenig.

»Bentinho … Dein Vater hat gesagt, dass du hier abwarten

sollst ... Wenn Joaquim zurück ist, werdet ihr beide losreiten. Du bist erst vor ein paar Tagen angekommen. Und ich brauche dich.«

»Aber Mutter ... Ich will los. Für Rio Grande, für meinen Vater.«

Caetana betrachtete ihren Sohn. Er war sehr groß gewachsen, ein richtiger junger Mann. Sie dachte daran, wie sie ihn zum ersten Mal an die Brust gelegt hatte, ein rosiges, weiches, unschuldiges kleines Wesen.

»Mein Sohn, um Gottes willen ...«

Bentinho zauderte. Caetana zitterte. Der junge Mann blickte auf und sah die Tante still wie eine Statue in der Küchentür stehen. Antônio hatte schon viele Schlachten gekämpft, er hatte eine Narbe auf dem Arm, seine grünen Augen funkelten vor Wut. Bentinho dachte an seinen Vater. Bento Gonçalves hatte ihm aufgetragen abzuwarten. »Bleib für einige Zeit bei deiner Mutter, mein Sohn. Wenn ich von hier fliehe, wirst du an meiner Seite kämpfen.« Caetana schien einer Ohnmacht nahe.

»Schon gut, Mutter«. Er schmeckte Wut in seinem Mund. Er war ein Feigling. Er hatte Angst.

Caetana umarmte zitternd ihren Sohn.

»Danke, Bentinho, danke ...« Sie strich sanft über sein vom Bart verdunkeltes Gesicht. »Komm, lass uns zusammen frühstücken. Sei nicht traurig, mein Junge, du wirst schon noch an der Seite deines Vaters kämpfen.«

Dona Ana ging in die Küche. Sie schritt durch die schwarzen Dienstmädchen, ohne ein einziges Wort zu sagen. Sie weinte still und erleichtert.

Ende Januar erreichte die Estância die Nachricht, dass General Bento Gonçalves in die Festung Lages in Rio de Janeiro verlegt worden war. Es war ein noch strengeres Gefängnis, aus dem eine Flucht noch schwerer wäre. Aber die Männer der Republik schmiedeten Pläne, sie heckten eine List aus, um den *Farroupilha*-General zu befreien. Es war nur eine Frage der Zeit.

»Und der Geduld«, sagte Dona Antônia zu ihrer Schwägerin, als sie die rot geränderten Augen von Caetana sah, die die ganze Nacht geweint hatte. »Bento wird herauskommen, ich glaube daran. Bitte, gib du die Hoffnung nicht auf.«

Bei alledem vergingen die Tage in langsamen, heißen Stunden, unter einem kobaltblauen Himmel mit wenigen verstreuten Wolken. Es war ein schöner Sommer. In der Ferne hingegen lieferte man sich weiterhin erbitterte Gefechte. Araújo Ribeiro war vom Amt des Provinzpräsidenten zurückgetreten und hatte Rio Grande verlassen. Um ihn zu ersetzen, hatte man den Brigadier Antero de Britto ernannt, einen brutalen fünfzigjährigen Diktator, der versprach, die Revolution um jeden Preis zu beenden. Antero de Britto hatte schon seit langer Zeit einen Feind: Bento Manuel Ribeiro, und eine seiner ersten Amtshandlungen bestand darin, Bento Manuel zu untersagen, mit den Aufständischen Friedensverhandlungen zu führen. Derart genötigt, löste Bento Manuel seine Truppen auf und kehrte auf seine Estância zurück.

Dona Ana verbrachte lange Stunden auf der Veranda – das Stickzeug mit dem Muster, das niemals wuchs, lag vergessen in ihren Rockfalten. Sie schaute über die Pampa. Sie dachte an Pedro und an José. Es war lange her, seit sie ihren ältesten Sohn gesehen hatte, und nun träumte sie jede Nacht von ihm, in beunruhigenden Träumen, in denen José sich mit ihrem verstorbenen Mann vermischte und vor Schmerz in demselben Bett stöhnte, in dem Paulo gestorben war. Dona Ana wachte schweißgebadet von diesen Träumen auf. Milú eilte ihr sofort zu Hilfe und fächelte ihr kühle Luft zu, während sie sich über die Sommerhitze beklagte.

»Die Hitze kommt von dem Feuer, das in meinem Inneren brennt, Milú«, sagte Dona Ana immer.

Die junge Schwarze verstand nichts, sie sah zu, wie die Herrin den Morgenrock anlegte und die Hauspantoffeln anzog und im Gang in Richtung zum Altar der Heiligen Jungfrau verschwand. Dort hoffte Dona Ana, wieder in den Schlaf zu finden. Oft traf sie hier beim Morgengrauen Caetana an und betete mit deren heiserer Stimme im Chor.

Der Nachmittag dämmerte. Rosafarbenes Licht breitete sich über dem Feld aus und hüllte die Blüten und das Laubwerk in wundersame Farben. Ein frischer Geruch drang aus dem Boden. Zwei Hunde bellten in der Ferne, in der Nähe des Baches. Bentinho, Caetano, Leão und Marco Antônio hielten sich dort zum Baden und Spielen auf. Dona Ana erinnerte sich an den Morgen, an dem sie gesehen hatte, wie Bentinho entschlossen zum Aufbruch in den Krieg das Pferd sattelte. An jenem Tag hatte sie über dem Kopf ihres Neffen eine Art Schimmer wahrgenommen, der sie erschreckt hatte. Sie hatte mit niemandem darüber gesprochen, aber sie argwöhnte, es könne ein Zeichen sein. Bentinho war nicht losgezogen, Gott sei Dank. Jetzt tauchte er wohl in dem lauwarmen Wasser im Bach, war quicklebendig und lachte mit den anderen. Sie dachte noch einmal an die beiden Söhne, wie sie vor langer Zeit zu den Waffen griffen. Konnten sie überhaupt noch im Bach baden und die Kriegsdinge vergessen?

»Im Leben gibt es kein Zurück ...«

Maria Manuela kam auf die Veranda.

»Hast du etwas gesagt, Ana?«

Dona Ana wurde unmerklich rot.

»Ich habe Selbstgespräche geführt, Schwester. Es gibt Dinge, die wagen wir den anderen nicht zu sagen, nur uns selbst.«

Maria Manuela setzte sich in einen der Korbstühle. Sie wirkte traurig.

»Der Krieg bringt uns dazu, solche Sachen zu machen, Ana. Ich führe auch Selbstgespräche, und dann spreche ich Dinge aus ...«

Dona Ana streichelte die Schulter ihrer jüngeren Schwester. Wenn jemand anderes traurig war, bekam sie Kraft. Schon lächelte sie zuversichtlich.

»Sei unbesorgt, Maria ... Das geht vorbei. Alles geht vorbei im Leben. Lass uns nach vorn schauen. Die Dinge in Rio Grande werden sich wieder beruhigen, und unsere Männer kommen wieder nach Hause.«

»Dein Wort in Gottes Ohr. Ich würde Rosário gern wieder

in die Stadt bringen. Sie ist so verändert, sie ist nicht mehr dasselbe Mädchen wie zuvor … Ich glaube, sie braucht ihren Vater.«

»Auch das geht vorbei … Wenn sie heiratet, geht das vorbei, das versichere ich dir. Das, was Rosário jetzt braucht, ist ein Ehemann.«

Die beiden schwiegen. Ein Kiebitz saß versteckt im Umbubaum und begann zu rufen. Inzwischen leuchtete die Abenddämmerung wie reines Gold.

Dona Ana stand langsam auf.

»Ich gehe in die Küche und frage Rosa, wann das Abendessen fertig ist. Wenn die Jungen vom Bach zurückkommen, werden sie vor Hunger umfallen.« Dann eilte sie los.

Das Aufeinandertreffen der Truppen gleicht einer staubbedeckten menschlichen Masse, die zu einem sonderbaren Rhythmus zu tanzen scheint. Eine Handlung ergibt im Takt die nächste, folgerichtige Handlung. Die Klinge eines Säbels stößt in die Höhe, blitzt einen Moment in der Sonne auf, senkt sich und bohrt sich in die Kehle eines Kaiserlichen. Das rote Blut fließt wie Wasser, das Pferd geht erschrocken auf die Hinterbeine. Der Säbel senkt sich erneut und verfehlt sein Ziel, der Republikaner weicht mit dem Pferd aus. Ein feindlicher Soldat kommt mit wütendem Blick heran, die Pistole in der Hand. Die Kugel pfeift, sie scheint den schwarzen Augen auszuweichen und durchbohrt dafür die Stirn des Republikaners, der einen Moment erschrickt, als bemerke er die Falle, die ihn soeben gefangen hat. Der Mann fällt gebeugt nach vorn. Wie durch Zauberei steckt der Säbel jetzt im Bund des Kaiserlichen. Zwei Pferde preschen heran, ein Kanonenschuss öffnet eine Bresche inmitten der Infanterie. Weiter vorn weicht die menschliche Horde wie ein Meer bei Ebbe zurück. Für einen Moment verschwindet alles unter einer schwarzen Staubschicht, ätzender Pulvergeruch breitet sich aus.

Der Himmel war blau, und es wehte eine milde morgendliche Brise. Aber jetzt ist alles schwarz und dem Tod ausgeliefert, bis die Staubwolke nachlässt und den Blick auf die rhythmische Bewegung der lebendigen Körper wieder freigibt, die auf die toten Körper treten. Und der Himmel bleibt unerschütterlich, das Auge Gottes.

Die Kavallerie ist wie ein einziger Körper, der unter dem Ruf Nettos vorwärtsdrängt, sie sprengt über die Körper am Erdboden, sie trampelt auf die Glieder. Die Zeit rast, und der metallische Klang der Säbel lässt die Trommelfelle platzen. Antônio durchbohrt mit seiner Lanze einen Soldaten, er zieht sie unter Mühen wieder hervor, er hat wohl irgendeinen Knochen durchbohrt, er reitet weiter und versucht, diese Szene des Schreckens zu verstehen, er versucht, das Gesicht vom Staub zu befreien, er versucht, so viele Kaiserliche wie möglich zu durchstoßen. Die Kanonen brüllen, ein Schuss wirft einen Trupp republikanischer Kavalleristen zu Boden. Die Truppe fällt auseinander, sie drängt vorwärts, sie schreit. Die Schlacht beginnt von neuem. Netto erteilt seinen Soldaten Befehle, und seine Stimme erhebt sich über alles, wie die Stimme eines Pfarrers. Antônio durchbohrt den Bauch eines jungenfeindlichen Soldaten. Er ist blond, sein Gesicht zeigt eine schmerzverzerrte Fratze, fast eine Lähmung. Die Pistole fällt aus seiner bleichen Hand und verschwindet in dem wie Blut gefärbten Boden. Aus der Wunde quillt eine zähflüssige Masse, die Eingeweide springen hervor. Der junge Mann stürzt zu Boden, in den Staub. Antônio stürmt weiter. Der Soldat gleicht einem der jungen Männer von der Estância, er ist ihm sehr ähnlich. Antônios Augen sind voll Tränen, voll Staub, voll Pulver. Von nun an spürt er nichts mehr, wenn er einen Feind tötet. Sein Pferd sprengt voran. Die Kaiserlichen treten den Rückzug an und begeben sich zum Bach.

Diese Schlacht werden sie gewinnen. Dann wird jemand Bento Gonçalves in Rio de Janeiro die Nachricht überbringen, um seinen Kummer ein wenig erträglicher zu machen. Der Onkel wird diesen Sieg zu schätzen wissen. Einen außerordentlichen Sieg. Die Kaiserlichen flüchten hurtig wie Ameisen.

Antônio erinnert sich sehr gut an den ersten Soldaten, den er getötet hat. In jener Nacht konnte er nicht schlafen, weil er von den stumpfen Augen des Soldaten träumte. Mittlerweile weiß er schon nicht mehr, wie viele Soldaten seinen todbringenden Degen gespürt haben. Er will es gar nicht wissen. Er will nur diese Schlacht gewinnen, diesen Krieg. Er will den Glanz der Republik, er will sein Rio Grande wiederhaben. Antônio denkt an seinen Vater in den Bergen, der eine Schlacht nach der anderen kämpft. Nun wird das Geschrei um ihn immer lauter. Er sieht einen Mann ohne Beine, den ein Kanonenschuss in der Mitte auseinandergerissen hat. Er schaut zur Seite.

In Wahrheit sehnt er sich nach dem Wohnhaus auf der Estância, nach den langen Ausritten über die Ländereien. Er war dort nie ins Schlachthaus gegangen, nie, selbst als neugieriger Junge nicht. Aber Krieg ist Krieg, und Menschen sterben nicht wie Rinder: Sie kämpfen unverdrossen, ehe sie sterben.

Der Tanz geht weiter. Es beginnt zu regnen, ein Nieselregen mit kleinen Tropfen, die nichts gegen die Hitze ausrichten können. Netto kämpft in einem Wirrwarr von Männern und Pferden. José befindet sich weiter vorn, in der Nähe des Bachs, wo er die Kaiserlichen ins Wasser stößt. Der blutgetränkte Boden wird durch die Regentropfen zu Schlamm, zu einer einzigen stinkenden Masse. Die Leichen werden mit Füßen getreten und versinken in dem roten Schlamm. Antônio wischt sich über das Gesicht. Der Regen wäscht ihm das Blut aus der Stirn, es ist nur ein kleiner Schnitt auf der Höhe der linken Augenbraue, eine Schramme, weiter nichts. »Bis du heiratest, ist das verheilt«, würde Dona Ana sagen, wenn sie die Wunde sehen würde. Aber nun ist Dona Ana weit weg, bei den anderen Frauen der Familie, und leistet ihren Beitrag, indem sie sich um die Dinge des Alltags kümmert und sie in ihre Gebete einschließt. Es ist notwendig, dass jemand für sie betet, womöglich zieht das Unglück umher… Antônio denkt an den zerfetzten Mann, den die Kanonen zerrissen haben. Diese bittere Erinnerung wird niemals verheilen, das weiß er, sie wird zu so vielen anderen hinzukommen, in die Truhe seiner Kriegserinnerungen. Eine blutige Truhe. Aber es geht um das Wohl von Rio Grande, um die Freiheit. Antônio prescht auf seinem Pferd voran, um dem Cousin Hilfe zu leisten, und er gelangt zum Bachufer. Der Morgen verbreitet sein Licht über die Welt, bestimmt wird es eine sengende Hitze geben. José lächelt ihm zu, sein Gesicht ist teilweise von Schlamm bedeckt, und am linken Arm hat er eine Wunde.

Der Februar neigte sich bereits seinem Ende zu, als Dona Antônia den Brief erhielt. Sie hatte schon seit einiger Zeit keine Nachrichten mehr von Bento aus der Festungshaft in Rio de Janeiro erhalten. Der Mann, der nun auf dem Pferd angeritten kam, ein Bauer, bestand darauf zu berichten, wie mühselig es gewesen war, dieses Schreiben weiterzuleiten. Der Brief war per Schiff gekommen, im Gepäck eines bedeutenden Mannes der Republik, der ihn seinerseits aus den Händen eines Italieners erhalten hatte.

»Der Graf?«, wollte Antônia wissen.

Der Bauer verneinte die Frage. Der Graf befand sich mit Onofre Pires und Corte Real in einer anderen Festung in Gefangenschaft. Der Italiener, den man beim General gesehen hatte, hieß Giuseppe, und er hielt sich erst seit kurzer Zeit in Brasilien auf.

Dona Antônia nahm den Brief ungeduldig in Empfang, aber sie vergaß ihre Höflichkeit nicht und beauftragte die schwarzen Mädchen, dem Gast Matetee und Kuchen anzubieten. Der Bauer bedankte sich, schlug aber das Angebot aus. Er war unterwegs, um eine Aufgabe zu erfüllen, es galt, keine Zeit zu verlieren, und er hatte noch den ganzen Weg bis nach São Gabriel vor sich. Und die Sommersonne, die das Hirn zum Schmelzen brachte, war auch nicht zu verachten. Er nahm jedoch ein Stück *Charque* an, um unterwegs in der Nacht zu essen.

Als der Mann wieder aufgebrochen war, mit dem *Charque*, dem Reis und dem Drehtabak im Beutel, den ihm Dona Antônia mitgegeben hatte, eilte sie auf ihr Zimmer, um den Brief des Bruders zu lesen. Sie sperrte sich ein, als ob hunderttausend kaiserliche Augen sie ausspionierten, und auf dem Bett brachte sie sich auf den Stand der Dinge. Der Brief war äußerst kurz, auf gewöhnliches Papier geschrieben. Bento Gonçalves war zurückhaltend, wenn es um die harten Lebensbedingungen im Kerker ging, den er nur selten verlassen durfte, um ein paar Schritte am Meeresufer zu tun. Er schrieb nichts über die Feuchtigkeit, das schlechte Essen, über die wenigen ihm zugestandenen Besuche, über die Einsamkeit, die ihn beinahe hätte verrückt werden lassen, bis Pedro Boticário kam, mit dem er jetzt die Zelle und die Wartezeit teilte. Dafür schrieb er von einem gewissen Giuseppe Garibaldi, den er gemeinsam mit einem anderen Italiener mit Namen Rossetti kennen gelernt hatte. Beide hatten ihn im Gefängnis besucht, zu Beginn des Monats. Es war ein Besuch von nur wenigen Minuten gewesen. Dem General war es praktisch verboten, Besuche zu haben, sie waren immer kurz, es blieb kaum Zeit, ein paar Worte zu wechseln. Aber die Italiener hatten ihre Vorschläge geschickt dargelegt, sie hatten keine Minute vergeudet. Beide wollten sich den Republikanern bei diesem Kampf für die Freiheit anschließen.

Vor einiger Zeit, werte Antônia, habe ich dich gefragt, ob ich bei diesem Unternehmen auf dich zählen könnte, und du hast mir geantwortet, dass du auf meiner Seite stehst. Ich habe Pläne für diesen Italiener namens Garibaldi, der bereits so viel in Italien und im übrigen Europa gekämpft hat. Es war Tito Zambeccari, der ihn zu mir geführt hat... Liebe Schwester, meine Träume sind derzeit noch Träume, denn ich befinde mich in dieser Festung weit weg von meinem Rio Grande, aber ich spüre, dass unsere Sache eine neue Richtung nimmt. Und ich will Folgendes wissen: Kann ich immer noch mit deiner Bereitschaft und mit deiner Estância rechnen?

Dona Antônia las schnell den restlichen Brief zu Ende. Bento schrieb nur wenig über diesen Garibaldi, aber er berichtete noch, dass er in Kürze Korsar der Republikaner sein würde. Aber, worin sollte bei alldem ihre Hilfe bestehen? Nun, die Estância do Brejo lag in der Nähe der Mündung des Camaquã in die Lagoa dos Patos… Wünschte Bento vielleicht, dass sich sein italienischer Korsar dort versteckt hielt?

Dona Antônia stand vom Bett auf und ging zum Fenster. Sie sah in den schönen Morgen mit dem klaren Himmel hinaus. Sie faltete den Brief und verwahrte ihn in ihrer Kleidertasche. Sie würde ihre Antwort an Joaquim schicken, und er würde sie seinem Vater irgendwie zukommen lassen. Bento Gonçalves benötigte ihre Zustimmung. Dona Antônia dachte an ihren Bruder, und die Sehnsucht ließ ihre Brust schmerzen. Sie wollte ihn pflegen und etwas dafür tun, damit er sich von diesem verhassten Kerker erholte. Tränen strömten über ihr Gesicht. Sonst weinte sie nie, und das war besser so. Wenn die anderen sie sähen, ja, dann würden alle Tränen hervorbrechen… Eine Frau konnte keine andere Frau weinen sehen, ohne sich ihr anzuschließen. Aber sie war zu Hause, allein, darum war es nichts Schlechtes. Ihr Bruder konnte mit ihr rechnen, mit der Estância, mit allem, was notwendig werden sollte.

Dona Antônia begab sich zum Schreibtisch, nahm einen Bogen Papier aus einer Schublade, griff nach der Feder und machte sich daran, Bento Gonçalves zu schreiben.

Manuelas Tagebuch

Pelotas, 30. Juni 1867

Der März ging zu Ende, und der Herbst zog ins Land. Es ist überflüssig zu sagen, dass jede Nachricht, jeder verschlüsselte Seufzer viele, viele Tage brauchte, bis er die Estância erreichte, und zuvor so verschlungene Wege zurücklegen musste, dass wir oft den Neuigkeiten nicht trauten und nicht wussten, ob sie Anlass zur Traurigkeit oder zur Freude waren und ob dort in Rio de Janeiro die Dinge sich tatsächlich so zutrugen, wie man uns berichtete – oder ob nicht vielleicht alles ganz anders verlief.

Zu Herbstbeginn des Jahres 1837 verbrachte Dona Antônia zahlreiche Nächte bei uns, denn wenn wir Nachrichten erhielten – sei es aus dem Mund eines Offiziers, aus Briefen, die in den Gürteltaschen kurioser Viehtreiber versteckt zu uns gelangten oder uns von sonst irgendwelchen Leuten, die der Sache der Republik dienten, überbracht wurden –, war es besser, wir waren alle zusammen, um diese Nachrichten feierlich zu begehen oder mögliche Rückschläge zu beklagen.

Wir wussten, dass in Rio de Janeiro ein Vicomte gemeinsam mit vielen anderen an einem Plan arbeitete, um den Präsidenten der Republik Rio Grande aus der Festung Lages zu befreien, ebenso wie Onofre Pires, den Italiener Zambeccari sowie Corte Real, die in der Festung Santa Cruz gefangen waren. Irineu Evangelista de Souza, Vicomte de Mauá, war der Anführer einer komplizierten Verbindung, wie uns Dona Antônia erklärte, einer Verbindung, die weit über die Grenzen von Rio Grande reichte und sich bis in den Nordosten Brasiliens erstreckte. Ihre Angehörigen waren Verfechter der Idee der Republik. Insofern war für sie die Unterstützung der Republik Rio Grande ein wichtiges Anliegen.

In jenes Haus gesperrt, wo alles durch Essens- und Gebetszeiten geregelt wurde, war es unmöglich, die komplizierten Wege dieses Traums zu verstehen. Unser Leben war einfach geregelt: ein Braten mit Reis, eine Siesta, ein Bad im Bach. Konnten wir uns überhaupt vorstellen, dass in der Residenzstadt so geheimnisvolle Dinge ersonnen wurden wie in den Romanen, die wir an den langen, schläfrigen Nachmittagen lasen? Ich war nicht immer imstande, daran zu glauben … Aber die Wahrheit ist, dass sich Joaquim in Rio de Janeiro aufhielt und versuchte, seinen Vater freizubekommen. Fest steht, dass der Ruhm meines Onkels bereits weit über unsere Ländereien hinausgedrungen war, und ich stellte mir vor, wie ein paar schwarz gekleidete Männer, die sich an einem entlegenen Ort beim Flackerlicht einer Kerze um einen Tisch versammelt hatten, Schritt für Schritt den Plan entwarfen, wie sie den General aus jener Festung befreien und zurück nach Rio Grande schicken konnten, wohin er gehörte.

Ich erinnere mich noch gut daran, wie Caetana in jenen Tagen zwischen Freude und Schrecken schwankte: Bald war sie wunderschön, mit ihren leuchtenden smaragdgrünen Augen, bald blass und ungekämmt, die Hände über der Brust im Gebet verkrampft. Bentinho und Caetano liefen unruhig hin und her, und vor allem in Bentinhos Augen sah ich eine grausame Beklemmung. Er wollte in der Nähe seines Vaters sein, so wie Joaquim. Diese Tage der erzwungenen Friedfertigkeit auf der Estância zerfraßen sein Gemüt. An einem Nachmittag unterhielt ich mich mit ihm im Schatten des Umbubaums. Ich bat ihn um Gelassenheit: Die Dinge würden ihren Lauf nehmen, wenn auch nicht so schnell, wie wir hofften. Ich selbst hatte damals schon zwei Jahre auf der Estância da Barra verbracht. Und die Zeit war mir wie Sand zwischen den Fingern zerronnen.

»Ich bin schon ein Mann, es ist nicht richtig, dass ich ohne eine Aufgabe hier sitze, während die Onkel, Cousins und die übrigen Männer von Rio Grande kämpfen und mein eigener Vater in Rio de Janeiro gefangen ist.«

»Selbst wenn du jetzt losziehst, Bentinho, wird deine Hilfe wenig nützen. Bis nach Rio de Janeiro ist es weit, wer weiß, ob, wenn du dort ankommst, dein Vater nicht schon ausgebrochen ist. Das liegt in Gottes Hand ... Aber ich weiß auch nicht recht, was ich dir sagen soll, ihr Männer seid nicht für das Warten gemacht.«

Und doch wartete Bentinho ab. An der Seite seiner Mutter hielt er sehnsüchtig aus, während ihn die Tage zerfraßen.

Dona Ana und Dona Antônia verbrachten lange Stunden mit Gesprächen auf der Veranda, sie füllten die Trübsal mit den Vorbereitungen für einen Ball. Ja, wenn Bento Gonçalves in den Süden zurückkäme, würde es auf der Estância ein Fest geben. Es war gut, an derlei zu denken, wir alle folgten ihrer Hoffnung und spannen ein Netz aus feinen Fäden, wir kombinierten die Farben der Kleider, die Stoffe, die Spitzenbesätze. Ein neues Kleid, noch dazu für einen Ball, allein davon zu träumen, ach, welch wohltuende Freude ... Und Musik und Tanz!

Die Kerzenleuchter aus Silber wiederauferstehen zu lassen, die Tischtücher aus Leinen, die Teppiche ... Die Lebensfreude zurückzugewinnen, und sei es nur für eine einzige Nacht.

Mariana war in diesen Tagen glücklich. Für sie war es, als wäre der Onkel bereits nach Hause zurückgekehrt. Sie probierte Frisuren aus, sie überlegte, ob Leutnant André, nach dem sie sich immer noch verzehrte, zum Fest kommen werde. Auch Rosário und Perpétua waren fröhlich. Zwei lange Jahre ohne einen einzigen Ball, so klagten sie, da konnte eine Frau als Jungfer sterben. Als Kriegsjungfer. Denn so seien die Kriegszeiten, die Mädchen wurden zu Hause immer älter, und wenn der Krieg zu Ende war, gab es keinen einzigen unversehrten Mann für eine Heirat.

»Was mich angeht, ich werde mir auf diesem Ball einen Verehrer suchen«, sagte Perpétua. »Ich verlobe mich, und dann ist alles geregelt. Dann heirate ich ... Dieser Krieg findet kein Ende.«

Es war eine schöne Art des Zeitvertreibs. Wir lenkten unsere Gemüter von der Hauptsorge ab: Würde Bento Gonçalves aus dem Gefängnis entfliehen? Selbst meine Mutter fand Gefallen an der Idee von dem Fest. Es war lange her, seit sie ihren Mann gesehen hatte. Auch nur einen halben Tanz mit ihm zu tanzen, war schon ein Traum.

Heute, nach all den Jahren, weiß ich, dass die Tanten den Ball als Vorwand erfanden, damit wir fröhlich beschäftigt waren und nicht an das Leben in der Residenzstadt dachten. Sie waren besonnen, sie besaßen diese Klugheit, die einen nicht das Leben lehrt, sondern die manche Menschen im Blut haben, ich glaube als Vermächtnis. Ständig heckten sie Pläne aus, genau wie ihr Bruder, der General. Beide lenkten die Geschicke der Familie, des weiblichen Teils der Familie, durch Manöver, die einem Feldherrn in der Schlacht zur Ehre gereicht hätten. Sie kämpften mit aller Kraft gegen den Schrecken dieses Krieges. Tag für Tag rissen uns Dona Ana und Dona Antônia aus den Klauen der Angst und der Enttäuschung und behüteten uns zwischen den abgeschiedenen, weiß gekalkten Wänden, wo es für alles einen Zeitplan und eine Regel gab, außer für die Hoffnungslosigkeit.

»Wenn eine Frau an nichts mehr glaubt, ist alles verloren.«

So sagte Dona Antônia damals.

Und das ist es, was ich in diesen zehn Jahren lernte, die wir gemeinsam mit Warten verbrachten.

An einem der ersten Tage im April kam Pedro zu uns zu Besuch. Er brachte eine Nachricht. Die Flucht von Bento Gonçalves war gescheitert.

Pedro saß von seinem Rappen ab, und gleich dort, vor der Veranda, berichtete er, was geschehen war. Auch Zé Pedra und Manuel, die in der Nähe beschäftigt waren, kamen hinzu, um ihm zuzuhören. Die Tränen von Caetana und meiner Mutter strömten lautlos, aber niemand unternahm etwas, um sie zu trösten. Wir alle waren wie in einem Nebel verloren. Die bleiche Dona Ana hatte nicht einmal Gelegenheit, ihre Freude über die Ankunft ihres Sohnes zu zeigen. Sie blieb im Schaukelstuhl sitzen, als hätte sie ein unsichtbarer Degen durchbohrt. Dona Antônias Gesichtszüge schienen wie in Stein gemeißelt, und so wurde die Ähnlichkeit mit ihrem Bruder, dem General, noch offensichtlicher. Doch ihrem Gesicht war nichts abzulesen, keine Gefühlsregung, kein Schmerz, keine Angst, nur ihre schwarzen Augen blickten verloren zum dunstigen Abendhorizont wie zwei verirrte Raben.

Pedro berichtete von allem ausführlich: Eines Nachts setzte eine Gruppe von Männern, darunter auch Joaquim, einen schon seit längerem erdachten Plan in die Tat um. Sie hatten auf einem Schiff die Bucht von Guanabara in Richtung der Festung durchquert, in der Bento Gonçalves inhaftiert war, der als Erster befreit werden sollte. Sobald sie den General bei sich hätten, wollten sie die Festung Santa Cruz ansteuern und Onofre Pires und die anderen abholen. Es war alles genau vorbereitet. Unter tausend Vorwänden hatten die Männer zuvor Duplikate der Zellenschlüssel beschafft und diese Duplikate Bento Gonçalves und Onofre zukommen lassen. Die Nacht und die Uhrzeit waren festgelegt. Bento Gonçalves und Pedro Boticário, sein Zellenkamerad, sollten die Tür aufschließen und zum Strand fliehen, wo man sie aufnehmen wollte. Aber das Schiff wartete lange auf die beiden und sah sich schließlich gezwungen weiterzufahren, woraufhin es in den Blick der Marine geriet. Erst viel später erfuhren sie, was die Flucht vereitelt hatte: Das Duplikat hatte die Zellentür nicht aufgeschlossen. In ihrer Verzweiflung begannen Bento Gonçalves und Boticário, an einem der Eisenstäbe des schmalen Fensters zu feilen, bis er locker war und genügend Raum freigab, damit Bento Gonçalves entwischen konnte. Im Patio angekommen, hatte er versucht, Pedro Boticário herauszuziehen, aber dieser war ein äußerst fülliger Mann und blieb im Fenster stecken. Bento hatte es abgelehnt, allein zu fliehen und ihn seinem Schicksal zu überlassen. So musste das Schiff ohne sie Kurs auf die Festung Santa Cruz nehmen.

Mein Cousin erzählte schnell, mit leiser Stimme, während wir bedrückt seine Worte aufsogen. Die Sache hatte schlimm geendet.

Pedro berichtete weiter: »In der Festung Santa Cruz funktionierte der nachgemachte Schlüssel. Die Männer auf dem Schiff überquerten die Bucht und holten Oberst Onofre und Corte Real ab. Nur der Italiener, Graf Zambeccari, konnte nicht schwimmen und musste dableiben.« Pedro holte tief Luft. »Joaquim hat bei allem geholfen, er war sogar mit auf dem Schiff. Aber jetzt ist er hierher unterwegs. Er hat in Rio de Janeiro ein Schiff genommen, das ihn nach Santa Catarina bringt. Den Rest der Strecke wird er zu Pferd zurücklegen, zusammen mit João Congo. Er lässt sich Zeit, das ist besser so, um keinen Verdacht zu erregen.«

Dona Ana fragte mit belegter Stimme: »Und was ist mit den anderen, mein Sohn? Was ist mit Onofre?«

»Sie sind unterwegs, Mutter. Aber fragen Sie mich nicht, wo sie sind, ich wüsste keine Antwort. Man muss äußerst vorsichtig sein, die Kaiserlichen stecken überall.«

Dona Ana stand mühsam auf.

»Zé, nimm Pedros Pferd und gib dem armen Tier Futter.«

Dann reichte sie ihrem Sohn die Hand. »Komm, mein Junge, geh etwas essen. Du bist völlig ausgemergelt, es tut einem weh, dich so zu sehen. Gott möge mir verzeihen, aber du siehst kaum noch aus wie mein Sohn. Und danach nimmst du ein ausgiebiges Bad.«

Als er ins Haus ging, kam Pedro an mir vorbei und streichelte mein Haar. Ich wollte ihm zulächeln, aber ich konnte nicht, die Angst schnürte mir die Brust zu.

Dona Antônias Stimme hielt den Cousin noch einen Augenblick zurück.

»Pedro, sag, weißt du, was aus Bento geworden ist?«

Pedro wurde traurig und senkte den Blick.

»Anscheinend werden sie ihn noch weiter weg schicken, Tante. Ich weiß nicht genau, wohin, aber die Rede ist von Salvador.«

Nach diesen Worten ging er hinein. Er schien sich schuldig zu fühlen, so als hätte er den Gang der Dinge beeinflussen können, nur weil er davon berichtet hatte.

Caetana saß bleich auf ihrem Stuhl und fing leise zu weinen an, die Tränen liefen über ihr feines Gesicht. Perpetúa umarmte sie, auch sie weinte.

»Salvador ist sehr weit weg, mein Gott… Salvador liegt am anderen Ende der Welt…«, stöhnte Caetana.

Dona Antônia betrachtete sie. Eine Zeit lang schien sie mit ihren Gedanken beschäftigt, dann sagte sie: »Beruhige dich, dein Weinen wird Bento nicht helfen, Caetana. Salvador ist weit weg, aber ich bin sicher, wenn du voller Glauben betest, werden deine Bitten erhört werden. Wenn man mit dem Herzen betet, gibt es keine Entfernungen…« Sie sah uns an. »Das gilt auch für euch. Habt ihr gehört? Hier, in diesem Haus, werden wir den Glauben nicht aufgeben, und wenn er das Letzte ist, das uns bleibt. Keine fängt jetzt mit Jammern an, wir werden beten. Ich sage es noch einmal: Niemand wird Bento lange Zeit festhalten, niemand. Erst recht nicht dieser Kaiser mit Milchbartgesicht. Außerdem, noch ist Bento nicht in Salvador, wer weiß, vielleicht gelingt ihm zuvor die Flucht.«

Der Rest des Nachmittags schleppte sich zäh dahin. Wie ein bedrückendes niedriges Dach lastete der graue Himmel schwer über unseren Köpfen.

Manuela

Mitte April, als die Tage allmählich kürzer wurden, erreichte Joaquim in der fahlen Sonne der Abenddämmerung die Estância. Er war in Begleitung von João Congo. Sie hatten eine lange Strecke zurückgelegt und dabei einsame Wege und das freie Feld gesucht, um den feindlichen Truppen auszuweichen, die in diesem stillen Herbst in der Pampa hier und dort über die Ortschaften und Städte verstreut waren.

Seine Mutter erwartete ihn auf der Veranda, nicht weil sie von seiner Ankunft wusste – kein Bote hatte sie benachrichtigt –, sondern weil sie in der Nacht davor von ihrem Sohn geträumt hatte.

Caetana saß auf der ersten Stufe. Sie trug ein leichtes weißes Kleid, das sie jünger als ihre achtunddreißig Jahre erscheinen ließ und ihre helle Haut zum Strahlen brachte. Sobald Joaquim vom Pferd stieg, legte Caetana das kurze Stück Weg zurück und warf sich ihrem Sohn in die Arme. João Congo lächelte zurückhaltend, während er die Zügel des Pferdes des jungen Herrn hielt.

»Mein Junge, Kind Gottes!« Caetana streichelte mit den Fingern über Joaquims Bart. »Du bist ein anderer … ein Mann.«

Joaquim trug einfache, staubige Kleidung. Die schweren Stiefel waren mit trockenem rotem Lehm bedeckt. Sein Gesicht hatte die gleichen leidenschaftlichen Augen wie Bento Gonçalves.

»Es gibt Dinge, die uns zu Männern machen, Mutter.« Und voll Freude gab er sich der herzlichen Umarmung und dem Parfümduft hin.

Dona Ana, Maria Manuela, Caetano, Bentinho und die Mädchen kamen ebenfalls bald aus dem Haus und näherten sich lächelnd. Bentinho lief zu seinem Bruder und forderte Nachrichten über seinen Vater ein, Einzelheiten über die gescheiterte Flucht, über die Nacht, in der sie an der Festung angelegt hatten. Joaquim zuckte traurig mit den Schultern.

»Was soll ich dir sagen, Bruder, wenn alles so schlimm für unseren Vater ausgegangen ist? Es war eine endlose Nacht. Aber Onofre und Corte Real konnten fliehen und zum Schiff schwimmen. Wenigstens dieser Sieg war uns sicher... Rio Grande braucht all seine Männer.« Er schaute seiner Mutter ins Gesicht und sah Angst in ihren Augen aufblitzen.

»Deshalb bin ich gekommen«, sagte er. »Sobald ich wieder bei Kräften bin, kehre ich zu Onofre zurück und den anderen.«

Bentinho strahlte vor Freude.

»Und ich gehe mit dir, Joaquim.«

»Ihr kommt alle mit, einverstanden.« Dona Ana beteiligte sich am Gespräch und umarmte den Neffen. »Ihr kommt alle mit... Aber das wird nicht heute sein, du bist gerade erst angekommen und hast uns noch nicht einmal richtig begrüßt, Joaquim. Und jetzt gehen wir alle hinein. Manuel und Congo sollen sich um das Pferd und um deine Habseligkeiten kümmern. Du hast ein Bad nötig... Und außerdem möchten wir alle wissen, was in der Welt da draußen los ist.« Sie zeigte auf die Veranda, wo die Mädchen saßen. »Dort sind deine Cousinen, sie sind ganz begierig auf Neuigkeiten.«

Joaquim blickte zur Veranda. Er sah die hoch gewachsene, schlanke Manuela ruhig bei den anderen Mädchen sitzen. Das ausdrucksstarke Gesicht, die seidige Haut, die leidenschaftlichen Augen der Cousine ließen ein Gefühl angenehmer Wärme durch seine Brust strömen. Joaquim sah sie eine Weile an, dann nahm er Caetanas Hand und sagte zu ihr und zur Tante: »Ja, lasst uns hineingehen. Wie immer, gebe ich Ihnen völlig Recht. Ich stinke vermutlich wie ein nasser Hund. Und Congo und ich haben seit wenigstens zwei Tagen nichts Vernünftiges mehr gegessen.«

Bevor er in den Saal trat, ging er zwischen den sitzenden Mädchen durch. Sein Blick blieb bei Manuela hängen, die ihm ruhig zulächelte. Wie die Tante hatte auch sie in dieser Nacht einen Traum gehabt: vom Meer und von einem Seemann, der von weit her kam, zu ihr.

Rosário trat eilig in das kleine Arbeitszimmer mit dem Geruch von Holz und Heimlichkeiten. Die Nacht hatte sich über die Pampa von Rio Grande gelegt, mit dem Krächzen der Eulen, ihren Schatten, dem hellen, hoch stehenden Mond, der seine durchscheinenden Arme über dem Garten und den Feldern ausbreitete. Ja, sie war spät zu dem Treffen gekommen. Zum ersten Mal hatte sie Steban warten lassen.

Sie setzte den Kerzenleuchter auf dem Schreibtisch ab, zog ihr Kleid zurecht und legte den Wollschal ab, der ihre Schultern bedeckte. Diese Mainacht hatte eine trockene, durchdringende Kälte gebracht, die einen harten Winter ankündigte. Sie hatte sich wegen Joaquim und Bentinho verspätet, die gerade aufgebrochen waren, um sich den Truppen von Mariano de Mattos anzuschließen. Ja, die Cousins waren in den Krieg gezogen, zu Caetanas großer Verzweiflung, die jetzt wohl in ihrem Zimmer saß und weinte. Nun drohten zwei weiteren von ihrem Blut die Klingen der feindlichen Säbel, und Bento war immer noch ein Gefangener. Was hielt die Zukunft wohl noch alles bereit? Rosário fühlte Mitleid mit der Tante, deren grasgrüne Augen in den letzten Tagen stumpf geworden waren. Manuela ließ keinen großen Schmerz wegen Joaquims Abreise erkennen, nicht mehr als die anderen Frauen im Haus, aber bestimmt liebte Manuela den Cousin noch nicht, den man ihr zugedacht hatte.

Rosário setzte sich in den Ledersessel, in dem sie immer Platz nahm, und wartete ab. Er würde kommen. Er kam immer. Er würde sie nicht ihrem Leid überlassen, in dieser tristen Nacht des Abschieds. Sie dachte an ihre Cousins, die auf dem Weg in den Krieg waren, unter dem kalten, sternenklaren Himmel, dem alles, was dort unten stattfand, so fremd war.

Die beiden Söhne des Generals waren glücklich losgeritten. Der letzte Sieg in Rio Pardo hatte neue Hoffnungen in ihnen geweckt. Die *Farroupilhas* hatten den regierungstreuen Truppen eine harte Niederlage beigebracht. Sie erinnerte sich an die Stimme von Senhor Inácio, der vor ein paar Tagen vorbeigekommen war, um die Neuigkeit zu überbringen. Voll Enthusiasmus und ein Auge auf Perpétua gerichtet, hatte er erzählt: »Dort hat man gesehen, wie acht Stück Artillerie, tausend Waffen und all ihre Lebensmittel verschwanden. Diese Diener der Sklaverei! Diese Kaiserlichen!« Das waren Inácios Worte, und alle im Haus begingen das Ereignis mit einem Gläschen Likör. Am Ende der Schlacht beklagten die Kaiserlichen dreihundert Tote und siebenhundert Gefangene. Nun hatten die Republikaner ihre Kräfte aufgefrischt, und General Netto war mit seinen Truppen für eine erneute Belagerung in Richtung der Hauptstadt aufgebrochen.

Rosário rieb ihre kalten Hände. Dieser Sieg bedeutete einen noch längeren Aufenthalt auf der Estância, noch längeres Warten. Manchmal wünschte sie einfach, dass sie den Krieg verlören, damit alles wieder wie früher würde und sie nach Pelotas zurückkehren könnte. Aber die Riograndenser waren hartnäckig, sie würde noch viele Jahre in dieser Ödnis zubringen müssen.

»Steban …«, rief sie verängstigt. »Steban … wo bist du? Ich bin spät … Meine Cousins sind gerade aufgebrochen, und ich konnte nicht früher kommen.«

Das fahle, wohl geformte Gesicht, die Gestalt in Offiziersuniform entstand im Zwielicht. Durch den blutigen Verband, der die hohe, edle Stirn umspannte, lugte das zerzauste Haar.

»Ich habe gedacht, du kommst nicht, Rosário.« Seine Stimme klang sanft.

Rosário lächelte ihn von Liebe erfüllt an, ihre blauen Augen strahlten vor Freude. Sie dachte an den Tag, an dem sie mit ihrem Vater über ihre Liebe sprechen würde. Sicherlich gäbe es kein Hindernis, seit geraumer Zeit herrschte zwischen Uruguay und Rio Grande Frieden.

»Meine Cousins sind in den Krieg gezogen. Die beiden Söhne von Bento Gonçalves.«

Als er diesen Namen vernahm, wurde Steban noch fahler. Rosário entschuldigte sich. Sie wusste, dass Steban aus einem geheimnisvollen Grund Angst vor ihrem Onkel hatte. Aber Steban hatte so viele Geheimnisse …

»Sie sind auf dem Weg zur Grenze. Die Revolutionäre haben bei Rio Pardo eine wichtige Schlacht gewonnen, jetzt sind sie stark. Sie haben siebenhundert Gefangene gemacht, Steban.«

»Wie damals in der Provinz Cisplatina«, sagte er. »Lass uns über andere Dinge sprechen, Rosário. Ich habe viel an dich gedacht …«

Rosário spürte, wie ihre Wangen glühten. Sie antwortete, dass es ihr seit einiger Zeit ähnlich ging. Sie konnte diese Heimlichkeiten, dieses Geheimnis, diese flüchtigen Begegnungen im Arbeitszimmer nicht länger ertragen.

»Lass mich an einem der nächsten Tage meine Mutter mitbringen, Steban. Ich möchte, dass sie dich kennen lernt.«

Der junge Mann lächelte düster.

»Es ist noch nicht möglich, Rosário …«

»Wann, Steban?«

Ein Windstoß ließ den Fensterladen plötzlich gegen das halb geöffnete Fenster knallen. Im Raum wurde es kalt und unheimlich, als die drei Kerzen im Leuchter erloschen.

»Zum Teufel!«, murrte Rosário. Sie hatte nichts bei sich, um die Kerzen wieder anzuzünden. Sie verharrte in der Dunkelheit und spürte, wie der kalte Wind über ihr Gesicht strich. Sie hatte sogar Angst, aber sie wusste nicht, wovor. Es war nicht die Angst vor der Dunkelheit, niemals hatte sie sich um derlei Unsinn gekümmert. Es war eine stärkere Angst, die Vorahnung einer Gefahr. Sie rief noch einmal nach Steban und erhielt als Antwort nur ein Schweigen. Er war ohne ein Abschiedswort gegangen. Morgen würde sie mit ihm sprechen, entschied sie. Sie nahm den Kerzenleuchter und trat in den düsteren Gang. Unter dem Spitzeneinsatz ihres Kleides war ihr Herz aus dem Takt geraten.

Manuelas Tagebuch

Pelotas, 11. März 1903

Ich wusste es damals nicht, aber während wir diese Niederlage verkraften mussten, die meinem Onkel noch eine längere Zeit der Gefangenschaft bescherte, setzte sich ein bedeutsamer Prozess in Gang, einer Sonne gleich, die unmittelbar auf mich zukam. Die Republik Rio Grande sollte mir den einzigen Mann bringen, den es in meinem Leben gegeben hat, und dieser Mann war nicht Joaquim, der Ende April zu uns kam und für den ich weniger Zuneigung als eine gewisse Gleichgültigkeit verspürte, wenn er mich mit einem vorsichtigen Lächeln um seine sehnsüchtigen Lippen ansah.

Über das Meer kam von sehr weit her der Mann, dem ich zeit meines Lebens gehören sollte. Er kam aus einem geheimnisvollen, leidgeprüften Land, und er hegte Träume in seiner Seele, die ihn zu meinem Onkel und zu den anderen Männern führten und ihn dazu brachten, all seinen Mut und sein Wissen in den Dienst der Sache unserer Republik zu stellen. Ja, während der Winter bei uns einzog, mit seinen kalten, dunstigen Nächten, mit den Bäumen voll gelbem Laub, mit dem Wind, immer diesem Wind, der unsere schlaflosen Morgenstunden peitschte, da hisste er seine Fahne, setzte die Segel und stach in See. Noch fehlte viel, bis er mit seinen dunkelgoldenen Augen und seinem jugendlichen Lächeln zu mir stoßen sollte. Er hatte noch eine weite Strecke zurückzulegen, er sollte sogar den Tod besiegen, aber der erste Schritt war getan, der Wind trieb ihn in die Richtung dieser Gestade und meiner Arme, in die Arme der Frau, die ihn für immer lieben sollte.

Ich liebte Giuseppe Garibaldi, längst vor dem Nachmittag, an dem ich ihn kennen lernte, als er mit seinem Kauderwelsch und seiner höflichen, fröhlichen Art zu uns kam. Ich liebte ihn, seit ich ihn in meinen Vorausahnungen zum ersten Mal gesehen hatte, in der Neujahrsnacht des Jahres 1835, auf der Veranda des Gutshauses, in einem Bild aus der Zukunft, das meine Augen dank der Laune eines guten Geistes eingefangen hatten. Aber was soll ich über diesen Mann sagen? Wie soll ich von diesem Menschen erzählen, mit dem ich die besten Augenblicke auf Erden erlebte, auf den ich selbst heute noch jeden Moment warte, um den ich immer noch seufze, jede Nacht, im ersten Morgengrauen, und dessen schwachen Geruch ich noch immer in meinem Kopfkissen spüre, in den alten Kleidern aus jener Zeit, selbst in den Zöpfen meines glanzlosen Haares?

Ich lebte für Giuseppe Garibaldi, wie nur wenige Frauen für einen Mann gelebt haben, für einen Mann, der nie ganz mir gehörte, aber dessen Wesen ich verstand – er war ein Komet, ein verglühender Stern. Es war richtig, dass er so wenig Zeit an meiner Seite verbrachte. Er war ein ruheloses Wesen, und ich folgte ihm nicht, weil das Leben es nicht wollte. Heute, nach all diesen Jahren, wenn ich beim Blick in den Spiegel die Manuela von damals nicht mehr erkenne, selbst heute noch liebe ich ihn mit derselben Kraft und derselben Hingabe. Er kam nicht zu mir zurück, auch nicht, als er mit zwei kleinen Kindern allein dastand, denn wie ein Vogel hatte er immer das Bedürfnis weiterzuziehen, dem Sommer seiner Träume auf der Spur. Dennoch bewahrte er mich in einem Winkel seiner Seele, das weiß ich genau.

Aber sprechen wir wieder von den Tagen auf der Estância, als der Krieg so viele Leben und so viel Jugend zerstörte. Ich werde berichten, was sich im Mai 1837 ereignete. Giuseppe Maria Garibaldi erhielt mit der Unterschrift von General João Manuel de Lima e Silva den Freibeuterbrief für die *Mazzini*, die von da an *Farroupilha* hieß, und der ihn ermächtigte, als Korsar der Republik Rio Grande das Meer in Richtung Süden zu befahren. Also stach der Italiener in Rio de Janeiro mit einer Besatzung von zwölf Mann in See. Auf der Schmack *Farroupilha* hatten sie unter einer Ladung Räucherfleisch und Maniok ihre Waffen und Munition versteckt.

Damals begann der lange Weg, der Garibaldi auf die Estância meiner Tante Dona Antônia führen sollte. Wenn ich die

Zeit zurückdrehen, in diese Jahre zurückkehren, all das noch einmal erleiden könnte, was ich erlitt, nur um ihn für einen Moment noch einmal so zu sehen wie bei diesem ersten Mal, als er an einem lauen, angenehmen Oktobernachmittag vor unserem Haus stand, mit seinem unordentlichen blonden Haar, das in der Sonne leuchtete; wenn ich es anstellen könnte, erneut seiner Spur zu folgen, ich würde nicht zögern … Ich höre noch immer den metallischen Klang seiner Stimme, als er mich mit den anderen auf der Veranda sah – immerhin war es das erste Mal, dass ein Fremder sich bei uns aufhielt, wenn auch auf Empfehlung von Bento Gonçalves – und nur mich mit seinen begierigen Augen betrachtete und sagte: »*Come stai, signorina? Io mi chiamo Giuseppe Garibaldi. E la buona fortuna* hat mich hierherverschlagen.«

Aber das war im Jahr 1838, und in jenem Frühjahr war General Bento Gonçalves wieder frei, Perpétua war bereits mit Inácio José verlobt, und ich hatte erst achtzehn Jahre gelebt, und nicht die dreiundachtzig, die heute zwischen meinen Falten lagern, die wie die feinen Fältelungen eines Ballkleides aussehen. Nein, das war im Jahr 1838, als wir alle noch Träume hatten.

Manuela

Die Brigg *Constança* brauchte fünf Tage, um die Strecke von Rio de Janeiro bis zur Stadt Salvador da Bahia auf dem Seeweg zurückzulegen. Die gewaltige Hitze mitten im August schüchterte General Bento Gonçalves nicht ein, den sie von der Festung Lages zur Festung São Marcelo verlegten, die noch weiter von seinem Land und seinen Truppen entfernt war.

Nach der langen Überfahrt auf der Brigg wurde Bento Gonçalves von zwei Soldaten auf die Barkasse geführt, die ihn zur Festung am Meer bringen sollte. Seit geraumer Zeit hatte die Feuchtigkeit der Zelle in der Festung Lage seinen Körper durchdrungen, und die kräftige Sonne, die die Stadt Salvador und seine Haut an diesem Morgen wärmte, verursachte ihm ein angenehmes Gefühl.

Er hatte Nachrichten aus dem Süden erhalten, die ersten Nachrichten nach einem langen Schweigen in der Einzelzelle. Beunruhigende Nachrichten. Bento Manuel, wieder auf der Seite der *Farrapos*, hatte befohlen, Gouverneur Antero de Britto festzunehmen und nach Uruguay zu bringen. Der Italiener Giuseppe Garibaldi hatte gemeinsam mit Rossetti und Luigi Carniglia sein Korsarenpatent erhalten, er stand nun im Dienst der Sache und nahm Kurs gen Süden des Landes. Auf dem Weg dahin, in der Nähe von Rio de Janeiro, griffen sie die Schmack *Luíza* an, und nun, auch wenn sich der General nicht ganz sicher war, mussten sie sich in der Nähe des Hafens von Maldonado in Uruguay befinden. Und der Kampf ging weiter, während er völlig machtlos weiter hier war und den blauen Himmel über der Stadt Salvador betrachtete. Netto setzte mit den anderen Männern den Krieg fort. Und sein Freund Graf Zambeccari war immer noch in der Festung Santa Cruz gefangen und erkrankt. Der Graf hatte eine anfällige Konstitution, er war nicht so wie er, der sich nach all den Monaten in der Einzelzelle immer noch aufrecht hielt, hart wie ein Felsen, ein General der *Farrapos*, der die jungen Offiziere beeindruckte, die ihn für die Überfahrt abgeholt hatten. Er war Bento Gonçalves da Silva, und er würde kämpfen. An all das dachte er, während er die laue Luft einatmete und die Barkasse durch das ruhige Gewässer in Richtung der Festung São Marcelo zog, einem steinernen Monstrum, dem man nicht entfliehen konnte. Dennoch hegte er einen letzten Funken Hoffnung. Trotz allem gab es noch eine Möglichkeit zur Rückkehr. Wie genau, wusste er nicht, aber er würde es herausfinden.

Die hellen Steine des Patio reflektierten das Sonnenlicht wie ein riesiger Spiegel. Geblendet betrat Bento Gonçalves die Festung, und hinter seinem Rücken schlossen sich die schweren Türen. Mitten im Patio stand der Festungskommandant und warf Bento einen herausfordernden Blick zu. Er musterte den

Mann aus Rio Grande. Dessen Kleidung war ausgeblichen, sein Haar viel zu lang, sein Bart nicht rasiert. Als sich sein Blick mit dem des Generals kreuzte, erkannte der Kommandant in der Tiefe dieser schwarzen Augen die Leidenschaft eines eingesperrten Tieres, den Mut eines Löwen. Ohne zu wissen warum hatte er eine schlechte Vorahnung. Er senkte den Blick und befahl, den Gefangenen in seine Zelle zu bringen.

Es war der erste Brief von Bento Gonçalves, den Caetana seit fünf Monaten erhielt. Sie riss ihn dem Überbringer, einem jungen Offizier, fast aus den Händen. Sie zitterte, und in ihren Augen standen Tränen. Dona Ana sah ihrer Schwägerin voll Mitgefühl zu, auch sie war begierig, etwas über ihren Bruder zu erfahren, und befahl Manuel, den Offizier in die Küche zu bringen, damit ihm die schwarzen Dienstmädchen, wie es die Sitten eines guten Hauses geboten, zu trinken gaben.

Caetana eilte auf ihr Zimmer und verriegelte die Tür. Sie musste allein sein, um ohne Eile und ohne Gesellschaft mit eigenen Augen Bentos Worte zu lesen. Der Winter war lang und kalt gewesen, der Minuano blies, und ständige Angst erfüllte die Nächte, während die Zeit sich mit einer Trägheit dahinschleppte, wie sie es noch nie zuvor erlebt hatte.

Sie setzte sich ans Fenster, wo ein Sonnenstrahl auf dem Boden spielte. Sie öffnete den fleckigen Umschlag und presste den Brief an die Brust. Dann erschien vor ihren Augen die entschlossene, energische und großzügige Handschrift ihres Gatten.

Bento Gonçalves berichtete über seine Tage in Salvador, in der Festung São Marcelo am Meer. Die Schrecken, die Feuchtigkeit und der Wahnsinn, die ihn nach dem gescheiterten Fluchtversuch in der Einzelzelle in der Festung Lage bedrängt hatten, lagen hinter ihm. Niemals hätte er seiner Frau von den Nächten erzählt, in denen er sterben und sich einfach aufgeben wollte, so weit weg von allen und allem, was ihm lieb war. Nun hatte er, trotz der Haft und der konstanten Bewachung, die Sonne und das Meer. Er machte im Patio Leibesübungen und brachte sich wieder in Form. Und er erhielt die Erlaubnis, jeden Tag im Meer zu schwimmen. Er konnte auch wieder Befehle ausgeben und Briefe empfangen, mit Rio Grande in Verbindung stehen, und dort mit ihr, seiner verehrten Caetana. Außerdem erhielt er Besuch von anderen Freimaurern, denn seine Ankunft war ihnen nicht entgangen. Das Blatt wendete sich. Aber er durfte nicht versagen, er fürchtete, dass dieser Brief, der so viele Wege zurücklegen musste, in feindliche Hände fallen könnte.

Beim Lesen jedes einzelnen Wortes umspielte Caetanas Lippen ein Lächeln. Sie verspürte Hoffnung. Sie beendete ihre Lektüre und faltete sorgfältig den Brief. Sie öffnete die Schublade im Schreibtisch, aber dann zögerte sie und steckte das kleine Stück Papier in ihr Korsett. Es war ein schöner Frühlingsnachmittag, und die Sonne strahlte an einem wolkenlosen Himmel. Caetana Joana Francisca Garcia Gonçalves da Silva eilte auf den Flur. Im Saal traf sie die beiden Töchter beim Spiel an, sie gab jeder einen Kuss und streichelte ihr Haar.

Dona Ana hielt sich noch auf der Veranda auf, sie saß in ihrem Schaukelstuhl und stickte. Als sie ihre Schwägerin bemerkte, blickte sie auf, und in ihren Augen standen Sorgen und tausend Fragen.

Caetana lächelte. Das schwarze Haar, das sich aus dem Knoten löste, umrahmte ihr dunkles Gesicht.

»Ana, ich fühle etwas in mir. Er wird dort ausbrechen, ich bin mir sicher.« Dann nahm sie den Brief aus dem Korsett und reichte ihn Ana, damit auch sie ihn lesen konnte.

Joaquim zog die blutbefleckten und schlammverdreckten Stiefel aus. Eisige Kälte drang durch den Eingang des kleinen Zeltes und umschlich ihn wie eine Katze. Seine Füße waren starr und dreckig, die Strümpfe zerrissen. Er würde seine Mutter bitten, ihm neue Strümpfe zu schicken, er würde Caetana einen langen Brief schreiben und ihr erzählen, dass es ihm gut ging und dass sich Bentinho als ein ausgezeichneter Soldat erwies, als ein Soldat, auf den sein Vater stolz wäre.

Er warf sich erschöpft auf das Feldbett, das Gemetzel auf dem Schlachtfeld stand ihm noch vor Augen. Ein Sumpf von Leibern und Schlamm, die Truppe, die unter dem Befehl von João Antônio kämpfte und versuchte, die Regierungstreuen zu besiegen, all das vermengte sich vor seinem inneren Auge mit den Gestalten der Lanzenreiter, mit Kriegsrufen, dem Klirren der Lanzen und dem Schrei von Pedro, seinem Cousin, als dieser beim Durchbrechen der feindlichen Verteidigungslinie verwundet wurde.

Bentinho hatte Pedro gerettet, indem er ihn, kaum dass er zu Boden gestürzt war, auf das Pferd packte und weit weg vom Schlachtengetümmel brachte. Nun ging es dem Cousin etwas besser, er hatte einen tiefen, langen Schnitt im rechten Oberschenkel erlitten, aber mit etwas Medizin, Cachaça und Zeit würde er wieder gesunden. Joaquim hatte ihn selbst untersucht: Die Wunde war sauber, es bestand keine Infektionsgefahr. Pedro war ein kräftiger, gesunder Mann, bald würde er wieder reiten können wie früher. »Wenn Gott will, ist er für die nächste Schlacht wiederhergestellt«, hatte der Truppenarzt gesagt. Und Pedro hatte im Fieber matt gelächelt.

Joaquim musste auch seiner Tante Ana schreiben, um ihr von dem Vorfall zu berichten und sie im Hinblick auf die Gesundheit ihres jüngsten Sohnes zu beruhigen. José war in Rio Grande, er wusste nichts von dem, was seinem Bruder geschehen war. Aber er würde es später erfahren. Je mehr Zeit verstrich, umso günstiger würden die Nachrichten. Es war nicht nötig, Dona Ana so früh in Sorge zu versetzen. Pedro war hart im Nehmen, er würde vor der nächsten Schlacht geheilt sein.

Joaquim stand wieder vom Feldbett auf. Er legte den Poncho über. Von draußen kam der angenehme Duft des Churrasco. Er würde dort einen Matetee trinken, ein ordentliches Stück Fleisch essen, und sich dann unter einen Baum setzen, weit weg von allen, dem Stimmengewirr und der Aufregung über die letzte Schlacht, weit weg von den Verwundeten und von den zwei frisch ausgehobenen Gräben für die Toten. Allein, in seinen Frieden versunken, würde er an Manuela denken. Er vermisste seine schöne Cousine, seine zukünftige Gattin. Wenn der Krieg zu Ende und sein Vater wieder in Rio Grande war, würden sie heiraten. Manuela wurde von Tag zu Tag hübscher. Er kämpfte für die Republik und für sie, für Manuela. Wenn sie das Kaiserreich besiegten, würde er ihr eine große Estância bieten können, und beide würden ihr verdientes Glück genießen.

Die Stimme seines Bruders riss ihn aus seinen Fantasien. Das fröhliche Gesicht sah ins Zelt.

»Das Fleisch ist fertig, Joaquim. Komm und iss ein wenig. Pedro geht es gut. Mach dir wegen ihm keine Sorgen.«

»Schon gut, Bentinho.«

Beide gingen hinaus. Joaquim zog den Poncho dicht an den Körper. Nach einer Schlacht war ihm jedes Mal kalt. Der Himmel war bewölkt und sternenlos. Diese Nacht würde es regnen.

Dona Antônia war in dieser Nacht mehrmals aufgewacht. Draußen hörte sie den Minuano heftig wehen. Trotz der vielen Decken spürte sie die Kälte. Sie wusste nur zu gut, es war die versteckte Sorge, die ihren Körper in den Winternächten wach hielt. Ohne große Überzeugung bekreuzigte sie sich schlaftrunken.

Sie blieb noch ein wenig im Bett, der Morgen wollte nicht grauen, und die Zeit schien in diesem höllischen Winter wie festgefroren. Während ihrer Ehe hatte sie sich in solchen Nächten an ihren Joaquim geschmiegt, und so, mit seiner Körperwärme, war sie eingeschlafen. Aber das war lange her. Ihr Mann war gestorben, nun erlebte sie immer wieder schlaflose Nächte.

Schließlich stand sie auf und suchte die Lampe. Sie zündete sie an. Das Zimmer wurde in ein rötliches Licht getaucht. Draußen brachte der Wind den Fensterladen zum Klappern, so wie Dona Antônias Hände zitterten, als sie ihr Haar im Haarnetz ordnete. Sie legte das Schultertuch um, trat ans Fenster und betrachtete die Nacht.

Der Minuano fegte mit Gewalt über die Pampa, er schüttelte die Bäume und wirbelte den Staub auf. Alles um sie herum schien wie tot, vom Sturm verwüstet. Ein kalter, schneidender Wind. Doch über allem herrschte der Himmel mit seinen ruhigen Sternen, klar und still wie ein Gemälde. Ein schöner Himmel, der Dona Antônia Angst einflößte.

»Unglück …«

Sie sprach mit sich selbst. Ach, wie hasste sie diese Selbstgespräche einer Altersschwachen. Aber die Worte versetzten ihr Gemüt in Aufruhr, wie ein Zeichen des Himmels. Als hätte der Wind, der durch die Zweige des Feigenbaums strich, unaufhörlich wiederholt: »Unglück, Unglück ….«

Dona Antônia schloss das Fenster und legte den Wollschal enger um ihren eiskalten Körper. Sie setzte sich in den Schaukelstuhl und griff nach dem Häkelzeug. Sie würde nicht mehr schlafen, das wusste sie zu gut. Sie war von einem unguten Gefühl umfangen, das bis in ihre Adern gedrungen war. Die Metallnadel begann unruhig Maschen aneinanderzureihen. Dona Antônia summte eine alte Modinha. Draußen wiederholte der Wind das verdammte Wort. Diese Leier verängstigte sie. Dona Antônia sang lauter, so wie sie Caetanas Töchtern zur Siesta vorsang, wenn keine der beiden schlafen wollte. Und der Wind heulte.

»Ich werde hierbleiben und abwarten. Es sind schlechte Nachrichten unterwegs.«

Sie sprach schon wieder zu sich selbst. Die Häkelnadel tanzte in ihrer Hand, als führte sie ein eigenes Leben.

Die junge Schwarze war erstaunt, Dona Antônia so früh in der Küche zu sehen. Sie überwachte die Zubereitung des Matetees und des Kaffees, sie überprüfte die Beschaffenheit des Brotteiges, den sie mit ihren schmalen Händen knetete.

»Die Senhora ist heute sehr früh aufgestanden«, sagte sie und lächelte. »Die Sonne ist noch nicht aufgegangen.«

Dona Antônia schaute nachsichtig zu dem Mädchen mit den braunen Augen.

»Heute geht die Sonne nicht auf, Tita. Hinter dieser dichten Wolkendecke steckt ein grauer Himmel, der Regen bringt.« Sie überprüfte die Arbeiten in der Küche und beauftragte die Mädchen, auch einen großen Maiskuchen anzurühren. Für Caetanas Kinder. »Wenn jemand nach mir fragt, ich nehme den Matetee auf meinem Zimmer ein.«

Sie ging leichtfüßig und aufrecht aus der Küche, die grauen Röcke schleiften auf dem Boden.

Es war keine halbe Stunde vergangen, als einer der Landarbeiter den Kopf durch die Küchentür steckte, nicht um Matetee zu erbitten, sondern um mitzuteilen, dass ein Bote mit einem Brief mit einer wichtigen Nachricht für Dona Antônia gekommen war. Es war äußerst dringend: Der Mann wartete auf der Veranda. Das Mädchen gab der Herrin auf ihrem Zimmer Bescheid.

Dona Antônia folgte dem schwarzen Dienstmädchen im Gleichschritt. Unglück. Der Wind pfiff immer noch in ihren Ohren. Es war kalt auf der Veranda. Der Bote war ein einfacher Soldat, siebzehn oder achtzehn Jahre alt, mit schüchternen Augen und bedrückter Miene, er war eineinhalb Tage auf dem Pferd unterwegs gewesen, um den versiegelten Brief zu überbringen, den er nun in die blassen Hände der Schwester von General Bento Gonçalves legte.

»Wer ist der Absender?«

»Joaquim Gonçalves da Silva.«

Sie zog sich mit dem Brief, der ihr zwischen den Fingern brannte, auf ihr Zimmer zurück, nicht ohne zuvor den schwarzen Mädchen aufzutragen, dem Soldaten Essen anzubieten, schließlich kam der Arme von weither geritten und hatte den eiskalten Minuano im Gesicht ausgehalten.

Sehr geehrte Tante,
ich schreibe Ihnen diese Zeilen mit dem tiefsten Bedauern, um Ihnen mitzuteilen, dass unser über alles geliebter Onkel Anselmo gestern Nacht verschieden ist. Er starb nach einem hinterhältigen Angriff, als er mit zwei weiteren Soldaten in Richtung Cima da Serra unterwegs war. Er fiel dem barbarischen Angriff einer kleinen kaiserlichen Einheit zum Opfer. Aber

diese Grausamkeit wird ihre Rache finden, denn wir werden nicht eher ruhen, bis wir sie ausgeführt haben.

Ich schreibe Ihnen, damit Sie diese traurige Nachricht an Tante Maria Manuela und an die Cousinen übermitteln können. Es schmerzt mich zu wissen, dass Manuela Tränen um ihren Vater vergießen muss, aber ich vertraue Ihnen und Ihrer Klugheit, dass Sie diese schwierige Aufgabe, die ich Ihnen übertrage, leichter ausführen. Antônio ist bei uns, er befindet sich bei guter Gesundheit, und er ist bereit, seinen Vater zu rächen.

Sobald es – hoffentlich gute – Neuigkeiten gibt, werde ich Ihnen wieder schreiben. Ich drücke Ihnen mein Beileid aus und bitte Sie, meiner Mutter und allen Angehörigen im Haus mein Mitgefühl zu übermitteln.

Ihr Neffe
Joaquim

Dona Antônias Gesicht war eine bleiche Maske. Sie faltete den Brief und verwahrte ihn in der Schreibtischschublade. Draußen herrschte immer noch tiefste Dunkelheit, es war noch nicht sieben Uhr morgens. Sie dachte an Anselmo, sie dachte an die ärmste, so zerbrechliche Maria Manuela. Sie dachte an die Mädchen, sie dachte an ihren Bruder, dort in Salvador, der nichts von der Barbarei wusste, die man gegen seinen Schwager begangen hatte, den er so schätzte. Und sie dachte an Rio Grande. All das war eine Tragödie … Unglück. Wenn Gott doch nur den Minuano beenden würde, seit drei Tagen schon verwüstete er alles. Welch ein Unglück, der ärmste Anselmo. Von hinten tödlich überrascht zu werden, hatte ein so tapferer Mann nicht verdient.

Sie läutete das Glöckchen. Dasselbe Mädchen, das zuvor den Brotteig geknetet hatte, erschien hurtig in der Tür. Tita bemerkte die Blässe im Gesicht ihrer Herrin und fragte Dona Antônia nach ihren Wünschen.

»Sag Bescheid, dass man den Zweispänner fertig macht. Ich fahre zu meiner Schwester … Ist der Maiskuchen fertig?«, fragte sie unvermittelt.

»Er ist fast fertig«, antwortete das schwarze Dienstmädchen.

»Mach den Kuchen sofort fertig, und pack ihn gut ein. Ich habe es sehr eilig, Tita.« Als die Tür zuging, nahm Dona Antônia den Brief aus der Schublade und legte ihn in eine Kleidertasche. Es war besser, ihn bei sich zu tragen, als Beweis dafür, dass das nicht nur ein Alptraum war, den die Nacht gebracht hatte, um sie zu quälen.

Die Landstraße vollzog eine Rechtskurve und bog um eine unbedeutende Erhebung. Dort, auf diesem kleinen Hügel, standen ein paar etwas dürre, aber doch ausreichend Deckung bietende Bäume. Zudem war die sternenlose Nacht fast schwarz. Sie wussten genau, dass nicht mehr viel fehlte, eine oder zwei Stunden, nicht mehr, bis die gemeine kaiserliche Bande auf dem Weg zum Lager in São Gabriel dort vorbeizöge. Dieselbe Patrouille, die Anselmo da Silva Ferreira in den Hinterhalt gelockt hatte. Sie würden dann den Hügel hinunterlaufen und diese Unglückseligen mitten auf der Straße überraschend angreifen. Und töten.

Joaquim saß ab. Er strich dem Rappen über den Rücken, der schnaubte, als er die Hand spürte. Er ging ruhig und spürte die kalte Luft in seinen Lungen wie ein Beruhigungsmittel. Er sah Antônio neben sich, der ein wenig Tabak aus dem Lederbeutel nahm. Selbst in der Dunkelheit konnte er noch in den leidenschaftlichen, fast waldgrünen Augen seines Cousins, die denen von Manuela so ähnlich waren, die Beklemmung wahrnehmen. Er näherte sich und sagte leise zu ihm: »Sei unbesorgt, Antônio. Heute wird dein Vater gerächt. Mit reichlich Blut und mit Ehre.«

Der Cousin drückte seinen Arm.

»Gott stehe uns bei, Joaquim. Ich werde mich erst von hier wegbegeben, wenn keiner von diesen Schurken mehr übrig ist. Kein Einziger, der über den Vorfall berichten könnte.« Er sah zum Himmel und bemerkte: »Der Nebel senkt sich.«

»Die Nacht steht auf unserer Seite«, antwortete Joaquim und

dachte ohne besonderen Grund an seinen Vater in der Zelle in einem Winkel der Stadt Salvador.

Sie waren zu fünft: Joaquim, Bentinho, Antônio, José und Pedro. José war zwei Nächte unterwegs gewesen, um sich ihnen anzuschließen. Er war müde, unrasiert und wütend zu ihnen gestoßen. Sie mussten die Familie rächen, und alle hatten vorübergehend für diese Aufgabe ihre Truppen verlassen. Man tötete nicht einfach hinterrücks einen Soldaten. Oberst Onofre Pires hatte José seine Zustimmung erteilt. Und nun war sein Cousin hier, kauerte auf seinem Poncho, aß ein Stück trockenen Keks, und sein Blick verlor sich in der Dunkelheit der Straße. Vielleicht dachte er an seinen verstorbenen Vater, aber seine schwarzen Augen gaben nichts preis.

Sie warteten eine lange Stunde, der Überfall war vorbereitet. Vom Himmel senkte sich eine drückende Feuchtigkeit, wie Regen, und der Nebel streifte ihre Gesichter wie ein Schleier. Eine Eule rief in regelmäßigen Abständen. Joaquim war unruhig. Die Kaiserlichen, so hatte man ihnen gesagt, waren sieben, zwei mehr als sie. Aber ihr Vorteil war ihr Überraschungsangriff und die Wut in ihren Adern.

Ein schmales Band des fahlen Mondes trat aus dem Schutz der Wolken und ließ ein Stück der kleinen Straße erkennen, über allem lag Totenstille. Da hörten sie ganz in der Nähe ein Pferd wiehern. Die fünf Männer waren in absoluter Alarmbereitschaft.

»Sie kommen von da«, sagte José. Er griff nach dem geladenen Karabiner und postierte sich oben auf dem Hügel zwischen zwei Bäumen.

»Einem von ihnen werde ich den Dolch ins Genick jagen.«

Joaquim übernahm das Kommando: »Antônio, du, Pedro und ich, wir steigen hinab und fallen sie von hinten an, damit sie nicht fliehen. José und Bentinho schießen von hier aus, um uns Deckung zu geben, und dann steigen auch sie hinunter, damit wir die Angelegenheit von Mann zu Mann erledigen.« Er dachte einen Moment nach und sagte ruhig: »Und seid vorsichtig, es gab schon genug Todesmeldungen auf der Estância.«

Sie bewegten sich lautlos.

Der kleine Trupp kam zur Kurve der Landstraße. Die Soldaten unterhielten sich ruhig. Ihre Stimmen verloren sich in dem dichten Nebel. Joaquim hörte den Akzent aus Rio de Janeiro und ein Lachen. Jemand sehnte sich nach einem Churrasco. Nie wieder würden sie eines genießen, nie wieder, und zwar kein Einziger dieser Unglückseligen. Die ersten drei waren beritten. Der Erste, ein Offizier, erschien in der Straßenkurve. Zwei Soldaten ritten hinter ihm. Die vier anderen folgten.

Joaquim senkte den Degen und ahmte einen Vogel nach – wie einst bei ihren Kinderspielen auf der Estância –, und José erkannte das Zeichen des Cousins. Der erste Schuss drang durch die Nacht. Die Kaiserlichen wurden unruhig, sie erschraken. Einer von ihnen fiel zu Boden. Ein sicherer Schuss von José mitten in die Stirn des Mannes. Das Getöse hatte begonnen: Wiehern, widersprüchliche Befehle des einzigen Offiziers. Joaquim, Antônio und Pedro eilten den Hügel hinunter. Ein weiterer Schuss warf einen anderen Unglücklichen zu Boden. Jetzt waren sie fünf gegen fünf. José und Bentinho würden gleich auf der Straße sein.

»Für jeden von uns eine Kehle!«, rief Antônio und zog den Dolch aus dem Bund.

José kam aus den Büschen hervor, der Hut war in den Rücken gerutscht, er hielt die Lanze in die Luft. Er war ein guter Lanzenreiter. Er begann einen kleinen Kampf mit einem Soldaten, den er mühelos durchstieß. Später, im Lager, sollte er erzählen, dass der Soldat betrunken war und nach Schnaps roch. Er gab seinem Pferd die Sporen und kam Joaquim zu Hilfe, als ein Kaiserlicher mit blutüberströmtem Arm vom Boden aufstand, die Pistole zog, schoss und ihn an der Schulter traf. José spürte die Kugel wie ein feuriges Zwicken. Die Lanze fiel zu Boden, aber er griff nach seiner eigenen Waffe, und in einem Wutanfall – etwas für ihn Fremdes – sah er den Unglückseligen an und zerstörte dessen Gesicht, das zu einer Masse aus Fleisch, Blut und Knochen wurde.

»Cousin, du bist verletzt.« Bentinho hielt die Zügel von Josés Pferd. »Lass uns umkehren. Es fehlt nicht mehr viel, die anderen werden den Rest übernehmen.«

Blut strömte über den Poncho und netzte die bleichen Hände von José da Silva Santos.

Joaquim und Pedro umzingelten einen Soldaten. Die Augen des Mannes verrieten eine animalische Angst. Pedro zückte den Säbel, saß von seinem Rappen ab, zog den Mann an den Haaren und stieß die Klinge im Nacken durch die weiche Haut, er spaltete ihn in der Mitte. Joaquim sah, wie diese erschreckten Augen mitten im Nebel für immer erstarrten, er spürte, wie die Angst ihn von innen verbrannte. Er erinnerte sich an einen Nachmittag in seiner Kindheit, als er seinen ersten Hahnenkampf sah.

Auch Antônio köpfte seinen Offizier, der nun keine Befehle mehr erteilen konnte. Es war ein dicker, bärtiger Mann mit einem Schweinegesicht. Antônio stellte sich vor, wie der Unglückliche seinen Säbel in den Körper seines Vaters gestoßen hatte. Es war dieser Unglückselige gewesen, der ihn umgebracht hatte. Er dachte an seinen Vater, wie er auf dem Boden lag, wo sie ihn am folgenden Tag fanden. Er riss seinen Dolch hervor und stieß ihn in die Kehle des Leutnants, der bereits verletzt war und nach einem Streifschuss aus dem Kopf blutete. Antônio blutete auch ein wenig aus einem schmalen Schnitt im linken Augenlid. Er sah den Mann in seinen Krämpfen zwischen all dem Rot, denn das Blut, das aus seinen Augen drang, vermischte sich mit dem, das auf den Boden tropfte, und sagte: »Vater, für Sie.«

Danach steckte er den Dolch wieder in die Scheide und sah, wie der feine Nebel sich ganz aufgelöst hatte und ein paar wenige Sterne an dem kalten und abweisenden Himmel leuchteten.

Bei ihrer Rückkehr schien die Sonne.

Es war die schwache Sonne eines Wintermorgens. José war verletzt, er hatte Fieber. Joaquim machte sich Sorgen wegen der Kugel, die er in der vorausgegangenen Nacht entfernt hatte. Für seinen Cousin bestand Infektionsgefahr.

Sie stießen auf ein *Farroupilha*-Pikett und hörten erleichtert Inácios Stimme. Die Einheit wurde von diesem großen, dunkelhäutigen Mann mit imposantem Schnauzbart überragt, der den Hut mit Kinnriemen tief ins Gesicht gezogen trug. In Uniform wirkte er gealtert und nicht so elegant wie in seinen Anzügen, aber in seinem freimütigen Gesicht strahlte das gleiche Lächeln.

»Na so etwas! Treffe ich Sie hier aus einem besonderen Grund an?« Er begrüßte seine Bekannten. Bis jetzt war er weder José noch Joaquim begegnet. Die anderen kannte er von der Estância da Barra.

Antônio stellte Joaquim dem eleganten Großgrundbesitzer mit der angenehmen Stimme vor.

»Das ist Senhor Inácio de Oliveira Guimarães, der Eigentümer der Estância do Salso.«

Inácio lächelte und streckte seine feingliedrige Hand aus.

»Und jetzt Polizeikommissar von Boqueirão. Zu Diensten.« Sie schüttelten die Hände. »Aber, sagen Sie mir, was machen Sie auf dieser Straße? Sind General Netto oder Oberst Onofre in dieser Gegend unterwegs?«

Joaquim berichtete die Ereignisse. Der Tod von Bento Gonçalves' Schwager in einem Hinterhalt. Die Straße im Nebel, der Kampf gegen den kleinen kaiserlichen Trupp.

»Jetzt haben wir einen Verwundeten. Es ist mein Cousin José, ein Sohn von Dona Ana.«

Inácio wirkte betrübt. Er betrachtete den jungen Mann auf der improvisierten Krankenbahre und drückte ihm die schwitzende schwache Hand. Wo wollten sie ihn nur hinbringen?

»Ich bin Arzt«, erklärte Joaquim. »Aber Sie wissen ja, hier habe ich keine Medizin, nicht einmal Alkohol, überhaupt nichts. Diese Wunde wird sich infizieren. Die Kugel hat fast den Knochen erwischt.«

Sie nahmen eine Flasche Cachaça, die Joaquim über Josés Schulter ausschüttete. Inácio zog sich ein wenig zurück und sprach mit einem anderen Offizier. Zurückgekommen, sagte er mit Bestimmtheit: »Es ist abgemacht. José bleibt bei mir.

Ein Soldat und ich werden ihn auf die Estância bringen. Ich schulde Dona Ana diesen Gefallen, sie hat die ganze Zeit meiner Gattin Heilkräuter gegen ihr Lungenleiden zukommen lassen.« Entschlusskräftig legte er eine Hand auf Joaquims Schulter. »Diese Nacht schon wird José in einem Bett liegen. Dona Ana braucht ihre beiden Söhne, und jetzt erst recht, nach dem, was ihrem Mann geschehen ist.«

»Wir alle brauchen José, Senhor Inácio. Das ist ein großer Gefallen, den Sie uns erweisen. Ich muss mich spätestens morgen bei Netto einfinden, und es sind noch zwei Tagesreisen dahin.«

»Ich werde José nach Hause bringen.« Er versuchte, in Joaquims schönem Gesicht eine Ähnlichkeit mit seiner Schwester zu entdecken.

Sie bereiteten in kürzester Zeit alles vor. Inácio de Oliveira Guimarães stieg auf einen Grauschimmel und ritt vor den beiden Soldaten, die die improvisierte Krankenbahre mit José trugen. Er wollte Dona Anas Sohn helfen, und er wollte, mehr noch als sonst etwas, wie in einem Traum, Perpétua wieder treffen.

»Auf Wiedersehen, Joaquim.« Den anderen winkte er zu. »Auf Wiedersehen.«

Joaquim sah, wie die Gruppe die entgegengesetzte Richtung einschlug. Inácio hatte ihm gefallen. Und José würde bald zu Hause sein.

Inácio José de Oliveira Guimarães erreichte die Estância da Barra, als die Uhr die elfte Abendstunde schlug. Es war eine regnerische Nacht Anfang September. Dona Antônia übernachtete seit einigen Tagen auf Dona Anas Estância, seit ein Brief ihres Neffen sie vor zunehmenden Repressalien gewarnt hatte. Maria Manuela benötigte in ihrer Niedergeschlagenheit nach dem Verlust ihres Gatten Trost und Fürsorge. Und Dona Antônia kümmerte sich umsichtig um ihre jüngere Schwester und die Nichten.

Die Frauen saßen im Saal um den Kamin und stickten im

Licht der Petroleumlampen, als sie auf der Veranda Rufe hörten. Es war eine ihnen bekannte Männerstimme. Er hatte den Wachposten am Gatter der Estância schon passiert. Perpétua spürte, wie eine Wallung durch ihren Körper ging, als sie Inácios Stimme hörte, der rief: »Senhora Dona Ana! Senhora Dona Ana!«

Perpetúa sprang auf. Die Cousinen legten beunruhigt ihre Handarbeiten beiseite. Dona Antônia warf der Nichte einen scharfen Blick zu und sagte: »Bleib sitzen, Perpétua. Lass Manuel nachsehen, was los ist. Das sind keine Besuchszeiten. Es kann etwas Ernstes sein.«

Leão und Marco Antônio spielten auf dem Teppich. Caetana rief nach Milú, die in einer Ecke saß, und beauftragte sie: »Bring die Jungen auf ihre Zimmer. Es ist Schlafenszeit.«

Sie zogen unter Murren ab. Nie geschah etwas, und wenn etwas geschah, mussten sie zu Bett gehen. Ihre Mutter schalt sie. Der Verwalter Manuel erschien ohne weitere Umstände auf dem Gang: »Da draußen, das ist Senhor Inácio. Er hat José bei sich, mit einer Schussverletzung.«

»Herr im Himmel«, rief Dona Ana, während sie aus dem Schaukelstuhl aufstand, bleich und zitternd vor Angst. »Lasst uns hinausgehen.«

In einer Ecke tupfte Maria Manuela, in strenger Trauerkleidung, ihre Tränen ab, während sie beobachtete, wie ihre Schwester zur Tür lief. Sie dachte an ihren verstorbenen Mann und fand nicht die Kraft, einen Finger zu rühren.

»Beruhige dich, Ana.« Dona Antônia ging zur Tür, nahm den Arm der Schwester und legte sich ihr Schultertuch um. »Wir werden schon sehen. José ist ein starker Junge.« Sie sah zum Verwalter. »Manuel, nimm ein Pferd und hol den Arzt. Sag ihm, dass es dringend ist.«

Der Verwalter nickte und verschwand in den Gängen, die zur Küche führten.

Eine halbe Stunde später lag José in seinem Bett, und Dona Ana saß neben ihm. Sie legte ihm Kompressen auf und versuchte, ihm ein paar Löffel Suppe einzuflößen. Sie hatten die

Wunde sorgfältig gereinigt und warteten auf den Arztbesuch. Inácio berichtete Dona Antônia im Arbeitszimmer die Ereignisse.

»Und sie haben alle umgebracht?«

»Ja, Senhora. Antônio hat den Leutnant enthauptet, der seinen Vater angegriffen hat. Er tat es ihm zur Ehre.«

Dona Antônia bekreuzigte sich.

»Vor kurzem waren sie noch Kinder …«, dachte sie laut und lächelte. »Ich habe Angst vor den Repressalien.« Sie wechselte den Tonfall: »Sie schlafen heute Nacht hier bei uns. Es ist eine fürchterliche Nacht.«

Unter dem triefnassen Poncho, aus dem es auf den Teppich im Arbeitszimmer tropfte, spürte Inácio eine Wärme in seiner Brust aufsteigen.

»Ich bin Ihnen sehr verbunden, Dona Antônia. Es war eine beschwerliche Reise, und ich bin sehr müde. Morgen reite ich zu meiner Frau.«

Dona Antônia erinnerte sich an die bleiche, zerbrechliche junge Frau, die sie einmal gesehen hatte.

»Dieser Winter ist äußerst hart, Senhor Inácio. Wie geht es Ihrer Gattin? Ana hat ihr vor ein paar Tagen ein paar Teekräuter für ihr Brustleiden schicken lassen.«

Ein Schatten trübte seine braunen Augen.

»Es geht ihr nicht besonders gut. Aber wenn Gott will, verbessert sich ihr Zustand im Frühjahr. Dona Ana ist sehr liebenswürdig zu Teresa gewesen.«

Dona Antônia öffnete die Arbeitszimmertür. Sie rief nach einem der schwarzen Dienstmädchen und trug ihm auf, Senhor Inácio in der Küche ordentlich aufzutischen.

»Mit vollem Magen schläft es sich besser«, sagte sie und blickte den Mann mit ihren lebhaften schwarzen Augen unvermittelt an. »Danach können wir uns besser mit den Mädchen im Saal unterhalten. Und jetzt gehen Sie etwas essen.«

Und sie traten in den Flur, wo das dämmrige Lampenlicht Schatten zeichnete.

Inácio kehrte ein paar Tage später auf die Estância zurück, um sich nach Josés Zustand zu erkundigen. Er war bei seiner Frau gewesen, und nun wollte er sich um seine Amtsgeschäfte als Polizeikommissar in Boqueirão kümmern. Beim Absitzen traf er Perpétua, die ein Buch las, auf der Veranda an. Er hielt einen Augenblick inne, um ihr feines Gesicht, ihre helle Haut, ihre vollen Lippen und ihre schwarzen Augen, die auf das Buch gerichtet waren, zu bewundern. Sogleich hob Perpétua den Blick, und als sie ihn sah, errötete sie ein wenig. Inácio verspürte eine weitere Freude, als er erkannte, dass er die Ursache für ihr Erröten war. Er stieg die Verandastufen hoch.

»Wie geht es dem Fräulein dieser Tage?«

Perpétua legte das Buch zur Seite und lächelte. Sie trug ein rotes Kleid, hatte das Haar zu einem lockeren Zopf geflochten, und war von Lilienduft umgeben. Es war ein schöner Nachmittag.

»Mir geht es bestens, Senhor Inácio. Und wie steht es in Ihrem Leben?«

Inácio trat näher, und in einem Anfall küsste er die schmale bleiche Hand. Dann antwortete er: »Das Leben verläuft nach Gottes Willen … Es ist ein Jammer, dass Gott nicht besser für Teresa sorgt.«

Perpétua erkundigte sich nach Inácios Gattin, und dieser erzählte ihr, dass Teresa immer Fieber habe, viel huste und bettlägerig sei. Aber mit mehr Sonnenschein werde sie sich erholen, sicherlich werde sie wieder gesund. Immerhin sei sie jung.

»Für die jungen Leute ist alles möglich.« Dann fiel ihm der Anlass wieder ein, der ihn eigentlich dorthin geführt hatte. »Und wie geht es José?«

»Es geht ihm besser. Das Fieber ist seit gestern gesunken. Dona Ana und Dona Antônia weichen nicht von seinem Krankenlager, ich glaube, er ist bald geheilt und kann wieder zurück.«

»Zurück in den Krieg«, ergänzte Inácio traurig.

Perpétua schien überrascht.

»Gefällt Ihnen denn der Krieg nicht? Alle Männer kämpfen doch gern.«

Die Naivität des Mädchens brachte Inácio zum Lächeln. Ihm gefiel der Krieg für die Freiheit, für die Republik, für die Rechte der Riograndenser. Denn dafür kämpfte er, für seine Träume. Aber er liebte das Landleben auf der Estância, die friedlichen Nachmittage im Gutshaus.

»Es ist schade, dass Teresa mich nicht mehr so erwartet wie früher. Jetzt verlässt sie kaum noch das Bett. Wenn wir aus dem Krieg nach Hause kommen, sehnen wir uns nach den Armen der Gattin.« Sogleich verbesserte er sich: »Entschuldigen Sie bitte, Senhorita, Sie verstehen noch nichts von diesen Dingen …«

Perpétua sah ihn einen Augenblick direkt an, sie wunderte sich selbst über ihre eigene Kühnheit. Wenn sie eine der Tanten sähe!

»Ob ich wohl je eine Gattin sein werde, Senhor Inácio? Mit diesem endlosen Krieg kann ich kaum mehr daran glauben. Ich werde also nie etwas von diesen Dingen verstehen.«

Inácio spürte, wie ihn Wärme durchflutete. Die ärmste Teresa war wie ein kalter Stein in seiner Brust, immer mit Kompressen und Fieber. Perpétuas kantiges, jugendliches Gesicht brachte ihn in Wallung. Plötzlich hörte er sich sagen: »Der Krieg ist weit weg. Und Sie sind kein junges Mädchen, das zur Jungfer taugt, es wäre eine Verschwendung von Schönheit und Anmut.« Er schien einen Moment noch weitere Worte zurückzuhalten, dann sprach er weiter: »Glücklich der Mann, der Sie heiraten wird, Senhorita Perpétua. Und ich versichere Ihnen, es wird nicht mehr lange dauern. Die Männer in dieser Provinz sind nicht blind, und der Krieg wird sie in dieser Hinsicht auch nicht täuschen können.«

Auf einmal erschien Dona Ana auf der Veranda. Sie war besser gestimmt, auch wenn ein paar tiefe Augenringe ihr Gesicht zeichneten und ihr nur in einem einfachen Knoten gehaltenes Haar stumpfer und glanzloser war. Die Tändelei war in diesem Moment beendet. Dona Ana strahlte über das ganze Gesicht.

»Senhor Inácio, Milú hat mir gesagt, dass Sie hier sind … Ich wollte mich bei Ihnen für das bedanken, was Sie für meinen

Sohn getan haben. Dank Ihrer und Gottes Hilfe wird José bald gesund sein, nun ist es nur noch eine Frage der Erholung.«

Inácio legte Dona Anas kalte Hand zwischen seine Hände.

»Ich habe es von ganzem Herzen getan, Dona Ana. Ihr Sohn ist ein äußerst tapferer Mann.«

»Den Mut hat er von seinem Vater geerbt«, antwortete Dona Ana und blickte in die Ferne, in die Richtung mit dem Grab ihres Mannes.

Perpétua versuchte auf ihrem Stuhl immer noch ihren Herzschlag zu beruhigen. Sie wusste, wenn die Tante sie beobachtete, würde sie ihre Aufregung bemerken. »Eine Verschwendung von Schönheit und Anmut …« Also … fand er sie schön! »Glücklich der Mann, der Sie heiraten wird …« Inácios Stimme hallte in ihren Ohren wider, und sie lächelte vor Freude.

»Was bedeutet dieses Lächeln?«, unterbrach Dona Antônia, die auch auf die Veranda gekommen war, ihre Gedanken.

Perpétua erschrak.

»Es ist nichts, Tante. Ich dachte gerade daran, dass José bald gesund sein wird, und das macht mich glücklich.«

Diesmal lächelte Dona Ana.

»Das macht alle glücklich, mein Mädchen.«

»Uns alle«, wiederholte Inácio und betrachtete Perpétua von der Seite.

Und Dona Antônia stimmte zu und lächelte wie die anderen, aber ihre Augen leuchteten anders.

Manuelas Tagebuch

Pelotas, 14. August 1883

Dieser Winter 1837 ging für unsere Familie traurig zu Ende. Meine Mutter ließ so nach, dass in kurzer Zeit aus der eleganten Dame mit den leidenschaftlichen Augen eine blasse Frau von zerbrechlicher Konstitution wurde, deren schwarze

Witwenkleidung jede einzelne Geste mit Schmerz umgab. Niemals konnte ich in ihren Augen die alte Lebensfreude wieder sehen, genauso wenig wie meinen Vater, seit wir uns an jenem Nachmittag des 18. September 1835 auf der Veranda unseres Hauses, hier in Pelotas, von ihm verabschiedet hatten.

Die Zeit, die uns getrennt hatte, war damit beschäftigt, in meinem Inneren den Schmerz über seinen Verlust zu heilen. In den zweieinhalb Jahren, die der Krieg schon andauerte, war mein Vater zu sehr in die Kämpfe für die Revolution verstrickt gewesen und nie zu uns gekommen, um uns zu sehen. Anselmo da Silva Ferreira war bereits in den Tagen vor seinem Tod fast zu einem Geist aus jener vergangenen Zeit geworden, in der wir zwischen Gesellschaften und Festen in der Stadt lebten, in einer tosenden Lebensfreude, die der Krieg beendet und für immer mit sich genommen hatte. Auch Rosário und Mariana hatten seinen Tod wie betäubt wahrgenommen. Es war ein Abschied ohne Totenwache, ohne Beerdigung, ohne alles, nur diese unklare Nachricht, diese Leere, die gewisse Momente erfüllte, wenn wir an ihn dachten und merkten, dass seine Füße diesen Boden nicht mehr betreten würden und seine Augen, die immer die Farben der Pampa geliebt hatten, nun die Gegenden des anderen Lebens betrachteten. Antônio und den Cousins kam die Ehre und das Unglück zu, seinen kalten Leichnam mitzunehmen und unter irgendeinem Hügel zu begraben, dessen Blumen der Strenge des Winters entkommen waren, und ihn wie einen guten Mann von Familie zu rächen. Vielleicht nahm ich deshalb in Antônios Augen einen niemals zuvor gekannten Funken Schmerz und Wut wahr. Die Rache hatte nicht ausgereicht, um sein Leid zu besänftigen. Auch mein Bruder war für immer durch den plötzlichen und grausamen Tod unseres Vaters gezeichnet. Ich glaube, Antônio wird bis zu seinem Lebensende in seinem Herzen das Bild des toten Vaters tragen, blutüberströmt in jenem Hinterhalt, und das veränderte für immer etwas in ihm. Aber der Krieg belässt die Menschen niemals so, wie er sie vorfand, niemals, und Antônio konnte diesem Schicksal nicht entkommen.

Mitte September war José genesen. Er hielt sich noch eine Zeitlang bei uns auf, eine Zeit, in der er ausgiebige Spaziergänge über die Estância unternahm und sich mit seiner Mutter und Caetanas Söhnen unterhielt, die große Wissbegierde für den Krieg zeigten. Als es ihm besser ging, begann José wieder zu reiten und brach mit den Rinderherden auf, um sie zu verkaufen, und er besorgte einige Angelegenheiten im Haus. Danach zog er los. Der Kampf rief ihn wieder. Wir verabschiedeten uns von ihm auf der Veranda, jeder von uns steckte ein Knoten im Hals. Dona Ana weinte ein wenig, sie saß in ihrem Schaukelstuhl und webte zornig an einem Schal, den sie nie beendete, wie eine Penelope in der Pampa.

Während der Rekonvaleszenz von José war Senhor Inácio öfter bei uns zu Gast. Keiner von uns entging der tatsächliche Grund für diese Besuche: Er war in Perpétua verliebt, und sein Gefühl wurde voll und ganz von ihr erwidert, auch wenn diese Liebelei nicht über den Austausch von Blicken hinausging, über ein plötzliches Erröten der Cousine und über das gegenseitige Ausleihen von Büchern, das eher der Absicht folgte, den Geschmack des anderen kennen zu lernen, als dem Wunsch, Lektüre für die Mußestunden des Tages zu haben. Dona Antônia oder Caetana bewachten diese abendlichen Begegnungen, denn Senhor Inácio war verheiratet, auch wenn er uns bei jedem Besuch immer die gleiche traurige Nachricht mitteilte: Der Gesundheitszustand von Teresa, seiner Gattin, verschlechterte sich zusehends.

Ich sah Perpétua oft in den Gängen des Hauses schluchzen: Sie war die Gefangene einer Liebe, deren Gedeihen auf dem Leiden eines anderen Menschen beruhte, und sie spürte einige Gewissensbisse, weshalb sie nicht ruhte, Salben und Hustensäfte für Senhora Teresa überbringen zu lassen, die sich unweit von uns auf dem Besitz von Verwandten aufhielt. Es war Rosário, die eines Tages zu ihr sagte: »Sei nicht dumm, weine doch nicht deswegen. Du tust nichts, außer Senhor Inácio zu sehen und dich ein wenig mit ihm zu unterhalten. Cousine, sei nicht so einfältig: Im Krieg und in der Liebe ist alles erlaubt.

Schließlich hast nicht du die Lungen von Senhora Teresa vergiftet.«

Das waren in diesen Tagen die Gedanken meiner Schwester, auch wenn man sie nie wegen irgendeines Mannes, ob bekannt oder nicht, seufzen hörte. Nur ein Mal fand ich zwischen ihren Stickarbeiten ein Blatt, auf das tausende Male ein Name gekritzelt war: Steban. Mehr wusste ich nicht, und ich befragte sie auch nicht wegen dieses spanischen Namens. Nun, Rosário war in die Welt zwischen den Büchern im Arbeitszimmer versunken, wo sie sich ganze Nachmittage einschloss, so als würde sie selbst eine andere, stille Revolution planen. Perpétua und Mariana wunderten sich auch über ihr Verhalten, und ich sprach mit unserer Mutter über unsere Eindrücke. Dennoch, meine Mutter versuchte ihren eigenen Schmerz zu stillen und zeigte wenig Interesse für Rosários sonderbares Verhalten.

In den letzten Septembertagen, mit Frühlingsanfang, erreichte uns eine großartige Nachricht: Bento Gonçalves da Silva war die Flucht aus der Meeresfestung in Salvador gelungen! Wir erhielten sie aus Joaquims Mund, der eigens zur Estância gekommen war, um seiner Mutter die gute Nachricht zu überbringen. Bento Gonçalves' Flucht war einfach und außergewöhnlich erfolgt: beim Schwimmen. So wie uns Joaquim berichtete, machte Bento, immer unter der Bewachung eines der Gefängnissoldaten, jeden Tag Schwimmübungen. An einem bestimmten Tag, an dem in der Festung die Besatzung kleiner als gewöhnlich war, ging der General wie üblich schwimmen und kehrte nicht zurück. Nicht weit weg von der Festung ankerte ein Boot. Bento Gonçalves schwamm dorthin und bat die Fischer, ihn zu Konsul Pereira Duarte zu bringen, einem Verbündeten der Revolution und wie der General auch ein Freimaurer. Das Haus des Konsuls befand sich in Itaparica. Die Fischer gehorchten mit der Aussicht auf eine äußerst großzügige Belohnung.

Ich weiß nicht, wie es Bento Gonçalves gelang, die Wachsamkeit der Soldaten zu überlisten, ich weiß auch nicht, wieso ihn keines der Festungsboote wieder aufgriff, ich weiß nur, dass sein Glücksstern ausreichend leuchtete, damit die Überfahrt bis nach Itaparica gelang. In Itaparica wurde der Präsident der Republik Rio Grande aufgenommen und einige Tage versteckt gehalten, bis die Bewachung der Wege und die Suche nach seiner Person nachgelassen hatten. In einer stürmischen Nacht schiffte er sich auf einem Frachter ein und brach im Nordosten in Richtung Santa Catarina auf. Endlich war er frei. Endlich kehrte er nach Rio Grande zurück.

Zu Hause gab es ein Fest. Dona Ana ließ ein Schaf schlachten, es wurden Süßspeisen und Leckereien gereicht, und wir tanzten und sangen bis spät in die Nacht. Senhor Inácio erschien und tanzte sogar eine Chimarrita mit der glücklichen Perpétua, die somit zweifachen Grund zur Freude hatte. Auch Caetana fand Stärkung in der Nachricht. Das Wissen, dass ihr Mann bereits Kurs gen Süden hielt, brachte sie zum Strahlen und Lächeln. Sie zählte die Tage, die bis zu ihrem Wiedersehen fehlten, sie ließ sich ein neues goldgelbes Kleid anfertigen, sie sah aus wie eine Braut auf dem Weg zum Altar. Auch für Dona Antônia und Dona Ana war es eine Zeit der Freude und der Hoffnung: Wenn der Bruder zurück in Rio Grande war, würde der Krieg endlich entschieden, das war ihr Glaube. Also füllte sich der Altar der Heiligen Jungfrau plötzlich mit Kerzen, diesmal nicht für Bitten, sondern aus Dank.

Aus Salvador da Bahia angekommen, ging mein Onkel Bento in Nossa Senhora do Desterro, in der Provinz Santa Catarina, vom Schiff. Von dort ritt er bis nach Torres, schon an der Grenze zu Rio Grande, wo er in der Nacht des 3. November ankam. Sieben Tage später erreichte er zur großen Überraschung Viamão, wo ihm die republikanischen Truppen einen festlichen Empfang bereiteten. Am 4. November begrüßten ihn Caetana und die älteren Söhne in Piratini. In der Stadt gab es einen großen Ball, wie uns Caetana viel später erzählte, die immer noch jubelte, weil sie ihren Gatten wiedergesehen und ihn zudem nach den Monaten der Verbannung in einem sehr guten Gesundheitszustand und erholt angetroffen hatte. An diesem Tag trat Bento Gonçalves endlich sein Amt als Präsident der Republik Rio Grande an. Tage später übertrug er sein Amt an den Vizepräsidenten Mariano de Mattos und übernahm den Oberbefehl über die Truppen des republikanischen Heeres.

Ich kann nicht sagen, dass ich wegen der vielen Feste und Bälle Neid verspürte, während ich in Gesellschaft der Tanten, der Schwestern und meiner Mutter auf der Estância da Barra blieb. Abgesehen davon, dass wir in Trauer waren, gab es auch kaum einen Grund, uns nach Piratini zu begeben, denn auf allen Wegen kam es zu Kämpfen, und unsere Sicherheit hing von unserem Aufenthalt auf dem Familiensitz ab. Ich verbrachte die Tage, indem ich an einer Aussteuer stickte, die ich niemals benutzte und die auch heute noch, von der Zeit und den Tränen vergilbt, in einer Kieferntruhe aufbewahrt ist, einem Erbstück von meiner Mutter. Ich stickte wie jemand, der die Minuten in einen Stoff nähte: Ich verlieh den Stunden des Tages Nuancen, wenn ich Grün- oder Blautöne auswählte, um meiner Einsamkeit eine Farbe zu geben. Seit jeher hatten Handarbeiten die Langeweile und die Angst von Frauen verborgen, und in unserem Haus wurde an diesen Ritualen festgehalten.

Ich wusste es damals noch nicht, ich wusste es sehr viel später, aber meine Brust litt schon unter dem Keim meiner Liebe zu Giuseppe Garibaldi. Während Bento Gonçalves die Freiheit und die Ehre für unser Volk errang, durchlitt der italienische Seemann mit den honigfarbenen Augen ein langes Exil in Uruguay. Monate zuvor, genau am 28. Mai 1837, feierte Garibaldi mit seinen Seeleuten einen triumphalen Einzug in den Hafen von Maldonado, am nördlichen Ufer des Rio de la Plata. Sie waren aus Rio de Janeiro gekommen. Mit dem Kaperbrief der Republik Rio Grande hatten sie die Schmack *Luíza* mit sechsundzwanzig Tonnen Kaffee in ihren Frachträumen gekapert.

In Maldonado – wie er mir selbst mit seiner herzlichen Stimme und dem Kauderwelsch aus Italienisch, Spanisch und Portugiesisch berichtete – versuchte Garibaldi, die Kaffeebeute zu verkaufen. Aber da sie verfolgt wurden, mussten sie ihre Ladung in Eile verkaufen und an einem kalten Wintermorgen, nur im Schutz eines dichten Nebels, der sich vom Himmel senkte, aus Maldonado fliehen. In jenen Gewässern wären sie beinahe gesunken, denn der Kompass hatte sie zu den gefährlichen Riffs geführt, und sie erlitten nur dank des Glücks und Garibaldis Erfahrung keinen Schiffbruch. Nachdem der erste Schock überstanden war, entdeckten sie, dass die Gewehre, die in einem Raum neben der Kommandobrücke gelagert waren, die Magnetnadel gestört hatten. Nach diesem Schrecken setzte Giuseppe Maria Garibaldi mit seiner Besatzung die Fahrt nach Rio Grande fort.

Sie sollten auf ihrem Weg in die Pampa von Rio Grande noch vielen Hindernissen begegnen. Während er mit dem Schiff unterwegs war, bestickte ich Betttücher und Tagesdecken. Der Tag, an dem er von uruguayischen Soldaten, die ihn verfolgten, in den Gewässern bei Punta Jesús-Maria, schon an Montevideo vorbei, verwundet wurde, stach ich mich versehentlich mit der Sticknadel, und das Blut, das aus meinem verletzten Fleisch floss, färbte das Leinen meiner Stickerei, so wie sich wohl die Stirn meines Garibaldi verfärbte. Bei diesem Kampf traf eine Kugel der feindlichen Schiffe Giuseppe Garibaldi zwischen Ohr und Halsschlagader und ließ ihn bewusstlos werden. Die anderen Seeleute unter dem Kommando von Luigi Carniglia – Giuseppes unzertrennlichem Gefährten – leisteten in diesem Kampf erfolgreich Widerstand und fuhren dann bis Santa Fé. Garibaldi war schwer verletzt und lag im Sterben. Es gab weder Ärzte noch Medizin an Bord, und es war nur die *buona fortuna*, die ihn rettete. Einige Tage später trafen sie auf einen Schoner mit Passagieren, und sie erhielten Hilfe. In einer kleinen dunklen Kajüte verzehrte Giuseppe Garibaldi seine letzten Kräfte im Delirium. Sie brachten ihn dann nach Gualeguay, wo man ihn operierte und bestens versorgte.

Mein Garibaldi war ein starker Mann, er erholte sich schnell. Dort lernte er reiten, was sich in der Pampa von Rio Grande als äußerst nützlich erweisen sollte. Dennoch hatte man ihm verboten, die Stadt zu verlassen, und die langweilige Routine seiner Rekonvaleszenz brachte ihn bald zur Verzweiflung.

All das geschah in diesen letzten Monaten des Jahres 1837, auch wenn mir viele dieser Dinge erst Jahre später zu Ohren kamen. In der Weite dieser Pampa ist die Zeit relativ und kaum wahrnehmbar: Eine Minuano-Nacht zum Beispiel kann eine Ewigkeit dauern. So dachte meine Tante, Dona Antônia, die Verwandte, der ich im Verlauf der Jahre immer ähnlicher geworden bin. Diese letzten Monate vergingen mit ätherischer Langsamkeit. Wir sahen, wie die Natur die toten Farben des Winters ablegte und sich festlich kleidete, bis ihre Blumen unter der Geißel der Sommerhitze welkten. Und es war an einem dieser letzten heißen und trockenen Dezembertage, als uns die Nachricht vom Tod von Senhora Teresa, der Gattin von Inácio José de Oliveira Guimarães, erreichte.

Manuela

1838

Das Zelt wurde vom Sturm gepeitscht, und trotz der schützenden Plane fühlte sich Bento Gonçalves darin wegen der stickigen, feuchten Luft unwohl. Er fühlte sich unwohl, weil sie ihn an die schwüle Zellenluft in Rio de Janeiro erinnerte, wo er während der endlosen Tage in seinem eigenen Schweiß köchelte, ohne ein Bad nehmen zu können. Wenigstens war er jetzt in seiner Heimat. Wenn er vor das Zelt trat, würde er die gebeugten Bäume der vom Unwetter verheerten Wälder sehen, das mit diesem schneidenden, unermüdlichen Wind aus dem fernen Argentinien kam. Er liebte diese stürmische Stimmung, wenn das Unwetter die Pampa wie mit einem Kamm ebnete, in der Ferne die Blitze einschlugen und den Himmel mit ihrem silbrigen Licht spalteten.

Die schwarzen Wolken verschlangen das letzte Licht der Dämmerung. Der im Vergleich zur niedrigen Zeltdecke unverhältnismäßig mächtige und große Oberst Onofre Pires saß ernst auf einer Bank.

»Also, man hat Elzeário de Miranda zum Provinzpräsidenten ernannt?«

Onofre warf Bento einen fragenden Blick zu.

»Dieser Mann hat alles.«

»Also nehmen wir auch alles, um uns auf ihn zu stürzen, Onofre. Ich habe schon viele langweilige Monate auf dem Buckel.«

Onofre lächelte matt. Bento Gonçalves stand von seiner Bank auf, entschuldigte sich und ging ins Freie. Draußen pferchten einige Soldaten die Pferde zusammen und schützten die Lebensmittel vor dem wütenden Unwetter, und all diese Tätigkeiten verliehen dem Lager eine fast häusliche Geschäftigkeit.

Bento Gonçalves erinnerte sich an die schwarzen Dienstmädchen auf der Estância, wenn sie im Laufschritt die getrocknete Wäsche vom Trockenplatz einsammelten. Ihm stieg der Duft von frischem Brot in die Nase, und er verspürte eine irrwitzige Lust, nach Hause zu reiten, und sei es für eine einzige Nacht, um seine Mädchen und die beiden Jungen wiederzusehen und mit Caetana das Bett zu teilen. Er musste seiner Frau schreiben und ihr die Neuigkeiten über ihren Sohn berichten: Man hatte dem jungen Bento den Rang eines Leutnants verliehen, er war ein guter Krieger. Er glich ihm, er hatte sogar seinen Namen geerbt. Er bewies in den Schlachten großen Mut. Jetzt befand er sich mit Netto in Porto Alegre bei der Belagerung der Provinzhauptstadt. Dort würde er während der Belagerung bleiben, vielleicht nicht lange.

Er machte ein paar Schritte und spürte den feuchten Wind wie eine Liebkosung über sein Gesicht und seinen Bart streichen. Der Regen wurde stärker, aber er war wohltuend und kühl. Vom Boden drang dieser so angenehme Duft der feuchten Erde. Ein Donner dröhnte ganz in der Nähe am Himmel. Bento Gonçalves schaute sich um, er genoss die Pampa, in die er so lange nur in seinen Gedanken zurückgekehrt war, bis sie eines Tages ihre tatsächlichen Umrisse verloren hatte und nur noch zu einem Traum geworden war, einem mythischen Ort, nach dem er sich in den langen schwülen Nächten im Gefängnis gesehnt hatte.

Etwas weiter entfernt beobachtete Joaquim unter einem Baum das Unwetter. Bento Gonçalves näherte sich seinem Sohn.

»Du hast viel studiert, Joaquim, aber solltest du vergessen haben, dass ein Baum nicht der geeignete Ort ist, um ein Gewitter zu betrachten?« Er lächelte beim Sprechen, der Regen troff über sein Gesicht und durchnässte sein schwarzes Haar. »Komm, Joaquim, lass uns an einen besseren Platz gehen, es muss ja kein Dach sein … Ich weiß einen ordentlichen Regen auch zu schätzen.«

Die beiden spazierten durch das Feldlager. Auf dem Boden

bildeten sich die ersten Pfützen. Joaquims große, aufrechte Gestalt hielt mit dem Vater Schritt.

»Vater, werden Sie nach Porto Alegre gehen und sich Nettos Truppen anschließen?«

»Nein. Es gibt in dieser Gegend noch viel zu tun. Gut, in Wahrheit habe ich den Plan, mich in den nächsten Tagen zu Anas Estância zu begeben.«

Joaquim lächelte.

»Dann werden Sie auch unsere Mutter sehen.«

»Mehr als das, mein Sohn. Ich werde ernsthaft mit Antônia eine ganz wichtige Angelegenheit verhandeln, über die ich mit ihr bereits gesprochen habe. Ich habe Pläne, mein Sohn ... Und außerdem hat ein General ein oder zwei Nächte den Trost seiner Familie verdient.«

Joaquim wich mit seinem Blick über die Landschaft aus, er dachte an Manuela und fühlte einen Druck in der Brust. Bento Gonçalves verstand den verlorenen Blick seines Erstgeborenen.

»Mach dir keine Sorgen, ich werde Manuela deine Grüße ausrichten«, sagte er und klopfte seinem Sohn auf die Schulter. »Wenn der Krieg zu Ende ist, werdet ihr heiraten, und zwar mit einem großartigen Fest.«

Joaquim fühlte seine Schüchternheit wie eine Hand an seiner Gurgel. Er wechselte das Thema.

»Was für ein Geheimnis führt Sie auf die Estância, Vater? Wenn ich es denn wissen darf?«

»Ich habe Pläne für Garibaldi, einen italienischen Freund von Graf Zambeccari. Eigentlich müsste dieser Mann jetzt schon hier eingetroffen sein, ich weiß nicht, wo er abgeblieben ist ... Aber er wird kommen. Er ist ein Mann meines Vertrauens. Ein Seemann. Und wir brauchen einen Hafen, um diesen Krieg zu gewinnen. Wir brauchen die Binnengewässer.«

Joaquim sagte nichts. In der Ferne war ein Blitz zu sehen, einige Pferde wieherten. Die Nacht war zu einer Decke aus dickem, kühlem Wasser geworden, die alles überzog.

Als sein erster Trauermonat vorbei war, besuchte Inácio die Estância da Barra. Er hatte abgenommen, sein dunkles Gesicht wirkte verschlossener, aber er war immer noch ein großer, gut aussehender, starker und junger Mann für seine achtunddreißig Jahre. Nach dem Tod seiner Frau war es gerecht und angemessen, dass er begann, Perpétua den Hof zu machen, um deren Hand er so bald wie möglich anhalten würde. Außerdem verlor die Zeit in Kriegszeiten ihre Bedeutung, alles wurde unbeständig. Und auch wenn er erst seit kurzem verwitwet war, ein so junger Witwer hatte das Recht, sich wieder zu verheiraten.

Er brachte hausgemachten Käse von seiner eigenen Estância mit. Er übergab das Geschenk Milú, die ihn auf der Veranda empfing und sofort loseilte, um Dona Ana, »die Herrschaft«, zu rufen. Inácio setzte sich auf einen der Stühle und genoss den frischen Wind, der zum Ende des Sommers vom Wasser herüberwehte. Dona Ana erschien wenig später, in Grau gekleidet, das Haar zu Zöpfen geflochten, mit dem gleichen sanftmütigen und selbstsicheren Gesicht wie immer.

»Haben Sie herzlichen Dank für die Käsestücke, Senhor Inácio.«

Inácio gab ihr einen Handkuss. Es sei nicht der Rede wert. Er schätzte diese Familie und er genoss es, ihr kleine Geschenke zu machen.

»Wenn Celestiana, die Köchin, Guavenmus macht, bringe ich auch davon mit, Dona Ana. Es gibt keinen besseren Nachtisch als den von Celestiana.«

Dona Ana lächelte dankbar. Sie fragte ihn, wie es ihm nach dem Tod seiner Gattin ging. Inácio senkte die Augen.

»Es liegt in Gottes Hand. Sie wissen ja, ich bin kinderlos, und es ist hart für mich, allein zu sein. Und jetzt bin ich Kommissar in Boqueirão, also … Der Krieg vertreibt die Einsamkeit, aber das leere Haus ist eine schwere Last.«

Dona Ana nickte, sie hielt ihre Hände in den Schoß gelegt. Eine junge Schwarze brachte einen Krug mit frischer Limonade. Sie tranken und plauderten über belanglose Dinge. Dona Ana wartete geduldig ab, dass Inácio das Thema ansprach, das ihn schließlich hierhergeführt hatte. Sie wusste, dass der Kommissar ein äußerst beschäftigter Mann war, mit vielen Betätigungen: Er besaß Estâncias, er hatte keine Zeit für solche Besuche übrig. Und sie wusste auch – alle im Haus wussten davon – von der Zuneigung, die Senhor Inácio für Bentos Tochter Perpétua empfand. Also beschloss sie, ihm entgegenzukommen: »Sie wissen ja, dass mein Bruder wieder in Rio Grande ist. So bald wie möglich, so hat er uns geschrieben, wird er ein paar Tage auf der Estância verbringen. Zwar nur kurze Zeit, höchstens drei Nächte, aber für einen General ist Zeit Gold wert, und dieser Krieg …« Sie seufzte. »Aber auf jeden Fall müssen wir ein ordentliches Churrasco für ihn veranstalten, vielleicht sogar einen Ball. Und Sie werden unser Gast sein.«

»Ich fühle mich sehr geehrt, Dona Ana. Ich habe eine große Hochachtung vor der Gastfreundschaft dieses Hauses …« Er räusperte sich ein wenig. Er hatte Teresa sehr schnell geheiratet, sie waren Cousin und Cousine gewesen, es war eine zwischen den Familien arrangierte Ehe, er hatte sich noch nie in einer so heiklen Situation befunden … Nach einer angemessenen Pause sagte er: »Dona Ana, ich muss mit Ihnen sprechen. Sie wissen, dass ich nun Witwer bin und insofern frei für eine Wiederheirat. Sie wissen auch, denn ich habe daraus nie ein Geheimnis gemacht, dass ich für Senhorita Perpétua eine große Wertschätzung habe … Es wäre für mich eine große Ehre, sie so bald wie möglich heiraten zu können, wenn die angemessene Zeit nach dem Tod der ärmsten Teresa verstrichen ist.«

Dona Ana lächelte. Sie schenkte Inácio noch mehr Limonade ein. Sie wählte die passenden Worte: »Senhor Inácio, haben Sie keinen Zweifel an der Wertschätzung, die ich Ihnen entgegenbringe. Und auch nicht an den zarten Gefühlen, die meine Nichte für Sie hat. Aber auch wenn dies mein Haus ist und ich, so lange der Krieg dauert, die Zügel in der Hand habe, so glaube ich doch, dass Sie mit meiner Schwägerin Caetana sprechen sollten. Während Bentos Abwesenheit kann sie Ihnen ihre Zustimmung erteilen.« Sie wechselte den Tonfall. »Aber sagen

Sie mir, welcher Zeitraum wäre für die Verlobungszeit bis zur Hochzeit angemessen? Ein Jahr wegen der Trauer?«

Inácio warf Dona Ana einen besorgten Blick zu. Dann lächelte er und sagte nachsichtig: »Die Kriege bringen Freud und Leid, Dona Ana. Ein Jahr kann in meinem Fall eine lange Zeit sein. Gott allein weiß, was er mit mir vorhat, aber ich glaube, ein halbes Jahr ist ausreichend, um die Erinnerung an Teresa zu ehren.«

»Ich denke, so wird es sein«, antwortete Dona Ana. »Diese Zeit genügt, um die Aussteuer anzufertigen und alles vorzubereiten. Bis dahin haben wir Frühlingsbeginn, was eine wunderschöne Zeit für ein Hochzeitsfest ist.« Sie stand von ihrem Stuhl auf. »Ich gehe hinein und rufe Caetana. Sie bringt ihrer kleinen Tochter Sticken bei. Ich bin in einer Minute wieder zurück.«

Inácio betrachtete den Umbubaum in der Ferne. Er spürte seine feuchten Handflächen, als wäre er ein kleiner Junge, der zum ersten Mal eine Hexe sah. Er leerte sein zweites Glas mit Limonade und wartete ab. Aus irgendeinem Winkel des Gutshauses war das Lachen der Mädchen zu vernehmen. Er versuchte aus dem Stimmengewirr Perpétuas herzliches, sanftes und vielversprechendes Lachen herauszuhören.

Caetana gab der Brautwerbung ihre Zustimmung und bestimmte, dass die Verlobung stattfände, sobald Bento auf die Estância käme. Sie bat um eine diskrete Verlobungszeit, die seinem Witwerstand entspräche. Die Tochter ihrerseits war ganz einverstanden, sie wollte Senhor Inácio heiraten. Perpétua würde später zu ihnen kommen, sie machte sich für ihre Begegnung zurecht.

Sie war in dem hellblauen Kleid, das ihre dunklen Haare betonte, sehr schön. Trotz des Krieges hatte sie einen Liebsten gefunden, einen Liebsten mit pechschwarzen Augen und einer herzlichen, kräftigen Stimme, der einfach an den Türen der Estância aufgetaucht war. Perpétua empfand immer noch leichte Gewissensbisse, wenn sie an das schlichte bleiche Wesen dachte, das sie einmal flüchtig gesehen hatte. Aber sie vergaß es sofort, und diese abendliche Begegnung auf der Veranda dauerte eine

Weile und ging in ein Abendessen im Familienkreis über, eine intime Feier dieser Verbindung. Inácio José de Oliveira Guimarães und Perpétua Justa Gonçalves da Silva würden heiraten. Um den großen Tisch im Speisezimmer saß Inácio mit den sieben Frauen, sie erhoben ihre Gläser, um anzustoßen.

»Ich wünsche euch viel Glück«, sagte Dona Ana, die am Kopfende saß.

Draußen zirpten die Grillen, und eine laue Wärme drang durch die geöffneten Fenster, wie eine Hand, die ihren Körper streichelte. Rosário wälzte sich im Bett und fand nicht in den Schlaf. Kummer bedrückte ihre Brust. Die Hitze bohrte sich durch den Stoff des Nachtgewandes. Im Bett neben ihr schlief Perpétua ruhig und selig. Rosário dachte an das Glück, das die Cousine getroffen hatte. Sie würde heiraten. Trotz des Krieges, trotz allem, Perpetúa hatte ein Stück vom Glück abbekommen. Und Inácio war ein sehr gut aussehender Witwer, groß und elegant. Keiner von diesen Landarbeitern. Er war ein Mann mit Umgangsformen. Ein Kavalier. Rosário stand geräuschlos auf. Sie zog Pantoffeln an, zündete die Lampe an und ging in den halbdunklen Flur. Das Haus schlief.

Auf der Veranda zerzauste eine frische Brise ihre Haare. Sie nahm im Schaukelstuhl Platz und verharrte dort, in Gedanken über die schreckliche Wahrheit ihres Liebsten versunken.

Der Himmel war mit Sternen übersät. Rosário spürte, wie eine Träne über ihr Gesicht glitt. Sie wischte sie mit der Hand ab. Sie würde nicht wie ein dummes kleines Mädchen weinen, nein, das würde sie nicht tun.

Ich werde nicht weinen. Steban liebt mich. Ich liebe ihn. So ist es geschehen. Solche Dinge geschehen jeden Tag. Ich bin nicht verrückt.

»Ich bin nicht verrückt …«, ihre sanfte Stimme hallte in der Stille der Nacht wider.

»Sprichst du mit dir selbst?«

Mariana erschien auf der Veranda. Sie konnte wegen der Hitze auch nicht schlafen.

»Setz dich zu mir«, forderte Rosário sie auf. »Die Nacht ist zu schön, um allein zu sein.«

Mariana lächelte, ihr langes schwarzes Haar umrahmte ihr Gesicht auf beiden Seiten.

»Bist du traurig, Schwester? Beruhige dich doch … uns Frauen ergeht es so, wenn wir Verlobungen und Hochzeiten miterleben, vor allem wenn wir allein sind.« Sie lachte. »Aber wir haben das gleiche Glück wie Perpétua verdient. Nicht dass ich Senhor Inácio zum Mann haben wollte, ich finde ihn ein bisschen alt. Aber ein Liebster käme mir gerade recht.«

»Ich bin nicht traurig, Mariana. Ich weiß nicht recht, was ich fühle, einen Druck auf der Brust, eine Beklemmung, Angst.«

Mariana betrachtete eindringlich ihre zarte blonde Schwester, die im hellen Mondlicht so schön aussah.

»Wovor hast du Angst? Hier sind wir vor dem Krieg in Sicherheit. Und kein Kaiserlicher, so wagemutig er auch sein mag, würde es wagen, diese Estância anzugreifen, Rosário.«

»Der Krieg macht mir keine Angst. Dieser Krieg verursacht mir nur Langeweile.«

»Also, was ist es dann?«

»Es ist die Liebe«, antwortete sie und bemerkte, wie sich auf Marianas Gesicht Verwunderung ausbreitete.

»Bist du verliebt? In wen? In jemanden von der Estância? In einen Nachbarn? Und mir ist niemals etwas aufgefallen …« Mariana lehnte sich in den Stuhl zurück. »Wenn mir das jemand gesagt hätte!«

Rosário spürte ihren trockenen Mund. Sie suchte nach Worten, sie überlegte, was sie erzählen konnte. Ihre Stimme klang verschwörerisch.

»Es ist eine lange Geschichte, Mariana. Ich werde sie nur dir erzählen, aber du musst mir schwören, das Geheimnis zu bewahren.«

Mariana küsste auf ihre Finger ein Kreuz.

»Ich schwöre es«, antwortete sie.

Und Rosário begann die Geschichte von ihren Begegnungen mit Steban in der geheimnisvollen Stille des Arbeitszimmers zu erzählen, von den langen Stunden mit Vertraulichkeiten, von der wachsenden, fast schmerzhaften Leidenschaft, von der Angst vor ihrer Entdeckung, vor den Blicken der Dienstmädchen, vor Dona Anas Aufsicht. Und dann füllte sich die Veranda mit Geheimnissen, mit geflüsterten Worten, mit Seufzern und Versprechungen … Ein Uruguayer. Ein ätherisch schöner Uruguayer mit grünen Augen … Mariana drang allmählich in eine unberührbare Welt ein, die sie sich niemals vorstellen konnte, eine Welt mit Flügeln und Flüstern, in der ein junger Offizier wie ein Schatten zwischen Büchern entstand, der immer fahl war, immer einen ewigen Tod blutete und der Nichte genau des Generals, dessen Degen ihm das Leben genommen hatte, ewige Liebe schwor.

Als Rosário ihre Geschichte beendet hatte, zitterte die Schwester.

»Willst du mir erzählen, dass du einen Geist triffst?«

Rosário lächelte.

»Ich treffe ihn nicht nur: Ich liebe ihn. Und ich will mit ihm den Rest meines Lebens verbringen.«

Mariana konnte nicht fassen, dass sie über so etwas sprachen. Nie zuvor hatte sie eine Geschichte gehört, in der es um eine solche Liebe ging.

»Aber … Wenn es so ist, wie du erzählst, Schwester, wenn ein Mann durch die Kraft einer Leidenschaft aus dem Jenseits angezogen werden kann, heißt das, dass seine Tage schon längst vergangen sind … Das heißt, er ist schon gestorben.« Sie schüttelte den Kopf. »Und das ist unmöglich, Rosário … Du bist verwirrt, vielleicht auch krank. Du bist diese Estância leid.«

»Niemals im Leben ist es mir so gut gegangen, Mariana.« Sie berührte die Hand der Schwester, die mittlerweile fröstelte. »Beruhige dich, bitte. Wenn ich dir doch sage, dass Steban und ich uns hier, in diesem Haus treffen, dann, weil es wahr ist … Es ist etwas geschehen, ich weiß nicht recht, was, aber fest steht, dass sich unsere Welten getroffen haben«, sagte sie und bekräftigte noch einmal: »Wir lieben uns.«

»Wenn unsere Mutter das hörte ... dass du einen Geist liebst, Schwester, sie würde es nicht ertragen.«

Rosário legte Marianas Hände zwischen ihre eigenen und bat sie: »Sag noch nichts. Ich habe es dir erzählt, weil mein Herz vor so viel Druck bald bersten wird. Ich verspreche dir, dass ich dich mitnehme, damit du ihn kennen lernst. Dann wirst du sehen, dass ich nicht lüge und dass wir uns lieben. Dass hier, in der Nähe der Lagune, ein Wunder geschehen ist.«

Ein Windstoß beendete die Ruhe auf der Veranda. Mariana betrachtete die ältere Schwester. Sie versuchte in diesen blauen Augen irgendein Anzeichen von Wahnsinn zu entdecken, aber sie sah nur Erregung. Die Erregung einer verliebten Frau.

Im Herbst dieses Jahres 1838 eroberten in der bis dahin größten Schlacht zwischen den kaisertreuen und den republikanischen Truppen die Aufständischen die Stadt Rio Pardo. Die Rückkehr von Bento Gonçalves hatte den *Farroupilha*-Truppen neuen Mut eingeflößt. Mehr als dreitausend Männer kamen unter der Führung der beiden *Farroupilha*-Generäle zusammen. Sie kämpften gegen eintausendsechshundert kaiserliche Soldaten, die im Kampf acht Geschütze und tausend Infanteriewaffen einbüßten und zudem mehr als dreihundert Tote und Verletzte zählten. Die *Farroupilha*-Truppen nahmen bei den kaiserlichen Einheiten siebenhundert Gefangene.

Es war eine der schlimmsten Niederlagen, die die Kaiserlichen während der gesamten *Revolução Farroupilha* erlitten hatten. Das Ergebnis dieses Sieges war so gewaltig, dass sich der Marschall des kaiserlichen Heeres, Sebastião Barreto, bis zu diesem Zeitpunkt der Militärkommandant der Provinz, vor einem Kriegsgericht verantworten musste.

Noch von Dankbarkeit erfüllt, kam Bento Gonçalves Mitte Mai auf die Estância da Barra, um Caetana und seine Kinder wiederzusehen. Der Herbst brachte klare, sonnige Tage, und allmählich kühlte die Luft in der Provinz ab. Die Nächte wurden angenehmer, heimeliger, und von Tag zu Tag verspürte man mehr Lust auf ein kräftiges Kaminfeuer.

Bento Gonçalves wurde mit einem grandiosen Churrasco begrüßt, das zu Ehren der Verlobung von Perpétua mit Inácio de Oliveira Guimarães veranstaltet wurde. Das Haus sah festlich aus, es war mit Blumen geschmückt, überall gab es zufriedene Gesichter. Die Frauen hatten sich mit neuen Kleidern, die man eigens aus Pelotas hatte kommen lassen, herausgeputzt und die Haare mit Seidenbändern zusammengefasst. Perpétua trug ein grünes Spitzenkleid, sie sah schön und gereift aus.

Als Bento Gonçalves seine Tochter Perpétua umarmte und sie wie etwas Zartes und Unfertiges in seine Arme drückte, konnte er nur noch sagen: »Im Krieg vergeht die Zeit überhaupt nicht, aber bei dir, meine Tochter, hat sie Wunder bewirkt. Du bist eine wunderschöne Verlobte.«

Perpétua errötete vor Vergnügen.

Später absentierte sich Bento Gonçalves mit Inácio. Sie kannten sich schon vom Krieg und von Geschäften. Es gab viele Dinge zu besprechen.

Dona Antônia überwachte die Zubereitung der Salate, als Bento Gonçalves sein glatt rasiertes Gesicht durch die Küchentür steckte und sagte: »Komm mit, Antônia. Lass die Speisen liegen, ich muss mit dir reden.«

Dona Antônia wischte ihre Hände an einer weißen Schürze ab und ging mit ihm hinaus. Das grelle Licht blendete sie einen Moment.

»Ist es dringend?«, fragte sie freundlich.

Bento nahm ihren Arm. Sie spazierten bis zu einem Schatten spendenden Pfirsichbaum. Die Vögel sangen.

»Wenn man wenig Zeit hat, Antônia, ist alles dringend. Du weißt ja, dass ich morgen aufbreche, und ich möchte mit dir ein paar Angelegenheiten besprechen, ehe ich nach São Gabriel reite.«

Die Musik und der Geruch von gebratenem Fleisch gaben dem Tag eine festliche Note. Der Himmel war blau, als hätte man ihn für so einen Tag in Auftrag gegeben.

»Komm, setzen wir uns«, schlug Antônia vor.

Sie machten es sich auf einer Holzbank bequem.

»Es geht um die aufgegebene Werft, die du da am Ufer des Camaquã hast«, sagte Bento. »Sie wird doch seit langer Zeit nicht mehr benutzt, oder?« Dona Ana nickte. »Ich habe Pläne damit. Äußerst wichtige Pläne. Aber ich brauche deine Zustimmung.«

Dona Antônia schaute unvermittelt in die schwarzen Augen des Generals. Es war unglaublich: Bento hatte die gleichen Augen wie ihre Mutter. Unergründliche, nachtschwarze Augen.

»Du kannst den Platz gern verwenden, Bento. Du weißt doch, dass du immer auf mich zählen kannst.«

»Genau das mache ich. Wenn die Dinge unter Dach und Fach sind, werde ich dir einen Brief schicken und dir alles erklären. Ich werde deine Dienste und deinen Mut brauchen. Ich habe für diese Gegend ein Geheimnis parat, Antônia!«

Manuelas Tagebuch

Pelotas, 9. September 1883

Die Geschichte von Giuseppe Garibaldi ist in meine Haut geprägt, wie ein Fingerabdruck. In letzter Zeit, wenn ich in den kalten Nächten durch dieses düstere und von allen verlassene Haus wandele und das Echo der Stiefeletten auf dem Holzfußboden höre, der so oft gebohnert wurde, denke ich an ihn. Es ist er, der meine ganze Seele besetzt, so als wäre ich nur noch ein Refugium für die Gedanken an ihn. Und mit der Wärme seiner Erinnerung gerate ich in Wallung. Denn das bin ich: eine Truhe, eine Urne für diese verlorenen Träume, für den Traum von einer Republik und für den Traum von einer Liebe, die sich mit der Zeit und mit den Lebenswegen verbraucht hat, auch wenn sie immer noch mit dem gleichen unruhigen Rhythmus jener Jahre unter meiner mittlerweile so durchscheinenden Haut brennt.

Ich kann mich sehr gut an die Ereignisse der ersten Monate des Jahres 1838 erinnern, vielleicht dem wichtigsten Jahr meines Lebens, als meine Augen die Gestalt von Garibaldi erblickten, und wie ein Fluss, der über die Ufer tritt, überschritt ich meine Grenzen und überflutete Schlupfwinkel, die ich nicht einmal gewagt hatte, mir vorzustellen …

Nach mehreren Monaten der Rekonvaleszenz in Gualeguay und angeödet von dem ruhigen Leben, mit dem er sich nie anfreunden konnte, floh Giuseppe Garibaldi Mitte Januar. Aber seine Flucht wurde verraten, und er wurde in der Nähe der Stadt festgenommen. Da sich sein Beschützer, General Pascual Echague, auf Geschäftsreise befand, wurde er zu einem Oberst mit Namen Leonardo Millan gebracht und mehrere Stunden gefoltert, bis er vor Erschöpfung und Schmerz in Ohnmacht fiel. Ende des Monats wurde Millan vom Provinzgouverneur ernsthaft verwarnt, und Garibaldi wurde nach Entre-Ríos überführt, wo er sich vor der örtlichen Justiz für seine Taten verantworten musste.

Aber Garibaldi flüchtete wieder – er hatte nicht so viele Meere durchfahren, um sich der Gnade der Regierung von Uruguay auszuliefern –, und dieses Mal glückte ihm die Flucht. Er traf seinen Freund Rossetti, der von Rio Grande zurückkam, wo er bereits einige Begegnungen mit Vertrauten meines Onkels gehabt hatte. Dann brach Garibaldi gemeinsam mit Luigi Rossetti auf, um diese verrückte und schöne Republik zu planen, von der er schon so viel gehört hatte. Ja, denn das war ein Traum, für den es sich lohnte, bis zum letzten Blutstropfen zu kämpfen: die Freiheit eines Landes und eines Volkes, die Schaffung einer egalitären Nation, in der es weder Kaiser noch Sklaven gab. Schließlich folgte Garibaldi dem Leuchtfeuer seiner Leidenschaft und kam in mein Land. Und er kam zu Pferde, denn er hatte reiten gelernt, und auf dem Rücken eines tiefschwarzen Rappen durchquerte er die Pampa in Richtung Rio Grande.

Am Ende dieses lichterfüllten Herbsts mit milden Tagen kam Giuseppe Garibaldi mit seinem Freund Rossetti nach Piratini. Damals war die Stadt ein einziges Gewimmel: Sie war die neue Hauptstadt der Republik, dort wurden alle Truppenbewegungen abgestimmt. Sie sprühte vor Leben und Gefühlen, und diese Energie verführte auf der Stelle den italienischen Abenteurer meiner Seele: Garibaldi verliebte sich in die Anliegen der Riograndenser, in ihren Mut und ihre Tapferkeit und in ihre Republik.

In Piratini wurden sie von Domingos José de Almeida empfangen, dem damaligen Finanzminister.

»Bento Gonçalves hat große Pläne mit Ihnen«, war das, was ihnen dieser kleine Mann mit der energischen Stimme und den klugen braunen Augen sagte.

Zwei Tage später befanden sie sich mitten im Getümmel eines lärmenden Feldlagers am Ufer des São Gonçalo, einem Flussarm, der die Lagoa dos Patos mit der Lagoa Mirim verbindet. In einem Zelt untergebracht, sahen sie den großen, kräftigen, von den Kämpfen und von der Freiheit abgehärteten Mann in seiner makellosen Uniform hereinkommen. Giuseppe Garibaldi sah tief in dessen dunkle Augen und atmete erleichtert auf. Endlich war er zu Hause. Nun hatte er wieder einen Traum.

Mein Onkel hatte schon viele Pläne für diesen begeisterungsfähigen Italiener mit den honigfarbenen Augen geschmiedet. Und diese Pläne führten ihn in meine Arme.

Bei dem Churrasco dort auf der Estância hatte Bento Gonçalves Gelegenheit, sich mit Dona Antônia zu besprechen und sie um einen großen Gefallen zu bitten: den Gebrauch der kleinen Werft auf dem Gelände der Estância do Brejo. Dona Antônia verschloss sich nicht den Wünschen ihres Bruders, dem sie jederzeit alles gegeben hätte. Bento Gonçalves verließ die Estância wieder, und nur einen Monat später kam ein Bote zu uns und berichtete, dass er in der Gürteltasche einen Brief des Präsidenten brachte. Er suchte nach Senhora Antônia. An jenem hellen, lichten Nachmittag, dessen Schimmer alles vergoldete – diese Herbststimmung mit ihrer unendlichen gelben Stille sollte für immer meine Seele besetzen –, hielt sich die Tante bei uns auf und griff mit ihren kräftigen bleichen Händen nach dem Brief des Bruders. Sie las ihn uns laut vor. Bento Gonçalves schicke in den nächsten Tagen eine Gruppe Soldaten zur Estância do Brejo. Diese Soldaten seien eigentlich sehr erfahrene Seeleute, und sie würden von dem Italiener Giuseppe Garibaldi angeführt, »einem äußerst ehrenwerten und würdigen Mann, einem eingefleischten Soldaten, der mit Ehrerbietung behandelt werden soll«, wie Bento Gonçalves schrieb. Sie hätten die Aufgabe, für das republikanische Heer Schiffe zu bauen, und »in allem, was sie an Essen, Schutz, Hilfe benötigen, zähle ich auf dich und auf die Landarbeiter der Estância, damit ihr ihnen auch die Arbeiten auf dem Land zeigt, denn sie sind alle Seeleute«.

Die Tante legte eine Pause ein. Wir waren in dieser Stille gefangen. Es war Mariana, die fragte: »Wie viele Männer sind es?«

Dona Antônia suchte noch einmal in dem Schreiben mit der sicheren Handschrift die Zeilen, in der die genaue Anzahl unserer unverhofften Gäste geschrieben stand.

»Anscheinend sind es fünfzehn, Mädchen. Die meisten von ihnen sind Ausländer.«

Dona Ana ließ von ihrer Stickerei ab, das Goldgestell ihrer Brille schimmerte auf der Spitze ihrer schmalen Nase.

»Zum Teufel! Da haben wir Gesprächsthemen im Haus!«, sagte sie und lächelte Mariana zu. »Beruhige dich, Mädchen, diese Männer sind Soldaten, die kommen wegen des Krieges zu uns. Ich möchte, dass keine von euch das vergisst. Außerdem werden sie dort sein, und wir hier.«

Aber in meinem Herzen zeigte sich schon jene Liebe. Ja, ich sah wie in einem Traum einen blonden, schlanken und vornehmen Mann an einen Mast geklammert, mit Augen wie ein Sonnenuntergang. Gelangte er schließlich zu mir?

Dona Antônia beendete meine Träumerei.

»Vor diesem Italiener wird ein gewisser John Griggs kommen, ein Mann aus den Vereinigten Staaten. Bento schreibt es hier«, sagte sie und zeigte auf den gestempelten Brief. »Er soll ein paar Schiffe bauen, wenn der Italiener kommt.«

Caetana näherte sich der Schwägerin und wollte den Brief ihres Mannes sehen. Sie blieb eine gute Weile stehen, als hätte sie eine gewisse Sorge angefallen. Dann sagte sie: »Dieser Griggs soll noch diese Woche kommen, Antônia. Man muss Bescheid geben, dass sie den Schuppen herrichten, man muss Betten vorbereiten. Wir müssen uns an die Arbeit machen.«

Dona Antônia bewahrte den Brief in der Rocktasche. In diesem Augenblick verglühte das Abendlicht seine letzten Strahlen, und der matte Schimmer des ersten Sterns erschien am Himmel.

»Also gehen wir dorthin, Schwägerin. Wir müssen sofort ein Rind schlachten. Der Hunger von fünfzehn Männern ist nicht so leicht zu stillen.«

Und so geschah es, dass der sanfte Verlauf der immergleichen Tage für uns zu Ende ging, zu meiner Freude und der meiner Schwestern. Seit langer Zeit hatte es keine Männer mehr im Haus gegeben. Seit langer Zeit hatte man auf unserer Veranda keine Männerstimmen mehr gehört. Und nun würden es Stimmen aus anderen Ländern sein, mit geheimnisvollen Akzenten … Und die Besitzer dieser Stimmen … würde einer von ihnen unser Herz berühren, oder würde er vielleicht ein wenig die Langeweile unserer Tage vertreiben? Wir jungen Mädchen waren Gefangene des Wartens, und nun könnten unsere Ruhe und unsere Routine erschüttert werden wie Tücher auf der Wäscheleine. (In jener Nacht, ich erinnere mich gut, konnte ich vor Unruhe kaum schlafen.)

Marco Antônio, der bei uns spielte und unsere Neuigkeiten mithörte, lief hinter das Haus und rief: »Zé Pedra! Zé Pedra! Es kommen Soldaten und wohnen bei uns! Zé Pedra, ich werde auch ein Soldat sein!«

Dona Ana lächelte wohlwollend. Danach schüttelte sie nachdenklich ihre langen dunklen Haare.

»Ich glaube, wir werden unruhige Tage haben.«

Und so begann alles.

Manuela

Der Viehtreiber übergab Dona Rosa, der Haushälterin, ein schweres braunes Paket. Caetana bezahlte ihn mit Goldmünzen und sprach fließend Spanisch mit ihm, eine Sprache, in der ihr der Mann erfreut antwortete. Er kam aus Cerro Largo und hatte den Stoff für Perpétuas Brautkleid überbracht. Weiße Spitze und feinster Satin, der wie Perlen schimmerte. Und breite Bänder aus reiner Seide für die letzten Verzierungen.

Die kleine, untersetzte Dona Rosa hielt voll Stolz das Paket. Sie war eine überaus geschickte Näherin und hatte den Auftrag, das Kleid für die junge Braut anzufertigen. Perpétua hingegen hätte damit lieber eine Schneiderin in Pelotas beschäftigt, aber im Krieg war das ein äußerst schwieriges Vorhaben, so dass man sofort entschied: Dona Rosa würde hier, mit aller Sorgfalt, das Kleid für das große Fest Anfang September nähen.

Der Viehtreiber verwahrte das Geld in der Gürteltasche, er verabschiedete sich in aller Eile und begab sich zum Gatter der Estância. Die beiden Frauen gingen ins Haus zurück. Es war ein heller Junimorgen.

Caetana rief ihre Tochter: »Perpétua, der Stoff für das Kleid ist da!«

Im Nu hatten sich die vier Cousinen im Saal eingefunden. Perpétuas helle Haut errötete ein wenig.

»Mutter! Ich möchte ihn sehen!«

Caetana küsste ihre Tochter. Maria Manuela erschien strahlend im Gang. In letzter Zeit war es selten dazu gekommen. Eine Hochzeit war etwas Gutes, sie würde ein wenig Lebensfreude ins Haus bringen. Und all die Vorbereitungen! Sie ließ bereits nach den Stoffen für die Gewänder ihrer Töchter Ausschau halten.

»Rosa, such die Schnittmuster heraus«, sagte Caetana, »und lass uns ins Nähzimmer gehen.«

Die Mädchen kicherten zufrieden.

»Perpétua wird heiraten! Perpétua wird heiraten!« Mit diesem Ruf rannte Marco Antônio über den Flur. »Und Papas Soldaten kommen zur Feier!«

Maria Manuela setzte sich zum Sticken auf das Sofa. Noch blieben ihr drei Töchter, die sie verheiraten musste, und sie stand ohne Mann da. Manuela hatte ja wenigstens Joaquim. Sobald dieser verdammte Krieg zu Ende war, würden sie ihre Verlobungszeit beginnen und bald heiraten. Eine Verpflichtung weniger. Und dann würde ihr Antônio, wenn er aus dem Krieg kam, dabei helfen, für die anderen beiden Schwestern eine gute Partie zu suchen. Aber zum jetzigen Zeitpunkt befand sich Antônio in der Gegend von Porto Alegre und beteiligte sich an dieser endlosen Belagerung der Aufständischen gegen die Stadt. Maria Manuela betete jeden Tag für ihn. Sie rief ihre Heiligen um Hilfe, sie sprach komplizierte Gelübde aus, sie fastete. Sie hatte ihren Mann verloren, aber ihr geliebter Sohn würde gesund und munter nach Hause kommen, und wenn sie dafür alle Kerzen von Rio Grande opfern müsste. Sie griff zur Sticknadel und nahm die Handarbeit an der Stelle wieder auf, an der sie sie letzte Nacht unterbrochen hatte. Es war ein Stück Tischwäsche für Manuelas Aussteuer.

John Griggs war ein sehr großer, etwas buckeliger Amerikaner, er war siebenundzwanzig Jahre alt und lebte bereits seit einiger Zeit in Brasilien. Mit seinem sanftmütigen Blick begeisterte er Dona Ana und erweichte ihr Herz. Er war ein Fachmann für Dampfschiffe und ein herausragender Seemann. An einem nebeligen und kalten Samstagmittag wurde er auf der Veranda zum Matetee empfangen. Seine langgliedrigen Hände umfassten genussvoll das Mategefäß, während er Dona Ana zuhörte, die von der Estância und vom Landleben erzählte. Dona Ana wirkte auf Griggs ausgeglichen und stark, er erkannte sogar eine gewisse Ähnlichkeit mit Präsident Bento Gonçalves, aber erst als Dona Antônia erschien, die mit den letzten Vorbereitungen für den Aufenthalt des Amerikaners beschäftigt war, fand er die Ähnlichkeit, die er tatsächlich suchte. Dona Antônia hatte einen entschiedenen, erhabenen Blick und die gleiche aufrechte, misstrauische und analytische Haltung wie der bedeutende General aus Rio Grande. Da verstand er, warum man ihn auf diese Estância geschickt hatte. Dona Antônia würde sich bei der Arbeit mit den Schiffen wie ein zusätzlicher Mann beteiligen.

Dona Antônia reichte Griggs die Hand.

»Herzlich willkommen, Senhor João«, sagte sie und sprach seinen Namen portugiesisch aus. Griggs lächelte matt. »So wie mich mein Bruder darum gebeten hat, habe ich für Sie vier Zimmerleute meines Vertrauens aufgetan. Und auch einen Schmied.«

Ein riesiger Mulatte mit kräftigen Armen und vollen Lippen erschien neben Zé Pedra, Dona Anas Faktotum. Der Schmied hieß Abraão und war Zé Pedras Bruder.

»Wir werden auf Ihre Hilfe angewiesen sein, Senhor Abraão«, sagte Griggs, und der Mulatte ließ seine strahlend weißen Zähne sehen. »Es gibt viel zu tun für einen Schmied.«

Dona Antônia setzte sich neben den Amerikaner. Auf der Estância war alles vorbereitet: Neben der kleinen Werft fanden die Arbeiter in einem Schuppen Unterkunft. Die Köchin des Hauses würde für sie kochen, bis die anderen kämen. Und für irgendwelche Bedürfnisse brauchten sie nur Bescheid zu geben.

»Mein Verwalter hat den Auftrag, sich um all Ihre Bedürfnisse zu kümmern.«

»So wie Zé Pedra«, ergänzte Dona Ana.

John Griggs war zufrieden. Hinter den Vorhängen drangen gedämpft weibliche Stimmen aus dem Haus. Griggs bemerkte, wie Neugierde sein Herz umfing, aber er erinnerte sich gleich wieder daran, dass eine Aufgabe vor ihm lag. Und Dona Antônias Augen glichen so sehr denen von Bento Gonçalves. Griggs beugte sich ein wenig vor und nahm gern den erneut angebotenen Matetee entgegen, den er mit Freude trank, um die Kälte zu vertreiben.

Liebe Manuela,
seit langer Zeit möchte ich dir schreiben, denn das Verlangen, das ich für dich fühle, nimmt Tag für Tag zu. Aber erst jetzt, da

ich hier auf diesem Stein sitze und zusehe, wie die Wellenkrone mit Getöse gegen den Sand bricht, bringe ich genügend Mut auf, dir dein Fehlen, das auf mir lastet, mitzuteilen. Ja, es ist einige Zeit her, dass ich nicht mehr nur Gefühle wie ein Cousin für dich hege. Jetzt denke ich mit Zuneigung und Liebe an unsere bevorstehende Heirat und ich hoffe, dass die Zeit, die wir getrennt sind, kurz ist und dass du mit den anderen auf der Estância auf mich wartest, während ich hier mit den Soldaten im Feldlager bin, beim Kampf für die Freiheit.

Ich befinde mich in der Gegend von Torres, wo wir einige Schlachten gekämpft haben, aus denen ich mit der Hilfe Gottes und der Heiligen Jungfrau unversehrt und gesund hervorgegangen bin. Abgesehen von wenigen unbedeutenden Schlachten ist es zu einigen harmlosen Scharmützeln gekommen, die eher dazu dienen, die Einsamkeit dieser Tage zu vertreiben, als unsere Republik zu festigen. Dabei ist der Winter sehr feucht und verursacht mir Beklemmungen. Insofern wird mein Herz, wenn wir abziehen – wir werden diese Woche Torres verlassen –, ein wenig mehr Zuspruch erfahren, wenn es schon nicht das Grün deiner Augen erleben darf.

Und deshalb schreibe ich dir, Manuela. Damit du auf meinen Brief antwortest und mir sagst, dass du die gleichen Gefühle für mich hegst wie ich für dich, und dass du für deinen Cousin die gleiche Sehnsucht fühlst wie ich für dich. Ich bin sicher, dass ich dann glücklicher sein und mit mehr Freude in den Kampf gehen werde. Danach, wenn dieser Krieg zu Ende ist, werden wir unser gemeinsames Leben auf unserer Estância verbringen, und wir beide werden schöne, zärtliche Tage erleben. Zurzeit befiehlt die Republik, aber ich bitte dich, auf mich zu warten und für mich, deinen Verwandten, der sich so sehr nach dir sehnt, das Beste deiner Gefühle und Gedanken zu bewahren.

Heute ist das Meer so grün wie deine Augen, dunkelgrün und geheimnisvoll, Manuela. Und die Wolken, die am Himmel lasten, verstärken diese Stimmung nur. Und ich, der ich hier im kalten und feuchten Wind sitze, der den Sand um mich aufwir-

belt, schicke dir meine ungeteilte Zuneigung. Bitte, richte meiner Mutter und den Tanten meine Grüße aus.

Für immer der Dein

Joaquim

Torres, 12. Juli 1838

Der Tag von Perpétuas Hochzeit begann frisch und klar. Es war Anfang September. Eine sanfte Brise wehte, sie wiegte die Baumwipfel und verbreitete über den Wegen die ersten Gerüche des Frühlings des Jahres 1838.

Pater Viriato, der Beichtvater der Familie, kam aus Pelotas, um die Messe für die Verbindung der ältesten Tochter von Bento Gonçalves da Silva zu halten. Auf der Estância da Barra ging es an diesem Morgen geschäftig zu: Die schwarzen Landarbeiter hatten gerade die Gärten mit Wimpeln geschmückt, Milú und Zefina befestigten an dem weißen Holzzaun um den Altar unter dem Umbubaum Sträuße aus Wildblumen. Vor dem Haus standen reihenweise lange Tische mit blütenweißen Tischdecken und vielen Korbstühlen, um allen Gästen Platz zu bieten. Hinter dem Haus stieg schon der Bratenduft in die Luft, und man konnte den Lärm der Landarbeiter hören, die dem Fleischbrater dabei halfen, die Rippen, Filetstücke und ganze Lendenteile vorzubereiten. In der Küche war ein halbes Dutzend der schwarzen Dienstmädchen gerade mit den Salaten fertig geworden und füllte nun die Nachspeisen in Kristallschüsseln, während Dona Rosas geschickte wachsbleiche Hände, die das Brautkleid genäht hatten, die imposante Baisertorte mit gezuckerten Blüten dekorierte.

Schon trafen die ersten Gäste ein, einige Familien aus Pelotas, die auf ihren Estâncias Zuflucht vor dem Krieg gefunden hatten, die benachbarten *Charque*-Händler mit ihren Frauen und Kindern, und die Männer der Republik: Antônio Netto mit seinem eindrucksvollen, gewichsten Schnauzbart in makelloser Uniform auf seinem Fuchs; Onofre Pires da Silveira Canto, groß und kräftig wie ein Riese, bahnte sich den Weg durch die umstehenden Familien, um seinen Cousin Bento zu begrüßen; Hauptmann Lucas de Oliveira hatte sich von den Beratungen in Piratini absentiert, er war sehr elegant und riss die unverheirateten Frauen zu unterdrückten Seufzern hin, er stieg von seinem Fuchs und strahlte vor Freude darüber, wieder einmal einem schönen Fest mit Musik, Speisen und hübschen Frauen beiwohnen zu können. Andere Männer der Republik konnten nicht ihre Aufwartung machen, denn der Krieg ging weiter, und in diesen Zeiten – mit dem Sieg von Rio Pardo und den Plänen, die Binnengewässer zu befahren – fühlte sich die aufständische Regierung gestärkt, und es war unabdingbar, auf der Hut zu sein.

Auf der Werft füllte John Griggs Blatt um Blatt mit Plänen und Entwürfen von Bugen und Segeln, während zugleich das Holz verzapft und Eisen geschmiedet wurden, um den Traum von der Flotte der Republik Rio Grande Wirklichkeit werden zu lassen. Das waren die Gedanken von Bento Gonçalves, als er gemächlich mit den blitzblanken schwarzen Stiefeln zwischen den Gästen spazierte, das *Chiripá*-Tuch im Gürtel befestigt, und die Fransen seiner langen Hose flatterten bei jedem Schritt. Er ragte mit seinem ernsten, ruhigen und auch herrischen Auftreten aus der Menschenmenge heraus. Er ging zu Onofre und Netto.

»Seid willkommen, Freunde.«

»Es ist ein herrlicher Tag«, sagte Onofre. »Wie bestellt für ein Fest.« Sie gaben sich die Hände. »Was macht die Braut?«

»Sie ist im Haus, bei ihrer Mutter«, antwortete Bento. »Wie alle Bräute ist sie wohl nervös. Der Bräutigam ist mit seinen Familienangehörigen bei den Gästen. Du kennst ihn, Onofre. Es ist Inácio de Oliveira Guimarães, der Eigentümer der Estância do Salso. Er handelt mit *Charque*.«

Onofre Pires dachte nach und erinnerte sich. Ja, er kannte ihn. Er war einer seiner Männer. Bento reichte Netto die Hand. Die blauen Augen des Obersts leuchteten unter der Hutkrempe.

»Heute feiern wir ein großes Fest, mein Freund. Ich höre schon die ersten Akkordeonklänge.«

In der Nähe war der Anfang einer Chimarrita zu hören.

»Es ist alles vorbereitet«, sagte Bento. »Nach dem Segen und dem Churrasco werden wir gute Musik hören«, ergänzte er und beobachtete einen Moment die umherstreifenden Gäste, die Frauen in ihren hellen Festgewändern und mit Sonnenschirmchen, die Männer in der kurzen Jacke oder in Uniform, die stolz die roten Tücher um den Hals trugen. »Es ist ein Jammer, dass der Graf fehlt. Ach, unser lieber Freund Zambeccari ist immer noch in Haft, dabei ist er so krank. Wenn er doch nur an so einem Festtag bei uns sein könnte!«

»Es gibt Dinge, die die Seele traurig machen«, sagte Netto. »Anscheinend wird der Graf tatsächlich nach Italien deportiert.«

Die drei Männer verharrten einen Moment in düsterem Schweigen. Die Republik brauchte Zambeccari.

Inácio de Oliveira Guimarães betrachtete leidenschaftlich seine soeben angetraute Frau, er strahlte. Der Priester hielt immer noch seine mächtigen Hände über die Köpfe der Brautleute und erteilte ihnen den letzten Segen für die neue Verbindung. Perpétua stand in der Blüte ihrer dreiundzwanzig Jahre und war sehr schön: Ihr langes schwarzes Haar war oben auf dem Kopf zusammengesteckt und mit einer Blumengirlande geschmückt, die über ihre Schultern bis zum Boden fiel und die das milde Morgenlicht durchschimmern ließ; durch den Spitzenbesatz war der pochende, helle Hals zu sehen.

Perpétua schenkte ihrem Mann aus ihren schwarzen Augen einen feurigen Blick. Hinter ihrem Rücken explodierten die Hochrufe, sie fühlte Blüten über ihre Schultern niedergehen, die nun um den kleinen Altar auf dem Boden verstreut lagen. Und sie hörte die ersten Klänge der Musik. Jetzt war sie verheiratet. Sie würde die Estância da Barra verlassen und in Boqueirão leben, sie würde mit diesem dunkelhäutigen Mann mit den geheimnisvollen Augen und dem nachsichtigen Lächeln das Bett teilen, sie würde seinen salzigen Geruch riechen und mit ihm das Leben verbringen. Sie errötete fast unmerklich. Sie sah die schwarzen, tiefgründigen Augen ihres Vaters auf sich ruhen, der in unerreichbare Gedanken versunken war. Sie sah Tränen über das so schöne Gesicht ihrer Mutter gleiten, sie sah die Tanten in ihren Festgewändern fröhlich lächeln, sie sah den frommen Blick des Paters, der schon an die Kinder dachte, die sie ihm für die Herde des Herrn schenken würden. All das ließ sie in der Seele erschauern, sie spürte einen wohligen Geschmack im Mund und die Lust, in den starken Armen dieses Mannes eine Frau zu sein.

»Ein Hoch auf das Brautpaar!«, rief Joaquim.

»Hurra! Hoch sollen sie leben!«, stimmten alle mit ein.

Die Musik begann laut zu spielen. Perpétua merkte, wie sie von Armen weitergestoßen wurde, wie Münder sie auf die Wangen küssten, wie Umarmungen sie von Inácio entfernten. Alle wollten sie beglückwünschen. Sie wurde von den wirbelnden Menschen gezogen, von den Händen ihrer Cousinen, und dabei hoffte sie nur, dass in all diesem Gedränge ihre Frisur nicht zerstört würde.

Die Tische zeigten noch die üppigen Reste des großen Gelages, während die schwarzen Mädchen emsig wie die Bienen, die Teller mit den Fleischresten, die Tabletts mit Salaten, mit Maniok und Reis abdeckten, und neue Schüsseln anrichteten, Platten mit Süßigkeiten, Terrinen mit karamellisiertem Kürbis und Kristallschüsseln mit Pfirsichmus. Verschwitzte Kinder sausten durch den Garten und trampelten in ihrer stürmischen Freude auf die Blumenbeete.

Im Hintergrund, auf dem für diese Gelegenheit errichteten Tanzboden, tanzten die ersten Paare schon den Caranguejo: Die Männer wiegten sich vor den Frauen, die in die Hände klatschten. Der Mann am Akkordeon gab ein Zeichen, die Paare fanden zueinander und tanzten zusammen. Das Fest hatte seinen Höhepunkt erreicht, eine milde Sonne vergoldete die Haare der Mädchen und ließ die vollen Schüsseln mit den karamellisierten Früchten, dem Sirup und den Cremespeisen schimmern. Mit dem Blumenduft, den Essensgerüchen und der

Lebensfreude verbreitete sich Wohlbefinden. Dona Antônia saß am Ende eines der langen Tische auf einem Stuhl und beobachtete die tanzenden Paare. Sie war sehr nachdenklich.

»Was ist mit dir, Schwester?« Maria Manuela setzte sich in ihrem schwarzen Seidenkleid neben sie.

»Es ist nichts... Ich beobachte nur die jungen Leute. Das machen wir Alten doch, oder? Das Leben der jungen Leute beobachten.«

Maria Manuela folgte den Blicken ihrer Schwester und war vergnügt.

»Joaquim und Manuela sind ein schönes Paar, nicht wahr?«

»Ja«, antwortete Dona Antônia. »Wirklich, es fehlt ihnen nicht an Schönheit.«

Aber ihre Stimme hatte einen merkwürdigen Tonfall, den Maria Manuela lieber überhörte, sie hatte den Kopf voll mit anderen Dingen. Sie blieb dort sitzen und betrachtete ihre Tochter und träumte von jener Hochzeit.

»Sicher werden sie bald heiraten«, sagt sie so dahin, und sie hörte gern den Klang ihrer eigenen Worte, die ihr wie eine günstige Prophezeiung vorkamen.

Joaquim fasste Manuela um die Taille und versuchte direkt in ihr so hübsches Gesicht zu sehen. Manuela war in einem blauen Kleid, dessen Spitzen im Ausschnitt ihre zarte helle Haut durchscheinen ließen, und mit dem mit Seidenbändern zu Zöpfen geflochtenen schwarzen Haar eine prachtvolle Erscheinung. Sie drehte sich, sie spürte den frischen Wind im Gesicht, sie spürte Freude, aber sie wagte es nicht, Joaquim anzusehen, dessen Blick – sie wusste es – zuckersüße Liebe ausstrahlte. Ihr Cousin sah so gut aus! Er war distinguiert, groß, elegant, er hatte ein schön geschnittenes Gesicht und lebendige, stechende Augen, die gleichen Augen wie sein Vater. Die rosigen Lippen waren füllig. Manuela hatte durch die Fächer hindurch die enthusiastischen Gesichter der anderen Mädchen gesehen, wenn Joaquim vorbeiging... Außerdem: Er war der Sohn des Präsidenten! Was konnte man noch verlangen? Aber dennoch lösten bei ihr diese warmen Hände, die sie an der Taille fassten und zum Tanzen drehten, nicht mehr als Zuneigung aus, die Zuneigung unter Verwandten.

»Bist du glücklich, Manuela?« Joaquim strahlte über das ganze Gesicht. Er hatte sich einen gut gestutzten, dunkelbraunen Bart stehen lassen, der sein schönes Gesicht einrahmte.

Manuela lächelte zurück.

»Ich bin glücklich. Wir haben so lange zu Hause kein Fest mehr gegeben!«

Joaquim wollte ihr sagen, dass er ein anderes Glück meinte, dass er diese Musik meinte, diese Berührung mit ihr, die ihn erschauern ließ, dass er diese Nähe meinte, von der er seit langem träumte. Aber er sagte nichts. Bestimmt würde er seine Cousine damit beschämen.

Die Musik hörte auf, und alle klatschten Beifall. Immer mehr Leute betraten den Tanzboden. Joaquim sah seine Eltern, die sich auf den nächsten Tanz vorbereiteten. Er bewunderte die Liebe, die die beiden verband. Caetanas schwarzes Haar, von silbernen Haarspangen zusammengehalten, leuchtete in der Abendsonne. Dann erklangen die ersten Töne einer Meia-Cancha. Bentinho stellte sich zwischen die Gäste. Um den Tanz zu beginnen, gab er mit seinem Halstuch in der Hand seiner Cousine Mariana ein Zeichen, die zu ihm ging. Gleich kam ein anderes Paar hinzu, dann noch eines und noch eines. Innerhalb von wenigen Augenblicken schlossen sich auch Joaquim und Manuela dem Kreis an. Manuelas Kleid drehte sich und drehte sich und verbreitete sein Blau wie einen Segen.

Rosário befreite sich so gut es ging aus dem Gespräch mit Tinoco Silva Tavares, dem Sohn eines Großgrundbesitzers der Gegend, der seit einiger Zeit schon ein gewisses Interesse an der blonden Nichte von General Bento Gonçalves bekundete. Sie sagte, sie würde hineingehen, um ein wenig durchzuatmen oder einen Tee zu trinken, sie sei etwas benommen.

»Das kommt vom Trinken und vom Essen«, vermutete Tinoco und lächelte verständnisvoll durch seinen Schnauzbart. »Da verlieren wir die Gewalt über uns.«

»Ich glaube, es ist nur die Aufregung, meine Cousine verheiratet zu sehen«, erwiderte Rosário mit einem aufgesetzten Lächeln, dann hob sie den Saum ihres Spitzenkleides und rannte ins Haus hinein.

Sie lief durch die leeren, stillen Gänge, die sich so sehr von dem festlichen Treiben im Freien unterschieden. Sie wusste, dass Xica und Zefina bei den kleinen Mädchen auf dem Zimmer waren, damit sie ihren Mittagsschlaf hielten und schlich vorsichtig daran vorbei. Sie würden es merkwürdig finden, wenn das Fräulein auf dem Höhepunkt der Feierlichkeiten ins Arbeitszimmer ging.

Rosário betrat den kühlen Raum und verriegelte die Tür. Sie setzte sich in den alten Sessel der Tante und wartete, so wie sie immer wartete, dass ihr Steban aus dem Nebel, in dem er sich versteckt hielt, erschien, und zwischen den Regalen Gestalt annahm, in Fleisch und Blut erschien, so wie immer, schmuck und elegant wie ein Prinz.

Sie wartete lange. In einem bestimmten Moment, während sie mit den Zehenspitzen den Takt einer Chimarrita tippte, ertappte sie sich bei Gedanken an den eleganten Hauptmann Lucas de Oliveira. Sie hatte ihn zwischen den Gästen gesehen, groß und dunkel, und ihr war nicht entgangen, dass er sie lange angesehen hatte. Später hatte sie ihn aus den Augen verloren. Bestimmt tanzte er nun mit einem anderen Mädchen, bestimmt hatte er schon eine Tänzerin gefunden. Ein bedrückender Gedanke überfiel sie und verletzte ihr Inneres wie ein Messer: Sie war jung, und sie verschwendete ihre Zeit mit einem Geist. Aber sie liebte ihn … Ach! Er war so schön und so elegant und so wirklich wie niemals ein Mann zuvor! Oder lebte sie etwa eine Täuschung? War sie vielleicht verrückt geworden? In der Nacht, in der sie Mariana von Steban erzählt hatte, sah sie in deren Augen Angst aufleuchten. Mariana fürchtete, sie würde den Verstand verlieren. Aber wer weiß das, wer wusste das wirklich? Seit drei Jahren schon hielten sie sich auf dieser Estância auf und büßten für den Krieg. Aber sie war nicht für dieses Warten geboren. Vielleicht hatte sie sich ja irgendeine

Krankheit zugezogen, die allmählich ihre Gesundheit zerstörte…

»Steban!« Es war fast ein Schrei.

Es war dringend, dass ihr Geliebter endlich erschien, dass er zu ihr käme, damit sie bestätigen konnte, dass sie gesund war, dass sie nur wie jede andere Frau liebte. Dass sie einen Mann liebte, der von weither gekommen war, um sie zu bewundern, ein Mann, der den eigenen Tod gesehen hatte. Sie spürte einen Schauer ihren Körper erschüttern, als sie an den Tod dachte. Plötzlich erschien ihr dieses so vertraute Arbeitszimmer mit den blauen Gardinen, dem Ledersessel, dem Schreibtisch, den Büchern und den Kerzenleuchtern, plötzlich erschien ihr dieses Arbeitszimmer wie eine Gruft.

Sie stand auf, sie war bleich.

»Steban, kommst du nicht?« Ihre flehende Stimme klang fast wie ein Stöhnen.

Nein, er würde nicht erscheinen. Er wusste, dass sich Bento Gonçalves auf der Estância aufhielt, und allein die Erwähnung des Namens des großen Generals reichte aus, dass er zu bluten begann.

Rosário rannte hinaus. Nun machte es nichts mehr aus, dass eines der Dienstmädchen sie sehen und die Panik in ihrem Blick, ihr bleiches Gesicht und ihre Angst entdecken könnte. Sie lief über den Gang und kam zum Saal. Von draußen klang fröhliche Musik. Sie spürte ihr Herz pochen.

Sie ging wieder zum Fest zurück. Sie dachte daran, Hauptmann Lucas anzusprechen, ihm einen Nachtisch oder ein Getränk anzubieten. Wer weiß, vielleicht könnten sie sogar eine Canchareta tanzen. Sie ging hinaus und bahnte sich den Weg zwischen den Festgästen. Einige der Gäste zogen sich schon zurück, stiegen in ihre Zweispänner und wünschten den Eheleuten Glück. Rosário suchte in einigen Ecken nach dem Hauptmann, fand ihn aber nicht. Sie suchte ihn auf dem Tanzboden, und dort entdeckten ihre Augen ihn. Dort war der elegante Mann und tanzte mit einem dunkelhäutigen Mädchen. Rosário sah das Lächeln auf seinem Gesicht, ein helles Lächeln, er sagte etwas zu der Dame, und da füllten sich ihre Augen mit Tränen.

Perpétua und ihr Gatte reisten bei Einbruch der Nacht zur Estância do Salso ab. Die Truhen mit der Aussteuer und den Kleidern der Braut waren schon vorausgereist. Sie verabschiedete sich von ihrer Mutter und von ihrem Vater und unterdrückte aufgewühlt die Tränen.

Caetana stützte sich auf Joaquim, sie bebte. Von diesem Moment an war ihre älteste Tochter selbst Herrin über ihr Leben. Bald würde sie ihnen Enkel schenken, Enkel, die mit ihren eigenen Töchtern heranwachsen würden.

»Sie wird glücklich sein, Mutter.«

»Ganz bestimmt, Joaquim. Gott stehe ihr bei.«

Bento Gonçalves verabschiedete sich von Perpétua und wünschte dem Neuvermählten eine gute Fahrt, er unterhielt sich ein wenig mit ihm, dann suchte er nach Dona Antônia.

Dona Antônia saß auf der Veranda und genoss die Szenerie. Einige der Festgäste vergnügten sich noch. Vom Tanzboden klang in diesem Augenblick die Melodie einer traurigen Milonga, und am Himmel waren die ersten Sterne zu sehen. Ein Hauch von Essensgerüchen hing immer noch in der frischen Luft.

»Morgen früh breche ich auf, Antônia.«

»Dieser Krieg nimmt kein Ende, Bento.«

Bento Gonçalves lächelte ihr freimütig zu.

»Er wird enden. Wir haben Geduld, und wir sind mutig, wir werden das Kaiserreich stürzen«, sagte er und lehnte sich an die Mauer.

Dona Antônia schaute ihren Bruder eine Weile an. Sie traute sich, mit ihm über Dinge zu sprechen, die sonst niemand anzusprechen wagte. Er war ihr jüngerer Bruder, sie hatte ihn versorgt, sie hatte ihn oft gefüttert, sie hatte mit ihm im Bach gespielt. Sie hatten Freud und Leid geteilt.

»Und du willst ein Kaiserreich stürzen, Bento?«

Bento Gonçalves da Silva erkannte in Antônias Blick die

gleiche Leidenschaft wieder, die er jeden Morgen beim Rasieren auf seinem eigenen Gesicht sah. Er berührte ihre schmale Hand, an der ein Smaragdring leuchtete.

»Ich wollte nicht, Antônia. Das weißt du wohl … Die Dinge kommen, die Dinge gehen, und ich habe das Kommando für diese Männer übernommen.« Er schwieg einige Sekunden, dann sagte er: »Darüber möchte ich mit dir sprechen. Der Italiener und die anderen sind schon unterwegs, sie kommen in zwei Wochen her.«

»Es ist alles vorbereitet. Griggs, der Amerikaner, hat Tag und Nacht gearbeitet, Bento. Und ich habe dir zugesagt, alles, was mein ist, ist auch dein. Land und Leute. Alles steht der Republik zur Verfügung.«

»Ich will nur deine Zuversicht, Schwester, und die Werft. Wir werden versuchen, die Binnengewässer zu erobern. Das Kaiserreich verfügt über eine große Flotte, aber es sind schwere Schiffe, die nicht über die Sandbänke dieser Lagunen fahren können. Wir werden anders vorgehen. Du wirst sehen, Griggs und Garibaldi werden für uns Schiffe bauen, die über jede Sandbank hinwegkommen. Und dann wird sich das Blatt wenden.«

Dona Antônia dachte an die feindlichen Schiffe, an die Soldaten, an die Schlachten. Ihre schwarzen Augen wurden matt. Bento Gonçalves lächelte nachsichtig.

»Sei unbesorgt, Antônia. Das ist alles Staatsgeheimnis. Nur wir wissen, dass der Italiener hierherkommt, um diese Schiffe zu bauen. Nur wir und Gott.«

Dona Antônia bekreuzigte sich. Das Ende der Milonga klang fast wie ein Seufzen.

Dona Ana blieb noch lange im Saal sitzen. Sie sah Manuela müde zu Bett gehen, unberührt von den Witzen und Gesängen der Cousins und Cousinen und von Joaquims lang anhaltenden, warmherzigen und zärtlichen Blicken. Sie sah auch Joaquim gehen, denn ohne Manuela verlor dieser Abend jeglichen Reiz für ihn. Sie sah, wie Bento und Caetana die Gitarre zur Seite legten, die sie ohne sonderlichen Erfolg gespielt hatten, und sich auf ihr Zimmer zurückzogen. Sie sah Dona Antônia mitten in der Nacht in den Zweispänner steigen, trotz Bentos hartnäckiger Einwände, und zur Estância do Brejo aufbrechen. Sie musste Dinge organisieren, und es bestand keine Gefahr. Er hatte Zé Pedra beauftragt, seine Schwester zu begleiten, Zé Pedra mit seinem Karabiner. Zé Pedra war mit der Dunkelheit der Nacht verschmolzen, mit seinen weißen Zähnen und dem Dolch, den er eng an der Hüfte trug, sah er wie ein Monstrum aus. Dona Ana sah, wie Bento Gonçalves Caetana bei der Hand nahm und sich ihre Schatten im Halbdunkel des Flures verloren. Sie wusste, dass sie eine gute Nacht verbringen würden, eine lange Nacht der Feier und des Abschieds.

»Möge Gott euch behüten«, sagte sie.

Zumindest an jenem Morgengrauen würde Gott ihnen beistehen.

Dona Ana sah Maria Manuelas Blick, als die Eheleute in Richtung Schlafgemach gingen. Sie sah in den Augen die zurückgehaltenen Tränen, die starke Sehnsucht nach einem Ehemann, der nicht mehr zurückkehrte. Er würde nicht aus diesem Krieg zurückkehren und auch sonst nicht mehr.

»Warum gehst du nicht zu Bett? Es ist nach elf, und das war ein langer Tag. Maria, du bist erschöpft.«

»Ich war schon vorher erschöpft... Ich glaube, ich werde zeit meines Lebens erschöpft sein.«

Ihre Stimme klang traurig. Dona Ana sah sie streng an und verbarg einen gewissen Schmerz, eine gewisse Sehnsucht, die beide teilten. Beide waren Kriegswitwen. Dona Ana hielt sich aufrecht. Sie ließ von der Stickerei ab und sah ihrer jüngeren Schwester direkt ins Gesicht. Sie sagte: »Du solltest nicht hier sitzen bleiben und solchen Unsinn denken. Du musst noch drei Töchter auf den richtigen Weg bringen, und außerdem hast du Antônio. Ich weiß, es ist hart für dich, aber es gibt andere Freuden... Sehr bald schon wird dir eine deiner Töchter Enkel schenken, denke daran.«

Maria Manuela seufzte.

»Du hast Recht … Ich bin nicht die Einzige, die darunter leidet …« Sie stand mühselig auf, wirkte fast wie ein Schatten. Sie hatte in letzter Zeit stark abgenommen. »Ich werde zu Bett gehen … Gute Nacht. Gott behüte dich, Ana.« Auch sie begab sich auf ihr Zimmer.

Dona Ana hielt sich noch eine Weile im leeren Saal auf. Im Kamin loderten die letzten Flammen. Milú erschien und wollte wissen, wann sie zu Bett ging. Dona Ana schickte das schwarze Dienstmädchen schlafen. Sie brauchte nichts. Während sie die letzten Stiche an ihrer Stickerei ausführte, dachte sie an ihre Söhne. Sie waren nicht gekommen, sie befanden sich in der Gegend von Vacaria. Sie hatte sie lange nicht gesehen, keinen von beiden. Sie versuchte sich vorzustellen, ob Pedro sich stark verändert hätte … Als er in den Krieg zog, schien er noch ein Junge zu sein, ein großer, netter Junge. Aber bei seinem letzten Aufenthalt auf der Estância hatte Pedrinho schon diesen leidenschaftlichen Glanz in seinen schwarzen Augen, den Glanz eines Dolches, und unruhige Bewegungen, er war immer auf der Hut, ganz anders als diese leidende Haltung, diese Ruhe, mit der sie selbst durch das Haus ging, er war immer zum Lachen aufgelegt, immer für ein Gespräch mit den Landarbeitern bereit. Und José? Er hatte sich von der Verwundung erholt, Gott sei Dank. Aber sein Gemüt? Würde er wieder der Alte sein, so wie sein Vater, oder hatte er jetzt diese scharfsinnige Wesensart, diesen beherrschten Zorn, den sie in den Augen von Onofre Pires entdeckt hatte, oder diesen fast gewalttätigen Mut, den man General Netto nachsagte? Oder wuchs in seinem Inneren allmählich die gleiche Unruhe, die sie an ihrem Bruder beobachtet hatte? Ja, Bento Gonçalves war anders, nun sah er weiter, nun schaute er zurück und bereute vielleicht diese Republik, oder vielleicht auch nicht.

Dona Ana blinzelte. Sie legte die Stickerei in das Körbchen. Die letzten Funken erstarben klaglos im gemauerten Kamin. Das ganze Haus lag in freundlicher und angenehmer Stille. Dona Ana begab sich auf ihr Zimmer und dachte an ihre Nichte. In diesem Moment teilte Perpétua zum ersten Mal ihr

Bett mit einem Mann. Nun begann für sie ein anderes Leben voll Neuigkeiten und Verpflichtungen.

Die Lampe gab dem Zimmer ein flackerndes Licht. Das Bett war gemacht. Dort roch es angenehm nach Minze. Dona Ana sah die kalte Matratze, die sorgfältig ausgebreitete Decke, die unberührten weißen Kissen. Und dann kam ihr Paulo in den Sinn. Ihr Paulo, mit dem auch sie vor vielen Jahren eine Nacht mit Heimlichkeiten und Geheimnissen verbracht hatte. Ihr Paulo, der immer so ruhig und geduldig war, der auf alles eine Antwort hatte, der so gern seinen Kopf auf die gestapelten Kopfkissen legte, der im Schlaf sprach. Dona Ana spürte, wie heiße Tränen aus ihren Augen strömten. In ihrem Herzen war noch ein Relikt von ihrem Paulo, ein Stück von ihm, das ganz anders war als das, was nun unter dem Feigenbaum ruhte. Sie legte sich ins Bett, steckte den Kopf zwischen die Kissen und brach erneut in Tränen aus.

Im Zimmer nebenan weinte auch Maria Manuela und stopfte sich ein Taschentuch in den Mund, im Versuch, das heftige Schluchzen aus der Tiefe ihres Herzens zu unterdrücken. Sie wollte nicht, dass man sie klagen hörte. Sie wollte nicht, dass jemand erfuhr, nicht einmal aus der Ferne, wie schwer diese Einsamkeit auf ihr lastete. Die Einsamkeit, die bedeutete, dass sie auf niemanden mehr wartete.

Tage später waren alle Männer wieder in den Krieg zurückgekehrt. Bento Gonçalves war der Erste, der losritt. Danach Joaquim. Dann Bentinho, der sich auch auf den Weg nach Bagé machte, um sich dort den Truppen von General Antônio Netto anzuschließen. Auf der Estância blieben nur die jüngeren Söhne von Bento Gonçalves zurück. Aber Caetano sehnte sich mit seinen sechzehn Jahren bereits danach, ein Ross zu besteigen und durch die Pampa zu preschen, um die Schlachten kennen zu lernen, von denen er so viel gehört hatte. Er war schon ein Mann, ein großer, kräftiger Mann, er konnte mit einem Pferd umgehen, er konnte mit einer Pistole umgehen, also wollte er zur Revolution. Er war es leid, zwischen den Frauen und ihren

Handarbeiten zu sitzen, bei den Landarbeitern auf dem Feld zu sein, sich um die Pferde und den *Charque* zu kümmern, er war das Leben auf der Estância leid, wo ihm sein Bruder Leão überallhin folgte.

»Hinaus mit dir, mein Junge«, rief Dona Antônia, als sie ihn murren hörte, dass er in den Krieg ziehen wollte. »Du bist noch zu jung für so etwas, Caetano. Außerdem, der Krieg ist hart, das ist kein Kinderspiel.«

»Ich bin kein Kind mehr. Ich habe schon einen Bart, Tante.«

»Wenn ich sehe, dass dir Brusthaare gewachsen sind, dann werde ich dich höchstpersönlich in den Krieg schicken. Aber so lange bleibst du hier und kümmerst dich um deine Mutter, die sich schon um drei Männer Sorgen machen muss. Wenn du das tust, Caetano, ist das schon eine ganze Menge.«

Caetano ließ den Kopf hängen. Es war noch früh am Morgen, und sie hatten eben erst Bentinho verabschiedet. Caetano sah die Männer zur Landarbeit gehen, er sah den großartigen, blauen, wolkenlosen Himmel, und er entschied, sich ihnen anzuschließen.

»Ich gehe zu den Landarbeitern«, sagte er. »Auf dieser Estância geschieht einfach gar nichts. Es ist besser, wenn ich mit ihnen arbeite.«

Dona Antônia sah, wie ihr Neffe losrannte. Einer der Männer führte ein Pferd am Zaumzeug. Caetano sprang mit einer perfekten Bewegung auf den Rücken des Rappen. Dem Landarbeiter entfuhr lautstark ein Wort der Anerkennung. Caetano war ein ausgezeichneter Reiter. Dona Antônia lächelte.

»Das hier wird noch einen Aufruhr geben ...« Sie sprach zu sich selbst. Ihre Mutter hatte auch jahrelang in den Gängen Selbstgespräche geführt, ehe sie, so tapfer wie immer, schweigend starb. »Herrje!« Sie war über sich selbst verärgert.

In diesem Moment kam Manuela aus der Küche, ihr frisch gewaschenes Haar war noch feucht.

»Mit wem haben Sie gesprochen, Tante?«

Dona Antônia sah sich die junge Nichte genau an. Sie wurde

von Tag zu Tag hübscher und ansehnlicher. Und diese rätselhaften grünen Augen …

»Ich habe mit mir selbst gesprochen, Mädchen. Diese Manie habe ich geerbt.«

»Und worüber haben Sie gesprochen?«

»Über das Leben. Über Veränderungen. Über die Veränderungen hier.«

Manuela wurde neugierig. Ihre grünen Augen blitzten einen Moment auf.

»Was für Veränderungen, Tante?«

»Warte ab, und du wirst sehen. Aber frage mich nicht weiter danach … Es ist ein Kitzeln im Herz, das mich warnt, Mädchen.«

Zwei Wochen später erreichte Giuseppe Maria Garibaldi mit zwei Karren und sechs treuen Seeleuten die Estância da Barra. In den nächsten Tagen sollten weitere Männer kommen, Männer unterschiedlichster Nationalitäten, erfahrene Seeleute, Träger von Geheimnissen, für die sich die Republikaner so sehr interessierten. Sie sollten die kleine Besatzung der beiden Schiffe, die an den Ufern des Camaquã konstruiert wurden, komplettieren. Es war eine kleine gemischte Truppe: der Italiener Garibaldi, mittlerweile Kapitänleutnant der Republik Rio Grande, seine rechte Hand Luigi Carniglia, mit der Augenklappe quer über dem Gesicht, der Spanier Ignacio Bilbao, Lorenzo und Eduardo Mutru aus Genua, der Mulatte Rafael, Jean, der riesige Franzose sowie der schwarze Procópio. Die zusammengewürfelte Truppe stieß in dem Weiler in der Pampa auf Verwunderung, nie zuvor hatte man dort eine so bunte Mischung von Menschen gesehen.

Es war ein schöner Frühlingsnachmittag. Es war nach drei Uhr, als Giuseppe Garibaldi auf seinem Pferd durch das Gatter der Estância da Barra kam, gefolgt von seinen Männern, und den Weg zu dem niedrigen weißen Haus mit den blauen Fenstern zurücklegte, das sich schon in der Ferne auf einer bewachsenen kleinen Erhebung abzeichnete. Zé Pedra zeigte ihnen den Weg, Regente rannte zwischen ihnen hin und her und begrüßte die Besucher mit Bellen. Am wolkenlosen blauen Himmel strahlte eine goldene Sonne, die Vögel flogen am Himmel, die Kiebitze riefen in dem entfernten Wald, und der Geruch von Blumen und frisch bearbeiteter Erde lag in der Luft.

Garibaldi trug in der Hemdtasche das Präsentationsschreiben aus der Hand von Bento Gonçalves bei sich. Auf der Straße hatte er Zé Pedra getroffen, der ihm mitteilte, dass sie Dona Antônia auf der benachbarten Estância da Barra, dem Besitz ihrer Schwester Dona Ana, antreffen würden, eine Stunde entfernt. Also entschieden sie, zu dieser Estância zu reiten, denn zunächst mussten sie mit Dona Antônia sprechen und sich dann mit deren Erlaubnis zu der kleinen Werft begeben, wo der Amerikaner Griggs jeden Augenblick seine Zeichnungen und Pläne beenden würde.

Zé Pedra streifte um das Haus, während Garibaldi auf der Veranda wartete. Die übrigen Männer saßen schweigend in einiger Entfernung, sie erfreuten sich an der ländlichen Stille und der Schönheit des friedlichen Nachmittags.

Dona Antônia kam sofort in Begleitung von Dona Ana und von Caetana. Garibaldi erkannte im Gesicht der älteren dunklen Frau die subtile Kraft, die er zuvor in den Gesichtszügen von General Bento Gonçalves hatte aufblitzen sehen. Dona Antônia stellte ihn ihrer Schwester und ihrer Schwägerin vor. Garibaldi machte vor den beiden Damen eine kleine Verbeugung.

»*Piacere*«, sagte er einfach mit seiner herzlichen, umgänglichen Stimme. Ihm entgingen weder Caetanas dunkle Schönheit noch Dona Anas sanftes, unverhofftes Lächeln.

»Willkommen.« Dona Antônia faltete sorgfältig den Brief, den sie soeben gelesen hatte, und gab ihn dem Italiener zurück. »Auf meiner Estância gibt es Unterkunft für alle Ihre Männer. Die Estância do Brejo liegt zwei Stunden von hier, am Lagunenufer entlang oder über den Weg, der dort hinter dem Garten beginnt. Und dort werden Sie arbeiten«, sagte sie, während sie die leuchtenden honigbraunen Augen im Gesicht des ansehnlichen, galanten Italieners betrachtete.

Giuseppe Garibaldis Lächeln gab eine perfekte Reihe strahlend weißer Zähne zu erkennen, sein wuscheliges Haar war dunkelblond. Ja, in der Tat, es würde Aufruhr geben. Es war unmöglich, beim Anblick dieses so eleganten und ansehnlichen Italieners nicht an die drei Mädchen im Haus zu denken. In letzter Zeit hatten sie nur noch selten Männer aus der Nähe gesehen, abgesehen von den Familienangehörigen. Und in diesen Augen loderte Sehnsucht… Dona Ana hatte in ihrem Leben nur wenige Male das Meer gesehen, aber sie wusste, dass in diesen tiefgründigen Augen die Sehnsucht nach dem Meer leuchtete.

Kurz darauf erschienen Manuela, Rosário und Mariana auf der Veranda. Die drei jungen Mädchen waren überrascht, als sie den Italiener mit den höflichen Manieren sahen.

»Das sind Mariana, Rosário und Manuela, die Töchter unserer Schwester Maria Manuela. Sie selbst ruht sich gerade im Haus aus«, erklärte Dona Ana. Der Italiener küsste sacht die weichen, zarten Hände der drei Mädchen und verharrte einen Augenblick bei der letzten feingliedrigen Hand. Dona Ana bemerkte, wie Manuela leicht errötete. »Auf der Estância leben auch noch die Jungen, die Söhne von Caetana und Bento. Aber die treiben sich im Freien herum, bei den Trockenständern für den *Charque*. Und dann gibt es noch die kleinen Töchter und einige schwarze Dienstmädchen.« Garibaldi lächelte. Er spürte eine angenehme Wärme in seiner Brust, etwas Neues, Lebendiges, als würde er nach vielen Monaten auf See endlich Land sehen. »Sie sind heute Abend bei uns zum Essen eingeladen, Senhor Garibaldi«, sprach Dona Ana weiter. »Ich werde Bescheid geben, dass man Gerichte aus der Gegend zubereitet, damit Sie sie probieren können. Ich weiß nicht, ob Sie schon einmal ein gutes Pfirsichmus gegessen haben.«

Garibaldi bedankte sich höflich. Die Speisen des Kontinents seien sehr schmackhaft und bestimmt werde ihm dieser ländliche Nachtisch, dieses Pfirsichmus, sehr gut schmecken. Aber jetzt müsse er weiter: Er müsse noch die Männer unterbringen und so viele Dinge mit John Griggs besprechen.

»*Signore*, bis heute Abend«, sagte er schließlich und machte eine elegante Verbeugung.

Keine von ihnen hatte zuvor derart höfliche Umgangsformen erlebt. Ein unterdrücktes Seufzen ergriff die Veranda. Zé Pedra saß auf, um den Italiener und seine Männer zur Werft zu begleiten. Die sechs Frauen blieben auf der Veranda sitzen und beobachteten den Abmarsch der kleinen Truppe.

»Dieser Mann ist ganz anders als die anderen«, flüsterte Caetana, als der Italiener losritt.

»Das kann gut oder schlecht sein«, antwortete Dona Antônia.

Das Abendessen verlief fröhlich und vergnüglich. Die Kerzenleuchter aus Silber verbreiteten ein flackerndes Licht, das Schatten und Umrisse der Gesichter der sieben Frauen an die Wände warf sowie von Caetano und Giuseppe Garibaldi, der an dem für Gäste reservierten Ehrenplatz am Tisch saß. Die Mädchen hatten ihre schönsten Kleider angelegt, sie tranken Wein, außer dem Italiener, der ihn mit dem Hinweis ablehnte, nur Wasser zu trinken (Dona Antônia freute sich im Stillen über diese unverhoffte Vorsicht).

Sie unterhielten sich über viele Dinge. Caetana erzählte von der Hochzeit ihrer Tochter vor zwei Wochen, von Bällen und Liedern. Garibaldi zeigte sich sehr interessiert an dem, was in diesen Gestaden ein Ball darstellte, und bekannte, kein großer Walzertänzer zu sein, da er keine Gabe zum *ballare* besitze.

»*Ma io credo che una delle signorine* kann mir das beibringen.« Seine liebenswürdige Stimme strich wie ein frischer Wind durch das geräumige Speisezimmer.

»In unserer Familie wird viel getanzt. General Bento Gonçalves gilt in dieser Gegend als begnadeter Tänzer, Senhor Garibaldi«, erklärte Dona Ana und lachte lautlos. »Alle diese Mädchen hier tanzen sehr gut. ›Der Apfel fällt nicht weit vom Stamm‹, sagte meine Mutter immer.«

Und noch einmal, wie ein Vogel, der aus dem Käfig flieht, verharrte der Blick des Italieners einen Augenblick auf dem

Profil von Manuela de Paula Ferreira, und seine Brust wurde warm, als würde sie in einen Mantel gehüllt.

Nach dem Nachtisch unterhielt Garibaldi die Damen mit Geschichten aus Übersee, aus Italien und Frankreich, und mit Abenteuern aus dem Krieg. Er war ein Mann voller Träume. Er kämpfte für die Freiheit. Er war aus Europa geflohen, wo man ein Kopfgeld auf ihn ausgesetzt hatte. Beim Sprechen verlor sich sein Blick, vielleicht dachte er an sein Land, an Dinge, die hinter ihm lagen.

»Haben Sie Heimweh?«, fragte Dona Ana. »Bedauern Sie nicht diese Entfernung, die jetzt nicht zu überwinden ist?«

Garibaldi lächelte. Seine Augen funkelten leidenschaftlich.

»Ich lebe und ich sterbe für den gleichen Traum, *signora* Dona Ana. Ich habe mich für die *libertà* entschieden. Die Freiheit hat mich weit weg *della mia Italia* geführt… Ich habe mich für *questo sogno* entschieden. Und für diesen Traum lebe und sterbe ich, *signora* Dona Ana.«

Caetano hörte bei allem aufmerksam zu, und einige Sekunden lang wollte er auch ein so mutiger Abenteurer sein wie dieser italienische Besucher.

Giuseppe Garibaldi erzählte ihnen von der Liebe, die er für das Meer fühlte, von seinen endlosen Reisen, von den Mondnächten über dem windstillen Ozean.

»Ich habe noch nie das Meer gesehen«, sagte Manuela in einem passenden Moment, ihr Stickzeug lag unbeachtet im Schoß.

Garibaldi lächelte ihr zu. In diesem Blick lag etwas, das Manuela erkennen ließ, dass sie endlich den Mann vor sich hatte, von dem sie seit Jahren so viele Nächte geträumt hatte, und es war genau dieser Italiener mit den honigbraunen Augen, der ihr mit eindringlicher Stimme, mit seinem faszinierenden ausländischen Akzent sagte: »*Signorina, il mare* ist für die Seele eines Menschen wie eine Wiege…«

Die im Saal versammelten Frauen dachten an das Meer, an das Geheimnis seiner Wellen, an die fernen Strände, die sie bestimmt nie zu Gesicht bekämen. Und Manuela erinnerte sich an jene ferne Nacht, in der er ihr zum ersten Mal in ihrer Vision erschienen war, mit den Haaren im Wind an Deck eines Schiffes, und nun wusste sie, dass er auf sie Kurs genommen hatte und dass dieser Krieg, dass alles nur geschah, damit sie einander begegneten und ihr Schicksal lebten. Und in diesem Moment, während sie wieder mit zitternden Händen die Stickarbeit ergriff, hielt sich Manuela für den glücklichsten aller Menschen.

Später reichte Dona Ana Likör, und erst nach Mitternacht stieg Garibaldi wieder auf sein Pferd und ritt zur Werft zurück.

Manuelas Tagebuch

Pelotas, 4. September 1880

In jener Nacht konnte ich nicht schlafen, ich verbrachte sie bedächtig, wie jemand, der an Apfelsinenstücken lutscht und genüsslich und vorsichtig den Saft daraus saugt, denn ich wollte nicht, dass die Nacht zu Ende ging oder die Sonne den Morgen brachte, an dem der Friede der Welt mich zu der größten Wahrheit führte: Ich hatte die Liebe gefunden.

Zweifelsohne erahnte ich seit dem ersten Moment diese Liebe, die nicht wie Regen über mich kam, eher wie das Wasser einer Quelle oder wie ein Ozean, gleich dem, von dem Giuseppe uns erzählt hatte und von dem ich wusste, dass er wirklich und ewig war. Auch heute noch liebe ich ihn mit dem gleichen Eifer, selbst nach der vergangenen Zeit, selbst nach all den Geschehnissen, auch wenn dieser Ozean verdunstet ist und mir davon nur noch sein Salz und einige Relikte seiner Träume übrig sind, wie uralte Fossile, die ich behutsam streichle, damit sie keinen Staub ansetzen.

Giuseppe Garibaldi, Giuseppe … Ich wiederholte mehrfach leise diesen Namen, während Mariana neben mir schlief, und dieses Wort war so schön, und jeder Buchstabe, der es formte, war so perfekt, dass ich beim mehrmaligen Aussprechen seines Namens weinte… Er war von so weit her zu mir gekommen, und er war so elegant, so höflich in seinem Benehmen, in seinem Lächeln, in seinem Umgang mit einer Frau… Damals war er sechsundzwanzig Jahre alt und war ein ganzer Mann, ein so würdiger, ein so mutiger Mann. Ach! Was hatten seine Augen nicht alles gesehen! Welche Länder, welche Geheimnisse, welche Schätze und Gefahren hatte er betrachtet! Und dennoch bewahrten diese Augen für mich noch einen Glanz, das Licht eines Sonnenuntergangs. Ja, dank seines Blickes fühlte ich mich als Frau. Ich war damals wie eine Muschel, die in sich selbst eine Perle entdeckt.

Am nächsten Tag bewegte ich mich kaum, ich verbrachte ganze Stunden mit Sticken. Das Haus umgab eine heitere Unruhe, die die Nähe der Männer hatte anwachsen lassen. Dona Ana entschied, in die Küche zu gehen und persönlich für Garibaldi Guavenbrot zuzubereiten. Er hatte ihr sehr gut gefallen. Und Mariana und Rosário hörten nicht auf zu tuscheln: »Der Italiener ist ein Prinz!« Und es gab noch mehr Männer, die von weither kamen, Spanier und Franzosen, bestimmt wäre noch ein gut aussehender Mann dabei… Sie seufzten, und so wurde ihnen selbst der Krieg noch versüßt. Die Tanten strickten und plauderten, nur meine Mutter war in ihr düsteres Schweigen versunken, das manchmal durch ein Wort unterbrochen wurde, sonst nichts. Und ich, ich war so glücklich… Ich war im Besitz einer Wahrheit: Garibaldi liebte mich, so wie ich ihn liebte. Und Schiffe bauen, ach, das war eine Aufgabe, die Zeit brauchte. Bei diesen Gedanken vergaß ich die Kriege und die Pläne von Bento Gonçalves: die Binnengewässer zu erobern und einen Hafen für die Republik zu finden. Aber was bedeutete damals die Republik für mich, ein junges Mädchen von achtzehn Jahren, dessen Herz von reinster Liebe überflutet war? Sollten doch alle nur erdenklichen Widrigkeiten eintreten! Sollten sie ruhig tausend Jahre an dem Eisen schmieden, und sollte das Holz immer feucht bleiben! So würde Giuseppe

Garibaldi sich noch viel länger bei uns aufhalten, und dann würde er mir seine Liebe gestehen … Und dann würden wir, eines Tages, wenn die Stunde gekommen wäre, gemeinsam zu einem anderen Ort aufbrechen, zum Glück. Ach, in meinen Gedanken gab es nicht die geringste Erinnerung an Joaquim …

In diesem Frühjahr des Jahres 1838 verronnen die Tage. Wir wussten aus Dona Antônias Erzählungen, dass in der Werft am Ufer des Camaquã fieberhaft gearbeitet wurde. Garibaldi und John Griggs verbrachten viel Zeit zwischen Plänen und Entwürfen, auf denen sich in schwarzer Tinte das Gerüst der Schiffe abzeichnete. Tag und Nacht schafften Männer aus den nahe gelegenen Wäldern Holz herbei, und in der höllischen Hitze der Schmiede war Zé Pedras Bruder immer damit beschäftigt, Achsen und Seilrollen, Schrauben und andere rätselhafte Gegenstände zum Leben zu erwecken, die die Bestandteile der ersehnten republikanischen Schiffe bilden sollten. Schiffe, die, so hoffte man, den Kurs dieses Krieges ändern würden.

Zimmerleute und Seeleute arbeiteten wie die Ameisen, Tag und Nacht. Fast täglich ließ Dona Antônia eine bestimmte Menge Brot und Süßspeisen zur Aufmunterung für die Männer zur Werft bringen, die für ihre Mahlzeiten ansonsten einen Koch hatten. Extra für Giuseppe ließ Dona Antônia Maiskuchen backen, den er sehr schätzte. Und so erfuhr ich, dass mein Geliebter allmählich das harte und zurückhaltende Herz meiner Tante eroberte.

Trotz des geschäftigen Treibens kam Garibaldi an manchen der Abende, wenn der Himmel rötlich dämmerte und dieser Wind, der nach Frühlingsblumen duftete, über die Pampa wehte, nach Beendigung seiner Arbeit zu uns und berichtete uns Neuigkeiten. Ach, wie erwartete ich diese Überraschungsbesuche, immer gespannt und sehnsüchtig, misstrauisch bei jedem neuen Geräusch, bei jedem freundlichen Wort, das mir den glückseligen Klang seiner Stimme verraten könnte … Diese Abende, die sich oft bis zum Nachtessen ausdehnten, brachten unsere Annäherung. Wir verbrachten viel Zeit, in der wir über verschiedene Dinge sprachen, über das Leben, die Pampa, den Krieg, das Meer und die ganze Welt. Dona Ana war argwöhnisch, sie kam hin und wieder und setzte sich zu uns, sie lachte mit uns, erfreute sich an den Geschichten, mit denen es dieser italienische Mann immer verstand, uns zu belustigen. Caetana blieb auch öfter auf der Veranda, um Giuseppe bei den Berichten von seinen Abenteuern zuzuhören. Meine Mutter hingegen war beschämt. Einmal rief sie mich in der Nacht auf ihr Zimmer.

»Mädchen, du bist schon versprochen«, sagte sie zu mir. »Joaquim ist wie dein Bräutigam. Ihr werdet bald heiraten, dein Vater hat mit deinem Onkel alles vereinbart, vergiss das nicht… Außerdem, auch wenn dieser Italiener so liebenswürdig lächeln kann, er ist kein Mann für dich. Es ist ein Mann ohne Haus, ohne Heimat. Er ist wie ein Vogel. Wer weiß, woher er kommt und wohin er zieht! Er ist ein Abenteurer.«

»Seien Sie unbesorgt, Mutter, wir sind nur ein wenig befreundet. Hier muss man doch irgendwie die Zeit totschlagen.«

Ich log sie an. Es stimmt, diese Lüge kam mir über die Lippen, ohne dass ich es bemerkte. Aber was sollte ich denn diesen dunklen Augen erzählen, in denen immer nur Tränen standen? Dass ich ihn liebte und dass diese Liebe nicht mehr zu beherrschen war? Dass bald die Pampa, der Himmel über meinem Kopf und sogar ganz Rio Grande zu klein wurden, um diese Leidenschaft zu stillen? Joaquim war weit weg, im Krieg. Und ich war dort, eine Gefangene von Giuseppes Anziehungskraft… Ja, ich belog sie. Vielleicht musste ich bei der nächsten Beichte für meine Sünde büßen, aber für diese Liebe war jeder Preis gerecht.

»Manuela, sei vorsichtig. Die Leute reden.« Meine Mutter sah mich traurig an.

»Die Leute sind im Krieg, Mutter.«

So endete unser kurzes Gespräch.

Am folgenden Tag, als hätten ihn die Rufe meiner Seele erreicht, kam Giuseppe zu uns. Es war noch früh, und wir machten einen Ausritt über die Estância. Mariana begleitete uns und ließ sich ein wenig zurückfallen. Wir ritten zum Bach. Es war ein frischer Nachmittag Ende Oktober, und einige wenige kleine Wolken breiteten sich über unseren Köpfen aus, wie in einem unendlichen Mosaik. Mariana ging Blumen pflücken. Da näherte sich Garibaldi.

»Manuela …« Seine Stimme … Seine Stimme war wie der Wind, der durch die Bäume ging. »Manuela, ich muss etwas sagen. Ein Geheimnis *della mia* Seele …«

Wir saßen am Bachufer, das Wasser säuselte wie kleine Vögel. Die Pferde stillten ruhig ihren Durst.

»Bitte, sprechen Sie …«

Er sah mich äußerst leidenschaftlich an.

»Ich bin verliebt, Manuela. Ich bin in die *signorina* verliebt … *Per la prima volta*, seit meiner Ankunft, sind meine Gedanken bei der *signorina* … Ihre Augen sind ein einziger Wald, Manuela, und ich … ich bin verloren *in questa foresta.*«

Er nahm meine Hände zwischen seine so kräftigen, von der Sonne gebräunten Hände. Es war, als ob mein Körper in tausend Stücke zerfiele, als explodierte er, als platzte er, so wie eine Wolke platzt, wenn es regnet … Ich beließ meine Hände eine Weile in den seinen, wie ein Vogel, der in sein Nest geflüchtet ist. Und erst als ich sah, dass Mariana mit dem Körbchen voller Blumen zurückkam, entzog ich sie dieser Wärme und sagte: »Ich auch, Senhor Garibaldi, ich denke nur an Sie. Ich kenne das Meer nicht, Senhor Garibaldi, aber ich glaube, in Ihren Augen ein wenig davon zu sehen.«

Wir kehrten schweigend zum Haus zurück, wo man uns zum Abendessen erwartete. Mariana sprach über banale Dinge und machte Scherze, und Giuseppe lächelte sie hin und wieder an, aber seine Blicke zu mir funkelten wie Edelsteine in einer Halskette. Und das war damals einer der vollkommensten Augenblicke meines Lebens.

Manuela

Perpétua entdeckte eines Morgens beim Aufwachen, dass sie ein Kind austrug, weil sie einen merkwürdigen Geschmack im Mund hatte und Bilder eines Traumes im Kopf sah, mit einem winzigen Mädchen in einem rosa Spitzenkleid, das zwischen den Bäumen der Allee des Anwesens in Boqueirão lief.

Inácio war im Dörrschuppen mit dem *Charque* beschäftigt. Als er mittags nach Hause kam, fand er seine Gattin mit dem Stickzeug im Saal vor. Wie immer, wenn er sie sah, spiegelte sich seine Freude in den Augen. Die Heirat hatte ihr gutgetan. Sie hatte Farbe bekommen, sie konnte Anweisungen erteilen, etwas von der schwindenden Schönheit der Mutter mischte sich mit der Ruhe, die sie von den Gonçalves da Silva geerbt hatte. Perpétua blickte auf und erwiderte den freudigen Blick. Sie ließ von der Stickerei ab und sagte: »Ich muss dir etwas sagen, Inácio.«

Er setzte sich und nahm ihre Hand.

»Ist es eine gute oder eine schlechte Nachricht?«

Perpétua streichelte das sorgfältig rasierte Gesicht ihres Mannes. Angesichts all der Männer mit Vollbart erschien ihr Inácios glattes Gesicht äußerst begehrenswert. Sie mochte die sanfte Berührung und diese warmen Küsse. Sie lächelte.

»Eine gute.« Sie wartete einige Sekunden und genoss die Nachricht. »Ich bekomme ein Kind.«

Inácio de Oliveira Guimarães strahlte: »Bist du sicher, Perpétua? Bist du wirklich sicher? Das ist kein Irrtum, oder?«

»Ich bin sicher. Ich bin so sicher wie die Erde, die wir betreten. Ich hatte eine Vermutung, aber die schwarze Quirina hat mit ihren Mitteln unfehlbar alles bestätigt. Nächsten Winter werden wir ein Kind bekommen.«

Bei diesem Mittagessen trank Inácio Wein und stieß an. Er wollte immer Kinder haben, aber die anfällige Gesundheit der ärmsten Teresa ließ seinen Traum nie wahr werden. Nun erschien ihm Perpétua schöner als je zuvor, und er entdeckte in ihren dunklen Augen, in ihrem spanischen Gesicht und in dem leichten Zwinkern ihrer langen Wimpern einen neuen Reiz.

Die Ankunft eines Boten riss ihn aus der Siesta. Es war dringend erforderlich, dass er nach Piratini käme, wo ihn Minister Domingos José de Almeida zu einem Geheimtreffen erwartete. Inácio überbrachte seiner Frau die Nachricht.

»Also, pack deine Sachen, Perpétua. Ich werde zwei Monate auswärts sein. Hier in Rio Grande gibt es immer noch viel zu tun... Und du bleibst nicht in Umständen allein hier in Boqueirão. Morgen früh reisen wir zur Estância da Barra. Ich bringe dich zu deiner Mutter.«

Sie erreichten die Estância am Abend des nächsten Tages. Es nieselte, und der Regen bildete auf dem Boden die ersten Pfützen.

Caetana Joana Francisca Garcia Gonçalves da Silva befand sich auf ihrem Zimmer und lehrte die kleine Ana Joaquina gerade ein Gebet, als Milú sie von der Ankunft ihrer ältesten Tochter benachrichtigte. Caetana eilte mit einem Lächeln auf dem Gesicht zur Veranda. Als sie die junge Frau betrachtete, die von ihrem Mann geleitet wurde (der schon die Uniform der Republik trug), sagte sie: »Du bist anders, Mädchen.« Perpétua wurde merklich rot, und Caetana wusste es sofort: »Du erwartest ein Kind, Perpétua Justa! Deshalb bist du ohne Vorankündigung gekommen! Du hast nicht einmal eine Nachricht geschickt!«

Das scheue Lächeln ihrer Tochter bestätigte ihre Vermutung. Und die gute Nachricht verbreitete sich in den Zimmern des Gutshauses und verursachte ein fröhliches Stimmengewirr. Perpétua erwartete ihren ersten Sprössling! Bald würden sie wieder das leise Jammern eines Säuglings im Flur hören, und an der Wäscheleine würden wieder Windeln hängen!

(Nach dem Abendessen, als ihr Mann bereits abgereist war und sich die Verwandten zum Schlafen zurückgezogen hatten, begab sich Perpétua mit Manuela auf die Veranda, wo diese ihr unter dem Sternenhimmel die Geschichte des Italieners Giuseppe Garibaldi erzählte.)

Die Werft der Republik befand sich im Ufergebiet des Camaquã, der über mehrere Sandbänke in die Lagoa dos Patos mündete. Diese Sandbänke waren sehr flach, sie waren mit Schiffen mit tiefem Kiel kaum zu befahren, weil sie dort auf Grund liefen. Aber nicht die Schiffe, die Griggs und Garibaldi bauten. Die *Seival* und die *Farroupilha* konnten leicht über diese Sandbänke hinweggleiten, die Wasser der Lagune befahren und zur Werft zurückkehren, ohne bei ihren Fahrten auf Hindernisse zu stoßen. Es waren kleine, leichte Schiffe, die mühelos zwischen dem Schilfdickicht am Ufer der Lagoa dos Patos fuhren und von dort vor den Augen der Welt in Richtung der sicheren Estância do Brejo verschwinden konnten.

Das war der Plan. Die Lagune befahren, die kaiserlichen Schiffe angreifen, Estâncias im Ufergebiet, die sich im Besitz von *Caramurus* befanden, angreifen, im Großen und Ganzen die Binnengewässer beherrschen, wenn schon nicht mit Kraft und Stärke, so doch mit Intelligenz und Geschick. Die Republik Rio Grande brauchte diesen Auftrieb. Und genau hierauf bereitete Garibaldi seine Seeleute vor.

In den letzten Tagen des Jahres 1838 waren die Schiffe fertig, die *Seival* mit zwölf Tonnen und die *Farroupilha* mit siebzehn Tonnen. Garibaldi befehligte die *Farroupilha* und John Griggs die *Seival*. Wenige Meilen entfernt erwartete sie die große Lagune. Zur Feier des Ereignisses ließ Dona Antônia zwei Ochsen schlachten und richtete für die Seeleute ein Churrasco aus. Dies war der Beginn eines großartigen Sieges, davon waren alle überzeugt. Garibaldi schrieb einen ausführlichen Brief an General Bento Gonçalves, und nach dem Churrasco, während die Männer Wein und Schnaps tranken, fand er einen Moment Zeit, um loszureiten und mit Manuela zu sprechen. In ihrem schönen Gesicht konnte er die Zufriedenheit wegen der erfüllten Mission ablesen. Jetzt hatte er seine Schiffe.

1839

Anfang 1839 befuhren die *Farroupilha*-Kähne zum ersten Mal die Gewässer der Lagune. Sie bahnten sich ihren Weg zwischen dem Schilf: Es sah aus, als würden diese Schiffe wie von Zauberhand dieses Süßwassermeer durchqueren. Giuseppe erteilte seinen Seeleuten vom Bug aus Befehle. Sie waren auf alles vorbereitet. Wenn sie sich einer Sandbank näherten, holte Giuseppe tief Luft und rief: »Entenmänner, ins Wasser!«

Die Männer stiegen ins Wasser und schoben den Kahn auf die andere Seite der Sandbank. Griggs und seine Männer unternahmen das Gleiche mit der *Seival*. Bei diesen ersten Fahrten waren sie neun Tage auf der Suche nach Beute, aber die Wasser waren nicht befahren. Erst als die Besatzung diese wiederholten, unergiebigen Ausflüge fast leid war, stießen sie an einem heißen Sommernachmittag auf zwei Schmacken. Sie waren unter der kaiserlichen Fahne in Richtung Porto Alegre unterwegs. Das Wasser der Lagoa dos Patos schimmerte golden unter der Sommersonne, als sich die *Farroupilha* und die *Seival* näherten. Garibaldi befahl Ignacio Bilbao, mit der Kanonade zu beginnen.

»Feuer!«

Ein einziger Kanonenschuss reichte aus, damit sich der Kommandant der Schmack *Mineira* ergab. Dennoch versuchte die Besatzung, mit einem Boot zu flüchten, aber sie wurden von Griggs' Männern im Ufergebiet des Camaquã gefangen genommen. Das andere Schiff, die Patache *Novo Acordo*, konnte entkommen und die Nachricht nach Rio Grande tragen, dass die Gewässer der Lagoa dos Patos von *Farroupilha*-Freibeutern befahren wurden.

Die Beute wurde bestens genutzt. Taue, Segel und Schiffsausrüstung wurden zur Werft gebracht, um beim Bau der anderen

Kähne Verwendung zu finden. Die restliche Fracht, fünfhundert Fässer Mehl, die auf dem Weg nach Porto Alegre waren, wurde auf Garibaldis Geheiß der Regierung in Piratini übergeben.

Dona Antônia hörte aufmerksam den Bericht über den Angriff auf die beiden kaiserlichen Schmacken. Ja, die Pläne ihres Bruders waren gelungen: Diese Seeleute halfen der Republik, ihre Position zu stärken. Und sie selbst unterstützte als Herrin ihrer Estância die gesamte Unternehmung. Als Garibaldi die Geschichte erzählte, verwechselte er die Worte und vermischte Portugiesisch, Italienisch und Spanisch. Dona Antônia musste sich dennoch nicht anstrengen, um diesen Mann mit den hellen Augen zu verstehen: Diese Augen waren immer ehrlich, sie hatten etwas Lebendiges und Kraftvolles, das sie begeisterte und das ihn verständlich und zugänglich machte. Während Giuseppe Garibaldi den Mate schlürfte, den ihm einer der schwarzen Jungen gebracht hatte, musste Dona Antônia unaufhörlich an Manuela denken. Ja, ihre Nichte war in diesen italienischen Seemann verliebt. Nun, es war nicht schwer, sich in so einen Mann zu verlieben, das wusste Dona Antônia wohl. Sie stellte sich das Herz einer Achtzehnjährigen vor, das voll Lebensfreude war und für diesen Freibeuter schlug.

»Ich habe den Mann, den *capitano* der *Mineira*, einen Antônio Bastos, nach Piratini geschickt. Was hält die *signora* davon? Ich habe den *capitano* mit dem Mehl verschifft!« Garibaldi lachte herzhaft und ließ seine weißen Zähne aufblitzen. »Mit dem Mehl!«

Auch Dona Antônia lachte vergnügt. Aber sie dachte an Manuela. Und sie dachte an Joaquim.

Der Angriff auf die beiden Schmacken machte die Kaiserlichen wütend und brachte den Einfluss von Admiral Greenfell bei der Regierung ins Wanken. Als Antwort entsandte das Kaiserreich vier Kriegsschiffe in die Lagoa dos Patos. Diese kaiserlichen Schiffe befuhren wie große Geisterschiffe die Lagunengewässer und lauerten auf die Freibeuter, die niemals auftauchten.

Giuseppe Garibaldi war belustigt. Er glitt mit seinem Kahn durch das Schilfdickicht und attackierte die Estâncias im Besitz kaisertreuer *Caramurus*. Sie hatten Pferde an Bord und waren so ausgezeichnete Reiter wie Seeleute. Wenn er von seinen Fahrten auf der Lagune zurückkam, besuchte Garibaldi Manuela und erzählte ihr von den Erlebnissen des Tages. Er hatte immer genau sieben Pferde an Bord.

»Ich glaube an die *buona fortuna*. Und sieben ist eine Glückszahl.«

Manuela liebte es, Garibaldi stundenlang zuzuhören, wenn Dona Ana in der Küche oder anderswo zu tun hatte. Wenn eine der anderen Tanten nicht aufpasste, ließ sie ihre schmale Hand über Giuseppes Finger gleiten, und so verharrten sie und teilten dieselbe Wärme und denselben Schauder. Und Giuseppe sagte: »Ich werde mit Ihrem Onkel sprechen, Manuela. *Io sono innamorato*. Ich werde General Bento Gonçalves bitten, uns die Zustimmung für unsere Hochzeit zu geben.«

Dann senkte Manuela die Augen, nicht aus Scham, sondern weil diese Liebe so mächtig und so stark war, dass sie fürchtete, sie könnte sich in Tränen auflösen. Da kam Dona Ana wieder von ihren häuslichen Pflichten zurück, und Garibaldi erzählte irgendwelche Geschichten aus seinem Italien.

So vergingen die Tage zu Jahresbeginn. Mit der zärtlichen Nähe von Giuseppe Garibaldi vergaß Manuela, dass draußen ein blutiger Krieg geführt wurde. Für sie gab es nur noch die Liebe. Ihre einzige Furcht war, dass eines der kaiserlichen Kriegsschiffe die *Farroupilha* angreifen und ihren verehrten Garibaldi verletzen könnte. Deswegen zündete sie jeden Tag eine Kerze auf dem Hausaltar der Heiligen Jungfrau an und betete.

»Dieses Mädchen gibt sich so dem Glauben hin«, sagte Dona Ana und war beglückt, wenn sie sah, wie die Nichte sich vor dem Bild der Heiligen Jungfrau bekreuzigte.

»Sie gibt sich hin, aber nicht dem Glauben«, erwiderte Caetana, die in den grünen Augen der Nichte eindeutig die Liebe entdeckt hatte. Wie konnte einer Frau diese Liebe nur entgehen? »Es wird Zeit, dass mein Sohn nach Hause kommt.«

»Habe keine Sorge, Caetana. Diese Liebe hat keine Zukunft. Garibaldi wird bald aufbrechen, er ist nicht für ein ruhiges Leben gemacht. Wenn der Krieg vorbei ist, wird Giuseppe Garibaldi aufbrechen… Und zwar allein. Diesen Mann kann man nicht festhalten, glaube mir.«

Aber der Krieg dehnte sich aus wie eine alte Decke. Garibaldi setzte seine Fahrten auf der Lagoa dos Patos fort und flüchtete immer durch das Schilfdickicht, das die großen Schiffe nicht befahren konnten. Garibaldis »Entenmänner« waren beweglich und schafften es immer zu entkommen, indem sie die beiden Kähne über die Sandbänke schoben. Bento Gonçalves erhielt lange Briefe, in denen ihm der Italiener die Ereignisse schilderte, und war mit dem Lauf der Dinge sehr zufrieden. Nun waren die Binnengewässer von Rio Grande nicht mehr der ausschließliche Machtbereich der Kaiserlichen.

Das Kaiserreich sah sich bedroht und ergriff Maßnahmen. Greenfell war in Ungnade gefallen, und für die Marine wurde ein neuer Kommandant ernannt. Frederico Mariah konnte es nicht fassen, als man ihm sagte, dass die *Farroupilha*-Freibeuter die Lagune in Angst und Schrecken versetzten.

Mariana hatte ihn bereits einige Male aus der Ferne gesehen, und jedes Mal hatte sie dabei die gleiche Unruhe im Körper gespürt, die gleiche Beklemmung, die sie jetzt nicht vorwärtskommen ließ, wohl wissend, dass ihre Mutter und die Tanten ihre Neugierde missbilligen würden. Die Werft war kein Ort für Frauen, wiederholte Dona Antônia unermüdlich.

Sie gab dem Pferd die Sporen und genoss bei ihrem Ausritt den herrlichen Tag. Es war ein kühler Morgen, aber bestimmt würde die Nachmittagshitze sie alle geißeln. Es war ein heißer Sommer. Das gemächliche Traben des Pferdes beruhigte sie ein wenig: Sie würde ihrer Mutter sagen, dass sie ausgeritten war, um Dona Antônia, die schon seit einigen Tagen nicht mehr auf der Estância da Barra erschienen war, um ein Rezept zu bitten. Und außerdem hatte sie ein Anrecht darauf, auszureiten. Aber sie würde nicht so abenteuerlustig sein und zur Werft reiten, sie würde nur in der Nähe vorbeikommen. Wenn sie Glück hatte, könnte sie ihn sehen.

Sie wusste, dass er Ignacio Bilbao hieß. Nicht einfach nur Inácio wie die Männer in Rio Grande, sondern Ignacio, mit dem sanften Klang dieser fremden Sprache. Ignacio Bilbao. Ein Spanier. All das hatte Manuela ihr berichtet. Ihre Schwester hatte viele Dinge mit Garibaldi gemein… Sie hielten sich immer in irgendwelchen Winkeln auf, mit Liebesgeheimnissen, die Mariana zu verbergen half. Als Dank für ihre Hilfe holte Manuela Auskünfte über den imposanten hellhäutigen Mann mit dem pechschwarzen Haar, der Garibaldi manchmal begleitete, wenn er mit einem Auftrag zu Dona Anas Estância kam. Sie wusste, dass ihr Spanier achtundzwanzig Jahre alt war und seit sechs Jahren in der ganzen Welt zur See fuhr. Sie dachte an seine Hände, die vom Umgang mit dem Segelwerk so kräftig waren. Würde auch er nach Meer riechen, wie Manuela es von ihrem Giuseppe erzählte?

Zunächst folgte sie dem steinigen Weg, der zu Dona Antônias Wohnhaus führte, dann bog sie nach rechts zur Werft ab. Als sie den Lärm der Schläge auf dem Metall und die Stimmen der Männer bei der Arbeit hörte, saß sie vom Rappen ab und machte ihn an einem Baumstamm fest. Die Morgensonne stand hoch. Wenn sie sich dort eine Weile aufhielt, so hatte sie ausgerechnet, könnte sie mit Dona Antônia zu Mittag essen.

Sie ging den schmalen, mit Laub bedeckten Pfad hinunter, der zum Camaquã führte. Der süße Geruch des Wassers drang in ihre Nase. Etwas weiter entfernt sah sie zwei Kähne an einem Kai ankern und fast ein Dutzend Männer, die zielstrebig die Schiffshülle des größeren Schiffs, der *Farroupilha*, reparierten. Zwischen den Männern erkannte sie, mit dem Wasser bis zu den Knien und hochgekrempelten Hosenbeinen, Ignacio Bilbao. Sie spürte, wie ihr Herz schneller schlug, und wartete ab. Die Männer arbeiteten zufrieden unter Garibaldis Anweisungen. Aus der Ferne drang der Lärm der Stimmen in den fremden Sprachen. Mariana genoss den Tumult als wäre er Musik. Sie saß auf einem Baumstumpf und betrachtete schüchtern die Seeleute bei der Arbeit, wie ein verängstiges Mädchen, das einen schweren Fehler begangen hat. Aber sie konnte sich nicht dazu durchringen fortzugehen. Immerhin war sie bis hierher gekommen. Und nie zuvor hatte sie ein so großes Schiff wie die *Farroupilha* gesehen.

Es dauerte ein wenig, bis ihre Anwesenheit bemerkt wurde. Ein Raunen ging durch die Mannschaft, aber alle arbeiteten weiter. Nur Garibaldi schmunzelte, er sprang von Deck und ging zu Mariana. Er würde das Fräulein begrüßen. Hinter ihm ging Ignacio Bilbao mit sehnsüchtig glänzenden Augen.

»Sie in dieser Gegend, *signorina* Mariana?« Garibaldis Stimme klang fröhlich. Er war bis zur Hüfte durchnässt, führte aber dennoch eine galante Bewegung aus und lächelte. »*Benvenuta*. Was halten Sie von unserer kleinen Flotte?«

»Beeindruckend«, antwortete das junge Mädchen, das den Blick des Spaniers auf seinem Gesicht fühlte.

»Aber erzählen Sie keinem Kaiserlichen, was Sie gesehen haben, *certo*?«, bemerkte Garibaldi scherzhaft.

»Keine Sorge, Senhor Garibaldi. Ich wollte mit meiner Tante zu Mittag essen, und ich war neugierig auf die Schiffe.«

»Und, gefällt Ihnen, was Sie sehen?«, fragte Ignacio Bilbao. Er hatte schwarze, schräg stehende Augen.

Mariana errötete ein wenig.

»Sie sollen wissen, dass mir sehr gut gefällt, was ich sehe.«

Es gab eine kleine Pause, die Garibaldi zu schätzen wusste.

»*Signorina* Mariana, ich gehe zu meinen Schiffen zurück. Verbringen Sie so viel Zeit hier, wie Sie wollen, und, *per piacere*, übermitteln Sie Ihrer Schwester meine Grüße.«

Garibaldi ging am Flussufer entlang zurück, wo er das Schilf beiseitetrat, und erteilte seinen Männern neue Anweisungen. Mittlerweile sprach er die Landessprache, als hätte er lange Zeit hier gelebt.

Die Sonne drang durch die Baumwipfel und bildete am Boden auf dem feuchten Laub Mosaike. Ignacio Bilbao schickte sich an, seinem Kapitän zu folgen. Zuvor drehte er sich jedoch um, sah dem dunkelhaarigen Mädchen mit der samtenen Haut ins schöne Gesicht und flüsterte: »Es wäre ein Vergnügen, wenn das Fräulein öfter die Schiffe ansehen wollte.« Und er ging langsam weiter und ließ Mariana in ihrem eigenen Feuer brennen.

Lieber Bruder,
ich schreibe dir, weil ich dir viele Dinge mitteilen muss, Dinge, die den Krieg betreffen, und Familienangelegenheiten. Du weißt sehr wohl, dass, seitdem die Werft im Dienst der Republik steht, die Tage hier auf der Estância mehr Aufregungen und Neuigkeiten mit sich bringen. Nicht dass ich mich dadurch gestört fühlte, diese Neuerungen helfen mir, mein Alter zu vergessen, und ich habe mich immer sehr geehrt gefühlt, wenn ich dir behilflich sein kann, dir und den Riograndensern.

Dona Antônia überflog die Zeilen, die sie auf das weiße Papier gebracht hatte, und tauchte die Feder wieder in das Tintenfass. Sie hatte Bento viel zu erzählen. Sie musste ihm gewisse Dinge mitteilen, die sich hier zutrugen, subtile Dinge, die nichts mit dem Krieg, den Kanonaden und den Schlachten zu tun hatten. Nicht dass ihr der Italiener nicht gefiel, im Gegenteil, sie empfand Zuneigung für ihn, aber es war ihre Pflicht als Tante und ihre Pflicht als Schwester, Bento Gonçalves davon in Kenntnis zu setzen, dass Manuela sehr verliebt war und sich zudem mit Giuseppe verloben wollte.

Deine Soldaten haben in den Gewässern hier viele Gefangene gemacht, wie du zu deiner Freude bereits weißt, und ich sage dir, dass es sehr mutige und der Republik äußerst ergebene Männer sind, und dass kein Tag vergeht, an denen ich nicht stolz auf ihre Heldentaten bin. Außerdem bereiten sie keine Mühe, weder für die Estância noch für mich, sie sind höflich und wohlerzogen, und der fleißigste von allen ist der Italiener Giuseppe Garibaldi.

Ja, Garibaldi ist ein ehrenwerter Mann und eine angenehme Gesellschaft, so dass er oft auf Anas Estância zu Gast ist und wirklich von allen Familienangehörigen sehr geschätzt wird.

Dennoch, wie du dir vorstellen kannst, wird Giuseppe Garibaldi von einem unserer Mädchen zu sehr geschätzt, und ich halte es für meine Pflicht, dich auf diese Tatsache hinzuweisen. Ja, mein Bruder, Manuela ist sehr verliebt in den italienischen Seemann, und ihre Liebe wird von ihm voll und ganz erwidert. Er hat sie immer mit aller Höflichkeit und Ehrerbietung behandelt, und er beabsichtigt, sie zu ehelichen. Weil ich weiß, dass du bereits andere Pläne für Manuela und Joaquim hast, schreibe ich dir diese Zeilen. Und auch weil ich mir vorstelle, dass dieser Italiener ein Abenteurer ist, und ich nicht weiß, ob er für Manuela ein guter Ehemann wäre. Ansonsten wäre ich sehr zufrieden, ihn in unserer Familie zu haben. Aber du hast mich darum gebeten, auf alles und auf alle zu achten, und deshalb lasse ich dir jetzt diese Nachricht zukommen.

Ich erwarte deine Antwort. Komm auf die Estância, um uns zu besuchen und deine Schiffe bei der Arbeit zu sehen, Bento. Deine Gegenwart wird sehr gefeiert werden und äußerst willkommen sein.

Mit all meiner Zuneigung,
Antônia
Estância do Brejo, 20. Februar 1839

Sie versiegelte den Brief und ließ Nettinho rufen.

Nettinho war ein Mulatte mit blauen Augen. Es hieß, er sei ein Sohn von General Antônio de Souza Netto, und deshalb wurde er so genannt. Dona Antônia gab nichts auf diese Geschichte. Bagé war zu weit weg, als dass Netto auf ihren Ländereien Kinder hätte zeugen können, auch wenn er ein unverbesserlicher Frauenheld war und ihm die jungen schwarzen Dinger gefielen. Auf jeden Fall war Nettinho äußerst schlau. Dona Antônia lächelte, als er in das kleine Arbeitszimmer des Gutshauses kam. Wie immer musste sie angesichts dieser merkwürdig blauen Augen staunen.

»Sie haben mich gerufen?«

Die Stimme des jungen Schwarzen quiekste. Er würde bald ein Mann sein.

Dona Antônia übergab ihm den versiegelten Brief.

»Ich möchte, dass du diesen Brief General Bento übergibst. Er hält sich in der Gegend von Piratini auf. Reite heute noch los und halte dich unterwegs auf keiner der Estâncias auf. Und wenn dir irgendein kaiserliches Pikett über den Weg läuft, verbrennst du den Brief, hast du mich verstanden? Oder du isst ihn auf. Ich weiß, dass dein Appetit auch dafür reicht, mein Junge.« Der junge Mann lachte und verwahrte den Brief in der Hosentasche seiner verschlissenen Bombacha. Dona Antônia sprach weiter: »Warte die Antwort ab und bringe sie mit. Wenn du in Piratini angekommen bist, sag, dass du einen Brief von mir hast. Der General wird dich empfangen. Und vergiss nicht: Niemand sonst fasst dieses Stück Papier an!«

Bento Gonçalves überflog den Brief. Dann verwahrte er ihn in der Hosentasche. Er dachte einen Moment nach. Er musste tatsächlich zur Estância und eine Rinderherde verkaufen und Maßnahmen ergreifen. Der Krieg zog sich in die Länge, die Dinge stagnierten, und er musste Vorkehrungen treffen. Der Krieg verschlang viel Geld. Und nun auch das noch. Er selbst hätte daran denken müssen: Ein Blick auf den Italiener genügte, um die Leidenschaft in seinen Augen zu erkennen. Und Manuela war ein junges Mädchen voll Lebensfreude, und nun in die Estância gesperrt, wo sie das Ende dieses verrückten Krieges abwartete. Jedes Mädchen hätte sich zu diesem Italiener und seinen fantastischen Geschichten hingezogen gefühlt. Der Kerl hatte ein gutes Mundwerk.

Nettinho sah den General an und spürte, dass dies einer der wichtigsten Augenblicke seines Lebens war. Er hatte Bento Gonçalves bei anderen Gelegenheiten erlebt, aber hier, in diesem Kabinett, erschien der General noch bedeutender, noch größer und noch mächtiger als irgendein anderer Mann der Pampa, und Nettinho spürte einen Kloß im Hals. Er fragte sich, ob sich auch Antônio de Souza Netto, der rätselhafte General, der sein Vater sein sollte, in der Stadt aufhielt. Aber er besaß nicht den Mut, irgendjemanden danach zu fragen.

»Ich werde keinerlei Antwort schreiben«, sagte Bento Gonçalves grimmig. Der junge Schwarze zitterte. »So erspare ich dir die Mühe, auf dem Rückweg wieder auf einen Brief aufpassen zu müssen. War es schwer für dich, hierherzukommen?«

Nettinho schüttelte den Kopf.

»Nein, Senhor. Ich war nachts unterwegs, ich habe Schleichwege benutzt. Und außerdem bin ich ziemlich schwarz, ich bin nachts nicht zu sehen.«

Bento Gonçalves musste laut lachen.

»Schon gut, mein Junge. Jetzt kannst du die Strecke bei Tag zurücklegen. Sag Dona Antônia, dass ich nächste Woche dort sein werde.«

»Ist das alles?«

»Ja. Ich weiß, dass du schlau genug bist, niemandem davon zu erzählen. Der Aufenthaltsort eines Generals ist ein Staatsgeheimnis.«

Nettinho verließ das Hauptgebäude mit stolzgeschwellter Brust. Er teilte mit dem Präsidenten der Republik ein Staatsgeheimnis. Er war jetzt selbst ein wichtiger Mann.

Bento Gonçalves da Silva erreichte die Estância da Barra Mitte März. Im Haus der sieben Frauen standen die Fenster offen, die Blumentöpfe auf der Veranda waren mit Blumen überfüllt, er wurde erwartet. Er umarmte zunächst Caetana und seine Schwestern, dann ging er zu Perpétua, deren Schwangerschaft sich unter dem dunklen Kleiderstoff deutlich abzeichnete. Er speiste ausgiebig und hielt in dem sauberen, frisch bezogenen Bett eine ausgedehnte Siesta. Er genoss die angenehme Ruhe des Nachmittags.

An jenem Tag schloss er noch den Verkauf einer Rinderherde ab und besprach mit dem Verwalter anstehende Maßnahmen.

Nach dem Abendessen unterhielt er sich mit Antônia.

»Morgen reite ich zur Werft. Ich will mit eigenen Augen sehen, wie der Schiffsbau vorangeht.«

»Du wirst sehen, alles geht voran.«

Es trat eine kleine Gesprächspause ein.

»Ich werde dort auch mit dem Italiener sprechen. Über Manuela.«

»Und wer soll mit dem Mädchen reden?«

»Das ist Frauensache, und ihr seid viele Frauen. Lass mich mit dem Italiener reden. Denn ich verstehe mich gut mit ihm. Danach sprichst du mit ihr. Wie denkt eigentlich Maria Manuela darüber?«

»Maria hat seit dem Tod ihres Gatten keine Kraft mehr. Man kann nicht auf sie zählen, zumindest jetzt nicht.«

Antônia sah ihren Bruder lange an.

»Bento, ich muss dir etwas sagen. Ich glaube, die beiden lieben sich wirklich. Aber der Italiener bereitet mir Sorge, er ist nicht für die Pampa geboren.«

»Er ist ein guter Soldat, aber er ist ein rastloser Mann. Er ist immer hinter dem Abenteuer her. Er ist mutig, aber er ist kein Mann für Manuela. Mach dir keine Sorgen, Antônia. Du hast Recht. Am besten vergisst sie diesen Seemann.«

Sie saßen auf der Veranda. Die Nacht war erfrischend und voller Düfte. Die Hitze des Tages hatte sich verzogen. Nun gab es nur noch den unendlichen, mit Sternen übersäten Himmel, der einen schönen Herbst ankündigte.

»Morgen feiern wir ein Fest. Ana und Caetana bereiten seit Tagen alles vor.«

»Großartig, Schwester. Ich habe eine unsägliche Lust zu tanzen. Ich muss ein paar Dinge vergessen. Erst gestern erfuhr ich, dass mein Freund, Graf Zambeccari, nach Italien deportiert wurde.« Er dehnte das Wort noch einmal: »Deportiert. Und das mit seiner anfälligen Gesundheit nach der Haft.«

Dona Antônia wurde traurig.

»Sachen gibt es …«

»Der Graf ist ein großartiger Mann. Er wird uns fehlen.«

João Congo, Bento Gonçalves' Leibeigener, erschien und brachte eine dampfende Kanne und das Mategefäß. Dona Antônia schenkte ihrem Bruder ein, der in Gedanken vertieft den ersten Schluck nahm.

Bento Gonçalves konnte am nächsten Tag nicht mit Giuseppe Garibaldi sprechen: Der Italiener war mit seinen Männern zu einem weiteren Angriff auf der Lagune unterwegs. Griggs war auf der Werft beschäftigt: Die *Seival* bedurfte einer Reparatur, und ihre Besatzung arbeitete daran. Bento Gonçalves blieb lange bei dem Amerikaner und unterhielt sich mit ihm, er begutachtete die Pläne und das große Ding aus Holz und Stoff, das am Kai ankerte.

Im Gutshaus schwankte Manuela in ihrem Zimmer zwischen Angst und Hoffnung: Sie wusste nicht, ob ihr Onkel eine Verlobung mit Giuseppe gestattete. Er war sehr wichtig für die Republik, bestimmt schätzte Bento Gonçalves ihn. Als Perpétua die innere Unruhe ihrer Cousine bemerkte, sagte sie: »Hab keine Angst. Such für den Ball heute ein schönes Kleid aus und warte ab. Der Italiener ist in dich verliebt, und er sieht nicht so aus, als würde er leicht aufgeben.«

Manuela warf sich ihrer Cousine in die Arme.

»Du bist so gut zu mir, Perpétua… Verstehst du wirklich, dass ich deinen Bruder nicht liebe?«

Perpétua lächelte und strich zärtlich über Manuelas Zöpfe. Die Schwangerschaft hatte ihr Gesicht noch weicher gemacht.

»Dummchen. Ich weiß sehr wohl, dass die Menschen in Fragen der Liebe nichts zu sagen haben. Joaquim muss ein nettes Mädchen finden, das ihn liebt, mach dir keine Sorgen. Alles wird sich richten.«

Das Essen fand um vier Uhr nachmittags statt: Churrasco, mit Butter gekochter Maniok, Salate und Nachspeisen. Das Haus stand offen und war mit Blumen geschmückt. Dona Ana, wegen all der Trauerfälle in der Familie ganz in Schwarz, empfing die Gäste: einige Nachbarn und ein paar Familien, die bis aus Camaquã angereist kamen. Die Landarbeiter und das übrige Personal der Estância waren auch zugegen, sie trugen ihre besten Kleider und freuten sich über das Fest. Alle beglückwünschten Bento Gonçalves und Caetana. Über den Krieg wurde nicht gesprochen.

Garibaldi, John Griggs und der Italiener Luigi Carniglia und noch ein halbes Dutzend ihrer Seeleute kamen gegen fünf Uhr, auch sie hatten ihre besten Kleidungsstücke angezogen. Dona Ana begrüßte den Italiener mit besonderer Herzlichkeit, während Manuela, etwas abseits, vor Freude errötete. So wie Mariana: Ignacio Bilbao war zu dem Ball gekommen, und sein rotes Hemd leuchtete zwischen den übrigen Gästen, als er langsam auf sie zuging.

»*Senhorita* ... Heute wird nicht über Schiffe gesprochen, nicht wahr?« Seine Stimme klang wie ein fein gestimmtes Instrument. »Heute wird getanzt.«

Mariana bemerkte, dass ihre Mutter sie aus der Ferne beobachtete, kümmerte sich aber nicht weiter darum.

Rosário kam spät zum Ball, ihre Augen waren vom Weinen geschwollen. Steban war nicht erschienen, wie immer, wenn Bento Gonçalves sich auf der Estância aufhielt. Die zerbrechliche Schönheit der blonden Rosário erregte bei den anwesenden Männern Aufmerksamkeit, insbesondere bei François, einem großen blonden Franzosen mit wässrig grünen Augen, der seit zwölf Jahren zur See fuhr und sich als einer von Garibaldis Kameraden der Sache der *Farroupilhas* angeschlossen hatte. Aber Rosário interessierte sich keineswegs für diese exotischen Männer, nicht einmal für den Franzosen, über dessen rechte Augenbraue eine Narbe verlief. Sie setzte sich auf einen Stuhl und beobachtete mit einem gewissen Neid das fröhliche Treiben ihrer Schwestern.

Nach dem Essen wurde getanzt. Bento Gonçalves und Caetana waren an diesem Abend das Paar, das den Anfang machte. Sie tanzten mit viel Vergnügen eine Polka und drehten sich im Saal. Der Präsident war ein begnadeter Tänzer, den man bei allen Bällen antraf. Caetana war ihm eine anmutige Begleitung.

Rasch wurden es immer mehr Paare, die sich drehten, die zusammenfanden oder wieder auseinandergingen, je nach Musikstück und Choreographie. Mariana brachte den Mut auf, mit

Ignacio Bilbao zu tanzen. Sie war von den galanten Umgangsformen des Spaniers überrascht, der eine große Begabung für diese Tänze zeigte, die er zweifellos nie zuvor kennen gelernt hatte.

Giuseppe Garibaldi wusste nicht, wie eine Meia-Cancha getanzt wurde. Während ein Tänzer mit dem roten Halstuch in der Hand seiner Dame ein Zeichen gab, näherte sich der Italiener strahlend Manuela.

»Bestimmt werde ich Sie enttäuschen, *questa notte* ... Ich bin nicht begabt für *danze*. Dieses Schaukeln verkrafte ich nur auf *il mare*.« Seine Augen sahen tief in die grünen Augen von Manuela de Paula Ferreira.

»Ich bin lieber hier, an Ihrer Seite, bevor ich mit einem anderen tanze, Giuseppe.«

Der Italiener war erfreut. Beide gingen zur Veranda. Es wurde langsam Nacht, und die letzten goldenen Schatten erloschen in der Pampa. Sie setzten sich in einer Ecke in Schaukelstühle, sehr nah nebeneinander, und jeder von ihnen genoss die Wärme, die der andere ausstrahlte, und beide träumten von einsamen Stunden voller Glück.

Ein Kiebitz rief im Wald, später schlossen sich ihm andere Vögel an. In der Luft des Spätsommers hing ein süßlicher Blumenduft.

»Dieser Ort ist *molto bello*. Die Vögel, das Feld, das Licht diese Sonne ...« Giuseppe betrachtete lange das junge Mädchen an seiner Seite. Manuela hatte ein hübsches Profil, ihre Nase war klein, ihr Mund rosig wie eine reife Frucht. Er spürte, wie eine angenehme Wärme seine Brust durchströmte. »Vielleicht ist es auch nur *la vostra presenza*, Manuela.«

Manuela erwiderte seinen Blick, auf ihren Augen lag ein erregter Glanz.

»Sie sind es, der das alles hier so besonders macht, Giuseppe.«

Giuseppe Garibaldi legte ihre kleine Hand zwischen seine Hände. Er fühlte, wie seine Augen feucht wurden. Aus dem Haus kam der Klang einer Chimarrita.

»*Io ti amo*, Manuela. Ich muss es einfach sagen … Ich liebe dich.«

Manuela sah, wie am noch grauen Himmel die ersten Sterne erschienen. Niemals darf ich diesen Augenblick vergessen, dachte sie. Als sie wieder zu Giuseppe Maria Garibaldi sah, war sie eine Frau, die ihren Weg und ihre Wahrheit gefunden hatte.

»Ich liebe dich auch. Von ganzem Herzen und mit meiner ganzen Seele.«

Giuseppe hatte nie vermutet, in einem so abgelegenen Ort eine Liebste zu finden. Er drückte die zarte Hand zwischen seinen Händen noch fester.

»*Io sono* ein armer Mann, Manuela … Ich habe nur meine Träume, meinen Mut und meinen Willen. Aber wenn du mich trotzdem liebst, *Dio mio*, dann spreche ich heute noch mit deinem Onkel, General Bento Gonçalves, und wir verloben uns.«

Manuela dachte an ihren Onkel, und sie dachte an Joaquim. Ihr Herz wurde leicht wie eine Wolke am Sommerhimmel.

»Ja, ich liebe dich, Giuseppe, ich liebe dich sehr. Dich zu heiraten, ist mein einziger Wunsch auf Erden.«

Bento Gonçalves sah, wie die letzten Gäste in ihre Kutschen stiegen. Er trank Matetee und war in Gedanken vertieft. Es war schon lange Nacht geworden, und der zunehmende Mond schien wie festgenagelt in dem sternenübersäten Himmel. Von seinem Platz aus, halb verborgen hinter den blühenden Kletterpflanzen, die an den Verandapfosten emporwuchsen, hörte er Garibaldis Stimme. Der Italiener verabschiedete sich herzlich und formvollendet von Dona Ana.

Bento trank seinen Matetee aus und sprach Garibaldi an.

»Ich habe während des Balls nach Ihnen Ausschau gehalten, aber offensichtlich waren Sie beschäftigt, und ich wollte nicht stören.«

Garibaldi lächelte. Er ging zu seinem Pferd. Auch er wollte mit dem General reden, über eine sehr ernste persönliche Angelegenheit.

»Sehr gut. Warten Sie einen Moment, ich werde Congo bitten, mir ein Pferd zu satteln. Ich begleite Sie zur Werft, und auf dem Weg dorthin können wir uns unterhalten.«

Sie ritten über den einsamen, stillen Weg. Ab und an drang Mondlicht durch das Laub. Die anderen Seeleute waren schon vorher aufgebrochen, denn am nächsten Tag gab es eine Menge zu tun. Garibaldi war bis zuletzt geblieben, in der Hoffnung, Bento Gonçalves um Manuelas Hand bitten zu können. Nun ritten sie schweigend nebeneinanderher, die Tiere trabten friedlich.

Bento brach das Schweigen.

»Ich war heute auf der Werft und habe Sie gesucht.«

»Ich war beschäftigt, General. Wir haben die Estância eines *Caramuru* angegriffen, etwa elf Meilen von hier entfernt. Keine große Sache ... Ein paar Säcke Mehl, etwas Holz und einige Pferde. Es ist alles dort, General. *Un'altra volta* haben wir die Kaiserlichen überlistet.«

Bento zündete sich eine Zigarre an, die Zügel hielt er mit einer Hand.

»Sie haben gute Arbeit geleistet, Kapitänleutnant Garibaldi. Aber ich muss Ihnen eine Mitteilung machen: Demnächst werde ich Ihnen eine noch bedeutendere Mission übertragen. Hier ist nicht mehr viel zu tun, und wir brauchen Ihre Schiffe für etwas noch Wichtigeres.«

Garibaldi fühlte in seinem Inneren eine Mischung aus Erregung und Sorge. Das Abenteuer einer neuen Mission rief ihn mit verführerischer Stimme, aber das würde ihn von Manuela entfernen. Es war an der Zeit, mit Bento Gonçalves zu sprechen, mit ihm über seine Gefühle zu sprechen.

»General, ich muss Sie um etwas bitten. Wie ich gesagt habe, es ist *personale*.«

Das letzte Wegstück schlängelte sich am Fluss entlang. Über dem Wasser lag feiner Nebel. Bento Gonçalves sah den Italiener von der Seite an.

»Auch ich muss Sie um etwas bitten, Kapitänleutnant Garibaldi. Es ist eine heikle Angelegenheit, ich hoffe, Sie haben Verständnis dafür.«

Der Schatten des leer stehenden *Charque*-Schuppens, der Garibaldi und seinen Männern als Unterkunft diente, tauchte im Sternenlicht wie ein Geisterhaus auf. Garibaldi saß vom Pferd ab, strich dem Tier über den Rücken und sah in das unerbittliche Gesicht von Bento Gonçalves da Silva, dem Präsidenten der Republik Rio Grande, dem bedeutenden Großgrundbesitzer, dem Mann, der die Verantwortung für diesen Traum trug.

»Lassen Sie mich zuerst sprechen, Freund Garibaldi. Sie müssen mich verstehen ... Es geht um meine Nichte Manuela.« Es entstand eine gespannte Stille. Dann sprach er weiter: »Ich weiß, dass Sie in das Mädchen verliebt sind, aber ich bitte Sie als Ehrenmann, ihr nicht weiter den Hof zu machen. Manuela ist meinem Sohn Joaquim versprochen. Und Joaquim ist im Krieg. Es wurde vor langer Zeit so beschlossen. Außerdem werde ich nicht das Versprechen brechen, das ich meinem verstorbenen Schwager gegeben habe. Diese eheliche Verbindung bedeutete ihm sehr viel.«

Garibaldi spürte seinen trockenen Hals.

»*Io amo* Ihre Nichte, General.«

Bento Gonçalves' Stimme donnerte durch die Nacht. Sie klang hart und entschlossen.

»Die Liebe kommt, die Liebe geht, Freund Garibaldi. Ein Mann, der wie Sie in der Welt herumgekommen ist, müsste das wissen. Nur die Ehre zählt. Und ich weiß, dass Sie ein wirklicher Ehrenmann sind. Zudem, wie ich Ihnen bereits gesagt habe, bald werden Ihre Zeit und Ihre Seele mit einer noch wichtigeren Mission beschäftigt sein. Vielleicht hängt davon das Schicksal unserer Republik ab.«

Garibaldi erwiderte nichts. Bentos Gonçalves' Pferd wurde unruhig. Der General machte es sich im Sattel bequem.

»Gut. Es ist Zeit zurückzureiten. Ich habe noch ein Stück Weg vor mir, und ich bin sehr müde. Gute Nacht, Freund Garibaldi.«

»*Buona notte*, General Bento Gonçalves.«

Der April ist ein schöner Monat in der Pampa, wenn der Herbst mit seinem bernsteinfarbenen Licht die Silhouetten der Tiere auf den Weiden vergrößert und sich wie ein feiner Schleier über das Land legt. Der Herbst im Süden ist magisch, er verstreicht langsam, er tut der Seele gut. Er tat auch der Seele von Giuseppe Garibaldi gut, der eine unbestimmte Sehnsucht nach dem Land seiner Herkunft verspürte.

Dieser 17. April begann mit einem klaren Morgen. In dem *Charque*-Schuppen, in dem die insgesamt sechzig Männer von Garibaldi schliefen, wurde früh aufgestanden, beim ersten Morgenlicht. Der Koch bereitete ein üppiges Frühstück zu, während die Männer erwachten, sich ankleideten und den heißen Chimarrão, den in dieser Gegend üblichen, bitteren Matetee, tranken, der mit so viel Vehemenz den Schlaf vertreibt.

Garibaldi saß neben dem Schuppen auf einer Bank und zog die Stiefel an, als Zé Pedra, Dona Anas treuer Schwarzer, unter lauten Rufen dort ankam.

»Senhor Garibaldi! Ich soll Ihnen Nachricht geben, dass Oberst Moringue, dieser verteufelte Kaiserliche, nur etwa zwei Meilen von hier gesehen wurde.«

Garibaldi sprang auf und schleifte die losen Schnürsenkel seiner Stiefel auf dem Boden hinter sich her. Oberst Francisco Pedro de Abreu, der mit seinem riesigen Kopf und seinen abstehenden Ohren wie ein Henkelkrug aussah und deshalb den Spitznamen »Moringue« trug, war ein so hässlicher Mann wie ein ausgezeichneter Soldat. Sein Ruhm eilte ihm voraus, und er war wegen seiner Waghalsigkeit bei Überraschungsmanövern berüchtigt. Garibaldi sah sprachlos zu dem Schwarzen.

»Wer hat dir das erzählt, Zé Pedra?«

»Ein Mann aus der Gegend hat auf der Estância da Barra Bescheid gegeben. Er hat gesagt, dass Moringue hier in der Nähe mit siebzig Kavalleristen und achtzig Infanteristen an Land gegangen ist. Dona Ana hat mich beauftragt, Sie sofort zu benachrichtigen. Und ich nehme Senhora Antônia mit, falls es einen Angriff gibt.«

»*Bene*«, antwortete Garibaldi. »Ich werde die entsprechenden Vorbereitungen treffen.« Er ging zum Schuppen. »Carniglia! Bilbao! Matru! Kommt her! Heute kommt die *buona fortuna* zu uns. Wie werden einen Festtag haben, meine Freunde!«

Zé Pedra glotzte verständnislos zu dem Italiener.

Sie waren sechzig gegen einhundertfünfzig, aber Giuseppe Garibaldi setzte auf seine Männer. Und sie hatten den Vorteil, sich gut vorbereiten zu können. Die Werft war schwer zu erreichen.

Garibaldi versammelte seine Männer vor dem Schuppen und überbrachte ihnen die Neuigkeit. Er entschied, Kundschafter in alle Richtungen auszusenden, um Auskünfte über die Stellungen von Moringues Truppen einzuholen. Zehn Männer stiegen auf ihre Pferde und verteilten sich. Die restlichen fünfzig Männer gingen in den *Charque*-Schuppen.

»Ladet die Gewehre«, befahl Giuseppe. »Moringue wird uns nicht überraschen.«

Die Kundschafter kamen am Vormittag zurück.

»Es gibt keine einzige Spur«, sagte Carniglia.

Die anderen Männer bestätigten seine Auskunft: Sie hatten alle Winkel abgesucht und nichts gefunden. Ruhe lag über dem Gebiet. Es war unmöglich, dass sich Moringue mit seiner Truppe in der Nähe aufhielt.

Garibaldi dachte nach. Sollte das ein falscher Alarm gewesen sein? Er wusste, dass Moringue ein gerissener Hund war. Aber wo sollte er einhundertfünfzig Männer versteckt halten? Er entschied, sich auf seine Eingebung zu verlassen. Er wusste von jeher, wenn ein Fremder in der Nähe war, witterten die Tiere die Gefahr und wurden unruhig und ungeduldig. Er erkundete das Gelände. Die herrschende Ruhe war ein Beweis dafür, dass kein Kaiserlicher dort war. Garibaldi beruhigte sich. Es war besser, zu Mittag zu essen und sofort an die Arbeit zu gehen, denn die Schiffe mussten repariert werden, und im Schuppen fehlte Brennholz. Außerdem bauten sie gerade zwei neue Schiffe, und die Arbeit daran hatte sich verzögert. Die geladenen Gewehre blieben vorbereitet im *Charque*-Schuppen und warteten auf ihre Stunde. Kurz darauf war die Suppe fertig, der Koch rief die Männer zum Essen, und sie kamen zusammen, um den Hunger dieses langen Vormittags zu stillen.

Garibaldi ließ sich das Mittagessen schmecken und genoss den schönen Tag, er dachte daran, in der Abenddämmerung zu Dona Anas Estância zu reiten und mit Manuela zu sprechen. Sie hatten ausgemacht, sich bei passender Gelegenheit zu verloben, wenn es notwendig wäre, auch heimlich. Denn die Tage verstrichen langsam für die beiden leidenden Liebenden, die von dieser stillen, sehnsüchtigen Leidenschaft verzehrt wurden.

Garibaldi war mit dem Essen fertig. Er stellte sich vor, dass Manuela besorgt sein würde, wenn sie von der Nachricht erfuhr, dass Moringues Truppen die Werft umzingelten. Ja, er musste am Ende des Tages mit ihr sprechen.

Die sechzig Männer saßen auf schmalen Bänken und aßen an improvisierten Tischen. Am Ende der Mahlzeit befahl Garibaldi allen, wieder an ihre Arbeit zu gehen.

»Bei dieser Ruhe ist der Feind bestimmt *molto distante* von hier. *Tutto* ist ein falscher Alarm.«

Die Männer kehrten zu ihren Pflichten zurück. Etwa dreißig Seeleute gingen in Richtung Flussufer, um sich um die Reparatur der Kähne zu kümmern, die übrigen arbeiteten in der Schmiede und sammelten in der Umgebung Holz. John Griggs war Anfang der Woche nach Piratini aufgebrochen. Im Schuppen blieben nur Garibaldi und der Koch, der die Schüsseln vom Mittagessen einsammelte, während er eine Milonga pfiff.

Garibaldi trinkt gerade seinen Mate, als er hinter sich Gewehrschüsse hört, wie das wütende Tosen eines Donners. In dem Moment, in dem er aufspringt, sieht er, dass eine Lanze durch seinen Poncho stößt.

»*Dio mio!* Was ist das?«, schreit er und verschanzt sich im Schuppen. »Luís, hier ist Oberst Moringue! Hinein und an die Gewehre!«

Oberst Francisco Pedro de Abreu steht mit seinen einhundertfünfzig Männern vor ihnen. Es ist unmöglich zu wissen, wie er sich den ganzen Vormittag versteckt halten konnte, wie er die Tiere in der Gegend besänftigt hat. Aber da steht er, zweihundert Doppelschritte von ihm entfernt. Er schreit seine Befehle, sein hässliches, entstelltes Gesicht geifert vor Zorn.

Garibaldi sieht vom Fenster aus die Infanteristen und die Kavalleristen wie aus dem Nichts zum Schuppen preschen. Er überlegt nicht weiter. Es gibt nichts zu überlegen. Er muss handeln, er muss so schnell wie möglich irgendetwas unternehmen. Wenn Moringue näher kommt, ist er, Garibaldi, tot. Sie sind zwei Männer gegen einhundertfünfzig, die anderen stecken im Dickicht oder arbeiten am Fluss. Wie lange brauchen sie, bis sie diesen Hinterhalt bemerken?

Die sechzig geladenen Gewehre lehnen an einer Wand. Garibaldi greift zum nächsten Gewehr und feuert gegen den Feind. Ein zweites und ein drittes Gewehr spucken ihre Ladung gegen die kaiserliche Horde. Garibaldi arbeitet wie ein Automat. Ohne zu überlegen, drückt er mit seinen kräftigen Fingern den Abzug. Ohne zu überlegen, wirft er ein leeres Gewehr zur Seite und erhält vom Koch das nächste. Er sieht drei Soldaten zu Boden fallen. Die Menschenmasse steht so dicht, dass kein Schuss verloren geht, jeder einzelne Schuss dringt in einen Körper und verstümmelt einen Arm oder verletzt ein Pferd. Giuseppe Garibaldi schießt wie wild. Er denkt an Manuela, und das verstärkt nur seinen Zorn über die feindlichen Soldaten: Drei weitere fallen leblos um. Er will diesen Moringue nicht in der Nähe der Estância da Barra, in der Nähe von Manuela haben. Er will nicht, dass dieser unselige Moringue am Leben bleibt. Er befiehlt dem Koch, die Waffen so schnell wie möglich wieder zu laden. Es gibt keine Sekunde zu verlieren. Die kaiserliche Artillerie nähert sich jetzt etwas langsamer: Die Gewehrsalven aus dem Schuppen machen Eindruck. Garibaldis Augen sind hervorgetreten, wie die Augen eines Wahnsinnigen. Aber er kann nicht aufhören zu schießen, er darf nicht aus dem Rhythmus kommen.

Der Lärm ist schrecklich, die Vögel fliegen erschreckt auf. Die Männer, die Holz sammelten, haben den Vorfall bemerkt und schleichen vorsichtig zur Werft. Auch die Seeleute, die die Schiffe reparierten, versuchen zurückzukehren. Das Getöse der Schießerei ist wie entfernter Donner zu hören. Zwei oder drei Männer, die in einem anderen Schuppen in der Nähe mit dem Bau der zwei neuen Kähne beschäftigt waren, werden beim Versuch, zur Werft zu gelangen, verletzt, aber der kleine Schuppen bleibt unversehrt und behütet seine beiden Schätze. Ein Teil von Moringues Truppen befindet sich mitten im Dickicht. Garibaldis Männer sind umzingelt, sie können nicht zurück. Sie müssen flüchten und sich irgendwo verstecken.

Einige schaffen es trotzdem bis zum Schuppen. Garibaldi empfängt sie mit blutunterlaufenen Augen und von Pulver und Staub geschwärztem Gesicht. Die elf Neuankömmlinge greifen zu den Waffen, sie gehen hinter den Fenstern in Position und benutzen Risse und Löcher in den Holzwänden für ihre Antworten. Eduardo Matru, Carniglia, Bilbao, der Mulatte Rafael Nascimento und der schwarze Procópio stellen sich neben Garibaldi und eröffnen ein dichtes Feuer. Der Koch lädt verzweifelt die Gewehre, Schweiß läuft über seinen Körper, und er betet alle Gebete, die ihm nur einfallen. Draußen, bei dem Schreien, Tosen und Schießen scheint das Ende der Welt gekommen.

Wenn Moringue bemerkt, dass nur dreizehn Männer in dem *Charque*-Schuppen sind, ist alles verloren. Aber Garibaldis Seeleute kämpfen mit solch einer Inbrunst und schießen mit einem derartigen Können, dass Moringue denkt, er kämpfe gegen eine große Truppe. Er wagt sich nicht weiter vor.

Die schwarze Rauchwolke der Schüsse verstreut sich über den Wald und die Umgebung und steigt zum Himmel auf, sie vernebelt allmählich das Blau des Herbstnachmittags. Die Pferde drängen ins Dickicht, die Hunde flüchten zur Straße. Auf der Estância da Barra beten die Frauen hinter den Fenstern und zünden Kerzen an. Sie fürchten um ihr Leben und um die Männer auf der Werft. Moringue ist in ganz Rio Grande berüchtigt. Aber Dona Ana lässt nicht zu, dass sie weinen. Es ist nötig, die Ruhe zu bewahren und dass hinter den geschlossenen Fensterläden das Leben weitergeht, während Manuel und Zé Pedra bewaffnet auf jeden möglichen Angriff warten. Mariana schluchzt leise in einer Ecke des Saals, sie hält mit zitternden Fingern den Rosenkranz und denkt an Ignacio Bilbao. Dona Ana schilt sie. Es gilt, den kleineren Mädchen ein Beispiel zu geben. Es gilt, Stärke zu zeigen. Manuela hat trockene Augen und ist blass. Nicht einmal ein einfaches Gebet entweicht ihren fahlen Lippen. Ihre Hände sind im Schoß eingeschlafen. Dona Antônia ist wegen ihrer Nichte beunruhigt, lässt aber nicht von ihrer Stickerei ab. Es ist notwendig, sich zu beschäftigen. Bald wird alles vorbei sein, bald können sie die Haustüren wieder öffnen, die Kerzen löschen und über die überstandene Angst lachen. Darum geht es in ihren Gebeten. Sie stickt, und sie betet im Stillen. In der Küche knien die schwarzen Dienstmädchen des Hauses auf dem kalten Fußboden und weinen leise.

Die Schlacht um die Werft dauerte genau fünf Stunden. Garibaldi und seine zwölf Gefährten leisteten Moringues Männern erbitterten Widerstand. Im Schuppendach gab es bereits riesige Löcher, durch die zwei kaiserliche Soldaten einzudringen versuchten, wobei sie von Carniglia getötet wurden. Eine der Seitenwände aus Holz war eingefallen und stand in Flammen, die der Koch mit Töpfen voll Wasser zu löschen versuchte, aber der Bau widerstand dem Angriff der Kaiserlichen. Garibaldi ließ sich nicht beeindrucken. Er erteilte Befehle, er schoss, er brachte Rufe auf die Republik aus und offenbarte so seinen Hass gegen die Kaiserlichen, seine gelben Augen loderten.

Gegen drei Uhr nachmittags zielte der schwarze Procópio, einer der mutigsten Schützen, gut und traf Oberst Moringue in Arm und Brust. Daraufhin gab die kaiserliche Truppe sofort das Zeichen für den Rückzug und begab sich in den Wald, wo sie sich zerstreute.

Unter der Führung von Garibaldi, Eduardo Matru, Carniglia und Procópio verfolgen sie den Feind noch einige Schritte mit

Schüssen. Die Gewalt des Nachmittags flaut allmählich ab, die Sonne lässt nach, und sie kehren zum *Charque*-Schuppen zurück. Sie müssen feststellen, dass die Werft praktisch zerstört ist. Die Kähne am Kai hingegen sind unversehrt und fahrbereit. Dort in der Nähe sind die beiden Schiffe, an denen noch gebaut wurde, vor der Wut der Kaiserlichen gerettet.

Garibaldi wischt sich den Schweiß aus dem verrußten Gesicht. Sein Hemd ist zerrissen, und in der rechten Hand hat er eine Schnittwunde. Er geht zwischen den rauchenden Überresten der Zerstörung, zwischen umgestürzten Töpfen und zerfetzten Leibern der Kaiserlichen umher und zählt die Toten und Verletzten. Seine Augen haben sich mittlerweile beruhigt. Niemals wird er diese Schlacht vergessen, die blutigste, die er je erlebt hat. Er zählt zehn feindliche Leichen. Rafael Nascimento und Eduardo Matru kümmern sich um den Leichnam von Lorenzo, dem Mann aus Genua. Ihn hat ein Schuss mitten in die Stirn erwischt, und seine blauen Augen stehen immer noch offen, sein Blick ist starr, in einem Moment des Schreckens angehalten. Lorenzo war sechsundzwanzig Jahre alt und hatte eine Braut in Genua.

Garibaldi senkt den Blick, um den toten Gefährten zu betrachten.

»*Diavolo*! Zur Hölle mit Moringue!«

Sie legen Lorenzos Leichnam auf eine Matratze.

Ignacio Bilbao ist an einem Bein getroffen. Noch fünf weitere Männer sind verwundet. Am schwersten hat es einen Landarbeiter aus der Umgebung getroffen, eine Lanze steckt in seinem linken Oberschenkel und eine Kugel in den Rippen. Als er beginnt, Blut zu spucken, sagt Carniglia: »Es hat die Lunge erwischt. Da kann man kaum etwas machen.«

Garibaldi untersucht den Sterbenden.

»Wir werden Dona Ana um Hilfe bitten.«

»Es ist zu spät.«

Der Mann spuckt Blut. Die Nacht bricht friedlich an, die Vögel kehren an ihre Plätze zurück. Eine schwarze Pulverwolke hängt noch immer in der Luft. Eine dichte Stille lastet über allem.

»Procópio«, befiehlt Garibaldi, »nimm ein Pferd und reite zur Estância da Barra. Sag ihnen, dass wir diese Schurken vertrieben haben. Und bitte um Hilfe und um Medizin. Wir müssen versuchen, etwas für *questo uomo* zu tun.«

Der Schwarze verschwindet hinter dem Schuppen. Der Landarbeiter spuckt weiterhin Blut, er wird immer fahler im Gesicht, fast grau.

Garibaldi versammelt seine Gefährten vor dem Schuppen. Die Männer, die sich im Dickicht versteckt hielten, kommen langsam zum Vorschein.

»Heute hatten wir hier eine Schlacht. Aber wir haben gesiegt. Das beweist, dass ein *uomo libero* so viel wert ist wie zwölf Unterdrückte.« Die Männer rufen »Hurra« und recken die Arme in die Luft. Ignacio Bilbao stützt sich auf sein unversehrtes Bein, er ruft mit den anderen und applaudiert. Garibaldi setzt seine Rede fort: »*Tutto* haben wir für *nostra* Republik gegeben. Für die Republik Rio Grande. Und ihr seid sehr mutig gewesen. Gott möge euch behüten, *per sempre*!«

Dann machen sie sich an die Arbeit, alles einzusammeln, die Waffen, die Zaumzeuge und andere Utensilien, die die Feinde bei ihrem plötzlichen Rückzug liegen gelassen haben. Man muss alles verwerten. In einem Winkel des Schuppens liegt der Landarbeiter, er hat aufgehört, Blut zu spucken, er stirbt mit offenen Augen, während er an einen längst vergangenen Nachmittag denkt, an dem er mit seinen Brüdern am Ufer des Camaquã fischen war.

Procópio erreichte Dona Anas Estância mitten in der Nacht. Im Haus waren die Fenster verschlossen, und alles war in Stille getaucht.

Er saß ab und klopfte an die Tür. Innen hörte er Geräusche und gedämpfte Stimmen. Es dauerte ein wenig, aber schließlich beugte sich Zé Pedra aus einem Türspalt, eine Pistole in der Hand.

»Du bist es, Procópio! Was für ein Schreck! Die Damen haben befürchtet, es sei einer dieser verdammten Kaiserlichen.«

Die Frauen erschienen in einer Ecke des Saals, als Zé Pedra die Tür öffnete und Procópio hereinließ, der seinen von Kugeln durchlöcherten Hut zog. Hinter dem Haus bellte unaufhörlich ein Hund. Dona Antônia begann: »Sag sofort, was geschehen ist, um Himmels willen! Wir haben uns den ganzen Tag über geängstigt!«

Caetana nahm Perpétuas Hand und bat sie, sich zu beruhigen, ihrem Kinde zuliebe. Procópio räusperte sich, ehe er zu sprechen begann: »Kapitänleutnant Garibaldi geht es gut. Er hat mir aufgetragen, Ihnen mitzuteilen, dass Moringue und seine Männer am späten Nachmittag den Rückzug angetreten haben. Es war ein harter Kampf. Sie haben uns überrascht: Wir waren dreizehn Männer gegen einhundertfünfzig.«

Dona Ana bekreuzigte sich. Im Gang war der Kopf von Milú zu sehen, die die Neuigkeiten erfahren wollte.

»War es schlimm?«

»Einer von unseren Männern ist gestorben, und wir haben noch sechs Verletzte. Ein Landarbeiter aus der Gegend ist schwer verwundet. Das ist alles. Ich bin gekommen, um Medizin und Hilfe zu erbitten. Wir haben dort nur Wasser, um die Wunden der Soldaten zu reinigen.«

Es gab einen Toten. Manuela zitterten die Knie: Ihrem Giuseppe ging es gut, Gott und der Heiligen Jungfrau sei Dank. Sogleich erschien ein mattes Lächeln auf ihrem Gesicht. Mariana sank in einen Sessel, sie fragte mit belegter Stimme: »Wer ist gestorben, Procópio?«

»Lorenzo. Ein Italiener.«

Mariana fühlte, wie eine Last von ihren Schultern fiel. Aber sie hatte nicht mehr den Mut, sich nach Ignacio Bilbao zu erkundigen. Dona Antônia und Dona Ana riefen nach den schwarzen Dienstmädchen und ließen Verbandszeug, Alkohol, Kompressen und Medizin packen, um es zur Werft zu bringen. Und einige Flaschen Schnaps. Maria Manuela saß in einer Ecke des Saals, sie wohnte dem Ganzen bei, als befände sie sich mitten in einem Alptraum. Rosário ging Tee holen. Sie überlegte, ob ihr Steban wohl in so einer Schlacht gestorben war.

»Procópio, ich schicke Milú mit dir«, unterbrach Ana. »Sie hat ein Händchen für die Pflege. Und morgen holt Zé Pedra sie wieder ab.«

Procópio stimmte zu.

Caetano war vom Winseln des Hundes wach geworden, er erschien im Saal und wollte die Einzelheiten über die Schlacht erfahren. Seine Augen glühten vor Aufregung. Und die monotone Stimme des schwarzen Procópio erzählte erneut von der Hölle, die sie bei der Werft erlebt hatten. Alle im Haus hörten schweigend zu.

Manuelas Tagebuch

Estância da Barra, 30. Juni 1839

In letzter Zeit hat sich hier auf der Estância einiges zugetragen. Seit Moringues Angriff auf die Werft sind wir alle ängstlicher geworden, denn wir haben gemerkt, wie schutzlos wir kaiserlichen Angriffen ausgesetzt sind. Es scheint unvorstellbar, aber nie zuvor war der Krieg für mich spürbar oder wirklich. Es war, als lebten wir wie unter einem Glassturz, abgeschieden von der Welt. Weder als ich meinen Onkel von der Gangrän zerfressen in seinem Bett sterben sah, noch als ich von dem Hinterhalt erfuhr, der das Leben meines Vaters beendete, habe ich den Krieg als die blutige Angelegenheit, als die grausame, alles verschlingende Bestie wahrgenommen, die er ist.

Einige Tage nach Moringues Überfall kam Giuseppe zu uns. Er hatte abgenommen, aber er schenkte mir wie immer sein liebevolles Lächeln. Man hat uns verboten zu heiraten, wie mir meine Mutter gesagt hat und wie mir auch Dona Ana mit einem gewissen Schmerz in der Tiefe ihrer dunklen Augen mitgeteilt hat. Bento Gonçalves hat unsere Verbindung verboten. Wegen Joaquim. Vielleicht auch, weil Garibaldi für ihn nicht mehr ist als ein Fremder ohne Heim, ein Abenteurer der Meere, ein Träumer. Und Giuseppe ist auch kein Mann dieses Kontinents wie mein Onkel und unsere ganze Familie, kein Großgrundbesitzer mit Sklaven, Gold und politischem Einfluss, er ist ein Mann, der auf der Suche nach einem Traum durch die Welt zieht. Und deshalb liebe ich ihn. Vom ersten Augenblick an. Und schon davor.

Giuseppe erzählte uns nochmals, was am Tag der Schlacht geschehen war und wie mutig die Männer sich bei der Werft gezeigt hatten, als sie eine solche Überzahl an Feinden nur mit ihrem Mut und ihrer Entschlossenheit besiegten. Wir saßen alle im Saal versammelt und hörten ihm zu. Ich bebte vor Glück, ihn wiederzusehen, und noch dazu lebendig und in meiner Nähe. Es war uns nicht möglich, allein zu sein, denn meine Tanten und meine Mutter bewachten uns unablässig. Aber in dem Moment, als wir uns zum Mittagessen an den Tisch begaben, konnte mir Garibaldi eine kleine Nachricht zwischen die Finger stecken.

Carina *Manuela,* mio cuore,

io ti amo *noch immer, und zwar sehr. Denk nicht, dass dein Onkel diese* amore *in meiner Brust verbieten kann. Wenn* tutto questo *vorbei ist, wird der* momento opportuno *für uns beide kommen. Ich denke daran, noch einmal mit dem General zu sprechen und ihn um Erlaubnis für unsere Verlobung und unsere Heirat zu bitten. Aber im Moment hat man mich nach Porto Alegre gerufen, das die Republikaner noch immer belagern. Ich bekomme eine* nuova missione, *aber ich kehre zu dir zurück,* pronto.

Sempre *der Dein*
Giuseppe

Giuseppe reiste Anfang Mai ab.

Es folgten Tage grausamer Leere. Das Verbot unserer Verlobung ließ mich krank und schwach werden, was meine Mutter erschreckte. Dona Antônia bereitete Aufgüsse und Kompressen, aber ich weigerte mich, gesund zu werden. Es war nicht gerecht, dass sie mich zwangen, meinen Cousin zu heiraten, den ich nicht liebte, während sich Giuseppe vor Begierde nach mir verzehrte. Dona Antônia gestand mir freimütig, dass sie Mitleid wegen dieser gescheiterten Liebe habe, aber es gebe keine andere Möglichkeit, eines Tages würde ich für die Entscheidung meines Onkels und meiner Mutter dankbar sein. Für die Tante gibt es nur richtig und falsch. Ich antwortete ihr, dass sie selbst das Glück nur sehr kurz kennen gelernt und es darum längst vergessen habe, weshalb ich ihr auch verziehe, aber dass ich ohne Giuseppe nie wieder glücklich werden könne. Und ich würde niemals einen anderen als meinen Giuseppe heiraten. Dona Antônia sah mich mit Tränen in den Augen an, und ich sagte nichts mehr. Sie schwieg und legte mir wieder Kompressen auf die Stirn, um das Fieber zu senken. Später, als sie das Zimmer verließ, flüsterte sie mir zu: »Eines Tages wird alles vorüber sein, Mädchen, du wirst sehen.«

Ich weiß, dass nichts vorüber sein wird.

Ich bin so gemacht, dass ich nur einem Mann gehören kann, und das für immer und ewig. Auch wenn wir nie heiraten, auch wenn der Krieg oder das Schicksal ihn weit weg von mir bringen wird, ich werde auf ihn warten, wenn nötig, bis in alle Ewigkeit.

Mein Cousin José kam Ende Mai auf dem Weg nach Santa Vitória bei uns vorbei. Er schlief ein paar Tage auf der Estância und ritt dann weiter. Aber bei seiner Abreise war mein Herz gebrochen. Er sagte, Garibaldi werde zur Estância do Brejo zurückkehren, aber nur für kurze Zeit. Von José erfuhren wir auch von dem Vorhaben, das Giuseppe von uns entfernt hält, obwohl in der Werft unter der Führung von John Griggs die Arbeit in vollem Gange ist: Die Republikaner beabsichtigen, Laguna, die Küstenstadt in der Provinz Santa Catarina, zu erobern. Und Giuseppe Garibaldi und seine Seeleute sollen dabeisein.

Die Republik Rio Grande braucht einen Hafen. Die kaiserliche Marine beherrscht nach wie vor die Mündung der Lagoa dos Patos in den Atlantik bei der Stadt Rio Grande und versperrt damit den Zugang zum Meer. Außerdem hat sie noch immer die Kontrolle über die Binnengewässer. Garibaldis Streifzüge in der Lagoa dos Patos haben gute Erfolge gebracht, aber diese Guerillataktik in der Lagune ist inzwischen für die Revolution kaum noch von Nutzen. Energisches Handeln ist nötig, um ihre Räume zu erweitern. Außerdem ist da noch die Stadt Lages in der Provinz Santa Catarina, die ebenfalls die Republik ausgerufen hat und sich den Riograndensern anschließen will. All das muss Bento Gonçalves bedenken. Sie brauchen also einen Hafen, und dieser Hafen kann nur der Ort Laguna sein. Und das ist Garibaldis Aufgabe: Die Schiffe müssen irgendwie bis nach Laguna kommen und die Eroberung dieser Stadt sicherstellen.

Während José all das erzählte, flackerten seine Augen euphorisch. Er werde sich, wenn es so weit sei, den Truppen anschließen, die in Laguna einmarschieren. Jetzt aber war er unterwegs zur Grenze, um sich mit Männern aus Santa Catarina zu treffen. Das Kommando für dieses Manöver liege bei einem Oberst mit Namen Davi Canabarro.

Giuseppe und die Männer von der Werft werden also in Richtung Laguna aufbrechen, und dann werden wir wieder das gleiche traurige Leben wie zuvor führen, ein Leben, das nur aus Warten besteht. Und mir bleibt dann nur noch, für Giuseppe und für seine Rückkehr zu beten. Beten, nichts als beten, ist alles, was ich jetzt noch mache, dabei ist Giuseppe noch nicht einmal abgereist.

Wir haben erfahren, dass der Kommandant der kaiserlichen Marine erneut der Engländer Greenfell ist. Und dass Anfang Juni die kaiserlichen Schiffe mit dem festen Vorsatz in die Lagoa dos Patos zurückgekehrt sind, die Freibeuter der Republik auszurotten. In mir nagt ein Zweifel: Wie soll Garibaldi mit seinen Schiffen aufbrechen? Wo wollen sie ans Meer gelangen, ohne von den feindlichen Schiffen verfolgt zu werden, ohne weitere Kämpfe und Zerstörung?

Ich habe keine Antworten. Niemand in unserem Haus hat eine Antwort darauf. Der Krieg ist nun in nächste Nähe gerückt, und trotzdem sind wir nur Zuschauerinnen. Mariana ist in Liebe zu Ignacio Bilbao entbrannt, jeden Abend verschwindet sie bei Einbruch der Dämmerung unter einem Vorwand und trifft sich mit dem Spanier in der Nähe des Waldes. Und dort schwören sie sich ihre Liebe. Ich denke an all die Zukunftspläne, die ich für Giuseppe und mich gemacht hatte, und fürchte, dass Marianas Liebesgeschichte das gleiche Schicksal erfährt wie meine. Wir sprechen viel davon zu fliehen, aber in Wahrheit können wir nirgendwo hin. Die ganze Pampa ist vom Krieg erschüttert. Uns beiden bleibt nur abzuwarten.

Von Zé Pedra erhielten wir die Nachricht von Garibaldis Rückkehr, die von Dona Antônia sogleich bestätigt wurde. Mit ihm kam auch Davi Canabarro. Ebenso haben wir erfahren, dass auf der Werft endlose Treffen abgehalten werden, bei denen John Griggs, Giuseppe Garibaldi, Luigi Carniglia und Davi Canabarro stundenlang Pläne schmieden, um alles für die Expedition nach Santa Catarina vorzubereiten.

Mein Giuseppe kam Anfang dieser Woche zu uns. Er saß im Saal beim Kaminfeuer, trank seinen Matetee und erzählte, dass Canabarro bereits abgereist sei, um die notwendigen Vorbereitungen zu treffen. Mehr sagte er nicht, und wir wagten auch nicht nachzufragen. Ich blieb allein da, wie in Trance, und betrachtete das Profil dieses Mannes, der mir alles bedeutet und sich nun von mir entfernt. Ach, wie er mich ansah … Mit einem Blick voll Sehnsucht und Bewunderung. Ja, er wird weiterziehen. Er ist ein Soldat der Republik, und er wird für sie kämpfen, solange noch ein Tropfen Blut in ihm fließt. Im Krieg muss die Liebe warten. Das war es, was mir seine honigfarbenen Augen sagten.

Giuseppe blieb an diesem Tag auch zum Abendessen bei uns. Draußen tobte der Minuano mit seiner traurigen Wut. Giuseppe interessierte sich sehr für diesen Wind, der gefährlich für seine Schiffe sein könnte, und Dona Ana erzählte ihm alte Geschichten über den Minuano und die drei Schreckenstage, die er immer mit sich bringt. Nach dem Abendessen, als Dona Ana den schwarzen Dienstmädchen befahl, das Pfirsichmus aufzutragen, näherte sich Giuseppe mir und flüsterte: »Ich bedaure dein Fehlen, Manuela, *e molto.*«

Und es gelang ihm noch einmal, mir eine schriftliche Botschaft auf einem kleinen Stück Papier zuzustecken, das ich mit glühendem Gesicht in der Rocktasche verwahrte.

Es war fast Mitternacht, als Giuseppe Garibaldi seinen Wollmantel umlegte und sich in der stürmischen Nacht auf den Heimweg zur Werft vorbereitete. Er verabschiedete sich von mir mit dem zärtlichsten Blick, den je ein Mann einer Frau geschenkt hat, und verschwand in der Nacht, als hätte es ihn nie gegeben, als wäre er ein Engel oder ein Teufel oder sonst ein Wesen des Himmels oder der Hölle, das erschienen war, um mir die Seele zu rauben. Dann verschwand er wie ein Wind, wie eine Welle, wie eine Legende.

Carina *Manuela* mia,
bald breche ich nach Santa Catarina auf, wo wir eine Republik ausrufen müssen. Ich mache dies aus amore *für die* libertà *der Völker, Manuela. Und ausschließlich* per questo. *Aber ich schwöre, dass ich* ritorno *zu dir, dass ich jede* notte *an dich denke und in jedem Traum dein Gesicht sehe. Ich bitte dich nicht, auf mich zu warten, aber ich schwöre, dass ich eines Tages zurückkehre, wenn dieser Krieg* è finito. *Dann werden wir zusammen sein,* per sempre.

Ich will, mia *Manuela, dass du weißt, dass diese* amore *so wahr und so unendlich ist wie* il mare, *und dass ich dein bin,* per sempre.

Giuseppe Garibaldi

Ich bewahrte diesen Brief tagelang im Schutz meines Busens. Danach, aus Angst, dieses so kostbare Papier zu verlieren, legte ich es zwischen die Seiten meines Tagebuchs, an den besten

Platz für unsere Liebe, zu diesen Zeilen, in denen ich an ihn denke, mit denen ich auf ihn warte und von ihm träume.

Manuela

Perpétua betrachtet durch das Fenster den grauen Nachmittag, als ein Schauder durch ihren Körper fährt. Sie hüllt sich fester in den Wollschal. Ihre geschwollenen Füße stecken in Pantoffeln, der Bauch wölbt sich unter dem blauen Stoff des langen Kleides.

Sie hat Sehnsucht nach ihrem Mann. Während der gesamten Schwangerschaft hat Inácio sie nur fünfmal besuchen können. Er hat nur wenig Zeit mit ihr verbracht, sich aber immer liebevoll und glücklich gezeigt, das Kind wie eine Frucht in ihrem Bauch heranwachsen zu wissen. Zu diesem Zeitpunkt kennt Perpétua nicht einmal Inácios Aufenthaltsort. Alles, was sie jetzt von ihm hat, ist dieses unruhige Wesen, das sich wie ein Fisch in einem zu klein geratenen Aquarium in ihr bewegt.

In der Nähe stickt ihre Mutter und lehrt Maria Angélica, die mittlerweile neun Jahre alt ist, die ersten Stiche. Maria sticht sich immer wieder mit der Sticknadel. Wenn Perpétua ein Mädchen bekäme, würde sich genau dieses Ritual wiederholen.

»Bist du müde, Mädchen?«

Caetana ist in letzter Zeit gealtert. Ihre Augen haben ein wenig von ihrem Glanz eingebüßt.

»Es geht mir gut, Mutter, aber ich habe Rückenschmerzen.«

Den restlichen Nachmittag gelingt es ihr nicht, sich zu beruhigen, sie kann nicht schlafen, und sie kostet auch nicht von dem Kuchen, den ihr Zefina bringt. Eine immer stärkere Last zieht ihren Bauch nach unten. Und draußen sieht die Welt immer grauer und düsterer aus.

Vor dem Abendessen beschließt sie, im Haus spazieren zu gehen. Sie streift umher wie ein zielloser Geist, geht von einem

Zimmer ins andere, trifft auf die schwarzen Dienstmädchen und ihre niedergeschlagenen Cousinen.

Gegen neun Uhr überfällt sie der Schmerz ohne jede Ankündigung und fährt ihr wie ein Messer durchs Fleisch. Perpétua schreit laut auf. Sie spürt, wie es feucht an ihren Beinen hinabläuft und die Röcke ihres Kleides durchnässt. Auf dem Klinkerfußboden bildet sich eine Pfütze.

Dona Ana eilt aus der Küche herbei.

»Was ist geschehen, Mädchen?« Beim Anblick der Nichte weiß sie Bescheid. Sie hat selbst drei Kinder zur Welt gebracht. Sie fasst Perpétua an den Händen. »Beruhige dich… Der Schmerz geht schnell vorbei. Denk daran, dass du einem Kind das Leben schenkst… Ich lasse Rosa Bescheid sagen.«

Die schwarzen Dienstmädchen kommen gemeinsam mit Caetana, die die Tochter auf deren Zimmer führt. Sie lassen Dona Rosa rufen, die in ihrem kleinen Zimmerchen am Ende des Korridors sitzt und stickt. Dona Rosa versteht sich auf Heilkräuter und auf Geburten, sie versteht sich auf Kochen und auf geheimnisvolle Geschichten wie die vom Schlangenwesen Boitatá.

In dem Zimmer steht sofort alles Nötige bereit: Waschschüsseln mit kochendem Wasser, Windeln, Betttücher, die lange, frisch sterilisierte Schere. Perpétua schreit vor Schmerzen. Vor ihrem Schlafzimmer flüstern Mariana, Manuela und Rosário verängstigt. Dona Ana lehnt sich aus der Zimmertür.

»Geht in den Saal. Dieses Geschwätz ist keine Hilfe.«

Perpétua stößt einen spitzen Schrei aus. Die Mädchen reißen erschrocken die Augen auf.

»Alle Frauen machen das durch, das ist so. Beruhigt euch, alles wird gut ausgehen.«

Und Dona Ana schließt langsam die Tür.

In den ersten, kalten Morgenstunden des 1. Juli 1839 kam Teresa da Silva de Oliveira Guimarães auf die Welt. Nachdem sie ausgiebig den vollkommenen, kleinen Körper betrachtet und die Finger und Zehen gezählt hatte, sah Perpétua zu ihrer Mutter und flüsterte: »Es hätte mich so gefreut, wenn Inácio hier gewesen wäre…«

Dann fiel sie erschöpft in den Schlaf.

Caetana hielt ihre Enkelin im Arm, durch die von den Tränen feuchten Augen lächelte sie mild. Das Leben nahm seinen Lauf. Dona Ana richtete wieder die Ärmel des Kleides, die sie hochgekrempelt hatte, um Rosa zu helfen, und näherte sich, um das kleine Gesicht des Mädchens zu begutachten.

»Irgendetwas wird sie von unserer Familie haben«, sagte sie stolz. »Sie hat bei der Geburt geschrien, damit alle Welt sie hört.«

Caetana hüllte das Mädchen tiefer in den Wollschal und drückte es fest gegen ihre Brust. Draußen setzte ein feiner, kalter Regen ein.

An diesem Morgen standen sie sehr früh auf. Auf der Werft war alles in Bewegung. Der Tag der Abfahrt war endlich gekommen. Garibaldi betrachtete den winterlich grauen Himmel. Der Monat Juli begann mit starker Kälte. Eine große Aufgabe lag vor ihm. Und er würde sie *molto bene* erledigen. Es war seine Idee gewesen, und nun war der Zeitpunkt gekommen, zu dem er, Giuseppe Garibaldi, sein Zauberwerk umsetzte.

Er gab Befehl, dass die Männer alles aufräumen und die Werft ordentlich zurücklassen sollten. Er wollte keine schlechten Erinnerungen an seine Person bei Dona Antônia hinterlassen. Denn er würde zurückkehren, ja, wenn er seine Mission erfüllt hätte, würde er zurückkehren, um Manuela abzuholen.

»Schafft die Ladung auf die *Farroupilha*! Männer, *il mare* wartet auf uns!«

Eine große Spannung lag in der Luft. Ignacio Bilbao und Carniglia trugen Lebensmittel und Taue auf das Schiff. Sie sangen bei ihrer Arbeit. Der Tag versprach große Aufregungen.

Der Italiener und Davi Canabarro hatten ihr Vorhaben sorgfältig ausgearbeitet. Von der Werft aus würden sie über die Lagoa dos Patos bis zum Capivari fahren, dessen Mündung hinter einem undurchdringlichen Dickicht lag. Der Capivari war ein kleiner, schmaler Fluss mit wenig Tiefe, aber Garibaldi hatte seine »Entenmänner«. Der zweite Teil des Vorhabens war noch wagemutiger und schwieriger, aber schon die Römer hatten bewiesen, dass derlei möglich war: Sie würden die Schiffe auf dem Landweg zur Lagoa Tomás José bringen! Von dort hatten sie Zugang zum Ozean und könnten die Stadt Laguna ansteuern.

Giuseppe Garibaldi wusste, dass Greenfell ihn auf der Lagoa dos Patos erwartete. Aber er hatte den Engländer schon oft getäuscht, und er würde es auch diesmal wieder tun. Das Katz-und-Maus-Spiel gefiel ihm sogar, denn er war eine flinke Maus. Schwieriger würde das Kapitel mit der Landüberquerung. Deswegen hielt sich Davi Canabarro bereits in der Gegend von Tramandaí auf, wo er Pferde und Holz kaufte und die nötigen Männer organisierte.

Unter dem kalten blauen Winterhimmel von Rio Grande fuhren sie auf der Lagoa dos Patos dahin. Greenfells Schiffe setzten zur Verfolgung an, aber die *Farroupilha*-Kähne waren wendiger und leichter. Garibaldi befehligte die *Farroupilha,* und John Griggs hatte das Kommando auf der *Seival.* Die kleinen neuen Schiffe folgten ihnen, sollten jedoch später eine andere Route nehmen.

Der kalte Wind pfiff in seinen Ohren. Garibaldi frohlockte. Vor ihnen öffnete sich das Wasser wie ein blauer Fächer und bereitete ihnen den Weg, während sie leicht darüber hinwegglitten. Garibaldi sichtete schon bald die Sandbank des Capivari mit ihrem scheinbar undurchdringlichen Dickicht. Die *Farroupilha* bewegte sich mühelos mitten hindurch. Griggs folgte, und beide Schiffe verschwanden zwischen dem Astwerk, als hätte es sie nie gegeben. Garibaldi lachte zufrieden. Er wusste, dass Greenfell ihn auf der anderen Seite erwarten würde – er konnte ewig warten. Die *Farroupilha*-Kähne würden den Capivari nicht auf dem Wasserweg verlassen.

Als er eine geeignete Stelle ausgemacht hatte, befahl Giuseppe, die Masten der Kähne mit Zweigen und Blättern zu tarnen. Die Männer machten sich sofort an die Arbeit. Es wurde Nacht.

Davi Canabarros Soldaten hatten heimlich eine große Anzahl Ochsen requiriert. Das nötige Holz wurde in den Wäldern gesammelt und über dem Feuer entsprechend bearbeitet. Garibaldi hatte befohlen, zwei gewaltige Karren mit riesigen Rädern zu bauen.

Nun gingen sie daran, die Kähne auf die Karren zu wuchten. Viele Stunden später ruhten die *Seival* und die *Farroupilha* auf ihren fahrbaren Untersätzen, bereit für ihre Reise durch die Pampa.

So begann an einem eisigen Tag Anfang Juli 1839 die Verlegung der republikanischen Schiffe auf dem Landweg.

Es regnete heftig. Immer wieder blieben die Karren stecken, doch mit frischen Ochsengespannen und befeuert von Giuseppe Garibaldis schier unerschöpflicher Energie, kamen sie frei und überwanden schließlich die fast zwölf Meilen lange Strecke quer durch die Pampa. Wo immer sie gesehen wurden, klatschten die Leute vor Begeisterung – nie zuvor hatte man in der Pampa so etwas erlebt.

Als die Nachricht von Giuseppe Garibaldis großartiger Unternehmung die Estância erreichte, musste Dona Ana unwillkürlich lächeln. Dona Antônia, die an diesem Tag zu Besuch war, zeigte sich ungerührt, sie hatte ihre Nichte im Blick und fragte sich besorgt, ob sie den Kummer über das Verschwinden des Italieners verkraften würde.

»Giuseppe Garibaldi ist ein Held«, jubelte Mariana.

Maria Manuela warf ihrer Tochter einen wütenden Blick zu.

»Ein Held taugt nichts mehr, sobald der Krieg vorbei ist, Mariana. Vergiss das nicht.« Und sie wandte sich Manuela zu, die traurig in ihrem Nähkorb wühlte. »Und du, Manuela de Paula Ferreira, denk daran, was ich dir gesagt habe, und begehe keinen Fehler. Noch mehr Leid kann ich nicht verkraften.«

Manuela hielt dem harten Blick der Mutter stand. Für einen Moment verspürte sie Mitleid mit dieser Frau, die ihr vor kurzem noch so schön und sanft vorgekommen war, aber jetzt nur noch einen traurigen mutlosen Anblick bot. Sie kam über den Verlust ihres Mannes nicht hinweg. Manuela senkte wieder den Blick.

»Giuseppe ist viel zu weit weg, Mutter, als dass Sie sich seinetwegen Sorgen machen müssten.«

Ihre Stimme klang düster.

Rosário betritt das Zimmer, wo es nach etwas Süßlichem, Milchigem riecht. Mattes Licht dringt durch die Vorhänge, das schwache Licht der winterlichen Abenddämmerung. In einer Ecke des Zimmers schläft Perpétua auf dem breiten Bett. Neben ihr liegt ihre Tochter, ein rosiges Wesen, ein kleines, in Decken gehülltes Paket, dessen Köpfchen mit seinem goldenen Flaum kaum zwischen den vielen Stoffschichten herausragt. Teresa verzieht im Schlaf ihr Gesichtchen, sie stößt schwache Laute aus, wie ein kleines Tier, wie die Welpen, die die Hündin vor ein paar Tagen geworfen und die Rosário im Schuppen besucht hat. Teresa ist ein hübscher Säugling, und Rosário mag die Kleine. Aber sie fühlt auch einen leisen Neid. Perpétua hat geheiratet, sie ist glücklich, sie liebt ihren Mann ... Und jetzt hat sie auch noch diese Tochter. Und sie, Rosário, sie hat nichts. Vor langer Zeit schon hat Steban aufgehört, sie zu besuchen ... Steban, dieser stattliche Mann mit seinem durchscheinenden Wesen und der fließenden Schönheit, die sie zur Verzweiflung bringt, wenn sie schweißgebadet aufwacht und fühlt, dass er sie in der Dunkelheit bewacht wie eine Katze, wie ein Geist. Denn Steban ist ein Geist, genau daran muss sie sich gewöhnen.

Rosário bewegt sich vorsichtig, um ihre Cousine und das kleine Mädchen nicht zu wecken. In einer Ecke, beim Fenster, steht die Holztruhe. Sie weiß, darin wird sie finden, was sie sucht. Leise öffnet sie die Truhe und nimmt das sorgfältig in Leinen gewickelte Paket, dem Lavendelduft entströmt, heraus.

Rosário hat die gleiche Körpergröße wie ihre Cousine: genau die gleiche schmale Taille, den gleichen, schön geformten, langen Hals, aber ihre Haut ist noch heller, sie verschmilzt mit dem changierenden Kleiderstoff und sieht aus wie eine weitere, noch feinere, noch empfindlichere Schicht Seide. Der Rock fällt vollendet über ihre Hüften, sanft und anmutig. Sachte berührt sie die Spitzenbesätze, die bewunderungswürdige Perlenstickerei. Es ist ein sehr kostbares Kleid. Sie weiß, dass der Stoff von weit her gekommen ist, Caetana hatte ihn bestellt, und Caetana versteht sich auf Mode, sie ist vornehm und elegant.

Rosário steckt sich das hellblonde Haar zu einem Knoten hoch. Sie tut es ohne sonderliches Geschick, sonst ist ihr immer ein schwarzes Dienstmädchen behilflich, aber jetzt will sie niemanden um sich haben. Dieser Augenblick gehört ihr allein. Sie flicht auch eine Blumengirlande in ihr Haar. Es sind winzig kleine Seidenblümchen mit Paillettenstickerei in der Mitte. Sie stellt sich vor den Spiegel und tritt zurück, um sich zu bewundern. Sie traut kaum ihren Augen: Ach, wie schön ist sie doch! Die schönste aller Frauen, das sanfteste, vollkommenste Wesen, wie nicht von dieser Welt. Wenn sie so gekleidet ist, wird Steban sie vielleicht mitnehmen. Es stimmt, sie, Rosário, gehört nicht in dieses harte, eisige, gewaltsame Land. Sie betrachtet sich erregt, dicke Tränen kommen aus ihren Augen, aber es sind Tränen des Glücks. Jetzt weiß sie, jetzt ist sie sich sicher, Steban wird sie nicht verlassen, nicht sie, nicht einen solchen Engel.

Mit diesen Gedanken verlässt Rosário das Zimmer. Mit feierlichen Schritten durchquert sie den Flur. Niemand ist da, aber es ist, als ob tausend Augen sie beobachteten, als ob zweitausend Hände ihr Schreiten beklatschten, und sie setzt bewegt ein Lächeln auf. Ein strahlendes Lächeln, einer Königin würdig. Einer Königin, denkt sie.

Liebe Cousine Manuela,
es muss dich verwundert haben, dass so viel Zeit vergangen ist, ohne dass ich dir einen Brief geschickt habe, auch wenn mich in meinem Innersten die Sehnsucht verzehrt. Aber ich war

kreuz und quer durch die Pampa unterwegs, und es gab so viele Aufgaben, Scharmützel und Verwundete, dass ich meine Zeilen an dich immer wieder aufschieben musste. Derzeit halte ich mich bei meinem Vater in Piratini auf, wo ich noch ein paar Tage bleiben werde. Gestern sah ich deinen Bruder Antônio, der dir seine Grüße und seine Zuneigung ausrichten lässt, genau wie deiner Mutter und den Cousinen.

Aber ich möchte dir von meinen Gefühlen schreiben, Manuela. Von meinen Gefühlen, die nur für dich wachsen und mich auf das Ende dieses Krieges hoffen lassen, damit ich auf die Estância zurückkehren und meine Zeit gemeinsam mit dir verbringen kann. Manchmal allerdings frage ich mich, ob meine Gefühle überhaupt Platz in deiner Brust finden, denn in all diesen Monaten hat mich nur eine kleine Nachricht von dir erreicht. Eine Nachricht, die ich in meiner Gürteltasche bei mir trage, wie einen Schatz, der mich erfreut und der mich beschützt, Manuela. Aber ich weiß, du bist weit weg, die Verbindungen sind schwierig, und die Briefe gehen auf diesen Wegen voll unangenehmer Überraschungen leicht verloren. Dennoch wünsche ich mir sehnlich, dass du mich nicht vergisst, und dass dieses Schweigen nur Sehnsucht bedeutet. Und dass auch du für mich diese unermessliche Zärtlichkeit hegst, wie ich für dich.

Ich nutze diesen Brief, um den Tanten und auch den Cousinen Nachrichten über den Krieg zukommen zu lassen. Wie du weißt, versuchen wir in der Provinz Santa Catarina Fronten zu eröffnen. Du musst auch den Italiener Garibaldi kennen gelernt haben, der ganz in der Nähe der Estância untergebracht war, um die Schiffe für die Republik Rio Grande zu bauen. Dieser Italiener, dessen Mut und seemännisches Geschick von allen gelobt werden, hat in der Pampa große Überraschung ausgelöst, als er seine Schiffe mit Hilfe von Ochsengespannen über das Land beförderte. Mir ist bekannt, dass ihr alle das bereits wisst und dass ihr euch darüber sehr gefreut habt. Ich weiß, dass Dona Ana und Dona Antônia dieser Garibaldi sehr gut gefallen hat, also nutze ich diese Zeilen, um von dem Un-

glück zu berichten, das diesen Italiener ereilte, als er mit seinen Schiffen an der Mündung des Tramandaí ablegte.

An diesem tragischen Tag erlitten die republikanischen Seeleute Schiffbruch. Anscheinend peitschte der starke Wind das Meer und wurde sehr gefährlich. Ich weiß nicht, was im Einzelnen geschehen ist, denn uns erreichen zumeist bloß unvollständige Nachrichten. Aber ich weiß mit Sicherheit, dass sechzehn Männer bei diesem Unglück ums Leben kamen, darunter die Italiener Matru und Carniglia, und auch ein gewisser Spanier mit Namen Bilbao, dessen Mut besonders gepriesen wurde. Kommandant Garibaldi fand zu seinem und dem Glück seiner Truppen nicht den Tod. Dennoch konnte er wegen des schlechten Wetters und der rauen See nur wenige Gefährten retten. Das kleinere Schiff unter dem Befehl des Amerikaners John Griggs, den ihr sicher auch kennen gelernt habt, war kurz vor dem Abdriften. Doch weil es kleiner und leichter war, konnte es bei einer Sandbank vor Anker gehen, wo es mit der gesamten Besatzung heil aufgefunden wurde.

Ansonsten, Manuela, gibt es noch die Neuigkeit, dass sich der Namensvetter meines Vaters, Bento Manuel, von den Farroupilha-*Truppen getrennt und auf seine Ländereien zurückgezogen hat. Er sagt, er sei den Krieg leid, und er fühle sich durch unsere Regierung nicht gewürdigt. Du musst wissen, dieser andere Bento ist ein Verräter, der uns schon oft getäuscht hat, aber dennoch merkte ich, dass mein Vater den Verlust seiner Person bedauert, denn er wird für einen guten Befehlshaber gehalten.*

Berichte bitte all diese Neuigkeiten den Tanten und meiner Mutter. Übermittele Perpétua meine Grüße und sage ihr, dass ich mich sehr über die Geburt von Teresa freue, und dass ich, sobald es möglich ist, ein paar Tage bei euch sein werde, um die Sehnsucht zu stillen, die mich quält.

Und du, Manuela, vergiss bitte nicht die tiefe Wertschätzung, die ich dir entgegenbringe, und dass ich dich vermisse.

Mit all meiner Zuneigung,

Joaquim

Piratini, 20. Juli 1839

Dona Antônia stieg vor dem Wohnhaus aus der Kutsche. Es herrschte eine trockene Kälte, der Himmel war tiefblau. Es ging ein leichter, eisiger Wind. Dona Ana stand auf der Veranda und wartete, bis ihre Schwester die kleine Treppe hinaufgeeilt war.

»Lass uns hineingehen, Antônia. Der Mate ist gleich fertig. Und das Feuer ist eine Wohltat. Diese Kälte zerfrisst mir noch die Knochen.«

Der Saal war leer, man hörte nur das prasselnde Feuer. Dona Anas Strickzeug lag auf einem Schemel in der Nähe des Kamins. Dona Antônia wollte wissen, wo sich die anderen aufhielten.

»Sie sind auf ihren Zimmern. Perpétua und Caetana sind bei Teresa. Die anderen … ich weiß es nicht.« Dona Ana atmete langsam ein und aus und setzte sich in ihren Schaukelstuhl. »Seit Joaquims Brief sind alle sehr traurig. Manuela schweigt wie ein Grab, sie erinnert mich an ihre Mutter. Und was soll ich über Mariana sagen … Als sie von dem Unglück dieses Seemanns erfuhr, weinte sie zwei Tage ununterbrochen. Nicht einmal Rosas Kräutertees und Gebete haben ihre Nerven beruhigen können. Nun kommt sie kaum mehr aus ihrem Zimmer. Dabei habe ich nie die Liebe dieses Mädchens …«

Dona Antônia nickte bekümmert.

»Das geht vorüber. Diese Liebe war ein Zeitvertreib, Ana. Was für eine Zukunft hatte denn Mariana mit diesem Spanier?«

Dona Ana lächelte traurig.

»Du weißt ja, wie die Jugend ist. Jetzt, wo der Bursche tot ist, ist ihre Liebe wohl noch größer. Das ist immer so.«

»Die Henne der Nachbarin ist immer fetter als die eigene.«

»Wir wollen immer nur das haben, was wir nicht bekommen können.«

Dona Antônia spürte einen Stich in der Brust. Sie hatte durch Zé Pedra von dem Schiffbruch erfahren. Der Tod dieser Männer verursachte ihr großen Kummer. Sie waren allesamt mutige Soldaten gewesen. Sie saß unbehaglich auf ihrem Stuhl und sah eine Zeitlang wortlos in die Flammen.

»Wo bleibt denn nur der Matetee?«, fragte sie schließlich, um ihre Unruhe zu vertreiben.

Die Schwester klingelte mit dem Glöckchen. Ein junges schwarzes Mädchen kam mit der Kanne. Dona Ana wartete ab, bis Dona Antônia ihren ersten Schluck getrunken hatte, dann fragte sie: »Weißt du, was mit Rosário geschehen ist?«

Nein. Sie hatte nichts erfahren.

Dona Ana erzählte ihr, dass sie die Nichte aufgefunden hatten, wie sie in Perpétuas Brautkleid im Wald spazieren ging. Und zwar in einer eiskalten Nacht. Rosário war blau gefroren und wiederholte ständig den Namen eines Mannes. Dieser Name, den sie immer wieder wiederholte.

Dona Antônia wurde sehr ernst.

»Dieses Mädchen hat ein Problem mit dem Kopf. Es wäre gut, wenn wir einen Arzt holen würden, der sich auf solche Dinge versteht.«

»Wir haben sogar einen Arzt aus Camaquã kommen lassen. Du hättest Maria Manuelas Sorge sehen sollen, als sie ihre Tochter in diesem Zustand erlebte. Sie sah aus, als würde sie jeden Moment sterben. Und als der Arzt kam und Rosário untersuchte, sagte Maria nur: ›Meine Tochter ist nicht wahnsinnig, meine Tochter ist nicht wahnsinnig.‹ Aber dem Arzt kam alles sehr sonderbar vor. Er sagte, Rosário habe einen Anfall gehabt.«

»In unserer Familie gibt es keine solchen Anfälle.«

»Ich kann mich auch an keinen einzigen Verrückten erinnern, es sei denn, man hätte uns derlei verheimlicht.«

Dona Antônia schenkte heißes Wasser nach und reichte Dona Ana das Kürbisgefäß.

»Man darf Rosário nicht aus den Augen lassen. Dieser Krieg zieht sich immer mehr in die Länge … Gott allein weiß, was dem Mädchen noch einfällt.« Sie zog einen Brief aus ihrer Kleidertasche. Sie öffnete den Briefumschlag und überflog noch einmal den Inhalt. »Er ist von Bento, Ana. Anscheinend haben sie Laguna eingenommen. Man hat sie in der Stadt mit Hochrufen empfangen. Bento ist sehr zufrieden mit dem Lauf der Dinge dort. Ein Hafen ist das, was sie am meisten brauchen.«

»Wer weiß, ob der Krieg so ein Ende nimmt. Ich weiß schon nicht mehr, was wir mit den Mädchen machen sollen.«

»Gar nichts, Ana, wir warten weiter. Wichtig ist nur, dass die Ordnung im Haus erhalten bleibt. Sonst bricht alles zusammen, ja, dann bricht wirklich alles zusammen. Lass sie keinesfalls untätig sein und sich in Trauer ergehen. Das ist das Schlimmste.«

Dona Ana betrachtete schweigend ihre ältere Schwester und erwiderte nichts. Das Feuer schlug hohe Flammen. Draußen setzte ein heftiger Wind ein. Auf der Veranda begann Regente, das Hündchen, das Manuela aufgenommen hatte, zu bellen. Dona Ana dachte an die Geschichten über den Minuano, die sie Garibaldi erzählt hatte. Wie gern hätte sie jetzt den Italiener in ihrer Nähe gehabt.

Manuelas Tagebuch

Pelotas, 20. Dezember 1880

Joaquims Brief lastete auf meiner Seele wie ein Gebirge. Ach, welches Leid hatte meinen ärmsten Giuseppe getroffen! So viele tote Männer, Männer, mit denen ich viele Male gesprochen hatte. Der immer so zuvorkommende Luigi Carniglia, dem sich Giuseppe so verbunden fühlte, dass er ihn als »Bruder« bezeichnete. Matru, der andere Italiener, schon seit Kindertagen Giuseppes Freund... Und Ignacio Bilbao, dem Mariana lange Zeit nachweinte. Ja, Mariana liebte diesen Spanier, und immer wenn sie von ihm sprach, leuchteten ihre Augen. Das Wissen, dass er gestorben war und unter dem Wasser lag, ohne göttlichen Segen, ohne ein Kreuz oder Blumen für seine sterblichen Reste, versetzte sie in einen erbärmlichen Zustand. Alle ihre Träume waren gemeinsam mit Ignacio untergegangen.

Und von ihm hatte sie, wie sie mir damals anvertraute, den Geschmack ihres ersten Kusses bewahrt.

In diesen dunklen Wintertagen war ich in Gedanken nur noch bei den Nöten meines Giuseppe, der sich sehr einsam fühlen musste, schließlich waren seine besten Freunde und treuesten Gefährten bei dem Schiffbruch gestorben. Und die *Farroupilha*, das Schiff, das er mit so viel Mühe gebaut hatte, auf das er stolz war wie ein Vater auf sein Kind, war noch ein Opfer, das diese tosende See verschlungen hatte. Von Giuseppes Träumen war nur wenig übrig geblieben. Und die ganze Anstrengung, die Heldentat, mit den Kähnen auf den Ochsenkarren die Pampa zu überwinden, war ganz umsonst gewesen… Hätte Gott kein Erbarmen haben können mit diesen Männern, die für einen Traum so viel auf sich genommen hatten? Ließ er denn keine Gnade walten? Aber nicht einmal darüber konnte ich mit meiner Mutter oder mit den Tanten sprechen. Alles Unglück, das geschehen war, erstickte in unseren Mündern. So verlangte es das Gesetz der Familie, und nur im Stillen, hinter den Türen unserer Zimmer war es uns möglich, um einen verstorbenen Liebsten zu weinen, an Gott zu zweifeln oder Angst vor der Zukunft zu haben.

Oft überlegte ich, ob Giuseppe in Santa Catarina an mich dachte, ob er sich nach dem Schiffbruch nach meinen Armen, nach meiner Zuneigung und nach meinem Trost sehnte. Ich träumte jede Nacht von ihm. Von seinen bernsteinfarbenen Augen, von seinem hübschen Gesicht, von seinem goldenen Haar… Sein Bild brachte Wärme in meine eisigen Nächte, es vertrieb die Angst aus meinen Laken und beruhigte den Wind, der draußen unaufhörlich blies. Ich lebte damals nur für meine Gedanken an ihn, ich schrieb Seite um Seite in meinem Tagebuch, für das ich ganze Hefte mit Sätzen der Sehnsucht und mit Liebesschwüren füllte, die nie wirklich wurden. Doch das wusste ich damals noch nicht… Ich verließ mein Zimmer nur zu den Mahlzeiten oder wenn Dona Ana mir irgendeine Arbeit im Haus aufgetragen hatte. Ich stand am Fenster und sah auf das vom Winter kahle, verwüstete Land hinaus, in den Regen, der aus dem grauen Himmel fiel. Manchmal spielte ich mit Perpétuas kleiner Tochter, aber die gelassene Lebensfreude meiner Cousine verursachte mir Gewissensbisse, und ich wollte sie nicht mit meinem Gram belästigen. So suchte ich nur selten ihre Gesellschaft, und keines ihrer aufmunternden Worte konnte den Kummer lindern, der mich quälte.

Anfang September erreichten uns weitere Nachrichten über Laguna und über die Republikaner. Bei ihrem Einmarsch in den Ort wurden sie von den Bewohnern freudig begrüßt. Die Kirchenglocken läuteten. Davi Canabarro, Teixeira Nunes und Giuseppe Garibaldi wurden als Helden empfangen. Sie hatten mehr als siebzig Gefangene gemacht, siebzehn kaiserliche Soldaten getötet, und ihre Beute waren vier Schoner der Marine, vierzehn Segelboote, fünfzehn Kanonen und mehr als vierhundert Karabiner. Die Anstrengung hatte sich gelohnt: Auch Laguna war nun republikanisch, und die Führung dieser Republik wurde Canabarro übertragen, der den Rang eines Generals erhielt.

Wir begingen die gute Nachricht mit einem geradezu fröhlichen Abendessen, denn in jener Zeit erlebten wir sonst kaum Freuden. Es gab reichlich Unterhaltung in dieser Nacht, und ich konnte erleben, wie das alte Klavier meiner Tante wieder Walzerklänge von sich gab, die seit dem Ball zu Ehren von Bento Gonçalves im Haus nicht mehr gehört worden waren. Nur meine Mutter sagte kaum ein Wort, sie war ganz in ihrem ewigen Zustand der Trauer gefangen. Für sie war der Krieg nahezu bedeutungslos, abgesehen davon, dass Antônio in den Reihen der Republik kämpfte. Vor allem litt sie damals wegen Rosário, die verwirrt und rätselhaft war und sich seit der Nacht, in der man sie im Brautkleid gefunden hatte, kaum noch zu uns an den Tisch setzte. In dieser Nacht aber aß sie mit uns zu Abend, und ich konnte ihr trübsinniges Gesicht mit den violetten Schatten unter den blauen, einst so lebendigen Augen betrachten. Sie sprach weder von Rio de Janeiro noch von den Bällen, die sie so sehr liebte. Sie hatte Gewicht verloren und wirkte völlig abwesend, beim Suppeessen starrte sie nur auf den Teller. Manchmal lächelte sie vor sich hin oder betrachtete einen der leeren Stühle, als sähe sie dort den Schatten eines Menschen, der nur ihr gehörte und den unsere Augen nicht wahrnehmen konnten.

Mariana hatte sich ein wenig von ihrer Trauer erholt, aber sie fand keinen Gefallen daran, einen Sieg zu feiern, der ihr ein solches Leid bereitet hatte. Sie aß wenig und sagte kein Wort. Ich war glücklich wegen meines Giuseppe, den man als einen Helden gefeiert hatte, als den Erlöser der Völker (wovon er und seine Freunde die Bevölkerung von Laguna erlöst hatten, vermochte ich nicht zu sagen), als einen Mann, der den Zuspruch der Menschenmenge verdient hatte, das Läuten der Kirchenglocken und den Beifall der Damen auf den Balkonen. Wie hätte es mir gefallen, diesen Augenblick mit ihm zu verbringen und diesen gewaltigen Ruhm mit ihm zu teilen.

Ach, ich wusste damals nicht, dass mein Giuseppe nur einen Schritt davon entfernt war, sie zu treffen, die andere, die ihn dann begleitete und mit ihm all die Träume lebte, die ich für uns gesponnen hatte. Sie hieß Anita … Ja, in der Menschenmenge, die ihn an jenem ruhmreichen Tag in Laguna mit Beifall empfing, befand sich gewiss auch sie und betrachtete ihn aus der Ferne und ersehnte bereits den Augenblick, um ihn anzusprechen und ihm zu gehören, wie es schließlich auch geschah.

Aber ich war neunzehn Jahre alt, zu jung oder zu unreif, und ich glaubte, dass meine Liebe eine uneinnehmbare Burg sei, dass Giuseppe sich für mich bewahren werde, für mich, die ich ihm verboten wurde, für mich, die ich dem Sohn des Präsidenten ebender Republik versprochen war, für die er kämpfte … Ach, wie dumm war ich doch, aber nicht, weil ich meinte, dass Giuseppe Liebesgefühle für mich hegte – schließlich hat er mich tatsächlich von ganzem Herzen geliebt –, sondern weil ich glaubte, dass diese Liebe eines Tages ihren Frieden finden werde. Unsere heimliche Verbindung mit Liebesschwüren und Küssen, wie weit war sie doch von der Wirklichkeit von Laguna entfernt… Giuseppe war damals nicht mehr derselbe Mann. Er war nicht besser und nicht schlechter (er hatte diese Gabe, die Gott nur wenigen gewährt, er besaß Ehre), sondern er war nur ein Mann, der weit weg von seinem Heimatland war, der seine Freunde hatte sterben sehen und der immer noch kämpfen musste. Ein Mann mit einer großen Seele und einem mutigen Herz, das ihn wie kaum jemanden befähigte, die Liebe zu leben. Und die Liebe kam, wieder einmal holte ihn die Liebe ein, diesmal in der Ortschaft Laguna, und er selbst ahnte es noch nicht einmal.

Manuela

Im Haus war Friede eingekehrt, man sah Mariana nicht mehr überall weinen, und Maria Manuela verbrachte nicht mehr ganze Nachmittage mit Beten vor dem Hausaltar. Seit einiger Zeit gab es keine Neuigkeiten von dem italienischen Freibeuter, Rosários Zustand hatte sich ein wenig verbessert, und auch wenn sie immer noch in ein unerschütterliches Schweigen versunken war, so setzte sie sich doch jeden Tag zu den anderen an den Tisch und hatte sogar ihre Stickarbeit wieder aufgenommen.

Der Frühling hatte manch Gutes für die republikanischen Truppen gebracht. Siege und Expansion, der Einmarsch in Laguna, die Verlegung des Regierungssitzes in die Stadt Caçapava, all das trug dazu bei, den Mut der Anhänger von Bento Gonçalves und seiner Generäle zu beflügeln. Kurz zuvor war Caetana aufgebrochen, um sich mit ihrem Mann in der neuen Hauptstadt zu treffen, wo sie an einem prächtigen Ball teilnahm und dann beeindruckt von den Fortschritten zur Estância zurückkehrte. Dona Ana war schon lange nicht mehr in jener Stadt gewesen und staunte bei den Beschreibungen der Schwägerin: In Caçapava gab es jetzt ein Krankenhaus, eine Zeitung, Garnisonen, eine Regierung mit Ministern, eine prunkvolle Kirche und elegante Gebäude, die bewiesen, dass die Republik sehr reich werden könnte, wenn die Winde auch in Zukunft günstig für sie waren.

Insofern erwartete sie nicht, dass an jenem frischen, sonnigen Morgen ein so sehnsüchtig erwarteter Brief ihr derartigen Kummer bringen sollte. Noch trank sie in Ruhe ihren Matetee, als Zé Pedra die Ankunft eines Soldaten ankündigte, der die Herrin zu sprechen wünschte.

Dona Ana empfing den jungen Republikaner auf der Veranda, und ihre Augen leuchteten, als sie auf dem Briefumschlag die Handschrift erkannte. Sie gab Anweisung, den Soldaten mit Essen und Trinken und auch mit einem neuen Poncho zu versorgen, wofür sich der junge Mann erleichtert und stolz bedankte.

Dona Ana eilte auf ihr Zimmer und öffnete den zerknitterten Briefumschlag. Sie spürte ihr Herz in der Brust pochen. José hatte sie seit langer Zeit nicht mehr besucht, und jetzt, da er sich in Laguna aufhielt, war es unmöglich, nicht um ihn zu bangen. Wie lange würde noch ein günstiger Wind für die Republik in Santa Catarina wehen? Die Kaiserlichen würden den Sieg der Republikaner nicht ungesühnt hinnehmen. Die Aufständischen dort waren weit weg vom Hauptteil der republikanischen Truppen, sie hielten den Aufstand ohne Unterstützung aufrecht, nur mit der Klinge ihrer Dolche und der Stärke ihres Mutes. Und ihr Sohn befand sich unter ihnen und kämpfte mit Canabarros Leuten… Dieser Sohn, der so viel Ähnlichkeit mit Paulo hatte, dieser Sohn, den sie Lesen gelehrt hatte, den sie hatte aufwachsen sehen und aus dem ein richtiger Mann mit dichtem Bart und tiefer Stimme geworden war, dieser Sohn, den sie so sehr liebte.

Liebe Mutter,
ich schreibe Ihnen auf meinem Zimmer, hier in der Stadt Laguna, denn ich weiß, dass der Italiener Rossetti morgen Post für Rio Grande aufgeben wird, und ich hoffe, dass dieser Brief in Ihre Hände gelangt, Mutter. Ich weiß, dass Sie in Gedan-

ken bei mir und meinem Befinden, hier in dieser neuen Republik sind, und ich sage Ihnen, Sie können unbesorgt sein, was meine Gesundheit betrifft: Es geht mir sehr gut, und was meine Aufgaben hier angeht, so habe ich viel zu tun und gehöre zur Truppe des tapferen Teixeira Nunes.

Das Gleiche kann ich aber nicht über diese neu gegründete Republik sagen, Mutter. Alles scheint hier sehr schnell wieder umzuschlagen, und nur Davi Canabarro – mit seinen Ausschweifungen und seiner Machtausübung beschäftigt – scheint nicht zu bemerken, dass die Dinge einen schlechten Lauf nehmen. Es ist schon allerhand geschehen. Davi Canabarro versucht nur, diejenigen loszuwerden, die er für seine Feinde hält, ohne etwas für sein Ansehen bei der Bevölkerung zu tun, die ihn mittlerweile verachtet. Es gibt hier einen einflussreichen Pfarrer mit Namen Vilella, und selbst mit diesem Kirchenmann hatte er erbitterten Streit. Er ließ in diesem so kleinen Ort mehr als siebzig Männer gefangen nehmen. Es ist eine absolute Zügellosigkeit, Mutter, und ich denke, wie gut es wäre, wenn Bento Gonçalves hierherkäme, mit seiner begabten Rede und seiner Besonnenheit und seinem Mut zu Entscheidungen. Aber Onkel Bento kommt nicht, und der arme Rossetti kann Canabarros despotisches Verhalten längst nicht mehr unterbinden.

Damit Sie verstehen, was hier alles geschieht, vernehmen Sie bitte, dass selbst der Italiener Giuseppe Garibaldi, dieser ehrenhafte Soldat, dem wir so viel verdanken, einen Fehltritt beging, denn er hat sich verliebt und sich mit einer verheirateten Frau – ihr Name ist Anita – aus dem Ort zusammengetan, deren Ehemann auf Seiten der feindlichen Truppen kämpft. Unser mutiger Garibaldi, der die Blockade der Kaiserlichen hier an der Einfahrt zur Lagune so listig und mutig überwand, nahm diese Frau mit an Bord und stach mit ihr Richtung São Paulo in See, in der Absicht, in den dortigen Gewässern Beute zu machen. Der Ort ist durch diese schamlose Liebe sehr gekränkt, sie wurde am helllichten Tag vollzogen, und dann sind da noch die Ausschweifungen von Davi Canabarro. Die Bevölkerung von Laguna hier ist nicht mehr die gleiche wie die, die zu un-

serem Empfang auf die Straße kam. Sie ist nun anders, abweisend und zurückhaltend.

Dona Ana unterbrach die Lektüre, um die Neuigkeiten aufnehmen zu können. Bento musste über die Geschehnisse in Laguna unterrichtet sein, und er würde etwas unternehmen, um den Größenwahn dieses Canabarro aufzuhalten. Sie hatte zuweilen schon von diesem General gehört, einem groben Mann, aber mutigen Soldaten. Bestimmt hatte ihr Bruder einen Plan, um die Lage zu beruhigen und Canabarro zu bändigen.

Ihre Augen flogen wieder über das Papier, aber sie las nicht weiter. Giuseppe Garibaldi kam ihr in den Sinn. Sie dachte über ihn nach, über diesen heißblütigen Italiener und über ihre Nichte. Im Haus wurden alle Briefe laut vorgelesen, es war eine Abmachung seit Beginn dieser Wartezeit. Sie würde Josés Brief vorlesen, nicht aber ohne zuvor Manuela zu sich auf ihr Zimmer zu rufen und sie über die Ereignisse zu unterrichten, und ihr dabei deutlich machen, dass schon bevor Garibaldi jene verheiratete Frau als Gefährtin nahm, ihre Liebe, die sie auf der Estância gelebt hatten, zum Scheitern verurteilt gewesen war. Sie wollte nicht, dass Manuelas Enttäuschung größer als notwendig war, es war nicht gut, wenn eine Frau einen Mann im Übermaß hasste. Hass und Liebe waren zu ähnliche Gefühle. Und der Hass einer Frau konnte länger währen als ein Krieg. Ja, es war notwendig, mit Manuela allein zu sprechen. Und zwar behutsam und umsichtig.

Dona Ana atmete tief durch. Draußen war ein schöner Tag, und die Welt schien so ruhig. Aber nein, José, ihr Sohn, steckte mitten in einem Pulverfass, das jederzeit explodieren konnte. Und Bento Gonçalves befand sich in Caçapava.

Sie nahm die Lektüre wieder auf.

Es gibt noch weitere Dinge, Mutter, die ich Ihnen berichten muss. Aber ich werde mich kurz fassen, weil ich keine Zeit mehr habe.

Gestern kehrte Garibaldis Expedition zurück. Die Schiffe

sind stark beschädigt und die Männer sehr erschöpft. Obwohl sie einen weitaus überlegenen Feind besiegten, denn die Expedition traf auf das kaiserliche Schiff Andorinha, *brachte diese Fahrt keine große Beute. Sie hatten zwei kaiserliche Schiffe gekapert, aber für ihren Kampf mit der* Andorinha *ließen sie von ihnen ab, und deshalb kehrten sie mit leeren Händen nach Laguna zurück. Anscheinend kam diese Ana Maria – die Garibaldi Anita nennt – auch mit zurück, und sie hat viel und so tapfer wie ein Mann gekämpft. Man redet schon in den Straßen über ihren außerordentlichen Mut. Aber wenn Sie sie sehen würden … Sie ist eine schmächtige Frau mit einem zarten Gesicht, ihr Benehmen ist höflich, aber einfach, sie ist eine hübsche Frau. Man kann sich so ein Wesen kaum inmitten einer blutigen Schlacht vorstellen.*

Zahlreiche Truppen des Kaiserreichs sind hierher unterwegs, und die Bewohner von Imaruí, einem Dorf im Norden von Laguna, haben sich schon auf die feindliche Seite geschlagen. Gestern, nach der Ankunft des Italieners, versammelte Davi Canabarro alle Männer und befahl, grausam gegen die Bewohner von Imaruí vorzugehen, um ein Exempel zu statuieren. Er wählte Garibaldi und seine Männer für den Angriff auf das Dorf aus, und in den Augen des Italieners erkannte ich die Gram wegen dieses so grausamen Auftrages, aber er kann die Befehle eines Vorgesetzten nicht missachten, also werden morgen die Schiffe zu ihrem harten Schicksal aufbrechen.

Darüber hinaus, Mutter, sind wir am Leben und mit unserer Aufgabe beschäftigt. Machen Sie sich um Ihren Sohn keine Sorgen, ich bin durchaus fähig, voranzukommen und in allen Schlachten zu bestehen, in denen mein Degen gebraucht wird. Und ich beschließe diesen Brief, indem ich Ihnen, den Tanten und den Cousinen meine Zuneigung ausdrücke.

In Liebe,
Ihr Sohn José
Laguna, den 6. November 1839

Manuela klopfte vorsichtig an die Tür.

»Herein«, antwortete Dona Ana, die in dem Schaukelstuhl am Fenster saß.

Manuela trug ein einfaches rosafarbenes Kleid, ihr tiefschwarzes Haar war zu einem langen Zopf geflochten. Dona Ana bewunderte ihre Schönheit.

»Ich bin hier, um Ihnen zu sagen, dass Tante Antônia gekommen ist. Sie wird die Nacht bei uns verbringen.«

»Gut«, antwortete Dona Ana und lächelte. »Wir werden Antônia gleich sehen. Aber zuvor muss ich mit dir reden.« Manuela stand mitten im Zimmer. »Setz dich zu mir, hierher.«

Manuela setzte sich auf den Flechtstuhl und wartete ab.

»Manuela, ich habe heute einen Brief erhalten.« Dona Anas Stimme klang sanft und ruhig. »Einen Brief von José. Einen Brief, in dem er auch über den Italiener Garibaldi schreibt.« Manuelas grüne Augen blitzten auf. Dona Ana faltete sorgfältig die beiden Seiten auseinander. »Es sind keine guten Nachrichten, Manuela. Aber es sind auch keine schlechten Nachrichten. Wenn du den Brief gelesen hast, wirst du verstehen, was ich damit meine ... So ist das Leben, Manuela.«

Sie reichte ihrer Nichte den Brief. Manuela wurde bleich, die Farbe wich in dem Maße aus ihrem Gesicht, in dem ihre Augen die auf dem Papier weitergegebenen Ereignisse erfassten.

Als sie geendet hatte, standen Tränen in ihren Augen, und ihre Oberlippe bebte, aber sie unternahm eine gewaltige Anstrengung, um ihre Klage zu unterdrücken und der Tante gegenüber Haltung zu bewahren.

Dona Ana empfand großen Kummer. Was für ein Mitleid fühlte sie doch mit dem Mädchen ... Aber so war das Leben, weder gut noch schlecht, sondern einfach nur das Leben, wie sie selbst soeben gesagt hatte.

»Das ist eine Lüge.« Manuelas Stimme zitterte. »Das ist eine Lüge, Tante Ana ... Ich weiß, dass es gelogen ist.«

»Warum sollte dein Cousin lügen, Manuela?«

»Es ist ein Missverständnis, Tante. Alle diese Nachrichten werden bei der Weitergabe von Mund zu Mund verzerrt, das wissen Sie doch. Giuseppe liebt mich. Wir haben uns unsere Liebe geschworen. Wir werden heiraten, Tante … Wenn dieser Krieg zu Ende ist, werden wir heiraten. Das haben wir heimlich verabredet. Niemand weiß es außer uns beiden und Ihnen. Aber sagen Sie es niemandem weiter, Tante, bitte. Er hat dieser Frau sicher nur geholfen. Vielleicht wollte sie aus Laguna weg und musste fliehen. Giuseppe hatte bestimmt Mitleid mit ihr und half ihr, Tante. Aber er liebt mich.«

Dona Ana nahm die Hand der Nichte.

»Rege dich nicht auf … Du musst ruhig bleiben, Manuela, deshalb habe ich dich rufen lassen, um dir alle diese Dinge vorab zu berichten. Es ist ein Geheimnis zwischen uns beiden, einverstanden? Ich werde den anderen den Brief vorlesen, aber diesen Teil werde ich auslassen. Nur du und ich wissen davon. Es ist für alle besser so. Denke nicht an Giuseppe, wenigstens jetzt nicht. Es geschieht noch so viel in diesem Leben, mein Mädchen.«

»Giuseppe liebt diese Anita nicht, ich weiß es. Ich habe in seinen Augen gesehen, wie sehr er mich liebt. Er ist ein Ehrenmann, Tante. Er würde mir das nicht antun, das würde er nicht tun.«

Eine dicke Träne glitt über Manuelas Gesicht. Sie sah verloren aus, wie ein kleines Mädchen, dessen Lieblingsspielzeug zerbrochen ist.

»Ja, Manuela, Giuseppe hat Ehre im Leib, aber er ist ein Freibeuter, ein Abenteurer. Er hat dich geliebt, aber seine Liebe ist so unbeständig wie sein Aufenthaltsort. Deshalb ist er noch kein schlechter Mensch. Manuela, höre, was ich dir sage. Er ist nur anders als wir, nichts weiter. Sei ihm bitte nicht übel gesonnen. Wer weiß, was zwischen dieser Frau und ihm geschehen ist …« Sie streichelte Manuelas Haare. »Er wäre niemals zurückgekehrt, Manuela. So ein Mann kommt nicht zweimal an denselben Ort. Und du hättest für immer auf ihn gewartet … Deshalb habe ich dir diesen Brief gezeigt. Dein Cousin hat alles erzählt, was er wusste, und er hat nicht gelogen, Mädchen. Aber es ist besser so. Nun kannst du Giuseppe vergessen und nach vorn schauen. Du sollst ihn nicht hassen, aber auch nicht lieben. Dein Leben mit so vielen schönen Dingen liegt noch vor dir… Und du hast Joaquim, Manuela.«

Manuela sah Dona Ana mit stumpfen Augen an.

»Ich werde immer Giuseppe lieben.« Sie umarmte ihre Tante und stand auf, sie stand sehr aufrecht. »Danke, dass Sie mir diesen Brief gezeigt haben, Tante. Ich bin Ihnen von tiefstem Herzen zu Dank verpflichtet.«

»Vergiss alles, Manuela. Das ist mein Rat an dich.«

»Es ist unmöglich, Tante.«

Manuela entschuldigte sich und verließ das Zimmer.

Die Abenddämmerung verbreitete ihren Glanz und tauchte den wolkenlosen Himmel in rotes Licht. Die Schwestern von Bento Gonçalves waren in dem großen Saal versammelt. Mariana und Perpétua saßen in einer Ecke, die eine vertrieb sich die Zeit mit einem Liebesroman, die andere hielt ihre Tochter im Arm. Caetana zeigte ihrer kleinen Tochter an einem Stück weißen Leinens, wie man Knopflöcher näht. Die Fenster standen offen, und der Duft der Blumen und der Wiesen durchdrang alles. In der Ferne hörte man jemanden ein spanisches Lied singen, eine traurige Milonga voll Heimweh.

Es war nicht mehr viel Zeit bis zum Abendessen. Dona Antônia überprüfte Papiere, die den Verkauf einer Rinderherde betrafen. Sie war sehr ernst. Der Krieg ließ sie langsam verarmen, die Dinge standen nicht mehr so wie früher. Jetzt arbeiteten sie nur, um die Ländereien zu erhalten, und es blieb fast nichts übrig. Aber sie fand immer eine Lösung.

Dona Ana beendete eine Stickerei. Sie hatte Josés Brief in der Tasche, sie würde ihn den anderen noch vor dem Abendessen vorlesen. Sie war traurig, und dieses Lied, das da draußen gesungen wurde, war auch keine Hilfe. Manuela war auf ihr Zimmer gegangen und hatte es nicht wieder verlassen. Sie ließ ausrichten, dass sie Kopfschmerzen hatte. Dona Ana brachte nicht den Mut auf, ihre Nichte zu belästigen, aber sie wusste sehr wohl, dass ihr nicht der Kopf schmerzte, sondern das Herz. Maria hatte ihrer Tochter einen Tee aufgießen lassen, aber das Tablett war unangetastet zurückgekommen. Nun saß sie ihr gegenüber und stickte, sie wirkte ruhig. Sie nahm das Leben kaum noch zur Kenntnis. Der Kummer ihrer Tochter erreicht sie nicht einmal, dachte Dona Ana.

»Es sieht nicht gut aus«, entfuhr es Dona Antônia, während sie die Unterlagen für die Verwaltung der Estância zusammenpackte.

Mariana, Perpétua und Caetana beobachteten sie und schwiegen. Es gab nichts zu sagen. Die kleine Teresa in den Armen ihrer Mutter begann zu weinen. Wie immer bereute Dona Antônia, zu viel gesagt zu haben.

»Wo ist Manuela?«, fragte sie.

»Sie hat Kopfschmerzen und bleibt auf ihrem Zimmer«, antwortete Mariana. »Sie möchte heute nicht zu Abend essen.«

»Das ist bestimmt eine Erkältung«, murmelte Maria Manuela. »Ich werde ihr später einen starken Tee mit Zitrone bringen. Gestern Nacht hat es kräftig abgekühlt, und sie hat sich vermutlich erkältet.«

Dona Ana beobachtete ihre jüngere Schwester. Maria Manuela nahm immer mehr Abstand von der Welt. Das war es. Das Leben war zu hart für sie. Von klein auf hatte das Leben zu schwer auf ihr gelastet.

Manuela löst ihr Haar, das wie ein schwarzer Wasserfall über ihre Schultern bis zur Taille fällt. Es sind seidig schimmernde, biegsame Fäden, die feste, schöne Locken formen. Sie hat immer schönes Haar gehabt, schon als kleines Mädchen. Ihre Mutter hat erzählt, sie sei mit viel Haar auf die Welt gekommen, und sie habe ihr schon bald Haarschmuck anstecken können.

Sie betrachtet das Bild, das ihr der Spiegel bietet. Ihr schmales hellhäutiges, schön geformtes Gesicht. Ihre grünen Augen, die jetzt vom Weinen geschwollen und gerötet sind und ihren Vater immer so beeindruckt haben. »Dieses Mädchen hat Smaragde anstelle von Pupillen«, hat er einmal gesagt. »Du hast einen Wald in deinen Augen«, hat Garibaldi einmal bemerkt. Manuela spürt heiße Tränen über ihre Wangen gleiten. Der Spiegel scheint eine Fremde zu zeigen. Eine Fremde, die weint. Eine Fremde mit Smaragdaugen. Doch an Giuseppe zu denken und nicht zu weinen ist unmöglich.

Durch die halb geöffneten Vorhänge dringt das letzte Tageslicht. Das Zimmer ist in ein magisches Licht getaucht. Manuela betrachtet sich in dem hohen Kristallspiegel. Sie sieht matt aus. Wie ein Geist. Sie berührt ihr Haar und fährt mit der Hand zur Brust, wo sie sie ruhen lässt, um ihr bedrücktes Herz zu beruhigen, damit es nicht unter dem Brusteinsatz ihres Kleides vor Schmerz platzt. Auf dem Toilettentisch liegt das Tagebuch, in dem sie seit ihrer Ankunft auf der Estância geschrieben hat. Dieses ist ihr bestes, ihr glücklichstes Heft, das Heft, in dem sie von Giuseppe erzählt. Sie nimmt es und durchblättert es zornig, dann schleudert sie es weit weg. Sie lächelt. Sie ist so dumm und albern wie jedes andere Mädchen auch. So dumm wie Rosário, die einen Mann liebt, den es gar nicht gibt. Und sie hatte sich immer für anders gehalten, für klüger und für irdischer als die anderen, die immer nur träumten. Dennoch beging auch sie ihren Fehler: Sie liebte einen anderen Giuseppe, einen Prinzen, einen Helden, einen guten, zartfühlenden und schwärmerischen Mann, der ihr den Hof gemacht und ihr schöne Dinge für eine Zukunft versprochen hatte, die nun tot ist.

Sie öffnet die mittlere der drei kleinen Schubladen des Toilettentischs. Sie sucht zwischen den Kämmen, Haarspangen und Haarnadeln, und greift hinten nach der schweren schwarzen Schere. Es ist eine alte Schere, die ihrer Großmutter väterlicherseits gehört hatte. Sie streicht über das dunkle, scharfe Scherenblatt. Sie führt die Schere vorsichtig an ihr Gesicht, sie spürt das kalte Metall.

Sie will nicht mehr leben, wenn das bedeutet, weit weg von ihm zu sein. Wozu? Um die langsame Abfolge immergleicher Tage zu ertragen, um Interesse für den Krieg vorzutäuschen, für Siege, für das Blutvergießen, für diese Republik? Um andere

Sommer zu sehen, um wieder so viele Nachmittage zu schwitzen, bis der Winter kommt, und dann noch einer und noch einer, bis der Minuano ihre Trommelfelle zum Platzen bringt, ihre Seele verwüstet, bis sie, immer den Blick auf die Pampa gerichtet, in einem Schaukelstuhl alt wird, wie ein Fossil?

Die Schere liegt schwer zwischen ihren Fingern.

Die Schere erwartet eine Entscheidung.

Aber, wenn sie nun vor der Zeit stirbt? Wenn Giuseppe reumütig zurückkommt und ihr erklärt, dass alles nur ein kleines Abenteuer war? Wenn Giuseppe mit seinem salzigen Meergeruch zurückkehrt und ihr mit seiner herzlichen Stimme schöne und zärtliche Dinge sagt? *Carina. Carina mia.* Giuseppe kann jeden Augenblick da sein. Der Krieg ist unvorhersehbar. Manuela will ihn nicht enttäuschen. Und wenn er dann nur noch ihr Grab vorfindet? Er, dieser so mutige Mann, der die Welt bereist, die Meere befahren und gegen alle Welt gekämpft hat?

Die Schere ist so dunkel wie die Worte, die José in seinem Brief geschrieben hat. Anita, Anita, Anita. José schreibt, dass Anita mutig ist. Sie will keine mutlose Manuela sein. Die Frau, die Giuseppe Garibaldi auf seinen Lebenswegen folgt, muss mutig sein.

»Nein, ich bin nicht feige.«

Ihre Stimme hallt in dem leeren Zimmer wider. Draußen ist die Nacht über die Pampa hereingebrochen, und kaum ein Lichtstrahl dringt mehr durch die Fenster. Jemand hat in der Nähe eine Lampe angezündet, oder es sind die Sterne. In einer Zimmerecke leuchten neugierig Regentes Augen. Der Hund winselt, er spürt ihre Traurigkeit.

Sie sieht ihr Bild im Spiegel nicht mehr, das ist besser so. Mit der rechten Hand hält sie fest die Schere. Sie fühlt, wie die Haarbüschel kraftlos zu Boden fallen. Dann wirft sie die Schere aufs Bett. Ihr Herz pocht heftig, aber sie hat keine Angst.

»Ich bin so mutig wie Anita. Fehlender Mut wird nicht über unser Leben entscheiden.«

Sie legt die Hände in den Nacken und spürt einen Schauer, ein seltsam männliches, fast animalisches Freiheitsgefühl.

Jemand klopft an die Tür.

Manuela zögert, aber es ist notwendig, mutig zu sein.

»Herein.«

Die Tür geht auf, und Kerzenlicht erhellt den Raum. Dona Antônia kommt ins Zimmer.

»Geht es dir besser?«

Ihre Stimme klingt misstrauisch. Sie hebt den fünfarmigen Kerzenleuchter hoch und sieht ihre Nichte ruhig und gelassen am Toilettentisch sitzen. Die Haarbüschel liegen auf dem Fußboden verstreut. Sie sieht den langen hellhäutigen Hals und die stumpfen, harten Augen.

Dona Antônia zieht die Tür zu und verriegelt das Schloss.

»Um Gottes willen, Mädchen, was hast du getan?«

Dona Antônia ist eine unverwüstliche, vom Leben abgehärtete Frau. Sie weiß, dass es notwendig ist, stark zu sein, denn die Schwachen bleiben auf der Strecke. Aber als sie auf dem Boden kniet, um Manuelas Haar einzusammeln, löst sich etwas in ihrem Inneren, eine Schleuse öffnet sich, und sie beginnt zu weinen.

»Was hast du getan?«

»Giuseppe hat eine andere Frau gefunden, Tante.«

Manuelas Stimme zittert. Giuseppe hat die Frau mit auf sein Schiff genommen, gemeinsam werden sie nun den Traum der Freiheit leben. Und diese Frau ist mutig, sie hat alles für ihn aufgegeben.

»Wer hat dir das erzählt?«

Es war José. Oder, genauer, Dona Ana. Dona Ana hat ihr den Brief gezeigt, und sie selbst hat alles gelesen. Es war die Wahrheit. Die Frau heißt Anita und kämpft wie ein Mann. Sie hatte nicht, wie die anderen Frauen, nur gewartet. Und Giuseppe wollte keine gewöhnliche Frau, er wollte eine besondere Frau.

Manuela weint bitterlich. Ohne ihre langen Haare sieht sie wie ein kleines Mädchen aus. Dona Antônia beginnt aus den losen Haaren einen Zopf zu flechten. Ihre geschickten Hände arbeiten flink.

»Es ist nicht deine Schuld, Manuela«, sagt sie. »Garibaldi ist ein Abenteurer, er ist ein haltloser Mann. Als er nach Laguna aufbrach, wusste er, dass er nicht wiederkäme, Mädchen.«

»Nein... Er wollte zurückkommen, er hat es mir versprochen.« Sie öffnet eine der Schubladen im Toilettentisch und nimmt eine Schachtel voll Briefe heraus. »Er hat es mir in diesen Briefen geschrieben, Tante, immer wieder. Er hat mich geliebt... Vielleicht liebt er mich noch.«

»Vielleicht, Manuela.« Dona Antônia denkt an das Gespräch, das sie mit Bento geführt hat. »Vielleicht auch nicht. Garibaldi ist wie ein Vogel, er liebt die Freiheit. Und dafür kämpft er.«

»Diese Anita ist verheiratet.«

Dona Antônia legt den geflochtenen Zopf auf den Toilettentisch. Sie lächelt traurig. Die Kerzen verbreiten ein schwaches, unruhiges Licht.

»Bento hat ihn darum gebeten, abzureisen und dich zu vergessen, Manuela. Denn Joaquim liebt dich, und du und Giuseppe, ihr seid nicht füreinander gemacht. Ich wusste von allem, und ich war damit einverstanden.«

»Also, deshalb...«

»Nein, nicht deshalb, mein Mädchen. Giuseppe hat nichts gesagt, er hat nicht um dich gekämpft, und dabei ist er ein Kämpfer.«

Tränen fließen über Manuelas Gesicht. Dona Antônia beherrscht mit Mühe ihre eigene Traurigkeit.

»Er kann eines Tages zurückkommen und um mich kämpfen.«

»Wir werden abwarten und sehen, was geschieht, Mädchen. Wir werden eine angemessene Zeit abwarten«, sagt sie und nimmt den Zopf in die Hand. »Warum hast du das getan?«

»Weil ich nicht den Mut hatte, mich umzubringen.«

»Du hast noch zu viel Zeit zum Leben vor dir, um so einen Wahnsinn zu begehen, Manuela. Du musst Stärke zeigen. Und ich vertraue dir, denn wir beide gleichen uns.« Sie seufzt. »Was sollen wir den anderen sagen?«

Manuela zuckt mit den Schultern.

»Sagen Sie ihnen die Wahrheit, Tante.«

»Sie würden sie nicht verstehen, Manuela. Es würde ihnen sehr scheußlich vorkommen, und wir können in diesem Haus keine weiteren Schwierigkeiten gebrauchen.«

»Das ist mir gleichgültig. Alles, was ich geliebt habe, habe ich verloren. Meine Mutter und die anderen sind mir gleichgültig.«

»Deine Mutter ist verwirrt wegen Rosário. Behalten wir es für uns, wir beide. Lass uns warten.«

»Worauf sollen wir warten?«

Dona Antônia sieht ihrer Nichte direkt in die Augen.

»Man muss mutig sein, um in Würde warten zu können, Manuela. Und du bist mutig, das weiß ich.«

Dona Antônia legt sich eine Handvoll Haarnadeln bereit, sie fasst Manuelas Haar in Nackenhöhe zusammen und ordnet die Haare. Dann nimmt sie den Zopf und befestigt ihn mit zwei Spangen am Kopf der Nichte, wie ein Haarteil, und verdeckt ihre Arbeit zuletzt mit den Haarnadeln. Als sie jung war, waren ihr Frisuren leicht von der Hand gegangen. Manuela lächelt traurig.

»Es ist fast so gut wie zuvor, Tante.«

Dona Antônia streichelt ihr Gesicht.

»Ich will nur, dass es diesem Herzen hier wieder so gut geht wie zuvor, vergiss das nicht. Was dein Haar angeht, ich werde dir helfen, es so zu frisieren, wie es sich schickt. Im Lauf der Zeit wird das wieder einfacher.« Sie seufzt. »Aber das bleibt unser Geheimnis, Manuela. Und jetzt gehen wir zum Abendessen, ehe die anderen Verdacht schöpfen.«

Mutter,
nach den letzten Nachrichten, die ich Ihnen zukommen ließ, hat sich in Santa Catarina einiges zugetragen. Da ich mir sicher bin, dass mein Onkel, General Bento, überaus beschäftigt ist, und ich davon ausgehe, dass Sie keine Nachrichten über die Vorfälle in der Stadt Laguna erhalten haben, schreibe ich Ih-

nen diese Zeilen. Mutter, wenn Sie diesen Brief lesen, seien Sie nicht um mich besorgt, denn ich bin kräftig, wie Sie immer sagen, und ich weiß mir zu helfen, wenn es sein muss.

Nun, am 15. November, veränderten sich die Dinge in Laguna. Admiral Mariah, der Kommandant der kaiserlichen Flotte, positionierte vor der Einfahrt in die Lagune zweiundzwanzig Schiffe im Meer, was unsere Leute in Angst und Schrecken versetzte, auch wenn wir darauf vertrauten, dass die Sandbank für so schwere Schiffe unpassierbar ist. Zudem waren wir eigentlich gut mit Waffen ausgestattet. Als die Bewohner der Ortschaft Laguna sahen, dass der Kampf bevorstand, flüchteten sie zuhauf. Es blieben nur wenige der Männer bei uns im Ort. Trotzdem konnten Garibaldi und Teixeira mit einhundertfünfzig unserer besten Schützen eine Verteidigungslinie errichten. Außerdem wurden unsere sechs mit Kanonen bestückten Schiffe in der Lagune in einem Halbkreis in Stellung gebracht, um jedes Schiff, das in die Sandbank vor dem Hafen von Laguna einführe, anzugreifen.

Doch nach Mittag erhielten wir folgende Nachricht: Mariahs Schiffe erzwangen trotz allem die Einfahrt über die Sandbank. Es war schrecklich. Mit Hilfe der Gezeiten konnte die kaiserliche Flotte in die Lagunenmündung einfahren, und dann begann die Schlacht. Unsere Artillerie bot alles auf, um die feindlichen Schiffe zu versenken. Der Schusswechsel war grausam, denn wir waren nur wenig voneinander entfernt, und überall gab es brennende Schiffe und verletzte Körper und Schreie. Die Überlegenheit der kaiserlichen Truppe wurde bald offensichtlich, trotz Garibaldis Anstrengungen, der seine Seeleute mit einem Mut anführte, wie man ihn so noch nie bei einem Mann gesehen hat.

Das Ende der Welt würde nicht solch grauenvolle Bilder bieten, Mutter. Ein Kanonenschuss riss den Amerikaner, den Sie kennen gelernt haben, John Griggs, mitten entzwei, und überall gab es nichts als Tote und Blut zu sehen. In meinen Augen, die sich mittlerweile an das Elend des Krieges gewöhnt haben, standen Tränen vor Kummer wegen der vielen Opfer.

Die Frau, mit der Garibaldi zusammenlebt, Anita, kämpfte wie ein Mann, sie rettete die Verletzten mit einem kleinen Boot. Wir konnten sehen, wie sie mitten im Kreuzfeuer furchtlos hin und her fuhr.

Bei dieser Schlacht wurden alle Schiffe unserer Republik zerstört. Und was davon übrig blieb, wurde dem Feuer übergeben, Garibaldi steckte alles vor unserem Abmarsch in Brand, damit nichts in die gierigen Hände der Feinde geriet. In unseren Reihen starben neunundsechzig Männer, soweit wir sie zählen konnten. Am Nachmittag dieses fürchterlichen Tages ankerte Mariahs Flotte noch immer im Hafen von Laguna, während unsere Truppen die Stadt verließen und nun nach Torres unterwegs sind. Davi Canabarro folgte uns, aber ich befinde mich in dem Detachement von Oberst Teixeira Nunes und werde in Kürze mit ihm in Richtung Lages aufbrechen. Giuseppe Garibaldi, Anita, Rossetti und was von ihren Männern übrig ist, werden mit uns kommen.

Mutter, ich muss Ihnen nicht sagen, wie traurig es war, unsere Anstrengungen auf diese Weise scheitern zu sehen, diesem Blutgemetzel beizuwohnen und so mutige Soldaten zu verlieren. Aber ich berichte Ihnen auch, dass unsere Soldaten Barbarisches anrichteten, angetrieben von der Wut dieses Generals Canabarro, der meines Erachtens so übel ist wie die Pest. Canabarro befahl, Pater Vilella zu erdolchen, er befahl sogar, ihm wegen Verrats die Augen auszureißen. Seinen Leichnam ließ man mitten auf der Straße liegen, als Rache für die Niederlage, die sie uns beigebracht hatten. Canabarro beging noch weitere Gräueltaten, die ich nicht wage, hier auszubreiten. All das lässt mich sehr leiden, mehr noch als der Hunger und die Härte dieses Abenteuers, das kein Ende nimmt. Glücklicherweise wurde ich bei diesen Schlachten nicht verletzt. Die Strecke, die noch vor uns liegt, ist für die verwundeten Männer sehr lang, und wäre ich verletzt, würden Sie vielleicht noch traurigere Nachrichten erhalten. Aber Ihre Gebete haben mich beschützt, Mutter.

Ich bin davon überzeugt, dass Bento Gonçalves diese Vor-

fälle nachdrücklich missbilligt, Mutter. Aber bitte behalten Sie diesen Brief für sich, und lassen Sie ihn niemanden sehen, denn meine Klagen sind nur für Ihre Ohren bestimmt.

Und halten Sie an der Hoffnung fest, dass ich bald wieder bei Ihnen sein kann. Einstweilen will ich Oberst Joaquim Teixeira Nunes in Richtung der Serra begleiten, denn es gibt in Santa Catarina noch viel zu erledigen. Außerdem wünsche ich nicht, Canabarro bis nach Torres zu begleiten, das Ziel, das er für sich bestimmt hat.

Ihr Sohn,
José
26. November 1839

Auf dem Tisch lag die weiße Spitzentischdecke, die nur an Festtagen aufgelegt wurde. Die Kerzenleuchter aus Silber standen wieder auf dem großen Tisch und verteilten ihr mattes, goldenes Licht im Raum. An diesem Abend des 24. Dezember war es angenehm warm. Die Fenster standen offen, um frische Luft hereinzulassen, der Saal war mit Blumen geschmückt, ein Umstand, auf dem Dona Ana beharrt hatte: Auch wenn es traurige, einsame Weihnachten würden, es war immerhin Weihnachten, und also war das Haus herauszuputzen und zu schmücken.

Die Mädchen spielten im Saal in einer Ecke. Maria Angélica, ein großes Mädchen für ihre neun Jahre, sang, damit Ana Joaquina tanzte (es hieß, Ana Joaquina habe von ihren Eltern das Talent zum Tanzen geerbt), und von ihrer Wiege mit der Spitzenbordüre aus schien die kleine Teresa alles still zu betrachten. Perpétua hatte die Kleine im Blick und dachte an ihren Mann: Inácio hatte versprochen, Weihnachten heimzukommen, aber in seinem letzten Brief hatte er ihr geschrieben, dass er sich in Cima da Serra aufhielt. Sie wusste, dass dort gekämpft wurde, und dass José, der Italiener Garibaldi und auch ihr Mann unter dem Befehl von Oberst Teixeira standen. Sie spürte einen Kloß im Hals und bekreuzigte sich. Möge Jesus Christus meinen Inácio behüten, ihm friedliche Weihnachten schenken, ein wenig Ruhe und ein gutes Essen. In ihrem Inneren hatte sich so viel Liebe angesammelt, die ganze Liebe einer jungen Frau, die jede Minute dieser endlosen Wartezeit zählte. Sie sah zu den anderen hinüber. Dona Ana erteilte den schwarzen Dienstmädchen Anweisungen für das Anrichten der Speisen. Sie hatten tagelang gearbeitet, um die schmackhaftesten Süßspeisen, die Braten, den Punsch und die Pfirsiche in Sirup vorzubereiten. Dona Ana hielt an diesem Abendessen fest. Perpétua seufzte. Die Tante hatte Recht. Es war besser, stark zu sein und jeden Tag zu leben, als sich aufzugeben wie Maria Manuela oder Rosário, die von Tag zu Tag schweigsamer und abwesender wurde. Waren sie nicht alle gesund? War Teresita nicht ein gesundes und hübsches Mädchen? Und ihre Brüder und Cousins, die immer noch im Krieg waren: Hatten sie nicht Mut genug, um am Glauben festzuhalten? Also mussten auch die Frauen den Lauf der Dinge hinnehmen. Leben, so gut es eben ging.

Dona Antônia kam in den Saal und trug ein Tablett mit *Bem-casados*, gefülltem Sirupgebäck. Manuela ging hinter ihr. In letzter Zeit wirkten sie sehr vereint. Manuela half der Tante, das Gebäck auf dem Tisch anzurichten. Sie trug ein einfaches helles Kleid und das Haar im Nacken zu einem Knoten zusammengefasst. Manuela hatte in letzter Zeit ein wenig abgenommen, aber die leichte Blässe ihrer Haut machte sie noch hübscher und zarter.

»Der Tisch ist gedeckt«, sagte Dona Antônia und betrachtete zufrieden, wie das Licht des Kerzenleuchters den bernsteinfarbenen Sirup in der Kristallschüssel schimmern ließ.

»Das sieht wie ein Abendessen aus, das unsere selige Mutter zubereitet hat.«

Dona Ana kam herein.

»Du schweifst mit deinen Erinnerungen ab, Antônia«, sagte sie und lächelte, aber dann schlug sie einen anderen Ton an. »Wir geben uns nicht der Traurigkeit hin. Wir müssen Frohsinn in dieses Haus bringen. Heute ist ein Festtag.« Sie ging zum Klavier. »Ich werde etwas Schönes spielen.«

Leão las in einer alten Zeitung, Regente lag ihm zu Füßen.

Der Krieg war kein Spiel mehr für ihn. Mit dem Stimmbruch und den ersten Barthaaren, die sein Gesicht verschatteten, wurde er ein Mann. Mit seinen fünfzehn Jahren wollte er wie die anderen Männer in den Krieg ziehen, zusammen mit Caetano, der an nichts anderes mehr dachte und entschieden hatte, zu Jahresbeginn aufzubrechen.

»Tante Ana, wie viel Uhr ist es? Ist schon Weihnachten?«

»Es ist gleich elf Uhr, Leão. Dann ist bald Weihnachten. Und ich habe für jeden von euch ein Geschenk. Keine große Sache, aber immerhin ein Geschenk.«

»Wir haben schon lange kein Vergnügen mehr erlebt. Allein das ist eine Feier wert«, sagte Manuela und täuschte Freude vor.

Caetana kam aus der Küche und sagte, dass der Braten fast fertig sei. Sogleich würde das Essen angerichtet werden.

»Ich hatte die Hoffnung, dass Bento kommt«, sagte sie. »Aber jetzt ist es schon spät, und niemand ist erschienen.«

»Er wird kommen«, versicherte Dona Antônia. »Wenn nicht heute, dann ein anderes Mal. Das Präsidentendasein bringt viele Verpflichtungen mit sich. Aber Vatersein ist für ihn auch wichtig. Bestimmt kommt er zu Neujahr, um bei dir und den Kindern zu sein.«

Caetana lächelte traurig. Ihren Mann zu sehen, war fast wie ein Traum, vor allem weil die Dinge in der Serra so unsicher waren, seit Laguna verloren war.

Draußen hörten sie Lärm. Die Hunde bellten. Caetano eilte von der Veranda herein und verkündete, zwei Reiter seien gerade durch das Gatter gekommen und ritten auf das Haus zu. Einer der beiden sei sein Vater. Er hatte ihn sogar in der Ferne und trotz der dunklen Nacht erkannt.

Wenig später stand die große Gestalt von Bento Gonçalves da Silva in der Türöffnung. Es entstand ein großes Schweigen, alle waren überrascht. Leão warf die Zeitung in die Luft, als er seinen Vater sah. Marco Antônio, der gerade erst in den Saal kam, erschrak beim plötzlichen Anblick des Vaters. Er war ein ruhiger Junge und gegen den Krieg eingestellt.

»Hurra! Unser Vater ist da!«, rief Leão und umarmte stürmisch die bärtige Gestalt, die in der rotblauen Uniform in den Saal trat.

Bento Gonçalves brach in schallendes Gelächter aus.

»Die Hoffnung stirbt zuletzt. Heißt es nicht so? Außerdem ist Jesus erst um Mitternacht geboren, und meines Wissens ist es noch nicht so weit.« Er trat in den Saal. Es schien, als hätten seine Lungen alle Luft im Raum aufgesogen. Er war schmaler, vom Staub verdreckt, aber er verströmte eine Kraft, die die Gesichter der Frauen zum Lächeln brachte. »Komm her, Caetana. Komm, und umarme mich. Ich bin zu alt, um so viel Zeit immer nur allein zu sein.«

Caetana warf sich in Bentos Arme. Sie atmete tief den Geruch ihres Mannes ein, der sich mit dem Staub der Reise und dem Nachttau vermischt hatte.

»Ich habe viel gebetet, Bento. Ich habe Gott darum gebeten, dass du kommst. Ich habe ihn so oft darum gebeten …«

Die Kinder beobachteten gerührt diese Szene.

»Und ich bin gekommen. Ich hatte Sehnsucht wie ein verlassener Welpe. Und außerdem wollte ich meine Enkelin kennen lernen.«

Perpétua nahm das Mädchen auf den Arm und reichte es Bento Gonçalves.

»Vater, das ist Teresa.« Das Mädchen schien zu lächeln, als ob es in diesem bärtigen Mann mit den tiefgründigen Augen etwas wiedererkannte. »Es ist ein Jammer, dass Inácio nicht hier ist, um diesen Augenblick mit uns zu teilen.«

Bento streichelte das Köpfchen seiner Enkelin.

»Inácio kann nicht kommen, Perpétua. Er dient als guter Soldat unserer Sache. Aber ich habe noch jemanden mitgebracht. Es ist Joaquim.«

Manuelas Wangen wurden glühend rot. Sie saß im Saal in einer Ecke. Sie führte ihre schlanken Finger zum Nacken, um den Knoten zurechtzurücken, wie es ihr Dona Antônia gezeigt hatte. Sie suchte den Blick der Tante, die ruhig ihren Blick erwiderte. Sie teilten ein Geheimnis. Sie wollte ihren Cousin nicht verletzen, sie wollte die Familie nicht in Verlegenheit bringen. Aber sie hätte es vorgezogen, wenn Bento Gonçalves einen anderen Begleiter mitgebracht hätte.

Joaquim betrat den Saal, er entschuldigte sich für seine lehmverschmutzten Stiefel, er umarmte zärtlich seine Mutter und küsste seine Schwestern. Wie ein Frühlingswind umgab er alle mit seiner Liebenswürdigkeit. Er nahm die kleine Teresa auf den Arm und griff nach einem Stück Sirupgebäck auf dem Silbertablett. Der Krieg hatte aus ihm einen dürren Mann gemacht, seine Haut war von der Sonne gegerbt und eine feine Narbe war auf seiner Stirn zu erkennen.

Er warf den Dolman in eine Ecke und betrachtete seine Cousine. Sein bedächtiger, besonnener und freudiger Blick bei ihrem Wiedersehen war sein Liebesbeweis. Manuela erwiderte seinen Blick mit einem schüchternen Lächeln, und sie spürte, wie eine stille Wut sie von innen verwüstete: Warum konnte sie diesen schmucken jungen Cousin nicht lieben, den sie so gut kannte und der nun diesen Schmerz erleiden musste? Warum nur musste dieses rebellische Herz in ihrer Brust schlagen?

Die anderen umringten Bento, sie wollten Neuigkeiten über die Schlachten erfahren, über José, Antônio, Bentinho und über Pedro. Joaquim kam näher.

»Du bist sehr schön, Manuela. Noch schöner als beim letzten Mal.«

Sie lächelte. Es war ein belangloses Lächeln. Sie hielt die Tränen zurück, die in ihre Augen drängten. Es war sehr freundlich von ihrem Cousin, so etwas zu sagen. Dabei trug sie nicht einmal das neue Kleid, denn sie hatten zum Abendessen keine Gesellschaft erwartet.

Joaquim sog ihren Anblick mit dem Durst der vielen Monate der Trennung auf. Kleider trugen nichts zur Schönheit bei, antwortete er. Außerdem war es wichtig, dass ein Mädchen innere Schönheit besaß, so wie sie.

Manuela dankte für das Kompliment. Sie bot dem Cousin zu trinken an, ein Glas Punsch, ein Glas Wein, oder auch einen Matetee, wenn er wollte. Sie versuchte, anlässlich ihres Wiedersehens fröhlich und glücklich zu wirken. Joaquim unterhielt sich eine Weile mit ihr, aber trotz der scheinbaren Ruhe, die sie zur Schau trug, entging ihm die Traurigkeit in den grünen Augen nicht. Die Einsamkeit, die tief auf ihrem Grund verborgen war.

Der Morgen dämmerte.

Manuela hatte wenig und schlecht geschlafen, erst spät hatte sie es geschafft, in einen traumlosen, unruhigen Schlummer zu sinken. Als das erste Steinchen an die Fensterscheibe schlug, öffnete sie erschreckt die Augen. Es folgten weitere Steinchen, und zwischen dem Geräusch der Steinchen hörte sie ihren Namen flüstern.

Sie stand aus dem Bett auf und hüllte sich in einen leichten Schal. Sie wollte gerade das Fenster öffnen, als sie an ihr Haar dachte. Sie trug es offen und kurz. Auf dem Toilettentisch wartete der schwarze Zopf. Sie näherte sich dem Fenster.

»Wer ist da?«, fragte sie leise.

»Ich bin es, Joaquim. Ich muss mit dir sprechen.«

Ihr blieb das Herz stehen. Was sollte sie sagen? Draußen rief der Cousin weiter ihren Namen. Eine rosige, frische Helligkeit lag über den Feldern.

»Nur eine Minute, Joaquim. Ich muss mir etwas anziehen.«

Sie befestigte hastig den Zopf und wusch ihr Gesicht. Mariana schlief tief und fest in ihrem Bett. Manuela verließ das Zimmer auf Zehenspitzen, die Pantoffeln trug sie in der Hand.

Im Freien vertrieb die Morgenfrische ihre restliche Müdigkeit. Joaquim war bereits in Uniform, er hatte sich rasiert und saß auf einer Verandastufe. Seine Augen blickten verheißungsvoll. Sie fand ihren Cousin sehr schmuck, er besaß eine vollkommene, makellose Schönheit. Doch im selben Moment verdrängte die Erinnerung an Giuseppe mit Macht alles andere.

Joaquim strahlte, als er sie sah.

»Ich muss dringend mit dir sprechen. Entschuldige, wenn ich dich geweckt habe. Aber wir werden bald aufbrechen.«

»Wohin reitest du?«

»Nach Caçapava. Caetano kommt mit uns mit.«

Manuela setzte sich neben ihn auf die Verandastufe. Sie fühlte sich wie ein kleines Mädchen, das einen Streich begeht, wie einst, wenn sie in der Küche Süßigkeiten stibitzte und dann in den Wald flüchtete. Nun waren ihre Hände leer, und sie hatte einen bitteren Geschmack im Mund.

»Noch einer, der geht.«

»Manuela…« Joaquim nahm ihre Hände, und sie ließ ihn gewähren.

»Manuela, ich wollte dir etwas sagen, bevor ich losreite. Ich wollte dich um etwas bitten… Nur so kann ich in Frieden ziehen.« Er nahm seinen Mut zusammen und sprach weiter: »Du weißt, wie sehr ich dich liebe.«

Manuela sah auf ihre Füße. Auf ihre bleichen Knöchel. Auf den Spitzensaum ihres Nachtgewandes. Und dann auf den Boden, auf die feuchte Erde, auf ein Blumenbeet in der Ferne.

Schließlich antwortete sie: »Du hättest mich nicht rufen sollen, Joaquim.«

»Warum?«

»Ich habe deine Wertschätzung nicht verdient. Darum.«

Er drückte ihre bleichen Handflächen noch fester gegen seine. Manuela spürte, wie er zitterte.

»Das ist keine Wertschätzung, Manuela, ich liebe dich. Und die Liebe unterscheidet sich sehr von der Wertschätzung. Die Liebe verzeiht. Und sie versteht.« Er atmete tief durch. »Ich weiß alles, Manuela.«

Sie sahen einander an.

»Wer hat es dir erzählt?«

»Mein Vater, Dona Ana, meine Mutter. Diese Dinge kommen immer heraus, man braucht nicht danach zu fragen.«

»Ich liebe Giuseppe.«

Joaquim wirkte betrübt.

»Sage das nicht, Manuela. Du hast dich in den Italiener verliebt, aber das geht vorüber. Ich verstehe das… So ist der Krieg. Ich habe mich in der Pampa auch in viele Mädchen verliebt. Und genauso in Rio de Janeiro. Aber das war keine Liebe.

Liebe war das nicht. Denn ich liebe nur dich.«

Sie sah ihn an. Die Beklemmung brachte das Grün in ihren Augen zum Erlöschen.

»Ich weiß, was Liebe ist, Joaquim. Ich trage sie hier in meiner Brust, wie einen Messerstich. Ich trage für immer einen Messerstich in mir.«

Er lächelte traurig.

»Die Liebe ist keine Wunde, Manuela. Das muss nicht so sein … Schau, ich werde in den Krieg zurückkehren, in einen Kampf, der noch lange nicht zu Ende ist. Bleib hier und vergiss deinen Schmerz, lass ihn verheilen. Ich werde zurückkommen, ich schwöre es, und dann werden wir heiraten. Ich weiß, dass du mich lieben wirst. Ich weiß das, seit ich ein kleiner Junge gewesen bin. Ich habe oft davon geträumt … Wir werden auf einer Estância leben und unsere Kinder großziehen. Der Krieg wird ein Ende haben, und wir werden glücklich sein. Und du wirst dich an diesen Italiener nicht einmal mehr erinnern.«

Manuela stand auf.

»Sag das nicht.« Ihre Stimme klang angespannt. »Sag das nicht noch einmal. Du kannst meine Gefühle nicht beurteilen.« Sie berührte sanft ihre Brust. »Ich spüre sie hier. Hier schmerzen sie mich. Ich habe dich weder um Liebe noch um Verachtung gebeten.«

Joaquim schien verwirrt.

»Verzeih mir, Manuela. Ich wollte dich nicht verletzen.« Er stand auch auf. Er zog seine Cousine an den Schultern zu sich heran und sah ihre vor Tränen feuchten Augen. Er spürte große Lust, sie genau hier, genau in diesem Augenblick zu küssen, er in Uniform und sie im Nachtgewand. »Verzeih mir … Ich weiß, dass du leidest, und ich schlage dir vor, dass wir einige Zeit verstreichen lassen. Später, wenn der geeignete Zeitpunkt gekommen ist, sprechen wir wieder darüber.«

Sie trat einen Schritt zurück.

»Es tut mir so leid, Joaquim. Es wird nie wieder Anlass für ein Gespräch geben. Nicht über diese Art von Liebe, von der du mir erzählt hast. Wenn es darum geht, so zu leben, werde ich weder dich noch sonst jemanden heiraten. Ich werde weiterhin auf Giuseppe warten.«

Plötzlich wirkte Joaquim erschöpft.

»Der Italiener wird nicht wiederkommen, Manuela.«

»Das werden wir sehen.«

Sie machte kehrt und ging zur Haustür. Sie wirkte klein und zerbrechlich im Vergleich zu dem großen weißen Bauwerk.

»Manuela!«

Manuela blieb einen Augenblick an der Türschwelle stehen.

»Ja?«

Er stand unten am Treppenabsatz und hielt den Dolman. Seine Augen schimmerten traurig.

»Ich liebe dich. Ich werde alle Zeit warten, die nötig ist. Du brauchst nichts zu sagen. Ich werde auf dich warten.«

Manuela ging durch die Tür und war vom Haus verschluckt. Joaquim sah über die sanfte Pampa, die von der aufgehenden Sonne in Goldtöne getaucht wurde. Er wollte weinen. Aber durfte ein richtiger Mann weinen? Er würde die ganze Zeit warten. Auf Manuela. Auf sie beide. Er ging zu Fuß zum Schuppen. Der Dolman wog schwer auf seinem Arm. Das begeisterte Gesicht des Italieners, das er ein einziges Mal im Vorübergehen gesehen hatte, tauchte vor seinen Augen auf. Seltsam, er war nicht wütend auf ihn. Den Italiener traf an all dem keine Schuld. Er war wütend auf das Leben, auf diesen unsichtbaren Mechanismus, den manche Schicksal nennen.

1840

Dona Antônia goss Wasser nach und reichte Inácio den Matetee. Er war gerade erst von seinem Pferd abgesessen, und während eines der schwarzen Dienstmädchen das Getränk zubereitete, verkündete er, dass er kurz vor seiner Abreise stand. Er hatte sie besucht, weil ihre Estância am Weg lag und er nicht einfach so, ohne sie gesehen zu haben, losziehen wollte. Sein Aufenthalt auf der Estância da Barra war nur sehr kurz gewesen, er hatte kaum Gelegenheit gefunden, die Sehnsucht nach seiner Frau und nach seiner Tochter zu stillen.

Wie alle, die aus dem Krieg kamen, hatte auch Inácio abgenommen, seine Wangenknochen ragten hervor, und seine Augen saßen tief in den Höhlen. Er war erst vor zwei Tagen angekommen und musste schon wieder weiter. Sein Pferd wartete auf ihn, es weidete gemächlich im Schatten eines Feigenbaumes und war mit Inácios Habseligkeiten, einem Blechtopf für unterwegs, dem Poncho, einer guten Decke und einem Buch beladen.

»Ich reite nach Caçapava, Dona Antônia. In diesen Tagen habe ich kaum ausruhen und die Kleine genießen können ... Die Ärmste wird diese erste Zeit ohne ihren Vater aufwachsen.«

Die sommerliche Abenddämmerung verglühte wie eine Kerze auf einem Altar. In der Ferne konnte man den Fluss rauschen hören. Die Estância do Brejo umgab Ruhe und Stille. Ein paar Landarbeiter kehrten von der Arbeit zurück.

Dona Antônia atmete tief die Luft ein, die nach Geißblatt duftete.

»Seit die Werft zerstört wurde, herrscht hier eine Ruhe, die man selbst erleben muss, um es zu glauben«, sagte sie. »Es ist schon fast eine traurige Ruhe.«

»Genießen Sie sie, Dona Antônia, denn da draußen sind die Dinge schwieriger. Trotzdem ziehe ich nun etwas beruhigter los, weil ich weiß, dass Perpétua und das Mädchen hier bei ihrer Familie bleiben.«

Dona Antônia senkte den Blick.

»Dieser Krieg nimmt kein Ende, Inácio.«

»Es wird noch erbitterter gekämpft als zuvor. Wo ich stationiert bin, in der Gegend von São Francisco de Cima da Serra und in Vacaria, steht die Sache schlecht, Dona Antônia. Es wäre gerecht, wenn alles gut ausginge. Unsere Soldaten zeigen großen Mut, aber wir haben viele Männer verloren«, bemerkte er und ließ den Blick über die Pampa schweifen. »So wie die Dinge stehen, Dona Antônia, wird noch viel Zeit vergehen, und wir werden noch viele Tote zu beklagen haben, vielleicht sogar ohne Erfolg.«

»Wie viele Männer sind in der letzten Schlacht gefallen?«

Inácio schaute zu Boden.

»In Curitibanos, nicht weit vom Marombas, gerieten wir in einen Hinterhalt der Kaiserlichen. In einer Stunde verloren wir vierhundert Seelen. Oberst Teixeira Nunes zeigte großen Mut, er ist ein außergewöhnlicher Mann. Aber trotzdem sah sich die Kavallerie von den Truppen unter Melo Manso umzingelt. Es war ein Abschlachten ohnegleichen.«

Dona Antônia wurde blass. Sie faltete ihre feingliedrigen, schmalen Hände im Schoß, als wollte sie diesen Kummer festhalten. Vierhundert Männer. Vierhundert Väter, Söhne und junge Männer aus Rio Grande.

»Wie schrecklich!«, flüsterte sie. Dann schien sie zu überlegen. »Weiß Ana davon? Ich glaube, José ist bei der Truppe von Oberst Teixeira. Und der Italiener Giuseppe auch.«

»José war dort. Er wurde verletzt, aber nicht schwer. Machen Sie sich keine Sorgen, Dona Antônia. Ich habe Dona Ana von ihrem Sohn berichtet und ihr auch gesagt, dass er wieder genesen ist; als ich hierher aufbrach, ritt er sogar schon wieder. Der Krieg härtet uns ab, eine einfache Verletzung mit der Lanze zerstört nicht das Leben eines Soldaten. Und der Italiener ist besonders mutig. Er ist ein Mann… Aber die Frau, die mit ihm zusammenlebt, Anita, die hatte Pech: Sie wurde gefangen genommen.«

»Sie wurde gefangen genommen? Ist sie tot?«

Inácio zuckte mit den Schultern.

»Ich weiß wenig über diese Frau. Als ich hierherreiste, war sie noch nicht wieder aufgetaucht. Vielleicht ist aus ihr ja eine Soldatenhure geworden. Aber man braucht sie nur anzusehen, um ihren Kampfgeist zu erkennen. Ich glaube, die Kaiserlichen haben sie gerechter behandelt, als sie erfuhren, wer sie war.«

Sie schwiegen eine Weile. Die ersten Grillen begannen in der Nacht zu zirpen. Dona Antônia bot Inácio noch Matetee an, aber er lehnte ab.

»Ich muss los. Ich habe einen weiten Weg vor mir, Dona Antônia, und ich möchte die Nacht ausnutzen.«

Er stand auf. Er war ein großer Mann. Dona Antônia kam sich klein neben ihm vor, so klein, dass sie sich fragte, ob das Alter schon ihre Knochen schrumpfen ließ.

»Gott behüte dich, mein Sohn. Und zieh in Frieden. Wir werden uns um Perpétua und um Teresa kümmern.«

Inácio lächelte.

»Deshalb bin ich so beruhigt, Dona Antônia.« Er zog den Hut tiefer ins Gesicht. »Auf Wiedersehen.«

Er ging zu seinem Rappen. Die ersten Sterne funkelten am Himmel. Das Pferd wieherte ungeduldig.

Dona Antônia blieb auf der Veranda stehen und sah, wie er aufsaß und gemächlich lostrabte, bis er in der Pampa verschwand wie eine Erscheinung. Dann trank sie noch einen letzten Schluck Matetee und dachte an das Schicksal dieser Frau, Anita. Sie bat Gott um seinen Segen für die Ärmste.

Die Nacht endet wie eine erdrückende Umarmung. Der Morgentau bringt Ruhe durch das geöffnete Fenster. Das Zimmer liegt fast im Dunkeln, nur eine Lampe verbreitet ihr mattes Licht über das Bett, in dem Rosário schläft. Seit langer Zeit fürchtet sich Rosário in der Dunkelheit. Und nun noch mehr, denn sie schläft allein: Perpétuas Bett ist seit deren Hochzeit leer, Perpétua schläft mit ihrer Tochter zusammen in einem anderen Zimmer am Flurende.

Rosário hat Alpträume.

Sie wälzt sich unruhig unter der Decke. Ihr glattes hellgoldenes Haar liegt in Strähnen auf dem Kopfkissen.

Ein Mann reitet ihr entgegen, er durchquert die Pampa auf einem weißen Pferd. Rosário lächelt. Sie weiß, wer dieser Reiter ist. Sie ordnet ihr Spitzenkleid und hält einen Strauß Blumen fest an sich gedrückt, die sie für ihn zum Geschenk gepflückt hat. Ein helles Lachen bringt ihr Gesicht zum Leuchten. Das weiße Pferd kommt näher, erklimmt einen Hügel und trabt wieder hinunter. Die Sonne scheint warm. Weit weg, das weiß sie, wird ein Krieg ausgetragen, aber nicht hier, nicht auf diesen blühenden Feldern, wo die einzige Bewegung, die sie wahrnimmt, der Tanz dieses schmächtigen Pferdes und seines Reiters ist.

Er nähert sich. Rosário bewundert unermüdlich seine edle Erscheinung, die dunkle Schönheit seiner vom Wind zerzausten Haare, die Eleganz seiner Uniform. Es ist keine Uniform der Republik.

Steban macht Halt. Seine Augen leuchten vor Begeisterung über den Ritt, sie leuchten ihretwegen. Er sitzt vom Pferd ab. Er steht vor ihr, schmuck wie immer, seine vollen Lippen lächeln, und die Stirn zeigt weder Narben noch einen Verband.

»Du bist geheilt, Steban!«

Sie wirft sich in seine Arme und fühlt die Wärme seiner Brust und den Geruch nach Mann. Über ihnen strahlt angenehm die Sonne. Die Blumen fallen zu Boden, man müsste sie wieder aufheben, aber Rosário ist es gleichgültig. Steban ist geheilt. Seine Kleidung ist nicht blutbefleckt, seine Blässe ist ebenso gewichen wie die Narben und der Verband.

Rosário lächelt. Nie zuvor ist sie so glücklich gewesen wie in diesem Augenblick. Sie nimmt Stebans Gesicht zwischen beide Hände und streichelt sein wirres Haar. Für einen Augenblick schenkt er ihr ein Lächeln, schön wie ein Prinz. Und dann fließen blutige Tränen aus seinen Augen, und sein Gesicht wird durchscheinend bleich wie der Mond.

»Ich bin nicht geheilt, Rosário. Ich bin tot. Tot. Tot... Du siehst mich als Toten.« Seine Stimme hallt über die Pampa und durchschneidet den sonnigen Tag. »Tot und kalt und knochig. Ich bin tot, und ich habe kein Grab, ich habe niemanden... Bleibe in meiner Nähe.«

Dann treten seine Augen aus den Augenhöhlen, und sein schönes Gesicht wirkt hohl, Verwesungsgeruch steigt in die Luft, und sogleich verwandelt er sich in einen Haufen morscher Knochen, die Rosário in Händen hält.

Rosário schreit.

Sie schreit und schreit.

Sie öffnet die Augen, sie setzt sich im Bett auf. Sie ist in Schweiß gebadet. Durch das Fenster kommt immer noch die gleiche Ruhe. Eine Lampe erhellt das außer ihr menschenleere Zimmer. Rosários nächster Schrei bleibt in ihrer Kehle stecken, er weicht in ihr Inneres zurück und erstickt in stummer Furcht.

Maria Manuela und Dona Ana, beide barfuß und im Nachtgewand, kommen erschrocken ins Zimmer. Maria Manuela setzt sich neben ihre Tochter und nimmt deren kalte, feuchte Hände.

»Was ist geschehen, Rosário? Hast du einen Alptraum gehabt, mein Mädchen? Sei ganz ruhig, er ist vorbei.«

Ihre Stimme bebt, sie wagt ein Flüstern: »Es war kein Traum, Mutter. Er ist tot. Tot. Steban ist tot. Wie dieser Krieg, wie wir.«

Dona Ana tupft ihre feuchten Augen.

»Ich gebe Milú Bescheid, sie soll einen Kamillentee machen«, sagt sie. »Für uns drei. Und zwar einen starken.«

Beim Frühstück wurde der Vorfall nicht erwähnt, aber Dona Ana und Maria Manuela verbrachten einen Großteil des Vormittags mit Gesprächen hinter der verschlossenen Tür des Arbeitszimmers. Sie hatten eine Entscheidung getroffen. Rosário war krank, sie litt an einer schweren, tückischen Krankheit.

»Dieser Krieg kann noch sehr lange dauern, Maria. Das Beste ist, wir unternehmen bald etwas für Rosário. Sonst kann es zu spät sein.«

Dona Ana saß auf dem Stuhl ihres verstorbenen Mannes. Ihre ernsten schwarzen Augen drückten Zustimmung aus. Diese Angelegenheit war nicht einfach zu klären, aber sie mussten eine Entscheidung fällen. Offensichtlich verschlechterte sich Rosários Zustand zunehmend.

Maria Manuela trocknete ihre Tränen mit einem weißen Taschentuch. Sie war in letzter Zeit gealtert, ihr zuvor kräftiges Gesicht war eingefallen, die Haut um die Augen und den Mund war voll Falten. Die Hände hielt sie zitternd im Schoß.

»Wir sind nun schon fünf Jahre hier«, sagte sie und schüttelte traurig den Kopf. »Das ist zu lang für Rosário, sie leidet sehr. Und dann noch der Tod ihres Vaters.«

»Wir leiden alle, Mariana und Manuela haben auch ihren Vater verloren, unseren Anselmo … Aber wir müssen stark sein. Wenn der Krieg für uns hart ist, stell dir vor, was er erst für unsere Männer bedeutet, Maria. Du und ich, wir haben unsere Männer verloren. Es ist viel geschehen. Aber wir sehen keine Geister, wir sprechen nicht mit Toten, und wir haben keine Alpträume, die uns Gewicht verlieren lassen …« Sie seufzte. »Es muss etwas getan werden, Schwester, und zwar schnell.«

Maria Manuela stimmte traurig zu. Sie stand auf und ging zum Fenster. Draußen breitete sich ein bedeckter grauer Himmel über der Pampa aus.

»Heute wird es regnen«, sagte sie und sah sich um. »Es war hier, in diesem Arbeitszimmer, wo Rosário den Geist sah, nicht wahr, Schwester?« Dona Ana bejahte die Frage. »Gut. Ich werde Antônio schreiben und mich mit ihm beraten. Seit dem Tod seines Vaters ist er das Familienoberhaupt. Lass uns seine Antwort abwarten. Ich werde ihm nach Caçapava schreiben.«

»Wie du meinst.«

Manuela saß auf der Veranda und las. Seit ihrem Gespräch mit Joaquim war eine Last von ihr gefallen. Sie würde nicht ihrer

Familie zu Gefallen ihren Cousin heiraten, sie würde nicht ihr Leben für ein Versprechen wegwerfen, für einen Traum, den sie nie geträumt hatte. Sie würde auf Giuseppe warten, denn ihr blieb kein anderer Weg. Sie gehörte zu den Frauen, denen nur ein Schicksal vorgezeichnet ist, nichts weiter.

Sie blätterte zerstreut in dem Buch. Noch hatte sie Dona Antônia ihre Entscheidung nicht mitgeteilt. Sie stellte sich das unerschütterliche Gesicht der Tante vor, ihren festen Blick voll Zustimmung und Schmerz.

»Manuela!«

Sie blickte auf. Marco Antônio kam angerannt. Er war mittlerweile ein großer Junge, dunkel wie seine Mutter.

»Was ist denn, Marquito?«

Er blieb keuchend stehen.

»Komm, komm mit mir, Manuela. Ich habe etwas Schreckliches entdeckt! Es ist schrecklich, beim *Charque*-Schuppen!«

Manuela ließ ihr Buch liegen und folgte ihrem Cousin. Sie gingen um das Wohnhaus und nahmen den Weg zu dem Schuppen, in dem das Fleisch für den *Charque* gedörrt wurde. Ihre Schritte waren schnell und ungeduldig. Sie begegneten einigen Landarbeitern und auch Zefina, die mit einer Schüssel voll Wäsche auf dem Weg zum Bach war und eine alte Modinha sang.

Sie kamen an. Ein heftiger Gestank drang in ihre Nasen.

»Wo ist es?«

»Hinter dem Schuppen«, antwortete Marco Antônio und nahm die Hand seiner Cousine.

Sie bogen ab und gingen auf der Wiese weiter. Regente lag auf einem Bretterhaufen, die Kehle war mit einem Schnitt durchtrennt. Seine schwarzen Äuglein, vor Schreck weit aufgerissen, starrten zu dem spätsommerlichen Himmel hinauf. Er war ein kleines Hündchen mit schütterem, weichem Fell.

»Herr im Himmel!«, schrie Manuela und begann zu weinen. Sie hatte sich von Anfang an um den Hund gekümmert, sie hatte ihm Milch und ihre Zuneigung gegeben, und in ihrem Zimmer lag immer eine alte Decke, die sein Lager war. Wie viele Nächte war sie aufgewacht, und Regente hatte sie in der

Dunkelheit angesehen? Sie kniete nieder. Noch mehr Tränen strömten aus ihren Augen. »Wer ist nur zu einer so grausamen Tat fähig? Regente hat niemals jemandem etwas getan …«

Marco Antônio kniete neben seiner Cousine. Eine Fliege setzte sich auf Regentes Schnauze und bewegte sich nicht vom Fleck.

»Es gibt viel Schlechtigkeit auf dieser Welt, Manuela … Vielleicht war es einer der Landarbeiter, oder jemand von außerhalb. Bestimmt ist es diese Nacht geschehen. Aber weine doch nicht mehr, er ist nicht mehr zu retten. Weine nicht.«

»Der Ärmste. Ich habe mich heute Morgen schon gewundert, als er nicht ins Zimmer kam. Er ist immer gekommen, immer.«

»Ich rufe Zé Pedra, damit er Regente mitnimmt … Wir graben ihm ein Grab, was meinst du?«

Manuela nickte.

»Einverstanden, aber erzähle den Mädchen nichts davon, sie werden sehr traurig sein … Maria Angélica hat den Kleinen so gern gehabt.«

»Wir können ihnen sagen, dass er entwischt ist. Regente war immer ein ungezogener Hund. Wir sagen ihnen, dass er in der Pampa verschwunden ist.«

Marco Antônio rannte zum Haus. Manuela blieb bei dem Hund und weinte. Wer nur hatte so etwas tun können, wer?

Caetano beobachtete alles gespannt. In der Stadt herrschte ein wimmelndes Treiben. Männer liefen in ihren Uniformen durch die Straßen, betraten elegante Gebäude und tranken Matetee. Überall waren Wagen unterwegs. Barfüßige Schwarze, aber mit dem Dolman der Republik bekleidet, fanden sich an den Straßenecken zu Gruppen zusammen, redeten über den Krieg und folgten dann wieder ihrem Schicksal. In einer Spelunke wurden Fusel und Essen verkauft. Alles war voll mit Soldaten.

Joaquim bahnte sich den Weg durch die Menge. Caetano folgte ihm. Ihm fiel auf, dass sein Bruder seit seiner Rückkehr von der Estância bedrückt und wortkarg war. Er sprach nur noch über den Krieg. Bento Gonçalves schien das Schweigen seines Sohnes zu respektieren. Sie hatten in der Tat während des gesamten Rückwegs geschwiegen. Joaquims Blick war zum Horizont geschweift, über das Feld und zu den Sternen. Caetano hingegen hatte das Gespräch gesucht, er wollte etwas über die Schlachten erfahren. Er freute sich auf den Krieg, auf das Wiedersehen mit Bentinho und auf seinen ersten getöteten *Caramuru*, um seinen Beitrag für die Republik zu leisten, um etwas zu tun, damit der Vater stolz auf ihn war.

»Vorwärts, Caetano. Unser Vater erwartet uns im *Palácio do Governo.*« Joaquim zog seinen Bruder am Arm. »Du wirst später noch Zeit haben, alles anzusehen. Jetzt lass uns weitergehen.«

An einer Straßenecke stand eine Gruppe Frauen in schäbigen Kleidern, sie machten Scherze und lachten mit zahnlosen Mündern.

»Wer sind sie?«

»Das sind Huren, die die Truppen begleiten.«

Caetano folgte seinem Bruder. Sie betraten das Regierungsgebäude, passierten die Wachen und die Diener in Uniform. Hier war alles im Überfluss vorhanden. Caetano dachte an die barfüßigen schwarzen Soldaten, die er auf der Straße gesehen hatte.

Bento Gonçalves saß mit zwei Ministern in einer Besprechung. Sobald er die Ankunft der beiden Söhne bemerkte, hob er den Kopf mit dem beeindruckenden gewichsten Schnauzbart. Er zog einen versiegelten Brief aus einer Schublade und reichte ihn Joaquim.

»Suche einen Boten, der flinke Beine hat. Das hier ist dringend. Teixeira, Garibaldi und die Truppen halten sich in Lages auf. Du weißt ja, dass sie eine unheilvolle Schlacht gegen Melo Manso verloren haben. Es sind mehr als vierhundert Soldaten gestorben, und sie sind im strömenden Regen entkräftet in Lages angekommen, ohne Pferde und ohne Lebensmittel. Das Unglück hat die ganze Truppe vernichtet.« Bento Gonçalves machte eine Pause. Er spürte einen heftigen Druck in der

Brust und einen stechenden Schmerz im Rücken. Er atmete tief durch und wartete ab, dass die Schmerzen vorübergingen, dann sprach er weiter: »Jetzt sind sie dort und warten auf Verstärkung. Dieser Brief soll ihnen sagen, dass sie nicht mehr zu warten brauchen, denn es gibt keine Verstärkung. Sie müssen die Serra schnellstmöglich verlassen und das Ufer des Taquari erreichen. Dort befindet sich Oberst Joaquim Pedro mit zweitausend Mann, sie sollen sich ihm anschließen und in diesem Gebiet warten.«

Joaquim steckte den Brief in die Dolmantasche.

»Und dann?«

»Dann reist ihr beide weiter nach Porto Alegre und schließt euch General Netto an. Die Belagerung muss ausgesetzt werden. Wir brauchen ihn. Sag ihm, dass ich selbst morgen nach Viamão aufbreche, um mich mit meinen Leuten zu treffen. Ich will, dass Netto so schnell wie möglich nach Viamão kommt. Wir müssen uns einen Schlachtplan ausdenken, einen Plan, der den Krieg entscheidet.«

Caetano lauschte aufmerksam den Worten des Vaters. Er stellte sich die Zusammenführung aller Truppen vor und spürte ein Jucken im Gesicht, ein neues, warmes und vielversprechendes Gefühl. Er begann vom Taquari zu träumen.

Die beiden jungen Männer verließen den Raum. Einer der beiden Minister wartete immer noch schweigend in einer Ecke. Bento Gonçalves beschäftigte sich wieder mit den Dokumenten, die sich auf seinem Schreibtisch stapelten. Wieder spürte er den Druck in der Brust. Er hatte diesen stillen, unauffälligen Schmerz vor ein paar Monaten zum ersten Mal wahrgenommen. Mit Sommerbeginn hatte er nachgelassen, aber die Herbstregen hatten ihn wieder angefacht. Er war kein junger Mann mehr, der Krieg hatte ihn altern lassen. Sein Körper war gealtert, seine Seele war gealtert. Er rechnete im Kopf: Er war fünfzig Jahre alt. Und der nächste Winter stand bevor.

»Geht es Ihnen gut, Herr Präsident?« Der Mann sah ihn mit Befremden an.

Bento Gonçalves lehnte sich im Stuhl zurück.

»So gut wie jedem anderen, wenn er die Nachricht von vierhundert toten Soldaten in einer Schlacht verkündet hat«, sagte er und schluckte seine Worte traurig hinunter. »Aber wir kommen voran. Wenn dieses Manöver erfolgreich ist, wird es für die Republik entscheidend sein. Die Republik hat einen Sieg nötiger als je zuvor. Ihr Niedergang hat begonnen.«

Durch die Fenster drang, nur durch die Vorhänge gedämpft, das Getöse der lebhaften Stadt.

Maria Manuela schloss sich in ihrem Zimmer ein und zündete die Nachttischlampe an. In der Ferne, hinter den Hügeln, verschwand die Sonne zwischen den Wolken. Maria Manuela hatte keinen Blick mehr für die Sonne oder den Regen übrig. Seit einiger Zeit war es in ihrem Herzen grau und dunstig wie an einem kalten Wintertag.

Sie betrachtete eine Weile den Brief, ehe sie das Siegel erbrach. Der Brief war von ihrem Sohn. Sie wusste genau, worum es ging, und sie hatte Angst, ihn zu lesen. Sie hatte ebenso viel Angst vor Antônios Zustimmung wie vor seiner Ablehnung. Der Brief, den sie in Händen hielt, flößte ihr Angst ein, weil sie nach seiner Lektüre eine Entscheidung treffen musste. Und ihr einziger Wunsch war, an nichts mehr zu denken, nie mehr.

Sie atmete tief durch und öffnete den Briefumschlag. Antônios Schrift war unregelmäßig und hastig. Sie las die ersten Worte, dabei konnte sie fast die Stimme ihres Sohnes hören. Tränen schossen ihr in die Augen.

Sehr geehrte Frau Mutter,
ich habe Ihren Brief an diesem Morgen erhalten und nun einen Augenblick für meine Antwort an Sie gesucht, denn die Schwere der Angelegenheit hat mich sehr betrübt. Ich bin mit den übrigen Truppen von Bento Gonçalves in Viamão einquartiert, und auch die anderen Generäle und Caudillos der Republik sind hierher unterwegs. Sie werden sich morgen früh versammeln, um die neuen Truppenbewegungen zu besprechen. Es wird eine große Schlacht geben. Ich werde mit dem Onkel

ziehen, Mutter, aber ich kann Ihnen noch nichts über das Ziel sagen, denn das Vorhaben ist völlig geheim, ich kann Ihnen nur mitteilen, dass wir eine große Offensive vorbereiten.

Es sind viele Dinge geschehen, Mutter, unter anderem berichte ich Ihnen, dass ein kaiserlicher Oberst mit Namen Loureiro bis nach Caçapava durchgedrungen ist, wenige Stunden nachdem Vizepräsident Mariano de Mattos die Stadt in aller Eile verlassen hat, die schon angegriffen wurde. Er führt alle Dokumente der Republik auf einem Karren bei sich und ist auch hierher unterwegs. Seit diesem Tag ist Viamão wieder unsere Hauptstadt.

Aber ungeachtet dieser politischen und kriegerischen Manöver nimmt das Leben seinen Lauf. Wie sehr erstaunen mich Ihre Worte, Mutter, mit denen Sie schreiben, dass Rosário erkrankt ist und an einer geheimnisvollen Krankheit leidet, die ihre Gedanken und ihre Nerven angreift. Es ist zu lange her, dass ich Sie besucht habe, aber meine letzte Erinnerung an meine Schwester ist eine sehr gute. Sie war so schön und gesund, dass alles, was Sie mir schreiben, mich zutiefst erschüttert und betrübt. Aber, Mutter, Sie selbst schreiben, dass Rosário einen uruguayischen Geist oder irgendeine blutleere Seele gesehen haben will und dass sie schwört, diese Erscheinung zu lieben, und sie sogar heiraten möchte. Sie schreiben auch, dass sie jeden Morgen mit Alpträumen aufwacht und dass sie wenig spricht, Gewicht verloren hat und viel weint. Es ist so traurig, den Schaden zu sehen, den dieser Krieg in Leib und Seele unserer Mitmenschen anrichtet! Mutter, in meinem tiefsten Inneren glaube ich, dass es der Krieg ist, der Rosários Gedanken vergiftet, und dass Erholung an einem geeigneten Ort mit Gebeten und Frieden ihr wieder Lebenskraft geben wird. Nur so wird meine Schwester, wenn diese Kämpfe zu Ende sind, wieder glücklich leben können.

Deshalb, Mutter, und weil mir selbst nun die Entscheidungen zustehen, die früher mein Vater getroffen hat, schreibe ich Ihnen, dass Ihr Vorhaben vollkommen richtig ist. Ich habe mich auch mit Bento Gonçalves besprochen, und der Onkel hält es ebenso für angebracht. Das Beste wird sein, dass Rosário an einem Ort lebt, der abgeschieden von der Revolution und nah bei unserem Herrgott ist, an einem Ort, an dem ihre Seele den Frieden und den Verstand wiederfinden kann und an dem ihre Augen keine Geister mehr sehen und auch ihr Schlaf nicht mehr von Alpträumen und Ängsten gestört wird. Wenn Sie ein Kloster im Sinn haben, das würdig ist, sich so um sie zu kümmern, wie sie es verdient, bitte ich Sie sogar darum, diesen Schritt ohne Zögern zu tun.

Ansonsten, Mutter, empfangen Sie bitte meine Zuneigung voll Heimweh, und richten Sie meine besten Empfehlungen an meine Schwestern aus, insbesondere an Rosário.

Ihr Antônio

Viamão, 23. März 1840

Der Monat April hatte nach einem sonnigen und warmen März mit Regenfällen begonnen. Auf der Estância da Barra erwarteten die Frauen ungeduldig den Erfolg der republikanischen Manöver. Sie wussten durch einige Informanten und durch Briefe, dass Bento Gonçalves und andere Anführer eine große Schlacht vorbereiteten, für die das gesamte Truppenkontingent zusammengezogen wurde. Sie hatten Angst, und sie beteten. Es war wie immer: andauernde Sorgen wegen einer unvollständigen Nachricht und die Angst, immer wieder die Angst, dass mitten in der Nacht ein Bote kam. Die Angst vor der Niederlage und vor dem Tod. Und dieses Warten, das nun schon fünf Jahre andauerte.

Caetana trug immer einen Rosenkranz in den Händen, sie zündete der Heiligen Jungfrau Kerzen an und betete gemeinsam mit ihren Schwägerinnen. Wenn es zum Sieg kommen sollte, wenn die von Bento Gonçalves erdachten Manöver erfolgreich sein sollten, vielleicht würde dann der Krieg ein Ende finden. Daran wollte sie glauben. An die Rückkehr des Friedens. An das Wiedersehen mit ihren Söhnen und mit ihrem Mann. Die letzten Tage mit den Reisevorbereitungen für Rosário waren traurig gewesen – die wenigen Koffer und Maria Manuelas Klagen. Die Mutter konnte sich nicht damit abfinden, ihre älteste Tochter in diesem Zustand zu sehen. Das Kriegsende wäre ein Segen für alle, für das ganze Land, das kein Blut und keine Toten mehr unter seiner Erde aufnehmen konnte.

Caetana zündete eine Kerze an und bekreuzigte sich. Über den Flur hörte man das kindliche Jammern ihrer Enkelin. Caetana lächelte liebevoll. Sie kniete, als Dona Antônia hereinkam.

»Verzeihung, ich wusste nicht, dass du jetzt schon am Vormittag betest.«

Caetana lächelte nachsichtig.

»Die Gnade, um die ich bitte, ist alle Gebete wert, Schwägerin. Und mein Platz ist diese Hauskapelle, so wie Bentos Platz der Krieg ist.«

Dona Antônia berührte mit ihrer warmen Hand Caetanas Schulter.

»Bentos Platz sollte hier sein, hier bei uns.« Sie seufzte und erinnerte sich an den eigentlichen Grund ihres Gesprächs: »Die Mutter Oberin ist schon da. Sie ist gekommen, um Rosário mitzunehmen.«

Caetana erhob sich, und sie begaben sich gemeinsam zum Saal.

Glanzloses Licht und ein kühler, fast schneidender, winterlicher Wind drangen an diesem regnerischen Tag durch das Fenster. Maria Manuela und Dona Ana saßen Mutter Lúcia gegenüber und sprachen leise miteinander. Maria Manuelas Gesicht zeigte Erregung. Sie befürchtete, der Zustand ihrer Tochter könnte sich, weit weg von ihrer Fürsorge, noch weiter verschlechtern. Die Mutter Oberin zeigte freundlich und nachsichtig Verständnis.

»Ihrer Tochter wird es bei uns gut gehen. In einem Haus Gottes, Maria Manuela, finden die Seelen ihren Frieden.«

Dona Ana stimmte zu. Beata betrat den Saal und brachte ein Tablett mit Tee. Dic Nonne nahm eine Tasse und trank einen kleinen Schluck.

»Sobald der Krieg zu Ende ist, Mutter Oberin, sobald wir nach Pelotas zurückkehren können, werde ich Rosário abholen lassen.«

»Sie kann so lange bei uns bleiben, wie es notwendig ist«,

sagte die Oberin. »Es besteht die Möglichkeit, sie einmal in der Woche zu besuchen, aber ich rate Ihnen, dass sie am Anfang keine Besuche erhält. Sie braucht Ruhe und das Alleinsein. Gott wird sie beschützen.«

Maria Manuela nickte.

Caetana und Dona Antônia nahmen auf einem Sofa Platz.

»Wie steht es in Camaquã seit der Ankunft der Kaiserlichen?«, fragte Dona Antônia. »Das Kloster ist doch in der Nähe, nicht wahr?«

»Gott ist kein Kaiserlicher, noch ist er Republikaner, Dona Antônia, sondern er kümmert sich um alle seine Schutzbefohlenen. Von den Vorgängen in der Ortschaft Camaquã wissen wir kaum etwas, aber in unserem Haus herrscht Frieden. Seien Sie unbesorgt, Senhora, es gibt keinen besseren Ort für Ihre Nichte.«

»Sie ist ein sehr empfindsames Mädchen.«

»Wir wissen, wie wir uns um Rosário kümmern«, versicherte die Nonne.

Maria Manuela stand auf.

»Rosário ist hier im Haus, bei ihren Schwestern und bei Perpétua. Ich werde sie holen, denn Sie haben sich schon lange genug aufgehalten.«

»Es ist ein weiter Weg, meine Tochter. Und diese Straßen sind Niemandsland.«

Maria Manuela verschwand im Hausflur. Einige Minuten später kam sie mit geröteten Augen zurück und führte Rosário an der Hand.

Rosário trug ein dunkles Kleid, und ein Schal bedeckte ihre Schultern. Ihre blonden Haare fielen auf ihren Rücken, sie wirkte zerbrechlich und sanft. Sie sah die Mutter Oberin mit ihren großen blauen Augen fest an.

»Mutter ...«

Die Nonne erhob sich und umfasste behutsam das Mädchen. Rosário nahm ihren Geruch nach Seife und Weihrauch wahr.

»Hab keine Angst, wenn du mit mir kommst, meine Tochter. Gott erwartet dich und wird dir Trost spenden.«

Rosário sah zu ihrer Mutter und lächelte scheu.

»Ich habe keine Angst. Aber wird Steban wissen, wo er mich antrifft? Das Kloster ist weit weg von hier.«

Die Nonne senkte den Blick. Maria Manuela trocknete eine Träne. Dona Ana näherte sich der Nichte und fasste sie behutsam an den Schultern. »Geh mit ihr, Mädchen. Mach dir keine Sorgen. Steban wird dich finden, ich bin mir ganz sicher.«

Rosário lächelte dankbar.

Manuela kam herein und brachte einen Koffer ihrer Schwester.

»Lass den Koffer auf der Veranda, Manuela. Zé Pedra wird all ihre Sachen auf dem Wagen unterbringen«, sagte Dona Antônia.

Die Mutter Oberin verabschiedete sich von den drei Schwestern von General Bento Gonçalves. Zuletzt gab sie Caetana einen leichten Händedruck.

»Halte am Glauben fest, meine Tochter. Dieser Krieg wird bald zu Ende sein.«

Caetana lächelte.

Sie gingen zur Veranda. Es fiel ein leichter Regen. Die nasse Landschaft wirkte bedrückend. Rosário warf einen letzten Blick auf das Wohnhaus. Sie fühlte eine Beklemmung in der Brust, aber auch Erleichterung und einen Hauch Zufriedenheit.

»Ich bin seit fünf Jahren hier …«, sagte sie leise. »Mir ist, als wäre ich erst gestern angekommen.«

Maria Manuela drückte ihre Tochter und hielt ihre Tränen zurück. Mariana und Manuela und auch Perpétua kamen zum Abschied auf die Veranda.

Dann ging alles sehr schnell. Die Mutter Oberin nahm Rosário an der Hand und führte sie zu dem Zweispänner, wo ein junger Charrua-Indianer auf dem Kutschbock wartete.

»Komm, meine Tochter. Wir haben einen langen Weg vor uns.«

Rosário stieg auf den Wagen, und die Nonne setzte sich neben sie. Der Charrua-Indianer schnalzte leise mit der Zunge, und das Pferdegespann begann leicht zu traben. Rosário warf einen letzten, unauffälligen Blick auf ein Fenster des mächtigen Wohnhauses. Das Fenster des Arbeitszimmers. Sie glaubte, Stebans Umrisse hinter den Spitzenvorhängen erkennen zu können. Sie seufzte erleichtert. Er weiß, wohin ich fahre.

Maria stand auf der Veranda und weinte, Dona Ana stützte sie. Der Regen fiel weiter düster vom Himmel.

Manuelas Tagebuch

Pelotas, 4. Juni 1900

An jenem Herbstmorgen verließ Rosário die Estância, aber in Wahrheit war sie schon gegangen, seit sie ihren Tunnel des Schweigens betreten, seit sie diese Liebe aus einer anderen Welt gefunden hatte. Sie war meine Schwester, und dennoch wusste ich so wenig über sie… Wir waren zusammen aufgewachsen, wir hatten mit denselben Puppen gespielt, wir hatten so oft von denselben Liebsten geträumt. Aber wir waren aus unterschiedlichem Stoff gemacht, und es war uns nicht möglich, diesen Unterschied zu überbrücken. Während des Krieges liefen unsere Leben zuletzt fast berührungslos nebeneinanderher, bis sie an einen endgültigen Scheideweg gelangten: Rosário wählte den Weg des Schweigens, der das Gleichgewicht ihrer Seele wiederherstellen sollte, und ich blieb auf der Estância, wo ich mit meiner Liebe und meinem Kummer die Tage bis zum Ende der Revolution verbrachte.

Ich habe sie nie wieder gesehen.

Noch heute erinnere ich mich daran, wie sie uns in ihrem Reisekleid, das Haar offen über den Rücken fallend, aus ihren düsteren blauen Augen ansah. Noch heute erinnere ich mich an den Schwung ihrer Röcke, als sie in den Zweispänner stieg, der sie von uns wegbringen sollte, und an die gleichgültige Ruhe, mit der sie sich in ihr Schicksal fügte.

Rosário starb im letzten Jahr der Revolution. Ich konnte sie nicht im Kloster besuchen, und ich ging auch nicht zu ihrem Begräbnis. Meine Mutter besuchte sie mehrfach und kam jedes Mal schweigsam und traurig zurück. Sie wusste, dass ihre Tochter auf dem Weg, den sie eingeschlagen hatte, nie mehr umkehren würde. (Für die Frauen der Pampa ist nichts so unverständlich und verwirrend wie Dinge, die man nicht mit den Händen greifen kann. Deshalb war die Krankheit meiner Schwester mehr, als meine Mutter ertragen konnte.)

Dona Antônia sagte, Rosário sei wegen der Einsamkeit verrückt geworden. Sie sagte, selbst in Rio Grande hätten manche Frauen nicht genug Kraft, um zu warten. Aber es sei notwendig gewesen, Rosário außer Haus zu bringen, denn der Wahnsinn sei ansteckend wie die Grippe. Vielleicht hatte Dona Antônia nicht mit dem Tod ihrer Nichte gerechnet, vielleicht hatte sie sich vorgestellt, der Abstand und die Gebete im Kloster könnten sie wieder zu einem normalen Leben führen, ich weiß es nicht … Wir haben nie wieder über Rosário gesprochen, und nach dem Krieg habe ich die Tante nur noch selten gesehen. Sie blieb auf der Estância do Brejo und lebte dort zurückgezogen. Von ihr habe ich den tiefgründigen Blick geerbt, die unerschütterliche Ruhe, wenn alle am Rand der Verzweiflung standen, eine Gemütsruhe, an die ich mich oft geklammert habe, wenn ich kurz davor war, in meiner eigenen Enttäuschung zu versinken.

Von meiner älteren Schwester Rosário blieb kaum etwas zurück. Sie war immer sehr hübsch, von einer weichen, goldenen und zerbrechlichen Schönheit, die sich nach einem Leben in der Residenzstadt sehnte. Die arme Rosário starb mit der Republik, die sie selbst so sehr missbilligte.

Aber diese Erinnerungen, ach, sie greifen den Ereignissen vor … Als Rosário uns im April 1840 verließ und ins Kloster ging, war der Krieg erst bei der Hälfte angelangt.

Mein Haar begann langsam wieder zu wachsen, so wie in meinem Herzen die Sehnsucht nach Giuseppe und die Hoffnung auf einen Brief von ihm wuchsen, auf ein Zeichen, eine

Geste, die Glanz in meine Tage bringen könnten. Anita, die Frau, die er erwählt hatte, um mit ihr den Krieg und sein Leben in Brasilien zu verbringen, schaffte es, nach ihrer Gefangennahme durch die Kaiserlichen zu entfliehen und zu Giuseppe zurückzukehren. Als der Verwalter Manuel von einer kurzen Reise nach Viamão wiederkam und von ihrer Heldentat erzählte, ergriffen gemischte Gefühle mein Gemüt. Ich hatte gehofft, sie sei gestorben, ich hatte gehofft, grausame Einzelheiten über ihren Tod zu erfahren, um Giuseppe mit meiner Liebe darüber hinwegzuhelfen. Aber Anita war nicht nur zu Giuseppe zurückgekehrt – sie erwartete inzwischen auch ein Kind von ihm.

Diese Nachricht traf mich grausam. Ich lief auf mein Zimmer. Wie wenig interessierte mich doch der verfluchte Krieg... Ich nahm meine Tagebücher und riss viele Seiten heraus. Giuseppes Samen pflanzte sich in einer anderen Frau fort. Und mir, was blieb mir von ihm? Eine Handvoll Briefe und Hefte voller Träume und Fantasien. Ich weiß noch, dass es ein sonniger Herbsttag war, und dass ich trotz meines Kummers in die Küche ging, wo die schwarzen Dienstmädchen unter Rosas Anweisungen arbeiteten. Vor dem Herdfeuer riss ich abermals Seite um Seite aus einem der Hefte und sah tränenüberströmt zu, wie sie in den Flammen verbrannten.

Mariana kam in die Küche, als sie Rosas erstaunte Rufe hörte. Mariana, die gerade erst erlebt hatte, wie Rosário ins Kloster gesperrt wurde, nahm mich zärtlich in den Arm und bat mich mit sanfter Stimme, ihr die Hefte zu überlassen, sie nicht dem Feuer zu übergeben.

»Eines Tages wirst du sie lesen wollen, Manuela. Sie erzählen von deinem Leben auf dieser Estância.«

»Niemals.«

»Dann gib sie bitte mir.«

Und so nahm sie die Hefte an sich.

Einige Zeit später fing ich wieder mit dem Schreiben an, ich konnte nicht anders. Und als der Krieg vorüber war, übergab mir Mariana eine Kiste. Darin lagen meine alten Hefte. Mit ihrer Lektüre bin ich bis hierher gekommen. Seitdem ist sehr viel Zeit vergangen, viele sind gestorben, eigentlich fast alle … Aber ich bin übrig geblieben, wie ein Geist, um eine Geschichte von Helden, Tod und Liebe in einem Land zu erzählen, das immer von Helden, Tod und Liebe gelebt hat. In einem Land, in dem immer glänzende Dolche an Feuern gefunkelt haben. In einem Land, in dem die Frauen Stoffe webten, als webten sie ihr eigenes Leben.

Ach! Um bis hierher zu kommen, ist viel Zeit vergangen, zu viel Zeit … In jenen Tagen wuchs mein Haar noch. Zu jener Zeit hatten wir noch so viele Träume.

Manuela

Sie hatten Viamão am 22. April verlassen und waren zwei Tage durch den Regen marschiert, ohne zu essen oder zu trinken. Bento Gonçalves führte den Befehl über mehr als zweitausend Mann. Canabarro, Lucas de Oliveira und Corte Real marschierten mit ihnen. Es gab vier Infanteriebataillone, die Artillerie, die Kavallerie und eine Marinekompanie unter der Führung von Giuseppe Garibaldi. Wo immer sie vorbeikamen, sahen sie verlassene Ländereien, geplünderte Estâncias, Not und Verzweiflung. Die Männer waren niedergeschlagen und vom Hunger geschwächt, sie dachten an die bevorstehende Schlacht, die die Entscheidung bringen sollte. Noch nie waren in der Geschichte von Rio Grande so große Kontingente aufeinandergestoßen.

Sie überquerten den Caí in einer sternenlosen Nacht. Sie trafen auf keinen größeren Widerstand seitens der kaiserlichen Truppen, nur auf ein kleines Detachement, das sie schnell zerstreuten. Sie schlugen ihr Lager auf dem Berg Fortaleza auf. Bento Gonçalves schickte einen Boten, um Netto zu melden, dass sie den Fluss überquert hatten. Der Moment, in dem die Truppen sich vereinigen sollten, stand kurz bevor.

Sie trafen am letzten Apriltag zusammen. Auch Netto überquerte den Caí, mit zweitausendfünfhundert Soldaten. Von allen Seiten kam Verstärkung: Männer zu Pferd, die Lanze im Anschlag, das rote Tuch um den Hals, und Männer zu Fuß, barfüßig und in zerlumpten Ponchos, aber mit der gleichen Kampfeslust wie ihre Generäle. Die Dolche funkelten im Schein der Lagerfeuer. Das Wiedersehen brachte Gelächter und Umarmungen. Es gab ein Festessen, man hatte Ochsen mitgeführt, um den Hunger der Truppen zu stillen. Währenddessen besprachen sich in Bento Gonçalves' Zelt die Anführer der *Revolução Farroupilha*: Lucas de Oliveira, Corte Real, João Antônio, Netto, Teixeira, Canabarro, Crescêncio, sie waren alle versammelt.

In der Ebene dämmerte es unter einer matten Sonne, die allmählich die Kälte des Herbstmorgens auflöste. Sie hatten insgesamt sechstausend Mann zusammengezogen. Der Blick verlor sich beim Betrachten dieses gewaltigen Heeres.

Bento Gonçalves stand mit der Morgenröte auf. Er hatte schlecht geschlafen, er war schwach auf den Lungen und trotzdem fühlte er sich zu allem bereit. Es war ein wichtiger Tag für die Republik. Als er die Stiefel anzog, kam João Congo ins Zelt und brachte den Matetee.

»Congo, sag Joaquim, dass er die Anführer hierherbestellen soll.«

João Congo eilte los.

Kurz darauf waren alle versammelt, Garibaldi kam als Letzter. Er bat um Entschuldigung, Anita hatte eine elende Nacht verbracht.

»Der Krieg ist nicht der rechte Ort für eine Frau kurz vor einer Geburt«, bemerkte Bento Gonçalves ungerührt.

Garibaldi hielt seinem Blick stand. Sie hatten sich nur einmal so angesehen, vor langer Zeit, bei der Werft. Garibaldi musste an Manuela denken. Jetzt besaß dieser General keinerlei Macht mehr über sein Leben.

»Anita ist lieber an meiner Seite, *con me*, General, als irgendwo in diesem Rio Grande.«

Bento Gonçalves lächelte verständnisvoll. Die Augen des Italieners funkelten leidenschaftlich.

»Wir wissen, dass Anita eine tapfere Frau ist, Kapitänleutnant Garibaldi. Aber kommen wir jetzt zu den wichtigen Dingen«, sagte Bento und ließ den Blick über die versammelten Offiziere schweifen. »Die Kaiserlichen sind nah am Ufer des Taquari, nur wenige Meilen von unserem Lager entfernt. Wir haben es geschafft, unsere Truppen unbemerkt zu sammeln, aber inzwischen wissen sie, wo wir uns aufhalten.« Er machte eine Pause. »Wie dem auch sei, morgen greifen wir sie in aller Frühe an.«

»Manoel Jorge hat die doppelte Anzahl Infanteristen und eine starke Artillerie«, sagte Corte Real.

»Das ist richtig. Aber wir werden als Erste angreifen, und wir sind besser positioniert. Wir werden diesen Krieg ein für alle Mal gewinnen.«

Caetano ging ein paar Schritte und setzte sich unter einen Baum. Die Nacht legte sich langsam über das Feldlager. Nach den vielen Tagen zu Pferd bewegten sich die Männer wieder in dem ihnen eigenen Rhythmus, die unrasierten Gesichter von Sonne und Wind gegerbt, die Hände schwielig. Indianer, Mestizen, Spanier, Riograndenser und Schwarze zusammen bildeten mit ihrer angestauten Wut einen einzigen Körper, einen lebendigen, pulsierenden Körper, wie ein wildes Tier kurz vor dem Angriff.

Die ersten Lagerfeuer wurden entfacht. Caetano spürte die Kälte, die vom Himmel kam, und hüllte sich noch tiefer in seinen Poncho. Seine Augen saugten die vor ihm ausgebreitete Szenerie förmlich auf, und er gab sich der vibrierenden Kraft hin, die vom Gras unter seinen Füßen ausging, an den Pferdebeinen hinaufstieg und sich um die geheimnisvoll leuchtenden Feuer ausbreitete.

»So ist der Krieg. Auch er hat seinen Reiz.«

Das war Joaquims Stimme. Der Bruder stand unversehens neben ihm und lächelte sonderbar.

»Aber morgen, nach der Schlacht, wird nichts mehr davon

übrig sein. Es wird ein scheußlicher Kampf. Der Krieg ist so hart«, sagte er dann und blickte über das Lager.

»Unser Vater möchte mit dir sprechen, er ist dort, in seinem Zelt, mit Bentinho.«

»In Ordnung.«

Caetano ging zum Zelt von Bento Gonçalves. Joaquim sah hinter ihm her. Am nächsten Morgen würde sich Caetanos Blick eintrüben. Die Schrecken des Krieges gingen an niemandem spurlos vorüber. Und Caetano war erst achtzehn Jahre alt. Aber in der Pampa war man in diesem Alter schon ein richtiger Mann.

Joaquim hörte Trommeln. Es waren die *Lanceiros Negros*, die sich auf den Kampf am kommenden Tag vorbereiteten. Bestimmt befand sich Netto bei ihnen. Er dachte darüber nach, wie ein einziger Mann so viele verschiedene Facetten haben konnte wie dieser General Antônio de Souza Netto. Es stimmte, es gab Menschen, die mit einer besonderen Gabe zur Welt kamen, mit einer Kraft, die die Massen mitriss. Wie Netto, wie sein Vater.

Die Schlacht begann am 3. Mai, um zwölf Minuten nach acht. Die Kaiserlichen hatten entschieden, sich unauffällig im Schutz des Taquari-Ufers zurückzuziehen. Die Hälfte ihrer Kavalleristen hatte den Fluss bereits überquert, als Bento Gonçalves an der Spitze der Truppen mit einem dumpfen, sternartigen Leuchten in den Augen angriff. Netto befehligte den rechten Flügel und Canabarro den linken.

Das Horn dringt durch die Luft, und die Menschenmasse rückt im Gleichschritt voran. Der Kampf beginnt. Die kaiserlichen Pferde stoßen im Wasser gegeneinander und geraten in Unruhe. Sie weichen zurück. Die republikanischen Truppen drängen vorwärts, die Formation wird aufgebrochen, die Flanken sind nicht mehr geschützt. Caetano sitzt auf seinem Rappen und erhält von seinem Vater Befehle: Er soll dicht bei Bentinho bleiben und ihm um jeden Preis folgen. Bentinho greift an, er stürmt mit seiner Lanze im Anschlag los und stößt die Klinge in die Rippen eines kaiserlichen Infanteristen. Auch Caetano hebt die Lanze. Am Flussufer ist es schwierig, das Pferd zu bändigen, der sandige Boden ist rutschig und behindert jede Bewegung. Ein kaiserlicher Soldat galoppiert auf ihn zu. Er stößt einen Schrei aus. Caetano erwidert den Schrei, er schreit für die Republik, aber er kommt auf seinem Pferd nur mühsam voran. Die Lanzen stoßen aufeinander, man kann das Klirren des Metalls hören. Die Blicke kreuzen sich, voll Entschlossenheit und Hass. Die kaiserliche Lanze jagt durch die Luft. Das Eisen dringt hart und grausam in seinen Körper. Ein Nebelschleier fällt über seine Augen. Das Gesicht seiner Mutter beim Sticken auf der Veranda ist seine letzte Erinnerung, bevor er vom Pferd fällt.

Die kaiserlichen Truppen setzen ihren Rückzug fort. Jetzt gilt es, alles oder nichts. Die Männer wollen die Entscheidung und lassen sich nicht mehr zurückhalten. Giuseppe Garibaldi führt seine Soldaten an. Auch er will angreifen. Und Netto will angreifen. Man muss das Risiko eingehen. Doch Bento Gonçalves ordnet den Rückzug an. Beide Heere verharren in einigem Abstand.

Caetano ist nicht gestorben. Er liegt im Feldlager. Er öffnet die Augen und sieht Joaquims besorgten Blick und dessen geschickte Hände. Er spürt die Wunde, das Fieber trocknet seinen Mund aus.

»Du wirst wieder gesund, Bruder. Die Lanze hat deine Brust getroffen. Die Wunde ist tief, aber sie hat zum Glück die Lunge nicht berührt.« Caetano versucht zu sprechen. »Pst, bewege dich nicht! Wenn es dir wieder gut geht, kannst du dich bei Bentinho bedanken. Er hat dich aus dem Fluss gezogen.«

Joaquim steht auf und wäscht die Hände in einem Eimer. Er geht hinaus. Die Männer halten Kriegsrat.

Offensichtlich will Manoel Jorge, der Kommandant der kaiserlichen Truppen, der Schlacht ausweichen. Und Greenfell soll dem Rückzug mit seinen Schiffen Deckung geben.

Wieder fällt Nacht über die Pampa. Schon fehlt es den Männern an Essen und Getränken. Die traurige Melodie einer Gitarre beklagt das neuerliche Warten.

Im Morgengrauen bringt ein Bote die Neuigkeit: Das kaiserliche Heer ist über Nacht verschwunden. Siebentausend Mann haben sich in Luft aufgelöst. Wie im Traum, wie in einem Alptraum. Bento Gonçalves schleudert das Kürbisgefäß mit dem Matetee durch das Zelt.

»Ihr Schurken! Aber wir lassen euch nicht entkommen!«

Die zweite Brigade der Infanterie beginnt den Angriff, aber die Überzahl der Kaiserlichen zwingt sie zum Rückzug. Die kaiserliche Marine feuert dazu mit Kanonen. Auch die republikanische Artillerie und Giuseppes Männer greifen an. Die Schlacht ist blutig und grausam. Der Taquari reißt die Körper der toten Soldaten mit sich, das Blut färbt den Fluss rot.

Das Sperrfeuer geht weiter. Die Republikaner kämpfen verbissen, mit Leib und Seele, aber es ist unmöglich, die Kaiserlichen zurückzuhalten. Und wieder geht ein Tag zu Ende.

Am nächsten Morgen zählen sie die Toten. Mehr als fünfhundert. Bento Gonçalves' Gesicht ist verkniffen, er atmet schwer. Er hat die ganze Nacht nicht geschlafen. Es war ein Fiasko, alles umsonst. Seine Hände zittern so sehr, dass er kaum das Mategefäß halten kann. Es hat keinen Sieger gegeben. Auch die Kaiserlichen haben Tote und Verletzte zu beklagen. Aber das ist kein Trost. Etwas abseits dreht Netto eine Zigarette, auch sein Gesicht ist wie versteinert. Sie hätten siegen müssen. Irgendwo stand das geschrieben, nur wo?

Zwei Tage später räumen die Truppen das Feldlager. Sie müssen zurückkehren, mit leeren Händen zurückkehren, die Belagerung von Porto Alegre wieder aufnehmen, nach Viamão zurückkehren.

Giuseppe Garibaldi hilft Anita auf den Karren. Er ist müde, abgemagert und hungrig. Seine spärliche Ration gibt er seiner

Frau. Die Niederkunft steht kurz bevor. Garibaldi denkt an die Schlacht. Er hat ein unbestimmtes Gefühl gegenüber Bento Gonçalves … Er kann dieses Gefühl nicht erklären. Bento Gonçalves ist ein großer General, er ist ein rechtschaffener und gerechter Mann, aber er hat kein Glück.

»Man braucht *fortuna*, um den Krieg zu gewinnen.«

»Hast du etwas gesagt?«

Anitas Stimme klingt sanft und erschöpft.

»*Niente, scusa.* Ich habe nur laut gedacht.« Er hängt einige Sekunden seinen Gedanken nach. »Warte *un poco*. Ich muss eine Angelegenheit regeln.«

Garibaldi entfernt sich vom Karren. In seiner Hosentasche steckt ein Brief. Dieser Brief brennt wie glühende Kohlen auf seiner Haut. Er kann sich immer noch an ihre Augen erinnern, an ihre waldfarbenen Augen. Aber jetzt hat er Anita gefunden. Und im Leben gibt es kein Zurück.

Joaquim hilft gerade Caetano beim Aufsitzen. Das Fieber hat sich gelegt, aber er ist immer noch blass und kraftlos. Der Ritt nach Viamão wird ihm schwer fallen.

Giuseppe Garibaldi tritt näher.

»*Scusa*, könnte ich mit Ihnen reden, *per piacere*?«

Joaquim sieht den Italiener an. Seine Uniform hat Risse, er sieht müde und abgekämpft aus. Um ihn selbst steht es nicht viel besser, sein Poncho ist zerlumpt und hat Blutflecken. Joaquim lächelt.

»Ist etwas mit Ihrer Frau? Ist es so weit?«

»Nein, Anita geht es *bene*. Ich möchte Sie um einen Gefallen bitten.« Er nimmt den Brief aus der Hosentasche. Manuelas Name steht in Großbuchstaben auf dem braunen Umschlag geschrieben. »Ich weiß, dass Sie sie lieben. Und wegen dieser *amore* bitte ich Sie um diesen Gefallen. Es ist ein Abschiedsbrief für Manuela … Das bin ich ihr schuldig.«

»Ich verstehe.«

Garibaldi reicht Joaquim den Brief.

»Ich habe Manuela geliebt … Aber dann hat mir *la vita* eine andere Frau gebracht. Eine Frau, die mich auf dieser Welt begleiten kann. Aber ich habe sie geliebt. Ich wünsche Ihnen, dass Sie mit Manuela *felice* sind. *Un uomo bono*, den hat das Mädchen verdient.«

»Und Sie wollen mir sagen, dass ich dieser gute Mann bin?«

Garibaldi sieht den jungen Offizier an.

»Das müssen Sie selbst wissen. Ich bitte Sie nur um den Gefallen, diese *lettera* mit Ihren Briefen nach Hause zu schicken.«

Joaquim faltet den Brief und steckt ihn in seine Dolmantasche. Garibaldi hat feuchte Augen. Er geht wieder zu Anita, die auf ihn wartet. Noch eine Last liegt an diesem nebligen und düsteren Morgen des Rückzugs auf seinem Herzen.

Die Pferde kommen auf dem Weg nur langsam voran. Es sind nur wenige. Die meisten Männer gehen zu Fuß, zum Schutz gegen den kalten Wind wickeln sie sich fest in ihre Ponchos. Der Winter kam ohne Vorankündigung. Der Himmel ist eine einzige Sternendecke. Das Kreuz des Südens strahlt über Joaquims Kopf, es leuchtet wie ein Diadem auf schwarzem Samt.

In seiner Dolmantasche trägt Joaquim den Brief mit einem anderen bei sich, den er seiner Mutter schicken will, sobald sie Viamão erreicht haben. In dem Brief für die Mutter berichtet er von Caetano, dessen Zustand sich verbessert hat und dessen Fieber gesunken ist.

Joaquim streicht über die Briefe in seiner Tasche. Er hat die Republik und ihre Niederlagen vergessen. Manuela ist das Wichtigste. Die Aufrichtigkeit des Italieners verwirrt ihn. Er überlegt viele Male, den Brief wegzuwerfen. Dann würde Manuela vergeblich auf ein Wort, auf eine Erklärung, auf Trost hoffen. Vielleicht wäre es das Beste. Der Italiener würde nicht zurückkehren, und Manuela würde schließlich die ganze Angelegenheit vergessen. Er hasst ihn für den Mut, der ihn angetrieben hat, seiner Cousine diesen Brief zu schicken. Es ist ein Abschiedsbrief, das weiß er. Aber welche Worte hat Garibaldi gewählt? Welche Hoffnungen hat er trotz allem auf diesen Seiten geweckt? Welche Versprechungen hat er Manuela gemacht? Die Liebe vermag einen Sturm in der Seele einer Frau auszulösen. Vielleicht reichen ein paar Worte auf einem Stück Papier nicht aus, die unerschütterliche Manuela davon abzubringen, auf den Italiener zu warten, ewig auf ihn zu warten, wie Penelope auf ihren Odysseus.

Giuseppe Garibaldi hat ihm diesen Brief anvertraut, weil er ihn kennt. Er hat ihm vertraut, als er ihm den Briefumschlag überreichte. Und Joaquim wird dieses Vertrauen nicht enttäuschen.

Dona Antônia zog den Wollschal enger um die Schultern. Eisige Kälte stieg ihre Beine hoch, trotz der Stiefel und der dicken Strümpfe. Sie sah, wie draußen der Wind über das Land fegte, den Mangobaum schüttelte und die Hunde aufschreckte, die im Garten umherstreunten. Die schwarzen Dienstmädchen arbeiteten in der Küche: Tröstlicher Suppengeruch lag in der Luft.

Der Schaukelstuhl knarrte, als sie sich setzte und eine Wolldecke über ihre Beine legte. Schon seit längerem fühlte sie sich alt. Sie rechnete nach. Sie wurde demnächst vierundfünfzig. Ihre Mutter war mit sechzig Jahren ohne ein Wort gestorben, so wie sie selbst eines Tages sterben würde, vielleicht an einem Frühlingsnachmittag, an dem der blaue Himmel über der Pampa strahlte. Mochte Gott sie davor bewahren, an einem stürmischen Tag zu sterben, wenn von allen Seiten traurige Weisen zu erklingen scheinen und die Blätter wie ziellose Geister über das Land fegen. Tatsächlich, sie war mutlos aufgewacht, und dann dieser Wind … Sie hatte von ihrem Bruder geträumt. Es war ein unangenehmer Traum, voll Blut, Dunkelheit und Leid. Ein Schauder lief über ihren Rücken. Sie wollte nicht allein auf der Estância bleiben, mit den schwarzen Dienstmädchen, den Landarbeitern, dem verfluchten Wind und den Träumen, die ihre Nächte peinigten.

Sie klingelte mit dem Glöckchen.

Eine junge Mulattin kam in den Saal.

»Lass Nettinho rufen«, sagte Dona Antônia und wunderte sich über ihre eigene schwache Stimme. »Ich möchte zu Dona Ana fahren. Ich bin krank.«

»Möchten Sie eine Medizin? Soll ich Ihnen einen starken Tee aufgießen?«

»Nein, Mädchen. Ich will nur eine Wolldecke und dass sofort der Wagen angespannt wird.«

Zé Pedra öffnete das Gatter, als er den Zweispänner erkannte. Nettinho grüßte, fest in seinen Poncho gehüllt. Der Wagen fuhr den schmalen Weg hinauf. Ein Hund jagte hinter ihm her, er kläffte und jaulte.

Die Haustür wurde geöffnet, und Dona Rosas Gesicht zeigte sich im Türspalt. Auch Dona Ana erschien, in eine dicke Decke gehüllt. Ihr Haar trug sie offen, den Körper bedeckte ein wollenes Hauskleid. Nettinho war seiner Herrin beim Absteigen vom Wagen behilflich.

»Was führt dich zu uns, Schwester? Ich hätte nicht gedacht, dass du heute bei dieser Kälte kommst«, sagte Dona Ana und betrachtete Dona Antônias blasses Gesicht. »Ist etwas geschehen?«

Dona Antônia lächelte matt.

»Ich bin krank, und ich habe Fieber. Das muss eine recht starke Grippe sein, und ich fühle so einen Druck auf der Brust.« Sie seufzte. »Und dieser verteufelte Wind! Er liegt mir wie ein Klagelied in den Ohren... Ich wollte nicht allein auf der Estância bleiben.«

»Da hast du Recht.« Dona Ana reichte ihrer älteren Schwester den Arm. »Wir haben soeben erst zu Mittag gegessen. Ich werde Bescheid geben, damit sie etwas für dich herrichten.«

Im Haus brannte ein Feuer im Kamin. Dona Antônia wickelte sich in eine Decke und setzte sich in einen Sessel.

»Du wirkst sehr erschöpft, Antônia.«

»Ich habe eine elende Nacht hinter mir. Ich habe von Bento geträumt, es war ein Alptraum. Und er geht mir nicht aus dem Kopf.«

Dona Ana setzte sich neben ihre Schwester.

»Der Krieg kommt nicht voran. Joaquim hat einen Brief geschickt, Pedro auch. Rio Pardo war ein Fiasko.«

»Er zieht sich zu lange hin. Von meinen Rinderherden ist nur noch die Hälfte übrig. Wenn dieser Krieg noch lange dauert, weiß ich nicht, was geschehen wird.« Sie hustete und spürte ein heftiges Stechen in der Brust. »Aber heute will ich darüber nicht sprechen, ich habe das Gefühl, ich stehe mit einem Bein im Grab.«

»Gott behüte uns, Antônia!«

Dona Rosa betrat den Saal mit einem Tablett.

»Ich habe Ihnen Hühnerbrühe gebracht, Dona Antônia. Sie ist schön heiß. Sie wird Ihnen guttun.«

Dona Antônia bedankte sich. Das Feuer prasselte im Kamin und verbreitete einen würzigen Kieferntduft. Dona Antônia erinnerte sich an das Gesicht, das sie im Traum gesehen hatte. Es war hohlwangig, blass und unrasiert. Es war das Gesicht ihres Bruders, ihres erschöpften, traurigen und besiegten Bruders, ihres Bruders, des Präsidenten. Sie wandte den Blick zum Feuer und versuchte ihr Gemüt zu beruhigen. Eines Tages würde Bento nach Hause zurückkehren, und sie würden von neuem beginnen, genau an dem Punkt, an dem sie aufgehört hatten zu leben.

Manuela steckte den Brief in das Mieder ihres Kleides. Sie legte sich das Schultertuch wieder um und sagte kein einziges Wort. Und Caetana, die ihr den Umschlag überreicht hatte, der zusammen mit den Briefen für das ganze Haus gekommen war, fragte auch nicht nach. Sie hatte noch einen Brief an Perpétua zu übergeben, einen Brief von Inácio. Caetana verließ mit ihrem sicheren, aufrechten und eleganten Gang den Saal, so als schritte sie durch einen Ballsaal, und überließ Manuela ihren Hirngespinsten.

In ihrem Zimmer war niemand. Sie war dankbar dafür, dass Mariana mit Zé Pedra zur Estância do Brejo gefahren war, um einige Dinge für Dona Antônia zu holen. Sie musste allein sein. Der Brief glühte wie Kohlen in ihren Händen. Sie legte ihn auf das Bett und betrachtete ihn eine Weile. Ihr Herz pochte bis zum Hals, und ihr Magen zog sich zusammen. Dieses Stück Papier könnte ihr Leben verändern.

Mein Gott, mein Gott!

Er hatte ihr geschrieben. Nach so langer Zeit … Nach mehr als einem Jahr. Ein langes Jahr, in dem sie die Minuten, Tage und Monate gezählt, das sich aber mit der Last eines ganzen Jahrhunderts dahingeschleppt hatte. Und nun dieser Brief mit seinen Geheimnissen und Hoffnungen, mit seinen Heimlichkeiten und Wahrheiten, der von irgendeinem Schlachtfeld, von irgendeinem Dorf, von irgendeinem Flecken in der endlosen Weite von Rio Grande kam. Sie blickte auf, und ohne es beabsichtigt zu haben, sah sie ihr Bild im Spiegel des Toilettentischs. Sie war über ihre eigene Blässe und das ängstliche Funkeln ihrer Augen erstaunt. Ihr Haar wuchs schnell nach, es reichte schon wieder bis zu den Schultern, aber sie legte nach wie vor den falschen Zopf an. Niemals hatte irgendjemand Verdacht geschöpft. Nur Dona Antônia und Mariana, mit der sie das Zimmer teilte, wussten, was sie aus Liebe getan hatte. Und sie war imstande, noch viel mehr zu tun. Für Giuseppe.

Sie öffnete den fleckigen und dreckigen Briefumschlag. Mit zitternden Fingern entnahm sie das weiße Blatt, das die lange Reise, die Hände des Boten, den Schlamm, das Blut und den Schweiß unversehrt überstanden hatte. Giuseppes große Schrift erschien vor ihren Augen. Sie musste weinen.

Als sie zu lesen begann, war es, als ob ihr Giuseppe mit seiner freundlichen, melodischen Stimme ins Ohr sänge. Es klang wie das Rauschen der Wellen, die sie nie gesehen hatte, die sie sich aber wie Giuseppes Lachen vorstellte.

Carina *Manuela,*
fa molto tempo, *dass ich Ihnen schreiben will, aber der Krieg ist hart und* difficile *gewesen, und deswegen ist viel Zeit ohne die Worte vergangen, die ich Ihnen sagen muss, Manuela. Ich erinnere mich mit Sehnsucht an diesen geliebten Ort und an Sie, die Sie es wie keine andere Dame vermocht haben, meine Tage zu verschönern. An Ihrer Seite bin ich* felice *gewesen, und ich habe eine* amore puro *geteilt, die meine Seele sehr beruhigt hat. Aber das Leben, Anordnungen von Vorgesetzten und das*

Schicksal haben mich weit weg von Ihnen geführt. Das Leben, Manuela, gibt uns nicht immer das, was wir wollen, aber es gibt uns andere und neue Dinge, mit denen wir leben lernen. Und das ist mir geschehen. Nun fühle ich mich zufrieden, auch wenn ich sehnsüchtig an jene Tage zurückdenke.

Aber ich bin weitergezogen. Und weit weg von dieser Estância, die Ihnen ein schützendes Zuhause ist, habe ich andere Dinge und Menschen kennen gelernt. Und ich habe Anita kennen gelernt, die nun meine Gefährtin und liebevolle Ehefrau ist. Anita, die mit mir die Kämpfe und das Leid teilt, und die tutto *aufgegeben hat, um bei mir zu sein. Ich schreibe Ihnen das nicht ohne* dolore *in meinem Herzen. Manuela, ich werde Sie immer im Herzen tragen. Aber das Leben hat mir eine Gefährtin gebracht, die mir besser folgen kann, denn sie kennt nicht den Reichtum und die Ruhe von Besitz, und sie kann mit mir durch diese Welt ziehen, ohne irgendetwas zu vermissen. Ich weiß, dass Sie gesagt haben, dass Sie* per sempre *an meiner Seite stehen werden, und ich weiß auch, dass Sie die* verità *gesagt haben. Aber* la vita è molto diversa, *und ich wollte nicht, dass Sie mit mir unglücklich werden – abgesehen von allen anderen Entbehrungen –, dass Sie an meiner Seite in anderen Ländern auf Ihre Mutter und Ihre Begleiterinnen verzichten müssen.* La vita *an meiner Seite* è molto difficile, *Manuela. In Europa ist ein Kopfgeld auf mich ausgesetzt, und hier, in diesem Land, habe ich keinen anderen Besitz als meinen Mut sowie den Traum, diese Republik erstarken zu sehen, und den Traum, die Freiheit dieser Menschen zu erleben.*

Also habe ich die Entscheidung getroffen, die mir zustand. La vita *schenkt jedem von uns eine andere Hälfte, Manuela, und ich habe meine andere Hälfte gefunden.* Per piacere, *verstehen Sie, dass es so besser ist, besser für uns beide. Sie müssen einen Mann finden, der Ihnen gefällt und der Ihrer Umgebung ebenbürtig ist, einen Mann, der Sie versteht und der Sie* felice *macht, der Ihnen Trost und* amore *gibt. Ich bin ein* uomo diverso, *ein Mann ohne Heim. Und ich könnte Sie nicht* so felice *machen, wie Sie es verdienen.*

Adesso *übermittele ich Ihnen meine Zuneigung, die* per sempre *Ihnen gehört, Manuela. Und ich hoffe, dass uns eines Tages* la vita *wieder zusammenführt. Behalten Sie* per sempre *meine* amore, *denn ich werde* per sempre *an Sie als eine schöne und kostbare Frau denken, die meine* vita *erfreut hat. Ich werde Ihnen auf eine andere Art und Weise gehören,* per sempre.

Con amore,

Giuseppe Garibaldi

Viamão, 25. April 1840

Manuela ließ den Brief fallen. Das Blatt landete sanft auf dem Holzfußboden, wie eine tote Taube. Ein heiserer Schrei kam aus ihrer Brust, als hätte man eine Wunde geöffnet. Manuela legte sich auf das Bett und begann zu weinen.

Draußen schüttelte der Wind die Welt mit der Unnachgiebigkeit eines Wiedergängers. Es wurde dunkel. Im Zimmer waren die ersten Schatten zu erkennen. Manuela lag mit geschlossenen Augen auf dem Bett. Tränen glitten lautlos über ihr Gesicht. Sie erinnerte sich an ihre erste Begegnung, als er von der Reise verstaubt vor dem Gutshaus stand, an sein blondes Haar, das in der Sohne glänzte, und an das Funkeln, das in seinen Augen glomm, als er sie sah. Und sie erinnerte sich an ihre letzte Begegnung, ehe er mit den Schiffen auf dem Camaquã abfuhr, um diese später über Land zum Tramandaí zu schaffen. Nie war er ihr so stattlich vorgekommen wie bei dieser letzten Begegnung, als er so verträumt lächelte wie ein Mann, der große Schlachten gewinnen wird. Und er hatte ihr versprochen zurückzukommen …

Die Tränen kamen direkt aus ihrem Herzen, sie waren Bruchstücke ihrer Seele, die sich auf der bunten Bettdecke auflösten. Sie wünschte mit aller Kraft, dass es bald Nacht und niemals, niemals wieder Tag würde. Dass ganz São Pedro do Rio Grande zu einem einzigen unendlichen Dunkel im Nichts würde, das für immer alles verschluckte, sie alle, so als hätte in dieser Pampa niemals irgendetwas existiert.

Rosário erhob sich mit den anderen. In der Kapelle, die von Kerzenleuchtern erhellt wurde, herrschte heilige Stille. Die Kapelle war schlicht, es gab grobe Holzbänke, und an den ansonsten kahlen Wänden hingen nur ein paar einfache Gemälde, die das Martyrium darstellten. Über dem Altar vergoss ein für alle Ewigkeit ans Kreuz genagelter Christus aus traurigen Augen blutige Tränen. Als dieser kalte und neblige Wintertag sich dem Ende zuneigte, verließen die Nonnen, eine nach der anderen, langsam die Kapelle. Alle gingen mit gesenktem Haupt, in friedfertiger Bescheidenheit, in andächtiger Ruhe. Rosário wartete ab, dass die Novizinnen sich zurückzogen, und folgte ihnen. Der Klang der Vesper hallte in ihrem Ohr wie eine traurige Litanei nach.

Sie folgte dem Gang bis zu ihrem eigenen Zimmer. Es war ein einfacher Raum mit einem Holzbett, einem kleinen Kleiderschrank und einem Kruzifix an der Wand. Sie setzte sich auf das Bett. Sie löste ihre langen blonden Haare, die sie zu einem perfekten Zopf geflochten hatte. Im Kloster durfte das Haar nicht offen getragen werden. Gott gefiel nicht der geringste Schimmer von Eitelkeit, hatte ihr die Mutter Oberin gesagt.

»Steban …«, rief sie leise. »Steban, ich bin wieder da«, wiederholte sie und lächelte.

Er war ihr die Wege durch die Pampa bis zum Kloster gefolgt. Hier, zwischen diesen dicken Mauern des Schweigens, die nach Weihrauch, Reinheit und Obhut rochen, wirkte er glücklicher, nicht so bleich und leidend. Rosário nahm die kleine Bibel, die auf dem Kissen lag, sie schlug eine Seite auf und las einen Abschnitt. Sie wartete ab. Steban tauchte nicht immer sofort auf. Manchmal vergingen Stunden, bis seine schmale Silhouette, sein misstrauisches Lächeln und sein umwerfendes Gesicht im Halbdunkel des kleinen Zimmers erschienen. Aber die Mutter Oberin hatte sie gelehrt, Ruhe zu bewahren. Sie musste Ruhe bewahren und das Schweigen, den Seelenfrieden und die Besonnenheit pflegen. Sie musste so still und ruhig wie die Pampa sein.

Rosário erinnerte sich an die vielen beklemmenden Stunden, die sie auf der Estância verlebt hatte, an die leidvollen Minuten, die langsam und unausweichlich durch die Ritzen im Holzfußboden rannen. An ihre Alpträume und an ihre Ängste. Hier im Kloster fühlte sie einen so großen Frieden, dass sie sogar glücklich sein konnte. Und Steban war mit ihr gekommen. In diesen unwirtlichen Fluren liebten sie sich ohne Hast und ohne Gefahr. Zum ersten Mal seit vielen Jahren konnte sie Abstand von diesem Krieg und von allem, was er bedeutete, nehmen. Niemals hatte sie der Mutter Oberin von Steban erzählt, davon, wie sie ihm hier, in diesem kleinen Raum, in einer Unwetternacht begegnet war, nachdem er ihr über Hügel und das offene Feld gefolgt war. Die Mutter Oberin hätte diese geheimnisvolle Liebe bestimmt nicht erlaubt. Tatsächlich ließ Gott nur seine eigenen Geheimnisse zu. Und Steban hatte sie darum gebeten, ihr Geheimnis zu hüten.

Rosário hörte draußen ein Geräusch. Es war weit weg und klang wie das Winseln eines Hundes. Der Raum lag im warmen Dunkel der ersten Nachtstunden versunken. Rosário zündete die Lampe an. Sogleich würde man sie zum Abendessen, zum Gebet rufen. Immer gab es Gebete. Es war ein gutes Leben, ohne Erwartungen, ohne Sehnsüchte, mit diesen immer gleichen Tagen, die in Gebetszeiten eingeteilt waren, abgeschieden von der Außenwelt und vom Krieg. Wieder dieses Winseln. Rosário stand auf und nahm die Lampe in die Hand, dann ging sie zu dem schmalen Fenster, das zum Gemüsegarten des Klosters zeigte. Inmitten der stürmischen und düsteren Nacht stand eine Gestalt. Sie schien mit dem Wind zu schweben.

»Steban!«

Rosário hüllte sich in ihr schwarzes Schultertuch und band ihr Haar zusammen. Sie hatte nur wenig Zeit, um mit Steban zusammen zu sein. Es war fast die Zeit für das Abendessen, und die Mutter Oberin duldete keine Verspätung. Gott gefiel es, wenn für alles die rechte Zeit eingehalten wurde, sagte die Mutter Oberin, und zwar immer.

Dona Ana krempelte die Kleidärmel hoch und knotete die Schürze fest um die Hüfte. Sie hörte das Holz im Feuer knistern. Eine wohltuende Wärme durchflutete die gesamte Küche. Sie begann, kräftig im Kochtopf zu rühren.

»Du hast die Guaven in zu große Stücke geschnitten, Milú. So brauchen sie sehr lange, bis sie gar sind.«

Milú entschuldigte sich und holte die Einmachgläser.

Dona Ana liebte es, sich in Herdnähe aufzuhalten. Wenn sie irgendeinen Kummer hatte, war das stetige Rühren im Topf ihr Allheilmittel. Um die Gedanken aus dem Kopf zu jagen und keine Fragen zu stellen. Nun waren nur noch die Farbe der Süßspeise, ihre Garzeit und ihr Geschmack von Bedeutung. Und das Vergnügen, mit anzusehen, wie das Guavenmus eine goldene Farbe bekam, die gewünschte Farbe und Konsistenz annahm. Ihre Hand führte die richtige Bewegung aus, sie rührte weder zu schnell noch zu langsam. Sie bewegte ihre Hand so, wie es ihr ihre Mutter gezeigt hatte, als sie noch ein kleines Mädchen mit kurzen Strümpfen gewesen war.

Sie wusste, dass Dona Antônia Guavenmus liebte und es am liebsten mit warmem Brot aß. Sie kaute es langsam und kostete den Geschmack voll aus. Abgesehen von Guaven hatte Dona Antônia keine besonderen Vorlieben. Sie aß immer maßvoll von allem ein wenig, sie sagte nie, dass ihr etwas nicht schmeckte. Ana wollte Antônia eine Freude bereiten. Ihre ältere Schwester hatte seit Tagen Fieber, und sie war schwach auf den Lungen. Sie hatten nach einem Arzt geschickt, aber der befand sich weit weg im Krieg. Also machte sich Rosa an die Arbeit und pflegte sie mit Hilfe von Salben und Kräutertees. Rosa hatte ein Händchen für Heilkräuter und Heilpflanzen, aber Dona Antônia ging es wahrlich nicht besser, sie blieb blass und schmal. Dona Ana hatte vor einer Weile nach ihrer Schwester auf deren Zimmer gesehen, wo diese röchelte und leise den Namen von Bento Gonçalves aussprach.

Dona Ana umwickelte ihre Hand mit einem Lappen. Der Dampf, der aus dem Topf aufstieg, verbrannte ein wenig ihre Haut. Sie rührte kräftig am Topfboden. Die beiden Geschwister hatten immer in einer Art Symbiose gelebt, einer geheimnisvollen Verbindung, als würde sie ein unsichtbares Band zusammenhalten. Bento besprach seine Sorgen mit Antônia – sollte Bento tatsächlich Sorgen haben, über die er sprechen konnte? –, er berichtete ihr von seinen Vorhaben, von geplanten Kriegsmanövern. Seit sie klein waren, hatte sie die beiden immer im Haus zusammen gesehen, wo sie einander halfen und Vertraulichkeiten austauschten. Nun war Antônia krank und rief im Traum nach Bento. Sie sorgte sich um ihn. War ihrem Bruder, dem General, etwas zugestoßen? Etwas, wovon noch niemand wusste? War er in einen Hinterhalt geraten? Dona Ana wischte sich mit einem Taschentuch den Schweiß von der Stirn. Das Guavenmus bekam allmählich eine rötliche Farbe, wie gelagertes Holz, die Farbe von bearbeiteter Erde, eine warme, schöne und gleichmäßige Farbe.

»Milú, stell die Gläser in das Becken. Ich verschließe das Guavenmus am liebsten, wenn es noch heiß ist. Ich nehme noch einen Teil beiseite, um daraus Guavenbrot zu machen.«

Das schwarze Dienstmädchen stellte sorgfältig die Gläser nebeneinander.

Dona Ana überlegte, ein wenig von der Süßspeise zu ihren Söhnen, zu ihren Neffen und zu Bento nach Viamâo zu schicken. Es war zwingend erforderlich, dass Manuel sich dorthin begab, um mit Bento den Verkauf von Rindern zu besprechen und um einige Lebensmittel zu kaufen, die sonst kaum zu beschaffen waren. Der Krieg erschwerte alles. Sie dachte daran, ihm eine Nachricht zu schicken und ihm zu erzählen, dass Dona Antônia lungenkrank und bettlägerig war. Dann änderte sie ihre Meinung. Es war nicht gut, Bento mit solchen Dingen zu belasten, bestimmt war er bereits wegen anderer Angelegenheiten und Probleme mehr als besorgt. Außerdem würde es Antônia nicht gefallen. Antônia war in allen Dingen sehr zurückhaltend, selbst in Fragen der Gesundheit. Dona Ana würde die Süßspeise mitschicken, und fertig. Ein gut gefülltes Gefäß, das größte von allen.

Bento Gonçalves las die Botschaft, die ihm Garibaldi von Mostardas aus geschickt hatte, wo er mit dem Bau von zwei neuen Schiffen beschäftigt war. Die Schiffe würden nicht rechtzeitig fertig sein, um in São José do Norte eingesetzt zu werden. Aber die Republik konnte nicht länger warten. Sie mussten die Stadt ohne die Schiffe angreifen, ihnen blieb keine andere Wahl.

Er war müde.

Er war vom Krieg und von diesem endlosen Kampf müde, er war es müde, so viel Blut, so viele Tote und so viele enttäuschte Träume zu sehen. Die Taquari-Schlacht hatte seinen Stolz verletzt. Sie hatten diesen Sieg nötig gehabt, und sie hatten verloren. Dabei hätten sie gewinnen können, sie hätten das kaiserliche Heer schlagen können, obwohl es über mehr Waffen und mehr Soldaten verfügte, denn sie hatten Kraft und Mut. Diese Männer kämpften bis zum Umfallen, sie kämpften, sobald sie seine oder Nettos Stimme hörten oder wenn sie die Fahne der Republik in den Himmel von diesem Rio Grande gehisst sahen, dem sie inbrünstig ergeben waren. Aber nichts davon hatte geholfen. Viele Männer starben mit ihrem Mut und mit ihrem Glauben, und die anderen kämpften trotz der Toten weiter, bis zur nächsten letzten Schlacht für die Revolution. Und dann kamen die nächsten Kriegsräte, die nächsten Feldzüge, die nächsten Toten. Schmerzensschreie und Hoffnungslosigkeit aus dem fiebernden Fleisch, aus dem verbrannten, zerfetzten und verfaulten Fleisch. Und der nächste schweigsame Rückzug in der Kälte oder im Regen, und dazu der grausame Hunger, die Sehnsucht nach Essen, Wärme und Frieden.

Bald würden die anderen kommen. Netto, Lucas, Canabarro, Teixeira und Onofre. Bald würden ihre Stimmen in Zwietracht über Pläne und Vorhaben, so unterschiedlich wie Tag und Nacht, zu hören sein. Und er müsste die Gemüter beruhigen, die Streitigkeiten schlichten, Ruhe in den Aufruhr dieser großen Männer bringen, die verletzt waren, so verletzt wie auch er. Allein der Gedanke an die, die sie zurückgelassen hatten! Der Gedanke an João Manoel. An Corte Real, der vor zwei Wochen gestorben war. An der schlimmsten aller möglichen Todesarten. Der Tod weit weg vom Schlachtfeld, von den Kanonenschüssen, vom Gefecht. Afonso Corte Real starb bei einer

Mission, von Kaisertreuen in einer Holzhütte umzingelt, durch einen Schuss mitten in die Stirn. Er war dreißig Jahre alt. Bento hatte zuweilen daran gedacht, ihn eines Tages mit Rosário zu verheiraten. Beide waren jung, schön und voller Sehnsüchte. Aber das war vor dem Krieg. Nun war Rosário verrückt geworden und Corte Real gestorben. Und er, Bento Gonçalves da Silva, befand sich hier, in diesem Raum, und spürte das Fieber wie eine spitze und grausame Nadel in seiner Stirn, er bemerkte den Schmerz in seinem Rücken, der ihn schon seit längerer Zeit wie eine Prophezeiung heimsuchte, und er blickte auf seine zittrigen, gealterten Hände, die von all dem Degenschwingen gekrümmt waren. Während in seiner Umgebung alles zusammenstürzte, wurde Caetana auf der Estância immer älter, seine Töchter wuchsen weiter heran, und seine Söhne verbluteten im Krieg. Und die Welt war dabei, sich langsam aufzulösen wie ein Aquarell im Regen.

Manuelas Tagebuch

Pelotas, 14. April 1900

Tausend Mann sind acht Tage lang im Regen unterwegs. Die Kälte in diesem Land durchdringt die Haut wie eiskalte Nadelstiche, der Wind presst ihre durchnässten Lumpen an die Körper. Fast alle gehen barfuß, sie betreten mit bloßen Füßen den eiskalten Erdboden, der wie der geöffnete Mund eines Toten die Zehen verschlingt. Die Kälte, die in die Fußsohlen kriecht, bedeutet nichts. In diesen Männern steckt eine besondere Kraft. Diese Art Mut ist nur wenigen Menschen auf dieser Erde zu eigen. Welches Motiv treibt sie an? Für welchen Traum haben so viele bei diesem und bei anderen Kriegsmanövern ihr Leben gelassen? Welche sonderbare Wertschätzung hält das Feuer in ihren müden, vom Regen benetzten Augen und in ihren hungrigen, geschundenen und verletzten Körpern am Leben?

Etwas ist an diesen Männern besonders.

Etwas Übermenschliches, Himmlisches, Animalisches. Etwas, was jenseits der Grenzen des Körpers liegt. Es kommt aus dem Erdboden, wie eine lebendige Kraft, die sie bei jedem Schritt speist, die ihren Körpern die Energie einflößt, um weiter gegen den Sturm anzugehen und trotz des härtesten Winters und aller Niederlagen weiterzumachen.

Es sind die Männer der *Revolução Farroupilha*.

Es ist schon sehr lange her, dass dieser Traum gestorben ist … Von den großen Helden, die diesen Krieg anführten, gibt es heute nur noch Gräber und Knochen, und von vielen anderen ist rein gar nichts übrig geblieben. Von denen, die mitten in der Schlacht fielen, die vom Degen, vom Dolch oder von der Kälte getötet worden sind. Von den Generälen, die von der Nacht oder von den Schüssen in der Dunkelheit verschluckt worden sind. Aus jener Zeit bin nur noch ich übrig, mit meinen Erinnerungen, meinem Grauen und all den Toten und dem Regen, der mein Gesicht geißelt, als wäre auch ich dort gewesen.

In São José do Norte.

Tausend Mann sind acht Tage lang im Regen unterwegs. Der Monat Juli überfällt die Pampa mit seiner winterlichen Wut. Das Wasser peitscht vom Himmel und verbiegt die Hutkrempen und noch viel mehr als das, es unterjocht Schultern, Seelen und Hoffnungen, es dringt tief in diese Körper ein, die in andächtigem Schweigen dahinziehen. Es gilt, keine Kraft zu vergeuden, es liegt noch ein langer Weg vor ihnen. Lehm, Wind und Kälte. Und der Hunger nistet sich in ihren Mägen ein wie eine alte, träge Katze. Aber wegen des Hungers kann man sich nicht beschweren. Alle, die dort unterwegs sind, wussten von den Schwierigkeiten, die sie auf dem Weg vorfinden würden. Sie müssen unverwundbar sein. Der Ruhm liegt am Ende dieses feuchten, grausamen und wilden Universums. Dort liegt das Meer. In São José do Norte. Und alles, was sie brauchen, ist das Meer und ein Hafen. Deshalb halten sie durch. Wie Gespenster, ohne an die Männer zu denken, die auf dem Weg an Kälte oder vor Hunger gestorben sind. Sie starben blass, erkaltet und durchnässt. Sie erhielten kein Grab. Der Lehmboden nahm sie nicht auf, er spuckte die Körper aus und übergab sie wieder dem dumpfen Licht dieser nassen Welt. Sie sind einfach zurückgeblieben. Sie sind im Gedächtnis ihrer Kameraden, aber sie erhalten keinen Abschied. Es darf keine Kraft vergeudet werden.

Die zwei Kanonen stecken andauernd fest. Die Männer schieben sie mühsam voran, es sind die einzigen Feuerschlünde, die sie für den Angriff auf die Stadt haben. Und es geht weiter. Aber nur kurze Zeit. Sogleich stecken die Kanonen wieder im Lehm fest. Schon wieder kämpft die Menschenmasse um sie herum gegen die nasse, schlammige Welt. Der Regen verbirgt das Jenseits wie ein dichter Traum. Die Pferde ziehen, die Männer schreien, die Kraft, dieses wertvolle Gut, wird aufgezehrt, und die Kanonen bleiben im Morast auf der Strecke. Der große, kräftige Mann, der die angemessenen Worte nach dem großen Schweigen findet, ist mein Onkel Bento Gonçalves da Silva, er gibt den einzig möglichen Befehl: die Kanonen eingraben. Sie werden São José do Norte ohne die beiden Feuerschlünde angreifen. Die Männer gehorchen und schleppen sich durch die Pfützen vorwärts. Ganz São Pedro do Rio Grande ist nun eine einzige gewaltige Pfütze, durch die sich das Heer vorwärtsbewegt. Sie bewegen sich in Richtung eines Traumes vorwärts, jene tausend Männer, die es nicht mehr gibt und die es auch nie wieder geben wird. Sie sind aus einem anderen Holz gewesen. Aus einem ausgestorbenen Holz. Tausend Männer von gestern. Und sie sind aus Ruhm gemacht. Und aus Mut.

Die ersten Dünen sind zu sehen. Die Landschaft beginnt nach Salz zu riechen. Irgendwo in der Ferne liegt das Meer. Giuseppe Garibaldi kann sich ein Lächeln nicht verkneifen (ich stelle mir sein Gesicht vor, auf dem sich die Freude wie eine Sonne ankündigt), endlich wird er zu seinem Element kommen, er wird die Wellen sehen, die Wucht der Wellen auf dem von den Winterwinden aufgepeitschten Meer, er wird seine Wiege und seine Legitimation sehen: das Meer.

Der menschenleere Strand scheint gefroren. Das Meer ist eine graue, wütende Masse, die brüllt und auf den dunklen Sand niedergeht. Ihr Anblick erschreckt und begeistert die Männer. Sie kommen aus dem Landesinneren. Die Pampa ist ihr Meer. Diese geheimnisvolle Flut schüchtert sie ein. Aber Giuseppe lächelt immer noch, und sein Lächeln verliert sich in der Nacht, die vom Himmel hinabsteigt.

In der Ferne sind schwach die Lichter von São José do Norte zu sehen. Die Garnisonsstadt ist gut befestigt und in Wartestellung. Wie eine Gefangene, oder vielleicht auch wie ein erfahrener Jäger. Bento Gonçalves befehligt den Vormarsch. Das Heer zieht den leeren Strand entlang. In der Ferne pulsiert die Stadt in der Winternacht. Fast fünfhundert Häuser, in denen am Herdfeuer gegessen wird. Und tausend Mägen im strömenden Regen, die schon seit Tagen keinen Bissen mehr zu sich genommen haben.

Auf der gegenüberliegenden Seite, zwischen der Lagune und dem Meer, liegt die Stadt Rio Grande, sie ist in der Hand der Kaiserlichen mit ihren gut ausgerüsteten Schiffen, ihren Kanonen, ihren wohl genährten und ausgeruhten Männern. Die *Farroupilha*-Soldaten haben keine Kanonen mehr, sie sind durchnässt, erschöpft und hungrig. Sie müssen auf einen Überraschungsangriff setzen. Und das Meer ist so aufgewühlt, dass es keine Hilfe für die Republik Rio Grande zulässt. Das *Farroupilha*-Heer muss auf die Flamme setzen, die in jedem einzelnen der neunhundertsiebenundneunzig Männer (drei sind unterwegs an der Kälte gestorben) brennt, die dort am Strand vor den Mauern von São José do Norte auf der Lauer liegen.

São José do Norte ist von einer Linie mit Schützengräben und kleinen Forts umgeben, den Schanzen. Bento Gonçalves da Silva und Antônio Netto versammeln die Männer am Strand. Die Mauer, die die Stadt beschützt, ist zwei Mann hoch. Sie muss erklommen werden. Die Soldaten nehmen ihre Dolche in die Münder und klettern in völliger Stille die Mauer hinauf, sie vermischen sich mit der Nacht, mit der Kälte der Nacht und mit dem Sand. Einer hilft dem anderen, es ist eine einzige menschliche Leiter. Zwei, drei, zwanzig *Farroupilha*-Soldaten springen in den großen Innenhof. Sie sind wie Katzen, wie Geister. Einem Wachposten wird die Kehle durchgeschnitten. Er stirbt, ohne ein Wort zu sagen, ohne zu wissen, was ihm zugestoßen ist. Zwischen der zweiten und der dritten Schanze erwischt es in der Dunkelheit weitere Wachposten. Die Dolche erfüllen ihre böse Aufgabe. Das Blut auf dem gepflasterten Boden vermischt sich mit dem schwarzen, salzigen Morgen.

Die großen Tore werden geöffnet.

Ich stelle mir den gedrungenen, kräftigen, vielleicht auch zerlumpten Giuseppe vor, wie er nach dem langen Tag, mit dem Dolch zwischen den Zähnen, für die Kavallerie der Republik die Tore zum Bersten bringt. Wie ein wildes Tier. Mit dieser Kraft in seinen Lungen, die sich aus dem Meer speist. Er denkt, es wird ein großartiger Sieg. Ein Geschenk für Anita und sein Kind, dessen Geburt bevorsteht. Fünfzehn durchgeschnittene Kehlen, eine gefährliche Stille und ein Zugang zum Meer.

Bento Gonçalves stürmt mit seinen Kavalleristen voran. Er begibt sich zum Kirchplatz der Stadt. Garibaldi und seine Männer erobern die zweite Schanze. Die *Farroupilha*-Soldaten eröffnen das Feuer gegen die Kaserne des zweiten Jägerbataillons. Der Regen verstärkt seine Macht und bringt die Gischt zum Aufspritzen und die Pferdehufe auf dem Pflaster zum Ausrutschen.

Mit geschwungenen Lanzen und Rufen, die der Wind mit sich trägt, nehmen die *Farroupilha*-Soldaten die Stadt ein. Crescêncio, Teixeira, Netto und Bento Gonçalves sind wie Bollwerke, der Wind kann sie nicht beugen, der Regen hält sie nicht auf. Mythische Zentauren der Pampa. Die Lichter in den Häusern erlöschen, und die ausgehungerten, erschöpften und frierenden Männer brechen die Türen auf. Sie suchen nur etwas zu essen. Einen Kanten Brot, einen Weinkrug, ein Stück Fleisch. Sie wollen keine Gewalt anwenden, aber sie sehen wie schreckliche zerlumpte Gespenster aus. In der Stadt São José do Norte macht sich Angst breit. Jenseits der Mauern, im Meer, warten die kaiserlichen Schiffe.

In dem bereits vollständig eroberten dritten kleinen Fort

schürt jemand ein Feuer. Im Freien gießt es in Strömen. Bento Gonçalves kommt herein. Seine Kleidung trieft vor Wasser, sein Haar und sein Schnurbart hängen herab, aber er wirkt immer noch wie ein besonnener und entschlossener Riese, und seine Augen funkeln vor Überzeugung.

»Kommandant Soares de Paiva und seine Kaiserlichen sind alle in einem Wohnhaus in der Stadt versammelt. Sie leisten dort Widerstand. Wir müssen sie zur Kapitulation bringen.«

Einer der Männer geht wieder in die regnerische Nacht hinaus. Sein leerer Magen beschwert sich, seine Füße stecken starr in einem Paar zerrissener Stiefel. Er soll mit dem Kommandanten der kaiserlichen Truppen sprechen. São Jose do Norte ist besetzt. Dank oder trotz des Unwetters. Dank des mutigen Verhaltens jener tausend Männer.

Soares de Paiva ist schwer verletzt, aber er gibt nicht auf. Der Mut ist in beiden Lagern des Krieges zu Hause. Der Mann kommt den gleichen Weg zurück. Der Wind fegt durch die leeren Gassen. An den Straßenecken liegen Leichen. Das Meer tost und schlägt mit aller Macht gegen die von den Republikanern bereits eroberte Befestigungsmauer.

Und plötzlich ist die Welt ein einziges fürchterliches Brüllen. Feuerzungen steigen zum Himmel und schlagen gegen Regen, Wind und Blitze. Die dritte Schanze explodiert wie eine gigantische Bombe. Dort befindet sich die Munition der Kaiserlichen, dort brennt die Hölle. Man hört Schreie. Einige *Farroupilha*-Soldaten werden von der Explosion zerfetzt, andere schleifen ihre verstümmelten und verbrannten Körper durch den Regen. Auf einmal ist die Nacht flammenhell. Mit dieser unerwarteten Aktion fügen die Männer des Kaiserreichs den *Farroupilhas* schweren Schaden zu.

Die Anführer der Republik betrachten erstaunt das grauenhafte Feuer. Auf ihren Gesichtern stehen Entsetzen und Unglaube. Der Zeitpunkt für den Gegenschlag der Kaiserlichen ist gekommen. In der vierten Schanze feuert ihre Artillerie ihre Ladung ab. Die Leichen fallen still auf das Straßenpflaster und in die Pfützen. Sie müssen das kleine Fort aufgeben und handeln. Die Toten vergessen, die Verstümmelten, den Gestank von versengtem Fleisch.

Und dann scheint der Regen nachzulassen. Einen kurzen Augenblick herrscht Angst bei den Republikanern. Wenn der Regen aufhört, könnten die kaiserlichen Schiffe vom Hafen von Rio Grande zum Hafen von São José fahren und die Stadt zurückerobern. Die Schlacht wäre blutig und sinnlos, und danach käme die Niederlage. Bento Gonçalves gibt Giuseppe Garibaldi den Befehl, die Verteidigung der Stadtmauern neu zu organisieren. Sie müssen auf die Landung der feindlichen Schiffe vorbereitet sein.

Es ist halb drei Uhr morgens. Auf dem sturmgepeitschten Gewässer kommt die Verstärkung der Kaiserlichen. Die *Farroupilha*-Soldaten schießen von den Mauern, aber die Kaiserlichen kommen im Sperrfeuer voran. Die Schlacht beginnt von neuem in der Festung, auf den gepflasterten Straßen, an den Mauern. Mann gegen Mann. Dolche und Lanzen. Einige Kaiserliche verschanzen sich in den Kasernen. Und die Nacht nimmt weiter ihren Weg der Gewalt und des Wahns.

Der Tag bricht langsam, fast ängstlich an, und ein dumpfes, trauriges Licht stößt durch die schwarzen Wolken, die den Himmel bedecken. Es regnet immer noch. Massenweise landen die kaiserlichen Truppen, sie sind aus Rio Grande übergesetzt. Die Republikaner kämpfen weiter und versuchen, den Feind zurückzudrängen. Das Tageslicht lässt ihre ermüdeten, erschöpften, verdreckten und verhärmten Gesichter erkennen. Die Schlacht dauert sieben Stunden. Es gibt nicht mehr viel zu gewinnen. Sie haben mehr als zweihundert Soldaten verloren, sie sind vom Marsch und vom Kampf entkräftet, während hunderte Kaiserliche am Strand an Land gehen. Sie können sie nicht länger aufhalten.

Jemand sagt, die einzige Möglichkeit wäre, die Stadt niederzubrennen. Die Soldaten in der Kaserne zu töten. Die Stadt zu zerstören. Bento Gonçalves' Brust brennt, sein Gesicht ist verkniffen, der hartnäckige Husten quält ihn grausam und unnachgiebig. Er versammelt seine Männer. Sie haben einen strikten Ehrenkodex. Weder für den Krieg noch für die Republik würden sie unschuldige Menschen oder Zivilisten töten. So viele Häuser zerstören, eine ganze Stadt zerstören. Selbst wenn sie so viele Tage bei Regen und Kälte marschiert sind, selbst wenn so viele von ihnen gefallen sind. Das verbieten die Ideale ihrer Revolution.

Auf Befehl des großen Generals organisieren die Republikaner den Rückzug. Es gibt Dinge, zu denen bestimmte Menschen einfach nicht fähig sind. Mein Onkel hat einen Krieg für die Freiheit und für die Rechte der Großgrundbesitzer begonnen. Er hat billigend in Kauf genommen, gegen einen Kaiser zu kämpfen, den er tatsächlich niemals gehasst hat. Er hat vieles unternommen, was er sich nie hätte vorstellen können. Aber er würde keine Zivilisten umbringen. Selbst wenn er diese Stadt, die Schlacht, die ganze Republik wieder verlöre.

Unzufriedenheit liegt in der Luft, sie verteilt sich wie Regentropfen, die vom Himmel fallen, und trotzdem organisieren die Männer den Abzug. Einige von ihnen können sich nicht mit der Kapitulation abfinden, und doch schlagen sie zuletzt den Rückweg ein. Noch hungriger, noch erschöpfter. Mit der Last der Verletzten und der Gefangenen. Und mit einer qualvoll schmerzenden Seele.

Die Republik Rio Grande hat weiterhin keinen Hafen. Der Tag verbreitet sein mattes Licht, während das Heer mit seinen Verletzten den Rückzug beginnt. Die Kaiserlichen verfolgen sie noch, aber sie entkommen durch die Dünen, sie marschieren über den vom Regen gehärteten Sand, sie erwidern das Feuer und nehmen den gleichen Weg wie bei ihrer Ankunft. Bento Gonçalves sitzt auf seinem Pferd. Er ist verletzt, und Blut trieft von seiner Stirn und vermengt sich mit dem Regen. Sein Gesicht ist wie eine steinerne Maske. Die Wut, die in ihm tobt, ist nicht zu erkennen.

Vielleicht ist dies die letzte große Niederlage der Republikaner und ihr letzter großer Angriff gewesen. Jahre später wurde immer noch über die verhängnisvolle, entsetzliche Nacht gesprochen, in der in einem einzigen Augenblick aus dem Sieg eine Niederlage wurde.

Viele der Männer starben. Denjenigen, die nach Viamão und São Simão zurückkehrten, war die unendliche Enttäuschung ins Gesicht geschrieben, und ihre Körper waren schwer verwundet und vom Hunger ausgemergelt.

Manuela

Dona Antônia schluckte die Suppe hinunter, die ihr Maria Manuela löffelweise einflößte. Sie hatte keinen Hunger, aber ihre Schwester war hartnäckig. Also schloss sie die Augen und erinnerte sich an die Zeiten, in denen ihr Körper Appetit hatte, vor vielen Jahren, als sie noch ein junges Mädchen war und das Leben ihr nur einen Weg im Sonnenschein vorzeichnete. Schließlich leerte sie den Teller, und Maria Manuela zeigte sich zufrieden.

»Möchtest du noch etwas?«

»Nein, Maria, danke.« Sie stammelte immer noch.

Maria Manuela lächelte.

»Also lasse ich dich noch ein wenig schlafen.« Dann verließ sie das Zimmer.

Dona Antônia stützte sich auf das Kopfkissen. Sie konnte erkennen, dass draußen schwach die Sonne leuchtete, die Sonne, die den Boden nach den Winterregen wieder trocknete. Ihr fiel ein, dass dies vielleicht ihr letzter Winter sein könnte. Die Lungenentzündung hatte ihren Körper überwältigt, sie hatte die Klarheit in ihrem hellen Kopf verdunkelt, und alles, woran sie sich in diesen letzten Monaten noch erinnern konnte, waren verschwommene Bilder von unruhigen Stunden, in denen das Fieber sie Dummheiten sagen ließ und in denen sie die Gesichter der lebenden wie der toten Familienangehörigen gleich deutlich vor sich sah. In einem dieser Augenblicke erschien Bento Gonçalves am Kopfende ihres Bettes, aber er war so blass und so hager, sein Blick war so traurig und ausweichend, dass sie nicht wusste, ob er lebte oder schon gestorben war. Da war sie schreiend erwacht, und nicht einmal Anas Beharren hatte ihre Ängste lindern können – sie versicherte ihr, dass Bento am Leben sei, dass er zwar tatsächlich eine Schlacht verloren hatte, aber dass es bestens um seine Gesundheit bestellt sei und er Caetana einen Brief geschickt habe.

Mittlerweile stand der Frühling auf der Estância in voller Blüte, und das Haus war mit Vasen voller Jasminzweige geschmückt. Ana übermittelte ihr die Kriegsnachrichten, sie setzte sich ans Kopfende ihres Bettes und erzählte ihr sämtliche Neuigkeiten, während sie unermüdlich stickte oder webte. So erfuhr Dona Antônia, dass das Kaiserreich Bento Manuel amnestiert hatte, den Namensvetter ihres Bruders. Dieser Verräter der Republik Rio Grande hielt sich nun auf seiner Estância bei Alegrete auf und war sicherlich äußerst zufrieden, wenn er seinen Matetee trank und dabei den Gewinn ausrechnete, den ihm seine Plünderungen eingebracht hatten, während Bento Gonçalves immer noch versuchte, den Geist der Republik aufrechtzuerhalten, und diesen Versuch vermutlich mit seinen letzten Kräften bezahlte.

Ihre Schwester war es auch, die ihr von der Geburt von Giuseppe Garibaldis Sohn berichtete, einem Jungen mit Namen Menotti, den Anita im September in der Stadt São José das Mostardas zur Welt gebracht hatte. Ana erzählte, das Kind sei mit einer Narbe auf der Stirn zur Welt gekommen, vielleicht die Folge von einem Sturz, den die Mutter bei einer der vielen Schlachten erlitten hatte. Dona Antônia dachte an Manuela, an die Last, die diese Nachricht für sie bedeuten würde. Ihre Nichte litt im Stillen und befolgte treu die Gesetze der Frauen der Pampa: Hier wurden keine vergeblichen Tränen vergossen, hier zerkratzte man sich nicht das Gesicht, hier verdiente man sich das Leben jeden Tag aufs Neue, mit Würde, mit dem Glauben und mit Arbeit. Manuela zeigte nie wieder ein Anzeichen von Wahnsinn, wie damals, als sie ihr Haar auf Nackenhöhe abschnitt und wie ein zu schnell gewachsener Junge aussah, nie wieder. Dona Antônia hörte sie nie wieder den Namen des Italieners aussprechen, auch wenn sie mit unverbrüchlicher Gewissheit wusste, dass ihre Nichte nach wie vor Garibaldi liebte.

»Weiß Manuela schon davon?«

Dona Ana nickte.

»Ich habe es ihr selbst erzählt, und sie hat keine einzige Träne vergossen.«

Dona Antônia stützte sich auf das Kopfkissen und seufzte. Es war gut, wenn Manuela nur auf ihrem Zimmer weinte. Die wohl dosierte Trauer war ein Labsal. Aber sie befürchtete, Manuela könnte innerlich verhärten wie sie selbst. Stärke und Härte waren sehr verschiedene Dinge.

»Manuela hat arg gelitten. Sie muss bald wieder glücklich werden, sonst gewöhnt sie sich die Fröhlichkeit noch ganz ab.«

Dona Ana legte ihre Stickerei in den Schoß.

»Wir alle leiden sehr, Antônia. Manuela wird alles vergessen. Sie ist eine hübsche junge Frau, sie wird heiraten, einen guten Ehemann und Kinder bekommen.«

»Vielleicht heiratet sie auch nie. Sie ist starrsinnig genug, um den Italiener ihr ganzes Leben lang zu lieben.«

Nach diesen Worten schloss Dona Antônia die Augen. Die Nacht kam wie ein frischer, ruhiger Hauch ins Zimmer. Dona Antônia stellte sich vor, wie irgendwo, nicht weit von hier, *Farroupilhas* und *Caramurus* sich gegenseitig umbrachten. Der Geruch von Blut und von Wachskerzen und von uralten Sehnsüchten lag in der Luft. Würde sie je wieder das Aroma der Natur, ohne Trauer und Schrecken, mit nichts als Wind, Waldwegen und Horizonten, riechen, dieses Aroma, das sie für immer in ihren Lungen bewahren wollte?

Perpétua hob ihre Tochter vom Fußboden auf, säuberte ihre wulstigen kleinen Hände und küsste sie auf ihr rundliches Sommersprossengesicht mit den kleinen dunklen Augen. Teresa lächelte ihr zu, und auf ihrem hübschen Gesichtchen zeichneten sich zwei Grübchen ab.

»Und jetzt wirst du gebadet, mein Töchterchen. Dein Kleid ist ganz dreckig.«

Sie übergab Xica das Mädchen. Die Schwarze nahm Teresa auf den Arm und trällerte auf dem Weg zum Badezimmer leise vor sich hin.

Perpétua setzte sich auf das Ehebett. Ihre Tochter ähnelte zusehends Inácio, auch wenn ihre Augen und die helle Haut ein Erbe mütterlicherseits waren. Sie führte ihre Hand an ihren flachen Bauch. Wenn sie einen Augenblick die Augen schloss, wenn sie sich völlig sammelte, konnte sie den Lebenshauch spüren, der sich erneut in ihrem Körper eingenistet hatte. Der Samen. Noch war es nur ein Hauch, aber die neuerliche Schwerfälligkeit ihrer Bewegungen, das Schlafbedürfnis zu unpassenden Zeiten, das Ausbleiben der Blutungen, all das sagte ihr, dass sie tatsächlich wieder ein Kind von Inácio austrug.

Ihr Ehemann hatte sich vor zwei Monaten gegen Winterende auf der Estância aufgehalten, genau nachdem ihr Vater nach Viamão zurückgekehrt war und General Netto die Belagerung von Porto Alegre wiederaufgenommen hatte. Inácio war müde und geschwächt von den Kämpfen und von dem langen Weg zurückgekehrt, den er mit den anderen nach São José do Norte zurückgelegt hatte. Aber als er Perpétua in die Arme nahm, erwies er sich erneut als der zärtliche und gefühlvolle Liebhaber, den sie immer bewundert hatte. Weder ihre Mutter noch ihre Tanten störten ihre langen gemeinsamen Abende auf ihrem Zimmer, während die letzten Winterregen die Wege aufweichten. Danach ritt Inácio nach São Gabriel. Perpétua bewahrte noch viele Tage lang die Erinnerung an seinen Geruch und seinen Geschmack, bis sie sich allmählich verlor und das Leben wieder aus Sticken, Lesen, Warten und Teresa bestand.

Und nun erwartete sie dieses andere Kind. Wenn Inácio zurückkam, würde sie ihm die großartige Neuigkeit mitteilen. Oder vielleicht sollte sie ihm besser einen Brief schreiben und ihm von ihrer Tochter erzählen. Sie war noch unschlüssig.

Sie verließ ihr Zimmer. Aus der Küche drang der Duft von einem Maiskuchen. Sie spürte Hunger, einen drängenden neuen Hunger. Ja, das Kind, das sie im Leib trug, hatte schon seine eigenen Wünsche. Sie traf ihre Mutter im Arbeitszimmer beim Lesen an. Sonnenlicht flutete durch die geöffneten Fenster. Caetana blätterte in einem Buch, ohne bei der Sache zu sein. Perpétua sah an deren besorgtem Gesicht, dass ihre Mutter an den Krieg oder an etwas dachte, was ihr Herz bedrückte.

Da bemerkte Caetana Perpétuas Anwesenheit.

»Setz dich zu mir, Mädchen. Lass uns ein wenig plaudern.«

Caetana Joana Francisca Garcia da Silva war gealtert. Ihre langen schwarzen Haare hatten ihren Glanz eingebüßt, auch wenn sie mit der gleichen Eleganz wie früher frisiert war, und um ihren ausgeprägten Mund zeichneten sich einige Falten ab. Ihre gesamte Gestalt wirkte müde, müde vom Schweigen und den vielen geflüsterten Gebeten, und ihr Lachen hatte den fröhlich plätschernden Klang eines Wasserfalls verloren. Nun lachte sie fast lautlos, als schämte sie sich ihrer kleinen Freuden.

Perpétua setzte sich und nahm Caetanas Hände. Sie fühlten sich kalt an, es waren feingliedrige Finger mit schönen Fingernägeln.

»Seien Sie unbesorgt, Mutter, ich habe eine gute Nachricht... Können Sie sich erinnern, als Inácio zum letzten Mal hier war?«

»Ja, vor zwei Monaten, Ende August. Er brachte mir einen Brief von deinem Vater mit.«

Perpétua strahlte.

»Aber als er abreiste, ließ Inácio mich in Umständen zurück. Seit einigen Tagen bleibt meine Regel aus, aber erst seit heute, als ich mit Übelkeit aufwachte und Lust auf eine Apfelsine hatte, bin ich mir sicher.«

Caetana umarmte ihre Tochter. Ihre Augen wurden feucht.

»Das Leben geht weiter, Perpétua. Du trägst das Leben in deinem Leib...« Sie küsste ihre älteste Tochter auf die Stirn. »Herrgott, ich bin sehr zufrieden!«

»Ich auch, Mutter. Ich auch. Es wird uns allen guttun. Und erst recht Teresa, die ein Geschwisterchen bekommen wird.«

Beide hielten einander die Hände. Es war, als ob sie schon dieses neue Lebewesen durch die Hausflure laufen und vor Freude und Hoffnungen sprühen sähen. Ein neues Leben. Viele Menschen starben im Krieg, und trotzdem nahm das Leben weiter seinen Lauf. Caetana legte eine Hand auf den Bauch ihrer Tochter.

»Hier liegt die Zukunft, Mädchen. Unsere Zukunft.«

Perpétua spürte einen Kloß im Hals.

»Inácio wird sehr zufrieden sein.«

»Und du wirst noch einen Grund zum Warten haben, Perpétua… Die Schwangerschaft verleiht den Tagen einen neuen Reiz, und wenn sie noch so langsam vergehen. Außerdem, auch wenn wir all diese Jahre mit Warten zugebracht haben, so waren es wenigstens für dich gute Jahre. Du hast einen Ehemann, du hast Teresa, und nun wirst du noch ein Kind haben.«

Perpétua lehnte ihren Kopf an die Schulter ihrer Mutter. Eine angenehme, wohlige Wärme umgab sie. Es war die Wahrheit. Trotz des Krieges war sie eine glückliche Frau.

»Ich werde der Heiligen Jungfrau eine Kerze zum Dank anzünden«, sagte sie.

Caetana streichelte ihr wallendes schwarzes Haar. Sie betete still ihr eigenes Gebet. Dieses kleine Wesen war eine Gnade Gottes. Ein Zeichen dafür, dass sich die Lage verbesserte, dafür, dass Bento und die Söhne bald wieder nach Hause kämen.

Giuseppe Garibaldi betritt die kleine Holzhütte, und seine Schritte hinterlassen eine feuchte Spur auf dem Fußboden. In der Hütte gibt es ein kleines Wohnzimmer mit einem Tisch, zwei Stühlen und einer Petroleumlampe. Er geht durch diesen Raum in das winzige, stille Schlafzimmer. Anita sitzt mit Menotti in den Armen auf dem Bett. Draußen im Freien fällt ein feiner Sommerregen, der das Ende des Nachmittages verdüstert und aus dem Boden einen warmen Erdgeruch aufsteigen lässt.

Giuseppe Garibaldi setzt sich auf die Bettkante. Seine Kleidung ist zerfetzt und dreckig, eine Lehmschicht bedeckt seine Stiefel. Er legt seiner Frau ein Paket zu Füßen.

Anita bemerkt die Tränen in seinen honigfarbenen Augen, die sonst immer eine ansteckende Lebensfreude ausstrahlen, und drückt ihren Sohn fester an sich.

»Was ist geschehen, Giuseppe?«

Zwei Tränen gleiten über das Gesicht des Italieners und rinnen in seinen blonden, nachlässig gestutzten Bart.

»Hier ist die Kleidung für *il nostro* Menotti.«

»Schon, aber was ist dir auf der Reise zugestoßen? Was bedeuten diese Tränen?«

Giuseppe wendet den Blick ab und betrachtet eine Weile durch das kleine Fenster den Regen. »Ich bin unterwegs auf kaiserliche Truppen gestoßen, aber es ist *niente* vorgefallen … Ich habe einen anderen Weg genommen, Anita. Ich habe es geschafft, *tutto* zu kaufen, was wir brauchen.«

Die Frau streichelt das dichte, staubige Haar und wickelt ein paar der blonden Locken um ihre Finger. Der Anblick ihres traurigen Mannes zerreißt ihr das Herz.

»Warum weinst du?«

Giuseppe schaut hoch. In seinen Augen liegt ein unsäglicher Schmerz.

»Sie haben Luigi Rossetti umgebracht.«

Anita ist überrascht. Dieser ernsthafte, bedächtige Italiener hat ihr immer gut gefallen. Giuseppe hatte ihr erzählt, dass Rossetti das Seminar verlassen hatte, dass er beinahe Priester geworden wäre.

»Das kann ich nicht glauben …«

»Es stimmt. *Il mio amico* Rossetti ist gestorben … In Viamão. Die Stadt wurde von Moringue angegriffen. Rossetti befehligte die Verteidigung. General Bento Gonçalves und die anderen waren schon abgezogen. Luigi wurde verwundet, *per Dio*, und er wollte sich nicht ergeben. Moringue hat ihn auf der Stelle umgebracht.« Er schweigt eine Weile. Anita legt Menotti in die Wiege und setzt sich wieder zu ihrem Mann. »Luigi war der tapferste Mann, den ich in *questa vita* kennen gelernt habe. *Italia* müsste *per sempre* stolz auf ihn sein.«

»Wann hat sich das zugetragen?«

»Vor fünf Tagen.«

Menotti schluchzt in der Wiege. Er ist ein hellhäutiger, etwas schmächtiger Säugling mit blauen Augen.

»Und jetzt, Giuseppe?«

»*Per me* hat diese Republik ihren Glanz verloren. Carniglia ist ertrunken. Rossetti bekam einen Schuss in den Kopf. Nur ich bin noch *vivo*. Es ist Zeit, dass wir *un'altra vita* leben, weit weg von dieser Pampa. *Adesso*, ich habe hier *niente* zu tun, jetzt ist *tutto* nur noch eine Frage der Politik. Und ich habe *tutto* getan, was ich konnte, Anita.«

Anita legt seine großen, schwieligen, hellhäutigen Hände zwischen die ihren. Sie führt sie an ihre Lippen und küsst die Handflächen, die sie auswendig kennt. Sie atmet den Geruch des Mannes ein, den sie so sehr liebt. Nie zuvor hat sie solchen Schmerz in Giuseppes sonst lebhaften Augen gesehen, nie zuvor hat sie solche Angst auf den nun verkrampften Lippen gesehen, die sonst breit lächeln und dröhnende Worte hervorbringen.

Sie bleiben auf der Bettkante sitzen, bis es draußen Nacht wird, bis die Welt zu einem stillen dunklen Fleck wird. Der Nieselregen fällt immer noch sanft. Die Luft ist von einer feuchten und ansteckenden Traurigkeit erfüllt. Giuseppe hat seinen großartigen Freund verloren. Es gibt keine Worte, um den Schmerz auszudrücken. Und es gibt keine Tränen, Giuseppe Garibaldi hat nie weinen gelernt.

Ende November des Jahres 1840 ernennt das Kaiserreich den Abgeordneten Álvarez Machado zum neuen Provinzpräsidenten von Rio Grande. Und General João Paulo dos Santos Barreto wird das Amt des Oberbefehlshabers des kaiserlichen Heeres übertragen.

Mit dem Auftrag zu Friedensverhandlungen für diese Provinz schreibt Álvarez Machado an General Bento Gonçalves, »um die abtrünnigen Brasilianer mit der größtmöglichen Milde zur Regierung des Vaterlandes zurückzurufen«. Das Kaiserreich bietet den Frieden unter bestimmten Voraussetzungen an: Alle am Aufstand Beteiligten erhalten die Amnestie, die Beamten bleiben in ihren alten Positionen, und die Sklaven erhalten nicht die Freiheit, sondern werden vom kaiserlichen Heer gekauft.

Bento Gonçalves trifft sich mit den übrigen führenden Politikern der Republik zu Beratungen. Die Mehrheit der politischen Führer der Republik Rio Grande hält die Vorschläge des Kaiserreichs für niederträchtig. Die Ablehnung der Freiheit für die Sklaven ist für General Antônio Netto und andere Abolitionisten wie Teixeira Nunes und Lucas de Oliveira eine einzige Provokation. Die Gemüter erhitzen sich, die Stimmen überschlagen sich. In keinem Punkt wird bezüglich der Vorschläge des Kaiserreichs Einigung erzielt.

Als es bereits Nacht wird und die übrigen Männer nach zornigen politischen Diskussionen sein Kabinett verlassen haben, greift Bento Gonçalves zur Feder und setzt ein ausführliches Schreiben an Álvarez Machado auf.

Seine Exzellenz werden sich daran erinnern, dass ich Ihnen sagte, dass ich von ganzem Herzen den Frieden anstrebe und dass er unverbrüchlich und dauerhaft sein solle. Um unverbrüchlich und dauerhaft zu sein, wäre es jedoch vonnöten, die Übereinstimmung des Willens meiner Mitbürger herbeizuführen. Andernfalls wäre ich nicht fähig, irgendeine Absprache zu treffen. Denn mein Rücktritt und der meiner Anhänger ohne eine solche Übereinkunft würde zwar die Zahl der Anführer verringern, aber nicht den Kampf beenden, denn einige herausragende Führer halten zäh daran fest. Die natürliche Konsequenz eines so ungünstigen Schrittes wäre vielmehr, dass ich dann selbst zum Opfer von Hass und Verachtung beider Lager würde, was unserem Vaterland nur wenig oder gar nicht nützen würde, während der Krieg erneut verlängert würde.

Alles, was ich Ihnen hiermit antworte, kommt aus tiefstem

Herzen. Ich erstrebe keinen Zeitgewinn, denn ich bin fest entschlossen, unter den Bedingungen, die ich Ihnen in unseren vorausgehenden Gesprächen mündlich unterbreitet habe, Frieden zu schließen. Keine meiner Forderungen wäre für den kaiserlichen Thron unehrenhaft oder unwürdig. Wir fordern nur die Bezahlung unserer Haushaltsschulden, die Freiheit für die Sklaven, die in unserem Dienst stehen, und das Versprechen, sie nicht einzuziehen, um an der Front zu stehen oder in der Nationalgarde zu dienen, sondern ihnen die Dienstgrade zu belassen, die sie als Angehörige unseres Heeres führen. Hiermit sind die wichtigsten Bedingungen genannt, die ich von Ihnen einfordern muss und die im Übrigen gerecht und vernünftig sind.

Bento Gonçalves beendet den Brief und versiegelt ihn. Er lässt einen Boten rufen. Er soll diesen Brief schnellstens dem Vertreter des Kaisers aushändigen.

Die Antwort von Álvarez Machado lässt nicht auf sich warten. Sie trifft am folgenden Tag ein. Bento Gonçalves liest den Brief und zeigt keinerlei Gemütsregung. Im Kabinett herrscht erwartungsvolle Stille, während der *Farroupilha*-General die Worte seines Widersachers verarbeitet. Bento Gonçalves sitzt aufrecht auf seinem Stuhl und liest in der schwülen Nachmittagshitze mit seinen leidgeprüften, schwarzen Augen den Antwortbrief. Dann legt er ihn auf den Tisch.

Der Kaiser von Brasilien, der niemals die Bedingungen irgendeiner Nation akzeptieren würde, so reich und mächtig sie sein mag, wird mitnichten solche von einem Teil seiner Untertanen akzeptieren, die vom Weg des Gesetzes abgekommen sind.

Diese letzten Worte gehen ihm noch viele Stunden durch den Kopf. Es wird also keinen Frieden geben. Es wird noch viele Tote und noch mehr Blutvergießen geben, obwohl die Bevölkerung der vielen Schlachten müde ist. Bento Gonçalves da Silva fühlt die Ermüdung überdeutlich. Auf seinem erschöpften Rücken lastet eine ganze Welt, eine blutige Welt. Das Fieber steigt wieder an. Er vermisst sein Zuhause, Caetanas liebevolle Umarmungen und die langen, ruhigen Winternachmittage auf der Estância.

1841

Mariana lauscht auf die Stille im Haus. Es ist zwei Uhr nachmittags in diesem sengend heißen Januar. Draußen bestraft die gnadenlose Sonne die Pampa und treibt die Tiere in den Schatten. Im Haus ist die Temperatur angenehm, und man hört nur sanftes, schläfriges Flüstern.

Alle haben sich auf ihre Zimmer zurückgezogen. Manuela liegt auf ihrem Bett, sie schläft in Unterkleidung, deren Weiß mit der milden Blässe ihrer Haut fast eins wird. Mariana steht lautlos auf – sie ist mittlerweile in der Kunst geübt, sich wie ein Schatten zu bewegen –, sie schlüpft hastig in ihr Kleid und zieht die Stiefeletten an. Dann verlässt sie ruhig das Zimmer.

Im Flur ist niemand. Mariana weiß, dass Dona Rosa keine Mittagsruhe hält, sie ist vermutlich in der Küche beschäftigt und backt den Kuchen für den Nachmittag oder stickt. Dona Rosa hat immer alle Hände voll zu tun und führt dies mit geschickten Bewegungen und wenigen Worten aus. Mariana geht weit an der Küche und den aufmerksamen Augen der Haushälterin vorbei. Sie durchquert den Saal. Die Stickarbeiten warten in den Körbchen, die Blumen ruhen in Vasen, in allem liegt eine Erwartung, die Erwartung, dass der Tag vorübergeht, die Hitze nachlässt und das Leben wieder seinen Lauf nimmt.

Draußen umfängt sie die schwüle Luft und lässt ihre Haut feucht werden. Das ist ihr gleichgültig. Sie schleicht um das Haus und sucht den Schatten, sofern es welchen gibt, und geht zum *Charque*-Schuppen. Sie weiß, dass sich hier und dort die Landarbeiter im Schatten eines Baumes, im Garten oder bei den Stallungen ausruhen. Zu dieser Stunde wird in der vom Sommer verwüsteten Pampa nicht gearbeitet. Es gibt nur einen einzigen Menschen im *Charque*-Schuppen, und dieser Mensch ist João.

Mariana hat João vor etwas mehr als einem Monat kennen gelernt. João ist nicht im Krieg, er ist weder ein *Caramuru* noch ein *Farroupilha*, er arbeitet auf der Estância, und spielt ausgezeichnet Gitarre. Manuel hatte ihn mitgebracht. Und Dona Ana brauchte tatkräftige Männer für die Arbeiten auf der Estância, denn viele Landarbeiter haben sich anwerben lassen, kämpfen auf der Seite der Republikaner und sterben dort hinter den Hügeln. João ist dreiundzwanzig Jahre alt und zu jung zum Sterben. Er versteht es geschickt, die jungen Pferde zu bändigen, er ist redegewandt, und die Arbeiter der Estância haben ihn in ihr Herz geschlossen. Abends sitzt er am Lagerfeuer und singt. Er ist ein gut aussehender, groß gewachsener Mann mit dunkelbraunen Augen und schwarzen Haaren. Seine schräg geschnittenen Augen haben etwas Indianisches, und er lächelt wie eine Katze. Dieses Lächeln war das Erste, was Mariana bemerkt hatte. Als Zweites spürte sie die warme Berührung seiner groben Hände. Ja, João hatte sie sogleich umarmt, als sie sich eines Nachmittags in der Nähe des Bachs über den Weg liefen, wohin Mariana Caetanas kleine Tochter Ana Joaquina zum Baden gebracht hatte. Ana Joaquina hatte in Ruhe weitergespielt, während João und Mariana sich umarmten und erfühlten, sich küssten und diese geheimnisvolle tiefe Grenze überwanden. Das kleine Mädchen stellte keine einzige Frage, weder zu dem zerzausten Haar der älteren Cousine noch zu deren glühendem Gesicht und auch nicht zu den falsch verschlossenen Knöpfen ihres ein wenig von der Erde befleckten Kleides.

Seit jenem Nachmittag hatten sie sich öfter getroffen. Am Bach, im *Charque*-Schuppen, im Wald. Mariana hatte angefangen, den Tagen einen neuen Reiz abzugewinnen, und die Einsamkeit auf der Estância war der vollkommene Nährboden für ihre erblühende Liebe. Sie planten ihre Treffen mit der Findigkeit ihrer Leidenschaft, sie wichen den anderen aus, sie logen, wenn es nötig war und genossen die dem Tag abgerungenen Minuten in vollen Zügen. Mariana erlebte eine bislang ungekannte Ungezwungenheit, sie ging über vor Freude, aber sie sprach mit niemandem über diese Liebelei, weder mit ihren Schwestern noch mit ihrer Cousine.

Die Schuppentür knarrt leise, als sie hineingeht. Aus dem Schatten tauchen Joãos Arme auf und umfassen ihre Taille. Die Sonne dringt durch die Mauerritzen und zeichnet Muster auf den Boden. Sie lächelt, während seine Hände begierig an ihrem Körper hinaufgleiten, ihren Nacken, ihr Gesicht, ihren Mund nachfahren und ihre schwarzen Zöpfe lösen. Salzige, drängende Küsse.

»Ach, Mariana, ich komme zu gar nichts mehr ... Ich denke nur noch an dich, meine liebste Mariana.«

Seine Stimme ist ein sanftes Säuseln.

Es ist heiß. Er lächelt sein Katzenlächeln, seine Haut ist sonnengebräunt, seine Augen leuchten mit der Begierde eines jungen Mannes, eines erregten Tieres. Mariana leckt seinen feuchten Nacken und schmeckt den Mann, von dem sie jede Nacht träumt, auf den sie wartet, um den sie seufzt, für den sie glüht. Darüber hinaus gibt es nichts, keinen Krieg, kein Gutshaus, keine Tanten, keine Mutter und keine schwarzen Dienstmädchen. Nichts. Und sie wird tun, was sie will, was ihr bebender Körper einfordert. Sie wird dem Trieb folgen, der sich in ihrem Innern regt, und von dem in keinem Gebetbuch und aus keinem Mund einer ehrenwerten Frau die Rede ist, und der doch da ist und fordert und befiehlt. Denn das Leben strömt wie ein reißender Fluss auf der Suche nach dem Meer durch ihre Adern.

Sie werfen sich zu Boden. Dort liegt eine alte Bettdecke ausgebreitet, auf der sie es sich bequem machen. Joãos Hände öffnen geschickt die kleinen Knöpfe ihres hellen Kleides. Marianas helle parfümierte Haut erscheint wie eine wunderschöne Blüte, und João verliert sich auf diesem geheimnisvollen Terrain. Beide suchen sich, entdecken sich und tauchen ein in diesen Ozean aus Händen und Gefühlen. Draußen in der Sommersonne ruht die Welt.

Maria Manuela schläft ruhig in ihrem frisch gemachten Bett unter dem nach Lavendel duftenden Laken. Vor der Siesta hat sie ein Gebet gesprochen für ihre Töchter, für Antônio und für das Ende des Krieges. Nun schläft sie, traumlos, in einem milchigen, warmen, heimeligen Nimbus.

Im *Charque*-Schuppen stößt Mariana unter Joãos Körper ihren ersten Schrei als Frau aus. Sie schließt die Augen. Sie verschwendet sich im Meer. Und sie findet endlich Frieden.

Wann ein Brief eintraf, war nicht vorhersehbar, es hing vom Wetter und vom Glück der republikanischen Truppe ab. Die Briefe kamen mittels Soldaten und Boten oder über Bekannte, die mit einem der Männer der Familie zusammengetroffen waren, und legten wohl verwahrt in den Gürteltaschen die Meilen zurück. Die Briefe für die Estância da Barra enthielten sowohl persönliche Angelegenheiten und alltägliche Berichte als auch Kriegsvorhaben und Kriegsgeheimnisse, so dass es notwendig war, sie mit größter Vorsicht zu überbringen, damit sie nicht in die Hände eines *Caramuru* gerieten.

Joaquims Brief wurde von Nettinho überbracht, der in einer Schenke an der Straße einem republikanischen Offizier begegnet war. Man wusste in der Gegend, dass dieser junge schwarze Bursche zur Estância der Schwester des Präsidenten gehörte. Deshalb hatte man ihm den Brief übergeben, und da stand er nun an einem strahlenden Sommermorgen mit stolzgeschwellter Brust, um mit Senhorita Manuela zu sprechen.

Dona Antônia, die seit Monaten nicht mehr auf ihrer eigenen Estância gewesen war, wollte den jungen Schwarzen auch sehen. Sie erkundigte sich nach dem Stand der Dinge auf ihrer Estância und nach dem Befinden der Dienstmädchen und der Landarbeiter. Sie nahm den Brief selbst entgegen und überreichte ihn Manuela am Nachmittag, als ihr die Nichte einen Imbiss brachte.

»Joaquim hat Geduld, Mädchen«, sagte Dona Antônia, als sie ihr den zerknitterten Briefumschlag übergab. »Das solltest du bedenken. Geduld ist bei Männern selten.«

Manuela lächelte, gab aber keine Antwort. Sie bediente liebevoll ihre Tante und lobte deren verbesserten Gesundheitszustand. Sie blieb eine Weile bei ihr und las in den Zeitungen, die aus der Stadt gekommen waren, sie sprachen über Banalitäten, über die Hitze in diesem Sommer und über die Tiere auf der Estância.

Erst in der Nacht, vor dem Zubettgehen, öffnete sie den Briefumschlag.

Liebe Manuela,
ich schreibe dir diesen Brief, gleich nachdem ich in São Gabriel angekommen bin, wohin wir nach einem anstrengenden Marsch durch die Campanha gelangt sind, bei dem wir Widrigkeiten zu überstehen hatten, die ich nicht wage, dir in diesen Zeilen zu beschreiben. Vor etwa einem Monat haben wir den Belagerungsring um Porto Alegre aufgegeben, denn er war nicht ausreichend, und trotz all unserer Anstrengungen wurde die Stadt auf dem Seeweg versorgt. Die Belagerung hat vier Jahre gedauert, und ich denke, dass wir sie nicht wieder aufnehmen werden.

In letzter Zeit hat sich einiges für die Republik verändert. So wurde entschieden, dass wir Viamão verlassen und in Richtung Cruz Alta aufbrechen sollten, denn in der Campanha sind wir stärker und haben mehr Truppen. Auch die Hauptstadt wurde hierher, in den Ort São Gabriel, verlegt, den ich gestern in Gesellschaft meines Vaters und einiger Einheiten erreichte. Um in die Campanha zu gelangen, mussten wir die Serra überwinden. Zum Glück konnten wir dabei Labatuts kaiserliche Kolonne umgehen, ein Kampf mit ihr wäre wegen des Zustands, in dem sich unsere Artillerie und Kavallerie befinden, für uns sicherlich äußerst ungünstig verlaufen. Während der neun Tage, die wir für die Wegstrecke brauchten, hat es fast ununterbrochen geregnet. Lucas de Oliveira zog mit seinen Leuten voran, gefolgt von Canabarro und dem Großteil unserer Männer, dann kamen wir und General Netto. Wegen der Schwierigkeiten und aus Furcht vor Labatuts Angriff desertierten unterwegs viele Soldaten, aber schließlich erreichten wir am 27. Januar die Stadt Cruz Alta. Dort konnten die Soldaten gespeist und einige

Uniformen genäht werden, eine Notwendigkeit angesichts der Tatsache, dass die alten in einem jämmerlichen Zustand und einige Männer von der Hüfte aufwärts unbekleidet waren. Wir konnten dort auch die Pferde versorgen und unseren Bestand ein wenig vergrößern.

Von Cruz Alta zog die Mehrzahl der Truppen nach Santa Maria weiter, ich aber begleitete meinen Vater und seine Männer bis hierher, nach São Gabriel, von wo aus ich jetzt schreibe. Du musst verstehen, dass wir ein schwieriges und bewegtes Leben führen: Die Republik hat große finanzielle und moralische Schwierigkeiten, die Truppen sind enttäuscht, der Krieg will kein Ende nehmen, und die Bevölkerung verkraftet all das Leid nicht mehr. Als Arzt verbringe ich die Tage damit, Verwundete zu versorgen, die fast nie überleben können, denn unsere Medikamente sind knapp, und uns fehlt es an allem, und das bedrückt mich sehr. General Bento Gonçalves ist nicht mehr der energische, besonnene Mann, den du kennst, sondern ein erschöpfter Soldat, den die Zeit und die Entbehrungen ausgelaugt haben. Ich frage mich, wie viel er noch im Namen der Sache und der Menschen von Rio Grande ertragen kann, denn ich weiß, dass er nur ihretwegen den Kampf fortsetzt. Morgen wird mein Vater wieder die Amtsgeschäfte als Präsident dieser Republik aufnehmen, die derzeit der Vizepräsident wahrnimmt, José Mariano de Matos. Ich bete darum, dass er genügend Kraft für diese Aufgabe hat, denn zuweilen erweist sich die Politik als ermüdender und grausamer als jede Schlacht.

Was mich angeht, werte Manuela, so tue ich mein Bestes, indem ich meinem Vater helfe und weiter in diesem Krieg kämpfe. Aber das Einzige, was mich bestärkt, ist der Gedanke an dich. Ich weiß, dass die Zeit, die mich bedrückt, auch dafür sorgt, dass du dich erholst, und das ist mein Trost. All diese Monate, die wir uns seit dem traurigen Morgen nicht mehr gesehen haben, an dem du Garibaldi die ewige Liebe geschworen hast, müssen ebendieses Gefühl in deinem Gemüt beruhigt haben. Ich bete darum, dass dein schwer verletztes Herz gesundet und du einen Platz darin findest, für den, der dich liebt und verehrt.

Möge der Friede bei dir sein. Und mögest du mit Liebe an unsere Zukunft denken.

Dein Joaquim

São Gabriel, 13. März 1841

Manuela ging zu Bett und dachte über die Worte ihres Cousins nach. Welchen Nutzen hatten diese Jahre gebracht? Das ganze Land war verarmt, viele Menschen waren gestorben, andere darbten im Elend, und der Krieg hing immer noch als düstere Wolke über ihren Köpfen.

Und Giuseppe? Sie hatte keine Nachrichten mehr von ihm erhalten. Hielt er sich noch in Rio Grande auf? Und dann war da noch Joaquim. Mit seiner Sanftmütigkeit und Aufmerksamkeit. Mit seiner liebevollen, zurückhaltenden Schönheit, die wenig in ihrem ungestümen Herzen auszurichten vermochte. Sein Brief hatte ihre Seele nicht berührt, er hatte weder ihre Hände beben lassen noch Tränen in ihre Augen getrieben. Das war nicht der Sturm, den sie mit Giuseppe erlebt hatte. Doch diesem Sturm würde sie treu bleiben, da war sie sich sicher, auch wenn es ewige Einsamkeit bedeutete, denn nachdem sie einmal seine Kraft verspürt hatte, konnte sie sich nicht mit einer Brise begnügen.

Dona Antônia kehrte Ende März auf ihr Gut zurück. Seit ihrer Abreise hatte die Estância do Brejo gelitten. Die Truppen der Republik hatten Rinder und einen Teil der Pferde konfisziert. Jetzt ging sie zwischen den blühenden Apfelsinenbäumen spazieren. Im Winter würde es eine reiche Ernte geben, und das hatte sie immer als ein gutes Omen für ihr eigenes Leben genommen. Sie legte so gern Apfelsinenschalen ans Feuer, damit sie verbrannten, sie genoss den Duft, der dabei durch das Haus strömte, diesen Duft ihrer Kindheit.

Während ihrer Rekonvaleszenz verbrachte sie viel Zeit in dem Apfelsinenhain. Dort, zwischen ihren Bäumen, konnte sie nachdenken. Sie setzte keine großen Hoffnungen mehr auf diesen Krieg. Es waren fünf lange und leidvolle Jahre gewesen. Mit der ganzen Sache war nur sehr wenig gewonnen, andererseits ging es um einen Traum, und dafür schien ihr kein Preis zu hoch. Aber jetzt, da sie allein und von der Krankheit geschwächt über ihren Besitz ging, entdeckte sie eine neue Wahrheit: Sie hatten vergeblich gelitten. Es stand nicht nur schlecht um die wirtschaftlichen Verhältnisse der Estância, ganz Rio Grande war verarmt, und in den Häusern waren kaum noch junge Männer anzutreffen, denn fast alle waren in den Krieg gezogen. Und nur wenige kamen zurück.

»Der Krieg ist etwas für die jungen Leute«, überlegte sie. »Aber der Tod?«

Nun führte sie noch öfter Selbstgespräche als zuvor. Wie ihre Mutter. Aber sie sprach Wahrheiten aus. In ihrem ruhelosen Alter konnte sie dem Krieg nichts mehr abgewinnen. Und jedes Mal sorgte sie sich mehr um Bento, sie träumte von ihm. Es waren schwierige, düstere, undurchsichtige Träume. Sie wusste, dass diese Jahre ihn mehr als alle anderen belastet hatten. Die Toten spürten nichts mehr davon, sie waren längst in ganz anderen Welten. Aber die Überlebenden, die im Regen zu Pferd unterwegs waren und den Niedergang der Republik ertrugen – sie waren allesamt die Gläubiger dieses gescheiterten Traums.

Sie hatte einen Brief von Bento erhalten und ihn mit den anderen zusammen in der Nacht gelesen, bevor sie auf die Estância do Brejo zurückkehrte. Der Bruder hatte bittere Worte zu Papier gebracht. Er sehnte sich mehr denn je nach Frieden, denn dieser Krieg war nicht mehr zu gewinnen. Sie waren entkräftet, verarmt und erschöpft. Aber es kam nicht zum Frieden. Die Verhandlungen endeten stets in Streitigkeiten über irgendwelche Klauseln und Einzelheiten, bei denen er aus Fragen der Ehre oder eines Versprechens oder aus Stolz keine Zugeständnisse machen konnte. Alle Schwarzen des Heeres hofften auf ihre Freiheit. Sie verdienten die Freiheit, sie hatten dafür gekämpft und waren dafür gestorben. Aber ihre Freiheit war nicht in Sicht.

Dona Antônia begab sich in Richtung Wohnhaus. In der Ferne färbte sich der Horizont über den Hügeln langsam rötlich. Das Gesicht ihres Bruders, das sie im Traum gesehen hatte, kam ihr in den Sinn. Es war eingefallen und bleich, der Bart ergraut, die Haut faltig. Bento Gonçalves war zum Sklaven seiner Sache geworden. Sie überlegte, ob sie ihm schreiben sollte. Ihm sagen, dass er aus dem Krieg heimkehren und nach Uruguay gehen solle, wo er noch Ländereien besaß, dass er zu Caetana zurückkehren und sein Amt einem Jüngeren zur Verfügung stellen solle, der nach Siegen und Schicksalsschlägen lechzte. Aber Dona Antônia würde ihm diesen Brief nicht schreiben. Denn Bento würde ihn wie eine niederträchtige Beleidigung verbrennen. Und von ihrem Vater und von ihrer Mutter hatten sie vor allem eines gelernt: Die Ehre bestand darin, bis zum Ende durchzuhalten.

Sie betrat die Küche. Eines der schwarzen Dienstmädchen knetete auf dem alten, schartigen Tisch den Brotteig.

»Ich brauche einen heißen Matetee.«

Die Schwarze lächelte schüchtern. Ihre bemehlten Hände hoben sich von ihrer dunklen Haut ab. Sie wischte sie an der Schürze ab und erhitzte Wasser.

Draußen senkte sich der Abend über das Land. Dona Antônia versuchte sich vorzustellen, von welchem Fenster, von welchem Hügel, Feld, einsamen Ort oder Zelt aus Bento Gonçalves wohl diesen grausamen und fantastisch blutroten Sonnenuntergang betrachtete.

Maria Manuela umarmte Dona Ana zum Abschied. Sie trug ein dunkles Reisekleid, ihr Haar war zu einem Knoten hochgesteckt. Sie würde Rosário besuchen. Nach vielen Monaten würde sie ihre Tochter besuchen. Die Mutter Oberin hatte ihr geschrieben und den ersten Besuch von Seiten der Familie gestattet. Mariana begleitete sie. Sie war ein wenig mürrisch, weil sie drei Tage außerhalb der Estância verbringen sollte, aber sie hatte sich am frühen Morgen von João verabschiedet, und sie schmeckte noch seine süßen Küsse im Mund.

Dona Ana empfahl ihnen, die Hauptwege zu nehmen, auf sich Acht zu geben und sofort zurückzukehren. Manuel würde sie in die Gegend von Caçapava bringen, wo sich das Kloster befand. Manuel kannte die Wege und die ungeschriebenen Gesetze dieser vom Krieg erschütterten Pampa. Es war ein herrlicher Tag. In der Nacht hatte es geregnet, und die Wege würden weniger staubig sein. Die anderen winkten zum Abschied. Manuel trieb die beiden Pferde an, und die Kutsche setzte sich in Bewegung. Maria Manuela betete ein kurzes Gebet. Aber sie wusste eigentlich selbst nicht, wofür.

Die Reise verlief friedlich. Unterwegs trafen sie auf ein kaiserliches Pikett, aber sie wurden nicht belästigt und konnten unbehelligt weiterfahren. Der Herbst schickte seine ersten Anzeichen und brachte frischere Luft. Marianas Laune verbesserte sich angesichts der Landschaft, die sich vor ihren Augen ausbreitete. Seit Jahren war sie nicht aus den Ländereien der Familie herausgekommen, sie hatte höchstens Dona Antônia besucht. Die Reise begann ihr zu gefallen. Maria Manuela hatte sich beruhigt, sie dachte an Rosário.

»Wie es ihr wohl geht?«, überlegte Mariana laut. »Ob sie sich einsam fühlt?«

»Ich hoffe, dass sie in Frieden lebt«, erwiderte ihre Mutter. »Die Einsamkeit ist ein Gefühl, unter dem wir alle leiden. Ich fühle mich auch einsam. Ana fühlt sich einsam. Caetana fühlt sich einsam.« Sie sah ihrer Tochter in die Augen. »Und du, fühlst du dich einsam?«

Mariana überlegte, die Frage zu verneinen. Sie hatte sich während all der Jahre sehr einsam gefühlt. Aber jetzt nicht mehr. Jetzt hatte sie João.

»Ja, Mutter«, log sie schließlich. »Aber ich habe gelernt, damit umzugehen.«

»Du bist noch jung, mein Mädchen. In der Jugend hat man Kraft, gegen alles zu kämpfen. Deshalb habe ich Hoffnung. Ich glaube, Rosário geht es jetzt besser, und diese Wahnvorstellungen sind vorbei.«

Das Kloster war ein düsteres Gebäude zwischen hohen Mauern. Es war von einem Blumengarten umgeben, der in einen weitläufigen Nutzgarten überging, und weiter weg gab es noch einen Wald, in dem die Vögel Zuflucht fanden. Die Mutter Oberin empfing sie mit einem feierlichen Händedruck am Portal und machte wenig Worte. Kaum hatten sie das Kloster betreten, befiel Mariana ein Frösteln. Die Ruhe und der Geruch nach Weihrauch vermittelten eine bedrückende Traurigkeit. Sie dachte an die Lebensfreude ihrer Schwester, die immer Gesellschaften und Bälle geliebt hatte. Sie fühlte Mitleid. Sie müsste dort wie eine Rose im Frost vergehen. Die Mutter Oberin und eine Nonne gingen ihnen in den schattigen Fluren voran, sie sprachen von Gott. Einige Novizinnen huschten mit gesenkten Köpfen an ihnen vorbei. Jeglicher Lärm schien als Sünde angesehen zu werden.

»Das ist Rosários Zimmer«, sagte die Mutter Oberin. »Sie ist noch in der Kapelle, aber ich hole sie gleich. Gehen Sie nur schon hinein.«

Eine angenehme Brise kam durch das Fenster. Es war ein karges, schmuckloses Zimmer. Mariana betrachtete die Christusfigur an der Wand mit ihren qualvollen Augen.

»Es ist so traurig hier«, sagte Mariana.

Ihre Mutter betrachtete sie erstaunt.

»Das ist nur, weil es schon dunkel wird. Aber mir scheint der Ort geeignet. Hier herrscht Friede. Der Krieg ist weit weg von diesen Mauern.«

»Der Krieg, aber auch das Leben, Mutter. Die Zeit steht hier still.«

Maria Manuela setzte sich auf den einzigen Stuhl im Zimmer und legte den Reisehut ab.

»Die Zeit bringt nur Unheil, eines Tages wirst du das verstehen, mein Mädchen. Es ist gut, abgeschieden von ihr zu leben.«

Beide verharrten in Schweigen. Mariana bedachte, wie sehr sich ihre Mutter in den letzten Jahren verändert hatte, vor allem seit dem Tod ihres Vaters.

Gleich darauf kam Rosário. Sie trug ein dunkles Kleid und das Haar zusammengefasst, sie wirkte wesentlich älter. Zuerst strahlte sie vor Freude, als sie ihre Familienangehörigen erblickte, aber dann schimmerten ihre blauen Augen nur noch dumpf und matt. Maria Manuela umarmte ihre Tochter und weinte.

»Geht es dir gut?«, fragte sie und betrachtete ihr schön geschnittenes Gesicht. »Ja, es geht dir gut, das sieht man dir an. Gott hat sich um dich gekümmert.«

»Ja, mir geht es gut«, bestätigte Rosário. »Ich bete viel.«

»Beten ist Balsam«, bemerkte die Mutter mit ernster Stimme.

Mariana küsste und umarmte ihre Schwester. Sie spürte deren kalte Hände, aber sie sagte nichts. Die drei Frauen blieben auf dem Zimmer, bis die Mutter Oberin Maria Manuela aufforderte, sich das Zimmer anzusehen, das sie für ihre Unterkunft vorbereitet hatte. Die beiden älteren Frauen verließen das Zimmer.

Mariana setzte sich auf das Bett und rief Rosário zu sich.

»Geht es dir gut? Ich will die Wahrheit wissen.«

»Es muss mir gut gehen, Mariana. Hier habe ich Ruhe.«

»Aber, fühlst du dich nicht einsam?«

Rosário lächelte versonnen.

»Nein. Ich habe ja Steban.« Sie näherte ihr Gesicht dem der Schwester und flüsterte: »Er ist mit mir gekommen. Wir sehen uns jede Nacht... Wir werden heiraten.«

Mariana spürte Tränen aufsteigen und umarmte Rosário, die vor Glück strahlte.

»Wie schön wäre es, wenn du nach Hause kommen würdest, Rosário. Wir vermissen dich. Wir könnten spazieren gehen oder Ausfahrten machen, wir könnten singen... Tante Ana könnte Klavier spielen, und wir könnten einen Ball veranstalten, wer weiß.« Sie streichelte das goldene Haar ihrer Schwester. »Wenn du unsere Mutter darum bitten und nicht von Steban sprechen würdest, würde sie dich wieder mitnehmen.«

»Aber ich will nicht zurück, Mariana. Steban mag die Estância nicht. Er hat Angst vor Onkel Bento... Seit Uruguay hat er Angst vor dem Onkel. Hier geht es uns besser.«

Mariana nahm die Hände ihrer Schwester zwischen ihre eigenen. Sie spürte einen Druck auf der Brust und eine verrückte

Lust, nach Hause zu laufen und in Joãos liebevoller Umarmung Schutz zu suchen.

Der Monat Mai brachte Regenfälle. Vom Morgengrauen bis zum Einbruch der Nacht war der Himmel mit dunklen, düsteren Wolken bedeckt. Nachts regnete es ununterbrochen.

Bento Gonçalves und seine Söhne waren in einem niedrigen Haus untergebracht, in dessen Patio ein gewaltiger Feigenbaum Ruhe verbreitete. Die Zimmerfenster zeigten nach Westen, der Saal war geräumig und kaum möbliert. João Congo und ein junges schwarzes Mädchen versorgten sie mit allem. Die Tage vergingen mit Beratungen. Sie brauchten endlich einen großen Sieg, und sei es nur, um mit dem Kaiserreich ein gerechteres Friedensabkommen auszuhandeln.

In letzter Zeit hustete Bento viel. Joaquim war beunruhigt, aber Bento sagte, es sei nichts. Er erzählte ihm weder von seinem Wechselfieber noch von den Nächten voller Albträume. Noch mehr jedoch sorgte sich Joaquim wegen Bentos traurigem Blick, der sich am Horizont verlor und nichts mehr von der Energie früherer Zeiten aufwies.

Bento Gonçalves stocherte in der Glut. João steckte den Kopf zur Tür hinein.

»Sie haben Besuch«, sagte der Schwarze.

»Wer ist es?«

»Garibaldi, der Italiener.«

Bento Gonçalves trank seinen Matetee aus. Der Italiener war gekommen, um sich mit ihm zu unterhalten. Bento konnte sich sehr gut vorstellen, worüber. Er beobachtete das prasselnde Feuer im Kamin und erinnerte sich an die Zeit, als Garibaldi sich mit Manuela verloben wollte. Seine Ablehnung war eine richtige Entscheidung gewesen. Aber dennoch, selbst jetzt, wie konnte er dem Italiener eine unvernünftige Haltung vorwerfen? Er selbst, der mit jeder Faser seines Seins an diesen Krieg gefesselt war, was würde er nicht für einen einfachen Frieden geben?

»Sage ihm, dass er hereinkommen soll, Congo. Und mache noch mehr Wasser heiß.«

Giuseppe Garibaldi konnte gewaltig und schmächtig zugleich wirken. Seine Gesten, sein Gesicht, der intensive Glanz seiner Augen strahlten eine große innere Kraft aus. Bento Gonçalves drückte die schwielige Hand fest. Er forderte ihn auf, sich ans Feuer zu setzen. Er betrachtete den Italiener prüfend und fand auch bei ihm Zeichen der Erschöpfung. Er wirkte magerer als sonst und niedergeschlagen. Vielleicht war er nicht mehr der Löwe wie zu Beginn. Bento dachte an den Transport der Schiffe durch die Pampa. Das war tatsächlich eine einzigartige Leistung gewesen. Dennoch gab es etwas an Garibaldi, das ihn störte, vielleicht sein unsteter Charakter.

»Ich bin gekommen, um Ihnen etwas mitzuteilen, Herr Präsident.« Garibaldi sprach leise und bedächtig. »Etwas Unumkehrbares.«

»Also sprechen Sie, Kapitänleutnant Garibaldi.«

»Ich will Rio Grande verlassen.« Es wurde still im Raum. Bento Gonçalves schenkte Wasser nach und machte Anzeichen, dem Italiener das Kürbisgefäß zu reichen. Doch der lehnte ab. »Ich will nach Montevideo und dort *una nuova vita* beginnen. Mit Anita und *il mio figlio* Menotti.« Garibaldi erwartete irgendeine Bemerkung des düsteren und ernsten Mannes, des größten Generals dieser Republik. Nichts.

Bento Gonçalves schien den Rest seines Geständnisses, seines Rücktritts, seiner Fahnenflucht abzuwarten. Was auch immer es sein mochte, Bento Gonçalves wartete ab. Also sprach Garibaldi weiter: »Ich bin seit drei Jahren hier. Ich habe *tutto* für diese Republik gegeben. Jetzt ist diese Zeit *finito*. Die Republik Rio Grande braucht mich nicht mehr, Herr Präsident.«

Bento Gonçalves schürte das Feuer im Kamin. Draußen wurde es langsam Nacht, und die ersten Regentropfen klopften auf das Dach. Er lehnte sich im Stuhl zurück. Die Flammen beleuchteten das Gesicht des Italieners.

»Sie haben alles Recht der Welt, abzureisen und Ihr Leben zu leben. Sie haben viel für Rio Grande getan.«

»Seit Rossetti gestorben ist…« Dem Italiener verschlug es die Sprache.

»Rossetti war ein großartiger Mann, ein kluger Mann. Ein tapferer Mann.«

Garibaldi stand auf. Er schien noch niedergeschlagener als zu Beginn des Gesprächs.

»Ich muss meinem Sohn *una vita* geben, Herr Präsident.«

»Wir alle brauchen ein Leben, Senhor Garibaldi.« Auch Bento Gonçalves erhob sich und reichte ihm die Hand. »Sie können in Frieden ziehen. Wir werden Ihnen immer dankbar sein. Sie haben viel für unsere Republik getan.«

Der Italiener nickte traurig. Es war hart, diesen Traum aufzugeben. Er verabschiedete sich. Er teilte mit, dass er in einer Woche nach Montevideo aufbrechen werde. Er beabsichtigte, eine Zeitlang dort zu leben. Bento Gonçalves begleitete ihn bis zur Tür.

»Die Republik Rio Grande steht in Ihrer Schuld, Senhor Garibaldi. Ich bitte Sie, mich in zwei Tagen noch einmal zu besuchen. Wir möchten Ihnen etwas geben. Sicherlich ist es weniger, als Sie verdient haben, aber etwas anderes haben wir nicht anzubieten.«

Giuseppe Garibaldi ging in den Nieselregen hinaus. Das Pferd erwartete ihn unter dem Feigenbaum. Bento Gonçalves kehrte ins Haus zurück und setzte sich wieder ans Feuer. Er hatte Schmerzen. Er war nicht mehr derselbe Mann, der schwimmend aus der Festung São Marcelo geflohen war. So vieles hatte sich verändert, nicht bloß in seinem vom ständigen Kampf erschöpften Körper, nein, mehr noch in seinem Gemüt, in seiner Seele. Die Winternacht verbreitete stille Mutlosigkeit über der Pampa. Bento Gonçalves' Blick verlor sich in den unruhig flackernden Flammen.

Die sechshundert Rinder bildeten unter der matten Wintersonne eine einzige Einheit aus Kraft und Stärke. Zwei Rinderhirten sollten Garibaldi bis zur Grenze begleiten, wo er ein neues Leben beginnen würde. Es war ein klarer Maimorgen. In der Luft hing noch der nächtliche Regen.

Garibaldi besichtigte die Rinderherde. Er hatte sich soeben

von Bento Gonçalves verabschiedet, der ihm Glück und eine gute Reise gewünscht hatte. Mit dem Abschied hatte sich Giuseppe seinen eigenen Göttern anvertraut und sie um eine gute Reise und eine friedliche Ankunft in Uruguay gebeten. Unterwegs würde er einige Rinder verkaufen, und den Rest würde er in Montevideo auf den Markt bringen. Und dann hätte Anita ein Haus, Menotti eine Wiege, und er hätte seinen Frieden.

Die Soldaten verabschiedeten sich bewegt von ihm. Sie hatten gemeinsam gekämpft, sie hatten gemeinsam gelitten, sie hatten gemeinsam gehungert. Garibaldi war beliebt und geschätzt. Aber nicht mit diesem kalten, fast grausamen Respekt, den die Augen des Präsidenten einforderten. Ein anderes, ein brüderliches Gefühl verband ihn mit diesen Männern.

Einer der Viehhirten näherte sich ihm.

»Es ist alles vorbereitet, Garibaldi.«

»*Bene.* Also ziehen wir los.«

Sie trieben die Rinder an. Garibaldi ritt zu dem Karren, auf dem Anita und sein Sohn reisten. Anita sah ihn wie immer mit ihrem liebevollen, zuversichtlichen Lächeln an und flößte ihm Ruhe ein.

»Es geht los, Anita.«

»Ja, es geht los«, antwortete sie und nahm ihren Sohn auf den Arm.

Garibaldi galoppierte voran. Eine Gruppe Offiziere beobachtete die Szene. Einer von ihnen winkte ihm zu. Es war Teixeira Nunes. Niemals würde Garibaldi Teixeira Nunes und seine *Lanceiros Negros* vergessen. Er ritt zu ihnen. Teixeira zwirbelte gerade seinen mächtigen Schnauzbart. Neben ihm stand Joaquim.

»Viel Glück, Garibaldi.«

»*Addio*, Oberst Teixeira.«

Einen Augenblick begegneten sich die Blicke der beiden Männer. Bevor Garibaldi kehrtmachte, sah er zu Joaquim. Der älteste Sohn von Bento Gonçalves betrachtete ihn ruhig. Er war ein schmucker, schneidiger Mann mit einem aufrichtigen Gesicht. Vielleicht war er ein wenig blass und zu dünn. Garibaldi näherte sich ihm.

»Passen Sie auf Manuela auf«, sagte er.

Joaquim wirkte einen Moment überrascht. Dann nickte er.

Giuseppe Garibaldi lächelte traurig. Er gab dem Pferd die Sporen und galoppierte querfeldein. Er ließ diese rätselhafte Pampa mit ihrem schneidenden Winterwind und ihren schwülen Sommern hinter sich, diese Pampa mit ihren tapferen Männer und ihrem Traum von Freiheit. Er ließ mehrere Jahre seines Lebens hinter sich, seine besten Freunde und eine Liebe, die so zart war, dass sie unter diesem Himmel niemals überlebt hätte.

Er atmete tief durch. Die kalte Luft war Balsam für seine Lunge. Er blickte nicht mehr zurück. Die Viehhirten trieben mit ihren Rufen die Rinderherde an. Giuseppe Garibaldi lächelte zufrieden. Wieder einmal stach er in See.

»*Addio*, Rio Grande, *addio*.«

Niemals würde er dieses Land vergessen.

Ein schwaches Licht erreichte ihre Augen. Im Traum öffnete sie ein Fenster. Das Licht drang in ihren Traum und wurde heller, das Fenster wurde zu einer Tür, dann zu einem Feuer. Erschreckt öffnete sie die Augen. Sie spürte die Hitze, die von seinem Körper ausging, von seinem kräftigen Arm, der ihre Taille umfasst hielt.

Mariana sah, dass es draußen Tag wurde. Durch die Holzritzen drang Licht in den Schuppen. Wie spät es wohl war? Auf der Estância begann der Tag sehr früh, und sie befürchtete, hier im Nachtgewand, ungekämmt und sündig in Joãos Armen entdeckt zu werden. Ihre Mutter würde sie ins Kloster schicken, an diesen finsteren, trostlosen Ort.

»Um Gottes willen!« Sie sprang auf. Neben ihr öffnete João verwirrt die Augen. »João, es ist schon Tag! Ich muss zurück in mein Zimmer.«

Er lächelte, als er seine schöne Geliebte sah, das schwarze Haar fiel über ihren Rücken, und ihr Gesicht war gerötet. Sie hatten sich hier am frühen Morgen getroffen. Sie hatte über das dünne weiße Nachtgewand einen dicken Poncho gezogen und sich dazu in einen Schal gehüllt. Als er ihr Gesicht ertastete, hatte er die Kälte und die Feuchtigkeit des Morgentaus gespürt, und ihn hatte das tiefe Bedürfnis erfüllt, sie zu wärmen. Sie hatten den Rest der Nacht unter einem Schaffell verbracht, glücklicher als im Himmel.

»Du erfrierst noch in diesem dünnen Gewand«, sagte er und lächelte. »Du solltest dir etwas anziehen.«

Mariana gehorchte.

Auch João kleidete sich an. Er zog den Poncho über seinen nackten Oberkörper und verbarg so seinen kräftigen Körperbau. Er sah sie fest mit seinen schwarzen Augen an. Und er schenkte ihr sein katzenhaftes, sinnliches Lächeln.

»Ich gehe jetzt, João. Wir reden später. Meine Mutter steht bestimmt schon auf, und Manuela auch.«

»Du solltest ihr alles erzählen. Sie ist deine Schwester ... Und eines Tages wird sie es ohnehin entdecken. Immerhin schläfst du kaum mehr in eurem Zimmer.«

Mariana küsste ihn. Dieser speichelfeuchte Mund schmeckte nach Früchten, nach Wildnis. Es tat ihr leid, ins Haus zurückzugehen, mit den Tanten zu frühstücken, zu beten, zu sticken, stundenlang in einem Buch zu blättern, während sie nur an ihn dachte, an die gemeinsam verbrachte Zeit, an ihre köstlichen Sünden.

»Noch nicht, João.« Sie hüllte sich in ihren Schal. »Meine Mutter ist sehr eigen. Wenn sie von uns erfährt, wenn sie einen Verdacht hegt, wird sie mich ins Kloster sperren, bis dieser verdammte Krieg zu Ende ist. Du bist nicht gerade der Ehemann, den sie sich für mich vorstellt ... Wir brauchen noch Zeit, ehe ich ihr davon erzähle. Wenn sie ruhiger und gelassener geworden ist. Ich will nicht ins Kloster. Ich habe Rosário im Kloster besucht, die dort mehr und mehr verkümmert. Und wie du weißt, mag ich weder Gebete noch Litaneien.«

»Ja, du magst mich ... und meine Zärtlichkeiten.«

Er streichelte ihr Haar. Er liebte sie. Als er mit Manuel auf die Estância gekommen war, hatte er vom ersten Moment an gewusst, dass ihn hier, auf diesem Landgut, etwas erwartete. Er wusste es wie in einem Traum. In seiner ersten Nacht nahm er die Gitarre und spielte ein Liebeslied. Er blieb stundenlang unter den Sternen sitzen, blickte schweigend über die Pampa und dachte an die Liebe. Er hatte nie zuvor geliebt. Er hatte Huren gekannt, er hatte ein wunderschönes Mädchen gekannt, auch eine spanische Witwe, aber das waren vergängliche Liebeleien gewesen. Nie hatte er die wirkliche Liebe erlebt. Am nächsten Morgen begegnete er Mariana am Bach. Nie wieder würde er das Feuer vergessen, das seine Brust, seinen Körper, seine gesamte Seele erfasst hatte. Seit jenem Tag sehnte er sich danach, jede Minute mit ihr zu verbringen.

Mariana ging. Er sah ihr durch das kleine Fenster im Schuppen nach. Mariana würde sogleich das Zimmer einer reichen Senhorita betreten, mit den schwarzen Mädchen, die sie bedienten, und der Mutter, die über dieses oder jenes klagte. Für ihn, für João Gutierrez, begann die Arbeit. Er war den ganzen Tag beschäftigt, er folgte den Anweisungen, er betätigte sich auf der Estância, und er zähmte die Fohlen. Er wusste genau, wo sein Platz war. Aber er hatte sich in diese reiche Senhorita verliebt, und er würde hier oder wo auch immer diese Liebe leben. Er wusste, dass Dona Ana mit allen Landarbeitern freundlich und höflich umging, aber wenn sie von diesen Treffen mit einem Habenichts erführe, würde sie ihn von der Estância verweisen. Vermutlich würde sie befehlen, ihm eine Kugel in die Stirn zu jagen, um die Geschichte vergessen zu machen. Und dann würde sie sich wieder ihren Gottesdiensten und ihren Stickarbeiten zuwenden. Er wusste es. Mariana war die Nichte von General Bento Gonçalves, dem wichtigsten Mann der Republik. Und er… er war ein Niemand. Er war der Sohn einer Charrua-Indianerin und irgendeines Uruguayers, er war in dieser Pampa aufgewachsen und zog von hier nach da, ohne ein eignes Dach über dem Kopf oder eine Familie. Er verstand sich auf Pferde, er kannte sich mit diesem Erdboden aus, aber er war kein Großgrundbesitzer oder Landadeliger oder sonst jemand, der einen Wert darstellte.

Schließlich zog er sich hastig an. In der Ferne winselte plötzlich ein Hund. Draußen vertrieb die Kälte seine restliche Müdigkeit. Er ging zum Schuppen der Landarbeiter. Er würde mit den anderen Mate trinken und sich dann um die Pferde kümmern. Er dachte an Mariana, an ihre zarte Haut, an ihre leidenschaftlichen schwarzen Augen mit den langen Wimpern. Er liebte sie. Wenn man sie trennen würde, wäre er zu sonst etwas fähig. Zu einer Wahnsinnstat. Mariana war seine Frau. Gott hatte das so entschieden, und er glaubte an Gott.

Vor zwei Tagen war Pedro sechsundzwanzig Jahre alt geworden. Die Mutter hatte erzählt, wie er in einer kalten Juninacht auf die Welt gekommen war und geschrien hatte, bis er blau anlief. Da hatte sie ihn an ihre warme, pralle Brust gelegt und er hatte sich sofort beruhigt und war eingeschlafen. Er war immer ein ruhiges Kind gewesen, doch dieser Wutanfall, der erste in seinem Leben, war eine Warnung gewesen. Äußerlich wirkte Pedro besonnen, aber man konnte sich auf diese Ruhe nicht verlassen, in seinem Inneren brodelte eine feine, leicht erregbare Wut.

Er reitet vor der Kolonne her. Er soll sich mit Netto und dessen Männern treffen, die südlich des Jacuí ihr Lager aufgeschlagen haben. Es ist ein klarer, sehr kalter Morgen. Der Minuano hat drei Tage lang gewütet, nun liegt die Pampa ruhig und friedlich da. Pedro spürt, dass sein Hunger erwacht. Er denkt an die schmackhaften Gerichte, die seine Mutter zu Hause anrichten lässt, und er sehnt sich nach der Estância und nach den endlosen Mahlzeiten mit einem guten Wein. Er ist niemals gefräßig gewesen, aber nun, auf diesem Ritt, bedauert er, nicht jedes Gericht, jedes Churrasco, jedes Pfirsichmus, das man ihm zeit seines Lebens angeboten hat, gegessen zu haben. Der Hunger ist hartnäckig und grausam. Der Hunger ist wie eine lästige Fliege.

Er führt zweihundert einfache Soldaten an. Netto erwartet ihn mit weiteren neunhundert Mann. Gemeinsam werden sie unter Nettos Befehl den kaiserlichen General João Paulo angreifen. Die Campanha ist *Farroupilha*-Gebiet, hier fühlen sie sich sicher. Vielleicht stößt Canabarro zu ihnen. Pedro weiß es nicht, er weiß nur, dass man ihm diese Operation anvertraut hat. Auch Teixeira und seine Lanzenreiter sollen mit Netto zusammentreffen. Pedro und seine Männer rücken weiter vor. Die Hügellandschaft dehnt sich sanft mit ihrem Grün vor ihnen aus. Die Hügel sind wie die Brüste einer Frau: warm von der Wintersonne, schön und ansehnlich. Pedro atmet tief ein. Er ist sechsundzwanzig Jahre alt. Bei seiner Geburt hat er viel geweint. Seine Mutter, Dona Ana Joaquina da Silva Santos, hat ihm immer wieder von diesem Augenblick erzählt.

Dona Ana ergreift die Kerze, als handelte es sich um einen Degen, der ihr das Leben retten soll. Sie schließt die Augen zum Gebet. Jeden Tag kniet sie dreimal in der Hauskapelle nieder und spricht voll Inbrunst ihre Gebete. Der Heiligen Jungfrau ist sie bestens vertraut – sie hat sie Paulos Tod beweinen sehen, sie hat sie bei dessen Begräbnis beschützt, und sie hat ihr in ihrer ersten Nacht als Witwe beigestanden. Die Heilige Jungfrau versteht die Widrigkeiten dieser Revolution, das Leiden der Frauen, ihr verzweifeltes Sticken, das grausame Schicksal des Wartens.

Dona Ana stellt die Kerze an den Altar. Die Flamme ist unbeständig, sie flackert. Hier zieht es, denkt Dona Ana. Sie sucht nach dem geöffneten Fenster, aber alles ist fest verschlossen. Draußen ist es kalt, und die schwarzen Dienstmädchen haben den Auftrag, das Haus zu beheizen, denn die Kinder erkälten sich leicht in diesen feuchten Wintern der Pampa. Die Kerzenflamme ist weiterhin unruhig, sie leuchtet auf und wird gleich wieder schwächer. Hat die Heilige Jungfrau sie vielleicht erhört? Hat sie ihr etwas mitzuteilen? Geht es darum? Aber die Kerze steht wackelig und droht jeden Augenblick zu erlöschen, vom Altar zu fallen und mit ihrer Unruhe die Heilige Jungfrau zu belästigen. Dona Ana greift nach ihr. Vielleicht sollte sie noch mehr Wachs schmelzen, die Kerze besser befestigen, sie näher zur Jungfrau stellen.

»Ich mache sie jetzt richtig fest, heilige Maria.«

Dona Ana hält mit der linken Hand die brennende Kerze, und mit der rechten Hand bekreuzigt sie sich noch einmal. Irgendwo im Haus knallt eine Tür. Man hört eine Frau aufschreien. Dona Ana erschrickt, die Kerze entgleitet ihr und fällt auf den Teppich. Dona Ana kann es nicht fassen. Innerhalb von zwei Sekunden fängt der Teppich vor ihren Augen Feuer, und in dem Wollgewebe bildet sich ein Brandloch. Die Flammen lodern dunkelrot in die Höhe. Dona Ana schreit. Sie schreit verzweifelt und bedeckt ihr Gesicht. Sie zittert. Sie will nicht sehen, was in diesen Flammen gewesen ist.

Zefina und Caetana kommen herbeigeeilt. Dona Ana kniet am Boden, der Teppich vor ihr brennt und verströmt den beißenden Geruch der versengten Wolle.

»Herr im Himmel!«

Zefina holt einen Besen und klopft auf den Teppich, bis das Feuer erlischt. Ein beißender Geruch hängt in der Luft. Dona Ana weint leise. Die Heilige Jungfrau scheint sie mitleidig anzublicken, in ihren unbeweglichen Augen glänzt matt der Schimmer der alten Bemalung. Caetana kniet neben ihrer Schwägerin nieder.

»Ist etwas passiert?«

Dona Ana öffnet entsetzt die Augen.

»Es war ein Schreck. Ich habe den Schrei gehört und dann ....«

Caetana streicht ihr sanft über den Rücken.

»Der Schrei? Da war nichts, Ana. Das war Milú, ihr ist in der Küche ein Topf mit *Charque* auf den Fußboden gefallen. Du weißt ja, wie schreckhaft Milú ist.«

Dona Ana sieht Caetana direkt in die Augen. Sie ist blass

»Als die Kerze hinunterfiel, habe ich ihn gesehen. Ich habe ihn genau gesehen, als stünde er vor mir, Caetana.«

»Was hast du gesehen?«

»Pedro.« Tränen strömen über ihr Gesicht. »Sein Körper war von einer Lanze durchstoßen.«

Caetana greift nach den Händen der Schwägerin. Sie sind feucht. Sie weiß nicht, was sie sagen soll. Zefina bringt den verbrannten Teppich fort, ihre Augen sind starr vor Schreck. Dona Ana beginnt leise zu weinen, wie ein erschrockenes Mädchen, das bei einem schlimmen Vergehen ertappt wird.

Als die Nachricht auf der Estância da Barra eintraf, hielt sich dort auch Dona Antônia auf. Sie hatte ihre Schwester besucht, die nach dem Schrecken mit der Kerze sehr niedergeschlagen und empfindlich war. Dona Antônia gab sonst kaum etwas auf derlei Dinge. Für sie war das Leben eine Abfolge vorhersehbarer irdischer Angelegenheiten, und es genügte, Ruhe und Ordnung zu bewahren, damit das Allermeiste wieder ins Lot kam. Aber sie fürchtete Nächte mit viel Wind, und sie glaubte an die Vorahnungen einer Mutter.

Dona Antônia saß an Dona Anas Bett und las ihr einen Roman vor, um die Zeit zu vertreiben und sie von ihrer Sorge abzulenken, als sie nahe vom Haus ein Pferd galoppieren hörten. Dann erklang Zé Pedras Stimme, der den Reiter begrüßte. Der andere sagte leise etwas, und der Schwarze antwortete diensteifrig.

»Warten Sie hier. Ich werde eine der Herrschaften benachrichtigen.«

Dona Antônia stand hastig auf. Dona Anas erschrockene Augen ließen sie nicht aus dem Blick.

»Du bleibst hier, ich bin gleich zurück«, sagte sie.

Im Saal erzählte der Mann am warmen Feuer die Geschichte. Dona Antônia empfing jedes einzelne Wort wie einen Dolchstoß. Etwas abseits stand Caetana an der Tür und weinte leise. Pedro war in der Nähe des Jacuí gefallen, er fand den Tod, als er auf ein kaiserliches Detachement stieß. Sie hatten seinen Leichnam zu General Netto gebracht, der ihm ein würdiges Begräbnis gab. Der Mann war mit seinem Bericht zu Ende, er war traurig und bedrückt. Nur ungern überbrachte er eine solche Nachricht. Er händigte Dona Antônia ein Bündel aus.

»Das sind seine Sachen«, sagte er.

Dona Antônia drückte das Bündel an ihre Brust. Ihre Augen waren trocken.

»Wie ist er gestorben?«

Der Mann senkte den Kopf. Es war seine Pflicht, der Familie Auskunft zu geben. General Antônio Netto hatte es ausdrücklich befohlen.

»Er wurde von einer Lanze durchstoßen.«

Manuela geht auf ihr Zimmer. Soeben hat man ihr die Nachricht vom Tod ihres Cousins überbracht. Sie weint nicht, aber sie spürt eine unsägliche Leere in der Seele. Sie hat Dona Ana im Arm ihrer Mutter weinen sehen. Aber sie hat den Mut nicht aufgebracht, ihrer Tante in die Augen zu blicken.

Mariana schläft. Es ist noch zu früh für das Abendessen. In der letzten Zeit schläft Mariana sehr viel. Manuela kennt den Grund für diese Müdigkeit. Sie kennt diesen Glanz in den Augen, dieses Leuchten kaum verhohlener Lebensfreude. Und sie hat Mariana dabei überrascht, wie sie lächelnd vor geheimnisvollen Erinnerungsstücken saß, Gegenständen, die sie streichelte, als hätte sie eine Truhe mit Kostbarkeiten geöffnet und würde nun ihren Schatz bewundern. Manuela weiß, dass dies Liebe ist. Sie hat gesehen, wie João mit seinen indianischen Augen jeden Schritt Marianas verfolgt hat. Aber Manuela hat niemals etwas dazu gesagt. Niemals würde sie ihrer Schwester von den Gelegenheiten erzählen, in denen sie am frühen Morgen, wenn ihr das Herz nach ihren Träumen von Giuseppe bis zum Hals schlug, in Marianas Gegenwart Trost gesucht und nur deren leeres Bett vorgefunden hat.

»Mariana«, sagt sie leise.

Mariana öffnet die Augen. Sie sieht verwundert zu ihrer Schwester und setzt sich im Bett auf.

»Ist etwas geschehen?« Ihre Stimme klingt angespannt.

Sie hat nun immer Angst, Angst davor, dass ihre Liebe entdeckt würde, Angst davor, dass man sie gesehen haben könnte, wie sie des Nachts den Weg zu João zurücklegte.

»Ja, etwas Schreckliches.« Manuela setzt sich neben sie auf das Bett und sagt leise zu ihr: »Sie haben Pedro getötet. Am Jacuí.«

»O mein Gott…« Marianas Augen füllen sich mit Tränen. Sie hatte immer mit Pedro gespielt, von klein auf. Oft waren sie in Tante Antônias Apfelsinenhain entwischt, hatten sich dort versteckt und stundenlang Apfelsinen gegessen. Wenn sie dann beide über Bauchschmerzen klagten und Wermuttee zu trinken bekamen, zogen sie schon wieder Grimassen und bogen sich vor Lachen. »O mein Gott… Wann ist das geschehen?«

»Ich glaube, es war gestern. General Netto hat uns sofort die Nachricht geschickt.«

Mariana springt aus dem Bett und geht durch das Zimmer. Draußen ist die Nacht sternenlos und dunkel. Ihr Körper bebt vor Schmerz und vor Angst. Als hätte sie plötzlich eine unheilbare Krankheit… Warum dieser Krieg? Der Cousin, ihr junger, schmucker Cousin, weshalb ist er gestorben? Es ist ein Alptraum, der kein Ende nehmen will. Auch João wird eines Tages in den Krieg ziehen. Früher oder später sind alle losgezogen. Ihre Schwester sitzt auf dem Bett und starrt reglos vor sich hin – Manuela hat schon lange keine Tränen mehr. Anders als Mariana, doch Mariana wird nicht all ihre Tränen vergießen. Sie wird jetzt ein Bad nehmen, sie wird eines der schwarzen Dienstmädchen beauftragen, die Badewanne zu füllen und ihr den Rücken zu schrubben, um all das Blut und den Todesgeruch zu vertreiben. Sie wird etwas zu Abend essen, sich wieder ins Bett legen und auf den Anbruch des nächsten Tages warten. Sie will leben, endlich wieder leben.

In dieser Nacht stand Dona Ana auf und trat auf den Flur hinaus. Ihre Augen waren vom Weinen geschwollen, ihre Hände zitterten heftig. Als wäre sie in den letzten Stunden um viele Jahre gealtert. Dona Antônia, die im Bett neben ihr schlief, um ihr notfalls beistehen zu können, bemerkte nichts. Dona Ana konnte sich bereits wie ein Geist bewegen.

Das Haus lag im Dunkeln. Sie ging zur Hauskapelle. Zwei Kerzen brannten vor dem Bild der Heiligen Jungfrau. Eine dumpfe Wut stieg in ihrer Brust auf. Sie wollte diese Wut noch nähren, sie wollte, dass die Wut sie völlig verzehrte und sie endlich aus diesem Leben fortriss, aus diesem heillosen Schmerz, diesem Alptraum, in dem man ihr ihr Kind genommen hatte, ihren Pedrinho.

Dona Ana berührte die Heiligenfigur und spürte das kalte Porzellan unter ihren Fingerspitzen.

»Heilige Mutter Maria, auch du bist eine Mutter gewesen, das hättest du mir nicht antun dürfen. Das ist nicht gerecht…« Tränen liefen über ihr Gesicht. Sie sprach leise weiter. »Du hast auch einen Sohn verloren.«

Ohne nachzudenken griff sie nach der Figur und warf sie auf den Boden. Das Porzellan zerbrach in tausend Teile. Dona Ana erschrak. Eine Scherbe hatte sie in den Fuß geschnitten, Blut lief aus der Wunde. Dona Antônia erschien in ihr Schultertuch gehüllt im Gang, ihr Gesicht zeigte keinerlei Regung.

»Das hätte sie mir nicht antun dürfen«, stöhnte Dona Ana und sah zu ihrer Schwester. »Pedro ist gerade erst sechsundzwanzig Jahre alt geworden. Ich hatte einen Poncho für ihn gestrickt. Ich hatte keine Zeit, ihm den Poncho zu schicken. Er hat bestimmt gefroren, der Ärmste…«

Manuelas Tagebuch

Pelotas, 14. Mai 1848

Pedros Tod prägte den Winter des Jahres 1841. Dona Ana blieb viele Tage im Bett liegen, sie war krank vor Trauer. Ihr Zustand besserte sich erst mit Josés Ankunft Anfang Juli. José war abgemagert, er trug einen Vollbart, er hinkte ein wenig auf dem rechten Bein, und er war in tiefes Schweigen versunken. Er kam ins Haus, traf seine Mutter im Bett an, fiel vor ihr auf die Füße und weinte wie ein kleiner Junge. Als sie diese Schwäche in ihrem ältesten Sohn sah, erwachte etwas in Dona Ana zum Leben, eine alte Kraft entfachte wieder die Flamme ihrer mütterlichen Fürsorge. Sie nahm Josés Kopf in ihren Schoß und sammelte ihre für ausgelöscht gehaltenen Kräfte, sie flüsterte ihm Geheimnisse ins Ohr. Manchmal lächelten sie gemeinsam, manchmal weinten sie gemeinsam, aber sie ermahnte ihn immer wieder weiterzuleben. Dann stand sie nach Tagen zum ersten Mal auf, ließ ein Bad für sich vorbereiten und begab sich selbst in die Küche, um ihrem Erstgeborenen, dem Kriegsheimkehrer, ein gutes Essen zuzubereiten.

Aber Dona Ana wurde trotzdem nicht mehr dieselbe. Die Augenblicke der Stärke wechselten mit Tagen unsäglicher Trauer ab, die Falten in ihrem Gesicht wurden immer tiefer, und ihre ganze Gestalt bot mit dem gebeugten Rücken, den zitternden Händen und der vergilbten Haut einen Anblick der Zerstörung. Tatsächlich alterten wir alle innerlich und äußerlich, jede von uns erfuhr ihren Schmerz, ihre Trauer und ihre Leere. Ganz Rio Grande wurde alt. Man sah keine jungen Männer mehr auf den Straßen reiten, man hörte keinen Fandango mehr, es gab keine Einladungen zum Churrasco oder zu Gesellschaften, es gab nicht einmal eine Kirmes. Die Kinder wurden im engsten Familienkreis getauft, und wenn einmal jemand heiratete, dann mit dem Schatten der Angst, dass die Witwenschaft diese Liebe zerstören könnte.

Aber trotz dieser Trübsal war der Mechanismus der Dinge weiterhin in Bewegung. Manchmal waren wir fast glücklich. Glücklich aufgrund von kleinen Freuden, aufgrund von winzigen und feinen Gefühlen... Und äußerst selten brach sogar große Freude aus. Dann versuchten wir, sie wie ein ausgezeichnetes Essen zu genießen, sie möglichst weit bis an die Grenzen auszudehnen, sie hinauszuzögern, bis sie sich wie ein Parfüm verflüchtigte. So war es, als Perpétuas zweite Tochter Ende Juli auf die Welt kam. Inácio hielt sich damals bei uns auf. Und diese Geburt erneuerte uns, sie reinigte das Haus von Pedros Tod.

Perpétua Inácia de Oliveira Guimarães kam an einem fahlen Wintermorgen zur Welt, sie wog acht Pfund und schrie dermaßen, dass wir alle das Gleiche dachten: Das Mädchen hat die Kraft der Gonçalves da Silva geerbt. Sie erhielt den Namen ihrer Mutter und ihrer Urgroßmutter, denn so hatte es meine Cousine sich schon immer gewünscht. Inácio schloss sein Töchterchen in die Arme, als es die Hebamme zuließ. Auf dem Gesicht des Vaters lag ein Strahlen, als ob das Leben noch endlose Möglichkeiten böte und das Ganze schließlich für uns ein Ende nähme. Als ob wir in der Zeit zurückgehen könnten, die Verluste vergessen und uns nur noch an die Freuden erinnern könnten, wie die Geburt der kleinen Perpétua.

Dennoch hielt dieser Winter noch einige Überraschungen bereit. An einem Nachmittag, als ich am Feuer saß und strickte, setzte sich Inácio auf einen Stuhl neben mich und begann ein Gespräch. Seine Frau und seine Tochter schliefen auf dem Zimmer und woben zusammen den zarten Spitzenstoff des gemeinsamen Daseins, die übrigen Frauen des Hauses hielten sich wie in letzter Zeit so oft beim heißen Herdfeuer in der Küche auf, als ob sie jeden Augenblick die Ankunft ihrer Männer zum Abendessen am gedeckten Tisch erwarteten. Ich schätzte Inácio, er war ein ruhiger, höflicher und kultivierter Mann. Zuweilen unterhielten wir uns über Bücher, die wir gelesen hatten, wir sprachen über den Krieg und die Richtung, die er nahm. An jenem Nachmittag hatte er einen Roman bei sich. Er blätterte in den Seiten mit dem dunklen Einband und sprach mich schließlich an: »Ich muss Ihnen etwas sagen, Manuela. Trotz allem denke ich, es ist richtig, wenn Sie es wissen.«

Ich hob den Blick von meiner Handarbeit.

»Ist etwas geschehen?«

»Giuseppe Garibaldi hat das Land verlassen.«

Ach, dieser Schmerz konnte mich immer noch verletzen wie beim ersten Mal, wie ein geschliffener Dolch, der in mein Fleisch eindrang, bis er meine Seele durchbohrte. Ich spürte, wie Feuer mein Gesicht umfing und mich mit seinem gierigen Hunger quälte. Nicht dass ich mich für diese Liebe schämte (wer könnte sich für eine wirkliche Liebe schämen?), aber die Härte, ohne Abschied verlassen zu werden, verwirrte mich. Nicht dass ich von Giuseppe etwas anderes erwartet hatte: Er war genauso gegangen, wie er zu mir gekommen war, ohne Ankündigung und ohne Angabe von Gründen. Er war ein Mann der Gezeiten, und nur so war er zu verstehen.

Inácio betrachtete höflich die Flammen im Kamin, ohne meinen Kummer und meine Verwirrung teilen zu wollen.

»Giuseppe ist abgereist? Wohin?«

»Er ist im Mai abgereist, Manuela. Mit seiner Frau und seinem kleinen Sohn. Nach Uruguay. Er hat die Revolution verlassen.« Er seufzte. »Ich verurteile ihn nicht. Er hat sehr viel für Rio Grande geleistet. Und die Dinge stehen jetzt anders. Wir kämpfen nicht mehr für Ideale, sondern nur noch für einen ehrenvollen Frieden. Und diesem Italiener ging es um Ideale.«

Giuseppe war abgereist. Er setzte die Reise seines Lebens fort. Mein Traum war somit auch gestorben. Giuseppe war nicht mehr auf den Wegen von Rio Grande unterwegs, er war in die Welt zurückgekehrt. Er hatte seine Flügel erhoben. Er hatte für immer aufgehört, mir zu gehören. Er hatte die Grenzen überschritten. Er hatte sich über sie hinweggesetzt. Es gab immer noch die ganze Welt, die auf ihn wartete, auch wenn zu jenem Zeitpunkt keiner von uns das wissen konnte.

Und die Stille dieser Winternachmittage voller Abschiede hat mich niemals wieder verlassen.

Manuela

Die kalte Nacht geißelte ihren Körper, als sie den Vorhang zur Seite zog und in den dunklen Augusthimmel schaute. Der Regen fiel langsam und in seinem eigenen Rhythmus vom Himmel. Das Kloster lag in Stille, es war in die tote Stunde vor der Frühmette getaucht. Rosário suchte ihn mit ihren geübten Augen. Vom Fenster aus war kaum der niedrige Holzzaun auszumachen, der den Nutzgarten begrenzte. Sie strengte die Augen an. In der Ferne schimmerte matt das Holzkreuz auf dem Friedhof. Es war ein perlweißer Schimmer. Steban war dort, sie war sich sicher. Der Drang, ihn zu sehen, überfiel sie mit der gewohnten Macht. Steban mochte die einfachen Grabsteine der Nonnen mit ihren lateinischen Inschriften, mit den Heiligenbildern, mit ihrer schlichten Kargheit. Rosário beachtete weder den Regen noch die kalte Winternacht. Nur Steban war wichtig. Wie damals auf der Estância, als sie am frühen Morgen aufgewacht war und wusste, dass er in der Nähe des Pferchs auf sie wartete. Sie war gelaufen, um zu ihm zu gelangen, aber Regente, Manuelas Hund, war ihr mit weit aufgerissenen Augen gefolgt. Regente hatte ohne Unterlass gebellt und gewinselt, als er Steban sah. Und Steban war so traurig, weil dieser Hund kein Verständnis für sein vergängliches Dasein als totes, fleischloses, körperloses Wesen hatte, dass er zu weinen begann. Rosário konnte sich sehr gut an die Wut erinnern, die sie damals gefühlt hatte. Sie hatte den Hund gemocht und oft mit ihm gespielt. Aber für Steban, um Steban zu rächen, hatte sie den kleinen Dolch gezogen, den sie in der Manteltasche bei sich führte, und Regente die Kehle durchgeschnitten. Nie zuvor in ihrem Leben hatte sie etwas Ähnliches getan, und zu ihrer Überraschung hatte sie den Schnitt präzise und perfekt, mit sicherer Hand ausgeführt. Der Hund starb lautlos. Nachdem alles vollendet war und der arme Regente am Erdboden ausgestreckt lag, hatte sie wieder Mitleid gefühlt. Vielleicht wäre diese Tat nicht notwendig gewesen. Aber Steban hatte gelächelt. Steban hatte sich bedankt. Steban hatte den kunstfertigen Schnitt bewundert. Und sie hatte sich beruhigt.

Sie ließ die Erinnerungen hinter sich. Sie legte den Wollmantel um und zog die Stiefeletten an. Sie musste sich beeilen. Sie öffnete die Zimmertür, niemand war auf dem Gang. Sie schlich vorsichtig hinaus, als wäre sie selbst der Geist im Freien, so sehr ähnelten sie einander. Sie lief über die schmalen Wege, sie kam durch die Kapelle und durch die Arbeitsräume und betrat die stille, weiträumige Küche, in der es noch nach Suppe roch. Sie schob den Eisenriegel zur Seite und begab sich in die Nacht. Der Regen war kalt und roch moderig. Ihre Füße stapften über den schlammigen Erdboden, als sie an den Gemüsebeeten vorbei zu dem kleinen Friedhof ging. Das Holzkreuz schimmerte nicht mehr, es war nur noch ein grobes, beinahe schwarzes Stück Holz, das in den Boden geschlagen war und in den Himmel zeigte. Aber Steban war dort, er lächelte in seiner makellosen Uniform, mit dem Verband um die Stirn und mit seiner ewigen Wunde, die nun fast nicht mehr blutete.

»Steban …«

Er trat einen Schritt vor. Rosário sah sein schönes Gesicht, seine fiebernden Augen, vielleicht glühten sie aus Liebe.

»Umarme mich, Rosário.«

Sie näherte sich ihm und fühlte die kalte, magische und weiche Berührung. Es regnete unaufhörlich.

»Steban, wann werden wir wirklich zusammen sein? Wann werden wir heiraten? Ich ertrage dieses Warten nicht länger. Als ich hier ins Kloster kam, dachte ich, ich würde etwas Ruhe finden, aber … Ich finde nur an deiner Seite Ruhe.«

Er lächelte. Es war ein dumpfes Lächeln. Er trat ein wenig zurück. Nun blutete seine Stirn wieder.

»Wir haben Zeit. Der Zeitpunkt wird kommen, Rosário.«

Und er löste sich in den Regentropfen auf, bis er völlig verschwand. Rosário blieb allein in der Nacht im Freien, während die Kälte durch die Fasern ihres Wollmantels in ihren Körper drang.

Der Frühling kam Mitte September mit den ersten Blüten. Die Nächte waren noch kalt, aber am Tag machte die Sonne die Ausflüge auf der Estância angenehm. Manuela und Mariana ritten stundenlang aus, sie erfreuten sich an dem klaren Blau des Himmels über der Pampa, an dem unendlichen, ebenen und grünen Ackerland, das nach dem Winter in neuer Schönheit erwachte. Der Krieg ging weiter. Ein kaiserliches Pikett war ganz in die Nähe gekommen, aber es hatte die Ländereien des Präsidenten der Republik respektiert und war in Richtung der Campanha weitergezogen, ohne Unruhe auf der Estância zu stiften oder auch nur Tiere und Männer zu requirieren. Auf der Estância da Barra waren die Landarbeiter für den Fall bewaffnet und kampfbereit, dass irgendein Kaiserlicher oder ein

Fahnenflüchtiger dort auftauchte und Schwierigkeiten bereitete. Deshalb fühlten sich die Frauen sicher. Trotzdem verließen Mariana und Manuela niemals ohne Begleitung die Ländereien der Familie. Ihnen waren viele ungeheuerliche Geschichten von Frauen zu Ohren gekommen, die von Soldaten oder gar von ganzen Soldatengruppen entehrt worden waren, worauf sie verrückt wurden oder in ein Kloster kamen und nicht mehr für das Leben taugten.

Antônio kam an einem kühlen Abend nach Hause, als die Dämmerung den Himmel in Rottöne tauchte. Er ritt einen Rappen, sein Poncho war verschlissen, und das Haar reichte ihm fast bis auf die Schultern. Eine kleine Narbe prangte auf der Höhe der linken Augenbraue. Er war dünner und schweigsamer, er sehnte sich nach ein paar Nächten in einem weichen Bett mit sauberer Wäsche und nach einem reich gedeckten Tisch. Seit vielen Monaten schon hielt er sich mit Canabarros Truppen in der Campanha auf. Seit vielen Monaten schon schlief er im Winterregen in einem winzigen Zelt, wo die Feuchtigkeit bis in die Knochen drang, seit vielen Monaten schon gab es im Feldlager fast nur noch *Charque* zu essen.

Er traf die Frauen im Saal an. Das Kaminfeuer war bereits entfacht, und im Haus herrschte eine Stille der Langeweile, eine Stille, in der es an Gesprächsstoff mangelte. Caetana und Perpétua stickten, Dona Ana las in einem Buch, und Maria Manuela betrachtete, die Hände im Schoß verschränkt, das Feuer, vielleicht dachte sie an ihren Sohn. Dona Antônia war auf die Estância do Brejo zurückgekehrt.

»Guten Abend«, sagte er, als er mit seinen abgelaufenen Stiefeln in den Saal trat.

Die Frauen erschraken, als sie einfach so, ohne Vorankündigung, die männliche Stimme hörten. Antônio war Manuel begegnet, der ihm das Gatter geöffnet hatte. Die Hunde hatten nicht angeschlagen, sie hatten ihn am Geruch erkannt. Auf Maria Manuelas Gesicht zeichnete sich ein Lächeln ab, das seit einiger Zeit nicht mehr zu sehen gewesen war.

»Mein Sohn!« Sie warf sich Antônio in die Arme. »Du bist hier! Gott sei Dank!«

Er küsste das müde Gesicht seiner Mutter, das die Frische, an die er sich noch erinnern konnte, eingebüßt hatte. Sie war gealtert, ihr Haar war hier und da grau geworden. Maria Manuela bemerkte ihrerseits die Veränderungen in ihrem Sohn. Die Narbe, die Härte in seinen grünen Augen, das lange, dreckige Haar, das verhärmte Gesicht. Keiner von beiden sagte etwas. Antônio erkannte, wie sehr das Leid eine Frau altern ließ, und Maria Manuela war erfreut, ihren Sohn lebendig zu sehen, sich an seine Brust zu lehnen und seine Wärme zu spüren.

»Ich war fünf Tage unterwegs«, berichtetete er. »Überall sind kaiserliche Soldaten. Sie wollen uns in der Campanha einkesseln, aber sie werden es nicht schaffen. Ich bin mit zwei Pferden gekommen, aber eines ist hier in der Nähe gestorben.«

Dona Ana wollte etwas über den Stand der Dinge erfahren. Antônio setzte sich an den Kamin, er zog den Poncho aus und überlegte einen Augenblick.

»Die Republik steht vor vielen Schwierigkeiten, Tante. Beim Eintreiben der Steuern fehlt das Geld, es gibt politische Zwistigkeiten…« Die Frauen hörten aufmerksam zu. »Wir sind nur in der Campanha stark, denn dort haben wir ausgeruhte Pferde, dort kennen wir uns in der Gegend aus, dort sind wir unangreifbar. Aber das reicht noch nicht für eine Republik. Die Lage ist schwierig… Und die Bevölkerung ist diesen Kampf leid.«

»Niemand verkraftet so viele Tote, Antônio.« Dona Ana dachte an Pedro. Ihre Stimme erstickte plötzlich. »Wozu nutzt uns das alles?«

»Die Lage ist nicht einfach, Tantc. Es haben sich Lager gebildet. Auf der einen Seite stehen die Großgrundbesitzer mit ihren eigenen Interessen, auf der anderen Seite sind die Männer mit den tief verwurzelten republikanischen Idealen. Wir sitzen in der Klemme. Der Krieg geht inzwischen weiter. Und der Kaiser greift uns mit immer mehr Kraft an.«

»Wohin soll das alles noch führen?«

Maria Manuela griff nach Antônios schwieliger Hand mit den dreckigen Fingernägeln. Er hatte ein ordentliches, heißes Bad nötig. Sie würde ihm den Rücken trocken reiben und ihm das Haar kürzen.

Antônio lächelte.

»Das hier ist früher oder später zu Ende, Mutter. Aber vielleicht nicht so, wie wir uns das erträumt haben.« Er seufzte. »Ich weiß nicht, wir werden sehen. Und nun will ich nur noch ein Bad nehmen, saubere Kleidung anziehen und etwas essen.«

Maria Manuela ging mit ihrem Sohn hinaus. Dona Ana blieb im Saal. Pedro würde nie mehr nach Hause kommen, weder vom Krieg noch von der Arbeit. Nie wieder würde sie ihm zu essen geben, keine Süßspeise und keinen Matetee reichen, und ihm auch keinen Gefallen mehr tun. Pedro liebte es, vor dem Schlafengehen ein Glas Milch zu trinken. Er sagte immer, die Milch ziehe den Schlaf an. Nie wieder würde er vor dem Schlafengehen ein Glas Milch trinken. Nie wieder... Dona Ana seufzte schwer.

Caetana ließ von der Stickerei ab und setzte sich neben die Schwägerin. Sie sagte sanftmütig: »Du sollst dich nicht mit Erinnerungen quälen, Ana.«

Sein erhitzter Körper ist kräftig und gut gebaut. Sein dunkelhäutiger Oberkörper, nur vom matten Licht des Kerzenleuchters beschienen, wächst vor ihren Augen, er kommt und geht, er kommt in ihre Nähe, bis sich ihr Schweiß vermischt, bis sich ihre Haut berührt und sie die Hitze teilen. Danach zieht er sich langsam in einem sinnlichen und aufregenden Tanz zurück. Joãos Körper zwischen ihren Beinen. In ihr.

Sie stöhnt. Die Bettdecke streift ihren Rücken, das erregt sie. João flüstert ihr mit heiserer Stimme Wortfetzen ins Ohr. João fängt ihren Mund für einen Kuss ein, er atmet den Geruch ihrer Haut ein, er sagt ihr, dass er sie liebt.

»Mehr als alles in der Welt, Mariana... Mehr als alles.«

Dann schließt sie die Augen und gibt sich hin. Es ist wie eine Explosion. Ihr ganzer Körper sammelt sich für einen Augenblick, Element um Element, Faser um Faser, er erhebt sich und zerbirst in tausend Lichter. In diesem Augenblick ist sie nur noch Watte.

João ist über ihr und schaut ihr fest in die Augen. Sie sieht sich in seinen Augen wie in einem Spiegel. Er ruht genussvoll auf ihrem Oberkörper, zwischen ihren Brüsten, wo er, wie er sagt, ihren Duft erlebt.

Die Morgendämmerung schickt ihre ersten Zeichen. Noch ist fast Nacht, eine unbestimmte, magische Stunde, und die Welt dort im Freien ist reine Stille.

»Mein Bruder ist gekommen«, sagt sie leise.

João gleitet zur Seite.

»Ich habe ihn gesehen.«

Mariana streichelt sein schwarzes Haar, sie streicht behutsam mit ihren Fingern über sein kantiges, bartloses Gesicht. Er ist so schön …

»Ich habe daran gedacht, mit ihm zu reden, João. Mit ihm über uns zu reden.«

João lacht. Aber es ist kein freudiges Lachen, sondern ein ungläubiges Lachen. Ein kurzes, vielleicht ein trauriges Lachen. Die reichen Senhoritas kannten sich nicht aus. Ja, er kannte sich aus. Antônio ist mit Leib und Seele beim Krieg. Bei einem Krieg, der eine egalitäre Republik und den Schwarzen die Freiheit bringen soll. Aber Antônio will keineswegs seine Schwester mit einem Indianer, mit einem einfachen Habenichts, verheiratet sehen. In diesem Leben gibt es unüberwindbare Grenzen.

»Du verlierst nur deine Zeit, Mariana.«

»Aber Antônio kann alles klären, er kann mit meiner Mutter sprechen … Er kann unsere Heirat besprechen.«

»Und was wirst du ihm sagen? Dass wir seit einiger Zeit miteinander verkehren? Dass du mich liebst? Denkst du vielleicht, das genügt? Du hast gesagt, du würdest niemandem davon erzählen. Du hast gesagt, dass du Angst hast …« Er küsst ihre hohe schöne Stirn. »Also denk an diese Angst, Mariana. Dein Bruder wird nichts von uns wissen wollen.«

Sie spürt, wie ihre Augen feucht werden. Sie ist es leid, nachts zu entwischen und ihre Liebe heimlich zu leben. In letzter Zeit hat sie Angst, im Schlaf, ohne João, zu sterben. Alles bereitet ihr Angst.

»Aber was sollen wir denn machen, João? Wie lange soll das noch so weitergehen?«

»Ich werde mir etwas ausdenken, Mariana. Das verspreche ich dir. Die Sache wird gut ausgehen, um Himmels willen. Aber wir müssen Ruhe bewahren.«

Sie legen sich wieder auf die Bettdecke. Draußen erhellt das erste Licht der Morgendämmerung die Welt. In der Ferne kräht ein Hahn. Mariana spürt die Beklemmung in ihrer Brust wie ein Vorzeichen.

»Ich habe Angst, João.«

Er umarmt sie.

»Es gibt nichts zu befürchten, meine Liebste... Es wird alles gut gehen.«

Caetana Joana Francisca Garcia Gonçalves da Silva betrachtete sich im Kristallspiegel. Sie hatte das Bild einer ermüdeten Frau vor sich. Sie war zweiundvierzig Jahre alt und immer noch schön. Aber die Einsamkeit hinterließ allmählich Spuren in diesem Gesicht, das in früheren Zeiten so viele Männer verführt hatte. In ihrer Jugend war sie die schönste Frau von Cerro Largo gewesen. Die Verehrer machten ihr den Hof, sie rangen um einen, und sei es noch so kurzen, Blick von ihr in der Kirche oder auf einem Ball. Ja, viele Männer waren in sie verliebt gewesen. Und eines Tages, als sie fünfzehn Jahre alt war, war sie Bento Gonçalves da Silva begegnet. Bento war ein junger dunkelhäutiger Mann, voll Kraft und Träume. Er und ihr Vater handelten mit Rindern. Sie lernten sich bei einem Ball kennen und tanzten miteinander. Caetana war nach dieser Begegnung nie wieder dieselbe. Sie hatten sogleich mit einem großen Hochzeitsfest geheiratet. Sie konnte sich jetzt noch an den Satinstoff ihres Brautkleides erinnern.

Die Falten begannen die Haut um ihre grünen Augen in Mitleidenschaft zu ziehen, es waren feine, längliche Falten. Ihre

Lippen waren immer noch füllig, aber sie hatten nicht mehr ihre alte kräftige Farbe. Sie lächelte kaum mehr. Sie litt schrecklich unter Bentos Abwesenheit, ihr fehlten seine Gelassenheit und Stärke, ihr fehlte die Leidenschaft des Mannes, der ihr Bett und ihren Körper erwärmte. Sie hatte viel mit ihrem Ehemann mitgemacht, Dinge, denen keine lange Ehe entging. Aber sie hatte es immer verstanden, in Kenntnis von Bentos Mittagsruhe in den hinteren Zimmern die Augen zu verschließen oder wenn die jungen Dienstmädchen lächelnd ihre Kleider ordneten und erröteten, sobald Bento die Küche betrat. Sie hatte über all diesen Dingen gestanden, weil sie ihn liebte. Mehr als alles in der Welt. Und sie wusste, dass auch sie geliebt wurde. Bento Gonçalves war wie jeder Mann, er erlag den gleichen Versuchungen des Fleisches, er war ein Sklave seiner Triebe, und er war anfällig für Fehltritte. Nach seinen Eskapaden mit den Dienstmädchen kam er auf ihr Zimmer zurück und verstand es, ihr gegenüber noch zärtlicher zu sein und ihr damit zu beweisen, wie sehr er sie liebte.

Caetana griff nach dem Brief auf dem Toilettentisch, sie hatte ihn unzählige Male gelesen, seit sie ihn am Morgen von Zé Pedra erhalten hatte, der sagte, dass ein Bote ihn morgens früh überbracht hatte. Die Seiten trugen das Siegel der Republik, aber Bentos früher so kraftvolle und entschiedene Schrift wirkte nun ein wenig zitterig. Doch nach wie vor war es eine großzügige, männliche Schrift. Sie faltete den Brief noch einmal auseinander und las ihn von neuem.

Meine geliebte Caetana,
ich schreibe dir in dem Wissen, dass du diese Zeilen mit Sehnsucht lesen wirst, und allein dieser Gedanke erfüllt mich mit Freude. Vor einigen Tagen bin ich von Alegrete in Richtung Bagé aufgebrochen, wo viele unangenehme Entscheidungen und ungelöste Schwierigkeiten Klärung erfordern, die leider von mir abhängig ist. Die Republik steht vor zahlreichen finanziellen Schwierigkeiten, so dass ein weiteres Dekret über das Eintreiben von Steuern notwendig ist. All das stößt auf

mein größtes Missfallen, denn das Volk verträgt so viele Entbehrungen nicht, und eine solche Handlung ist alles, wonach sich unsere Widersacher sehnen, um uns noch mehr zu verleumden. Es betrübt mich zu sagen, dass diese Verleumdungen, von denen ich dir berichte, auf meine Person zurückfallen, auf diesen deinen Ehemann, der so erschöpft von den Kämpfen und den Streitigkeiten ist, und der hier der Präsident dieser Republik ist. Deshalb bitte ich dich, für mich zu beten, denn mir fehlt mittlerweile die Kraft für diese mühselige Aufgabe, und mein größter Wunsch wäre es, dieses Amt niederzulegen, das so viel Verdruss und keinerlei Befriedigung mit sich bringt. Ich gestehe dir freimütig, wenn ich nicht die Liebe für das Vaterland und die Freiheit in mir trüge, wäre ich schon längst gegangen, Caetana. Aber ich habe ein Versprechen zu erfüllen, das mich hier festhält, auch wenn ich erschöpft bin und meine Gesundheit stark geschwächt ist. Trotzdem möchte ich nicht, dass du dir noch mehr Sorgen um mich machst, denn Joaquim steht mir bei: Er gibt mir seine Unterstützung als Sohn, und er betreut mich als Arzt. Also lasse ich mich versorgen und mir viele Kompressen gegen den Schmerz in der Brust auflegen, der mir Husten und Fieber verursacht. Bentinho und Caetano halten sich auch bei mir auf und erfreuen sich bester Gesundheit, insofern kannst du beruhigt sein.

Geliebte Gattin, abgesehen von diesen Klagen muss ich dir kurz berichten, dass wir eine Stadt gründen werden: Die erste Stadt der Republik wird an der Grenze zu Uruguay errichtet werden, an einem Ort, der jetzt noch Capão do Tigre heißt. Wir wollen eine schöne und gut angelegte Stadt mit Straßen und Plätzen bauen, die unserer Sache gerecht werden, und sie hat auch schon einen Namen: Sie wird Uruguayana heißen.

Caetana las den Brief mit Tränen in den Augen zu Ende. Bento erkundigte sich auch nach den Enkelinnen, und er wollte Nachrichten von den Geschäften und von Terêncio haben, der die Estância do Cristal bewirtschaftete. Der Krieg hatte einen Großteil seines Vermögens aufgezehrt, aber es gab immer noch viel zu verwalten, und Terêncio kümmerte sich in seiner Abwesenheit um den Verkauf der Rinder und des *Charque*. Bento Gonçalves da Silva hatte viel gearbeitet, um ein Vermögen anzuhäufen. Wie oft hatte Caetana ihren Mann in den beschwerlichen Wintern monatelang nicht gesehen, weil er wegen der Geschäfte oder der Winterquartiere der Rinder unterwegs war. Wie viele Kriege, wie viele Kämpfe… Und nun, da er anfing, schwach und krank zu werden, konnte er nicht einmal seinen Wohlstand genießen.

Sie tupfte sich die Tränen ab, die über ihr Gesicht glitten. In letzter Zeit weinte sie viel. Sie dachte oft an Bento, sie ahnte, dass die Energie ihres Ehemannes von Tag zu Tag weniger wurde und in diesem unendlichen Krieg verschwand. Wenigstens kümmerte sich Joaquim um seinen Vater, indem er ihm Medizin verabreichte und ihm seine Zuneigung zeigte.

Caetana bewahrte den Brief in einem geschnitzten Holzkästchen bei den anderen Briefen, die sie von Bento während des Krieges erhalten hatte. Sie stand auf und richtete ihr Haar. Sie würde nach Perpétua und den Mädchen sehen. Sie würde Bescheid geben, damit die Suppe für ihre kleinen Töchter angerichtet wurde, sie würde nach Marco Antônio Ausschau halten, der immer entwischte und sich wohl bei den Landarbeitern aufhielt. Sie konnte sich nicht lange der Trübsal hingeben. Eines Tages, wenn der Krieg zu Ende wäre, würde Bento zur Familie zurückkehren, aber es war ihre, Caetanas Aufgabe, die perfekte Ordnung aufrechtzuerhalten. Sie war gewissermaßen eine Art General ohne Litzen oder Truppen und hatte jeden Tag Dutzende kleiner Kämpfe zu bestehen.

»Der November ist hier ein schöner Monat.«

Sie gingen Hand in Hand durch den Wald. Die Frühlingssonne brachte die Pampa zum Strahlen. Die Vögel riefen. Sie setzten sich in den Schatten eines Baumes. Mariana lehnte sich an seinen Brustkorb, der nach Zitrusfrüchten roch. Sie fuhr mit den Fingern über das grobe Hemd, sie strich zu dem dunklen, glatten Gesicht hoch und streichelte den breiten, fülligen Mund.

João lächelte.

»Du bist heute so ruhig, Mariana.«

»Es ist etwas mit mir geschehen...«

Er betrachtete sie. Sie war so schön in ihrem hellen Spitzenkleid, mit dem zu einem Zopf geflochtenen Haar, das mit einem weißen Band geschmückt war. Ihre Mandelaugen leuchteten, sie besaßen eine strahlende Stärke. Er nahm ihre schmalen bleichen Hände. Ein Goldring schmückte den rechten Ringfinger.

»Bist du traurig?«

Sie senkte den Blick. Im Gras sah sie, wie eine Ameise ihre Wegstrecke zurücklegte. Sie verweilte einen Augenblick bei der Betrachtung des kleinen Insekts. In ihrem Kopf brummte es.

»Ich habe Angst, João.«

»Angst? Aber wovor hast du Angst?«

Sie hielt den Atem an. Plötzlich gab es nichts mehr um sie herum: keine Bäume, keine Blumen, keine kräftige gelbe Sonne, die alles beschien. Es gab nur noch dieses Gefühl... und diese Gewissheit. Sie hatte es sich immer wieder vorgestellt, sie hatte von diesem Tag geträumt, von dem Tag, an dem es herauskam, das Wesen der Dinge, die Lust zu lächeln, zu atmen oder einfach nur zu leben. Und nun hatte sie Angst. Es war eine kaum wahrnehmbare Angst, die wie ein Hauch über ihre Haut strich. Sie hatte gegen die wichtigste aller Regeln verstoßen, und sie würde dafür bestraft werden, dessen war sie sich sicher.

João erwartete eine Antwort. Die Angst trocknete ihre Kehle aus.

»Wovor hast du Angst, Mariana?«, fragte er noch einmal.

»Angst vor dem, was mit mir geschieht.« Und dann strömten ihre Worte reif und drängend wie der Atem und der Hunger. »Ich bin in Umständen, João.«

Er sagte nichts, er lächelte auch nicht. Diese plötzliche Überraschung brachte ein Leuchten in seine schwarzen Augen und ließ ihn nur noch schöner aussehen. Er fragte ruhig:

»Bist du sicher?«

»Ich bin sicher.« Sie führte eine Hand zu ihrem Bauch. »Ich

kann dieses kleine Wesen, das in mir wächst, bereits spüren. Ich spüre es wie ein Atmen, João.«

»Und deine Mutter? Was wird sie dazu sagen? Hast du es ihr schon erzählt?«

Sie senkte den Blick. Das war der schlimmste Teil.

»Nein, noch nicht. Ich weiß nicht, wie ich es anstellen soll. Meine Mutter wird das nicht hinnehmen, João.«

Er berührte ihren Bauch, als würde er ein Gebiet abstecken. Seine Hand war warm und bestimmt.

»Dieses Kind ist auch mein Kind. Deine Mutter kann nichts dagegen ausrichten. Wir werden heiraten, Mariana. Wenn du willst …«

Sie küsste ihn. Sie wollte, natürlich wollte sie. Sie wollte nichts anderes. Ihn heiraten, irgendwo, mit irgendeinem Segen. Und dann würden sie gemeinsam dieses Kind großziehen.

Sein Lächeln drückte völlige Zufriedenheit aus. Nie zuvor hatte er einen so süßen Traum berührt. Eine Frau und ein Kind, ein kleiner Hof, ein paar Rinder, nachts die Gitarre im Licht der Sterne. Wenn es ein Junge würde, würde er ihn gern Matias nennen. Seine Mutter hatte ihm gesagt, dies sei der Name seines Vaters. Matias war für ihn ein magischer und geheimnisvoller Name geworden. Er streichelte erneut Marianas Bauch und blickte in den blauen Himmel, und der November kam ihm noch schöner und überwältigender vor.

»Also gut, Mariana. Dann werden wir heiraten.«

»Ich werde mit meiner Mutter sprechen … wenn der Zeitpunkt gekommen ist.«

»Der Bauch wird größer, Mariana.«

Sie sah ihn an.

»Ich werde es ihr vor Weihnachten sagen, das verspreche ich dir.«

Sie standen schweigend auf. Mariana musste zurück, es war schon fast Zeit für das Mittagessen, und Dona Ana ließ keine Verspätungen bei den Tischzeiten gelten. Sie gingen den Pfad weiter, der zu dem großen weißen Gebäude führte. Mariana spürte, wie ein neuerlicher Hunger ihre Eingeweide plagte, und sie lächelte. Also nahm so alles seinen Anfang... João stellte sich ein dunkelhäutiges Kind vor, das über das Feld lief, es würde freundlich lächeln und schwarze Augen haben, wie sie beide. Matias. Matias Ferreira Gutierrez. Wenn er größer würde, würde er ihm eine Gitarre und ein gezähmtes Pferd geben. Wenn er größer würde, würde er ihm von seiner indianischen Großmutter erzählen, von der Anaconda, vom Kreuz des Südens, von den großen Kriegen an der Grenze. Wenn er größer würde, würden sie zusammen an einem genauso schönen Tag wie diesem im Bach baden.

Es war acht Uhr morgens, als Maria Manuela da Silva Ferreira durch die Küche ging, in der die schwarzen Dienstmädchen Maniok für das Mittagessen schälten und Brotteig kneteten. Sie nahm einen Korb. Sie würde Pfirsiche für einen Nachtisch pflücken, für den Nachtisch, den sie früher für ihren Mann zubereitet hatte. An diesem Morgen war sie verhältnismäßig gut gestimmt aufgewacht. In einer Woche würde sie wieder zum Kloster fahren und Rosário besuchen. Sie hoffte, ihre Tochter noch ruhiger als bei ihrem letzten Besuch vorzufinden. Sie betete jeden Tag, nicht nur für Rosário, sondern auch für die anderen Kinder. Für Antônio bat sie um Gesundheit und Schutz im Kampf. Sie wusste, dass Antônio ein vernünftiger Mann war, dem das Glück hold war. Wenn der Krieg zu Ende war, würde er gesund nach Hause kommen. Sie betete auch für ihre Töchter. In all diesen Jahren war das Leben auf der Estância, das tägliche, enge Zusammenleben keine einfache Aufgabe gewesen. Die Einsamkeit drang durch alle Ritzen und setzte sich in der Brust fest. Und immer diese Angst, die nie aufhörte. Angst vor den Neuigkeiten, vor dem bevorstehenden Tod, vor den Angriffen der *Caramurus*. Deshalb betete Maria Manuela für ihre Töchter. Rosário war dieser Angst erlegen, aber die anderen waren gerettet. Anfangs hatte sie sich Sorgen um Manuela gemacht. Ihre jüngste Tochter hatte sich in den italienischen Seefahrer verliebt. Eine Schande. Aber jetzt war alles in Ordnung: Garibaldi hatte Rio Grande mit Frau und Kind verlassen. Bestimmt würde er nie wieder seinen Fuß in diese Provinz setzen. Und Manuela schien ihn vergessen zu haben. Wenn der Krieg vorüber war, würde sie Joaquim heiraten. Mariana war ein ruhiges Mädchen, vielleicht die vernünftigste ihrer drei Töchter. Sie hatte von ein paar Liebschaften geträumt, sie hatte sich sogar mit dem spanischen Seemann geschrieben, der bei dem Angriff auf Laguna gefallen war, aber danach hatte sie sich vollkommen beruhigt.

Maria Manuela überquerte den gepflasterten Patio. Beata wusch in einer Wanne die Kinderkleider, während sie mit ihrer melodischen Stimme trällerte. Maria Manuela lächelte. Die Sonne strahlte am Sommerhimmel, es ging eine angenehme Brise. Der Pfirsichbaum trug die ersten reifen Früchte. Maria Manuela pflückte einen großen rosigen und weichen Pfirsich, er roch gut und frisch. Dann wählte sie die besten aus, bis der Strohkorb gefüllt war. Sie ging den gleichen Weg zurück.

Sie sah, dass das Zimmerfenster ihrer Töchter offen stand. Es war das letzte der langen Reihe blauer Fenster, die zum Patio zeigten. Sie würde ihnen einen guten Tag wünschen. Keine der beiden hatte sich beim Frühstück gezeigt. Jetzt standen sie später auf, sie unterhielten sich noch bis tief in die Nacht. Sollten sie ruhig ein wenig länger schlafen, es gab hier so wenig zu tun …

Maria Manuela zog den Vorhang ein wenig zur Seite und lugte hinein. Zuerst sah sie dort niemanden. Manuelas Unterwäsche lag unordentlich auf dem Bett. Auch der Toilettentisch lag voll mit Bürsten und anderen Gegenständen: Die Tochter hatte sich zurechtgemacht und saß wohl jetzt bei Tisch. Maria Manuela konnte auch Mariana nicht entdecken. Sie wollte gerade die Pfirsiche in die Küche bringen und eines der schwarzen Dienstmädchen bitten, sie zu schälen und in kleine Würfel zu schneiden, als sie ein Geräusch hörte. Sie schaute wieder in das Zimmer hinein. Am Fußende von Marianas Bett stand eine Waschschüssel. Sie hörte etwas, das wie Brechreiz klang, dann Würgegeräusche, eine weibliche heisere und geplagte Stimme. Marianas Stimme.

Sie ließ den Korb zu Boden fallen. Sie steckte ihren Körper so gut es ging durch das Fenster, da sah sie, wie Mariana sich hinter dem Bett, immer noch im Nachtgewand, bleich und ungekämmt quälte. Sie sah, wie sie sich an der Waschschüssel festhielt und einen Schwall Galle spuckte. Sie sah, wie sie stöhnte und sich das Gesicht am Saum ihres weißen Nachtgewandes säuberte. Sie konnte sich genau an das Gefühl erinnern, das ihrer Tochter jetzt so zusetzte. Ihr Herz blieb stehen. Sie konnte sich daran erinnern, denn in ihren vier Schwangerschaften war sie immer so aufgewacht, mit Schwindel und Übelkeit, wie von einer unsichtbaren Gabel zerstört, die gnadenlos in ihrem Inneren stocherte. Sie wurde leichenblass.

Sie rannte los, um das Haus herum, sie eilte durch die Küche, ohne die schwarzen Dienstmädchen auch nur eines Blickes zu würdigen, und machte vor der Tür zu Marianas Zimmer Halt. Der Riegel war vorgeschoben. Sie klopfte an, ein-, zwei-, dreimal. Sie hämmerte gegen die Tür. Jede Sekunde vergrößerte nur ihre Gewissheit. Aber wie?, dachte sie, und von wem? Sie hatte nie etwas gesehen, keinen Hinweis, kein Zeichen. Immer nur Mariana mit ihrem besonnenen Lächeln, ihren Büchern und ihren Stickarbeiten und ihren Ausritten. Sie klopfte noch einmal an. Aus dem Zimmer klang die matte Stimme der Tochter. Maria Manuela sagte: »Mach auf, Mariana. Ich bin es.«

Sie hörte das klirrende Geräusch der Waschschüssel, die über den Boden geschleift wurde. Etwas später erschien Mariana im Türspalt. Sie war blass.

»Ich hatte keine gute Nacht«, sagte sie.

Maria Manuela betrachtete sie und suchte in ihrem Gesicht nach der Bestätigung, in ihren dunklen Augen, in der schlanken Gestalt unter dem weiten Nachtgewand. Sie ertastete ihre Stirn, sie fühlte sich kalt an.

»Hast du dich übergeben?«

»Ich habe wohl beim Abendessen irgendetwas gegessen, ich weiß nicht...«

Maria Manuela sah der Tochter in die Augen und entdeckte in ihnen, in diesen wie ein kleines Tier verschreckt eingezogenen Augen, den Schatten der Angst.

»Lüg mich nicht an.« Ihre Stimme klang heiser und ungeduldig. Mariana wurde noch blasser. »Stell dich hin. Heb das Hemd hoch, ich will etwas sehen.«

Mariana gehorchte. Ihre bleichen Füße auf dem Teppich schienen zwei traurige Engel. Maria Manuela hob das Nachtgewand der Tochter bis zu den Brüsten.

»Ist deine Taille gestiegen?« Sie keuchte beim Sprechen. Sie fuhr mit den Fingern über den Körper, als suchte sie das Pochen, die Anwesenheit dieses noch unsichtbaren winzigen Lebens. »Deine Taille ist gestiegen, Mariana.« Sie stellte sich aufrecht hin. Ihr Gesicht war versteinert. »Lass mich deine Brust sehen.«

»Mutter!«

»Los, Mariana! Das ist kein Spiel.«

Mariana schob das Nachtgewand bis zum Hals hoch. Maria Manuela untersuchte sie sorgfältig und überlegte, sie betrachtete sie hier und dort auf der Suche nach den Anzeichen, die sie benötigte. Schließlich befahl sie ihrer Tochter, das Gewand wieder zu senken.

»Seit wann hast du keine Regel mehr?«

Mariana zitterte. Ihr Magen rebellierte. Sie ließ sich auf das Bett fallen.

»Es ist alles in Ordnung, Mutter. Ich habe Ihnen bereits gesagt, dass mir beim Aufstehen schwindelig war.«

Maria Manuela ging im Zimmer auf und ab.

»Ich hätte es mir denken müssen, ich hätte … Du, so ruhig und ausgeglichen, ausgerechnet du! Muss eine Mutter so etwas erleiden, mein Gott! Habe ich nicht mit deinem Vater und mit deinen Schwestern genug gelitten? Hast du denn nichts im Kopf? Hast du nicht ein Mal an mich gedacht? Hast du nicht an die Folgen dieses Fehltritts gedacht, als du dich hier mit irgendeinem eingelassen hast, Mariana? Und jetzt, was ist jetzt?« Sie blieb mitten im Zimmer stehen. Ihre Augen glänzten von den Tränen. »Sag es mir. Mit wem hast du dich eingelassen? Wer ist der Vater dieses Kindes?«

Mariana setzte sich auf das Bett. Ihre Stimme klang klar und entschlossen: »Der Mann, den ich liebe.«

Maria Manuela fühlte sich wie von einem Wirbelwind besessen. Sie bemerkte nicht einmal, wie sie mit erhobener Hand und verhärtetem Gesicht nach vorne getrieben wurde, bis die Ohrfeige im Gesicht ihrer Tochter knallte und nachhallte und wie ein böses Tier zwischen ihnen stand.

Mariana weinte.

»Du Schlampe! Du Unglückselige! Du Unglückliche!«

Maria Manuela schrie laut.

Mariana kauerte in einer Ecke. Ihr Gesicht brannte, die Brust und ihr vom neuen Leben warmer Bauch pochten. Nie zuvor hatte sie ihre Mutter in so einem Wahnzustand erlebt. Der Haarknoten hatte sich gelöst, und ihr Gesicht war starr und verzerrt. Sie bewegte die Hände wie zwei verrückt gewordene Vögel.

»Sag mir den Namen von diesem Nichtswürdigen, Mariana!«

Sie atmete tief durch.

»Er ist kein Nichtswürdiger. Er ist der Mann, den ich liebe, er ist der Vater meines Kindes.« Sie sah Maria Manuela in die Augen. »Es ist João Gutierrez.«

Dona Ana, Caetana, Perpétua und Manuela erschienen genau in dem Augenblick in der Zimmertür, als Manuela wieder auf ihre Tochter losging.

»Um Himmels willen, Maria!« Caetana hielt die Schwägerin fest, die in ihren Armen keuchte. Ihre Augäpfel waren hervorgetreten, hasserfüllte Tränen liefen über ihr bleiches Gesicht.

Mariana brach wieder in Tränen aus.

Bento Gonçalves betrachtete seine drei Söhne, die ihm am Tisch gegenübersaßen, auf dem die leeren Tabletts standen. Das junge schwarze Mädchen, das den Haushalt versorgte, bat um Erlaubnis, den Tisch abzuräumen. Bentos Teller kam fast voll in die Küche zurück.

»Vater, Sie haben nichts gegessen.«

Bento Gonçalves entnahm der Westentasche eine fertig gedrehte Zigarre. Er betrachtete Caetano mit seinen müden, freundlichen Augen und setzte die Zigarre in Brand. Nach dem ersten Zug sagte er: »Wenn du gegen den gleichen Druck kämpfen müsstest, dem ich ausgesetzt bin, mein Sohn, würde ich gern sehen, ob du den gleichen Appetit hast wie heute.«

Die Schwarze brachte den Matetee. Joaquim füllte Wasser nach und reichte seinem Vater das Kürbisgefäß. Es war ein schöner Tag in Alegrete, ein Sommertag mit einem fast wolkenlosen Himmel und einer leichten Brise, die die Bäume im Garten streifte. Trotz der Hitze trug Bento Gonçalves einen leichten Poncho. In letzter Zeit spürte er oft die Kälte, eine hartnäckige Kälte, die sich in seinen Knochen festsetzte und ihm in den frühen Morgenstunden den Schlaf raubte.

»Ist noch etwas geschehen, Vater?« Joaquim war beunruhigt. Bento verlor an Gewicht, er hatte Hustenanfälle. In der vorausgegangenen Nacht hatte er seinem Vater heiße Kräuterumschläge aufgelegt, und an diesem Tag war sein Vater etwas munterer aufgestanden.

Bento Gonçalves suchte nach den geeigneten Worten.

»Domingos de Almeida ist von seinem Amt zurückgetreten. Wir brauchen einen neuen Finanzminister.«

»Aber wieso gerade jetzt, wo so viele Angelegenheiten zu erledigen sind?« Bentinho schlug mit der Faust auf den Tisch.

»Gerade jetzt, Bentinho. Und da ist noch etwas. Ich habe Vicente da Fontoura gebeten, seine Stelle einzunehmen.«

»Vicente, der Abgeordnete von Rio Pardo? Aber Sie mögen ihn doch nicht. Niemand mag diesen Mann. Er ist ein gefährlicher Mann.«

»Ich weiß. Vicente ist eine falsche Schlange.« Bento seufzte. »Ich bin all dieser Dinge müde. Ich habe daran gedacht, für ein paar Tage zur Estância zu reiten, um dort Weihnachten zu verbringen und mich ein wenig auszuruhen.« Sein Blick verlor sich für einen Moment an der Zimmerdecke. Vielleicht dachte er an vergangene Weihnachtsfeste, wenn sie alle vereint waren, mit den kleinen Kindern und der jugendlichen und kräftigen Caetana mit ihren waldgrünen Augen. »Ich werde Caetana besuchen und Perpétuas kleine Tochter kennen lernen, meine jüngste Enkelin. In dieser Zeit ist es hier sehr ruhig.« Er schaute zu Caetano. »Du kommst mit mir. Und ihr beide bleibt hier und behaltet die Dinge im Blick. Bei irgendeiner Neuigkeit schickt ihr jemanden, der mich unverzüglich benachrichtigt.«

Bentinho und Joaquim stimmten zu.

Bento Gonçalves betrachtete das leere Kürbisgefäß in seinen Händen. Vicente da Fontoura stellte eine weitere Schwierigkeit dar, aber ihm fehlte die Kraft, um darüber nachzudenken. Er sehnte sich nach ein paar friedvollen Tagen, nach Caetanas warmem Schoß, er sehnte sich nach einer Siesta am Nachmittag und nach Musikklängen am Abend, während er den Frauen in der heiligen Ruhe der Familie beim Sticken zusehen könnte. Zu lange Zeit schon war er nicht mehr er selbst, sondern nur noch ein Mann mit Sehnsüchten und Träumen.

Der Rappe kam den Weg hinauf, den er noch kannte. Die Sonne versteckte sich in der Ferne hinter den Hügeln. Sie streute ihr bernsteinfarbenes Licht über alles, über das flache weiße Gutshaus im Hintergrund, über das ruhige Feld, über die Bäume und die Blumen, die die Veranda umgaben. Ein Hund begrüßte ihn mit Bellen. Er galoppierte bis zum Haus, der Hund lief hinterher.

Auf der Veranda saß Caetana in ihrem weißen Kleid, das Haar in ihrem hellhäutigen Nacken zusammengefasst, als ob sie ihn erwartete. In ihrem Schoß ruhte das in Decken gewickelte Mädchen. Als Bento Gonçalves sie sah, fühlte er in der Brust eine Sehnsucht, die er lange nicht verspürt hatte. Er liebte diese Frau immer noch, trotz der Jahre, trotz der anderen, trotz dieses Fiebers, das ihn wie ein Holzscheit verbrannte.

»Caetana!«

Sie sah überrascht auf. Sie hatte den ankommenden Reiter nicht weiter beachtet, sie hatte ihn für Manuel oder irgendeinen der Landarbeiter gehalten. Als sie ihren Mann erkannte, bemerkte sie ihr Herzklopfen.

»Bento!«

Er saß ab. Trotz der ungewohnten Hagerkeit und Erschöpfung in seinem Gesicht strahlten seine schwarzen Augen zuversichtlich.

»Ist das meine Enkelin?«

Caetana beeilte sich, ihm die Kleine zu zeigen.

»Das ist deine Enkelin, Bento. Sie heißt Perpétua, wie unsere Tochter.«

»Und wie meine Mutter«, setzte er noch hinzu.

Beide verharrten still und teilten das gleiche Lächeln und diese langsame goldene Minute süßen Friedens. Der Hund legte sich auf eine der Verandastufen und schloss schläfrig die Augen. Die Sonne verschwand schließlich in der Ferne zwischen den Hügeln und beendete somit diesen Tag des 20. Dezember 1841.

Bento Gonçalves umfasste die Schultern seiner Gattin, und sie betraten gemeinsam das ruhige und kühle Haus.

1842

In den ersten Januartagen kehrte Bento Gonçalves da Silva nach Alegrete zurück. Er musste sich dringend in der Stadt einfinden, er hatte dort einen festgesetzten Termin. Vicente da Fontoura sollte sein Amt als Minister antreten. Bento verließ die Estância ohne Kenntnis von Marianas Zustand, eine Entscheidung, die Dona Ana und Maria Manuela gemeinsam getroffen hatten, die ihren – bereits überaus beanspruchten – Bruder nicht noch mit Angelegenheiten dieser Art belästigen wollten.

Als der Onkel und Präsident durch das Gatter in die Pampa hinausritt, begann für Mariana da Silva Ferreira die Marter. In ihr Zimmer eingesperrt, ohne die anderen zu Gesicht zu bekommen, war sie die ersten Tage dieses Jahres damit beschäftigt, ihr Unglück zu beweinen. Zefina brachte ihr die Mahlzeiten, und aus Manuelas Mund erfuhr sie die Nachrichten der Außenwelt. Mariana durfte João nicht mehr sehen. Sie schlug verzweifelt gegen die Tür und bat darum, hinausgelassen zu werden, aber auf Maria Manuelas Geheiß hin stellten sich die schwarzen Dienstmädchen taub, wenn sie über den Korridor gingen. Nicht einmal ihr Geschrei, das zwei Tage lang durch das Haus gellte und in den Ecken widerhallte und die Kinder verstörte, konnte Maria Manuelas Herz erweichen.

Mariana verbrachte ganze Tage mit Weinen, sie aß kaum etwas und hatte Alpträume. Sie stellte sich ihr Leben ohne João vor, sie fürchtete um die Zukunft des Kindes, das sie unter ihrem Herzen trug. Würde man sie in ein Kloster, gar in ein Klausurkloster sperren? Was würde aus ihrem Kind werden? Man hatte das Zimmerfenster von außen verriegelt. Sie bekam nur Manuela zu sehen, mit der sie nach wie vor das Zimmer teilte, und diese versuchte, ihre Ängste zu zerstreuen. Der Zorn der Mutter werde nicht viel länger anhalten, selbst die Tanten seien unzufrieden, bemerkte Manuela. Es gelte abzuwarten und zu versuchen, die Mutter nicht weiter zu verärgern, die bestimmt bald Reue zeigen werde.

Aber Maria Manuela zeigte sich unbeugsam. Sie hatte in sich eine unnachgiebige Härte entdeckt, ihr Herz war nach so viel Leid gebrochen, und sie konnte keine Gnade für ihre Tochter aufbringen. Mariana hatte Unglück und Schande über sie gebracht. Als Witwe musste sie sich mit diesem Ungemach befassen und Entscheidungen treffen, für die zuvor Anselmo zuständig war, sie musste eine Zukunft für den Bastard bestimmen, der in Marianas Körper heranwuchs. In solche düsteren Gedanken versunken verbrachte Maria Manuela die Tage in einem Sessel mit Stickarbeiten, fast ohne mit ihren Familienangehörigen zu sprechen. Sie ging früh zu Bett und stand mit dem Morgengrauen auf, sie ließ ihr Leid anwachsen, ohne genau zu wissen, was sie mit ihrer im Zimmer eingesperrten Tochter anstellen sollte. Ein Brief an Antônio wäre nicht dienlich. Ihr Sohn befand sich im Krieg und konnte jetzt nicht nach Hause kommen. Und auch er würde diesen Makel nicht tilgen oder ungeschehen machen und Mariana ihre Unschuld und ihre zerstörte Zukunft zurückgeben können.

Das waren an diesem Nachmittag ihre Gedanken, als sie mit der Stickarbeit auf dem Schoß dasaß. Sie hatte ihre frühere Schönheit eingebüßt und nur noch einen ernsten, verhärteten Gesichtsausdruck. Dona Ana saß neben ihr. Sie spann Wolle und löste sie wieder auf, ohne der Handarbeit irgendeine Beachtung zu schenken. Die Lage im Haus war unerträglich. Seit mehr als einer Woche war die Nichte in ihrem Zimmer eingesperrt, und sie fürchtete allmählich um deren Gesundheit. Ihr war noch das Bild der verwirrten Rosário gegenwärtig, die wegen ihrer Liebe zu einem Geist Tränen vergoss.

»Man muss eine Entscheidung treffen«, sagte Dona Ana und brach somit das Schweigen, das schon zu lange anhielt. »João Gutierrez ist immer noch auf der Estância. Ich habe Zé Pedra angewiesen, ihn weit weg arbeiten zu lassen, die Zäune im Norden zu richten, aber er ist immer noch hier auf der Estância.«

Maria Manuela zuckte mit den Schultern.

»Ich würde ihn am liebsten mit einem Schuss zwischen die Augen erledigen«, sagte sie und bekreuzigte sich. »Gott möge meine Worte verzeihen, aber er ist ein Nichtswürdiger. Er hätte den Tod verdient.«

Dona Ana seufzte.

»Es gibt schon genug Blutvergießen in diesem Land! Der Tod dieses Unglückseligen wäre keine Lösung. Morgen wird Manuel ihn wegschicken, das steht fest. Wenn er nur einen Funken Verstand hat, wird er nie wieder den Boden dieser Estância betreten.«

Caetana saß im Saal in einer Ecke und stickte. Sie hatte Mitleid mit ihrer Nichte, Mitleid mit dieser Liebe, die auf diese Weise zugrunde ging. Marianas Schwangerschaft war wahrhaftig kein guter Beginn, aber in einer Zeit mit so viel Sorgen und Verlusten verdiente jede Liebe Anerkennung und Unterstützung. Sie hatten so viele Familienangehörige verloren, dass es nur gerecht wäre, das Kind, das Mariana austrug, mit offenen Armen zu empfangen. Caetana hielt diesen Arrest für eine große Sünde, die vielleicht ein noch größeres Unglück nach sich ziehen könnte … Also entschied sie, mit Dona Antônia zu sprechen, die zwar so hart und geradlinig wie Bento war, aber vielleicht könnte sie mit ihrem Einfluss die grausame Strafe lindern. Man konnte Mariana nicht neun Monate in ihrem Zimmer einsperren. Sie brauchte Sonne und frische Luft, sie brauchte ein wenig Freude, immerhin brachte sie demnächst ein Kind auf die Welt.

»Und was wird aus Mariana?«, wagte Caetana zu fragen.

In Maria Manuelas Blick lag ein Hauch von Schmerz. Caetanas Tochter war glücklich verheiratet, deshalb besaß sie diese Ruhe und Gelassenheit.

»Mariana bleibt auf ihrem Zimmer«, sagte sie mit Bestimmtheit. »Ja, wir befinden uns im Krieg, aber deshalb darf diese Familie noch lange nicht ihren guten Ruf verlieren. Eine ledige junge Frau in Umständen! Wenn Anselmo noch lebte, würde er sie in ein Klausurkloster bringen, dessen bin ich mir sicher«, sagte sie und griff fast wütend nach dem Stoff, der in einem Korb lag, und stickte den ersten Stich. »Wenn dieses Kind auf der Welt ist, werde ich es jemandem weit weg von hier geben, damit er es aufzieht. Viele Menschen haben in diesem Krieg ihre Söhne verloren. Irgendjemand wird dieses Balg schon haben wollen.«

Dona Ana spürte, wie ihre Augen feucht wurden, ihre Stimme klang ernst: »Ich habe in diesem Krieg einen Sohn verloren, Maria Manuela. Überlege, was du sagst! Dieser Säugling wird dein Enkelkind sein, ob du es willst oder nicht. Er trägt unser Blut, vergiss das nicht.«

»Er wird mir nicht unter die Augen kommen, Ana. Das schwöre ich.«

Dona Ana ging aus dem Saal, sie wusste, wann sie besser schwieg. Mit der Zeit würde dieses verwundete Herz erweichen. Am besten sprach sie mit Manuel und trug ihm auf, mit João Gutierrez abzurechnen. Am besten ritt er zu den benachbarten Estâncias und erfand irgendeinen Vorwand, damit keiner der anderen Großgrundbesitzer ihm Arbeit gäbe. Es wäre nicht gut, wenn João in der Nähe bliebe.

Als sie in Richtung Küche über den Korridor ging, hörte sie Marianas bemitleidenswertes Klagen. Mitleid schlich in ihre Brust wie eine alte Katze. Sie hatte Lust, das Mädchen zu sehen, es zu trösten und ihm ein wenig Hoffnung zu geben. Frauen waren in den ersten Monaten einer Schwangerschaft äußerst empfindlich. Aber was kann ich tun? Sie ist nicht meine Tochter. Ihre Pantoffeln schlurften über den geputzten Fußboden. Sie erinnerte sich an João Gutierrez und sein dunkles indianisches Gesicht. Merkwürdig, als sie ihn zum ersten Mal gesehen hatte, war ihr bereits aufgefallen, dass er anders war. Er war ein lebenshungriger junger Mann, fast wie ein Fohlen. In seinen schwarzen Augen lag ein leidenschaftlicher Glanz. Sie hätte ihren Gedanken mehr Beachtung schenken sollen. Wenn sie selbst ein zwanzigjähriges Mädchen und so lange auf der

Estância eingeschlossen wäre, wer weiß, ob sie diesen indianischen Augen und diesem Lächeln mit den strahlend weißen Zähnen widerstanden hätte.

Manuela bewahrte den Brief zwischen ihren Brüsten. Wenn ihre Mutter davon erführe, würde sie ihr bestimmt eine Tracht Prügel verabreichen. In letzter Zeit war ihre Mutter vollkommen unzugänglich. Sie sprach mit niemandem im Haus, sie fragte nicht einmal nach Mariana, nach deren Befinden oder nach dem Kind. Aber Manuela würde den Brief irgendwie überbringen. Sie wusste zu gut, was es bedeutete zu lieben. Und Mariana liebte, ach, wie sehr liebte sie doch!

Die Sonne dörrte die Felder aus. Der Himmel war klar und tiefblau. Manuela begab sich zum rückwärtigen Teil des Gutshauses. Niemand in der Küche fragte, wohin sie ging, alle waren wegen Marianas Strafe bedrückt. Dona Rosa betete für das Mädchen eine Novene zu Ehren der heiligen Rita. Mit dem Rücken zur Tür kniend, bemerkte die Haushälterin nicht einmal, dass Manuela vorbeiging.

Manuela lief durch den Garten, sie ging um das Haus herum und begab sich zu der Unterkunft der Landarbeiter, hinter dem *Charque*-Schuppen. Die Hitze brachte ihre Haut zum Schwitzen. Die Grillen zirpten. Bedrückt dachte sie an ihre Schwester, die im Zimmer eingesperrt war. Wenn sie selbst ein Kind von Giuseppe in ihrem Körper trüge, wäre sie zu allem fähig. Aber Giuseppe war weit weg, in Montevideo. Und er hatte schon einen Sohn. Ihre Gelegenheit war mit dem Staub dieser Jahre verloren gegangen, aber nicht Marianas Gelegenheit. Deswegen brachte sie João diesen Brief, den Brief, in dem ihm Mariana von der Strafe und von dem Arrest schrieb und von ihrer Liebe. Wenn der Krieg zu Ende war, würden sie zusammen sein. Sie würden weit weggehen, ihr Kind auf irgendeinem Hof großziehen und glücklich sein. Sosehr ihre Mutter diese Liebe, die sie beide empfanden, auch behinderte, sie würde sie nicht unterbinden können. Niemand auf dieser Welt besaß genügend Kraft, um eine Liebe zu verbieten, die dazu bestimmt war, gelebt zu werden. Und diese Liebe lebte bereits in der Obhut von Marianas Körper weiter.

Manuela klopfte an die Tür. In der Hütte wurde es ruhig. Einen Moment später tauchte Joãos schönes Gesicht auf.

»Guten Tag«, grüßte er trocken. »Sie hätten mich fast nicht mehr angetroffen. Ich breche demnächst auf.«

Zeigten diese schwarzen Augen Entrüstung? Oder war es Schmerz? Manuela lächelte traurig.

»Ich muss eintreten, João. Wenn man mich hier sieht …«

Er ließ sie hinein. Manuela betrat den kühlen Raum, in dem es fast keine Möbel gab. Auf dem Bett warteten ein Reisebeutel und eine Gitarre auf ihr Schicksal. Manuela übergab ihm den Brief ihrer Schwester.

»Mariana hat ihn gestern Nacht geschrieben«, sagte sie. »Sie weiß, dass du gehst.«

Joãos indianische Augen glänzten feucht.

»Wie geht es meiner Mariana?«

»Sie ist traurig, aber es geht ihr gut. Du kannst beruhigt losziehen, sie wird das Kind bekommen.«

»Mein Kind.«

»Dein Kind«, wiederholte sie, »Und ich werde dir Bescheid geben, wenn es da ist.« Sie blickte sich um, sie fühlte sich in dieser vertraulichen Lage unwohl. »Dieser Krieg geht früher oder später zu Ende, und dann werdet ihr zusammen sein.«

»Gut. Werden Sie sich statt meiner um sie kümmern?«

Manuela nickte.

»Wohin gehst du?«

»Ich werde Soldat. Wenn dieser Krieg aufhören muss, dann bald. Und wenn er vorbei ist, komme ich zurück und hole Mariana.«

Schweigen lastete zwischen ihnen.

»Wenn du eine Botschaft schicken möchtest, sorge dafür, dass sie an mich gerichtet ist«, sagte Manuela zum Abschied. João Gutierrez nickte zur Bestätigung mit dem Kopf. »Auf Wiedersehen. Viel Glück, João.«

»Danke.«

João ließ beim Lächeln seine weißen Zähne aufblitzen.

Manuela ging wieder auf das flirrende Feld hinaus. Die Tür wurde hinter ihrem Rücken leise geschlossen. João Gutierrez würde in den Krieg ziehen. Mariana würde dieses Kind bekommen. Aber wenigstens für sie war eine Zukunft möglich.

Manuelas Tagebuch

Estância da Barra, 15. März 1842

Der Sommer schleppt sich langsam dahin. Die Tage sind wie Fäden, die sich in einem trägen, schläfrigen Rhythmus ineinander verknäulen. Die Hitze ist gnadenlos, sie plagt die Tiere und verwüstet den Boden. Ich sehne den Herbst herbei. Ich möchte das trockene Laub auf dem Boden liegen sehen. Ich wünsche mir feuchten Wind, dichte Wolken und Regen, der den Staub fortspült. Ich wünsche mir, dass all das Grau meine Seele verlässt und sich im Himmel einrichtet und über die Felder ergießt …

Es ist unmöglich, sich nicht von der Trübsal anstecken zu lassen, die im Haus herrscht. Die arme Mariana ist nach wie vor in ihrem Zimmer eingesperrt, obwohl der März schon längst begonnen hat. Der Groll meiner Mutter hat immer noch nicht nachgelassen. Wer hätte gedacht, dass ihre Seele so verhärtet sein könnte! Aber trotz allem ist Marianas Bauch gewachsen. Ihre alten Kleider passen nicht mehr, die Knöpfe gehen nicht mehr durch die Knopflöcher. Das Kind, das sie vor der Hitze und der Zurückweisung geschützt unter ihrem Herzen trägt, lebt und pocht, es will geboren werden. Caetana und Perpétua haben ihre Kleider ausgebessert und die Bunde ausgelassen, damit Mariana in den Monaten bis zur Niederkunft etwas zum Anziehen hat. Meine Mutter hat sie einige Male bei diesen Tätigkeiten überrascht, aber sie hat nie etwas gesagt oder eine Frage gestellt. Sie verbietet ihrer Tochter nur, das Zimmer zu verlassen, und sie zeigt keinerlei Anzeichen, sie sehen zu wollen. Dona Ana hat angeordnet, eine Badewanne in dem Zimmer aufzustellen, und Zefina hilft Mariana jeden Nachmittag bei ihrer Wäsche. Ich bringe ihr Bücher, Stickarbeiten und was sie sonst haben möchte, um sich in den Stunden ihrer Abgeschiedenheit zu beschäftigen. Und Dona Rosa sorgt für die Mahlzeiten, für die sie sich wie eine Mutter abmüht. Sie bereitet Mariana Leckerbissen, Süßigkeiten und köstliche Brote.

Es ist zweifelsohne eine traurige Zeit. Vielleicht eine der traurigsten, die wir in diesem Jahr hier auf der Estância erlebt haben. Wir haben Todesfälle erlitten. Wir haben gescheiterte Lieben erlebt. Ich selbst habe Giuseppe verloren, den einzigen Mann meines Lebens, dessen bin ich mir sicher. Wir haben Rosários Wahnsinn erlebt, deren blühendes Leben in seinem besten Moment zu Ende ging. Sie geht nun im Kloster zugrunde. Dabei ist sie dort weder weiter von ihrem Wahn entfernt noch näher bei Gott als hier bei uns. Aber von allen Vorkommnissen schmerzt mich Marianas Liebe am meisten, denn sie wird erwidert und reicht tief. Sie hat ein neues Leben geschaffen. Hier fehlt es uns an Leben, doch das neue Leben, das zu uns kommt, trifft nur auf wenige offene Arme und dafür auf lange Gesichter und hartnäckiges Schweigen. Uns fehlt die Freude, um es zu empfangen, und vielleicht wird uns das Schicksal dafür bestrafen. Wir sind wie Lahme, die die neuen Beine verwünschen und lieber an den brüchigen alten Krücken gehen. Denn die meisten von uns bewerten die Ehre höher als das Leben.

João Gutierrez ist in den Krieg gezogen, um mit den Republikanern zu kämpfen. Vielleicht hilft seine Lanze, die Zeit der Kämpfe zu verkürzen. Bestimmt aber wird auch er unter Durst, Hitze und Kälte leiden und den Launen der Pampa ausgesetzt sein. Er wird jeden Tag gegen den Tod kämpfen müssen und dabei immer in einer ungünstigen Position sein. Mariana betet für ihn, weil sie sein Kind erwartet, aber in ihren Augen sehe ich die Schatten der Angst. João Gutierrez wird vielleicht nie wieder diesen Boden betreten, vielleicht wird sein Kind eine Waise sein, vielleicht werden wir nie wieder von ihm hören, vielleicht kommt nicht einmal ein Bote mit der Nachricht seines Todes zu uns.

Was für düstere Gedanken … Und dort draußen strahlt eine goldene Sonne, sie glimmt über dem Feld und erleuchtet die Pampa. Ich bin voller Leid. Ich träume immer noch jede Nacht von Giuseppe. Ich wünsche mir immer noch, dass er in die Pampa zurückkehrt. Wenn nicht heute, dann später. Ich wünsche mir, dass er mich, auch wenn dieser Tag in weiter Ferne liegt, lebendig antrifft. Und ich schwöre, ich würde ihn bis ins schlimmste Unheil begleiten, ins Paradies oder ins Ungewisse. Diesmal würde ich diese Kraft haben. Ich würde für meine Liebe kämpfen.

Zuweilen, wenn ich Mariana stolz mit ihrem gewölbten Bauch sehe, bedaure ich, dass ich in meinem Körper kein Kind von Giuseppe trage. Ich war nur seine Braut, eine ewige Braut. Unsere Liebe ging nicht darüber hinaus, und dennoch hatten wir ein ganzes Meer für uns … Ich hätte gern ein Kind von ihm gehabt, auch wenn man mich zur Strafe auf mein Zimmer verdammt hätte. Es wäre ein geringer Preis dafür, ihn auf ewig bei mir zu wissen. Mein Fleisch und das seine in einem anderen Körper vereint … Es blieb nur ein Traum.

Das sage ich Mariana, um sie zu trösten. Wenn ihr Kind auf die Welt kommt, wird sie nie wieder einsam sein. Aber was bringt mir die Zukunft, abgesehen von der Einsamkeit endloser Jahre? Vielleicht den Trost eines schönen Hauses mit leeren Räumen, die Wärme einer gelegentlichen Umarmung, die Flamme einer Erinnerung voller Sehnsüchte, sonst nichts. Sehr wenig, um ein Leben auszufüllen.

Manuela

João Gutierrez steht vor dem Graben, im Magen spürt er die Beklemmung wegen seines ersten Toten. Er betrachtet den blutbefleckten Dolch. Ein Kaiserlicher liegt am Boden, die Kehle ist präzis durchtrennt, seine hellbraunen Augen sind in verblüfftem Staunen zum Himmel gerichtet. Das Staunen eines Menschen, der dem Tod ins Antlitz blickt.

In der Ferne ertönt eine Trompete. Die Welt ist ein einziges lärmendes Getümmel. Auf ein Zeichen hin stürmt die *Farroupilha*-Kavallerie auf den Feind los. Beim Zusammenstoß der beiden Heere wirbelt Staub auf, man hört Schreie und Wiehern. João will ein Pferd haben, er ist ein ausgezeichneter Reiter, aber er ist bei der Infanterie. Es mangelt an Pferden. João springt über den Graben. Die Schlacht wird mit erbitterter Wut ausgetragen. Der Kampf, Mann gegen Mann, ergibt eine merkwürdige Choreographie auf dem Feld, über das die Sonne ihr erstes Licht schickt.

João Gutierrez rennt, er teilt Schläge aus, er schreit. Seine Augen sind voll Staub. Dies ist seine erste Schlacht. Sie sind in der Nähe von São Vicente auf diese kaiserliche Division gestoßen. Die Schlacht ist erbittert. Die Kaiserlichen sind in der Überzahl, und sie haben eine Kanone. João hat seinen Dolch, die Bola – eine Kugelschleuder –, und er trägt Wut im Leib, die er zügeln muss, denn sie ist wie ein reißender Fluss. Er hat seinen ersten Mann getötet. Er geht mitten über das Schlachtfeld und tritt auf Leichen. Er denkt noch einmal an diese durchgeschnittene Kehle, an das lebendige rote Blut, das der Erdboden aufsaugt. Ein Schauer erschüttert seinen Körper, ein heißer Schauer wie ein Glas Schnaps, wenn es auf den leeren Magen trifft. Er spürt einen bitteren Geschmack im Mund, er spürt eine merkwürdige Kraft im Körper. Er hat ein Leben genommen, das Leben eines Kaiserlichen, der in diesem Augenblick auf der staubigen Erde liegt. Er hat auch ein Leben geschaffen, das nun in Marianas Leib pulsiert. Er spürt eine große Freude in seinem erschrockenen Mund, seine Spucke schmeckt nach Wein. Er hat Schicksale verändert, und er ist immer noch der gleiche João wie zuvor, aber er ist stärker, ein Halbgott. In seinen dunklen Händen, in seiner indianischen Sängerseele liegt eine merkwürdige Macht.

Ein Kaiserlicher reitet mit dem Säbel im Anschlag auf ihn

zu. João Gutierrez weicht mit einer einzigen Bewegung der scharfen Klinge aus. Im Nu steckt er den Dolch in den Mund, packt die Bola und lässt sie über seinem Kopf kreisen. Er konnte schon als kleiner Junge gut mit dieser Waffe umgehen. Einen Augenblick lang fliegen die Eisenkugeln wie zornige Vögel in Richtung des Kaiserlichen. Der Mann fällt vom Pferd. João Gutierrez greift zum Dolch und stößt ihn mit einem einzigen zielsicheren Stich in den Hals. Der Kaiserliche ächzt im Todeskampf. Er reißt Augen und Mund weit auf, ohne ein Wort zu sagen. In diesem Moment ist die Welt eine einzige Stille, nichts hat Bedeutung außer diesem Dolch und diesem Tod.

João Gutierrez sitzt auf. Er wird nicht mehr zu Fuß gehen. Von nun an betrachtet er die Schlacht und die feindlichen Gesichter vom Pferd aus. Er hat Lust, Marianas Namen zu rufen. Für sie ist er hier, für sie tötet er, läuft er, kämpft er. Er wird noch hunderten Kaiserlichen die Kehle durchschneiden. Nicht für die Republik, sondern für Mariana. Er wird eine Auszeichnung erhalten, für Mariana. Und wenn alles zu Ende ist, wird er seinen Dolch von jeglicher Blutspur reinigen und zu der Frau zurückkehren, die auf ihn wartet.

Eine gewaltige Explosion reißt ihn aus seinen Gedanken. Der Feind beginnt mit der Kanonade. Eine Kugel schlägt in seiner Nähe ein, sie zerfetzt Männer und erfüllt die Luft mit Pulvergeruch. Die Soldaten rennen entsetzt davon. João Gutierrez stachelt sein Pferd an und galoppiert über das Feld. Mittlerweile bescheint die Sonne die Szenerie und enthüllt gnadenlos ein Bild des Schreckens und des Todes. João Gutierrez' indianische Augen sind noch schwärzer als sonst.

»Das mache ich alles für dich, Mariana!«, ruft er in den Wind, der nach Pulver und Blut riecht. »Alles für dich!«

Dona Antônia stieg aus dem Wagen und ging zur Veranda hinauf. Seit ihrer Lungenentzündung war sie noch hagerer, und ihre entschlossenen dunklen Augen stachen aus ihrem schmalen Gesicht hervor. Sie lächelte Manuela zu, die unter dem Schutzdach saß und las.

»Guten Tag, Manuela. Wo ist deine Mutter?«

Manuela schlug ihr Buch zu und sah erfreut zu ihrer Lieblingstante. Ihre Mutter hielt sich ohne weitere Beschäftigung in ihrem Zimmer auf, vielleicht betete sie.

»Sie wissen ja, Tante, meine Mutter wird immer schweigsamer, wegen Mariana.«

Dona Antônia setzte sich auf einen Stuhl. Für einen Moment ließ sie ihren Blick über die Abenddämmerung schweifen, die sich ihrem Ende näherte.

»Deine Mutter ist sehr verwirrt, Manuela. Es sind zu viele Dinge geschehen, und sie ist von Kind an sehr empfindlich gewesen. Sie war von uns allen immer die Empfindlichste«, sagte sie und seufzte. »Aber es gibt nichts, was ihren Umgang mit Mariana erklärt. Sie ist nun schon seit fast drei Monaten in ihrem Zimmer eingesperrt.«

»Meine Mutter hat seither kein Wort mit ihr gesprochen.«

»Ich weiß. Deshalb bin ich hergekommen. Diese Grausamkeit muss ein Ende haben.«

Sie klopfte auf ihre Knie und änderte den Tonfall ihrer Stimme. »Ruf deine Mutter. Sag ihr, dass ich gekommen bin, um mit ihr zu sprechen.« Sie stand auf. »Ich werde im Arbeitszimmer auf sie warten.«

Beim Anblick ihrer älteren Schwester musste Maria Manuela an ihre verstorbene Mutter denken. Aber ihre Mutter hätte sie mit ihren trockenen schwarzen Augen niemals so kalt angesehen. Nein. Ihre Mutter hatte ihre jüngste Tochter immer beschützt. Dona Perpétua hatte es für richtig gehalten, Maria Manuela besondere Aufmerksamkeit und übertriebene Fürsorge zukommen zu lassen. Sie war nicht mit dem gleichen Charakter auf die Welt gekommen wie ihre Geschwister. Ihre Breie waren immer die süßesten, ihre Pflichten immer die leichtesten gewesen. So war sie erzogen worden, und seit ihrer Heirat hatte Anselmo sie vor der Welt behütet.

»Du hast mich rufen lassen?«

»Ja.«

»Ist etwas geschehen?«

Dona Antônia blickte sie streng an. Wie Bento. Mit dem gleichen Drang, die Dinge zu verbessern, mit der gleichen Verantwortung für alles und für alle.

»Natürlich ist etwas geschehen, das weißt du sehr wohl. Deine Tochter wurde von einem Landarbeiter geschwängert. Und du hältst deine Tochter seit drei Monaten in ihrem Zimmer eingesperrt, wie ein Tier.«

Maria Manuela ließ sich auf einen Stuhl fallen.

»Ich wollte nicht, dass das geschah.« Ihre Hände zitterten leicht.

»Es gibt viele Dinge, die wir nicht wollen, Maria. So ist das Leben, und es wird Zeit, dass du das begreifst. Man muss sich um das Mädchen kümmern.« Sie fixierte sie mit den Augen. »Du willst doch nicht, dass ihr das Gleiche geschieht wie Rosário?«

Maria Manuela gab sich überrascht.

»Rosário ist nichts geschehen. Sie hat nur eine vorübergehende Verwirrung. Wenn wir erst wieder zu Hause sind, wenn der Krieg zu Ende ist, wird alles wieder gut.«

»Rosário wird es nie wieder gut gehen … Das weißt du sehr wohl. Das, was ihr fehlt, ist für immer.«

»Was fehlt ihr denn?«, stammelte sie.

»Rosário ist verrückt.«

Langsam glitten Tränen über Maria Manuelas Gesicht. Auch Dona Antônia spürte Tränen aufsteigen, aber sie hielt stand und weinte nicht. Sie wusste, dass sie die Stütze der Familie war. Sie wusste, dass Bento, wo auch immer er sich aufhielt, dies von ihr erwartete. Sie hatte keine Kinder, aber sie hatte ihre Schwestern, ihre Schwägerin, ihre Nichten und ihre Neffen. Sie musste sich um sie kümmern.

»Sag das bitte nicht, Antônia.«

»Ich sage es dir ganz ehrlich. Rosário ist für dieses Leben verloren, aber Mariana nicht. Sie hat noch eine Zukunft vor sich. Es ist wahrlich nicht die Zukunft, die wir für sie ausgesucht hätten, aber es ist die Zukunft, für die sie sich entschieden hat.« Sie legte eine Pause ein. »Mariana ist schwanger. Sie braucht Fürsorge.«

»Da kann ich nichts machen, ich schwöre es dir. Ich habe keine Kraft mehr. Ich habe gebetet, ich habe viel gebetet, aber ich habe keine Kraft mehr.«

Dona Antônia sprach nachsichtig weiter: »Du brauchst dich nicht um sie zu kümmern. Ich werde das tun. Ich werde Mariana mit zu mir auf die Estância do Brejo nehmen.«

Bento Gonçalves nahm die Neuigkeit vorsichtig auf. Sie war wie ein Lebenshauch in dieser Ödnis aus Intrigen und Problemen. Ihm gegenüber saß Lucas de Oliveira und strahlte über das ganze Gesicht. In São Paulo und in Minas Gerais waren ebenfalls Revolten ausgebrochen. Das Kaiserreich war offensichtlich geschwächt und die gesamte Lage konnte nur zu einer Verbindung mit der Republik Rio Grande führen.

»Das ist ein guter Zeitpunkt«, sagte Lucas. »Das müssen wir ausnutzen. São Paulo und Minas Gerais können unsere Verbündeten sein. Dann bilden wir eine Föderation, Bento.«

Lucas de Oliveira war immer noch ein stattlicher Mann. Der Krieg hatte seine Gesichtszüge nur wenig in Mitleidenschaft gezogen, und seine Augen leuchteten immer noch stolz.

»Wir werden einen Kongress einberufen«, sagte Bento Gonçalves und lehnte sich im Stuhl zurück. »Wir werden unsere Verfassung wählen. Ich habe eine Entscheidung getroffen: Ich werde die Regierung übernehmen und Netto den Oberbefehl über die Truppen übertragen. Jetzt ist der Zeitpunkt gekommen, die Republik in Ordnung zu bringen.«

»Wir müssen Netto benachrichtigen, er hält sich an der Grenze auf.«

»Ich werde meinen Sohn Bento zu ihm schicken, damit er ihn unverzüglich benachrichtigt.«

Lucas de Oliveira war zufrieden. Die Dinge nahmen einen guten Lauf, aber sie durften keine Zeit verlieren.

Bento Gonçalves beobachtete sein Gegenüber, die Freude, die aus dessen Augen blitzte, schien ihm übertrieben. Oder besaß er selbst vielleicht keine Kraft mehr? Wieder einmal fühlte er sich krank und alt.

»Pass auf, Lucas… Sicherlich sind diese beiden Revolten günstig für uns, aber wir selbst haben größte Schwierigkeiten, interne Schwierigkeiten. Wir sind geteilt, Lucas. Und man kann unmöglich gleichzeitig teilen und addieren. Wir müssen vorsichtig vorgehen.«

Er sah aus dem Fenster. Draußen verbreitete der graue Morgen sein mattes Licht über die Stadt. Es war eine feuchte Kälte. Einige Soldaten gingen aufgeregt über die Straße. Ein mit Lebensmitteln beladener Karren passierte mit Getöse. Ein Hund bellte. Aber allem fehlte der Glanz. Oder konnten seine Augen ihn nicht mehr erkennen? Er atmete tief durch. Lucas de Oliveira entschuldigte sich und verließ das Besprechungszimmer. Bento Gonçalves griff zur Feder. Er musste ein Manifest schreiben. Er schrieb das Datum: 13. Juni 1842. Seine Hand war müde und träge. Auf dem Handrücken waren dunkle Flecken zu sehen, er wusste nur zu gut, dass es Altersflecken waren. Das Beste war es, Netto den Oberbefehl über die Truppen zu übertragen.

Joaquim kam dem Familienbesitz langsam näher. Er spürte, wie die eiskalte Luft wie spitze Nadeln hartnäckig durch den Wollponcho an seine Haut drang und seine Arme auskühlte. Auch die Strümpfe und die Stiefel waren kein Schutz für seine Füße. Es war eine grausame Kälte. Es wurde Tag. Der Nebel verlieh der stillen Landschaft ein unwirkliches Aussehen. Joaquim trieb seinen Rappen an, aber das Pferd trabte in dem geheimnisvollen Nebel gemächlich weiter, es schwebte fast über dem menschenleeren Weg.

Sein Kopf war voll mit Gedanken und Plänen. Und mit Zweifeln. Ein Wirrwarr von Sorgen verknotete sich vor seinen Augen. Ja, er würde Manuela wiedersehen nach so langer Zeit. Ja, er würde Manuela wiedersehen. Ihre grünen Augen, ihr schönes, helles, klares, rätselhaft feines Gesicht. Ihre letzte Begegnung war schmerzlich gewesen. Er konnte sich immer noch an ihren liebeserfüllten Blick erinnern, an diesen Blick einer Liebe, die nicht ihm galt. Dachte seine Cousine immer noch an den Italiener, oder hatte dessen Abreise ihre Leidenschaft abklingen lassen? So wenig er auch Manuelas intimste Gedanken kannte, so konnte er doch ahnen, dass sie Garibaldi weiter hartnäckig liebte. Ja, sie war hartnäckig. Aber Garibaldi war mittlerweile verheiratet und hatte einen Sohn. Wer weiß, wo er sich aufhielt, seitdem er mit der Rinderherde, die man ihm zum Abschied geschenkt hatte, in Richtung Montevideo aufgebrochen war. Joaquim schob seine Hand unter den Poncho und suchte etwas in der Dolmantasche. Er spürte das Gewicht und den Umfang der Brosche. Er hatte dieses Schmuckstück von seiner Großmutter mütterlicherseits geerbt. Die kleinen Smaragde hatten die gleiche Farbe wie Manuelas Augen. Als ihm seine Großmutter die Brosche überreicht hatte, hatte sie mit ihrem krächzenden spanischen Akzent gesagt: »Das ist für deine Frau.« Wenn er eine fand. Seit vielen Jahren schon, seit seiner Jugend bewahrte er dieses Schmuckstück. Er konnte Manuela trotz ihrer abweisenden Haltung, trotz ihres Starrsinns nicht vergessen. In jeder Schlacht, in jeder kalten, sternenklaren oder regnerischen, dunklen Nacht hatte er an sie gedacht. Beim Versorgen der Verletzten, beim Gespräch mit seinem Vater, wenn sie die Schwierigkeiten und Pläne der Republik erörterten, enthielt jedes Wort, jeder Seufzer, jeder Blick von ihm etwas von seiner Sehnsucht nach Manuela. Er hatte entschieden, einen letzten Versuch zu unternehmen. Und dann bat ihn der Vater, sich zur Estância da Barra zu begeben, in die Nähe von Manuelas grünen Augen.

Das Pferd schien den Weg wiederzuerkennen. Der Nebel kämpfte gegen die ersten schwachen Sonnenstrahlen. Joaquim hörte das Wasser rauschen. Er erinnerte sich an die Bader im Bach mit seinen Geschwistern. Es war so lange her! Nun lebte er nicht mehr, nun erlebte er nur noch Blutvergießen, Angst, die Schlachten, die Krankheit seines Vaters, sein Warten auf Manuelas Antwort. In der Ferne konnte er das Gatter der Estância ausmachen. Ihm wurde plötzlich warm ums Herz. Bestimmt saßen seine Tanten und seine Mutter bereits beim Frühstück zusammen … Gleich würde er das Gesicht seiner Cousine sehen, Manuelas jugendliches, noch schlaftrunkenes Gesicht, und den Glanz des Taus auf diesen Augen, von denen er in seinen Nächten im Feldlager träumte.

Dona Antônia betrat das Zimmer mit einem Tablett. Der Raum wurde von dem flackernden Kaminfeuer erhellt, eine Lampe brannte auf dem Nachttisch. Mariana saß mit einer Decke über den Beinen neben dem Kamin. Ihr dunkles Gesicht war feiner und zugleich fülliger geworden. Am Ende der Schwangerschaft wirkte sie schlaff, und ihr runder Bauch wölbte sich unter dem dunklen Kleid. Dona Antônia ging langsam auf sie zu. Ihre Nichte hatte die Augen geschlossen. Vielleicht schlief sie, aber Dona Antônia hielt dies für unwahrscheinlich, vermutlich versteckte sie sich so vor ihrer Umgebung an einem Ort, der nur ihr gehörte und an dem sie ruhig und frei an João Gutierrez denken konnte. Geschlossene Augen waren wie geschlossene Türen. Sie selbst hatte oft diese Zuflucht gesucht, wenn sie sich an ihren verstorbenen Ehemann erinnern wollte, ohne sich die unermessliche Trauer anmerken zu lassen, die selbst nach so vielen Jahren immer noch in ihr wohnte.

»Mariana«, flüsterte sie, woraufhin die junge Frau langsam die Augen öffnete. »Ich habe dir eine Suppe gebracht. Eine Gemüsesuppe. Du hast lange nichts gegessen, und du musst dich ernähren. Dieses Kind braucht Nahrung, Mädchen.«

Mariana lächelte. Sie richtete sich auf und machte es sich in dem Sessel bequem.

»Sie sind sehr gut zu mir, Tante.«

Dona Antônia war gerührt. Sie stellte das Tablett auf dem Schoß der Nichte ab. Danach setzte sie sich neben sie und wartete ab, bis sie zu essen begann. Die Stille in dem Raum, in dem sonst nur das Feuer prasselte, war ein Trost. Von draußen hörten sie den peitschenden Winterwind.

Mariana hatte die Suppe aufgegessen.

»Ich weiß, dass du sehr leidest, Mariana.« Dona Antônias Stimme klang sanft. »Deine Mutter hilft dir nicht, und ein Kind auf die Welt zu bringen, ist eine mühselige Angelegenheit. Ich habe nie Kinder bekommen, aber ich weiß es genau.«

»Mein Kind wird nach der Geburt noch mehr leiden, Tante. Es wird weitaus mehr leiden als ich. Es ist ein Kind ohne Vater. Wer wird es haben wollen, Tante?«

Dona Antônia nahm das Tablett und stellte es auf dem Fußboden ab. Sie griff nach der warmen, geschwollenen Hand ihrer Nichte.

»Sag das nicht, Mädchen. Dieses Kind hat einen Vater. Vielleicht nicht den Vater, den deine Mutter gewünscht oder den ich selbst bevorzugt hätte, aber es hat einen Vater. Er heißt João Gutierrez, und er kämpft als Soldat für die Republik.«

Mariana blickte in die Flammen.

»Vielleicht ist João ja schon längst gestorben ...«

»Hast du das Gefühl? Hast du in diesen Monaten irgendwann so ein Zeichen bemerkt? Dass dein Herz für einen Moment stehen bleibt, dass dir das Blut in den Adern gefriert, hast du dieses Gefühl gehabt, Mariana?«

Mariana sah die Tante fest an. In ihren dunklen Augen war eine unbekannte Sanftmut zu erkennen. Nie zuvor hatte sie Dona Antônia derart mütterlich, warmherzig und liebevoll erlebt.

»Nein, das habe ich nicht.«

»Also lebt er noch, Mariana, glaube mir.« Dona Antônia schloss für einen Augenblick die Augen. »An dem vermaledeiten Tag, an dem mein Joaquim vom Pferd fiel, habe ich es gefühlt. So als würde der Minuano durch mich hindurchwehen ... Als der Verwalter kam und mir von dem Vorfall berichtete, wusste ich es bereits.« Sie wandte ihr Gesicht wieder dem Feuer zu.

Mariana drückte die Hände dieser erfahrenen Frau.

»Ich habe Angst, Tante.«

»Wovor, Mädchen?«

»Davor, bei der Niederkunft zu sterben. Davor, dass mein Kind allein auf dieser Welt ist. Meine Mutter wird es bestimmt nicht haben wollen.«

»Du wirst nicht bei der Niederkunft sterben, Mariana. Sei unbesorgt. Wenn etwas geschieht, werde ich mich um dein Kind kümmern, und ich werde João in ganz Rio Grande suchen lassen, das schwöre ich dir. Ich werde mit Bento sprechen, und er wird den Vater deines Kindes auftreiben, wo auch immer er sich aufhalten mag«, sagte sie und streichelte das lange schwarze Haar ihrer Nichte. »Aber nichts davon wird sich zutragen, Mädchen. Du wirst dieses Kind bekommen, und João wird wiederkommen, wenn der Krieg zu Ende ist. Glaub mir, was ich dir sage.«

»Es ist ein Junge«, flüsterte Mariana.

»Was hast du gesagt?«

»Das Kind unter meinem Herzen, Tante, es ist ein Junge. Ich habe von ihm geträumt.«

Dona Antônia lächelte.

»Hast du für diesen Fall schon einen Namen für ihn ausgesucht?«

»Matias. Er soll Matias heißen.«

»Das ist ein schöner Name.«

Mariana schloss die Augen. Dona Antônia legte ihrer Nichte die Decke zurecht. Sie war jeden Tag aufgedunsener und träger. Es war nicht mehr viel Zeit bis zur Entbindung, davon war sie überzeugt. Sie musste Rosa Bescheid geben. Matias würde bald auf die Welt kommen, vielleicht noch in dieser Woche.

Manuela erwartete den ganzen Tag, dass Joaquim zu ihr käme, um mit ihr zu sprechen. Im vergangenen Jahr hatte sie oft an die Heirat mit ihrem Cousin gedacht. Und immer überkam sie dabei das gleiche erstaunliche Gefühl, als wäre sie halb tot, als darbte unter ihrer Haut ein seelenloser Geist. Das war ihr Gefühl, wenn sie sich selbst als Joaquims Gattin vorstellte. Manches Mal hatte sie geweint. Ihre Liebe zu Giuseppe war wie eine tödliche Krankheit. Es gab weder Heilung noch Linderung. Sie war entschlossen: Sie würde dem Cousin ein letztes Mal ihre Absage mitteilen. Sie wusste, dass er gekommen war, um sie zu sehen, sie hatte in seinem Blick seine ungetrübte Leidenschaft erkannt. Und diese unerwiderte Liebe tat ihr leid, sie tat ihr äußerst leid. Wenn sie könnte, würde sie sich auf der Stelle die Leidenschaft, die sie für Giuseppe empfand, aus der Seele reißen, aber sie konnte nicht. Es war ihr Schicksal. Sie würde niemals heiraten. Außer wenn Giuseppe zurückkäme. Denn sie würde auf ihn warten, jede Minute, jeden Tag, jedes Jahr, bis das Alter sie um den Verstand und die Gefühle brächte. Sie hatte Joaquim kaum etwas zu sagen. Nur, dass es ihr sehr leidtat. Es tat ihr für sie beide leid. Bestimmt würde Joaquim eine andere Frau finden. Sie dagegen würde allein bleiben und für immer warten.

Die nachmittägliche Wintersonne am blauen Himmel brachte ein wenig Wärme in den Garten. Manuela ging durch den Gemüsegarten zu den Obstbäumen. Sie wollte Apfelsinen pflücken. Joaquim war bestimmt bei den Pferden oder plauderte mit seiner Mutter. Er würde sich nicht lange auf der Estância aufhalten, denn er hatte gesagt, dass Bento Gonçalves ihn in Alegrete erwartete. Manuela ging zügig voran. Etwas weiter weg sah sie Zé Pedra Unkraut jäten. Sie winkte dem großen, breitschultrigen Schwarzen zu. Er lächelte und ließ in seinem dunklen Gesicht die weißen Zähne aufblitzen.

Die Apfelsinen dufteten, sie dufteten nach Kindheit. Manuela füllte den Strohkorb. Ihre Mutter wollte eine Süßspeise zubereiten. Wie durch ein Wunder zeigte ihre Mutter Lust, etwas zu tun. In letzter Zeit hatte sie sich nur in ihrem Zimmer eingesperrt und die Tage mit Schlafen und Beten verbracht. Aber seit Mariana zu Dona Antônia auf die Estância do Brejo gezogen war, hatte sich Maria Manuelas Stimmung verbessert. Ihre schwangere Tochter war wie ein Dorn, der in ihrer Haut steckte. Manuela dachte an ihre Schwester. Gott sei Dank, sie wurde nun umsorgt. Perpétua hatte nachgerechnet und gesagt, dass Marianas Niederkunft kurz bevorstand. Sie musste sie besuchen und sehen, ob sie etwas benötigte… Sie hatten keine Nachrichten von João, aber sie würde Joaquim bitten, ihn zu suchen und ihm zu sagen, dass sein Kind bald auf die Welt käme.

»Woran denkst du?«

Joaquims Stimme tönte durch die Bäume. Eine Sekunde später stand er neben ihr. Er trug eine saubere und sorgfältig geplättete Uniform.

»Ich habe an Mariana und an João Gutierrez gedacht.«

»Das ist eine gewaltige Überraschung für mich gewesen.«

»Das Leben ist voll von Überraschungen, Joaquim.«

»Und es sind nicht immer gute, nicht wahr?«

Manuela pflückte noch eine Apfelsine vom Baum.

»Ja, du hast Recht. Aber ich muss dir sagen, dass Mariana keineswegs unglücklich ist. Sie wird ein Kind zur Welt bringen, und João Gutierrez kann zurückkommen.«

»Das stimmt. Ich habe gehört, dass er sich Netto und seiner Truppe angeschlossen hat«, sagte Joaquim und begann auch Apfelsinen zu pflücken. »Netto ist ein ausgezeichneter Soldat. Wer bei ihm ist, dem geht es gut.«

»Könntest du ihm ausrichten, dass Marianas Kind bald auf die Welt kommen wird?«

Joaquim blinzelte gegen das Licht.

»Ich weiß es nicht, Manuela, aber ich werde mein Möglichstes tun. Er muss irgendwo in der Nähe der Grenze stehen, ich werde versuchen, es herauszubekommen.«

»Das ist jetzt genug«, sagte Manuela und zeigte auf den halb gefüllten Korb.

Joaquim nahm den Korb mit den Früchten. Sie gingen nebeneinanderher. Ein Zitrusduft lag in der kühlen Luft.

»Manuela …« Joaquims Stimme klang sanft. »Manuela, ich bin gekommen, um dich ein letztes Mal zu fragen, ob du über mich und über meinen Heiratsantrag nachgedacht hast. Ich verspreche dir, dass ich nach dem heutigen Tag das Thema nie wieder erwähnen werde«, sagte er und führte die Hand zur Dolmantasche. »Ich habe dir etwas mitgebracht.« Die Brosche funkelte. »Sie gehörte meiner Großmutter, der Mutter meiner Mutter. Sie gab sie mir, damit ich sie meiner Frau schenke. Du bist noch nicht meine Frau, Manuela, und ich weiß auch nicht, ob du es je sein wirst, aber behalte sie. Wenn sie nicht für dich ist, wird sie in meinem Leben für niemand sonst sein.«

Manuela nahm die Brosche in die Hand.

»Sie ist wunderschön, Joaquim, aber ich kann sie nicht annehmen.«

Joaquim ging neben ihr und spürte die Last der Apfelsinen. Er blieb einen Moment stehen.

»Ist das eine Antwort, Manuela?«

»Ja. Es tut mir leid.... Ich schwöre dir, ich habe viel darüber nachgedacht.«

Joaquim erblasste.

»Gut. Wie du zuvor gesagt hast, das Leben ist voll von Überraschungen, auch wenn diese Antwort keine Überraschung für mich ist, Manuela. Ich habe gewusst, dass deine Entscheidung unumstößlich ist. Aber behalte dennoch die Brosche, sie passt zu deinen Augen.«

Joaquim entschuldigte sich und lief mit großen Schritten zur Küche. Manuela ging hinter ihm her. Die Smaragdbrosche brannte in ihren Händen.

Dona Ana betrat mit einem Briefumschlag in der rechten Hand den Saal. In einer Ecke wiegte Perpétua ihre kleine Tochter in den Schlaf. Caetana strickte ein Paar Strümpfe für Bento. Joaquim hatte ihr berichtet, dass er schwach auf der Lunge war. Sie wollte diese Strümpfe ihrem Sohn mitgeben, der am nächsten Tag aufbrach.

»Hier ist ein Schreiben für dich, Perpétua. Einer der Landarbeiter hat es gebracht.« In Dona Anas Stimme schwang Furcht mit. Diese Depeschen wurden von ihnen ebenso gefürchtet wie erhofft. In diesen Zeilen standen Leben oder Tod geschrieben. Perpétua schien einen Moment zu erschrecken, sie übergab Xica ihre Tochter und trug ihr auf, sie in die Wiege zu legen. Sie nahm den Umschlag entgegen, dabei zitterten ihre Hände leicht. Dona Ana bekam Mitleid.

»Sei unbesorgt, wenn es etwas Ernstes wäre, hätte es ein Soldat gebracht.«

Caetana unterbrach für einige Minuten ihr Stricken und wartete ab, dass ihre Tochter den Umschlag öffnete.

Perpétua las die wenigen Zeilen mitten im Saal im Stehen, während die beiden Frauen ihr zusahen.

»Inácio ist zum Abgeordneten für die verfassunggebende Versammlung gewählt worden«, sagte sie und lächelte stolz.

»Wann?«, fragte Dona Ana. »Wann wird diese Versammlung abgehalten?«

»Im Dezember, Tante. In Alegrete. Dann wird über die Verfassung der Republik abgestimmt.«

Dona Ana setzte sich wieder in ihren Schaukelstuhl.

»Das ist hervorragend, aber ich frage mich, wozu diese Gesetze gut sein sollen, wenn sich dort hinter den Hügeln die gesamte Provinz gegenseitig umbringt.«

Caetana senkte den Blick und nahm ihre Handarbeit wieder auf. Sie verstand nichts von Gesetzen. In diesem Moment ging es ihr nur um ihre Strickarbeit und um die Gewissheit, dass Bento damit nicht mehr fror. Und darum, dass sie selbst keines dieser Schreiben, keine dieser unheilvollen Depeschen erhielt, die sie seit Beginn dieser Revolution fürchtete.

»Sie wissen sehr wohl, was sie tun, Tante«, sagte Perpétua und steckte das Schreiben in die Tasche ihres Kleides. »Wir werden abwarten und sehen, was geschieht.«

»Haben wir denn in unserem Leben je etwas anderes getan?«, fragte Dona Ana, die ihre Stickarbeit wieder in die Hände nahm.

Seit ihr Pedro so weit weg von ihr, wie in einem Traum, umgekommen war, glaubte sie an das alles nicht mehr. Sie wünschte sich nur noch Frieden und dass José auf die Estância zurückkehrte und sich um die Rinder und den *Charque*-Verkauf kümmerte. Sie wünschte sich ihre drei Männer auf die Estância. Immerhin lag ihr Paulo hier unter dem Feigenbaum begraben, aber Pedro, ihr Pedrinho, war für immer unter irgendeinem Stück Erde dieser Provinz, ohne eine Kerze oder einen Blumenstrauß, verloren gegangen.

Mariana erwachte mit einem sonderbaren Druck auf den Hüften. Eine unsägliche Müdigkeit hielt sie den ganzen Tag ans

Bett gefesselt. Unter den Decken dachte sie an João. Der überaus gewölbte und gespannte Bauch sah wie ein Hügel aus. Sie stellte sich das Kind vor, das dort drinnen darauf wartete, hinauszukommen. Sie wünschte sich, dass es seinem Vater glich, dass es die gleichen indianischen Augen hatte. Sie wünschte sich, es in den Armen zu halten, sein Gewicht und seinen Geruch zu spüren, seine Haut zu schmecken, seine Haare zu fühlen. Sie hatte sich die ganze Zeit nach diesem Kind gesehnt, selbst als ihre Mutter sie in ihr Zimmer verdammt hatte. Selbst unter diesen Umständen wiegte sie in ihren schönsten Träumen dieses Kind. Seine Ankunft stand kurz bevor.

Dona Antônia kam gegen elf Uhr morgens zu ihr. Sie beobachtete ihre Nichte, fragte, ob sie Schmerzen oder Hunger hatte. Mariana antwortete, dass sie sich müde fühlte. Dona Antônia lächelte und versprach, später wiederzukommen. Sie ging aus dem Zimmer und ließ Nettinho rufen. Sie trug ihm auf, sich zur Estância da Barra zu begeben und Dona Rosa mitzubringen. Es sei dringend.

»Mariana kommt heute nieder.«

Der junge Schwarze verschwand pfeifend im nebligen Morgen.

Die Schmerzen beginnen. Sie kommen und gehen. Sie hat niemals das Meer gesehen, aber sie erinnert sich an die Beschreibung, die der Italiener Garibaldi einmal davon gemacht hatte. So müssen die Gezeiten sein. Der Schmerz kommt in Wellen, er wird immer stärker. Ein warmer Schmerz. Sie spürt, wie dieser Schmerz ihrem Kind den Weg bahnt, wie ihre Knochen auseinandergehen, wie eine innere Macht alles nach unten stößt. Sie kann ihre Beine nicht mehr geschlossen halten. Sie kann nicht mehr denken. Sie kann sich kaum noch an Joãos Gesicht erinnern. Joãos Gesicht, das in diesem Meer der Schmerzen schwebt. Der Wunsch, ihr Kind zu sehen. Die verrückte Sehnsucht, es zu nehmen und es aus diesem fleischigen Nest zu befreien. Sie schwitzt sehr. Der Schweiß rinnt in dicken Tropfen über ihr Gesicht. Dona Antônia ist ernst und schweigsam, sie trocknet ihr Gesicht mit einem Handtuch. Sie sagt aufmunternde Dinge zu ihr. Dass sie ein gesundes Kind bekommen wird, dass nur noch wenig, ganz wenig fehlt.

»Das Schlimmste ist schon vorbei, Mariana.«

Das Schlimmste waren die Monate des Eingesperrtseins. Dona Rosa kommt mit einem Stapel Handtücher und mit einem Eimer Wasser in das Zimmer. Hinter ihr geht ein schwarzes Dienstmädchen und trägt die schwere Schere. Mariana weiß, dass die Schere abgekocht wurde und dass damit die Nabelschnur durchtrennt wird. Sie will etwas fragen, aber der Schmerz überfällt sie dieses Mal mit noch stärkerer Gewalt und zerreißt sie innerlich.

»Tief atmen«, befiehlt ihr Dona Rosa. »Immer weiter atmen.«

Mariana gehorcht. Sie füllt ihre Lungen und lässt die Luft entweichen. Sie kämpft gegen den Schmerz, sie tanzt mit ihm, sie reichen sich die Hände. Dona Rosa ermahnt sie, dem Schmerz nicht auszuweichen, der Schmerz wird ihr das Kind bringen. Und die Tante wiederholt, dass nur noch wenig fehlt. Es fehlt nur noch ganz wenig. Das junge schwarze Mädchen steht mit aufgerissenen Augen entsetzt in einer Ecke.

Die Zeit verstreicht. Alles scheint ewig. Das Licht, das durch das Fenster dringt, verdichtet sich, die Stimme der Tante wiederholt zahllose Male die immer gleichen Worte. Und dazu der Schmerz. Er wird immer stärker. Sie fühlt, wie sich die Welt öffnet, wie sich ihre Beine entfernen und sich gänzlich zu dem Tunnel öffnen, durch den das Leben kommen will. Dona Rosa beugt sich lächelnd über sie. Der Schmerz des Lebens.

Mariana strengt sich an. Sie presst, als wollte sie sich innerlich verdrehen. Die Stimme der Tante treibt sie an, weiterzumachen. Das schwarze Mädchen flüchtet in eine andere Ecke. Mariana weiß nicht, dass sie schreit oder dass sie nach João ruft. Sie weiß gar nichts. Sie muss diesen Weg zurücklegen und sonst nichts, sonst nichts. Diesen Weg. Das Licht bildet einen goldenen Schein über ihr.

Ein neues Jammern dringt durch das Zimmer.

Marianas Herz explodiert mit einem Gefühl, das größer ist als die Welt.

»Streng dich noch einmal an, mein Mädchen!«

Und dann zerreißt alles, alles öffnet sich. Zwischen ihren Beinen befindet sich dieses feuchte rötliche Wesen und schreit vor Staunen und Angst. Dona Antônia weint. Mariana weint. Der Säugling weint. Das schwarze Mädchen kommt vorsichtig näher und greift zur Schere. Dona Rosa durchtrennt mit einer gekonnten Bewegung die Nabelschnur. Sie hebt das Wesen hoch und legt es an Marianas Brust.

»Es ist ein Junge, mein Mädchen.« Dona Antônias Stimme ist von Gefühlen überwältigt.

»Ein Junge«, wiederholt Mariana gerührt. »Er soll Matias heißen.«

Dona Rosa drückt auf ihren Bauch.

»Der Mutterkuchen muss noch ausgestoßen werden«, sagt sie.

Im Arm seiner Mutter hört Matias auf zu weinen.

Die Nacht im Feldlager ist eiskalt und nur schwach von Sternen und dem einen oder anderen Lagerfeuer beschienen. Die Zelte verteilen sich über das freie Feld, es sind verschlissene Zelte, die wie verwundete Tiere in der Kälte kauern. Die meisten Männer haben kein Zelt, sie schlafen, in ihre rissigen Ponchos gewickelt, in der Nähe des Feuers unter den Karren. Weit weg ruft eine Eule. Diejenigen, die nicht schlafen können, ziehen an ihren Zigarren, sie unterhalten sich leise und lehnen aneinander, um sich zu wärmen.

João schläft in der Nähe eines Lagerfeuers. Die Gitarre schmiegt sich an ihn wie eine Geliebte. Vor kurzem hat er eine Milonga gespielt und in der Hoffnung an Mariana gedacht, dass der Schlaf käme. Und der Schlaf ist gekommen. Seit geraumer Zeit hat João Gutierrez nicht mehr geträumt. Seit er in den Krieg gezogen ist, träumt er nur noch von Toten, Blutvergießen und Kanonenschüssen. Dann hat er aufgehört zu träumen. Die Nächte sind zu kurz, um sich genussvollen Träumen hinzugeben, die ein sauberes Bettzeug erfordern. Der Schlaf im Krieg ist schwarz, still und schwierig. Der Schlaf im Krieg ist leer.

Aber in dieser Nacht träumt João Gutierrez. Er befindet sich in einem weiß getünchten Raum, der nach Minze und weiblichen Dingen duftet. Er tritt bedächtig auf den Fußboden, der weich wie Schaum ist. Die hohen Wände lassen ihn nicht die Decke erkennen. Beim Gehen trägt er ein Lächeln auf den Lippen, er ist sehr glücklich. Er tastet sich in diesem engen Raum voller Wolken voran, der schmal und länglich wie ein Korridor ist. Er tritt behutsam auf, er versinkt mit den Füßen in der weichen Masse, die den Fußboden bedeckt. Am Ende des Raumes steht eine Wiege, und über sie ist eine Frau gebeugt. João eilt weiter. Eine uralte Melodie schwebt in der Luft, vielleicht aus einer anderen Zeit, ein archaisches Lied, das ihm seine Mutter oft vorgesungen hat. João erreicht die Wiege. Die Frau hebt den Kopf und schaut zu ihm. Es ist Mariana. In der Wiege liegt, in die alte Decke gehüllt, die seine Mutter einmal gewebt hat, das Kind.

João Gutierrez öffnet die Augen in der kalten Nacht. Zwei Soldaten unterhalten sich in der Nähe, ihre zögerlichen Stimmen verlieren sich in der Luft. Er hat einen schönen Traum geträumt. Er kann sich nicht mehr genau an seinen Traum erinnern, aber in seiner Seele glimmt ein Funken Freude auf, ein triumphierendes Gefühl, das nicht aus dieser Pampa kommen kann, über die der kalte Winter hinwegzieht, und auch nicht aus dieser improvisierten Bettstatt aus alten Decken, die vom Nachttau feucht sind. João Gutierrez bemüht sich, sich an den Traum zu erinnern, er sucht in den verborgensten Ecken seiner Erinnerung nach einem Bild, einem Klang, einem Zeichen. Und da sieht er das Gesicht eines Kindes in einer Wiege. Das Kind ist dunkelhäutig. Sein Kind. Er ist sich sicher.

Benommen beginnt er die Monde zu zählen, seit ihm Mariana die Nachricht gegeben hat. Er ist sich sicher. Der Zeitpunkt der Geburt seines Kindes ist gekommen. Dort auf der Estância, in einem Winkel dieses weiß getünchten, flachen Hauses, hat sein Kind das Licht der Welt erblickt. Mariana hat es in genau dieser Nacht geboren. Nie zuvor in seinem Leben hat er so lebendig geträumt. Ja, sein Sohn ist geboren. Er versucht sich zu erinnern, welcher Tag ist. Es ist frühmorgens, gleich wird es dämmern. Noch ein kalter Tag in einem Winter, der seine nebulösen Arme geöffnet hat, um sein Kind zu begrüßen. Es ist der 28. Juli, und Matias ist auf der Welt. João Gutierrez spürt, wie eine Träne über sein Gesicht gleitet. Er befindet sich inmitten des *Farroupilha*-Feldlagers und weint. Zum ersten Mal in seinem Leben weint er vor Glück.

Rosário sitzt im Patio und erfreut sich an der Frühlingssonne. Im Klostergarten blühen nach dem langen Winter in der Pampa die ersten Blumen. Die Novizinnen halten sich dort auf, sie sticken, sie fertigen Kleidungsstücke für die Waisen an, sie nähen. Sie genießen den schönen Samstagnachmittag vor der Vesper. Der Mutter Oberin gefällt es, wenn sie sich in der Sonne wärmen und sich an Gottes Gaben erfreuen. Jenseits der hohen Mauer geht der Krieg weiter, aber hier, in diesem Garten, ist alles Frieden und Trost.

Die Novizinnen sprechen kaum mit Rosário. Ihr lang anhaltendes und rätselhaftes Schweigen stört die anderen, ihre Schönheit verletzt sie. Rosários Schönheit ist mit dem Klosterleben noch ätherischer geworden, ihre Haut noch durchscheinender und glatter, das Blau ihrer Augen noch sanfter und himmlischer. Sie ist ganz wie eine mystische Gestalt, eine Erscheinung, die sich mit jedem Schritt, mit jedem Lächeln aufzulösen scheint. Als ob die nächste Morgendämmerung sie nicht mehr überraschen und als ob jede Nacht das Ende für ihre gläserne Gestalt bedeuten könnte. Die Mädchen um sie herum sind grobschlächtig und traurig, irdisch. Rosário braucht fast nicht zu beten, um in Gottes Nähe zu sein. Sie ist wie eines der Bilder in der Kapelle. Die Mutter Oberin ist beunruhigt. So viel Schönheit kann nur Sünde sein. Sie hat ihr verboten, das Haar offen und die hellen Kleider von zu Hause zu tragen, aber das scheint sie nur noch schöner und zerbrechlicher zu machen. Die Novizinnen behaupten, Rosário, die Nichte des Präsidentengenerals, sei verrückt und liebe einen Geist. Sie haben ihr viele Nächte in den Korridoren hinterherspioniert, um mit eigenen Augen die Gestalt des schmucken Urugayers zu erhaschen, der die Seele von Rosário de Paula Ferreira verzaubert hat. Aber es ist ihnen nie gelungen. Eine von ihnen meint, ihn eines Nachts in der Nähe des kleinen Friedhofs gesehen zu haben. Ein Lichtstrahl habe für kurze Momente das Bild eines jungen Soldaten gezeigt, aber sogleich habe sich alles aufgelöst, und es seien nur die Nacht und der kalte Wind zurückgeblieben. Die Novizin war erschrocken zu ihrer Zelle geeilt, um das schreckliche Bild im Schlaf zu vergessen.

Rosário zupft aus einer winzigen Blume, die sie zwischen den Graspolstern gepflückt hat, Blütenblätter heraus. Ihre Mutter ist vor wenigen Tagen zu Besuch gekommen, und sie haben sich eine Weile unterhalten. Sie hat ihr von Manuela erzählt, von der Tante und von Pedros Tod. Aber über Mariana hat sie nichts erzählt. Ihre Mutter ist mit trübem Blick und einer Last auf der Seele abgereist, Rosário hat es sehr wohl bemerkt. Deshalb hat sie sie auch nicht gewarnt, obwohl sie es jetzt weiß: Steban hat angekündigt, dass sie bald heiraten werden. Rosário weiß genau, was das bedeutet, aber sie ist vorbereitet. Sie liebt Steban mehr als alles, mehr als ihre Mutter, mehr als ihre Schwestern, mehr als das Haus in Pelotas, das sie so lange nicht gesehen hat. Sie liebt Steban weit mehr als ihren Bruder Antônio. Und sie will sich von diesen Mauern befreien, von den leeren Stunden des Gebets, von dem ewigen Glockenläuten, von dem Geschmack der Hostien und dem Geruch nach Weihrauch. Sie weiß, dass sie an Stebans Seite in die Welt hinausgehen wird, nicht in diese Welt aus Bäumen, Hügeln und Blut, sondern in eine andere, weitaus größere und schönere Welt, in der es nur Frieden und die unermessliche Liebe gibt, die sie vereint. Eine Welt nur für sie zwei, in der sie für immer leben werden.

Am 9. November 1842 trat der Baron de Caxias in Porto Alegre seine Ämter als Provinzpräsident und Befehlshaber der kaiserlichen Truppen an. Er hatte einen neuen Kriegsplan ausgearbeitet, um die aufständischen Kräfte zu besiegen. Während die *Farroupilha*-Truppen dreitausendfünfhundert Mann zählten, verfügte er über ein Heer von mehr als elftausendfünfhundert Soldaten. Aber alle *Farroupilha*-Soldaten waren Kavalleristen, während das kaiserliche Heer nur etwa zweitausendfünfhundert berittene Soldaten hatte. Zudem beherrschten die Revolutionäre das gesamte Gebiet der Campanha und verfügten über große Pferdeherden. Der Plan sah deshalb vor, möglichst schnell mehr Pferde zu beschaffen. Dann könnten sie in die Campanha ziehen und die Revolution, wie er hoffte, endgültig niederschlagen.

Nach den vorbereitenden Sitzungen am 29. und 30. November trat die verfassunggebende Versammlung der *Farroupilha*-Republik am 1. Dezember feierlich zusammen. In der vorausgegangenen Nacht war die Stadt Alegrete wie für ein Fest beleuchtet.

Bento Gonçalves da Silva betrat mit entschlossenem Schritt den Sitzungssaal. Die frühen Morgenstunden waren für ihn mühselig und beängstigend gewesen. Er atmete schwer, und er fieberte. Joaquim, der als Vertreter eines anderen Abgeordneten in der Versammlung saß, hatte ihm wieder einmal Kompressen aufgelegt. Dennoch stand er, wie immer nach solch langen schlaflosen Nächten, mit der ihm eigenen Selbstbeherrschung auf und widmete sich diszipliniert seinen Pflichten. Nun stand er hier, vor den zweiundzwanzig gewählten Abgeordneten. Er wusste, dass der Plenarsaal in zwei verschiedene Lager gespalten war, eines wurde von Domingos José de Almeida angeführt und das andere von Antônio Vicente da Fontoura. Er atmete tief durch und begann seine Rede:

»Verehrte Abgeordnete, wenn ich euch auch nicht die feierliche Anerkennung unserer politischen Unabhängigkeit verkünden kann, darf ich euch zumindest meine Zufriedenheit darüber ausdrücken, dass nicht nur die benachbarten Republiken, sondern auch große Teile des brasilianischen Volkes unsere Sache unterstützen. Es betrübt mich sehr, euch bekanntgeben zu müssen, dass die Regierung des Kaiserreichs immer noch hartnäckig den Plan verfolgt, uns mit Gewalt niederzuschlagen. Dennoch wird mein tiefes Bedauern durch die Tatsache gemildert, dass die bösartige Tyrannei in den anderen Provinzen die den Brasilianern innewohnende Kraft geweckt hat und dass der Ruf nach Widerstand bereits in zahlreichen Orten des Kaiserreichs widerhallt. So wird die Macht des Kaiserhauses geschwächt, und der Tag naht, an dem wir uns versammeln werden, um mit der edelmütigen brasilianischen Nation ein föderatives Band zu knüpfen, wie es uns die Natur und unsere teuersten Interessen nahelegen. Unter solch schmeichelhaften Vorzeichen beginnt eure Tätigkeit. Zugleich endet damit die schrankenlose Macht, mit der ich bis zu diesem Tag kraft meines Amtes ausgestattet war. Also erfülle ich die Bedingungen meiner Wahl und gebe diese Macht in eure Hände zurück.«

Die Versammlung hielt einige Sitzungen ab, die alle in einem Geist der Zwietracht und des Misstrauens verliefen. Es wurde fast nur über das Erlassen von Gesetzen und die Aufhebung der Persönlichkeitsrechte debattiert. Bento Gonçalves hegte den Verdacht, dass es einen Geheimplan für seine Ermordung gebe. Die Abgeordneten der Opposition stimmten gegen die Aufhebung der Persönlichkeitsrechte, und die Gemüter erhitzten sich von Tag zu Tag mehr.

In der dritten Sitzung zogen sich die Abgeordneten der Opposition zurück. An den folgenden Tagen kam kein Quorum für die Abstimmung über irgendein Gesetzesvorhaben zustande. Daraufhin traten drei Minister zurück: Fontoura, Pater Chagas und Pedroso. Bento Gonçalves da Silva begann immer eindringlicher die Anzeichen seiner Krankheit zu spüren. Er fand kaum noch Schlaf und hatte immer weniger Appetit. Neben dem schwierigen Klima, das in die Versammlung eingezogen war, erwies sich das in Alegrete gemietete Haus als zusätzliche finanzielle Belastung. Bento Gonçalves fühlte sich von allen Seiten bedrängt und genötigt. Onofre Pires, sein Cousin, führte die Opposition an. Joaquim beobachtete das Ganze mit Sorge. Und die Dezemberhitze brachte die Menschen zusätzlich in Wallung.

1843

Manuelas Tagebuch

Pelotas, 12. Januar 1860

Der Krieg brachte viele lange Sommer mit sich. Einige waren schön und romantisch, wie der, den ich in Gesellschaft meines Giuseppe verbringen durfte, und andere waren weniger glücklich. Und doch glitt auch in ihnen die Zeit sanft und kaum merklich dahin, eine Zeit, die nur uns Frauen gehörte, die wir abgeschieden von der Außenwelt in diesem Haus und seiner Umgebung lebten und uns unseren Arbeiten hingaben, als gäbe es sonst keine Sorgen und vergeblichen Hoffnungen.

Und doch war der Beginn des Jahres 1843 beängstigend. Eines späten Nachmittags im Januar kam der Verwalter Manuel aufgeregt in den Saal gestürmt. Er brachte die Nachricht, dass der Baron de Caxias mit seinem Heer und einer riesigen Pferdeherde in Richtung des Camaquã marschiere. Keiner kannte seine Absichten, und wir konnten nicht ahnen, dass er einen Plan ausgeheckt hatte, um die Aufständischen zu täuschen, indem er den Fluss querte, um den Marsch auf dem rechten Ufer der Lagoa dos Patos fortzusetzen, wo ihn die *Farroupilha*-Truppen nicht einholen konnten.

Dona Ana wollte wissen, ob man erfahren hatte, wie groß die anmarschierende kaiserliche Truppe war. Manuel gab zur Antwort:

»Es sind wohl an die zweitausend Mann. Offenbar hatten sie bei den Sandbänken von São Gonçalo übergesetzt.«

Meine Mutter brach in Tränen aus. Perpétua eilte zu ihren Töchtern auf ihr Zimmer, als wären die beiden Mädchen dort in höchster Gefahr oder als stünde bereits ein kaiserlicher Soldat mit gezücktem Degen vor uns im Saal. Und Leão, mein Cousin, der schon seit langem in den Krieg ziehen wollte, sprang von seinem Stuhl auf und versprach, uns vor der drohenden Gefahr zu beschützen, die Landarbeiter zu einer Truppe zusammenzuziehen und die Estância zu verteidigen.

Zweitausend Männer im Anmarsch! Und wir ganz allein, geschützt nur durch einen mutigen Jungen, dreißig Landarbeiter und einen mit Kerzen besetzten Altar.

»Der Baron wird niemals in diese Estância einmarschieren. Kein Ehrenmann wäre zu derlei imstande«, sagte Dona Ana nachdenklich.

Caetana sah ihre Schwägerin erstaunt an und fragte: »Seit wann ist denn der Krieg eine Sache von Ehrenmännern?«

Dona Ana entschied, das Gutshaus für die nächsten Tage zu verbarrikadieren. Die Landarbeiter sollten Wache halten und sich Tag und Nacht dabei abwechseln. Dona Antônia, die Mariana und den kleinen Matias auf ihrer Estância beherbergte, tat das Gleiche. So verbrachten wir bangend die Tage… Wir sprachen leise, wir aßen nur wenig. Jedes Geräusch versetzte uns in Schrecken, und die verängstigten schwarzen Dienstmädchen beteten ohne Unterlass. Wir gingen früh zu Bett und hofften, dass die Nacht schnell vergehe.

Als der Baron von Caxias schließlich in der Ferne vorbeizog, hörten wir deutlich den Lärm seiner Truppen. Uns blieb nichts anderes übrig, als angsterfüllt abzuwarten. Aber der Baron de Caxias verzichtete darauf, uns zu belästigen. Er hatte andere Pläne. Er war in Richtung der Gegend von Santa Rita unterwegs, um sich dort mit weiteren Truppen zu vereinen und in Richtung der Campanha zu ziehen. Am nächsten Morgen befahl Dona Ana, die Barrikaden wieder abzunehmen. Diese Gefahr hätten wir überstanden, aber dass es keiner von uns einfalle, allein über die Felder zu reiten oder zum Bach zu gehen, denn überall könne uns ein versprengter kaiserlicher Soldat über den Weg laufen. Es gelte, immer auf der Hut zu sein.

Als die Gefahr vorüber war, besuchte ich Mariana und ihren

Sohn. Er war ein zufriedener dunkelhäutiger Säugling, und er hatte die gleichen Augen wie sein Vater, so wie meine Schwester es sich gewünscht hatte.

Mariana ging es gut, sie wirkte gelassen und heiter, und Dona Antônia erfüllte ihr jeden Wunsch. Ich hatte Dona Antônia noch nie so sanftmütig erlebt, ohne die gewohnte ernste Miene. Angesichts dieses zarten Kindes, das sie beschützen wollte, legte sie eine nicht gekannte mütterliche Liebe und Sanftmut an den Tag. Ja, Dona Antônia war glücklich. Endlich hatte sie jemanden, den sie ohne Einschränkungen lieben konnte. Sie sorgte für Mariana und sagte immer wieder, dass João zurückkommen und seinen Sohn kennen lernen werde, dessen sei sie ganz sicher. Jahre später setzte sie in ihrem Vermächtnis Matias als Erben ihrer Estância ein. Der Großneffe, den die eigene Großmutter verstoßen hatte, war ihre letzte große Liebe. Mariana, João Gutierrez und der Junge lebten auf der Estância do Brejo und führten ein friedliches und glückliches Dasein.

Manuela

Die Truppe marschierte in der Nacht. Nun hatte sie keine Eile mehr. General Netto ritt ihr voran. Er hatte den Hut tief in die Stirn gezogen und dachte nach. Er feilte an seinen Plänen.

João Gutierrez konnte das Gelände wiedererkennen, die Straße und die Felder, die vor seinen Augen lagen. Als könnte er schon Marianas Duft einatmen, als könnte er schon ihre weiche Haut streicheln, als würde ihm dieser Boden, auf dem er sich vorwärtsbewegte, gehören. João überlegte, sich eine kurze Weile von der Truppe abzusetzen. Er würde Manuela einen Brief übergeben und wieder bei der Truppe sein, ehe die Überquerung des Camaquã abgeschlossen wäre. Er hatte die Nachricht schon geschrieben. Er war sich nicht sicher, ob sich seine Mariana immer noch auf der Estância da Barra aufhielt, aber wenn sie dort war, würde er alles Menschenmögliche unternehmen, um sie und sein Kind zu sehen. Das Kind, von dessen Geburt er wusste.

Er galoppierte zu Leutnant Soares und berichtete ihm seine Pläne. Es ging um eine schnelle Sache, eine persönliche Angelegenheit. Er wäre ohne weiteren Aufschub wieder zurück. Der Leutnant drehte sich beim Zuhören den Schnauzbart. Dann willigte er ein, trug ihm aber auf, unverzüglich zurückzukommen, denn die Truppe werde nicht auf ihn warten. Sollte er sie verpassen, gelte er als Deserteur.

Leutnant Soares hatte João Gutierrez im Kampf dabei beobachtet, wie er wutentbrannt kaiserlichen Soldaten die Kehle durchschnitt. Mit einem wissenden Lächeln sagte er, dass er sicher sei, dass João niemals desertieren werde. Denn er hatte offensichtlich noch eine Rechnung zu begleichen, er musste immer noch seine Wut kühlen. Eine Wut, die jetzt im Glanz seiner katzenhaften schwarzen Augen keineswegs zu erkennen war.

João trieb das Pferd an und verschwand hinter einer Wegbiegung. Sein Herz klopfte bis zum Hals. Er atmete tief die heiße Sommerluft ein und nahm Marianas wilden Duft wahr.

Rio Pardo, 5. Februar 1843

An den Kriegsminister,
Herrn Ratsmitglied José Clemente Pereira
Wie Seiner Exzellenz bekannt ist, habe ich den São Gonçalo mit einer leichten Kolonne von eintausendachthundert Mann, davon eintausend Infanteristen und achthundert Kavalleristen, mit dem Ziel passiert, die fünftausend Pferde weiterzutreiben, die ich in der Umgebung von Touros zusammenziehen konnte. Diese Operation, die alle Kenner der Provinz für gewagt hielten, wurde vom Feind unbemerkt durchgeführt, bis die Kolonne bereits den Camaquã überschritten hatte, wo sie mit einem gewissen Vorteil hätte angegriffen werden können, denn von diesem Augenblick an war der Marsch linker Hand durch die Serra do Herval und rechter Hand durch die Lagoa dos Patos gedeckt.

Der Feind wurde völlig getäuscht, indem wir ihn glauben machten, dass wir beabsichtigten, den São Gonçalo bei Canudos zu passieren und in Richtung Piratini weiterzumarschieren, um uns dort mit dem Heer zu vereinen, das vorgab, sich in diese Richtung zu bewegen, und deshalb alle Pferdeherden auf dieser Seite des Flusses requirierte. Antônio Netto erwartete mich in diesem Gebiet, während Davi Canabarro als Beobachter beim Großteil des Heeres verblieb.

Unsere Kolonne erreichte am 22. Januar die Felder von Santa Rita, die schon im Grenzgebiet von Porto Alegre liegen, und vereinte sich dort mit dem Kavallerieregiment der Nationalgarde unter Oberstleutnant Juca Ouribe und Oberstleutnant Rodrigo sowie mit dem 12. Schützenbataillon. Sie marschierte dann nach São Lourenço und beließ in der Hauptstadt nur das 1. Jägerbataillon, das später in Rio Grande sein Lager aufschlug.

In Porto Alegre ließ ich außer dem Reservebataillon noch ein Jägerbataillon, den Großteil der berittenen Artillerie, das Polizeikorps der Provinz sowie dreihundert Kavalleristen zurück, die in Einheiten geteilt wurden, um in den Bezirken Santo Antônio da Patrulha, Taquari, Santo Amaro, Capela de Viamão sowie Belém Patrouillen durchzuführen.

In São José do Norte befindet sich ein Detachement aus einhundert Infanteristen und ein weiteres mit Kavalleristen aus dem Polizeikorps, das bis in die Gegend von Mostardas operiert. Das Hauptziel dieser Bemühungen besteht darin, die Deserteure zu verfolgen, sowohl unseres eigenen Heeres als auch der Aufständischen, die in zunehmender Zahl die Wälder dieser Bezirke unsicher machen, indem sie alle möglichen Missetaten begehen, sowie darin, jegliche Versammlung der Aufständischen in diesem Gebiet zu verhindern.

Der Operationsplan, den ich verfolgen möchte, wird sich kaum von dem unterscheiden, den ich Seiner Exzellenz kurz nach meiner Ankunft in dieser Provinz dargelegt hatte. Er besteht darin, das Heer in die Nähe der Grenze zu bringen, sowie darin zu versuchen, einen schweren Schlag gegen den Großteil der Aufständischen durchzuführen. Dies erfolgt in Abstim-

mung mit den Anhängern von Bento Manuel, der zugesagt hat, uns zu helfen, sobald ich die Gemeinde Alegrete erreicht habe.
Baron de Caxias

Bento Gonçalves erklärte ausdrücklich, dass er Paulino da Fontoura, den Vizepräsidenten der Republik, für einen Verräter halte. Die gegenseitige Abneigung, die in Alegrete zu spüren war, war nur die Vorankündigung der Intrigen, für die Bento Gonçalves Beweise zu haben glaubte.

Anfang Februar löste sich die verfassunggebende Versammlung nach weiteren hitzigen Sitzungen auf. Die Mehrheit der Abgeordneten war aus Unzufriedenheit über die Lage ohnehin nicht mehr zu den Sitzungen erschienen.

Als Bento Gonçalves sich am Abend des 13. Februar bereits zurückgezogen hatte, klopfte es an dem von ihm gemieteten Haus. Joaquim ging hinaus, um zu öffnen. Ein Verbündeter stand auf der Veranda und konnte seine Nervosität nicht verhehlen.

»Auf Paulino wurde geschossen«, sagte der Mann. »Zwei Schüsse aus kürzester Entfernung. Paulino kämpft mit dem Tode.«

Joaquim ging zu seinem Vater ins Zimmer und überbrachte ihm die Nachricht. Bento Gonçalves verharrte bewegungslos in dem nur von einer Lampe schwach beleuchteten Alkoven. Er saß müde auf dem Bett, sein Gesicht zeigte tiefe Sorgenfalten.

Wenige Tage später starb Paulino da Fontoura. Zu der kleinen Trauergemeinde bei seiner Beerdigung gehörte Onofre Pires. Bento Gonçalves nahm die Nachricht von der Beerdigung entgegen. Er dachte an seinen Cousin. Sie waren von klein auf eng befreundet gewesen. Und nun musste es so enden: Sie befanden sich in gegensätzlichen Lagern und waren zu Feinden geworden.

João Gutierrez wusste genau, welches der Fenster zu dem Zimmer der beiden Schwestern gehörte, er hatte in den heißen

Morgenstunden zu Beginn ihrer Liebe viele Male dort auf Mariana gewartet. Er schlich geräuschlos um das Haus wie ein weiterer unter den vielen Schatten der Nacht. Schwaches Licht drang aus dem Zimmer ins Freie. Er klopfte behutsam an. Einen Moment später wurde das Fenster geöffnet und Manuelas Gesicht kam zum Vorschein. Die junge Frau erschrak keineswegs, als sie ihn nach so langer Zeit in seiner zerschlissenen Uniform der Republikaner sah.

»Was ist mit Mariana?« Seine Stimme klang besorgt.

Manuela beugte sich aus dem Fenster und flüsterte: »Sie lebt auf der Estância meiner Tante Antônia.«

João war überrascht.

»Was ist geschehen?«

»João, dein Kind ist auf die Welt gekommen. Es ist ein Junge. Er heißt Matias, und er ist schon sieben Monate alt«, erklärte sie. Sie konnte die Ergriffenheit in Joâos Augen erkennen. Schnell setzte sie hinzu: »Du kannst ruhig zur Estância do Brejo reiten, ich bin sicher, dass meine Tante dich empfangen wird.«

João Gutierrez dankte ihr erleichtert und verschwand in der Nacht. Er musste sich nun beeilen. Er wollte Mariana und seinen Sohn um jeden Preis sehen, bevor er sich wieder der Truppe anschloss. Er saß auf und galoppierte davon.

Er öffnete mühelos das Gatter. Er traf einen einheimischen Wachposten an, aber der Mann war so schlaftrunken, dass er ihn ohne weitere Erklärungen einfach durchließ. Er ritt bis hinter das Haus, das in der Stille lag. Dort kannte er sich nicht aus. Er suchte, bis er eine Tür entdeckte, die offensichtlich zur Küche führte. Er drückte auf die Klinke, die Tür ging auf.

Er betrat einen warmen Raum, in dem es nach süßem Kürbismus und Suppe roch. Ein glimmendes Holzfeuer in einer Ecke verströmte Wärme. Er gewöhnte seine Augen an die dunkle Küche und suchte nach einem Weg, ohne recht zu wissen, wohin.

»Du hast dir Zeit gelassen.«

Dona Antônias Stimme tönte durch die Dunkelheit, eine leise, sichere und herzliche Stimme.

João Gutierrez erschrak, als stünde ein Feind mit gezücktem Degen vor ihm. Er hielt gespannt inne. Dona Antônia ging zum Feuer, in dem immer noch Glut glomm, und zündete daran eine Kerze an. João sah, dass sie versonnen lächelte.

»Entschuldigen Sie bitte, dass ich einfach so hereingekommen bin«, sagte er. »Aber ich bin in Eile. Ich bin mit General Nettos Truppen unterwegs.«

»Ich habe geträumt, dass du kommst… Ich bin aufgestanden, um dich zu erwarten«, sagte sie und deutete ein Lächeln an. »Ich habe immer noch meine alten Vorahnungen. Mariana ist mit dem Kind auf ihrem Zimmer. Komm, sie sehnt sich danach, dich zu sehen.«

João Gutierrez folgte der Hausherrin durch den dunklen Korridor. Sie machten vor einer Tür Halt. Dona Antônia wandte sich zu ihm: »Mariana ist hier.« Sie drehte den Türknauf, doch ehe sie die Tür öffnete, fixierte sie João mit dem Blick. »Früher hätte ich das alles missbilligt, aber ich weiß, was es bedeutet, aus Liebe zu leiden. Zudem hat dieser Krieg viele der Dinge verändert, an die ich geglaubt habe… Meine Nichte liebt dich, und ich hoffe, dass dieses Gefühl erwidert wird.«

»Ich habe Mariana immer geliebt. Seit ich sie zum ersten Mal gesehen habe. Ich habe sie nicht im Stich gelassen, Dona Antônia, das wissen Sie wohl. Ich wurde hinausgeworfen. Und wenn dieser vermaledeite Krieg zu Ende ist, werde ich zurückkommen und Mariana und meinen Sohn abholen.«

»Dann sei unbesorgt, ich werde mich bis dahin um sie kümmern«, sagte sie und öffnete die Tür.

Eine Lampe erhellte den Raum. João sah Mariana im Bett liegen, ihr langes schwarzes Haar war zerzaust, und die weißen Tücher bedeckten ihren Körper nur zum Teil. Er wurde von der gleichen warmen Wallung erfasst, die ihn immer bei ihrem Anblick mitgerissen hatte. Er ging vorsichtig weiter, wie auf Watte, seine Augen waren feucht von der heißen Sehnsucht, die ihn so oft am Leben gehalten und vor der feindlichen Klinge gerettet hatte.

Er näherte sich dem Bett. Als hätte sie seine Gegenwart geahnt, öffnete Mariana die Augen, ihre tiefschwarzen, leuchtenden Augen.

»João!«, rief sie aus, doch beim Gedanken an ihren schlafenden Sohn senkte sie die Stimme. »Ich kann es nicht glauben …«

»Aber es ist wahr. Dies ist kein Traum.« João setzte sich zu ihr ans Bett und umarmte sie. Er sog den süßen Duft ihrer Haut ein, und seine Stimme verlor sich in ihrem seidigen Haar. »Ich wollte dich sehen und meinen Sohn kennen lernen. Deine Schwester Manuela hat gesagt, er sei ein besonders hübscher Junge.«

Mariana sah ihn lange an. Sie schluchzte ein wenig. Diese lange Zeit, die Schwangerschaft, selbst die Sehnsucht, alles hatte sie noch schöner werden lassen.

»Er ist wundervoll, ja, er sieht seinem Vater ähnlich. Er heißt Matias«, sagte sie und zeigte in die Zimmerecke, in der die Wiege mit dem weißen Fliegennetz stand, wie ein kleines Boot, das im Hafen vor Anker liegt. »Komm, sieh ihn dir an, João.«

Joãos Herz hüpfte vor Freude unter seiner Uniform. Er näherte sich der Wiege und schob mit zitternden Händen das Fliegennetz zur Seite, als legte er einen Schatz frei. Er konnte das liebliche, friedfertige Gesicht des Säuglings erkennen. Er atmete ruhig mit offenem Mund und rosigen Lippen, die zarten, vollkommenen Hände auf der Brust zusammengeführt. In diesem Augenblick wusste João Gutierrez, dass dieses kleine zerbrechliche und warme Geschöpf, das in Stickereien gehüllt war und dessen Träume immer wieder ein Lächeln auf sein engelhaftes Gesicht zeichneten, die Welt für ihn bedeutete.

»Mariana, er ist so hübsch.«

»Er ähnelt dir. Er hat die gleichen Augen, João.«

Mariana warf sich in seine Arme, und sie verharrten eine geraume Zeit beim Anblick des schlafenden Säuglings. João beugte sich vor und küsste ihn sacht auf die Stirn.

»Ich möchte ihn nicht aufwecken, noch nicht. Später werden wir alle Zeit der Welt haben, aber heute muss ich in den Krieg zurück. Ich bin mit General Netto gekommen, wir sind den Männern von Baron de Caxias auf den Fersen. Und wir wollen über den Camaquã. Ich muss den Fluss mit der Truppe passieren.«

Sie gingen wieder zu Marianas Bett.

»Ich habe mir große Sorgen gemacht. Ich hatte Angst, dich nie wiederzusehen, João. Ich habe befürchtet, dass du in einer Schlacht umkommst.«

João küsste sie auf den Mund und genoss den Geschmack ihrer warmen Lippen.

»Du hättest wissen müssen, dass ich zurückkomme. Ich habe es dir gesagt. Ich werde nicht in diesem Krieg sterben. Ich bin für dich in den Kampf gezogen. Wenn alles vorbei ist, komme ich wieder, um für immer mit euch zusammen zu sein. Als eine Familie.«

»Meine Mutter spricht nicht mit mir, sie wollte den Jungen nicht einmal kennen lernen.«

Seine katzenhaften Augen wurden einen Augenblick trüb.

»Denk nicht an deine Mutter. Dona Antônia wird sich um euch kümmern, bis alles zu Ende ist. Das hat sie mir versprochen ... Ich muss jetzt gehen, Mariana, aber ich schwöre dir, dass ich bald wiederkomme.« Er sah zur Wiege. »Unser Sohn ist wunderschön. Sorge gut für ihn und warte auf mich, bald bin ich bei euch.«

Mariana sah, wie er über die Türschwelle ging und sich in der Dunkelheit und Stille des Flures verlor. Sie verweilte noch geraume Zeit auf dem Bett sitzend und dachte nach. Es war, als hätte sie einen Traum gehabt, einen wunderschönen Traum. Joao war aus dem Nichts aufgetaucht und im Nichts wieder verschwunden. Aber er hatte ihr versprochen, dass er überleben und für immer zu ihnen zurückkehren werde, wenn die Revolution endlich vorüber wäre.

Es tagte schon, als ihr endlich die Augen zufielen und sie wieder in den Schlaf fand.

Draußen fällt ein milder Regen, der im Morgengrauen eingesetzt und den ganzen Tag über angedauert hat. Die Abenddämmerung ist noch von seiner feuchten Trübsal erfüllt. Ein Nebelschleier liegt über dem Feld. Maria Manuela steht in der Küchentür und blickt schweigsam wie ein Geist in die Küche. Im Haus hat man sich an ihr Schweigen gewöhnt, an das Verschweigen ihres Enkels und ihrer Tochter. Niemand stellt mehr Fragen, und Caetana und Dona Ana haben es aufgegeben, sie aufzufordern, das Kind auf der Estância do Brejo zu besuchen.

Maria Manuela schließt die Tür hinter sich. Sie geht durch die Küche über den Gang zur Hauskapelle. Ihre Füße finden den Weg von selbst. Jeden Tag kommt sie zur gleichen Stunde zum Gebet hierher und zündet eine Kerze für die Heilige Jungfrau an. Jeden Tag. Aber heute lastet der Kummer schwerer auf ihr, wie ein Stein. Das muss der Regen sein, der Herbstbeginn, die graue Wolkendecke über der Pampa, die das Hereinbrechen der Nacht beschleunigt.

Sie öffnet die Schublade, in der die Gebetskerzen aufbewahrt werden. Sie wählt eine besonders große aus. Andere, bereits fast heruntergebrannte Kerzen leuchten zu Ehren der Gottesmutter. Die Kerzen der Schwester und der Schwägerin. In diesem Krieg gibt es immer Anlass zum Gebet. Die gleichen Bitten, die täglich wiederholt werden. Eine Kerze für jedes Leben, für jede Liebe. Maria Manuela betet nicht mehr für Mariana, deshalb beendet sie ihr Beten jetzt früher, sie hat die Anzahl ihrer Gebete verringert. Aber sie verlässt diesen Ort immer mit feuchten Augen wegen der Worte, die sie nicht ausspricht.

Sie zündet die Kerze an der Flamme einer anderen an. Der Docht zittert ein wenig, bis auch er eine längliche, hohe Flamme zeigt, eine schöne Flamme. Maria Manuela erfreut sich an ihrem Anblick. Im Feuer liegt etwas Hypnotisches, vielleicht lieben die Kinder deshalb das Feuer so. Ja, die Kinder lieben das Feuer. Sie erinnert sich daran, wie Mariana sich einmal verbrannt hatte, als sie in der Nähe des Kamins spielte. Ihre kleine, versengte Hand, ihre mit Angst und Tränen erfüllten Augen, die

Umschläge, die zahlreichen Nachtwachen. Mariana, das kleine dunkle Mädchen mit den langen Zöpfen und den rundlichen Knien. Die Brandnarbe wuchs mit, bis sie schließlich wie durch ein Wunder am Ende ihrer Kindheit verschwand, zusammen mit den Gesichtszügen des kleinen Mädchens verloren ging.

Sie starrt auf die Flamme. Seit einiger Zeit hat sie nicht mehr an Mariana als kleines Mädchen gedacht. Diese Erinnerung bedrückt sie. Und dazu der vermaledeite Regen, der da draußen auf alles fällt und kein Ende nehmen will.

Maria Manuela neigt die Kerze und lässt ein wenig Wachs auf den Kerzentisch tropfen. Dann befestigt sie die Kerze. Die Gottesmutter blickt ruhig ins Nichts, in den Regen im Freien. Die Flamme schießt noch einmal in die Höhe. Die niedliche Mariana, die ihre kleine Hand in die lodernden Kaminflammen hält. Mariana, die in ihrem Schoß weint und »Mama« zu ihr sagt. Sie hebt den Arm. Ihre Hand, die aus dem Spitzenärmel ragt, ist bleich und schmal, an den Fingern wachsen lange Fingernägel, es ist eine traurige Hand, wie ein vertrockneter toter Vogel. Der breite Ehering schimmert einsam am Ringfinger. Die Hand fährt durch die Luft, sie schwebt ohne Lust oder Furcht, bis die Handfläche über der Flamme Halt macht, die brennt und brennt und brennt. Vor Schmerz gekrümmte Finger. Ein Lächeln im Gesicht. Ein falsches, trübes und von der Einsamkeit und dem Kummer gealtertes Lächeln.

Sie stößt einen Schrei aus.

Dona Ana kommt mit nassem Haar aus ihrem Zimmer, sie hat gerade gebadet.

»Maria!«

Maria Manuela zieht die Hand aus der Flamme. Ein kaum wahrnehmbarer Fleischgeruch liegt in der Luft. Die taube gerötete Handfläche bildet Blasen. Maria Manuela sieht ausdruckslos zu ihrer Schwester.

»Ich weiß nicht, warum ich das getan habe.«

Dona Ana untersucht die verletzte Handfläche.

»Du leidest, Maria. Du bestrafst dich.«

Sie hilft ihr beim Aufstehen. Zefina taucht in der Hauskapelle auf, sie kommt aus der Küche und betrachtet die Szene voll Entsetzen.

»Warum sollte ich mich bestrafen? Es ist der Regen, es regnet seit heute früh, es ist so ein trüber Tag. Ich habe in meinem Inneren ein Unheil gefühlt.«

Dona Ana umarmt ihre Schwester.

»Du kannst nicht verzeihen, Maria, deshalb leidest du. Aber das Leben belehrt uns, manchmal schmerzt es mehr, manchmal weniger.... Lass uns in die Küche gehen, Dona Rosa hat eine Salbe gegen Verbrennungen.«

Bento Gonçalves reitet an der Spitze einer Truppe von eintausend Soldaten. Es ist ein heller, angenehmer Aprilmorgen, doch die Beklemmung hält an und erschwert ihm das Atmen. Nachts steigt immer das Fieber, und beim Aufwachen liegt er schweißgebadet auf nassen Tüchern und schmeckt Angst im Mund. Er hat Gewicht verloren, aber er ist immer noch eine stattliche Erscheinung.

Sie marschieren nach Canguçú. Caxias' Truppen breiten sich rasch in der Campanha aus, und sie müssen sich neu organisieren, um das Gebiet zurückzuerobern. Sicherheitshalber hat er die Pferdeherde in die Gegend von Jaguarão bringen lassen, dort ist sie besser geschützt. Seit der Auflösung der Versammlung in Alegrete ist er von den Zwistigkeiten und Auseinandersetzungen mit seinem Cousin Onofre aufgerieben, ein wichtiger Teil seiner Kraft scheint versiegt. Er glaubt nicht, dass er sie noch einmal wiedererlangen kann. Er denkt an Caetana, an ihre gemeinsamen Nachmittage, an ein Stück Maiskuchen, an einen Sonntag mit Churrasco, an all die kleinen Vergnügen, auf die er schon so lange verzichten muss. Er reitet. In seinem Kopf brodelt es. Er braucht Ruhe, ohne Misstrauen oder Pläne, ohne Gedanken, aber das bleibt ihm verwehrt. Tausend Männer marschieren zusammen mit ihm, sie werden sich mit den Soldaten von Netto, João Antônio und Canabarro vereinen. Sie werden den Verräter verfolgen, der es gewagt hat zurückzukehren.

Bentinho schließt mit seinem Rappen zu ihm auf.

»Woran denken Sie, Vater?«

Der General sieht zu dem jungen Mann und lächelt. Um seinen Mund haben sich Falten gebildet.

»Ich denke über das Leben nach, mein Junge.«

»Das Leben bietet manche Freuden.«

Bento Gonçalves da Silva lässt den Blick über das Feld schweifen.

»Du hast Recht. Aber es bringt auch Überraschungen, die ich nur schwer begreifen kann. Bento Manuel beteiligt sich wieder am Krieg. Und das nicht zum ersten Mal. Er befehligt die zweite kaiserliche Division. Die erste untersteht Caxias.«

»Werden wir deshalb unsere Truppen vereinen?«

»Ja. Wir werden uns auf diesen Hund stürzen. Das ist ein sehr alter Streit, mein Sohn. Wer weiß, ob er nun ein Ende findet. Er ist hinter einem unserer Obersten her, hinter Guedes. Ich habe Guedes befohlen, ihn aufzuhalten, bis wir ankommen. Sie sind in der Nähe von Ponche Verde. Mal sehen, was daraus wird.«

Er gibt seinem Pferd die Sporen und entfernt sich. Er hat wieder einen Hustenanfall, aber sein Sohn soll nichts davon merken. Er will kein Anzeichen seiner Schwäche zeigen. Er will nichts von der Müdigkeit verraten, die immer mehr zunimmt. Bald wird er auf Bento Manuel treffen. Hoffentlich ist ihm wenigstens diesmal das Glück hold. Er hat mit seinem Namensvetter noch viele Rechnungen zu begleichen, zu viele für ein einziges Leben.

Manuela klopft vorsichtig an die Tür. Caetanas tiefe Stimme fordert sie auf einzutreten. Manuela öffnet die Tür und hat das von Kerzenleuchtern erhellte Schlafgemach und ihre Tante vor Augen, die neben dem Tisch auf einem Stuhl sitzt und Papier und Feder in der Hand hält. Das Papier ist noch unbeschrieben, nur der Name Bento Gonçalves steht oben auf einem der Blätter. Caetana lächelt.

»Ich will Bento schreiben, aber ich kann nicht. Mir fällt nichts ein. Nur Trübsal und Seelenschmerz …«

»Das ist die Sehnsucht, Tante.«

»Es ist mehr, Manuela. Es ist die Einsamkeit.«

Manuela tritt näher. Caetanas Gesicht im flackernden Kerzenlicht ist immer noch sehr schön und mysteriös – ihre großen grünen Augen, ihr voller Mund und die helle Haut, deren Spannkraft allmählich nachlässt.

Manuela nimmt auf einem Stuhl Platz.

»Ich möchte mit Ihnen reden. Es geht um Joaquim.«

Caetana lächelt traurig. Joaquim war mit verletzten Gefühlen davongeritten. In der schmerzhaften Gewissheit, dass Manuela ihm niemals gehören wird.

»Du kannst sprechen, Manuela, auch wenn ich weiß, was du mir sagen willst.«

Manuela senkt den Blick.

»Ich würde Joaquim so gern lieben, Tante. Doch schon bevor ich mich in Giuseppe verliebt habe, wusste ich, dass da etwas fehlte. Mit Giuseppe habe ich die wahrhaftige Liebe kennen gelernt, eine Liebe, die zeit meines Lebens andauern wird.«

»Schon gut, Manuela. Ich weiß genau, was Liebe bedeutet, und was es bedeutet, aus Liebe zu leiden. Denke daran, ich bin mit Bento verheiratet … Es ist nicht einfach, mit General Bento Gonçalves verheiratet zu sein.«

Manuela legt ein kleines Samtfutteral auf den Tisch.

»Joaquim hat mir das hier gegeben. Ich kann es nicht annehmen. Ich bitte Sie darum, es ihm später zurückzugeben, in einem geeigneten Moment.«

Caetana öffnet das kleine Futteral. Sie erkennt die Brosche wieder.

»Ich werde es ihm zurückgeben, Manuela, aber eines muss ich dir sagen: Du tust mir leid. Die Einsamkeit, Manuela, ist ein trauriges Los …«

Manuela steht langsam wieder auf. Sie küsst Caetana auf die Wangen und atmet ihr Rosenparfüm ein. Mehr gibt es nicht zu sagen. Sie verlässt schweigend das Zimmer und schließt die Tür ohne das geringste Geräusch. Caetana wendet sich wieder dem unbeschriebenen Bogen Papier zu. Die Feder in ihrer Hand ist ausgetrocknet.

Bento Manuel Ribeiro zieht mit seinen Truppen durch das Sumpfgebiet von Ponche Verde. Er führt zwei Infanteriebataillone und drei Kavallerieregimenter an, insgesamt eintausendvierhundert Soldaten. Er ist Oberst Guedes auf den Fersen. Er ahnt nicht, dass ihn hinter einem Hügel, über den der kalte Wind dieses Winterbeginns hinwegfegt, die *Farroupilha*-Truppe erwartet. Bento Gonçalves, Canabarro, Netto, João Antônio und selbst Guedes, sein vermeintliches Opfer, erwarten ihn, insgesamt zweitausendfünfhundert Mann. Sie sind siegeshungrig und dürsten nach Blut.

Die kaiserliche Truppe erreicht den Hügel. Der Maihimmel ist klar. Die Kälte auf dem Feld lässt nach, der Morgen schickt sein erstes mattes Licht, die Sonne kommt ein wenig hervor und will diese stille, unendliche Welt erwärmen, dieses grüne Meer, das bis zum Horizont reicht.

Als Bento Manuel oben auf der Erhebung angekommen ist, begreift er, dass er umzingelt ist. Die Aufständischen haben ihm eine Falle gestellt. Vor ihm stehen Canabarros Infanterie und Kavallerie, und hinter ihm die übrigen eintausendfünfhundert Mann. Bento Gonçalves ist bei ihnen und trägt jetzt vielleicht ein Lächeln auf dem abgekämpften Gesicht. Bento Manuel bereitet sich auf die Schlacht vor: Er ordnet zwei Bataillone in der Mitte an, die von den Karren und der Kriegsausrüstung umgeben werden, und die Kavallerie stellt er an den Flanken auf. Die Infanterie beginnt zu schießen.

Bento Gonçalves da Silva gibt das Zeichen, und die Aufständischen greifen an. Ganz vorne gehen einige wenige Infanteristen, in der Mehrheit Schwarze. Die Kavallerie, die der kaiserlichen Kavallerie der Anzahl nach überlegen ist, sprengt der feindlichen Linie entgegen, im Versuch, den rechten Flügel von Bento Manuels Truppen abzuspalten. Die Schlacht wird immer erbitterter. Schreie dringen zum Himmel, und Staub vernebelt die Sicht. Das Klirren von Metall hallt in Bento Gonçalves'

Ohren wider, er ist sich sicher, dass er diesmal den Feind vernichten wird, den Mann, der es gewagt hat, sich über ihn lustig zu machen, ihn nicht nur ein Mal, sondern immer wieder zu verraten. Weiter hinten dröhnt es über den Sümpfen von Ponche Verde. Bento Manuel kämpft erbittert. Man hat ihn völlig überrascht, aber er will diese Schlacht um keinen Preis verlieren. Er darf nicht gegen einen Bento Gonçalves verlieren. Die aufständischen Truppen haben seine Formation aufgebrochen, trotzdem leistet er stur und entschlossen Widerstand. Männer fallen zu Boden und werden durch andere ersetzt. Überall fließt Blut. Zu viel Blut für einen so lieblichen Morgen.

Die Schlacht währt nun schon eineinhalb Stunden.

Die Wut in den Gesichtern der Männer nimmt zu. Bento Gonçalves spürt keinerlei Husten mehr, weder lästigen Kopfschmerz noch bleierne Müdigkeit. Er fühlt nur noch den Wunsch zu töten, seine Klinge zwischen Bento Manuels Knochen zu stoßen, nicht ohne ihn zuvor zu erniedrigen, ihn ein letztes Mal und endgültig zu erniedrigen.

Die Aufständischen schlagen eine Bresche in die kaiserlichen Reihen und drängen auf Bento Manuel ein, der sich gezwungen sieht, ein wenig zurückzuweichen. Der Gegner hat ihn in die Zange genommen und ihm die Kontrolle über die Schlacht entzogen. Das ist etwas Neues: Auf einmal haben die Republikaner Kraft. Irgendwo in diesem gewaltigen Tumult hört er die tiefe Stimme von Bento Gonçalves, die Stimme eines Generals, der sein Heer antreibt. Er spürt einen bitteren Geschmack im Mund. Die Aufständischen rücken immer näher.

Ein berittener Soldat sprengt mitten in der Schlacht voran. Er zieht seine Waffe. Und er feuert zwei Schüsse auf Bento Manuel ab. Die Kugeln dringen in dessen Brust, seine Uniform färbt sich rot. Entsetzen ergreift das kaiserliche Heer. Bento Manuels Augen blicken fassungslos. Wie konnte das geschehen! Der höllische Lärm wird plötzlich schwächer; als er zu Boden fällt, ist er fast verstummt.

Zu Beginn des Nachmittags ziehen sich die kaiserlichen Truppen in Richtung der Sümpfe von Ponche Verde zurück, ohne dass das republikanische Heer dieses Manöver aufhalten kann. Bento Manuel ist verwundet und bewusstlos. Die Kaiserlichen lassen Kriegsgerät und Pferde zurück, später bemächtigen sich die Republikaner der Hinterlassenschaft. Der Erdboden ist mit Blut getränkt. Ein Wind hebt an und verteilt den Geruch des Todes in der Luft.

Bento Gonçalves da Silva erreicht das Feldlager im Galopp. Einige Schwarze heben Gräben aus, um die Toten zu begraben.

»Wie viele sind es?«, fragt Bento Gonçalves.

»Fünfundsechzig Tote, Herr General. Dreißig davon sind feindliche Soldaten.«

Bento Gonçalves sieht einen Moment zur Seite. Ein Schauder läuft ihm über den Rücken.

»Begrabt sie alle.«

Er galoppiert davon, um die Verwundeten zu besuchen, die von Joaquim und seinen Helfern versorgt werden. Es sind mehr als hundert Mann. Der Geruch von Jod und Blut liegt in der Luft. Joaquim geht zwischen den Verletzten umher, seine Uniform ist zerknittert, sein Gesicht ist verschwitzt und mit Lehm und Blut bespritzt. Einige Soldaten stöhnen vor Schmerzen. Bento Gonçalves überlegt, wo sich Bento Manuel zu diesem Zeitpunkt befinden mag, unter den Toten oder unter den Verwundeten. Er verlässt das Lazarett, sein Herz zieht sich zusammen. Er hat den Feind auch diesmal nicht vernichten können. Der Italiener Garibaldi hat ihm einmal gesagt, dass Mut, Vernunft und Glück einen guten Soldaten auszeichnen. Er hat kein Glück. Nicht in diesem Krieg. Nicht mit Bento Manuel.

Etwas weiter weg raucht Netto eine Zigarre. Bento Gonçalves geht zu ihm. Wieder spürt er den Schmerz in der Brust, in seinem Schädel pocht es. Die Nacht bricht herein. Und mit ihr kommen die Fieberanfälle, die seinen Körper peinigen. Netto bemerkt den feuchten Glanz in seinen schwarzen Augen, aber er sagt nichts, stellt keine Fragen. João Congo bringt den Matetee.

Bento Manuel Ribeiro richtet sich mühselig in seinem Feldbett auf. Ein breiter, blutgetränkter Verband bedeckt seinen Brustkorb. Er hat entsetzliche Schmerzen. Neben ihm steht sein Flügeladjudant. Bento Manuel versucht zu sprechen, mit zitternder Stimme befiehlt er seinem Adjudanten, Papier und Feder zu holen, er will ihm einen Brief diktieren.

Er hat diese Schlacht nicht verloren. Auch wenn den Republikanern ein Teil des Kriegsgeräts und der Pferde in die Hände gefallen ist, er hat die Schlacht nicht verloren. Sie haben dreißig Tote zu verzeichnen und die doppelte Anzahl Verwundete. Er wird dem Baron von dem Vorfall berichten, aber auf seine Art und Weise. Die Brust schmerzt ihn, er spuckt auf den Boden. Dieser verdammte Bento Gonçalves, dieser verfluchte Republikaner-General!

Der Offizier kommt wieder, und Bento Manuel beginnt mit dem Diktat des Briefes.

Seine Exzellenz, Baron de Caxias
Hoch verehrter Herr Baron,
am heutigen Tage hat eine Schlacht stattgefunden, die der Schlacht vom Passo do Rosário im Jahre 1827 ähnelt. Gegen uns im Felde standen die feindlichen Truppen von Bento Gonçalves, Netto und Canabarro. Mit diesem Schreiben möchte ich Seiner Exzellenz mitteilen, dass ich die Verantwortung für die Schlacht übernehme und dass alles, was Seiner Exzellenz diesbezüglich mitzuteilen ist, der Flügeladjutant Pedro Meireles berichten wird, der hier als Major der Division gedient hat. Er hat zudem Ehre und mutige Entschlossenheit bewiesen und das Opfer auf sich genommen, sich in größter Gefahr zu seinem Heer zu begeben.

Die Gewalt, die bei dieser Schlacht an den Tag gelegt wurde, übersteigt jedes menschliche Verständnis, und gegen meine Wenigkeit wurden zwei Schüsse in den Brustkorb abgefeuert.

Gott behüte Seine Exzellenz.

Bento Manuel Ribeiro

Hauptquartier, Estância do Pedruca, 26. Mai 1843

Dona Antônia nahm den kleinen Jungen auf den Arm und brachte ihn ins Haus. Ein kalter Wind hatte eingesetzt, und am Winterhimmel standen dichte Wolken. Der Junge jammerte ein wenig, er wäre lieber im Freien geblieben und mit der »Großmutter« über die Estância spaziert, um die Pferde und Hühner anzustaunen. Dona Antônia rief nach einem der schwarzen Mädchen und trug ihm auf, den Brei für Matias vorzubereiten. Der Junge krabbelte auf dem Teppich durch den Saal und vergnügte sich mit den Spielzeugen, die über dem Fußboden verstreut lagen.

Mariana kam herein.

»Tante, Sie haben sich Zeit gelassen.«

Dona Antônia lächelte zufrieden.

»Du weißt doch, ohne diesen Wind wären wir noch länger im Freien geblieben. Matias wollte zu den Ställen, er liebt die Pferde, Mariana.« Sie nahm auf einem Stuhl Platz und nahm ihre Stickarbeit wieder auf. »Wie dein Onkel Bento … Bento war schon als kleiner Junge ganz vernarrt in Pferde.«

»Ich lasse die Mädchen ein Feuer im Kamin anzünden.«

»Ja, das sollen sie gleich tun, bald zieht der Minuano auf. Es wird sehr kalt werden.«

Als Mariana zurückkam, setzte sie sich neben die Tante und sah ihrem Sohn beim Spielen zu.

»Tante … Ich habe schon seit fast sechs Monaten keine Nachrichten mehr von João. Gestern habe ich von ihm geträumt, es war ein trauriger Traum. Ich bin weinend aufgewacht.«

»Du musst dich beruhigen, Mädchen. Dem Vater deines Kindes geht es gut. Ich weiß es.« Sie lehnte sich im Stuhl zurück und seufzte. »Er wird bald zurückkommen, Mariana. Dieser Krieg dauert nicht mehr lange.«

»Woher wissen Sie das, Tante? Der Krieg geht nun schon fast acht Jahre. Als alles begann, war ich achtzehn Jahre alt. Jetzt werde ich bald sechsundzwanzig. Manchmal fürchte ich, dass dieser Krieg niemals ein Ende nimmt, wirklich.«

Dona Antônia nahm einen Umschlag aus der Tasche ihres grauen Rocks.

»Ich habe einen Brief von deinem Onkel Bento erhalten. Er schreibt, dass er von seinem Amt als Präsident zurücktreten wird. Es ist alles sehr trübselig, Mariana, aber ich glaube, die Sache wird bald ein Ende haben. Ein trauriges Ende. Bento hat bestimmt nicht acht Jahre für so ein Ende gekämpft.«

»Der Krieg ist für alle eine traurige Angelegenheit, Tante.«

»Ich weiß, Mädchen, aber ich kenne Bento gut und weiß, dass er diese Niederlage nicht verkraften wird. Er hat viel verloren, Mariana, mehr als wir Frauen hier.«

Matias begann zu weinen.

»Der Junge hat Hunger«, sagte Mariana. »Ich hole seinen Brei.«

Dona Antônia betrachtete den zerknitterten Briefumschlag in ihrem Schoß.

Sie war bedrückt. Doch beim Anblick ihres Großneffen kam wieder Lebensfreude in ihr Gemüt. Die Zukunft lag in Matias' indianischen Augen.

Draußen fiel dichter, kalter Regen. Der Monat August war regnerisch und grau. Bento Gonçalves fröstelte unter seinem Wollponcho. Auf dem Tisch lag der Brief. Es war kein langes Schreiben. Bevor er ihn niederschrieb, hatte er lange darüber nachgedacht, aber kein einziges Wort schien ihm angemessen, nichts konnte ausdrücken, was seine Seele beschäftigte.

Bentinho und Joaquim kamen ins Arbeitszimmer. Auch sie wirkten ernst und betrübt. Bentinho schürte das Feuer im Kamin.

»Ich bin fertig«, sagte Bento Gonçalves. Seine Stimme klang bedeutungsvoll. »Nun könnt ihr den anderen den Brief überbringen, Gomes Jardim hat nun das Präsidentenamt inne.«

»Was ist mit Netto, Vater?«

»Auch Netto wird zurücktreten. Ich glaube, Canabarro wird der neue Heereschef sein. Sie haben gewonnen, Onofre und die anderen.«

»Alles ist im Wandel«, sagte Joaquim.

Bento Gonçalves lächelte wehmütig.

»Es ist immer alles im Wandel, Joaquim. Die Dinge altern, so wie ich. Die Träume altern und werden hinfällig. So wie jetzt, mein Sohn.«

Ein Donnerschlag dröhnte über dem Hügel. Bento Gonçalves hüllte sich tiefer in seinen Poncho. Er fühlte sich gehetzt, wie ein verfolgtes Tier. Und dieser andauernde Regen bedrückte seine Seele.

Leão betrat den Saal, der vom Kaminfeuer beheizt wurde. In einer Ecke saß Dona Ana, ihr Haar war mittlerweile an den Schläfen ergraut. Über ihren Beinen lag eine Wolldecke, sie stickte und war in ihre Gedanken vertieft. In dem Sessel auf der anderen Seite des Kamins hatte Caetana Platz genommen. Leão betrachtete seine Mutter. Er war ein hoch aufgeschossener junger Mann und glich seinem Vater. Aus den Kriegsspielen seiner Kindheit war eine Leidenschaft für wirkliche Schlachten geworden, und aus den vielen Jahren auf der Estância in der Gemeinschaft der Frauen eine Männlichkeit, die sich in jeder Geste, in jedem noch so kurzen Blick äußerte.

Acht lange Jahre zwischen Spitzenstoffen und Webarbeiten, zwischen weiblichen Ängsten und Sehnsüchten. In dieser Zeit hatte er seinen Vater nur ein paarmal zu Gesicht bekommen, und immer war er mit zahllosen anderen Dingen beschäftigt gewesen, dem Verkauf von Rindern und den Entscheidungen und Geheimnissen dieses endlosen Krieges. Sein Vater war ein General, der bedeutendste Mann der Republik. Das war alles, was er über Bento Gonçalves da Silva wusste, und dass dessen Augen so schwarz wie seine eigenen waren, ebenso tiefgründig und still.

Er legte den schweren Poncho ab, den er auf dem Feld benutzte. Er kam gerade von den Landarbeitern und den Pferden. Draußen wurde es Nacht, eine dunkle, sternenlose Nacht, die eine eisige Kälte ankündigte. Er stellte sich neben seine Mutter. Caetana las in den vergilbten Seiten eines langen spanischen Romans.

»Mutter, ich muss mit Ihnen sprechen.«

»Ja, ist etwas geschehen?«

»Ja, es ist etwas geschehen, Mutter. Ich habe mich entschieden. Mein Vater ist vom Präsidentenamt zurückgetreten und wird wieder in den Kampf ziehen. Ich möchte ihn begleiten, ehe es zu spät ist. Ich will an seiner Seite Soldat sein.«

Caetana wandte den Blick zum Feuer. Noch ein Sohn, der zum Mann wurde. Der kämpfen würde. Der seine Bluttaufe in diesen Hügeln erfahren würde, der ihr Sorgen bereiten und sie nötigen würde, noch mehr Gebete an die Heilige Jungfrau zu richten. Als reichten nicht die drei, die bereits in den Krieg gezogen waren. Aber Leão war mittlerweile ein Mann. Im November wurde er achtzehn Jahre alt. Sie konnte ihn nicht noch länger auf der Estância festhalten.

»Wenn du es so entschieden hast, mein Sohn, kann ich nichts dagegen tun. Warte zumindest deinen Geburtstag ab, das ist der einzige Gefallen, um den ich dich bitte.«

»Schon gut, Mutter. Ich werde am Tag nach meinem Geburtstag aufbrechen.«

Er ging niedergeschlagen aus dem Saal. Bis dahin waren es noch drei Monate. Diese Zeit erschien ihm wie eine Ewigkeit.

Dona Ana sah ihren Neffen im Flur verschwinden. Sie lächelte ihrer Schwägerin aufmunternd zu, aber es war ein mattes Lächeln. Sie wusste nur zu gut, wie sich Caetana in diesem Moment fühlte.

»Ganz ruhig, Caetana. Im Leben hat alles seine Zeit. Das lässt sich nicht verhindern. Und Leãos Zeitpunkt ist gekommen. Er wollte immer in den Krieg ziehen. Nicht wie mein Pedrinho, der Ärmste, der niemals vom Kämpfen gesprochen hat und schließlich im Krieg gefallen ist …«

Caetana hielt die Tränen zurück.

»Du hast Recht, Ana. Manche Personen werden für den Krieg geboren. Und noch nie ist ein Fisch im Wasser ertrunken. Vielleicht ist er ja wie sein Vater.«

»Bento wird sich um ihn kümmern. Er hat sich immer um die anderen gekümmert, Caetana. Darauf musst du hoffen.«

Caetana seufzte.

»Ich werde darauf hoffen, Ana. Ja, das werde ich.«

Sie hatten ihr Feldlager bei Piratini aufgeschlagen, als die Truppe von Xico Pedro, genannt Moringue, auf sie stieß. Es war ein Frühlingsmorgen mit einem klaren Himmel und einem leichten Wind, der nach Blumen duftete. Es war kein Morgen, um zu kämpfen, sondern ein Morgen für die Gitarre und Milongas, ein schöner Morgen zum Nichtstun, ein Morgen, um sich an einen Bach zu legen und an Mariana und seinen Sohn zu denken.

João Gutierrez wusch sich das Gesicht mit dem Wasser, das noch kalt von der Nacht war, als ein Soldat zum Bachufer kam und ihn warnte: »Moringue ist ganz in der Nähe. General Netto hat befohlen, die Truppe zu versammeln.«

João Gutierrez sah, wie sich seine Milonga in dem durchsichtigen Wasser auflöste und zwischen den Steinen verschwand. Er rannte ins Feldlager zurück. Er zog die Uniform und die Stiefel an, schnallte den Degen um, nahm Lanze und Bola. Der Himmel war immer noch blau, als sollte an diesem Tag ein großes Fest stattfinden, ein Fest und kein grausamer Kampf.

Moringue ist hässlich wie der Teufel.

Seine fiebrigen Sinne kennen keinen anderen Gedanken. Er denkt an Moringues entstelltes Gesicht, seine glühenden Augen, die abstehenden Ohren. Vielleicht war Moringue derjenige, der ihm die Lanze in den Körper gerammt hat, vielleicht war es auch jemand anders, dessen Lanze deshalb nicht weniger gefährlich war. Sein verwundetes Fleisch pocht und tränkt die dreckige Matratze mit Blut. Er öffnet die Augen. Er liegt neben den anderen unter dem freien Himmel. Ihr Stöhnen ist weithin zu hören, und aus dem blauen Morgenhimmel ist eine blutrote Dämmerung geworden.

Das Fieber trocknet seinen Mund aus. Er will an Mariana denken, aber er sieht nur Moringues gespenstisches Gesicht. Alles, was er möchte, ist ausruhen und schlafen, um von Mariana und einer Milonga träumen zu können.

Ein Schatten kommt näher, ganz nah an sein Gesicht. João spürt seinen Atem und fragt heiser und zittrig: »Ist die Schlacht zu Ende?«

Der Mann lächelt traurig. Er hält ein Messer in der Hand, die Klinge ist mit Blut befleckt. Er packt Joãos rechten Arm und untersucht ihn aufmerksam.

»Ja, die Schlacht ist zu Ende.« Ein anderer Schatten kommt mit einer Flasche Schnaps und mit Stoffstücken. »Es wird ein bisschen wehtun, João.«

Er versteht nichts. Was soll ihm wehtun? Der rote Himmel, der über seinem Kopf einstürzt?

»Was haben Sie gesagt?«

Der Arzt hat Mitleid. João Gutierrez ist immer ein guter und furchtloser Soldat gewesen. Und ein großartiger Gitarrenspieler. Die Nächte im Feldlager werden von nun an still sein.

»Die Operation wird wehtun, João. Du hast drei Messerstiche in der rechten Hand. Wir müssen sie amputieren.« Er greift zur Schnapsflasche und steckt ihm den Flaschenhals in den Mund. Er will keine Antwort hören. »Trink das. Du musst viel trinken. Das wird dir helfen.«

Danach brach die Welt entzwei, und João stürzte in die Finsternis eines tiefen Schlafes. Irgendwann wachte er in einem verschmutzten Bett auf, aber diesmal hatte er ein Dach über dem Kopf. Durch das Fenster im Zelt konnte er einen klaren blauen Himmel erkennen, den gleichen Himmel wie am Morgen seines Unglücks.

Der rechte Arm endet abrupt in einem blutgetränkten Verband. João Gutierrez denkt an seine Gitarre, die für immer schweigen wird. Eines Tages wird er sie seinem Sohn schenken, falls der Junge Gefallen an Musik findet. Er denkt an Mariana, an die Berührung ihrer weichen Haut, an die Umrisse ihrer Lippen, die er so gern mit den Fingerspitzen nachfährt und kitzelt. Er denkt an all das und an seinen Sohn, den er nur ein einziges Mal gesehen hat. An den Sohn, der noch nie auf seinem Schoß gesessen hat. Und dann beginnt er zu weinen.

Steban steht am Fußende ihres Bettes, er trägt seine Galauniform. Er ist schmuck, so schmuck wie in ihren schönsten Träumen.

Rosário, im Nachthemd, das lange Haar unfrisiert, schämt sich. Auch sie will sich für die Feier zurechtmachen, aber ihre schönsten Gewänder sind in Pelotas geblieben, in dem seit Jahren menschenleeren Haus. Zu Kriegszeiten wurden nur wenige Bälle veranstaltet, und im Kloster wurde erst recht nicht getanzt.

»Du hast mich erschreckt! Ich habe nicht gewusst, dass du kommst.«

Steban lächelt in der Dunkelheit.

Der ewige Verband um seine Stirn ist makellos weiß und trocken. Er hat sich für ihre Begegnung an diesem Frühlingsmorgen sorgfältig herausgeputzt. Rosário ist stolz. Keine der anderen Novizinnen hat einen Liebsten wie Steban. Zudem liebt er sie sehr. Das verraten seine Augen, seine blutunterlaufenen grünen Augen.

Steban kommt noch näher an das Bett, das von Rosários Körper gewärmt ist. Sie zittert vor Erregung. Sie beide in diesem Raum, das unordentliche Bett, die religiöse Stille der Nacht. Alles ist so romantisch!

Er beugt sich behutsam über sie. Er riecht nach nichts. Vielleicht nach einer Brise, vielleicht. Seine vollen Lippen flüstern ihr ein wortloses Geheimnis ins Ohr. Rosário lächelt. Seit langer Zeit sehnt sie sich nach diesem Moment.

Manuelas Tagebuch

Pelotas, 25. Juni 1890

Der Rücktritt meines Onkels bezeichnete den Anfang vom Ende vieler Dinge. Damit starb die Revolution, wie wir sie uns erträumt hatten – oder wie man uns angewiesen hatte, von ihr zu träumen. Wir, die wir für jeden Augenblick auf die Hilfe der Sklavinnen zählen konnten, die wir ihre schwarzen Hände für das Anlegen eines Mieders oder das Flechten eines Zopfes brauchten, wir zitterten vor Freude bei dem Gedanken an die Absicht der Republik, die Sklaverei abzuschaffen. Doch auch dieser Traum löste sich zuletzt in Luft auf. Es gab keine Freiheit für die Schwarzen, es gab keine Unabhängigkeit, und auch keine Zukunft für unsere Städte, die sich von der Tyrannei eines allmächtigen Kaisers hatten befreien wollen. Die Anführer der Republik Rio Grande sahen sich in ihrem Stolz tödlich verletzt. Das Ende war jetzt nur noch eine Frage der Zeit.

Wie seltsam das war. Man hatte für Ziele gekämpft, die gar nicht alle erstrebten, und dennoch – oder vielleicht genau deshalb – schmerzte die Niederlage so sehr. Mein Onkel Bento Gonçalves da Silva, zum Beispiel, hatte niemals ohne Sklaven gelebt und den Kaiser immer verehrt. Und doch ließ er sich zum Anführer einer Republik wählen, von der er selbst nie geträumt hatte. Mit seinem Rücktritt kehrte er gewissermaßen an den Anfang von allem zurück, aber als Paria, als jemand, auf den ein Kopfgeld ausgesetzt war, als unzufriedener, abgekämpfter und kranker Mann. Und als Verlierer. Ja, wir wussten, dass der lange Krieg seine Gesundheit beschädigt hatte, wir wussten, dass er an Fieberanfällen litt, dass er ein Lungenleiden hatte und lange Nächte schlaflos verbrachte. Aber wir hielten das alles für vorübergehend, wir dachten, mit dem Kriegsende, das endlich bevorstand, werde mein Onkel seine Gesundheit wiedererlangen. Die einhellige Meinung in der Familie war, dass Bento Gonçalves etwas Unsterbliches in sich trug, und deshalb würde er alles überleben, auch diese Niederlage. Vergebliche Hoffnung. Nur wenige Jahre nach dem Sommer des Jahres 1843 mussten wir erkennen, dass wir uns auch hierin getäuscht hatten. Bento Gonçalves da Silva besaß nicht das ewige Leben, er war kein Gott, wie wir war er sterblich und leidend, ein Mensch, den das Leben betrogen hatte.

Eines Tages hörte er auf zu atmen, und sein Herz schlug nicht mehr. Die Rippenfellentzündung war nur eine Ausrede, um sein Ende zu erklären. Ich glaube, in Wirklichkeit starb er aus Enttäuschung über all das, was er gesehen und erfolglos verteidigt hatte. Sein Tod war vom Scheitern gezeichnet, und er musste diesen Schmerz mit ins Grab nehmen.

Dennoch war damals das bevorstehende Ende der Revolution nicht für uns alle ein schlechtes Zeichen, auch wenn es den Makel einer Niederlage trug. Dona Ana hielt den Krieg nicht mehr aus. Sie wollte nicht länger von ihrem Sohn José getrennt sein, dem einzigen Mann ihrer Familie, der überlebt hatte. Sie wollte ihn im Haus und bei sich haben, damit er die Geschäfte wieder in die Hand nahm und sich um die Rinderherden und die Angelegenheiten der Estância kümmerte, um die es immer schlechter bestellt war.

Auch Mariana sehnte das Kriegsende herbei. An diesem Tag würde João Gutierrez den Heimweg antreten. Mariana, die sich gut auf Dona Antônias Estância eingelebt hatte, dachte nicht mehr an unsere Mutter, an unser Haus in Pelotas, an das vormalige Leben der Bälle und Gesellschaften. Sie würde nicht in die Stadt zurückkehren, sondern mit ihrem Mann und ihrem Sohn bei Tante Antônia auf der Estância do Brejo bleiben. Die Tante hatte ihr mitgeteilt, dass João nach seiner Rückkehr den Besitz verwalten könne, sie selbst fühlte sich mittlerweile zu müde und alt, um sich um den *Charque* und die Pferde zu kümmern. Sie brauchte einen Mann, der die Geschäfte führte. Und sie wünschte, dass ihre Nichte und Matias bei ihr blieben. Der lange Krieg hatte ihre Gefühle zum Vorschein gebracht. Noch einmal würde sie die Einsamkeit der leeren Zimmer und der Nächte, in denen der Minuano wehte, nicht überleben. Matias hatte ihr eine neue Liebe für die Dinge des Lebens eingeflößt.

Und was mich betrifft, ich hatte in jener Zeit keine Sehnsüchte mehr. Die Zukunft war ein angelaufener Spiegel, in dem ich mich nicht mehr betrachten wollte. Ob ich nun auf der Estância oder in Pelotas lebte, alles hielt für mich die gleiche Einsamkeit bereit. Freilich litt ich wegen des so düsteren Endes, das sich uns darbot: Zehn Jahre voller Kämpfe und Blutvergießen waren vergeblich gewesen. Aber tatsächlich hatte ich seit dem Tag keinen Anteil mehr an der Revolution genommen, an dem Giuseppe Garibaldi über die Grenze nach Uruguay ging.

Nach der Geburt ihres Sohnes schickte Mariana mir die Hefte, die sie einst vor meinem Zorn gerettet hatte. Nicht alle auf einmal, sondern eines nach dem anderen, sie wählte sie nach dem Datum aus, an dem ich sie geschrieben hatte. Das letzte erreichte mich nur wenige Tage vor der Unterzeichnung des Friedensabkommens, das die Revolution beendete. Ich las darin, als wären sie nicht meinen Händen entsprungen, als hätte eine andere Frau diese Zeilen geschrieben, eine Frau, die an die Liebe und an die Zukunft glaubte.

Trotz allem waren die Jahre der Revolution die glücklichste Zeit meines Lebens. Was später kam, hatte keine oder nur geringe Bedeutung. Es waren lange, öde Jahre, die mit dem Betrachten der Freuden der anderen dahingingen. Ich alterte und wartete immer noch auf Giuseppe. Aber er ist niemals wiedergekommen. Dennoch habe ich die Hoffnung nie aufgegeben. Ich bestand auf meiner Liebe und meiner Bewunderung für ihn. Klar und deutlich bewahre ich in meiner Seele all die Erinnerungen an ihn, an seine bernsteinfarbenen Augen, seine goldblonden Haare, seine fröhliche, samtene Stimme, seine warmen Umarmungen, seine gewagten Küsse. Heute bin ich alt, alt genug, um allen, die sie nicht erlebt haben und wenig von jener Zeit wissen, von der *Revolução Farroupilha* zu erzählen. Heute bestehe ich fast nur noch aus Erinnerungen. Auf der Straße zeigen die Leute auf mich, ich bin wie eine Legende, etwas Groteskes und Mysteriöses zugleich: Garibaldis Braut. Die Braut, die nie zum Altar geführt wurde.

Noch bin ich am Leben. Und vor acht Jahren habe ich von Giuseppes Tod erfahren. Das Besondere an der Nachricht war, dass sie mir nicht wehgetan hat: Ich habe mich dreiundvierzig Jahre lang Tag für Tag von ihm verabschiedet, von der letzten Begegnung mit ihm bis zu seinem Todestag. Und jetzt, wo er seinen Körper verlassen hat, jetzt weiß ich, wo er sich befindet und durch welche Meere er steuert. Bald werde ich mich mit ihm vereinen.

Oft denke ich auch an Bento Gonçalves und nehme ein wenig von dem bitteren Geschmack wahr, den mein Onkel gefühlt haben muss, die Enttäuschung eines Menschen, der seine Mission, sein Schicksal nicht hat vollenden können. Der Geschmack, den ein Mensch spürt, der zuletzt nur noch im Tod das Glück zu finden glaubt.

Manuela

Aus der Ferne sieht João Gutierrez wie einer von vielen Kriegsheimkehrern aus, als er unter der glühenden Dezembersonne über den Hügel reitet. Er kommt langsam näher, er ist zwischen Heimweh und Sorge hin und her gerissen. Er pfeift eine alte Milonga, die er früher gern auf der Gitarre gespielt hat.

Er kennt den Weg, er hat ihn in letzter Zeit oft in Gedanken zurückgelegt. Er hat seine Worte und seine Gesten bedacht und ein perfektes Lächeln und den passenden Tonfall eingeübt, aber es gelingt ihm nicht, seine Beklemmung zu beherrschen. Er sieht das Gatter vor sich. Er beschleunigt den Trab. Auch sein verkrampftes Herz unter dem Hemd beschleunigt den Rhythmus.

Der Landarbeiter erkennt ihn. Die Herrin hat ihn vor geraumer Zeit entsprechend angewiesen. Wenn dieser Mann mit den indianischen Augen, wenn dieser Gutierrez zurückkäme, sollte er ihn in die Estância do Brejo einlassen. Er gehörte zur Familie. Der Mann öffnet das Gatter und lässt ihn ein. Er winkt ihm zu. Ihm fällt nicht auf, dass diesem aufrechten, hageren Reiter mit dem glatten Gesicht und den tiefschwarzen Augen etwas fehlt.

Matias spielt auf der Veranda mit seinen Bleisoldaten. Ein schwarzes Dienstmädchen ist bei ihm. Der Junge ist in letzter Zeit viel gewachsen. Er wird bald zwei Jahre alt. Er ist schlaksig, von seinem Vater hat er die schwarzen Haare, von seiner Mutter die helle Haut. João Gutierrez sitzt ab. Das schwarze Dienstmädchen und der Junge beobachten seine Ankunft. Die Schwarze erkennt ihn aufgrund der ausführlichen Beschreibung, die Mariana ihr gegeben hat. Matias fragt: »Wer ist das, Tita?«

Das schwarze Mädchen weiß nicht recht, wie es dem kleinen Jungen darauf antworten soll.

»Ein Besucher«, sagt die Schwarze nur und schweigt.

João Gutierrez spürt, wie sich sein Magen zusammenzieht. Sein Sohn erkennt ihn nicht. João trägt den rechten Arm hinter dem Körper versteckt, wie jemand, der eine Überraschung vor neugierigen Blicken verbirgt.

»Ruf die Senhorita Mariana.« Seine Stimme klingt trotz allem sicher.

Das schwarze Mädchen springt auf.

»Ja, Senhor. Die Senhorita hält sich im Haus auf«, sagt sie und schaut zu dem Jungen. »Komm mit mir, Matias.«

»Nein, Tita.«

Matias sitzt auf dem Holzboden der Veranda. Die kleinen Spielzeugsoldaten, die auf dem Boden verstreut liegen, haben jeden Reiz verloren. Dieser Mann, den er vor sich hat, besitzt eine viel größere Anziehungskraft. Er möchte am liebsten laut loslachen und dem Besucher erzählen, dass Großmutter Antônia eigens für ihn ein Pferd gekauft hat, aber er weiß, dass er nicht mit Fremden sprechen darf. Seine Mutter hat ihm das immer gesagt.

Ihre Blicke begegnen sich. Zwischen ihnen sitzt Matias. Mariana trägt dem schwarzen Mädchen auf, den Jungen mit hineinzunehmen, und die beiden verschwinden im schattigen Gutshaus.

»Ich will dich umarmen, João!«

Er lächelt. Das so oft eingeübte Lächeln fällt anders aus, breiter, bewegter.

»Ich dich auch, liebste Mariana.«

Sie wirft sich in seine Arme. Sie spürt seine Wärme und küsst sein Gesicht, das sie in endlosen Morgenstunden vor sich gesehen hat, ohne es berühren zu können. João küsst sie. Sie schmeckt wie der Tau. Sie in den Armen zu halten, ist eine so zarte und feine Empfindung.

»Ich habe so lange auf dich gewartet! Bist du für immer zurückgekommen? Bist du nicht mehr im Krieg? Oder bist du nur gekommen, um uns zu besuchen?«

»Ich bin gekommen, um hierzubleiben, meine Mariana.«

In seiner Stimme verbirgt sich etwas, eine Schwäche, eine Hingabe, die sie nie zuvor wahrgenommen hat. Seine schräg stehenden Augen sind feucht, seine langen schwarzen Wimpern zucken.

»Ist etwas geschehen, João?«

Sie tritt einen Schritt zurück, um ihn zu betrachten, um nach einer Verletzung oder einem Makel an seiner wohl geformten Gestalt zu suchen.

João hebt langsam den rechten Arm. Die aufgeknöpfte Manschette schwingt in der Luft. Mariana reißt die Augen weit auf.

»Das waren Moringues Männer«, erklärt er traurig. Er schmeckt die Stille, seine eigene und ihre. »Liebst du mich noch, Mariana? Kannst du einen Mann lieben, dem eine Hand fehlt, der aber eine reine Seele hat?«

Mariana umarmt ihn. Sie wird nicht weinen. João lebt doch noch. Er lebt und gehört ihr für immer. Der Krieg ist zu Ende, und João ist heimgekehrt. Was bedeutet dagegen eine Hand, wenn so viel auf dem Spiel stand?

»Natürlich liebe ich dich, liebster João. Du lebst, Gott sei Dank. Gott sei Dank! Ich habe jeden Tag für deine Rückkehr gebetet, João.«

Sie nimmt seinen Arm und küsst das genähte, noch gerötete Fleisch, die vernarbte Haut an der Stelle, wo zuvor eine Hand war, die in heißen Sommernächten Gitarre spielte. Natürlich liebt sie ihn. Wie zuvor. Sogar noch mehr.

»Ich habe überlegt, nicht zurückzukommen, Mariana. Ich

habe überlegt, nach Uruguay zu gehen. Aber ich musste wissen, ob du mich auch so noch liebst, als Krüppel.«

Mariana lächelt. Der Druck auf ihren Augen lässt nach. Jetzt strahlen sie ungetrübt, wie der blaue Himmel an diesem Sommermorgen.

»Komm, João. Lass uns hineingehen. Endlich wirst du deinen Sohn kennen lernen. Er weiß alles von dir. In all dieser Zeit habe ich ihm unsere Geschichte erzählt«, sagt sie und küsst sein dunkles Gesicht. »Matias wird sehr zufrieden sein. Sein Vater ist endlich aus dem Krieg heimgekehrt.«

1844

Várzea de Santana, 24. Februar 1844

Liebe Caetana,
ich schreibe dir, um zu berichten, dass sich mein Gesundheitszustand inzwischen deutlich verbessert hat. Mit dem Sommer und dem trockenen Wetter sind meine Lungen gefügiger und geduldiger geworden, was mir nach dem mühseligen und leidvollen Winter gestattet hat, mich endlich wieder an die Spitze meiner Männer zu stellen. Du sollst wissen, dass wir seit vielen Tagen kaum Halt machen. Wir durchqueren von Sonnenaufgang bis Sonnenuntergang die Campanha und nächtigen bald hier, bald dort, um zu vermeiden, dass Caxias' Männer uns umzingeln.

Das vergangene Jahr war für die Republik und für unsere Truppen äußerst schwierig. Wir haben ihnen zahllose kleine Schlachten geliefert, die Mehrzahl mit einem negativen Ergebnis für unsere Truppen. All das wirst du schon von Caetano erfahren haben, der dich vor kurzem besucht hat. Aber ich wiederhole diese traurigen Begebenheiten, damit du weißt, dass ich immer noch die Kraft habe, gegen den Feind zu kämpfen, und dass ich an der Spitze meiner Truppen stehen und hier in diesen Hügeln kämpfen werde, solange Gott mir diese Kraft erhält. Ich bin nicht mehr der Präsident der Republik, aber ich bin nach wie vor – für immer – ein unermüdlicher Soldat.

Hier an diesem Ort ist die Lage ungünstig. Wir sind nicht mehr dieselben Männer, wir sind uneins. Ich erkenne weder Lucas noch meinen Cousin Onofre wieder, der mich öffentlich verleumdet. Ich muss etwas dagegen unternehmen. Vermutlich in den nächsten Tagen. Dann wirst du weitere Nachrichten von mir erhalten.

Mit all meiner Zuneigung
Bento Gonçalves da Silva

Die trockene Hitze war in alles eingedrungen. Wenn man die Ohren spitzte, konnte man im Hintergrund den Fluss rauschen hören. Über dem Feldlager lag Ruhe. Es war schon sehr spät. Insekten flogen durch die sternenklare, kühle Nacht. Die Grillen zirpten, auch die Akazien schienen mit ihren eingerollten feinen Blättern friedlich zu schlafen.

Bento Gonçalves da Silva stand von seinem Schemel auf und ging hinaus, um zwischen den Zelten spazieren zu gehen. Etwas weiter weg sah er João Congo, der ihn beobachtete. Er machte eine Handbewegung, um ihm zu bedeuten, dass er nichts brauchte, und der Schwarze verschwand in seinem Zelt. In Wahrheit gab es etwas, was er dringend brauchte: ein Gespräch mit Onofre. Er war mit seinem Cousin aufgewachsen. Sie waren zusammen ausgeritten, sie hatten zusammen im Bach gebadet, sie hatten zusammen in Uruguay gekämpft, gemeinsam hatten sie eine Verschwörung geplant, und gemeinsam hatten sie diesen Aufstand angezettelt. Und nun waren sie verfeindet.

Er ging über die ausgetrocknete Erde. In der Ferne schnaubte ein Pferd. Onofre Pires hatte ihn zu lange verhöhnt. Er musste dem Ganzen Einhalt gebieten, deshalb hatte er ihm neulich einen Brief geschrieben. Onofre sollte ihm sagen, ob die Gerüchte, die im Umlauf waren, der Wahrheit entsprachen: Dass Onofre mehrfach seinen Ruf geschädigt und ihn einen Räuber genannt habe. Mitternacht war längst verstrichen. Onofre musste seinen Brief bereits gelesen haben. Weit weg, in einem anderen Feldlager, saß er vielleicht und schrieb eine Antwort.

Bento Gonçalves atmete tief die Nachtluft ein. Der Husten kratzte nur wenig, wie ein alter Hund, der die Wärme des Feuers sucht. Er schüttelte das Gefühl ab. Er wollte die Krankheit vergessen. Er wollte Onofre vergessen. Er sah zu dem mit Sternen übersäten Himmel hinauf und versuchte zu entdecken, was der kommende Tag für ihn bereithielt.

Der Soldat übergab den Brief, vollzog den militärischen Gruß, dann verschwand er und wurde von der gleißenden Helligkeit verschluckt, die die glühende Sommersonne verbreitete. Bento Gonçalves betrat das Zelt, er erbrach das Siegel und las den Brief noch im Stehen.

Bürger Bento Gonçalves da Silva

Werter Herr,
Räuber des Glücks, Räuber des Lebens, Räuber der Ehre und Räuber der Freiheit: So lautet die Anklage, die die Nation von Rio Grande gegen Sie erhebt. Wie Ihnen bekannt ist, schließe ich mich dem an, nicht wegen der Verachtung, die Sie bedauerlicherweise verdienen, sondern wegen der Beweismittel, die ich zur Hand habe: Herr General, keinen Zweifel kann es für mich geben, was ich aus einer Unterredung erfahren habe. Aber seien Sie unbesorgt, auch wenn Sie die legalen Mittel zur Wiederherstellung Ihrer befleckten Ehre ausgeschöpft haben, wie Sie sagen: Dies ist kein Hindernis, sich für das in solchen Fällen Übliche zu entscheiden, wofür ich mich jederzeit zur Verfügung stelle.

Hiermit erachte ich Ihr Schreiben für beantwortet.
In Bewunderung,
Onofre Pires da Silveira Canto
Campo, 27. Februar 1844

An einem schwülen Nachmittag Anfang März erhielt Dona Antônia die Nachricht vom Duell zwischen Bento Gonçalves und Onofre Pires. Joaquim bat sie in dieser mit eiliger Feder geschriebenen Nachricht, sich zur Estância da Barra zu begeben und Caetana die Nachricht zu überbringen. Dona Antônia konnte dem Schreiben kaum Glauben schenken: Bento hatte sich also vor ein paar Tagen mit dem Cousin duelliert. Bento war für seine Ehre eingetreten, denn Onofre hatte ihn mehrfach einen Räuber geheißen. Dona Antônia erinnerte sich an Begebenheiten aus der Kindheit: an ihren Bruder und ihren Cousin, die über das Feld ritten, die auf der Suche nach reifen Früchten Bäume bestiegen, die unter Dona Perpétuas nachsichtigen Blicken die jungen schwarzen Küchenmädchen eroberten … Und jetzt das. Das war der Beginn von etwas Unfassbarem und Grausamem, das Niedertracht und Schrecken in sich trug. Ein Schauer lief ihr über den Rücken. Bedrückt faltete sie das Schreiben und legte es in die Schublade.

Vier Tage später traf eine weitere Nachricht ein. Onofre war gestorben. Die Stichverletzung im Arm hatte sich entzündet und zu einer Gangrän geführt. Das war das Ende des Riesen mit dem Schnauzbart, das Ende von Onofre Pires da Silveira Canto.

Maria Manuela ruft Zé Pedra und bittet ihn, die Kutsche anzuspannen. Sie will ausfahren.

»Wohin geht es?«

»Ich werde meine Schwester besuchen.«

Zé Pedra nickt. Wie alle auf der Estância weiß er sehr wohl, dass Maria Manuela die Estância do Brejo nicht mehr betreten hat, seit ihre Tochter dorthin gezogen ist.

Die Kutsche fährt unter der milden Sonne des Herbstanfangs dahin. Schon vor einiger Zeit hat Maria Manuela ihren Entschluss gefasst: Vielleicht wird sie gar nicht aus dem Wagen steigen, aber sie will den Jungen doch einmal sehen. Im Winter wird er zwei Jahre alt werden. Bei seiner Geburt hat sie sich in ihr Zimmer eingeschlossen und gebetet … für ihre Tochter, für das Kind und für ihren unermesslichen Stolz.

Der frische Wind streicht über ihr Gesicht.

Aber diesen Viehhirten, diesen Gutierrez … den will sie auf keinen Fall sehen. Der hat seine Strafe bekommen. Statt etwas anderem hat man ihm die Hand abgerissen. Als Dona Ana ihr davon erzählte, hat sie insgeheim frohlockt. Für sie ist diese Verletzung ein Gottesurteil. Das war nicht der Krieg, das war Gott. Niemals hat sie darüber nachgedacht, dass auch ihr Mann im Kampf gestorben ist. Wofür hätte Anselmo solch eine grausame Strafe verdient? Niemals hat sie darüber nachgedacht.

In der Ferne sieht sie das Gutshaus. Das Gatter haben sie schon passiert.

Hier, auf diesem Boden, hat auch Garibaldi gelebt. Hier hat er eine ihrer Töchter geliebt. Das Leben hält manche Überraschung bereit. Und nun lebt also Mariana mit ihrem Liebsten hier. Aber sie selbst leidet immer noch.

»Nur bis zu dieser Akazie. Von dort aus gehe ich zu Fuß. Ich brauche nicht lange.«

Der junge Schwarze gehorcht.

Maria Manuela steigt aus der Kutsche. Das Haus zeichnet sich vor ihr ab. In der Ferne reitet ein Landarbeiter. Zwei schwarze Jungen reparieren einen Zaun. Die Fenster sind blau gestrichen, hellblau wie der Himmel. Sie kann die Veranda sehen und die Tür, die in den Saal führt. Sie vermutet, dass sich Antônia im Haus aufhält und liest oder im Arbeitszimmer mit geschäftlichen Dingen der Estância beschäftigt ist.

Auf der untersten Verandastufe sitzt der Junge. Sie sieht, dass er sehr dunkle Haare und helle Haut hat. Er reißt Grasbüschel aus der Erde, ganz langsam, als folgte er einem Ritual. Maria Manuela stockt der Atem. Dort sitzt also ihr Enkelkind, Fleisch von ihrem Fleisch. Er hat etwas von Antônio, die langsamen, ruhigen Handbewegungen. Aber er hat auch viel von seinem Vater. Das zeigt sich an seinem Gesicht, und da spürt sie Hass in sich aufsteigen. Doch dieser Hass verfliegt, so schnell, wie er gekommen ist, und an seine Stelle tritt unerwartet die Liebe.

Sie geht nervös ein wenig näher und verheddert sich mit ihren Röcken. Niemand ist in der Nähe. Matias schaut hoch und sieht eine Frau vor sich stehen. Er lächelt.

»Guten Tag.«

Maria Manuelas Stimme bebt. Der Junge antwortet etwas. Sie ist dankbar für seine freundlichen Worte.

»Ist deine Mutter im Haus?«

Der Junge lässt sein Grasbüschel auf die Erde fallen.

»Ja«, antwortet er.

»Kannst du sie rufen?«

»Ja.«

Matias steht auf. Maria Manuela bemerkt nun, wie groß und schlaksig er ist. Er geht die Stufen hinauf und läuft schnell über die Veranda ins Haus. Seine Stimme hallt nach, als er Mariana ruft.

Maria Manuela sieht die Welt durch den Schleier ihrer Tränen. Gleich wird ihre Tochter herauskommen. Matias ist so ein hübscher, sanftmütiger Junge. Sie will ihn umarmen, seinen Körper spüren, seine warmen Küsse. Sie möchte ihn so gern als ihr Enkelkind ansprechen.

Sie hört Marianas Stimme aus einem Winkel des Hauses. Mariana, die geweint hat, als sie um Verzeihung bat. Mariana, die auf ihr Geheiß hin so viele Monate in ihrem Zimmer eingeschlossen war. Mariana, die wortlos Abschied nahm, mit der Wolldecke über dem gewölbten Bauch.

Sie läuft über das Feld zur Kutsche, wo der junge Schwarze auf sie wartet. Sie steigt verzweifelt und außer Atem in den Wagen. Mariana betritt die Veranda.

»Hier ist niemand, Matias.«

Der Junge zuckt mit den Schultern.

»Eine Frau, Mutter. Wirklich. Eine Frau.«

Am 20. April erreichte der junge Bento, in Begleitung von zwei Männern die Estância. Er hinkte und trug einen Arm in der Schlinge. Sein schmales Gesicht zeigte ein leeres Lächeln. Alle Frauen eilten ihm aus dem Haus entgegen. Caetana weinte. Sie küsste ihren Sohn und stellte ihm tausend Fragen, wie es ihm ging, ob er Fieber hatte und wie er verletzt worden war.

Dona Ana nahm die Soldaten in Empfang und hörte sich deren Bericht an. Bentinho war bei dem Angriff von Cerro da Palma verletzt worden. Ein Messerstich in den Arm und ein Schuss in das linke Bein. Sein jüngerer Bruder Leão hatte ihn gerettet. Der General hatte ihn zum Ausruhen nach Hause geschickt. Die *Farroupilha*-Feldlager waren nur noch ein einziges Durcheinander. Es war besser, wenn Bentinho sich unter der Obhut seiner Mutter auf der Estância erholte. Dona Ana dankte den beiden Soldaten und trug Zefina auf, sie mit in die Küche zu nehmen und ihnen dort ordentlich zu essen und ein erfrischendes Getränk zu geben.

Caetana lagerte ihren Sohn auf einem Bett mit frischen Tüchern.

»Leão hat mir das Leben gerettet, Mutter. Er ist sehr mutig, wie ein Löwe. Er macht seinem Namen alle Ehre. Anscheinend werden sie ihn befördern.«

»Leão hat schon als kleiner Junge vom Krieg geträumt.« Sie dachte an den jungen Mann, der ihrem Bento so ähnlich war. »Und was ist mit deinem Vater, wie geht es ihm?«

»Meinem Vater geht es seit Onofres Tod sehr schlecht, Mutter. Er ist äußerst bedrückt. Aber diese Rechnung stand offen. Onofre hatte unseren Vater überall als Räuber bezeichnet.«

Caetana konnte sich gut an Onofre erinnern. Sie war die Taufpatin eines seiner Kinder. Sie hatten viele Sonntage gemeinsam beim Churrasco und auf Familienfesten verbracht. Sie dachte an Bento. Dieser Tod musste eine besonders schwere Last für ihn sein.

»Der Vater wollte Onofre nicht töten, Mutter. Sie hätten am Tag der Beerdigung seine Augen sehen sollen. Er war nicht dabei, natürlich nicht. Er blieb in seinem Zelt und schwieg den ganzen Tag. Dieses Schweigen, das Sie so gut kennen.« Ein Dienstmädchen kam mit einem dampfenden Suppenteller auf einem Tablett herein. Bentinho wartete, bis das Mädchen wieder gegangen war. »Mutter, der Krieg steht schlecht. Wir sind fast ohne Pause in der Campanha unterwegs. Ständig ist uns jemand auf den Fersen. Vor ein paar Tagen hat Moringue den Ort Bagé besetzt und Domingos de Almeida gefangen genommen. Der Vater schätzt Almeida sehr, er war äußerst bedrückt. Außerdem haben sie Mariano de Matto gefangen genommen.«

Caetana begann ihren Sohn mit der Suppe zu füttern. Draußen wurde es langsam Abend. Ein kalter Herbstwind kam auf. Traurig dachte Caetana an ihren Mann. Sie wollte ihn endlich wieder im Haus, zurück in ihrer Obhut haben, bevor es zu spät für ihn war, bevor es für sie beide zu spät war.

Im Mai kündigte Inácio de Oliveira Guimarães an, dass er Perpétua und die beiden Töchter abholen werde. Sie würden nach Boqueirão, auf Inácios Estância do Salso ziehen, wo er sich selbst um die Rinderherden und die Pferdezucht kümmern würde. Eine Republik auf Wanderschaft brauchte keinen Polizeichef mehr. Die *Farroupilha*-Truppen hatten an Boden verloren und kaum noch Städte unter ihrer Herrschaft.

Perpétua saß im Saal und wartete. Sie trug ein neues Kleid, und die beiden Mädchen spielten zu ihren Füßen. Sie hatte die Depesche vor zwei Tagen erhalten. Die gepackten Koffer standen in Reih und Glied auf der Veranda. Sie war unruhig. Seit ihrer Hochzeit konnte sie die Tage, die sie mit Inácio verbracht hatte, an einer Hand abzählen. Sosehr sie sich an ihr Leben in dieser weiblichen Gemeinschaft gewöhnt hatte, sie liebte doch auch ihren Mann, und spürte bei dem bloßen Gedanken an seine Gegenwart, wie die Erregung in ihr aufstieg.

Caetana hatte sich weinend in ihrem Zimmer eingeschlossen. Am Vorabend war Bentinho wieder in den Kampf gezogen. Nun reiste auch Perpétua ab, und bloß Marco Antônio, Maria Angélica und Ana Joaquina blieben noch bei ihr. Sie befürchtete, Marco Antônio könnte sich ebenfalls den *Farroupilha*-Truppen anschließen. Er war jetzt siebzehn Jahre alt, und bald schon könnte er sein Pferd satteln und sich wie die anderen an die Eroberung der Pampa machen. Die beiden Mädchen jedoch waren anders. Maria Angélica konnte sich kaum noch an die Zeit vor dem Krieg erinnern. Und Ana Joaquina war mit Gesprächen über die Revolution groß geworden und hatte Angst vor ihrem Vater, der für sie fast ein Fremder war.

Inácio traf zur Mittagsstunde ein. Sie aßen alle zusammen an dem großen Esstisch im Speisezimmer. Perpétua aß wenig, sie verspürte eine Mischung aus Aufregung und Angst.

Am Nachmittag brachen sie unter der milden Maisonne auf. Die Mädchen winkten fröhlich vom Wagen. Caetana stützte sich auf Dona Ana, um nicht in Ohnmacht zu fallen. Sie fühlte sich schwach. Und in der Nacht hatte sie ein heftiges Fieber.

Bento Gonçalves sitzt aufrecht auf seinem schwarzen Pferd im Sattel. In seiner neuen, sorgfältig gebürsteten Uniform sieht er elegant aus, und der Stolz steht ihm ins Gesicht geschrieben. Lediglich ein Hauch der Beklemmung liegt auf seinen glänzenden dunklen Augen, den nur seine engsten Begleiter wahrnehmen können. Joaquim reitet schweigend neben seinem Vater. Der Baron de Caxias erwartet sie. Nach neun Jahren grausamen Blutvergießens und dem Scheitern der großen Ideale kommt es nun zu Friedensverhandlungen. Joaquim weiß, dass diese Verhandlungen schwierig werden, denn zwischen seinem Vater sowie Canabarro, Vicente und Lucas bestehen gravierende Meinungsverschiedenheiten. Aber dennoch ist Bento Gonçalves zu dem Treffen unterwegs. Sie haben ihn für die Verhandlungen ausgewählt. Vielleicht wird dies die letzte Aufgabe sein, die er im Dienst der im Niedergang befindlichen Republik erfüllt.

Die milde Augustsonne versteckt sich hinter den Wolken. Es geht ein kalter Wind. Die Estância, die der Baron für das Treffen bestimmt hat, liegt in der Umgebung von Santa Maria. Sie werden von vier weiteren Reitern begleitet, die ein schweigsames Gefolge bilden.

Der Baron de Caxias ist vierzig Jahre alt, er hat graue Augen und spricht mit einer melodischen Stimme. Er begrüßt Bento Gonçalves auf der Veranda. Bento Gonçalves erwidert den kräftigen Händedruck des Barons und sieht diesem fest in die Augen.

Die beiden Männer beginnen im Arbeitszimmer mit der Unterredung. Bento Gonçalves schlägt die Bildung einer Föderation vor. Der Baron lehnt sich in seinem Stuhl zurück und zwirbelt seinen Schnauzbart. Er antwortet, dass eine Föderation nicht in Frage kommt. Er habe vom Kaiserreich nicht die Vollmacht, über derlei zu verhandeln. Wenn Bento Gonçalves erreiche, dass die Aufständischen die Waffen niederlegen und sich dem Kaiser ergeben, könne er für alle die Amnestie gewährleisten. Bento Gonçalves spricht von den internen und externen Schulden der Republik. Er fordert auch, dass alle Soldaten den Rang behalten, den sie während der Revolution erreicht haben.

Sie verbringen zwei Stunden mit langwierigen Verhandlungen, die zu nichts führen. Am Ende des Nachmittags beendet der Baron das Treffen. Er führt an, dass er die Schulden der Aufständischen nicht übernehmen könne, aber dass er diese und andere Fragen Seiner Majestät dem Kaiser vortragen werde.

Bento Gonçalves steht auf und sagt, er werde Canabarro von dem Treffen berichten. Als er wieder auf sein schwarzes Pferd steigt, ist die Sonne bereits hinter den Hügeln verschwunden, und ein kalter Wind weht über die Pampa. Bento Gonçalves da Silva reitet wortlos zurück, immer wieder vom Husten geschüttelt.

Die Anführer der Revolution erzielten keine Einigung. Immer wieder brachte das Lager unter der Führung von Vicente, Lucas und Canabarro Einwände gegen die Verhandlungen vor. Sie wollten nicht, dass General Bento Gonçalves die Lorbeeren des Friedensabkommens davontrug.

Caetano saß vor dem Haus von Tião da Silva von seinem Rappen ab. Er trug die Botschaft seines Vaters für Netto bei sich. Tião da Silva war der Taufpate der jüngsten Tochter des Generals. Ein schwarzer Junge empfing ihn und sagte, dass der gnädige Herr und General Netto sich beim *Charque*-Schuppen aufhielten.

»Sie können im Saal auf ihn warten. Der gnädige Herr kommt gleich zurück.«

Caetano betrat den Saal. Durch große Fenster flutete das Sonnenlicht herein. Es war ein heller Raum mit einem Klavier und Büchern. Vom Gang drangen Stimmen herüber. Caetano setzte sich auf einen Stuhl und wartete ab. Der Brief seines Vaters brannte wie glühende Kohlen in seiner Dolmantasche.

Die Stimmen auf dem Gang kamen näher. Ein hoch gewachsenes junges Mädchen mit glattem blondem Haar betrat in Begleitung eines schwarzen Dienstmädchens den Saal. Caetano erhob sich. Er war ein eleganter kräftiger Mann mit der hellen Haut und den schwarzen Augen von Bento. Das Mädchen erschrak angesichts der unerwarteten Gegenwart dieses Mannes.

»Guten Tag«, sagte Caetano und sah in ihre blauen Augen, so blau wie der Frühling.

»Guten Tag«, grüßte das Mädchen zurück.

»Ich bin der Sohn von General Bento Gonçalves. Ich bin auf der Suche nach General Antônio Netto. Man hat mir gesagt, dass er sich hier auf der Estância von Senhor Tião da Silva aufhält.«

»Das stimmt. Der General ist bei uns, um mit meinem Vater zu sprechen«, sagte das Mädchen mit einer samtweichen Stimme. »Ich bin Clara, die Tochter von Senhor Tião.«

Caetanos Augen glühten. Er war hier, um einen Brief zu überreichen, einen Brief von größter Bedeutung. Es war fast ein Abschiedsbrief: Die Revolution war am Ende, sein Vater war am Ende – wieso fühlte er dann diesen Jubel, diesen köstlichen Geschmack im Mund, diese plötzliche, unbändige Lebensfreude?

Clara Soares da Silva lächelte. Ihre strahlend weißen Zähne bildeten eine vollkommene Reihe in dem Mund mit den rosigen Lippen. Sie forderte Caetano auf, wieder Platz zu nehmen. Eines der Dienstmädchen werde ihm einen Matetee bringen. Caetano nahm dankend an. Dann sagten die beiden jungen Menschen kein Wort mehr. Sie saßen einander einfach gegenüber und genossen die geheimnisvolle Stille. Auf einmal gab es nichts Wichtigeres mehr als diese Nähe und diese langen, sehnsüchtigen Blicke. Denn beide wussten es: Da war etwas, was sie spürten, was in ihrem Leib brannte und pulsierte.

An den Hochwohlgeborenen Baron de Caxias
Campo, 13. Oktober 1844

Sehr geehrter Herr,
auch weiterhin gilt mein ganzes Streben dem Ende des Bürgerkriegs. Mit dem Einverständnis meiner Freunde wage ich deshalb, Seiner Exzellenz zu bestätigen, dass, sollten Sie tatsächlich entschlossen sein, die von mir aufgeführten Zugeständnisse zu machen, um die Ehre von Rio Grande do Sul zu retten, dass in diesem Fall der Frieden zwischen uns besiegelt werden wird, trotz der üblen Absichten des einen oder anderen Extremisten.

Ich hoffe, dass mir schon bald die letzten Schritte, die zu tun sind, übermittelt werden. Dann wird sich auch ebenso rasch eine entsprechend befähigte Person bei Seiner Exzellenz einfinden, um die Grundlagen des Abkommens zu regeln.

Ihr alter Kamerad, Diener und Freund,
Bento Gonçalves da Silva

Er hatte die Niederschrift des Briefs beendet und spürte eine ungeheure körperliche Erschöpfung, als wäre seine gesamte Energie in diese letzte und abschließende Anstrengung geströmt. Jetzt war alles zu Ende.

Joaquim stand mit düsterem Gesicht neben ihm.

»Und nun, Vater?«

»Nun müssen wir das Leben neu beginnen, Joaquim.« Er seufzte. »Wir müssen die Scherben wieder zusammensetzen.«

Joaquim wollte die Hand seines Vaters berühren, die kräftige, schwielige, gealterte Hand. Aber er unterließ es.

»Ich habe bereits den Auftrag gegeben, der Mutter Bescheid zu sagen. Congo ist schon unterwegs.«

»Was ist mit Terêncio? Hat man ihm Bescheid gegeben, dass ich morgen auf die Estância komme?«

»Leão hat einen Boten geschickt. Alle erwarten Sie, Vater. Alle auf der Estância do Cristal.«

Bento Gonçalves stand auf und ging zur Zeltöffnung. Die Frühlingssonne schien über dem Feldlager. Es war ein armseliges Lager, nur wenige Zelte und eine kleine Anzahl ausgemergelter Pferde.

»Was für ein Ende, Joaquim. Aber jetzt kann man nichts mehr ausrichten. Ich habe zu niemandem mehr Vertrauen. Nur zu dir, zu Netto und zu Teixeira. So kann man unmöglich weitermachen.«

Joaquim ging zu ihm.

»Denken Sie nicht mehr darüber nach, Vater.«

»Es sind fast zehn Jahre, mein Sohn. Wie soll ich nicht mehr daran denken?« Er ging zum Tisch zurück und versiegelte den Brief. »Lass einen Boten kommen, der das hier dem Baron überbringt.«

Manuelas Tagebuch

Pelotas, 30. August 1890

Am Morgen des 14. November 1844 überfiel Moringue mit seinen Männern Canabarros Feldlager, wo die Soldaten ahnungslos schliefen. Es kam zu Panik und hektischer Flucht: Die Männer machten sich zu Fuß oder zu Pferde davon, in Uniform oder auch nackt. Nur das Korps der *Lanceiros Negros* unter der Führung des tapferen Obersts Teixeira Nunes flüchtete nicht. Im Gegenteil, die Lanzenreiter kämpften ihre letzte, ruhmreiche Schlacht, als wären sie von einem Gott beseelt. Ihre Lanzen tanzten im Schein des Mondes, der die Pampa mit seinem silbrigen Licht überzog. Heldenhaft kämpften sie für eine Freiheit, die sie kaum je berührt hatten ... Die meisten von ihnen starben in dieser Nacht. Sie starben ins Mondlicht getaucht.

Teixeira Nunes kam einige Tage später ums Leben, als er bei einem neuerlichen Angriff der feindlichen Truppen von einer kaiserlichen Lanze durchbohrt wurde.

Die Schlacht von Porongos war die letzte große Tragödie dieses Krieges. Ich weiß nicht mehr, ob ich über diese Nachricht noch weinte – zu viel Kummer hatten wir mittlerweile schon erlitten. Aber ich weiß noch, dass Zefina, Dona Anas Dienstmädchen, in den Garten ging und dort den ganzen Tag schluchzte: Einer ihrer Brüder hatte unter Oberst Teixeira gekämpft, ein jüngerer Bruder, der mit neunzehn Jahren in Porongos für die Freiheit sein Leben gab. Er erhielt nicht einmal eine Handvoll Erde über seinen Kopf.

Nach Porongos ging es nur noch darum, mit dem Kaiserreich ein Abkommen zu schließen, das Rio Grande ein Mindestmaß an Ehre gewährte.

Der Krieg ging auf grausame Weise verloren. Es waren lange Jahre gewesen. Nachdem ihr João Congo Ende Oktober den Brief überbracht hatte, bereitete Caetana mit den Kindern die Abreise vor. Bento Gonçalves erwartete sie auf der Estância do Cristal. Perpétua war bereits fort. Nur meine Mutter und ich blieben noch einige Monate, denn die Reise nach Pelotas flößte meiner Mutter Angst ein. Der Frieden war trotz allem noch nicht endgültig besiegelt, und die Wege im Land waren voll mit ausgehungerten und zerlumpten Deserteuren.

So leerte sich das Haus meiner Tante und füllte sich mit Schatten und Schweigen. Nach all diesen Jahren wirkte das Haus auf einmal düster und alt. Vorbei waren die endlosen Tage des Wartens, die Bälle mit den Republikanern, die Angst in den langen Winternächten. Vorbei waren meine Nachmittage mit Giuseppe, die Hochzeit meiner Cousine Perpétua, die Bäder im Bach, Dona Anas Klavierspiel … Alles Gute und alles Schlechte waren vorbei. Die Stimmen, die Gerüche, die Erinnerungen, alles verlor sich in den Tiefen der Zeit. Wir hatten die Geschichte gelebt und ihr bitteres Ende geschmeckt.

Manuela

1845

Caetana befestigte das Hutband unter ihrem Kinn. Sie betrachtete sich ein letztes Mal im Spiegel. In diesem Kristallspiegel hatte sie sich an jedem Tag der letzten neun Jahren betrachtet. Sie war auf dieser Oberfläche gealtert.

Sie drehte sich um und betrachtete den Raum. Durch das geöffnete Fenster drang die warme Sommersonne. Mitten im Zimmer stand das breite Bett mit der gelben Decke und den Federkissen. Wie viele Nächte hatte sie hier geschlafen? Wie viele Tränen hatte sie nach der Lektüre von Bentos Briefen auf diesen Kissen vergossen? Die knappen Nachrichten, die sie aus dem Gefängnis in Salvador da Bahia erhalten hatte, und die anderen Briefe, diese letzten Briefe, als der Krieg schon verloren ging und Bento bereits an der Krankheit litt und anfing, sich zu verzehren und immer bitterer wurde – wie viele Tränen hatte sie hier vergossen?

Sie nahm den kleinen Koffer, der auf dem Bett lag. Zefina hatte die anderen Koffer bereits zu dem Wagen getragen, auf den Congo die Habseligkeiten der Familie lud. Da klopfte es sacht an der Tür.

»Herein.«

Es war Marco Antônio.

»Es ist alles bereit, Mutter. Können wir fahren?«

Caetana betrachtete ihren Sohn. Er war ein Mann geworden. Er war jetzt neunzehn Jahre alt. Er hatte Ähnlichkeit mit ihr. Sie erinnerte sich an den Tag, als er mit Leão geflohen war, und an das Fieber, das ihn anschließend ans Bett fesselte. Der Krieg hatte damals gerade erst begonnen. Sie seufzte.

»Komm, Marco Antônio«, sagte sie und warf einen letzten Blick über das Zimmer. »Auf Wiedersehen.«

Am Arm ihres Sohns eilte sie hinaus.

Im Saal erwarteten sie Dona Ana, Maria Manuela, Dona Antônia und Manuela. In Dona Anas Augen standen Tränen. Sie war die Erste, die sie umarmte.

»Gehab dich wohl, Schwägerin.« Sie küsste ihr Gesicht. »Sag Bento, dass ich ihn bald besuchen komme. Gute Reise.«

Maria Manuela verlor nur wenige Worte zum Abschied. Wenn der Krieg tatsächlich zu Ende war, würde sie mit Manuela nach Pelotas zurückkehren und Rosário aus dem Kloster holen lassen.

»Gott behüte dich, Caetana. Ich werde für dich beten.«

»Danke, Maria.«

Dona Antônia überreichte ihr einen blauen Umschlag. Für Bento. Und ein gefaltetes Blatt Papier.

»Es ist eine Zeichnung, Caetana. Von Matias.«

Als sie den Namen ihres Enkels hörte, zuckte Maria Manuela zusammen.

Manuela küsste ihre Tante und umarmte sie.

»Auf Wiedersehen, Manuela.«

»Auf Wiedersehen, Tante. Wann werden wir uns wieder sehen?«

Caetana fixierte sie mit ihren großen hellgrünen Augen.

»Wir haben Zeit, Manuela. Ab heute geht das Leben weiter.«

Sie gingen auf die Veranda, wo Marco Antônio und ihre beiden Töchter schon warteten. João Congo und Zefina standen neben den zwei Wagen.

Caetana atmete die Luft ein, die nach Jasmin duftete. Es war erst acht Uhr morgens, und die Luft war noch kühl. Der Himmel war blau. Mit Congos Hilfe stieg sie in den Wagen und rückte den Strohhut zurecht. Ihre Familienangehörigen beobachteten sie feierlich von der Veranda aus. Es war, als ob eine Uhr, die lange Zeit stehen geblieben war, auf einmal wieder zu ticken begann. Das Leben ging weiter, hatte sie zu Manuela gesagt.

Sie winkte ein letztes Mal den anderen Frauen zu. Ihre Hände bewegten sich in der Luft wie Vögel, die aus ihrem Käfig in die Freiheit gefunden hatten. Ana Joaquina, die Neunjährige in ihrem blassrosa Kleid, mit den zu Zöpfen geflochtenen Haaren, lächelte ihr zu.

»Fahren wir nach Hause, Mutter?«

»Ja, Ana.«

Ana Joaquina konnte sich nicht an die Estância do Cristal erinnern, auf der sie zur Welt gekommen war. Bei Kriegsausbruch war sie nicht einmal ein Jahr alt.

»Wartet Papa auf uns?«

»Ja, mein Mädchen. Papa erwartet uns.«

»Wie lange wird er diesmal bei uns bleiben, Mutter?«

Caetana streichelte die Hand ihrer Tochter.

»Für immer, mein Mädchen. Dieses Mal ist es für immer.«

João Congo trieb die Pferde an. Der Wagen setzte sich langsam in Bewegung.

Rosário erwachte schweißgebadet. In der schwülen Dunkelheit ihres Zimmers hörte sie seine Stimme.

»Steban?«

Sie stand rasch auf. Das Nachtgewand, das an ihrem Körper klebte, behinderte ihre Bewegungen. Sie suchte nach einer Kerze und zündete sie an. Die kleine Flamme spendete ein hellrotes, flackerndes Licht. Es war kaum etwas zu erkennen.

Aber sie sah ihn.

Er stand neben der Tür. Er trug seine Galauniform. Sein schönes Gesicht, sein sorgfältig geschnittenes Haar. Er lächelte ihr zu. Ein Degen steckte im Gürtel, und er trug den Stirnverband nicht mehr. Von seiner Verletzung war auf seiner hellen Haut nur eine kaum wahrnehmbare Narbe geblieben.

Rosário wusste, dass das etwas zu bedeuten hatte. Die Wunde war endlich verheilt. Und da stand er, inmitten dieser heißen frühen Morgenstunde.

»Die Zeit ist mein Platz. Und die Zeit ist dein Platz, Rosário.«

Seine Stimme verströmte Nelkenduft, seine zurückhaltende und süße Stimme, seine flüchtige Stimme.

Steban machte die Tür auf. Der stille Korridor öffnete sich vor ihnen. Da verstand sie. Sie verstand alles, was so lange an ihr gezehrt hatte. Steban reichte ihr seine weiche, warme Hand, die sich samten anfühlte. Nun erhielt ihr Leben endlich seinen Sinn. Jenseits dieser Steinmauern existierte noch viel mehr. Sie allein war bedeutungslos, genau wie ihre Haut und ihr Blut, ihre blonden Haare und ihre zarten Füße, die jetzt die Fußbodenfliesen betraten. Das alles war so wenig. Sie beide gemeinsam waren viel mehr als diese Welt. Deshalb hatte bis zu diesem Moment alles keinen Sinn gehabt. Eine Kindheit in Reichtum, die Porzellanpuppen, der Schoß ihres Vaters, die verliebten jungen Männer, die Bücher, die Seidenstoffe, nichts war von Bedeutung gewesen. Nicht einmal der Krieg. Aber dann war sie ihm zum ersten Mal begegnet. Ein Spalt hatte sich in der Welt für sie beide aufgetan. Doch immer nur für kurze Zeit … Jetzt aber würde es für immer sein. Jetzt erhielt alles seinen Sinn.

Hand in Hand gingen sie über den Korridor, sie stiegen die Treppe hinab, sie querten die geräumige, vom Dampf beschlagene Küche und traten in den Klostergarten hinaus. Rosários Füße spürten den Rasen, sie versanken in dem weichen Erdboden, in den die Novizinnen am nächsten Morgen Rosen setzen sollten. Sie trugen sie bis in die Nähe der Mauer.

Steban fixierte sie mit seinem Blick. Seine grünen Augen glühten leidenschaftlich. Der Himmel war mit Sternen übersät. Es ging eine angenehme Brise, die Blütenduft verströmte.

Rosário wusste sehr wohl, was sie zu tun hatte. Langsam öffnete sie einen der Knöpfe des Nachtgewands. Der Stoff glitt über ihre Haut und fiel zu Boden. Sie legte auch die Unterwäsche ab. Die Brise ließ sie in ihrer Nacktheit vor Lust zittern. Steban lächelte. Er küsste sie sacht, mit einer warmen Berührung auf die Stirn.

Steban zog den Dolch, einen Dolch mit Silbergriff. Er reichte ihn Rosário.

Rosário spürte, wie ihre Haut brannte. Sie hatte Fieber, es war eine angenehme Erregung, als hätte sie eine Unmenge Wein getrunken. Sie sah zum Himmel auf und entdeckte das

Kreuz des Südens wie ein Schmuckstück in der samtschwarzen Nacht. Sie atmete ein letztes Mal die Luft ein. Sie stellte sich fest auf beide Beine und führte den Dolch mit beiden Händen auf Brusthöhe. Steban stand neben ihr und lächelte. Es fehlte nur noch wenig, bis sie für immer zusammen wären.

»Rosário …«

Seine Stimme war wie ein Impuls.

Die Klinge drang mühelos in ihr Fleisch ein. Sie wusste nicht, dass sie so viel Kraft hatte. Vor Schmerz riss sie die Augen weit auf. Sie sah noch einmal das Kreuz des Südens über ihrem Kopf leuchten. Die fünf Sterne explodierten vor Helligkeit. Rosário fiel auf den feuchten Erdboden.

Die Mutter Oberin kam am späten Nachmittag zur Estância. Schon dass sie so unangemeldet erschien, war ein schlechtes Vorzeichen. Milú rief Maria Manuela, die auf ihrem Zimmer ruhte. Sie kam ungekämmt und barfuß in den Saal. Sie hatte einen Alptraum gehabt.

»Mutter Oberin!«

Die Nonne war kreidebleich. Sie hielt einen Rosenkranz in ihren knochigen Händen.

»Es ist eine Tragödie geschehen, Maria Manuela«, sagte sie, und Tränen brachen aus ihren Augen hervor. »Etwas Schreckliches, etwas Teuflisches.«

In diesem Moment betrat auch Dona Ana den Saal. Milú hatte sie von der Ankunft der Mutter Oberin benachrichtigt. Dona Ana wusste sofort, dass etwas Schlimmes geschehen war. Sie traf die beiden Frauen an, die einander gegenüberstanden. Die Nonne hielt einen Rosenkranz mit weißen Perlen, sie weinte und brachte nicht den Mut auf zu sprechen.

»Kommen Sie, Mutter Oberin. Nehmen Sie Platz«, sagte Dona Ana und schob die Nonne behutsam zu einem Sessel. Dann zog sie einen Stuhl für Maria Manuela herbei. »Du auch, Maria.«

Maria Manuela besaß nicht die Kraft, die endgültige Frage zu stellen. Sie zitterte am ganzen Körper. Dona Ana ergriff das Wort: »Ist Rosário etwas zugestoßen?«

»Ja«, antwortete die Mutter Oberin und bekreuzigte sich. »Rosário ist gestorben. Sie hat sich umgebracht. Gestern Nacht … Eine der Nonnen hat sie heute früh im Morgengrauen entdeckt. Sie lag im Garten auf der Erde. Sie war nackt … Ein Dolch steckte in ihrer Brust. Ein alter Dolch. Ich weiß nicht, wie er dort hingekommen ist … Sie wissen, dass wir im Kloster keine Waffen haben.«

Maria Manuela bedeckte ihr Gesicht, um ihre Klagelaute zu ersticken. Die Stimme der Mutter Oberin entfernte sich und wurde immer undeutlicher. Dona Ana lehnte sich an die Wand, um nicht umzufallen. Sie hatte sich immer um Rosário gesorgt, und sie hatte manche Vorahnung gehabt. Aber das hier …

»Mutter Oberin, wie ist es geschehen? Sind Sie sich sicher, dass Rosário sich selbst getötet hat? Ist nicht doch jemand ins Kloster eingedrungen, vielleicht ein Deserteur? Sie wissen ja, dass die Wege voll mit Deserteuren sind …«

Die Nonne schüttelte den Kopf.

»Nein, Dona Ana … Das versichere ich Ihnen. Das Kloster ist mit einem Schloss verriegelt. Niemand betritt oder verlässt das Kloster, außer durch das Haupttor. Und die Mauern sind sehr hoch, sie sind nur mit Leitern zu überwinden … Außerdem hat keine der Nonnen etwas gehört oder gesehen. Rosário hat nicht geschrien. Und der Dolch … Es ist ein alter Dolch, solche Dolche werden heutzutage nicht mehr geschmiedet. Ich habe Pater Vado kommen lassen, der sich auf Waffen versteht. Und er hat gesagt, dass es kein Dolch von hier ist, vielleicht kommt es aus Uruguay. Er ist sehr alt, ich habe es Ihnen bereits gesagt …«

»Was ist mit Rosário?«

Maria Manuela nahm die Hände vom Gesicht. Ihre Augen waren gerötet.

»Ich bin sofort hierhergefahren. Rosário ist auf ihrem Zimmer, eine Novizin ist bei ihr.« Sie senkte die Stimme. »Sie müssen sie abholen … Wir können sie dort nicht beerdigen, das ist Ihnen bekannt. Selbstmörderinnen …«

Maria Manuela begann zu schreien. Dona Ana eilte zu ihr und hielt sie fest. Die Mutter Oberin hatte vor Schreck und

Entsetzen die Augen weit aufgerissen. Manuela erschien, von Milú gefolgt, im Saal.

»Manuela, bring deine Mutter auf ihr Zimmer, ich komme gleich nach«, bat Dona Ana.

Manuela gehorchte, ohne Fragen zu stellen.

Dona Ana wandte sich wieder der Nonne zu.

»Mutter, das können Sie uns nicht antun. Das Mädchen braucht ein christliches Begräbnis. Bedenken Sie, Mutter Oberin, Rosário ist die Nichte von General Bento Gonçalves.«

»Gott macht keine Unterschiede, Dona Ana. Aber ich habe bereits mit Pater Vado gesprochen. Es war alles sehr diskret, Dona Ana. Niemand weiß genau, was geschehen ist. Ich habe gesagt, dass das Mädchen an einem Hustenanfall gestorben ist. In solchen Dingen ist Stillschweigen entscheidend … Wir haben den Schnitt mit dem Nachtgewand verdeckt. Pater Vado wird sie beerdigen, aber nicht im Kloster. Nicht im Kloster.«

»Wo dann?«

»In der Nähe von Camaquã. Dort gibt es einen kleinen Friedhof.«

Dona Ana seufzte.

»Schon gut. Ich werde Zé Pedra Bescheid geben, dass er den Wagen anspannt. Maria Manuela und ich werden Rosários Leichnam abholen.«

Am 25. Februar des Jahres 1845 schien die Sonne. Die Anführer der Revolution hatten sich auf einem staubigen Hügel versammelt. Das kleine Feldlager zu ihren Füßen lag da, es herrschte eine merkwürdige feierliche Stimmung. Der erkrankte Präsident der Republik, José Gomes de Vasconcelos Jardim, hatte nicht erscheinen können. Sein Minister, Lucas de Oliveira, vertrat ihn. General Bento Gonçalves da Silva war auch nicht gekommen, er hatte einen Brief geschickt, in dem er seine Krankheit als Entschuldigung anführte und seine Stimme abgab. Darin äußerte er: »Ich schließe mich der Mehrheit der Waffenbrüder an, so lange sich diese in den Grenzen der Schicklichkeit und der Ehre bewegen, und selbst wenn diese heiligen Dinge kein Gewicht mehr haben sollten, werde ich, angesichts der Tatsache, dass es in einem derartigen Fall andere Mittel gibt, um meine Ehre und mein Gewissen unbefleckt zu halten, nicht fähig sein, mich zu widersetzen. Es ist unverzichtbar, dass Frieden geschlossen wird.«

Es waren mehr als siebzig Offiziere anwesend. Die Bedingungen für das Friedensabkommen – insgesamt zwölf – wurden verlesen. Man kam zur Abstimmung. Die Offiziere, die für den Frieden waren, hoben schweigend die Hände zum Himmel. Schwielige, saubere, kraftlose Hände. Der Friedensvertrag wurde einstimmig angenommen.

General Canabarro gab den Auftrag, das Ergebnis zu protokollieren. Der blaue Sommerhimmel bewölkte sich langsam, obwohl kein Windhauch zu spüren war. Eine tiefe Stille lag über der verdorrten Pampa.

Maria Manuela sah aus dem Wagenfenster. Sie hatte ihr Haar zu einem Knoten zusammengefasst, ihre Augen stachen aus dem abgemagerten Gesicht hervor.

Die ganze Stadt war in Bewegung. Pelotas wie das übrige Rio Grande war mit dem Frieden einverstanden. Maria Manuela hatte gehört, dass der Baron de Caxias in der Hauptstadt mit Ovationen empfangen worden war.

Manuela saß schweigsam und aufrecht neben ihr. Sie betrachtete die Stadt mit teilnahmslosen Augen. Maria Manuela drückte ihre Hand und lächelte gedankenverloren. Um ihre Lippen hatten sich feine Fältchen gebildet. Sie kehrten nach Hause zurück, endlich. Sie wusste, dass Antônio sie erwartete. Antônio, ihr Lieblingskind. Ja, erst jetzt konnte sie sich dies eingestehen, jetzt, nachdem sie so viel gelitten hatte. Sie hatte Antônio immer am meisten geliebt, immer, schon von klein auf. Er war das Kind, für das ihr Herz bebte. Nach Anselmos Tod hatte sie Antônio umso mehr bewundert. Von ihren drei Töchtern war ihr nur eine geblieben. Rosário war gestorben, sie hatte einen grausamen, peinlichen, ja schamlosen Tod erlitten. Mariana lebte mit ihrem Sohn und diesem Viehtreiber auf der Estância von

Dona Antônia. Sie hatten nie wieder miteinander gesprochen. Sie bezweifelte, dass sie sich je wiedersehen würden. Manchmal dachte sie an den Jungen, wer weiß, ob er eines Tages…

»Wir sind fast da, Mädchen. Schau, dort ist unser Haus.«

Manuela sah das weiße Eckhaus mit dem Dachfenster. Vor dem Krieg war sie gern hinaufgegangen, um sich dort hinzusetzen und allein ihre Romane zu lesen. Nun bröckelte der Putz, einer der Fensterläden hing aus den Angeln. Auch das Haus ihrer Kindheit trug die Zeichen des Unheils, das die Revolution heraufbeschworen hatte.

Der Wagen hielt vor dem Haus. Die schwere Tür wurde geöffnet, und Antônio erschien und lächelte aus seinem bärtigen Gesicht. Er trug Zivil und war hager und schmal. Beim Anblick der Mutter und der Schwester schossen ihm Tränen in die Augen. Maria Manuela wartete nicht ab, dass der Kutscher ihr die Tür öffnete. Sie stieg eilig aus und fiel ihrem Sohn in die Arme. Die ruhige Wärme dieses Körpers war Balsam für ihre Seele. Sie schloss die Augen und dankte Gott dafür, dass er lebendig war.

João Gutierrez sattelte das kleine Pferd. (Er hatte es mit seiner einzigen Hand gezähmt.) Das Pferd hatte dunkelbraunes, weiches Fell. Die Mähne war hell und dicht. Er genoss die Berührung und die Wärme des Tierkörpers. Es war ein besonders zahmes kleines Pferd. Matias beobachtete begeistert die Szene. Seine glänzenden schwarzen Äuglein ergötzten sich an dem Pferd, das ihm sein Vater gebracht hatte.

João Gutierrez kniete neben seinem kleinen Sohn nieder.

»Wenn du größer bist, reiten wir zusammen, mein Sohn. Dann machen wir Ausritte durch die ganze Pampa.«

Mariana nahm den Jungen hoch und setzte ihn in den Sattel. Matias lachte vor Glück laut auf. Vom Pferderücken aus sah die Welt ganz anders aus.

»Dieser Junge wird Viehhirte«, sagte Mariana.

»Wie sein Vater.«

»Ja, João. Wie sein Vater.«

Die beiden lächelten.

Matias hielt in der Ferne nach dem Wohnhaus Ausschau und entdeckte die Gestalt von Großmutter Antônia in ihrem Schaukelstuhl. Er wusste, dass sie ihn beobachtete und sich freute, ihn auf dem kleinen Pferd zu sehen. Er winkte ihr zu und sah, wie ihre schmale bleiche Hand zurückwinkte.

Dona Antônia saß auf der Veranda und lächelte mit Tränen in den Augen. Die Märzsonne schob sich langsam über den Himmel. Weit weg, am Horizont versprach eine feine graue Wolkendecke für den kommenden Tag Regen.

1846 kam in der Stadt Bagé der erste Sohn von Caetano und Clara Soares da Silva zur Welt. Das Kind erhielt den Namen des Großvaters, General Bento.

Joaquim heiratete im Jahr 1857, nachdem er es leid war, auf Manuela zu warten. Er verstarb im hohen Alter von mehr als neunzig Jahren.

Bento Gonçalves da Silva starb im Juli 1847, zwei Jahre nach Kriegsende, an den Folgen einer Rippenfellentzündung in der Abgeschiedenheit der Estância do Cristal.

Manuela de Paula Ferreira starb mit vierundachtzig Jahren unverheiratet im Jahr 1904 in Pelotas. Sie war zeit ihres Lebens als »Garibaldis Braut« bekannt.

Danksagung

Diese Geschichte hätte es ohne die Distanz nicht gegeben …

Ich danke Tabajara Ruas für den Schatz, den er mir gezeigt hat.

Quellennachweis

Wir bedanken uns für die freundliche Genehmigung zum Abdruck des Gedichts »Die Gauchos« aus:
Jorge Luis Borges, *Lob des Schattens*, übersetzt von Curt Meyer-Clason, Hanser Verlag, München 1971.